ULLSTEIN

Das Buch

Der Zweite Weltkrieg neigt sich in Frankreich langsam dem Ende entgegen; Rache und Vergeltung der Anhänger der Résistance an den Kollaborateuren haben schreckliche Auswirkungen. Auch Léa hat darunter zu leiden, muss sie doch, heimgekehrt nach Montillac, mit ansehen, wie das Haus ihrer Eltern in Flammen aufgeht und ihre Tanten und Camille dabei ums Leben kommen. Für Léa ist die Situation nach diesen Schicksalsschlägen kaum mehr zu ertragen und sie erleidet eine schwere Nervenkrise. Doch das Gefühl, von den Menschen, die sie liebt, gebraucht zu werden, gibt ihr neue Kraft. In Berlin sieht sie François wieder, aber Léa ist noch nicht bereit für eine gemeinsame Zukunft. Ihre ganze Sorge gilt ihrer jüdischen Freundin Sarah, deren ungewisses Schicksal Léa keine Ruhe finden lässt...

Die Autorin

Régine Deforges stammt aus Montmorillon im westfranzösischen Poitou. Sie arbeitete als Buchhändlerin, Drehbuchautorin und Regisseurin, bevor sie 1968 als erste Frau in Frankreich einen eigenen Verlag gründete. Nach ihrem Romandebüt im Jahr 1976 folgten zahlreiche weitere Romane sowie Erzählungen und Kindergeschichten. Ihr 1982 veröffentlichtes Buch *Das blaue Fahrrad* machte sie weltweit zur Erfolgsautorin und mit ihrem erotischen Roman *Das Unwetter* eroberte sie auch in Deutschland die Bestsellerlisten.

In unserem Hause sind von Régine Deforges bereits erschienen:

Das blaue Fahrrad
Das Unwetter
Die Reisende

Régine Deforges

Das rote Leuchten

Roman

Aus dem Französischen
von Hild Wollenhaupt

Ullstein

Ullstein Taschenbuchverlag
Der Ullstein Taschenbuchverlag ist ein Unternehmen der
Econ Ullstein List Verlag GmbH & Co. KG, München
Deutsche Erstausgabe
1. Auflage 2002

Titel der französischen Originalausgabe: *Le Diable en rit encore*
(Librairie Arthème Fayard, Paris)
Übersetzung: Hild Wollenhaupt
Lektorat: Claudia Kramatschek
Umschlagkonzept: Lohmüller Werbeagentur GmbH & Co. KG, Berlin
Umschlaggestaltung: Anyway
Titelabbildung: New Eyes
Gesetzt aus der Sabon, Linotype
Satz: KompetenzCenter, Düsseldorf
Druck und Bindearbeiten: Ebner & Spiegel, Ulm
Printed in Germany
ISBN 3-548-25314-8

Für meinen Vater,
für meinen Sohn Franck

Wo wir sind, da ist immer vorn,
Und der Teufel, der lacht nur dazu.
Ha, ha, ha, ha, ha, ha, ha!

»Nun tut die Zeit ihr Werk. Eines Tages werden die Tränen versiegt, das Wüten erloschen, die Gräber eingeebnet sein. Doch Frankreich wird bleiben.«

Charles de Gaulle,
Kriegserinnerungen

1.

Für Léa begann eine lange Zeit des Wartens.

Das Wetter, das zum Jahresbeginn 1944 mild und regnerisch gewesen war, wurde mit dem 14. Februar schlagartig kälter und das Thermometer zeigte morgens minus 5 Grad. Vierzehn Tage lang lieferte sich der Nordwind mit dem Schnee ein Duell. Mitte März wurde es endlich wärmer und es war zu spüren, dass der Frühling nahte. Auf Montillac befragte Fayard besorgt den Himmel. Keine einzige Wolke; es hatte schon lange nicht mehr geregnet. Die Trockenheit brachte die Landwirte zur Verzweiflung, denn sie wussten nicht mehr, wie sie ihr Vieh ernähren sollten, und fürchteten um die künftige Heuernte.

Das Verhältnis zwischen den Bewohnern des »Schlosses« und Fayard, dem Verwalter und Kellermeister, war gespannt, seit ein Finanzexperte die Bücher des Weinguts einer eingehenden Prüfung unterzogen hatte. Der Meister der Reben hatte seine Weinverkäufe an die Besatzungsbehörden eingestehen müssen, die er trotz des von Léa – und zuvor bereits von ihrem Vater – ausgesprochenen Verbots durchgeführt hatte. Zu seiner Verteidigung hatte der gute Mann angeführt, dass Montillac das einzige Weingut der Gegend sei, das seinen Wein nicht an die Deutschen verkaufe, dass man ihnen im Übrigen bereits lange vor dem Krieg Wein verkauft hätte und die meisten der in der Region stationierten hochrangigen Boches in ihren Heimatorten bedeutende Weinhändler seien, von denen viele seit über zwanzig Jahren Geschäftspartner in Bordeaux hatten. Mit einigen hätten sogar langjährige Beziehungen bestanden. Erinnerte sich denn Mademoiselle Léa nicht mehr an den alten Freund von Monsieur d'Argilat, der 1940 während der Weinlese gekommen war, um auf Montillac guten Tag zu sagen?

Léa erinnerte sich sehr wohl daran. Und sie erinnerte sich auch, dass ihr Vater und Monsieur d'Argilat den braven Münchner Händler, der zum Wehrmachtsoffizier mutiert war, gebeten hatten, sie für die Dauer des Krieges nicht mehr zu besuchen. Fayard bekannte, die Erlöse aus diesen Verkäufen mit Rücksicht auf gewisse Ideen Mademoiselle Léas »auf die Seite« gelegt zu haben, behauptete jedoch, stets die Absicht gehabt zu haben, ihr diese Gelder auch wieder auszuhändigen. Ein Teil dieser Beträge sei schließlich auch für Wartung und Erneuerung von Geräten und Material verwendet worden. Mademoiselle Léa hatte ja keine Vorstellung, was Weinfässer heutzutage kosteten!

O doch! Léa wusste durchaus, was die Dinge kosteten. Der dicke Scheck, den ihr François Tavernier ausgestellt hatte, war von dem alten Bankier in Bordeaux erleichtert entgegengenommen worden. Er hätte nur höchst ungern die Tochter seines alten Schulfreundes wegen ungedeckter Schecks und nicht eingelöster Wechsel gerichtlich verfolgen lassen. Unglücklicherweise waren die Dachziegel des rechten Flügels des Hauses von einem nächtlichen Sturm heruntergeweht worden, und so waren die Gutskonten erneut in den roten Zahlen. Der von Tavernier geschickte Finanzexperte hatte ihnen eine Summe vorgestreckt – im guten Glauben, diese bald durch Tavernier zurückerstattet zu bekommen. Doch weder der Experte noch Léa hatten seit Mitte Januar etwas von ihm gehört. Jetzt war es schon Ende März.

Der Finanzexperte beendete seine Arbeit und riet, in Anbetracht der Situation entweder mit Fayard zu verhandeln oder ihn wegen Unterschlagung anzuzeigen. Léa wies sowohl den einen wie den anderen Vorschlag zurück. Ohne den kleinen Charles, der mit seinen Spielen und seinem Juchzen ein wenig Fröhlichkeit ins Haus brachte, wäre die Atmosphäre auf Montillac sehr düster gewesen. Doch jede der Frauen bemühte sich, ihre Sorgen vor den anderen zu verbergen. Nur Bernadette Bouchardeau ließ hin und wieder eine Träne über ihre magere Wange rinnen. Camille d'Argilat lebte Tag und Nacht nur für die von Radio London ausgestrahlten Meldungen, in der Hoffnung, so ein Lebenszeichen von Laurent zu erhalten. Sidonie hatte seit dem Tod von Doktor Blanchard deutlich an Kraft verloren. Sie schleppte sich täglich von ihrem Bett zu einem Lehnstuhl, der vor der Haustür platziert war. Von dort blickte sie auf das Gut und die weite Ebene, über der der Rauch der Schornsteine von Saint-Macaire und Langon aufstieg. Das Rattern der die Garonne überquerenden Eisenbahnzüge unterbrach ihre stillen und einsamen Stunden. Die alte Köchin wäre viel lieber nach Bellevue zurückgekehrt. Ruth brachte ihr jeden Tag das Essen und Léa, Camille und Bernadette schauten abwechselnd für ein paar Minuten bei ihr herein. Dann brummelte Sidonie, die Damen verschwendeten nur ihre Zeit, sie hätten Besseres zu tun, als sich um eine schwache Alte zu kümmern. Doch alle wussten, dass einzig diese Besuche sie noch am Leben hielten. Selbst die sonst so abgeklärte Ruth war von dieser Atmosphäre des Trübsinns und der Sorgen ergriffen worden. Erstmals seit Beginn des Krieges fürchtete auch sie sich. Die Angst, plötzlich die Gestapo oder die Miliz auftauchen zu sehen, brachte die bodenständige Elsässerin um den Schlaf.

Um die Zeit totzuschlagen, stürzte sich Léa mit wütendem Eifer darauf, den Gemüsegarten umzugraben und das Unkraut unter den Weinstöcken auszureißen. Wenn das nicht genügte, um ihren Körper zu erschöpfen und ihren Geist zu ermüden, radelte sie kilometerweit durch die hügelige Landschaft. Nach ihrer Rückkehr ließ sie sich auf das Sofa im Arbeitszimmer ihres Vaters fallen und sank in einen unruhigen Schlaf, ohne Erholung zu finden. Wachte sie auf, stand fast immer Camille mit einem Glas Milch oder einem Teller Suppe neben ihrem Lager. Die beiden Freundinnen tauschten ein Lächeln und betrachteten lange schweigend das im Kamin prasselnde Feuer. Wenn das Schweigen drückend wurde, schaltete eine von ihnen den großen Radioapparat, der auf einer Kommode nahe dem Sofa thronte, ein und versuchte London zu bekommen. Wegen der Störungen wurde es immer schwieriger, die ersehnten Stimmen, die von Freiheit sprachen, deutlich zu verstehen.

»Ehre und Vaterland. François Morland, ein den Stalags Entkommener, Mitglied des Führungskomitees der Vereinigung der Kriegsgefangenen in Frankreich, spricht zu Ihnen:

›Liebe heimgekehrte und entkommene Kriegsgefangene, Kameraden der Widerstandsgruppen. Zuerst möchte ich euch die gute Nachricht verkünden ...‹«

Knistern überdeckte die Stimme des Redners.

»Es ist immer das Gleiche: Nie erfahren wir die gute Nachricht«, schimpfte Léa und versetzte dem Apparat mehrere Fausthiebe.

»Lass das, du weißt doch, dass es nichts nützt«, sagte Camille und schob ihre Freundin sanft beiseite. Dann schaltete sie den Apparat mehrmals ein und wieder aus. Sie wollte schon aufgeben, als dieselbe Stimme wieder zu hören war:

»In eurem Namen habe ich General de Gaulle von dem Glauben gesprochen, der euch beseelt. In eurem Namen habe ich Kommissar Frenay, einem Entkommenen wie

wir, berichtet, was uns am Leben erhält. Doch diese Männer, denen es zur Ehre gereicht, stets an die Zukunft geglaubt zu haben, wussten bereits, welche Hoffnungen wir in uns tragen ...«

Die Störungen verstärkten sich, so dass nur noch einige Satzfetzen durchkamen, hörten dann aber plötzlich auf.

»... Doch ihr Anspruch geht noch weiter und ist noch umfassender. Weil sie in den Lagern und in den Trupps sich gegenseitig schätzen gelernt haben, streben sie nach einem Vaterland, das von allen Anzeichen der Erschöpfung und des Alterns befreit ist. Weil sie sich zusammengefunden haben, streben sie nach einem Vaterland, in dem alle Klassen, Kategorien, Hierarchien eingebunden sind in eine Gerechtigkeit, die stärker ist als alle Wohltätigkeiten. Weil sie in den Städten und Regionen ihres Exils mit Männern aller Rassen und Nationen das gleiche Elend geteilt haben, wollen sie auch die Annehmlichkeiten eines zukünftigen Lebens mit ihnen teilen.

Ja, meine Kameraden, für alle und für all dies kämpfen wir. Erinnern wir uns des Schwurs, den wir geleistet haben, als wir abfuhren und die Unsrigen zurückließen. Sie baten uns: Vor allem enttäuscht uns nicht und sagt Frankreich, dass es uns mit seinem schönsten Gesicht empfangen soll.

Entkommene, Heimgekehrte, Angehörige der Hilfsorganisationen und der Widerstandsgruppen: Der Augenblick ist gekommen, dieses Versprechen einzulösen.«

»Noch ein Idealist!«, rief Léa aus. »Ah, es ist ja auch wirklich schön, das Gesicht Frankreichs. Dieser Morland soll nur kommen und sich anschauen, wie dieses schöne Gesicht aussieht: aufgedunsen von Furcht, Hass und Neid, der Blick verschlagen und der Mund triefend von Verleumdungen und Denunziationen.«

»Beruhige dich! Du weißt sehr wohl, dass Frankreich nicht nur aus solchen Leuten besteht, sondern auch aus Männern und Frauen wie Laurent, François, Lucien, Madame Lafourcade.«

»Na, wenn schon!«, schrie Léa. »Die werden alle sterben oder sind schon tot. Nur die anderen werden überleben.«

Camille wurde bleich. »Oh, sei still! Sag so etwas nicht!«

»Psst! Jetzt kommen die persönlichen Botschaften.«

Sie beugten sich so dicht zu dem Apparat, dass ihre Köpfe das polierte Holz berührten.

»Alles schwillt gegen mich an, alles bedrängt mich, alles versucht mich... Ich wiederhole: Alles schwillt gegen mich an, alles bedrängt mich, alles versucht mich... Die Enten von Ginette sind gut angekommen... Ich wiederhole: Die Enten von Ginette sind gut angekommen... Barbaras Hündin hat drei Junge... Ich wiederhole: Barbaras Hündin hat drei Junge... Laurent hat sein Glas Milch ausgetrunken... Ich wiederhole...«

»Hast du das gehört?«

»Laurent hat sein Glas Milch ausgetrunken...«

»Er lebt! Er lebt!«

Lachend und weinend zugleich fielen sie einander in die Arme. Laurent d'Argilat war wohlauf. Dies war eine der vereinbarten Botschaften, um sie wissen zu lassen, dass sie sich nicht zu sorgen brauchten.

In dieser Nacht schliefen Léa und Camille tief und friedvoll. Eine Woche nach Ostern kam ihr Freund Robert, der

Metzger von Saint-Macaire, der bei der Flucht von Pater Adrien Delmas mitgewirkt hatte, in seinem Lieferwagen zu Besuch. Das Auto machte mit seinem Holzvergaser einen solchen Krach, dass man bereits Minuten vorher von seinem Erscheinen unterrichtet war. Als das Gefährt auf dem Gut ankam, standen Camille und Léa bereits auf der Schwelle der Küchentür.

Robert, der ein in ein schneeweißes Tuch gehülltes Paket trug, kam mit breitem Lächeln auf sie zu.

»Guten Tag, Madame Camille, guten Tag, Léa.«

»Guten Tag, Robert. Ich freue mich, Sie zu sehen. Es ist schon bald ein Monat, dass Sie nicht mehr hier waren.«

»Ach, Madame Camille, heutzutage kann man nicht einfach tun, was man möchte. Darf ich eintreten? Ich habe Ihnen einen schönen Braten mitgebracht und Kalbsleber für den Kleinen. Mireille hat mir noch eine Hasenterrine dazugepackt. Die wird Ihnen schmecken.«

»Danke, Robert. Wenn Sie nicht wären, würde es hier nicht oft Fleisch zu essen geben. Wie geht es Ihrem Sohn?«

»Gut, Madame Camille, gut. Er schreibt, es sei ziemlich hart und er hätte sehr unter seinen Erfrierungen gelitten, aber jetzt geht es ihm besser.«

»Guten Tag, Robert. Trinken Sie eine Tasse Kaffee?«

»Guten Tag, Mademoiselle Ruth. Sehr gern. Ist es echter?«

»Fast«, antwortete die Haushälterin und ergriff die Kaffeekanne, die auf dem Herd warm gehalten wurde.

Der Metzger setzte seine Kaffeeschale ab und fuhr sich mit dem Handrücken über die Lippen.

»Sie haben Recht, es ist fast echter. Kommen Sie bitte näher, ich habe Ihnen etwas Wichtiges zu sagen. Also: Gestern habe ich eine Nachricht von Pater Adrien erhalten. Möglicherweise taucht er bald wieder in dieser Gegend auf.«

»Wann?«

»Das weiß ich nicht. Es ist gelungen, den Brüdern Lefèvre zur Flucht aus dem Hospital zu verhelfen.«

»Wie geht es ihnen?«

»Sie werden von einem Arzt in der Nähe von Dax behandelt. Sobald sie wieder wohlauf sind, kehren sie zur Widerstandsgruppe von Dédé le Basque zurück. Erinnern Sie sich an Stanislas?«

»Stanislas?«, fragte Léa.

»Aristide, wenn Ihnen das mehr sagt.«

»Ja, natürlich!«

»Er ist wieder hier in der Gegend, um die Organisation neu aufzubauen und die Verräter, die Kameraden angezeigt haben, zu bestrafen.«

»Arbeiten Sie mit ihm zusammen?«

»Nein, ich arbeite mit denen von La Réole, aber da wir hier an der Grenze von zwei Sektoren sind, bin ich Mittelsmann zwischen Hilaire und ihm. Eine von Ihnen sollte Madame Lefèvre mitteilen, dass es ihren Jungen gut geht.«

»Das mache ich«, erbot sich Léa. »Ich freue mich so sehr für die beiden. Ist es sehr schwierig gewesen?«

»Nein. Wir hatten Mithelfer im Hospital und die wachhabenden Polizisten waren Männer von Lancelot. Haben Sie gestern Abend über Radio London die Botschaft von Monsieur Laurent gehört?«

»Ja. Es ist, als kämen nach all den vielen Tagen des Bangens jetzt alle guten Nachrichten auf einmal.«

»Gut sind sie nur für einige wenige. Ich darf gar nicht an die siebzehn kleinen Bürschchen aus der Gruppe von Maurice Bourgeois denken, die die Schweinehunde am 27. Januar erschossen haben.«

Alle erinnerten sich an die Ausgabe der *Petite Gironde* vom 20. Februar, die berichtet hatte: Hinrichtung von Terroristen in Bordeaux.

»Haben Sie sie gekannt?«, stammelte Camille.

»Einige. Wir haben uns gelegentlich geholfen, obwohl sie Kommunisten sind und wir Gaullisten. Einer war dabei, Serge Arnaud, den mochte ich gern. Er war so alt wie mein Sohn. Es ist schlimm, mit neunzehn sterben zu müssen.«

»Wann wird das endlich alles vorbei sein?«, seufzte Ruth und wischte sich die Augen.

»Bald, hoffe ich! Wir sind allerdings nicht mehr viele. Die Gestapo-Leute sind schlau. Seit der Welle von Verhaftungen, Deportationen und Hinrichtungen in Gironde wird es für Aristide und die anderen immer schwieriger, Freiwillige zu bekommen.«

Eine Fahrradklingel unterbrach ihn. Die Tür öffnete sich und Armand, der Briefträger, erschien.

»Guten Tag, die Damen. Ich habe einen Brief für Sie, Mademoiselle Léa. Ich hoffe, er macht Ihnen mehr Freude als der, den ich dem alten Fayard gebracht habe.«

»Noch ein Schreiben von der Bank«, stöhnte Léa.

»Und wissen Sie, was darin war?«, fuhr Armand fort. »Sie brauchen gar nicht zu überlegen, das raten Sie nie: ein Sarg.« Alle außer Robert schrien auf: »Ein Sarg!«

»Wenn ich es Ihnen sage. Ein kleiner, schwarzer, aus Pappe ausgeschnittener Sarg. Und ich glaube, Fayards Name stand darauf.«

»Aber wieso denn?«, verwunderte sich Camille.

»Na, alle, die mit den Boches zu eng zusammenarbeiten, kriegen so etwas, um ihnen klar zu machen, dass es ihnen nach Kriegsende an den Kragen gehen wird.«

»Wegen ein paar Flaschen Wein«, murmelte Camille verächtlich.

»Nicht nur wegen ein paar Flaschen Wein, Madame Camille«, sagte der Metzger kalt.

»Was wollen Sie damit sagen, Robert?«, fragte Léa.

»Es ist zwar nicht ganz sicher, aber Fayard ist mindestens zweimal gesehen worden, wie er die Kommandantur in Langon verließ.«

»Da sind wir doch alle mal gewesen.«

»Das weiß ich wohl, Madame Camille, aber es kursieren auch Gerüchte und vor allem ist da sein Sohn. Wenn ich daran denke, dass ich ihn schon als kleinen Knirps gekannt habe. Ich sehe euch noch, wie ihr euch durch die Rebstöcke gejagt und euch mit dem Saft der Trauben beschmiert habt. Wissen Sie noch, Mademoiselle Léa?«

»Ja ... Es scheint schon so lange her zu sein.«

»Das wird Fayards Laune nicht gerade verbessern«, meinte Ruth und schenkte dem Briefträger ein Glas Wein ein.

»Bestimmt nicht. Er ist erst rot geworden und dann ganz blass, als er gesehen hat, was in dem Umschlag war. Da habe ich mich schleunigst verdrückt.«

Er leerte sein Glas in einem Zug.

»Das ist sicher noch nicht alles. Aber ich quatsche und quatsche und bin noch gar nicht fertig mit meiner Tour. Also, auf Wiedersehen, die Herrschaften, bis zum nächsten Mal.«

»Auf Wiedersehen, Armand. Auf bald.«

»Ich muss mich auch auf den Weg machen«, erklärte Robert. Léa begleitete ihn zu seinem Lieferwagen.

»Es werden demnächst Waffen per Fallschirm abgesetzt. Können Sie nachsehen, ob das Versteck am Kalvarienberg noch intakt ist? Es müsste eine Kiste mit Patronen und eine mit Granaten drin sein.«

»Ich gehe morgen hin.«

»Wenn alles in Ordnung ist, malen Sie mit weißer Kreide ein Kreuz auf den Gitterzaun um den Engel auf der Kreuzung.«

»Gut.«

»Seien Sie vorsichtig. Ihr Onkel würde es mir nie verzeihen, wenn Ihnen was passierte. Und nehmen Sie sich vor dem alten Fayard in Acht.«

In der Kapelle des Kreuzweges schien alles ganz normal, die Kisten waren unberührt. Trotz des schönen Wetters lag der Kalvarienberg verlassen.

In der Nacht vom 15. auf den 16. April hatte heftiger Regen Furchen in die abschüssigen Alleen gegraben und dort, wo der Boden wieder eben wurde, kleine Häufchen Kiesel hinterlassen, die unter den Füßen rutschten. Léa ging auf dem Rückweg am Friedhof vorbei. Sie verhielt am Grab ihrer Eltern und zupfte ein paar Unkräuter aus, die Ruth entgangen waren. Der Ort war menschenleer. Kindergeschrei war zu hören. Es ist große Pause, dachte sie, während sie das Portal der Basilika aufstieß. Die feuchte Kälte ließ sie erschauern. Drei alte betende Frauen drehten sich bei ihrem Eintritt nach ihr um. Was tat sie hier? Sainte-Exupérance in ihrem Schrein sah mehr denn je nach dem aus, was sie war: eine große Wachspuppe mit verstaubten Gewändern. Wo war die Ergriffenheit ihrer Kindheit geblieben? Was war mit dem wunderbaren Abbild der kleinen Heiligen geschehen, deren Namen sie jetzt für einige Menschen trug? All dies wurde lächerlich und gefährlich zugleich. Eine düstere Stimmung breitete sich in ihr aus. Ein Bedürfnis, alles zum Teufel zu jagen und sich wieder auf dem Boulevard Saint-Michel einzufinden oder auf den Champs-Élysées mit Laure und ihren modenärrischen Freunden, um Cocktails mit exotischen Namen und Farben zu schlürfen, auf geheimen Bällen zu tanzen und verbotene amerikanische Schallplatten zu hören, statt durch Reben und Felder zu radeln, um Botschaften zu überbringen oder Granaten, um Kontobücher zu überprüfen und am Radioapparat auf Nachrichten von François, Laurent oder der unwahrscheinlichen Landung der Alliierten zu warten! Sie hatte genug davon, ständig in Angst vor der Gestapo oder der Miliz zu leben, vor der Rückkehr von Mathias und vor dem Mangel an Geld. François Tavernier musste wohl tot sein, denn er hatte sein Versprechen nicht gehalten ... Dieser Gedanke warf sie fast auf die Knie: Nur das nicht, lieber Gott!

Niedergeschlagen verließ Léa die Kirche.

Eine ungeheure Müdigkeit hatte sich ihrer bemächtigt. Ihre schlechten Schuhe mit den Holzsohlen erschienen ihr bleischwer. Als sie am letzten Gehöft des Dorfes vorüberkam, folgten ihr kurze Zeit ein paar magere Hunde mit ihrem Gebell, die jedoch bald wieder beruhigt in ihre Hütten zurückkehrten. Auf der »Kreuzung mit dem Engel« versicherte sie sich, dass niemand außer ihr da war, und markierte dann die rostige Gittertür mit einem weißen Kreuz. Vom Kirchturm von Verdelais schlug es sechs Uhr abends. Über den Himmel fegten große dunkle Wolken.

War es ein Wink des riesigen, aufgewühlten Himmels? Léa befand sich auf dem Weg, der zu Sidonies Haus führte. Ihr Kleinmut erschien ihr angesichts der Unermesslichkeit dieser Landschaft lächerlich. Wie Recht die alte Frau gehabt hatte, als sie nach Bellevue zurückkehren wollte. Von hier aus konnte die Seele ausfliegen bis zu den *Landes* in der Ferne, bis zum wandernden, wandelbaren Ozean und bis zur Unendlichkeit des Himmels. Beim Anblick dieser vertrauten Umgebung empfand Léa stets ein Gefühl des Friedens, ein Verlangen nach Ruhe, nach Träumen – nach Meditation, wie Adrien Delmas gesagt hätte.

Ein Jaulen riss sie aus ihren Gedanken. Belle, Sidonies Hündin, drückte sich winselnd gegen die Haustür.

Léa streckte die Hand nach dem Tier aus, das knurrend aufsprang. »Kennst du mich denn nicht mehr?«

Beim Klang der vertrauten Stimme kam die Hündin zu Léa, legte sich vor ihr nieder und stieß ein unheimliches

Geheul aus. Beunruhigt öffnete Léa die Tür und trat ein. Im Raum herrschte ein unglaubliches Durcheinander, als hätte ein Orkan die Möbel umgeworfen, das Geschirr zerschmettert und Wäschestücke und Papiere verstreut. Die vom Bett heruntergerissenen Leintücher und die umgedrehten Matratzen deuteten jedoch auf eine ganz normale Hausdurchsuchung hin. Wer konnte derart mit den armseligen Einrichtungsgegenständen einer alten kranken Frau gehaust haben? Léa wusste die Antwort, weigerte sich aber noch, sie für sich selbst zu formulieren.

»Sidonie? Sidonie?«

Die unter dem Bett kauernde Hündin winselte leise. Eingeklemmt zwischen der Wand und dem Seitenteil des Bettes, lag die alte Frau. Sie war bewusstlos. Léa hatte große Mühe, sie hochzuheben und auf die Matratze zu betten. Ihre Haut war erdfarben, aus der Nase rann ein wenig Blut und eine Prellung gab der linken Gesichtshälfte eine bläuliche Färbung. Léa beugte sich über sie: Nur schwach kam der Atem aus dem halb geöffneten Mund. Der Ausschnitt ihres weißen Baumwollnachthemds ließ Fingerabdrücke auf der welken Haut ihres Halses sehen.

Fassungslos betrachtete Léa den ausgestreckten Körper der Frau, die sie einst getröstet und ihr heimlich Leckereien zugesteckt hatte, wenn sie von Ruth oder ihrer Mutter bestraft worden war. Bei der Erinnerung an ihre Schmusesitzungen in dem großen Sessel vor dem Kaminfeuer der Küche auf Montillac brach sie in Tränen aus und rief mit ihrer Kleinmädchenstimme von damals:

»Donie! Donie! Sag doch etwas!«

Sich gewaltsam aus der tödlichen Ohnmacht, die sie gefangen hielt, reißend, öffnete die alte Frau die Augen. Léa warf sich über sie.

»Sidonie, ich bitte dich, sprich doch!«

Langsam hob Sidonie den Arm und legte ihre Hand auf

Léas gesenkten Kopf. Ihre Lippen öffneten und schlossen sich, doch es entwich ihnen kein Laut.

»Streng dich an; sag mir, wer das getan hat.«

Die Hand wurde schwerer. Léa legte das Ohr an ihren Mund. »Bring ... Bring ... Bring dich in Sicherheit!«

Noch schwerer drückte die Hand. Léa versuchte behutsam sich zu befreien und flüsterte:

»Was willst du damit sagen?«

Wie bedauernd verließ die Hand Léas dichtes Haar, glitt plötzlich ab und schlug mit einem dumpfen Geräusch gegen die hölzerne Bettstatt.

Belle stimmte ein Jammergeheul an.

Doch Léas Tränen versiegten, als sie ungläubig das alte, geliebte Antlitz betrachtete, das auf einmal so fremd und abweisend wirkte.

Es konnte nicht wahr sein! Noch vor einem Augenblick hatte sie Sidonies warmen Atem auf ihrer Wange gespürt und jetzt lag diese Masse vor ihr im schamlos hochgerutschten Nachthemd ...

Wütend zog sie das Hemd herunter. Wenn doch bloß dieser Hund endlich still wäre. Was hatte das dumme Tier überhaupt zu heulen? Weinte sie vielleicht?

Da hörte Léa hinter sich ein Geräusch und fuhr herum. Ein Mann stand auf der Schwelle. Sie war vor Schreck wie versteinert. Was tat er in diesem verwüsteten Haus, vor diesem noch warmen Leichnam? Plötzlich schien sie zu begreifen. Eine gemeine Furcht fegte ihre ganze Selbstachtung hinweg.

»Ich bitte dich, tu mir nichts!«

Mathias Fayard sah sie kaum an; er schob sie mit der Hand beiseite und ging blass, die Fäuste geballt, zum Bett.

»Sie haben es gewagt!«

Mit großer Zartheit faltete er die groben Hände, schloss die Augen jener Frau, die er als Kind »Mama

Sidonie« genannt hatte und die ihm so geschickt geholfen hatte, die Ohrfeigen seines Vaters zu vermeiden. Er kniete nieder; nicht, um ein seit langem vergessenes Gebet zu sprechen, sondern aus übergroßem Kummer.

Léa betrachtete ihn ängstlich. Doch als er ihr sein schmerzverzerrtes, tränenüberströmtes Gesicht zuwandte, stürzte sie sich ebenfalls weinend in seine Arme.

Lange verweilten sie kniend und sich aneinander klammernd vor dieser sterblichen Hülle, die das, was ihnen noch von ihrer Kindheit geblieben war, mit sich in die Kälte des Grabes nahm.

Belle, die auf das Bett gesprungen war, leckte winselnd die Füße ihrer Herrin.

Mathias richtete sich als Erster auf.

»Du musst fort.«

Léa reagierte nicht. Mathias zog ein bereits etwas verschmutztes Taschentuch aus seiner Hosentasche und trocknete damit die Augen seiner Freundin und dann seine eigenen. Sie ließ ihn gewähren, war wie abwesend. Er schüttelte sie, erst sanft, dann fast heftig.

»Hör mir zu! Du musst weg von Montillac. Camille und du, ihr seid denunziert worden.«

Noch immer keine Reaktion von ihr; er hätte sie am liebsten geohrfeigt.

»Herrgott noch mal, so kapier doch! Dohses Leute und die Miliz wollen dich verhaften.«

Na endlich! Sie schien ihn zu verstehen, ihn wahrzunehmen. Langsam wichen Kummer und Niedergeschlagenheit einem Ausdruck ungläubigen Entsetzens.

»Und ausgerechnet du kommst und willst mich warnen!«

Bei diesem Ausruf ließ er den Kopf sinken.

»Ich habe gehört, wie Denan Fiaux, Guilbeau und Lacouture den Befehl gegeben hat.«

»Ich dachte, du würdest für sie arbeiten?«

Sie hatte plötzlich ihre Kraft und ihre Verachtung wiedergefunden.

»Es kommt vor. Aber was immer du von mir denkst, ich will nicht, dass sie dich in die Hände kriegen.«

»Ach, richtig! Du kennst ja ihre Methoden!«

Mathias erhob sich und starrte auf Sidonies Leichnam.

»Ich habe mir eingebildet, sie zu kennen.«

Léa folgte seinem Blick und erhob sich ebenfalls, die Augen erneut voller Tränen.

»Warum Sidonie?«

»Ich habe Fiaux sagen hören, dass Sidonie in einem Brief beschuldigt wurde, deinen Cousin Lucien versteckt zu haben und gewusst zu haben, wo die Brüder Lefèvre waren. Aber ich habe nicht einen Augenblick geglaubt, sie würden kommen und sie verhören. Ich habe nur an dich gedacht, nur daran, dich zu warnen. Was ich nicht verstehe, ist, dass sie nicht gleich anschließend zum Schloss gefahren sind.«

»Woher weißt du das?«

»Ich habe die Abkürzung durch die Weinberge genommen. Ich hätte ihre Autos gesehen oder gehört. Es sei denn, sie hielten sich in der Pinienschonung versteckt.«

»Ich habe nichts bemerkt, als ich von Verdelais her dort vorbeigekommen bin.«

»Komm, lass uns lieber hier abhauen.«

»Aber wir können Sidonie doch nicht einfach so liegen lassen.«

»Für sie kann niemand mehr etwas tun. Sobald es dunkel ist, sage ich dem Pfarrer Bescheid. Beeil dich.«

Léa küsste ein letztes Mal die erkaltete Wange und ließ die winselnde Hündin als Totenwache bei dem Leichnam zurück.

Draußen sah auch der Himmel bedrohlich aus.

Am Fuß der Terrasse hielt Mathias sie zurück.

»Warte hier auf mich. Ich werde nachsehen, ob jemand da ist.«

»Nein, ich komme mit dir.«

Er zuckte die Achseln und half ihr, die Böschung hochzuklettern. Alles schien ruhig zu sein. Es war bereits so dunkel, dass man kaum die Fassade des Hauses erkennen konnte.

Léa bemerkte, dass Mathias die noch kaum begrünten Laubengänge entlangging, um außer Sicht des Verwalterhauses zu bleiben. Er wollte vermeiden, von seinen Eltern gesehen zu werden.

Ein kleiner Lichtschein sickerte durch die Fenstertür, die auf den Hof führte. Camille musste nach ihr Ausschau gehalten haben, denn die Tür öffnete sich plötzlich und sie erschien in ihrem marineblauen Mantel, so als wollte sie gerade ausgehen.

»Da bist du ja endlich!«

Léa schob sie beiseite und ging an ihr vorbei hinein.

»Sidonie ist tot.«

»Was?«

»Die Kumpel von dem da sind zu ihr gekommen und haben sie ›befragt‹.«

Camille presste ihre Hände auf die Brust und starrte Mathias ungläubig an.

»Schauen Sie mich nicht so an, Madame Camille. Wir wissen gar nicht, was genau passiert ist.«

»Hör dir das an! ›Wir wissen gar nicht, was genau passiert ist!‹ Hältst du uns für Idioten? Wir wissen sehr wohl, was passiert ist. Muss ich es dir etwa erklären?«

»Das ist nicht nötig und das würde auch nichts ändern. Es gibt Wichtigeres. Ihr müsst verschwinden.«

»Wer sagt uns, dass das keine Falle ist und dass du uns nicht geradewegs zu deinen Freunden von der Gestapo bringst?« Mathias ging mit zusammengebissenen Zähnen und erhobener Faust auf sie los.

»So ist's recht! Schlag mich nur, fang schon mal mit deren Arbeit an. Prügeln magst du ja.«

»Madame Camille, bringen Sie sie zum Schweigen. Die Zeit, die wir hier verlieren ...«

»Wie sollen wir wissen, ob wir Ihnen vertrauen können?«

»Das können Sie nicht wissen. Aber Sie lieben doch Ihren Mann, und so werden Sie mir vielleicht glauben, wenn ich Ihnen schwöre, dass ich Léa liebe und dass ich trotz allem, was uns trennt, was ich getan haben mag, bereit bin zu sterben, damit ihr nichts geschieht.«

Camille legte Mathias die Hand auf den Arm. »Ich glaube Ihnen. Aber warum wollen Sie auch mich retten?«

»Léa würde es mir nie verzeihen, wenn Sie festgenommen würden.« Ruth kam herein mit einem bis zum Bersten voll gepackten Rucksack, den sie Léa übergab.

»Nimm! Ich habe warme Kleidung, eine Taschenlampe und zwei Weckgläser mit Fleisch eingepackt. Und nun geht.«

»Nun geht ... Nun geht ...«, sang der kleine Charles, der sich seine Mütze bis über die Ohren heruntergezogen hatte.

»Kommt, beeilt euch«, mahnte Ruth und schob sie hinaus.

»Aber du kommst doch mit uns!«

»Nein. Es muss jemand da sein, der ihnen Rede und Antwort steht, wenn sie kommen.«

»Das möchte ich nicht – nach dem, was sie Sidonie angetan haben.«

»Sidonie?«

»Sie haben sie zu Tode gefoltert.«

»Mein Gott!«, stieß die Haushälterin hervor und bekreuzigte sich.

»Schnell, Mademoiselle Ruth, entscheiden Sie sich: Kommen Sie nun mit oder nicht?«

»Nein, ich bleibe. Ich kann Monsieur Pierres Haus nicht im Stich lassen. Macht euch keine Sorgen, ich weiß schon, wie ich mit ihnen reden muss. Mir liegt nur eines am Herzen ...«

»Gemeinsam werden wir sie leichter davon überzeugen können, dass ihr nach Paris abgereist seid«, erklärte Bernadette Bouchardeau, die gerade hereinkam.

»Deine Tante hat Recht. Die Anwesenheit der beiden lässt eure Abwesenheit natürlicher erscheinen.«

»Aber sie könnten umgebracht werden!«

»Das könnten sie auch, wenn ihr hier bleiben würdet.«

»Das stimmt«, sagte Ruth. »Geht, es ist jetzt Nacht. Mathias, kann ich dir die beiden anvertrauen?«

»Habe ich Sie je getäuscht?«

»Was hast du vor?«

»Sie zu Robert zu bringen, der sie verstecken wird.«

»Wieso zu Robert?«, schrie Léa auf.

»Weil er im Widerstand ist und wissen wird, was mit euch zu tun ist.«

»Wie kommst du denn auf so was?«

»Hör auf, mich für einen Idioten zu halten. Ich weiß schon seit langem, dass er englische Piloten versteckt, dass er die Plätze der Fallschirmabsetzungen kennt und dass er an der Flucht der Brüder Lefèvre beteiligt war.«

»Und du hast ihn nicht denunziert?«

»Es ist nicht meine Art, Leute zu denunzieren.«

»Dann dürftest du bei deinen Vorgesetzten wohl nicht gut angeschrieben sein.«

»Es reicht!«, rief Camille heftig. »Ihr könnt eure Streitigkeiten später austragen. Jetzt müssen wir sehen, dass wir verschwunden sind, wenn sie kommen. Bist du sicher,

Ruth, dass du nicht mitkommen willst, und auch Sie, Madame Bouchardeau?«

»Ganz sicher, meine liebe Camille. Ich möchte hier sein, falls Lucien oder mein Bruder mich brauchen. Und außerdem bin ich zu alt, um bei Nacht und Nebel herumzuwandern und im Freien zu nächtigen. Sie werden uns Charles dalassen müssen. Er wird bei uns in bester Obhut sein.«

»Ich danke Ihnen sehr, aber es ist mir eine größere Beruhigung, wenn ich ihn bei mir habe.«

»Ich gehe rüber zu meinen Eltern, damit sie nicht mitkriegen, dass ihr geht. In einer Viertelstunde treffen wir uns in Montonoire, da habe ich den Geländewagen stehen lassen.«

Mathias verließ das Haus durch die Küchentür. Die beiden jungen Frauen und das Kind aßen einen Teller Suppe, knöpften dann ihre Mäntel zu, küssten Ruth und Bernadette Bouchardeau zum Abschied und gingen in die Nacht hinaus.

Fast zwanzig Minuten warteten sie schon in ihrem Versteck nahe dem schwarzen Geländewagen auf Mathias.

»Er kommt nicht. Ich sage dir, er kommt nicht.«

»Doch, doch, er wird schon kommen. Psst! Horch mal! Es kommt jemand die Straße entlang.«

Camille, die in der Nähe des Wagens kauerte, drückte ihren kleinen Jungen fest an sich. Es war so dunkel, dass die Gestalt des Mannes mit dem Himmel verschmolz.

»Léa, ich bin's.«

»Du hast aber lange gebraucht!«

»Ich konnte einfach nicht gegen das Geschimpfe meines Vaters und das Jammern meiner Mutter ankommen. Ich musste regelrecht flüchten. Beeilt euch mit dem Einsteigen.«

Charles, der Léas Plüschteddy, den Ruth wiedergefunden und geflickt hatte, an sich presste, kletterte vergnügt in das Auto. Er war der Einzige, dem die Situation Spaß machte.

Nie waren ihnen die Gassen der kleinen mittelalterlichen Stadt Saint-Macaire so eng und so dunkel erschienen. Das bläuliche Licht der verdunkelten Scheinwerfer genügte kaum, um den Weg zu finden. Schließlich kamen sie jedoch vor dem Haus des Metzgers an. Mathias stellte den Motor ab. Kein Licht, kein Laut, nur die bedrückende Stille einer finsteren Nacht, die nie enden zu wollen schien. Im Inneren des Wagens hielten alle gespannt den Atem an, selbst Charles, der das Gesicht am Hals seiner Mutter vergraben hatte. Ein Klicken ließ Léa zusammenzucken: Mathias lud seine Pistole.

»Es ist besser, du gehst hin«, flüsterte er.

Geräuschlos stieg sie aus, ging zur Haustür und klopfte. Nach dem fünften Mal fragte eine undeutliche Stimme:

»Was ist denn?«

»Ich bin's, Léa.«

»Wer?«

»Léa Delmas.«

Die Tür öffnete sich und die Frau des Metzgers zeigte sich im Nachthemd, ein Tuch um die Schultern und eine Taschenlampe in der Hand.

»Kommen Sie schnell herein, Kindchen. Sie haben mir einen schönen Schrecken eingejagt. Ich dachte, Robert wäre etwas passiert.«

»Er ist nicht da?«

»Nein, er ist in Saint-Jean de Blaignac wegen eines Fallschirms ... Aber was bringt Sie denn hierher?«

»Die Gestapo. Ich bin mit Camille d'Argilat und ihrem Sohn gekommen. Mathias Fayard hat uns hergefahren.«

»Mathias Fayard? Hierher? Dann sind wir verloren!«

Camille und Charles vor sich herschiebend, trat Mathias ein und schloss die Tür.

»Sie haben nichts zu befürchten, Mireille. Wenn ich Sie hätte denunzieren wollen, hätte ich es schon längst getan. Ich möchte Robert und seine Kameraden nur bitten, die drei hier so lange zu verstecken – wo, will ich gar nicht wissen –, bis ich eine andere Lösung gefunden habe.«

»Ich traue dir nicht. Jeder weiß, dass du mit denen zusammenarbeitest.«

»Ist mir egal, was ihr wisst. Es geht nicht um mich, sondern um sie. Wenn es Robert und die anderen beruhigt, können sie ja meine Eltern als Geiseln nehmen.«

»Dummes Geschwätz!«, stieß Mireille verächtlich hervor.

Mathias zuckte die Achseln.

»Sie können von mir denken, was Sie wollen. Wichtig ist nur, dass die drei nicht von der Gestapo erwischt werden. Falls Robert mit mir reden will, soll er mir eine Nachricht im *Lion d'Or* in Langon hinterlassen. Ich bin bereit, mich mit ihm zu treffen, wo immer er mich hinbestellt. Jetzt muss ich aber gehen.«

Als er sich Léa näherte, wandte sie sich ab. Nur Camille hatte aufgrund des Kummers in seinen Augen Erbarmen mit ihm.

»Danke, Mathias.«

Die drei Frauen blieben unbeweglich im Flur zur Küche stehen, bis das Motorengeräusch verklungen war. Der kleine Charles war auf einem Stuhl neben dem erloschenen Herdfeuer eingeschlafen, ohne seinen Teddy loszulassen.

Es war drei Uhr morgens, als Robert von der Fallschirmabsetzung zusammen mit dem Gendarm Riri, dem Tankwart Dupeyron und dem Chausseearbeiter Cazenave nach Hause zurückkehrte. Alle vier trugen eine Maschinenpistole über der Schulter.

»Léa! Madame Camille! Was ist denn los?«

»Sie werden von der Gestapo gesucht.«

Die vier Männer erstarrten.

»Und das ist noch nicht alles«, fuhr Mireille mit immer schrillerer Stimme fort. »Sidonie ist ermordet worden und der junge Fayard hat sie hierher gebracht. Du sollst sie verstecken.«

»Dieser Scheißkerl«, fluchte der Tankwart.

»Der verpfeift uns bestimmt«, jammerte der Gendarm.

»Das glaube ich nicht«, murmelte der Metzger nachdenklich.

»Er hat gesagt, wenn ihr ihm nicht traut, sollt ihr seine Eltern als Geiseln nehmen«, platzte Mireille heraus.

Camille merkte, dass sie eingreifen musste. »Ich bin sicher, dass er niemanden verraten wird.«

»Möglich, Madame Camille, aber wir dürfen absolut kein Risiko eingehen. Ich glaube, meine liebe Mireille, jetzt heißt es in den Untergrund gehen.«

»Das ist doch nicht dein Ernst! Was wird denn aus dem Geschäft? Und wenn der Junge uns erreichen will? Wenn er uns braucht? Geh, wenn du willst; ich bleibe.«

»Aber Mi ...«

»Spar dir deine Worte, ich bin fest entschlossen.«

»Also dann bleibe ich auch.«

Die vollbusige Metzgersfrau umhalste ihren Mann, der sie an sich drückte und versuchte, seine Rührung zu verbergen.

»Na, siehst du! Kannst du dir etwa vorstellen, dass ich den Ochsen von der alten Lécuyer schlachte?«, neckte sie ihn, und alle mussten lächeln.

»Aber was machen wir denn mit ihnen?«, fragte der Gendarm und wies auf Camille und Léa.

Robert schob seine Kameraden ans andere Ende der Küche. Sie flüsterten kurz miteinander, dann gingen Riri und Dupeyron hinaus.

»Sobald sie zurück sind und die Luft rein ist, fahren wir los. Wir bringen Sie zu verlässlichen Freunden. Dort bleiben Sie ein paar Tage, dann sehen wir weiter. Alles hängt davon ab, was mir Mathias erzählt, wenn ich mich mit ihm treffe.«

Er wandte sich an seine Frau: »Mireille, mach uns einen anständigen Korb zurecht.«

»Das ist nicht nötig, wir haben alles, was wir brauchen«, erklärte Camille.

»Lassen Sie nur, Sie wissen ja nicht, wie lange Sie sich versteckt halten müssen.«

Der Tankwart kam zurück. »Es kann losgehen, alles ist ruhig. Riri passt auf.«

»Gut, fahren wir. Mireille, mach dir keine Sorgen, falls ich vor Morgengrauen nicht zurück sein sollte. Ich nehme den Kleinen, Cazenave nimmt den Korb. Und jetzt sagt euch Adieu.«

Der Lieferwagen war nicht gerade bequem und rüttelte hart in den Wegfurchen.

»Ist es noch weit?«, stöhnte Léa.

»Nicht sehr; kurz vor Villandraut. Die Gegend ist sicher. In der Untergrundorganisation hier sind lauter Kumpel. Ihr Onkel kennt sie alle.«

»Glauben Sie, dass wir lange dort bleiben müssen?«

»Keine Ahnung. Das werden wir sehen, wenn ich mit Mathias gesprochen habe. Jetzt sind wir gleich da.«

Nach einem kurzen Wegstück zwischen niedrigen Gebäuden hindurch hielten sie vor einem etwas abseits gelegenen Haus. Ein Hund bellte. Eine Tür öffnete sich. Ein mit einem Gewehr bewaffneter Mann näherte sich.

»Bist du das, Robert?«, fragte er leise.

»Ja. Ich bringe dir zwei Freundinnen, die in Schwierigkeiten stecken.«

»Du hättest mir vorher Bescheid geben können.«

»Das war nicht möglich. Hast du momentan Platz?«

»Du hast Glück, die Engländer sind letzte Nacht gegangen. Bleiben sie lange?«

»Weiß ich nicht.«

»Frauen und ein Gör«, brummelte er vor sich hin. »Passt mir gar nicht. Mit den verflixten Weibern gibt es immer nur Ärger.«

»Sehr liebenswürdig«, zischte Léa zwischen den Zähnen.

»Machen Sie sich nichts aus ihm«, sagte Robert. »Der alte Léon meckert die ganze Zeit, aber es gibt keinen besseren Schützen in den *Landes* noch ein besseres Herz.«

»Bleibt nicht hier draußen stehen. Die Nachbarn gehören zwar alle zu uns, aber heutzutage schleicht sich schnell mal ein schwarzes Schaf in die Herde.«

Der Raum, den sie betraten, war lang und niedrig und hatte einen gestampften Lehmboden. Drei große hohe Betten mit verschossenen roten Vorhängen, die an den Deckenbalken befestigt waren, holzgeschnitzte Truhen, die zwischen ihnen standen, ein riesiger Tisch, beladen mit Tierfallen, roten und blauen Patronen, einer auf Zeitungspapier auseinander genommenen Maschinenpistole, schmutzigem Geschirr und alten Lappen, mehrere ungleiche Stühle, ein von langen Jahren des Gebrauchs geschwärzter Herd, ein Kamin von imponierenden Ausmaßen, dekoriert mit den unvermeidlichen gravierten Geschosshülsen aus dem letzten Krieg, ein abgenutzter Spülstein, über dem vergilbte und mit Fliegendreck besprenkelte Kalender hingen (der des Jahres 1944, auf dem Kätzchen abgebildet waren, wirkte mit seinen schreienden Farben geradezu anachronistisch), bildeten das gesamte Mobiliar, das vom gelben Lichtschein einer Petroleumhängelampe erhellt wurde. Das Gehöft hatte noch keinen elektrischen Strom.

So viel Ländlichkeit, verbunden mit dem starken

Geruch gebündelter Tabakblätter, die unter der Decke hingen, ließ die beiden jungen Frauen auf der Schwelle verharren.

»So bald hatte ich noch keine neuen Gäste erwartet. Ich habe noch keine Zeit gehabt, die Betten zu machen«, erklärte Léon, während er Laken aus einer der Truhen nahm.

»Gibt es denn nicht noch einen Raum?«, flüsterte Léa Robert ins Ohr.

»Nee«, antwortete ihr Gastgeber, der ein feines Gehör hatte. »Das hier ist alles, was ich Ihnen anbieten kann, kleines Fräulein. Kommen Sie, helfen Sie mir beim Betten beziehen. Die Betten sind gut, das werden Sie feststellen. Echte Gänsedaunen. Wenn man einmal drin ist, möchte man gar nicht mehr raus.«

Die Laken waren grob gewebt, dufteten jedoch frisch nach Kräutern.

»Der Abort ist hinter dem Haus; da haben Sie so viel Platz, wie Sie nur wollen«, fügte Léon etwas boshaft hinzu.

»Und wo kann man sich waschen?«

»Draußen steht eine Schüssel und der Brunnen ist nicht weit.«

Léa musste wohl ein komisches Gesicht machen, denn trotz ihrer Müdigkeit brach Camille in Lachen aus.

»Du wirst sehen, wir werden es hier gut haben. Komm, ich helfe dir.«

Charles wachte nicht einmal auf, als seine Mutter ihn auszog und ins Bett legte.

2.

Camille und Léa hatten schon lange nicht mehr so gut geschlafen. Selbst der kleine Charles, sonst stets als erster wach, schlummerte noch trotz der fortgeschrittenen Morgenstunde. Das durch die roten Vorhänge sickernde Licht war weich und rosenfarben. Man erriet, dass draußen schönes Wetter war. Die Tür musste offen sein, denn beruhigende Bauernhofgeräusche drangen bis zu ihnen hinein: Hühnergegacker, das Quietschen der Zugkette, ein Eimer, der an den Brunnenrand stieß, Taubengurren, Pferdegewieher, die Stimme eines Kindes, das nach seiner Mutter rief. Es war, als könne nichts diesen Frieden stören. Jemand betrat den Raum und schüttete Kohlen auf das Herdfeuer. Bald darauf verbreitete sich der Duft von echtem Kaffee. Wie von diesem Aroma belebt, schoben Camille und Léa gleichzeitig ihre Bettvorhänge beiseite. Der Anblick der beiden zerzausten Frauenköpfe entlockte Léon ein Grunzen, das einem Lachen ähnelte.

»Na, ihr Hübschen, man muss schon die besten Mittel anwenden, um euch aus den Federn zu kriegen: nichts Geringeres als echten kolumbianischen Kaffee.«

Léa hatte es so eilig, dass sie fast aus dem Bett fiel, dessen Höhe sie vergessen hatte. Sie nahm die Schale, die Léon ihr reichte, führte sie an ihre Nase und sog genießerisch den wundervollen Duft ein.

»Ich habe zwei Stück Zucker hineingetan. Ich hoffe, das ist Ihnen nicht zu viel.«

»Zwei Stück Zucker! Hast du das gehört, Camille?«

»Ja, hab ich«, antwortete sie und trat heran, so zart in ihrem langen weißen Nachthemd, dass sie wie eine Pensionatsschülerin aussah.

Léon, der sich an ihrem Vergnügen zu freuen schien, reichte auch ihr eine Schale Kaffee.

»Wie kommen Sie denn an so etwas?«

»Die Engländer haben mir zum Abschied eine Packung Kaffee dagelassen. Und das ist nicht mal alles.«

Er entnahm einer Truhe, die wohl als Speiseschrank diente, einen großen Brotlaib.

»Das wird Ihnen schmecken: richtiges Weißbrot, eine echte Brioche!«

Er holte sein Messer aus der Hosentasche, öffnete es gemächlich und schnitt drei große Stücke ab. Léa steckte ihre Nase in das feste weiche Brot und roch so gierig daran, als befürchtete sie, dieser Duft könne für immer verschwinden. Camille betrachtete ihr Stück mit dem gleichen Ernst, den sie auch auf alle anderen Dinge verwandte.

»Brot ... Brot ...!«

Charles, der auf dem Bett stand, streckte seine Ärmchen aus. Léon nahm ihn auf, setzte ihn auf sein Knie und schnitt ihm eine dicke Scheibe Brot ab.

»Das ist viel zu viel für ihn, Monsieur, so viel wird er nie aufessen!«, rief seine Mutter aus.

»Das sollte mich wundern bei so einem kräftigen Kerlchen. Nun trinken Sie mal Ihren Kaffee, sonst wird er kalt.«

Der alte Bauer aus den *Landes* behielt Recht. Charles aß das ganze Stück Brot.

Drei beschauliche Tage vergingen. Es war schönes, ein wenig kühles Wetter. Am Abend des 21. April kam Robert wieder. Er hatte sich mit Mathias in Langon getroffen. Der junge Mann hatte sich bereit erklärt, sich gefesselt und mit verbundenen Augen im Kofferraum eines Autos in ein Versteck der Widerständler in der Nähe von Mauriac bringen zu lassen. Dort hatte er alle Fragen des Metzgers und seiner Kameraden rückhaltlos beantwortet. Da ihn seine Antworten zufrieden stellten, hatte Robert ihn im Laufe der Nacht nahe dem Bahnhof von La Réole freigelassen.

»Ist die Gestapo auf Montillac erschienen?«, fragte Léa.

»Die Gestapo nicht, aber Leute von Kommissar Penot.«

»War Maurice Fiaux mit dabei?«

»Nein.«

»Wie ist es abgelaufen? Wie geht es meiner Tante und Ruth?«

»Sehr gut. Ruth zufolge sind sie sehr höflich befragt worden, doch ihre Antworten wurden kaum beachtet.«

»Was wollten sie denn eigentlich?«

»Sie wollten wissen, ob sie etwas von Pater Adrien gehört hätten. Nach Ihnen und Madame d'Argilat haben sie mit keinem Wort gefragt.«

»Merkwürdig! Warum hat mir dann Sidonie noch, bevor sie starb, gesagt, ich solle mich in Sicherheit bringen, und wieso hat Mathias geglaubt, wir würden verhaftet?«

»Weil er, wie er uns erklärt hat, ein Gespräch zwischen dem Chef der Miliz und Fiaux mit angehört hat, die beide meinten, Sie wüssten eine Menge über die Flucht der Brüder Lefèvre und würden auch den Aufenthaltsort von Pater Adrien und Ihrem Cousin Lucien kennen.«

»Und wieso waren sie dann zuerst bei Sidonie?«

»Ein Denunziationsschreiben – ich habe so meinen Verdacht bezüglich des Absenders –, in dem stand, dass sie Widerständler verstecke, wurde der Polizei zugeschickt.«

»Warum hat uns Mathias nicht früher gewarnt?«

»Denan hätte ihn angeblich stundenlang in seinem Büro zurückgehalten.«

»Wer ist dieser Denan?«, wollte Léa wissen.

»Ein schöner Dreckskerl ist dieser Lucien Denan! Er ist mit den Flüchtlingen nach Bordeaux gekommen. Bis 1942 war er Verkäufer in der Kurzwarenabteilung vom Kaufhaus *Dames de France*. Wenn er dort Feierabend hatte, ist er zum Sitz der Sicherheitspolizei gegangen, wo er alles, was er über die Angestellten des Kaufhauses in Erfahrung bringen konnte, in eine Kartei eingetragen hat. Er wurde dann sehr schnell deren Informant Nr. 1, hat bei *Dames de France* gekündigt und ist erst zum stellvertretenden Inspektor für Jüdische Fragen, dann zum Regionalabgeordneten ernannt worden. Als dann die Miliz in Bordeaux aufgestellt worden ist, wurde er Chef der 2. Abteilung. Es heißt, er arbeite auch noch für den deutschen Nachrichtendienst unter dem Namen ›Monsieur Henri‹. So sieht das Porträt dieses braven Mannes aus. Aber um auf den jungen Fayard zurückzukommen: Sobald er konnte, ist er mit einem Dienstwagen losgefahren. Zu Sidonies Unglück war es schon zu spät. Heute Morgen ist die arme Alte begraben worden. Es waren nur wenige Leute, die hinter dem Leichenwagen hergegangen sind.«

Léa konnte ihre Tränen nicht zurückhalten.

»Ruth hatte sich um alles gekümmert«, fuhr Robert fort. »Ich habe Belle zu mir genommen, aber ich fürchte sehr, dass das arme Tier bald seiner Herrin nachfolgen wird.«

»Werden wir nun gesucht oder nicht?«, fragte Camille.

»Laut Mathias jedenfalls nicht offiziell. Aber das bedeutet gar nichts. Er meint, es sei besser, dass Sie sich noch eine Weile versteckt halten.«

»Weiß er, wo wir sind?«

»Selbstverständlich nicht. So weit geht unser Vertrauen nicht. Wir haben uns für den 24. in Bordeaux am Bahnhof Saint-Jean verabredet. Ich werde versuchen, am nächsten Tag herzukommen. Bis dahin lassen Sie sich lieber nicht zu viel sehen.«

Es war herrliches warmes Wetter, wenn auch morgens noch recht kalt. Der würzige Duft der Kiefern gab Léa und Camille das Gefühl, in den Ferien zu sein. Körper und Geist waren wie von einer Betäubung ergriffen, gegen die sie nicht ankämpften. Die Tage, die sie im Wald verbrachten, wo sie picknickten, sich in einer sandigen Mulde aalten, mit Charles Verstecken spielten, ließen sie die Wirklichkeit vergessen. Diese brachte sich ihnen jäh in Erinnerung, als ein Widerständler kam und dem alten Léon die Verhaftung des Metzgers und seiner Frau mitteilte. Mireille war zum Fort du Hâ gebracht worden, Robert zur Route du Médoc (die in Avenue du Maréchal-Pétain umgetauft worden war), wo er verhört werden sollte.

Camille wurde blass. Sie dachte an die Tage, die sie in den Kellern des finsteren Gebäudes verbracht hatte, an die Schreie der Gefolterten.

»Wann ist er verhaftet worden?«

»Als er sich mit dem jungen Fayard am Bahnhof Saint-Jean treffen wollte.«

»Er ist denunziert worden!«, rief Léa.

»Das halten wir für unwahrscheinlich. Aristide war sicherheitshalber informiert worden und zwei seiner Leute haben die Bahnhofseingänge beobachtet, ein Dritter hat in der Nähe des Treffpunkts auf Mathias Fayard gewartet. Alles schien normal. Ich bin zusammen mit Robert und Riri fünf Minuten vor der vereinbarten Zeit dort angelangt. Wir sind aber von der Menschenmenge, die mit dem Pariser Zug angekommen war, getrennt worden. Riri und ich haben Mathias kommen sehen; er schien allein zu sein. Also haben wir kehrtgemacht. Ungefähr zehn Meter von uns entfernt stand Robert, eingekreist von einem deutschen Offizier, zwei deutschen Soldaten und drei Franzosen in Zivil. Wir haben gehört, wie er gesagt hat: ›Das muss ein Irrtum sein.‹

Die Menschenmenge hat sich vor der Gruppe geteilt, und ich glaube, in dem Moment hat Mathias mitgekriegt, was da ablief. Er ist blass geworden, hat ein paar Schritte auf sie zu gemacht und ist dann stehen geblieben. Ich stand dicht neben ihm.

›Saukerl‹, hab ich zu ihm gesagt, ›dir werden wir die Haut abziehen.‹

Er hat mich angestarrt, als ob er kein Wort verstünde. ›Ich hab nichts damit zu tun, ich verstehe das alles nicht. Das muss ein Zufall sein.‹

›Den Zufall wirst du bezahlen müssen.‹

›Hör auf mit dem Quatsch, kein Mensch hat gewusst, dass ich mit ihm verabredet war.‹

›Wolltest du etwa einen Beweis liefern?‹

›Denk, was du willst; lass uns hinter ihnen hergehen. Ich will wissen, wohin sie ihn bringen. Komm mit.‹

›Dass du mich auch festnehmen lassen kannst!‹

›Hier, nimm meine Pistole, dann kannst du mich abknallen, wenn du glaubst, ich würde dich reinlegen.‹

Er hat mir seine Waffe hingehalten, einfach so, ohne auch nur zu versuchen, sie zu verbergen. Alle hätten es sehen können. Ich hab sie ihm aus den Händen gerissen und gesagt: ›Bist du verrückt?!‹

Ich habe nachgesehen, ob sie geladen war, und habe sie in meine Tasche gesteckt. Dann haben wir uns in Richtung Ausgang in Bewegung gesetzt. Riri hat sich uns wieder angeschlossen. Er sah aus, als hätte er Mathias am liebsten auf der Stelle umgelegt.

›Erklär's ihm‹, hat Mathias ruhig gesagt und ist auf einen Geländewagen zugegangen, der unten an der Treppe geparkt war. Inzwischen war Robert nur ein paar Meter von uns entfernt in einen Citroën 15 mit deutschem Nummernschild gestoßen worden. Ich bin zu Mathias in den Wagen gestiegen, Riri hat sich davon gemacht.

›Kommt er nicht mit?‹, hat mich Mathias gefragt.

›Er traut dir nicht. Er kommt mit ein paar Kameraden von hier hinter uns her.‹

›Dann sollen sie sich beeilen‹, hat er zu mir gesagt und ist dem deutschen Wagen nachgefahren.

Ich hab die Pistole gezogen und auf Mathias gerichtet, so dass ich ihn im Notfall sofort hätte abknallen können. Ich habe mich mehrmals umgedreht, weil ich mich gefragt habe, wie Riri und die Kameraden uns hätten folgen können. Das Auto der Boches vor uns fuhr ziemlich schnell.

›Scheiße‹, hat Mathias gesagt, ›sie fahren nicht zum Cours du Chapeau-Rouge.‹

›Was ist denn am Cours du Chapeau-Rouge?‹

›Eins der Büros von Poinsot.‹

›Na und?‹

›Das heißt, dass sie ihn den Deutschen überlassen, und es ist viel schwieriger, ihren Klauen zu entkommen als denen der französischen Polizisten.‹

Am Cours Aristide-Briand sind sie abgebogen und haben den Cours d'Albret genommen. Ich hab mir gesagt: Sie bringen ihn zum Fort du Hâ. Aber nein, sie sind weitergefahren, am Gefängnis vorbei. In der Rue de l'Abbé-de-l'Epée hat mich Mathias gefragt, ob meine Kameraden hinter uns seien. Außer Fahrrädern und einem Laster der deutschen Wehrmacht war kein Fahrzeug zu sehen. In der Rue de la Croix-de-Seguey habe ich begriffen, wohin sie fuhren. Am Schlagbaum der Rue du Médoc sind wir von deutschen Flics angehalten worden. Ich hab meine Pistole in die Tasche gesteckt, mir war ganz schön mulmig. Mathias hat ihnen eine Karte gezeigt und sie haben uns durchgewunken. Auf den Straßen von Bouscat waren nur wenige Leute und kein einziges Auto. Mathias ist langsamer gefahren, um den Abstand zwischen ihnen und uns zu vergrößern. Noch immer nichts zu sehen von den Kameraden. Als die Boches angehalten haben, haben auch wir gehalten, etwa hundert Meter dahinter. Wir haben gesehen, wie sie Robert in das – wie wir wussten – zentrale Verhörbüro der Gestapo geschleppt haben. Da war nichts mehr zu machen. Ich habe Mathias angeschaut, er war noch immer sehr blass und die Knöchel seiner um das Lenkrad geklammerten Hände waren weiß. Ich hätte ihn am liebsten sofort umgebracht. Das hat er erraten, denn er hat zu mir gesagt:

›Das Einzige, was du davon hättest, wäre, dass sie dich auch verhaften. Seine Frau und die anderen müssen gewarnt werden. Ich schwör's dir, ich habe niemanden verraten. Es muss bei euch Verräter geben.‹

Ich hab ihm gesagt, er soll losfahren, und wir sind langsam an dem Schloss, in dem Kommandant Luther wohnt, fast direkt gegenüber von der Nr. 197, vorbeigefahren. Alles war ruhig.«

Der Mann leerte sein Glas Wein, das ihm Léon gebracht hatte. »Und dann?«, fragte Léa.

»Dann sind wir zum Bahnhof Saint-Jean zurückgefahren, um zu sehen, ob die anderen vielleicht dort wären. Nachdem wir uns im Bahnhof umgesehen hatten, meinte Mathias:

›Wir dürfen hier nicht bleiben, wir würden bloß auffallen. Fahren wir nach Saint-Macaire und warnen Mireille.‹

Wir sind das rechte Ufer der Garonne entlanggefahren. Kurz vor Rions sind wir von Milizen gestoppt worden, die nach den Urhebern eines am Vorabend verübten Sabotageaktes gesucht haben. Am Ausgang von Saint-Maixant war wieder eine Kontrolle, diesmal von den Deutschen. Als wir endlich in Saint-Macaire ankamen, waren seit Roberts Festnahme schon drei Stunden vergangen.

›Wir sollten besser den Weg am Hafen entlang nehmen‹, hat Mathias gesagt.

Unterhalb der Schlossruine hat er angehalten und das Auto in einer Grotte versteckt, die die Tresterschnapsbrenner als Remise benutzen. Dann sind wir die Böschung raufgeklettert und waren hinter der Kirche.

›Mach bloß kein Geräusch‹, hat er zu mir gesagt und schien gar nicht zu bemerken, dass die Pistole wieder auf ihn gerichtet war. Kein Mensch war auf den Gassen, die meisten Fensterläden waren geschlossen, obwohl noch Tag war. Plötzlich waren zwei Schüsse auf der Straße zu hören.

›Das kommt aus der Richtung von Roberts Haus!‹, hat Mathias ausgerufen. Im Schutz einer Toreinfahrt haben wir dann die Verhaftung von Mireille miterlebt, die von einem deutschen Unteroffizier in ein Auto geschoben wurde. Vor der Metzgerei hat ein Hund seinen letzten Blutstropfen vergossen. Ein Soldat hat dem Kadaver lachend einen Fußtritt versetzt, so dass er fast bis zu uns hergerollt ist. Ich hab gehört, wie Mathias gemurmelt hat: ›Belle! Sie haben Belle erschossen!‹«

»Sidonies Hund!«, rief Léa aus. »Das arme Tier!«

»Was habt ihr dann gemacht?«, fragte Léon.

»Ich hab Mathias gezwungen, zurückzufahren. In der Nähe von Bazas habe ich ihn erst einmal Georges' Leuten übergeben, bis wir zu einer Entscheidung kommen.«

»Woher wusstet ihr, wohin Mireille gebracht worden ist?«

»Als wir bei Georges angekommen sind, hatte ihnen gerade ein Kamerad von der Polizei in Bordeaux die Festnahme der beiden gemeldet und auch den jeweiligen Ort, an den sie gebracht worden sind.«

Alle schwiegen bedrückt.

Léon ergriff als Erster wieder das Wort und wandte sich an die beiden jungen Frauen, die Charles an sich gedrückt hielten, dessen Augen ängstlich von einer zur anderen gingen.

»Sie sind hier nicht mehr sicher.«

»Wie können Sie so etwas sagen!«, rief Léa aufgebracht. »Robert würde uns nie verraten.«

»Er wird so lange standhalten, wie er kann, da bin ich mir ganz sicher, aber es ist ein Risiko, das wir nicht eingehen können. Vergessen Sie nicht, dass auch seine Frau verhaftet worden ist. Wenn sie sie in seinem Beisein foltern, wird er reden.«

»Das ist richtig.«

Plötzlich riss Léon seine Flinte, die gewöhnlich im Bett versteckt war, vom Gewehrständer und richtete sie auf die Eingangstür. Alle verstummten. Ein Kratzen war zu hören, dann öffnete sich die Tür und ein Mann im Anorak erschien.

»*My goodness*, Léon, erkennen Sie mich denn nicht?«

Der Alte ließ das Gewehr sinken und brummte:

»Aristide! Es ist sehr unvorsichtig, einfach so bei den Leuten hereinzuplatzen.«

»Stimmt. Guten Tag, Léa, erinnern Sie sich noch an mich?«

»Sehr gut. Ich freue mich, Sie wiederzusehen.«

»Madame d'Argilat, wenn ich nicht irre«, sagte er und wandte sich Camille zu.

»Ja. Guten Tag, Monsieur.«

»Ich habe gute Nachrichten für Sie. Wegen der bevorstehenden Landung der Alliierten hat Ihr Mann mit der von General Leclerc aufgestellten Division Marokko verlassen. Er ist am 21. April im Hafen von Swansea im Süden von Wales eingetroffen. Der General ist selbst zur Begrüßung erschienen.«

Camille strahlte vor Freude. Wie schön sie ist, dachte Léa. Aus einem Impuls der Zuneigung heraus küsste sie sie. Wie fern erschien ihr jetzt die Zeit, da sie Camille hasste als Ehefrau des Mannes, den sie zu lieben geglaubt hatte und den sie während einer Nacht in den backsteinroten Kellergewölben von Toulouse zu ihrem Geliebten gemacht hatte. Heute teilte sie ohne Hintergedanken das Glück dieser jungen Frau, die ihre Freundin geworden war.

»Ich danke Ihnen für diese gute Nachricht, Monsieur.«

»Ich glaube, ich kann Ihnen versichern, dass Sie bald weitere Nachrichten erhalten werden. Doch jetzt müssen Sie fort von hier. Ich hätte Sie gern zu einer Freundin in Souprosses gebracht, aber ich fürchte, sie wird von Grand-Cléments Leuten, die mich suchen, beobachtet.«

»Und wenn wir einfach nach Montillac zurückgingen, da wir doch nicht gesucht werden?«

»Das wissen wir nicht. Es wäre ein zu großes Wagnis.«

»Für ein paar Tage könnten wir ins Taubenhaus gehen«, schlug Léon vor. »Das findet keiner im Wald. Es ist zwar nicht sehr komfortabel, aber ...«

»Das Leben ist wichtiger als der Komfort«, erklärte Aristide. »Packen Sie Kleidung und Vorräte für ein paar Tage zusammen, wir brechen sofort auf. Gibt es Wolldecken in dem Haus?«

»Ich glaube, ja. Ich werde noch eine saubere für den Kleinen mitnehmen.«

»Was haben Sie mit Mathias vor?«, fragte Léa Aristide, den englischen Agenten.

»Wenn's nach mir ginge, ich ließe ihn im Wald Schwerarbeit verrichten«, brummelte Léon.

»So leicht kann man ihn nicht davonkommen lassen. Er muss verhört werden. Und obwohl ich sonst wirklich jedem misstraue, neige ich dazu, ihn für unschuldig an diesen Verhaftungen zu halten.«

»Immerhin arbeitet er für die.«

»Da ist er leider nicht der Einzige. Doch es ist nicht bewiesen, dass er selbst jemanden getötet hat.«

»Wir sind bereit, Monsieur«, erklärte Camille, die ihre kleine Reisetasche schon in der Hand hielt.

Oberst Claude Bonnier, Militärbeauftragter für die Region und bekannt unter dem Decknamen Hypothenuse, war im November 1943 vom Zentralbüro für Nachrichtendienste und Aktionen mit dem Auftrag nach Frankreich geschickt worden, den Widerstand in Aquitanien nach Grand-Cléments Verrat neu zu organisieren.

Im Februar 1944 nahm ihn die Gestapo in Bordeaux gefangen, als er von seinem Sendegerät in der Rue de Galard aus eine Botschaft nach London schicken wollte. (Sein Funker war nach einer Denunziation verhaftet worden und hatte seinerseits Hypothenuse denunziert, der dann in einen von einem Leutnant Kunesch gelegten Hinterhalt geriet.)

Er war nach Le Bouscat an der Route du Médoc gebracht und gegen achtzehn Uhr von Dohse selbst verhört worden. Er hatte hartnäckig geleugnet, dass er von London geschickt worden sei, dass er Claude Bonnier alias Bordin heiße (obwohl von Toussaint, den Brüdern Lespine, Durand und Grolleau identifiziert) und dass er die Exekution von Oberst Camplan[1], der des Verrats verdächtigt wurde, angeordnet habe.

Nach etwa zwanzig Minuten hatte Dohse wütend angeordnet, ihn in eine Kerkerzelle zu bringen. Er wolle

---

1 Eugène Camplan, Kriegsheld von 1914, engagierte sich sehr früh im Widerstand und wurde im Oktober 1943 von Oberst Touny beauftragt, als Chef der Unterdivision Süd der Region B2 die Aktionen der F. F. I. (Forces Françaises de l'Interieur = Französische Streitkräfte des Inneren) in der fünf Departements umfassenden Region von Bordeaux zu koordinieren. Er wurde von Bonnier des Verrats verdächtigt (Treffen mit Dohse und Grand-Clément) und von dessen Leuten im Januar 1944 in der Nähe von Ruffec im Wald von Linaux hingerichtet. Nach dem Krieg wurde Oberst Camplan nach einer langwierigen Untersuchung zum »Opfer einer tragischen Verwechslung« erklärt und offiziell als »gestorben für Frankreich« anerkannt.

das Verhör nach dem Abendessen fortsetzen. Bonnier wurde eingesperrt, ohne dass man ihm die Handschellen abgenommen hatte. Spätnachts wurde Dohse aus der Offiziersmesse herbeigeholt: In Hypothenuses Zelle gingen merkwürdige Dinge vor. Als er im Keller des Hauses Nr. 197 der Route du Médoc, das als Gefängnis diente, erschien, lag Bonnier auf dem Boden, von Krämpfen geschüttelt und mit schäumendem Mund, Gesicht und Lippen staubverschmiert. Er stöhnte leise. Der Wachhabende, der über ihn gebeugt war, richtete sich auf.

»Er hat sich mit Zyankali vergiftet.«

»Das seh ich auch, Dummkopf! Haben Sie ihn nicht durchsucht?«

»Selbstverständlich, Herr Leutnant, aber die Kapsel muss in seinem Jackenfutter versteckt gewesen sein.«

»Wie hat er das fertig gebracht, mit gefesselten Händen?«

»Er muss die Kapsel mit den Zähnen erwischt haben, aber dann ist sie ihm entfallen. Die Flüssigkeit hat sich auf dem Fußboden ausgebreitet und er hat sie aufgeleckt. Daher stammt auch der Staub in seinem Gesicht und deshalb war er auch nicht sofort tot.«

»Rufen Sie schnell einen Arzt.«

»Zu Befehl, Herr Leutnant!«

Er ging hinaus und schrie: »Einen Arzt, schnell, einen Arzt!«

Vergeblich hielten sich die Gefangenen in den Nachbarzellen die Ohren zu, um die Schreie und das Stöhnen nicht zu hören. Hatten sie Gewissensbisse angesichts des Leidens des Mannes, den sie denunziert hatten, diese zwanzigjährigen Widerstandskämpfer, die von Dohse manipuliert worden waren? Nein, gewiss nicht. Es erschien ihnen nur gerecht, dass der, der Oberst Camplan, ihren Chef, hatte töten lassen, dies mit seinem Leben bezahlte.

Claude Bonnier starb im Morgengrauen, ohne geredet zu haben.

Friedrich Dohse hatte tief beeindruckt gemurmelt: »Diese Leute aus London sind nicht wie die anderen.«

Paradoxerweise hatte dieser Tod, der alle Energien hätte lähmen müssen, die Untergrundkämpfer mobilisiert und ihre Kräfte neu belebt.

So war es auch, als Robert verschwand.

Auch der Metzger war kein Mann wie die anderen. Sein Engagement für den Widerstand wurzelte in seiner festen Überzeugung, dass die Deutschen in Frankreich nichts zu suchen hatten und dass Männer wie er alles tun müssten, um sie zu vertreiben, wenn sie nicht einst vor ihren Kindern schamrot dastehen wollten. Er war der Sohn eines Soldaten, der an den Folgen seiner bei Verdun erhaltenen Verletzungen gestorben war, und hatte sich einen Lieblingssatz seines Vaters zu Eigen gemacht. Jedes Mal wenn sie einen Spaziergang auf die Hügel des Pian machten, die die Gegend überblickten, hatte der alte Poilu angehalten, um das schöne reiche Land zu betrachten, und ruhig erklärt:

»Frankreich ist es wert, dafür zu sterben.«

Er, Robert, besaß keine Zyankalikapsel, und Dohse hatte sich nicht zwischen ihn und Poinsots Schergen gestellt. Sie hatten ihn gefoltert – mit großem Raffinement und ... mit Schlachtermessern!

Zuerst hatte er noch zu lachen versucht: »Jetzt straft mich der liebe Gott, weil ich so viele Tiere getötet habe.«

Sie brachten ihm viele kleine Schnitte bei und schoben Knoblauchzehen in die Wunden: »Wie eine Lammkeule für Ostern.«

Sie rieben Salz und Pfeffer in seine Brustmuskeln, die sie freigelegt hatten, und umwickelten ihn »wie einen Rollbraten«. Als sie genug davon hatten, das sich nicht mehr bewegende »Stück Fleisch« zu bearbeiten, dem sie nicht ein einziges Wort hatten entreißen können, rollten sie den Körper die Kellertreppe hinunter und schlossen ihn in die Zelle ein, in der Bonnier gestorben war. Als Robert wieder zu sich kam, hörte er, wie seine Folterer lachend sagten:

»Wenn er morgen nicht redet, machen wir vor seinen Augen Hackfleisch aus seiner Metzgerin.«

Dann werde ich reden, konnte er nur denken.

Jede Bewegung während der endlosen Nacht verursachte ihm solche Schmerzen, dass er Schreie nicht unterdrücken konnte. Stunde um Stunde zernagte er den Strick, der seine Oberarme unbeweglich hielt. Trotz der feuchten Kälte des Kellers hatte er sich bald in Schweiß gearbeitet. Kurz vor Morgengrauen gab der Strick nach. Die Anstrengung hatte seinen gequälten Körper erschöpft und er wurde ohnmächtig. Als er wieder zu sich kam, wurde es Tag. Er versuchte, sich der blutverkrusteten Fesseln zu entledigen, die in seine Wunden schnitten. Diese neuerlichen Qualen besiegten für einen Augenblick seine Willensstärke und er weinte, wie er seit dem Tod seines Vaters, als er neun Jahre alt gewesen war, nicht mehr geweint hatte. Heftige, geräuschvolle und lächerliche Schluchzer schüttelten seinen kräftigen Männerkörper. In abgrundtiefer Verzweiflung sank er zurück auf den schmutzigen Boden. Wären seine Peiniger in diesem Augenblick gekommen, um ihn zu verhören, er hätte wahrscheinlich geredet. Unter seiner Wange bildeten die Tränen einen nassen Fleck, der sich mit dem Staub vermischte. Seine Finger kneteten aus der Masse kleine Kügelchen. »Die Erde ...« Aus ihr wollte er die Kraft und den Zorn schöpfen, die nötig waren, die letzten Fesseln abzustreifen. Durch ein schlecht verdunkeltes Kellerfenster sickerte ein wenig Licht. Nahe der Öffnung befand sich ein großer Ring, den Robert erreichen konnte, wenn er den Arm hob. Ein Kanalisationsrohr lief unten an der

Mauer entlang. Er stieg darauf und befestigte ein Stück des Stricks an dem Ring, aus einem weiteren Stück Strick knüpfte er eine Schlinge, die er sich um den Hals legte. Er ließ sich fallen ... Seine Füße zappelten ... Aus einem letzten instinktiven Rest Lebenswillen versuchte er, sich wieder auf des Rohr zu stellen. Der dünne Strick drang ihm ins Fleisch und zermalmte ihm langsam den Kehlkopf. Robert brauchte lange Minuten, um zu sterben.

In der Nachbarzelle sangen zwei Widerstandskämpfer einer Gruppe aus Sainte-Foy-la-Grande mit unsicherer Stimme, die zunehmend kraftvoller wurde:

Freund, wenn du fällst,[1]
Tritt ein Freund aus dem Schatten
An deinen Platz.

Morgen wird dunkles Blut
In der Sonne trocknen
Auf allen Straßen.

Pfeift, Kameraden ...
Denn in der Nacht
Lauscht uns die Freiheit.

Roberts Frau und seine Kameraden erfuhren erst am Tag nach der Befreiung von Bordeaux von seinem schrecklichen Ende.

---

1 *Le Chant des partisans* (Das Lied der Partisanen), Text von Maurice Druon und Joseph Kessel, Musik von Anna Marly, wurde erstmals am 9. Februar 1944 von der BBC ausgestrahlt. Zunächst gelesen von Jacques Duchesne unter dem Titel: *Chant de la libération* (Lied der Befreiung), danach noch zweimal mit der Musik von Anna Marly im April und im August 1944. Die in London geschriebenen Verse wurden in *Les Cahiers de la Libération* veröffentlicht, einer verbotenen Zeitschrift, die von Emmanuel d'Astier de la Vigerie im besetzten Frankreich im September 1943 gegründet worden war.

3.

Liebe Léa,

ich weiß nicht, wie es auf Montillac geht, aber hier in Paris spielt alle Welt verrückt. Alles wartet nur noch auf die Landung der Alliierten, doch noch nie hat die Bevölkerung die Engländer und Amerikaner mit ihren verfluchten Bombardierungen so sehr gehasst. Die Nacht vom 20. auf den 21. April war besonders schlimm. Ich war gerade bei Freunden, die im obersten Stock eines Hauses an der Place du Panthéon wohnen. Von dort aus haben wir uns über eine Stunde lang das Schauspiel angesehen und dabei Champagner und Whisky getrunken. Es war beeindruckender als das Feuerwerk am 14. Juli. In Sacré-Cœur ist kein einziges Kirchenfenster heil geblieben. Es hat über sechshundert Tote gegeben. Die Tanten waren ganz erschüttert. Mir tut das auch sehr leid, aber ich möchte lieber nicht darüber nachdenken, sonst würde ich es womöglich genauso machen wie sie: Ich würde meine Tage betend im Keller verbringen, in den Metrostationen oder in den Kinos, die bis sechs Uhr morgens geöffnet sind und als Luftschutzräume dienen. Es gibt fast jede Nacht und auch tagsüber Fliegeralarm. Das ist kein Leben mehr.

Glücklicherweise weiß ich, wie man an Lebensmittel kommt, sonst gäbe es in der Rue de l'Université eine Hungersnot. Auf Montillac dürfte die Versorgung besser sein. In meinem Freundeskreis wird nur von diesem Doktor Petiot und den Verbrechen in der Rue Lesueur geredet.

Ich habe deswegen schon Alpträume. Tante Lisa auch; sie schneidet alles aus, was über diese grässliche Geschichte in den Zeitungen steht. Es heißt, die Engländer hätten über der Charente Schachteln mit sprengstoffbestücktem Gebäck abgeworfen. Hast du etwas davon gehört? Man glaubt zwar, dass es sich um antienglische Propaganda handelt, aber manche Leute meinen, die Engländer seien durchaus zu so etwas fähig. Paris hatte Besuch von meinem ehemals Verehrten: Marschall Pétain ist höchstpersönlich erschienen und hat sich auf der Place de l'Hôtel-de-Ville feiern lassen. Tante Albertine und ich hatten größte Mühe, Lisa daran zu hindern, auch hinzugehen.

Ab und zu besuche ich Françoise und ihr Baby. Vergangene Woche kam Otto auf einen achtundvierzigstündigen Urlaub. Er hat noch immer keine Heiratsgenehmigung erhalten. Ich glaube, Françoise leidet sehr darunter, doch sie spricht nicht mit mir darüber. Sie tut, als amüsiere sie sich mit anderen Frauen, von denen sie glaubt, sie seien in der gleichen Situation wie sie. In Wirklichkeit sind es nur Soldatennutten. Ich habe ihr geraten, bis zum Kriegsende nach Montillac zurückzukehren, aber sie hat mir geantwortet, das käme nicht in Frage. Du solltest ihr schreiben. Otto ist wieder an die Ostfront zurückgefahren. Ich werde versuchen, dir Zigaretten zu schicken und einen hübschen blauen Stoff.

Du wirst lachen, aber ich habe mich ans Lesen gemacht. Eine Freundin hat mir ein Buch geliehen, das schon vor dem Krieg erschienen ist, glaube ich. Es erzählt die Geschichte einer Familie auf einem Landsitz, die unserer ähnelt, nur dass sich alles im Süden der Vereinigten Staaten zur Zeit des Bürgerkriegs abspielt. Das Buch heißt Vom Winde verweht *und ist einfach toll. Du musst es dir unbedingt bei Mollat in Bordeaux besorgen.*

Wie geht es Camille, Charles, Ruth und Tante Bernadette? Grüße sie von mir und vergiß nicht, auch Sidonie einen Gruß von mir zu bestellen. Habt ihr etwas von Laurent gehört? Hast du den eigenartigen François Tavernier wiedergesehen? Sind Onkel Luc und sein liebreizender Sohn noch immer für die Deutschen? Was ist aus Mathias geworden? Ich kann nicht glauben, dass er für die Gestapo arbeitet. Und seine lieben Eltern? Bestehlen sie uns noch immer? Es ist mir nicht gelungen, die Summe aufzutreiben, um die du mich gebeten hast. Ich habe mit Françoise und den Tanten gesprochen, aber du kennst ja ihre finanzielle Lage: Sie haben gerade das Nötigste zum Leben. Als Otto von deinen Schwierigkeiten erfahren hat, war er ganz unglücklich, dass er nichts für uns tun konnte. Sein Vater hat ihm sämtliche Zuwendungen gesperrt, er hat jetzt nur seinen Sold. Vielleicht solltest du Fayards Vorschläge in Erwägung ziehen. Was meint Camille dazu?

Ich weiß, dass ich dir einen Schreck einjage, wenn ich dir vorschlage, Montillac, oder zumindest einen Teil, zu verkaufen.

Ich muss jetzt schließen, denn es ist gerade jemand gekommen, um mich zum Kino abzuholen. Wir wollen uns Le Voyageur sans bagages *(Der Reisende ohne Gepäck) ansehen.*

Schreib mir bald wieder. Ich umarme dich.

Laure

PS.: Du solltest trotz der Bombenangriffe nach Paris kommen. Das würde dich auf andere Gedanken bringen. Ich würde dich gern in einen Jazzkeller im Quartier Latin mitnehmen.

Léa lächelte, als sie den Brief zu Ende gelesen hatte. Meine kleine Schwester ist wirklich ahnungslos, dachte sie. Dann entfaltete sie ein weiteres Blatt, das mit einer eleganten Schrift bedeckt war.

Mein kleines Mädchen,

ich nutze die Gelegenheit, dass Laure dir schreibt, um dich wissen zu lassen, wie sehr ich an dich und an das teure Haus denke, das deine und deiner Schwestern Geburt erlebt hat und das dein armer Vater und deine liebe Mutter so geliebt haben. Die Situation, mit der du dich herumplagen musst, bereitet Lisa und mir große Sorgen. Wir haben wieder und wieder gerechnet, doch wir sind praktisch ruiniert. Außer der Wohnung in der Rue de l'Université besitzen wir nichts mehr. Um etwas zu essen zu haben, mussten wir die schönsten Schmuckstücke unserer Mutter zu lächerlich niedrigen Preisen verkaufen; die uns noch verbliebenen Sachen haben nur Erinnerungswert. Unsere Investitionen, die wir vor dem Krieg vorgenommen haben, haben sich als katastrophal erwiesen und unser Bankier ist mit dem Gold, das wir ihm anvertraut hatten, entschwunden. Dies, um dir zu verdeutlichen, weshalb wir dir nicht helfen können, es sei denn, wir verkauften unsere Wohnung. Lisa und ich sind darüber ganz verzweifelt. Hast du daran gedacht, bei deinem Onkel Luc Rat einzuholen? Ich weiß, dass eure Beziehung problematisch ist, doch ich bin sicher, dass er dir aus Respekt vor dem Andenken seines Bruders helfen wird, so gut er kann. Zu viele unehrliche Leute versuchen die Notlage von Frauen auszunutzen, die durch den Krieg gezwungen sind, Situationen zu bewältigen, auf die sie nie vorbereitet wurden. Der Krieg wird bald enden; wenn du noch so lange durchhalten könntest …

Laure macht uns Sorgen. Sie ist ständig unterwegs, kommt spätnachts nach Hause, handelt mit allem Möglichen. So versetzt uns die Kleine fast ebenso sehr in Unruhe wie ihre Schwester Françoise, deren Heirat wohl nicht zustande kommen wird. Was soll nur später einmal aus ihr werden?

Lass uns öfter von dir und der lieben Camille hören. Grüß deine Tante, Madame Bouchardeau und Ruth von mir.

Mein geliebtes Kind, vergib uns, dass wir dir so gar keine Hilfe sein können. Lisa und ich beten jeden Tag für dich und segnen dich. Deine dich liebende

Tante Albertine

Léa knüllte den Brief zusammen und ließ ihn auf den Boden rollen. Sie fühlte sich ratlos, verlassen. Dennoch: Es musste doch irgendeinen Ausweg geben.

Die beiden jungen Frauen und das Kind hatten nur zwei Nächte im Taubenhaus zugebracht. Am Morgen des dritten Tages war Léa von einer vertrauten Stimme geweckt worden, die sie im Halbschlaf jedoch nicht gleich identifizieren konnte.

»Die Kleine schläft ja wie ein Murmeltier!«

»Pater! Welche Freude, Sie wiederzusehen!«

»Onkel Adrien!«

»Meine schöne Schläferin!«

Auf ihrer Decke hockend, umklammerte Léa die Hand ihres Onkels und betrachtete ihn glücklich und ungläubig.

»Ich dachte schon, ich würde dich vor Ende des Krieges nicht wiedersehen.«

»Das Ende ist nahe.«

»Wann bist du angekommen?«

»Ich bin heute Nacht nicht weit von hier mit dem Fallschirm abgesetzt worden. Aristide hat mich in Empfang genommen und mir von Robert und Mireille berichtet...«

»Es muss etwas geschehen.«

»Aristide und seine Leute werden sich zusammen mit denen von La Réole darum kümmern. Im Augenblick kann nichts unternommen werden.«

»Ich muss dauernd daran denken, dass sie wegen uns verhaftet worden sind«, sagte Camille.

»Das glaube ich nicht. Die Gestapo hat bei der Festnahme von Widerständlern belastende Dokumente gefunden; andere haben unter Drohungen oder Folter Namen preisgegeben. Als ich in London erfuhr, wer der junge Mann ist, der Poinsots Vertrauen genießt, hatte ich sofort Angst um euch und Robert und Mireille. Der wusste seit langem, dass Robert im Widerstand war.«

»Warum hat er sie dann nicht schon früher denunziert?«

»Darin zeigt sich die besonders perfide Seite dieses Menschen: Er möchte allein einen großen Coup landen und seinen Chefs die Anführer der regionalen Widerstandsorganisation bringen.«

»Wenn man weiß, wer er ist, wieso lässt man ihn dann nicht verschwinden?«

Das schmal gewordene Gesicht des Dominikaners, das jetzt einen prachtvollen, schwarz gefärbten Schnurrbart trug, der ihn unkenntlich machte, verdüsterte sich. Léa bemerkte, wie sich sein Körper straffte. Armer Onkel Adrien, auch im Krieg blieb er Priester, für den das Töten eines Feindes, selbst eines Verräters, bedeutete, gegen das erste Gebot Gottes zu verstoßen: Du sollst nicht töten. Ach, wenn sie doch nur ein Mann wäre ...!

Camille war es dann, die ihre Gedanken in Worte fasste.

»Ich glaube, ich habe erraten, von wem Sie sprechen. Ich bin zwar nur eine Frau, aber ich bin bereit, ihn zu erschießen, wenn Sie mir den Befehl dazu geben.«

Verblüfft starrte Léa ihre Gefährtin an. Diese Camille, die sie so lange für eine Zimperliese gehalten hatte, versetzte sie wieder einmal in Erstaunen. Hatte sie nicht auch damals in Orléans auf den Mann, der sie angriff, geschossen ...?

Liebevoll und gerührt betrachtete Pater Delmas die junge Frau. »Das ist keine Aufgabe für jemanden wie Sie. Dieser Mann ist von Leibwächtern umgeben, die ebenso rücksichtslos sind wie er.«

»Aber bei mir käme ihnen doch gar kein Verdacht.«

»Sprechen wir nicht weiter darüber, ich bitte euch!«

»Im Gegenteil: Sprechen wir darüber. Camille hat Recht. Bei uns hätten sie keinen Verdacht.«

»Ihr wisst nicht, wovon ihr sprecht. Diese Leute sind gefährlich, sehr gefährlich; und wir haben genügend erfahrene Männer, um eine solche Aufgabe zu erledigen, falls sie sich als notwendig erweisen sollte.«

»Aber ...«

»Bestehen Sie nicht weiter darauf, Camille.«

Adriens Ton ließ keine Widerrede mehr zu. Er lächelte und erklärte dann:

»Ich habe eine Überraschung für Sie. Wollen Sie raten?«

»Sie ... Sie haben Laurent gesehen?«

»Ja. Als ich bei General Leclerc gewesen bin.«

»Wie geht es Laurent?«

»So gut wie möglich. Obwohl es offiziell untersagt ist, habe ich mich bereit erklärt, einen Brief für Sie mitzunehmen. Hier, bitte.«

Mit zitternder Hand nahm Camille den zerknitterten Umschlag, den ihr Adrien Delmas reichte, entgegen.

»Bewahren Sie ihn ja nicht auf. Vernichten Sie den Brief, sobald Sie ihn gelesen haben. Kommst du mit, Léa? Lass uns ein Stück spazieren gehen.«

Allein geblieben, drehte und wendete Camille den Brief, der keinerlei Aufschrift trug, hin und her. Schließlich zerfetzte sie den Umschlag mit einer für sie ungewöhnlichen Heftigkeit und zog zwei Bogen eines billigen, karierten Papiers daraus hervor:

Meine geliebte Frau,

was ich hier tue, ist wahnsinnig unvorsichtig uns beiden und unserem Freund gegenüber, aber ich kann dieses lange Schweigen nicht mehr ertragen. Es vergeht keine Nacht, in der ich nicht von dir und unserem Kind träume, euch beide im glücklich wiedergewonnenen Haus meines Vaters sehe. Für diesen ersehnten Augenblick kämpfe ich. Die wenigen Monate, die ich in Afrika unter entschlossenen Männern verbracht habe, mit einem von vielen als streng empfundenen Kommandeur, der jedoch von allen verehrt wird, haben mir großes Vertrauen in die Zukunft gegeben.

Wir sind hier hervorragend untergebracht, inmitten eines herrlichen Parks. Die Offiziere sind im Schloss einquartiert, die Mannschaften in komfortablen Baracken, die uns die britische Regierung überlassen hat. Wir verfügen über ein Trainingsgelände von viertausend Hektar. Immer wenn ich das Büro des Generals betrete, das in der Bibliothek untergebracht ist, denke ich an dich. Die Bücher sind zur Hälfte kostbar gebundene französische Werke des 18. Jahrhunderts. Dieser Raum würde dir gefallen. Die hohen Fenster öffnen sich auf eine von riesigen Bäumen umstandene Rasenfläche von einem Grün, wie man es in Frankreich nie sieht.

Seit wir hier Quartier genommen haben, hat der General beschlossen, zusammen mit seinen wichtigsten Offizieren zu essen, was mir die Ehre düsterer und schweigsamer Mahlzeiten verschafft, da der Chef nicht gerade ein gesprächiges Naturell besitzt. Eine weitere Ehre, die wir alle fürchten, besteht darin, auserwählt zu werden für den »Parcours des großen Feiglings« bei gutem Wetter oder den »Parcours des kleinen Feiglings«, wenn das Wetter sehr schlecht ist. Der erste geht über drei Kilometer, die je nach Laune mit zwei oder drei multipliziert werden kön-

nen. Auf diesen Märschen bricht der General sein Schweigen und erzählt Erinnerungen an den Tschad oder an Ksar-Rhilane, an seine beiden Ausbrüche oder an seine Radtour quer durch Frankreich. Neulich abends hat er mich gebeten, von meinem Sohn zu erzählen. Da es ganz ungewöhnlich für ihn ist, sich nach den Familien seiner Leute zu erkundigen, war ich einen Moment sprachlos. Da wurde er wütend: »Warum sagen Sie nichts? Sie sind wie alle Ihre Kameraden: Sie langweilen sich auf den Spaziergängen und bei meinen Monologen über meine Feldzüge. Aber ich bin auch durchaus fähig, mich für etwas anderes als nur für den Krieg zu interessieren.« Das ist zweifellos wahr, aber er macht nicht gerade den Eindruck. Ich habe ihm dann von dir, von dem Kleinen, von unserer Gegend und den Menschen, die dort leben, erzählt. Ich konnte gar nicht mehr aufhören. Er hat mich kein einziges Mal unterbrochen. Vor dem Portal des Schlosses hat er mir auf die Schulter geklopft und mir mit einem Lächeln, bei dem er Fältchen um die Augen kriegt und das ihn verjüngt, gesagt: »Sehen Sie, ich kann auch zuhören. Gute Nacht.«

Unser Tagesablauf beginnt vor der Morgendämmerung und endet spät. Wir sind alle übertrainiert und ein wenig gereizt. Morgen Abend gehen wir zu einem Konzert in die Kathedrale, wo wir das Requiem von Brahms und Beethovens Fünfte Sinfonie hören werden. Dabei werde ich ganz besonders an euch denken und mich von der Musik zu dir tragen lassen.

Pass gut auf dich und unser Kind auf, mein Liebes. Sag unserer schönen Freundin, dass es mir eine große Beruhigung ist, sie bei euch zu wissen. Sag ihr liebe Grüße. Ich bitte Gott, dass er uns alle bald wieder vereinen möge. Erzähl meinem Sohn ab und zu von mir, damit er mich erkennt, wenn ich euch wieder in die Arme schließen kann. Dies sind die letzten Zeilen, die du von mir er-

hältst; bewahre sie nicht auf. Ich küsse dein liebes Gesicht und deine schönen Hände. Ich liebe dich.

Laurent

Glückstränen kullerten über Camilles Wangen. Seit sie ihn kennen gelernt hatte, war er ihr – selbst wenn er abwesend war – stets gegenwärtig, immer liebenswert gewesen. Wenn alles vorbei sein würde ...

Ein Schuss fiel. Die in ihre verliebten Träumereien versunkene junge Frau fuhr hoch. Sie trat auf die Lichtung hinaus. Der alte Léon und drei junge Burschen mit breitrandigen Kopfbedeckungen stießen mit ihren Maschinenpistolen einen jungen Mann vor sich her, dessen Gesicht schmerzverzerrt war und der eine blutige Hand vor seine Brust hielt. Ein besonders kräftiger Stoß warf ihn Léa und ihrem Onkel vor die Füße.

»Ein Spion«, erklärte einer der Widerständler.

»Das ist nicht wahr!«

»Du Mistkerl! Warum hattest du dich dann versteckt?«

»Und die Pistole? Wolltest du damit Kaninchen schießen?«

»Die Gegend hier ist nicht sicher.«

»Du sagst es, Arschloch!«

Ein Kolbenhieb auf die blutige Hand. Der Aufschrei des Gefangenen ließ Camille zu ihm eilen.

»Schlagt ihn nicht, er ist doch verletzt!«

»Nun red schon, mein Junge, was hast du hier zu suchen?«

»Ich wollte wieder in den Untergrund.«

»Glaubt ihm bloß nicht! Das ist ein Spion, ich sage es euch!«

»Überlasst ihn uns, wir werden ihn schon zum Reden bringen.«

»Pater, ich bitte Sie, halten Sie sie zurück ...«

Léon hatte bis dahin nichts gesagt. Er saß auf einem Baumstumpf, hatte seine Baskenmütze nach hinten geschoben und betrachtete die Szene, während er an einem kalten Zigarettenstummel sog. Scheinbar widerwillig erhob er sich.

»Der blutet ja wie eine abgestochene Sau. Madame Camille, suchen Sie irgendeinen Fetzen und machen Sie ihm einen Verband. Jammere nicht, Junge, wir beide werden uns mal ein bisschen unterhalten.«

Charles, an den im Augenblick keiner gedacht hatte, klammerte sich an Léas Rock.

»Warum tun sie dem Monsieur weh?«

Camille kam mit einem sauberen Küchenhandtuch wieder und umwickelte damit die Hand des Verletzten.

»So wird's schon gehen«, meinte Léon. »Und ihr Jungs geht zurück auf eure Posten. Pater, ich glaube, Sie müssen wieder Ihr Bündel schnüren.«

»Das glaube ich auch.«

»Rühr dich nicht, mein Junge.«

Der Gefangene, der sich erhoben hatte, ließ sich stöhnend wieder auf den sandigen Boden fallen.

Ohne ihn aus den Augen zu lassen, trat der alte Landmann dicht an den Dominikaner heran und fragte ihn leise:

»Kennen Sie die Gorges du Ciron?«

»Ja.«

»Dort sind Leute von uns. Brauchen Sie einen Führer?«

»Nur um aus Ihrem Schlupfwinkel herauszukommen. Sonst kenne ich die Gegend.«

»Wenn Sie nach Bourideys kommen, gehen Sie zu dem Haus mit den blauen Fensterläden, das gehört einem Freund. Sagen Sie ihm, Léon ist beim Pilzesammeln, dann spannt er den Karren an, lässt Aristide Bescheid geben und fährt Sie zu den Grotten.«

»Es ist nicht sehr weit, man kann auch zu Fuß hinkommen.«

»Nicht mit den beiden Frauen und dem Kleinen.«

»Sie haben Recht. Was wollen Sie mit dem Jungen dort machen?«

»Ihn ausfragen, basta!«

»Sie wissen sehr wohl, was ich meine.«

»Pater, das ist nicht Ihre Angelegenheit. Das hier ist mein Gebiet. Ich muss wissen, was vorgeht. In letzter Zeit sind zu viele unserer Leute geschnappt worden.«

»Ich weiß. Aristide hat aus London den Befehl erhalten, Grand-Clément zu exekutieren ...«

»Er ist nicht der Einzige, der mit den Boches zusammenarbeitet.«

»Ja, leider, ich weiß! Deshalb bin ich ja hier. Grand-Clément und alle die, die er mit hineingezogen hat, haben alles erdenkliche Unheil angerichtet, aber ich bemühe mich zu glauben, dass es durch seine Beziehungen zu Dohse ...«

»Pater, durch diese Beziehungen, wie Sie es nennen, ist es zum Verrat braver Patrioten gekommen, zur Denunziation kommunistischer Kameraden und zur Auslieferung von Tonnen an Waffen, die von den Engländern herübergeschickt worden waren. Für mich ist das mehr als genug: So einen Mistkerl erschlägt man wie einen Hund.«

Der Dominikaner hob resigniert die Schultern und wandte sich dem Gefangenen zu.

»Reden Sie, mein Junge, das wäre besser für alle.«

»Vor allem für dich«, grinste Léon und stieß den Verletzten mit seiner Maschinenpistole.

Camille und Léa kamen mit ihrem Gepäck. Léa hatte ihre Siebensachen in ein großes blaues Baumwolltuch geknotet. Sie hing das Bündel an den Lauf von Léons Jagdgewehr. Mit ihrem geblümten Kleid, ihrem Strohhut und den Leinenschuhen sah sie aus wie ein hübsches

Bauernmädchen, das den Knechten das Essen aufs Feld bringt.

»Jeannot!«, rief Léon.

Ein junger, bärtiger Mann kam hinter einer Pinie hervor.

»Zeig ihnen den Weg bis zur Straße. Halt die Augen und Ohren offen. Der Kerl hier ist vielleicht nicht allein gewesen.«

»Gut, Chef.«

»Auf Wiedersehen, Monsieur. Vielen Dank für Ihre Gastfreundschaft.«

»Nichts zu danken. Jetzt müssen Sie aber gehen.«

Camille betrachtete den alten Bauern, die Hütte und den Wald mit einer Bewegtheit, die sie überraschte. Die gewöhnlich so reservierte junge Frau umarmte Léon stürmisch und mit Tränen in den Augen.

»Ich werde diese paar Tage, die wir hier verbracht haben, nie vergessen und würde gern einmal wiederkommen. Adieu.«

Warum erschien Léa die sonnenbeschienene Lichtung plötzlich nur so kalt?

»Gehen wir«, sagte sie und ergriff Charles bei der Hand.

Sie marschierten fast eine Stunde lang durch den Wald. Adrien Delmas hatte das Kind auf seine Schultern gehoben. Die Straße nach Bourideys war frei. Bald hatten sie das von Léon bezeichnete Haus gefunden und dort den Mann angetroffen, der sie zu den Grotten bringen sollte. Dem vor den Karren gespannten Pferd schien es zu missfallen, so viele Leute ziehen zu müssen. Es wieherte und schüttelte den Kopf mit einem Eifer, den es bei der Arbeit vermissen ließ. Doch trotz der schlechten Laune des Tieres waren sie schon bald in Préchac. Am Dorfeingang hielten zwei Gendarmen das Gefährt an.

»Ah! Du bist's, Dumas!«

»Tag, Renault; Tag, Laffont. Was gibt's denn?«

»Wer sind denn diese Leute?«, fragte Laffont misstrauisch.

»Beruhige dich, das sind Freunde. Ich bringe sie zu den Grotten. Léon le Landais hat sie mir geschickt. Aber ihr habt mir nicht geantwortet. Was gibt's denn?«

»Dass du nicht zu den Grotten fahren kannst, das gibt's.«

»Warum nicht?«

»Die Deutschen durchkämmen die Gegend zusammen mit der Miliz.«

»Es scheint, dass ein wichtiger Typ aus London dieser Tage mit dem Fallschirm abgesprungen ist.«

Camille drückte ihren Sohn an sich; Léa drehte mechanisch eine Locke ihres Haars; Adrien Delmas strich über seinen zu schwarzen Schnurrbart.

»Haben sie welche von uns geschnappt?«, fragte Dumas.

»Noch nicht, aber sie kennen sich gut aus, diese Schweinehunde. Wenn nicht ein Junge aus Marimbault, der in aller Frühe fischen gegangen ist, bei den Gillets vorbeigegangen wäre, um die Kumpel zu warnen, wären sie alle hochgenommen worden. Lancelot und Dédé le Basque hätten sie beinahe erwischt.«

»Scheiße! Was mach ich denn jetzt mit denen hier?«

Der Gendarm Laffont machte Dumas ein Zeichen, dass er mit ihm allein reden wolle.

»Bist du dir bei dem Schnurrbärtigen auch ganz sicher?«

»Na klar! Sonst hätte ihn mir der alte Léon doch nicht geschickt. Ich glaube sogar, er ist derjenige, der mit dem Fallschirm abgesprungen ist.«

»Dann ist es gut; wir kümmern uns um sie. Wir bringen sie mit dem Auto der Gendarmerie weg. Und du verkrümelst dich, hier ist dicke Luft. Meine Herrschaften, Sie müssen aussteigen. Möchten Sie an einen bestimmten Ort gebracht werden?«

»Ja, nach Brouqueyran in der Nähe von Auros. Sie kennen es vielleicht?«

»Ja, kennen wir. Falls Sie zur Sifflette wollen, können wir uns die Hand reichen. Sie ist meine Cousine, eine tapfere Frau...«

»Hör auf mit deinen ewigen Familiengeschichten. Hol lieber den Wagen. Und Sie alle kommen bitte mit mir.«

»Auf Wiedersehen!«, rief Charles und schwenkte die Arme zum Karrenlenker hinüber, der sein Pferd wenden ließ.

Die ganzen sieben Kilometer zwischen Préchac und Captieux wechselten sie kein einziges Wort miteinander. Der kleine Charles war auf dem Schoß seiner Mutter eingeschlafen. Am Ortseingang wandte sich einer der Gendarmen an Pater Delmas.

»Haben Sie Papiere?«

»Ja.«

»Und Sie, meine Damen?«

»Ja. Wieso?«, fragte Léa.

»Falls wir von einer deutschen Patrouille angehalten werden sollten, sagen Sie, Sie wollten ein paar Tage bei Ihren Verwandten in Grignols verbringen, bei den Puchs.«

»Was sind das für Leute?«, fragte der Dominikaner.

»Zuverlässige Leute, die schon einige gerettet haben.«

Doch alles ging gut, sie erreichten Brouqueyran ohne Zwischenfall. Dort wurden sie in der Tat von der Cousine des Gendarmen, der Sifflette, in ihrem Laden, einer Art Zigarettenkiosk-Ausschank-Lebensmittel-Gemischtwarenladen und Bäckerei, willkommen geheißen. Die Ladeninhaberin war zu ihrem Spitznamen gekommen, weil sie die Angewohnheit hatte, beim Getränkeservieren zu pfeifen, vor allem jedoch, hinter dem Tresen heimlich ein paar Gläschen zu kippen.

»Guten Tag, Cousin. Bringst du mir wieder welche?«

»Wie gewöhnlich, Cousine.«

Léa warf einen Blick in die Runde. Die Regale hinter dem alten hölzernen Tresen, auf denen sich früher die Lebensmittelvorräte stapelten, waren leer. Es gab nur noch hier und da ein paar verstaubte Konservendosen. Auf dem Boden standen an die Wand gelehnt ein einziger Sack mit Getreide und eine Rolle Draht. In der Mitte des Raumes befand sich ein großer Gästetisch mit Bänken an den Seiten. Auf den abgetretenen Fliesen lag eine feine Wachsschicht.

»Kann ich Sie allein sprechen?«, bat Adrien Delmas die Wirtin.

»Gehen wir in den Hof, da sind wir ungestört. Machen Sie es sich bequem, meine Damen. Laffont, bring ihnen etwas zu trinken und gib dem süßen Engel eine Limonade.«

Sie blieben nicht lange draußen. Als sie wieder hereinkamen, trank Charles seine Limonade und hatte Laffonts Käppi auf, das ihm bis zu den Ohren reichte. Bei seinem Anblick brach die Sifflette in Lachen aus. »Mit solch einem Rekruten wird der Krieg bald zu Ende sein.«

»Und wir müssen uns wieder auf den Weg machen. Die Kameraden werden sich sonst fragen, wo wir abgeblieben sind. Tschüs, Kleiner, gibst du mir mein Käppi zurück?«

»Nein, das will ich behalten.«

»Komm, mein Liebling, gib's zurück. Es ist dir doch zu groß«, sagte Camille und versuchte, es ihm wegzunehmen.

»Nein! Nein!«, schrie das Kind.

»Willst du es wohl loslassen!«, herrschte ihn Léa an, riss ihm das Käppi mit einem Ruck weg und gab es seinem Eigentümer zurück.

Der kleine Junge heulte noch lauter.

»Sei still oder ich hau dir eine runter!«, schrie Léa und verdrehte ihm den Arm.

Charles war von der Heftigkeit ihres Tons so verblüfft, dass er vergaß, dass sie ihm wehtat, und schwieg.

»So darf man nicht mit Kindern umgehen, Mademoiselle. Der Kleine weiß es doch noch nicht besser«, sagte die Sifflette und nahm ihn in die Arme.

Laffont setzte sein Käppi auf und entschwand zusammen mit Renault.

Sobald sie das Lokal verlassen hatten, fragte Pater Delmas, der seinen alten, offenbar schweren Koffer seit seiner Ankunft im Taubenhaus nicht losgelassen hatte, die Wirtin, ob sie irgendwo ein ruhiges Plätzchen habe.

»Über der Scheune gibt es einen unbenutzten Schlafraum. Dort sind nur alte Kleider und kaputte Möbel. Den gebe ich Ihnen, denn er hat zwei Eingänge.«

Charles und Léa warfen sich finstere Blicke zu. Beide schmollten. Camille, die sie beobachtete, konnte ein Lächeln nicht unterdrücken.

»Léa, ich frage mich, wer von euch beiden das größere Kind ist. Muss ich dich daran erinnern, dass er erst vier Jahre alt ist?«

»Wenn schon! Deshalb muss er doch nicht so schreien.«

»Du bist böse, du bist böse! Ich mag dich nicht mehr, du bist nicht mehr meine Freundin. Und wenn ich groß bin, heirate ich dich auch nicht.«

»Das ist mir ganz egal. Ich finde einen, der viel schöner ist als du.«

»Das ist nicht wahr! Ich bin doch der Schönste! Stimmt's, Mama?«

»Ja, mein hübscher Liebling, du bist der Schönste, und ich bin sicher, Léa findet das auch.«

»Sie sagt aber nichts. Du siehst es doch: Sie mag mich nicht mehr!«

Es war zu viel für den liebebedürftigen kleinen Jungen, er brach in Tränen aus.

»Nein, Charles, nun wein doch nicht! Es war doch nicht ernst gemeint. Ich hab dich lieb, ich hab dich lieber als alle anderen!«, rief Léa, entriss ihn seiner Mutter und bedeckte ihn mit Küssen.

»Ist das wahr?«

»Ja, das ist wahr, mein Liebling.«

»Und warum hast du mich dann gehauen?«

»Dafür bitte ich dich um Verzeihung. Ich war müde und gereizt. Ich verspreche dir, dass ich es nie wieder tun werde. Gib mir einen Kuss.«

Dann gab es einige Minuten lang unter Camilles gerührten Blicken nur Küsse, Lachen und Schmusen.

»Na, ihr Verliebten, vertragt ihr euch wieder?«

Die Sifflette trat hinter ihren Tresen, goss sich pfeifend ein Gläschen Schnaps ein und leerte es in einem Zug.

»Sie müssen hungrig sein. Ich werde Ihnen ein schönes Omelette mit Steinpilzen machen, dazu einen gemischten Salat. Ich habe auch noch etwas Pastiskuchen. Sind Sie damit einverstanden?«

»Ja, sehr, Madame. Besten Dank. Kann ich Ihnen helfen?«, fragte Camille.

»Nicht nötig. Kümmern Sie sich nur um den Kleinen. Richten Sie sich in Ihrem Zimmer ein: die Treppe hinauf, dann die zweite Tür rechts.«

»Vielen Dank für alles.«

»Lassen Sie nur, Sie können mir später danken. Psst! Es kommt jemand!«

Drei ältere Männer, bekleidet mit der schwarzen Baumwolljacke der Gegend um Bazas, traten ein.

»Guten Tag allerseits.«

»Du hast wohl Besuch, Sifflette. Wieder mal Verwandte von dir?«, fragte der mit einem verbeulten Hut gespielt streng.

»Lass sie in Ruhe, Loubrie, Familienangelegenheiten gehen uns nichts an.«

»Hast Recht, Ducloux, schon gar nicht heutzutage.«

»Also, ihr alten Pichler, was darf's denn sein?«

»Hast du noch was von dem weißen Weinchen von gestern?«

»Der ist viel zu teuer für euch Geizkragen. Gestern hab ich ihn euch spendiert, aber glaubt bloß nicht, dass das jetzt zur Gewohnheit wird.«

»So ein knickriges Weibsbild! Hör auf zu meckern und bring uns was zu trinken.«

Die Sifflette brachte drei Gläser und eine Flasche Rosé.

»Sag mal, bist du etwa nicht auf dem Laufenden? Die Boches treiben sich hier in der Nähe herum.«

»Scheint so. Mein Cousin, der Gendarm, war vor kurzem hier und hat davon geredet.«

»Wen suchen sie denn?«

»Tja, das musst du diese Hurenböcke schon selber fragen.«

»Ich bin doch nicht verrückt! Ich hab keine Lust, womöglich für einen verdammten Terroristen gehalten zu werden!«

»Keine Bange! Sie würden sofort merken, dass du nur ein Großmaul bist.«

Loubries Kumpel lachten schallend.

»Der Sifflette darfst du mit Aufschneiderei nicht kommen.«

»Sie kennt dich zu gut, du verflixter Schürzenjäger!«

»Ihr Blödmänner müsst wohl auf jede Lästerzunge hören. Aber mal ernsthaft: Unsere Wirtin hier sollte lieber nicht mehr so häufig Fremde aufnehmen. Es gehen schon Gerüchte um in der Gegend.«

»Wenn du glaubst, du könntest mir mit deinen Latrinenparolen Angst machen, du alter Esel, dann hast du dich getäuscht.«

»Ich will dir keine Angst machen, ich habe es nur gut gemeint. Die Fritze werden langsam nervös. Die sind ja nicht dumm. Die hören die englischen Flugzeuge genauso gut wie wir.«

»Und falls sie sie nicht selbst hören sollten, gibt's Schweinehunde, die sie informieren und ihnen die Augen und Ohren öffnen.«

Loubrie leerte sein Glas mit einer so ungestümen Bewegung, dass ihm ein wenig Wein über das schlecht rasierte Kinn lief und er sich verschluckte. Ducloux klopfte ihm auf den Rücken.

»Na, nun sabber nicht gleich. Brauchst dich doch nicht so aufzuregen. Wenn du dir nichts vorzuwerfen hast, tun dir die Jungs aus dem Widerstand nichts; das sind alles brave Kerle, nach allem, was ich höre. Komm her, lass mich mal deinen Kragen abwischen, sonst kriegst du von deiner Raymonde mit ihrem Reinlichkeitsfimmel gleich 'ne kalte Dusche«, sagte die Sifflette lachend.

Loubrie schob die Hand, die ihn säubern wollte, weg, erhob sich und brummte:

»Hör auf, mich wie ein kleines Kind zu behandeln.«

Die drei Alten gingen unter dem Gelächter der Wirtin hinaus, die hinter ihnen den Riegel vorschob.

»Jetzt haben wir unsere Ruhe. Ich traue diesen neugierigen Schnüfflern nicht. Heute Abend werde ich mich mal umhören. Was für ein hübsches Bübchen. Wo ist denn dein Papi? Im Krieg, wo denn sonst...«

Während sie sprach, bereitete die Sifflette das Omelette zu. In einer Pfanne auf dem alten, verschmutzten Herd begann Gänseschmalz zu brutzeln.

»Wollen Sie den Tisch decken, Mademoiselle?«, bat sie Léa. »Die Teller sind auf den Borden über dem Büfett. Wir können gleich essen.«

»Hmm, das riecht aber gut. Das erinnert mich an meine Kindheit, wenn uns Sidonie Omelette mit Pfifferlingen oder mit Schinken gemacht hat«, sagte Adrien Delmas, der gerade hereinkam. »Madame, Sie müssen heute Nacht die Kameraden von Auros und Bazas warnen, dass sie besonders auf der Hut sein sollen. Ich gehe nach Villandraut und Saint-Symphorien. Léa, du sagst in Langon und Saint-Macaire Bescheid. Poinsot und seine Leute kennen sämtliche Waffenverstecke und Zufluchtsorte. Die Deutschen durchsuchen als Ablenkungsmanöver die Gorges du Ciron. Die Operation wird von Maurice Fiaux und Leutnant Kunesch geleitet. Dohse und die Miliz wollen unbedingt verhindern, dass Aristide sein Untergrundnetz wieder aufbaut. Sie versuchen Grand-Clément einzuspannen, aber dem misstrauen inzwischen selbst die gutgläubigsten Widerständler. London hat die Order bestätigt, ihn wie auch Fiaux zu exekutieren. Doch jetzt zu Tisch, es wird eine lange Nacht.«

»Kann ich nicht auch etwas tun, Pater?«

»Nein, Camille, Sie nicht.«

»Warum nicht?«

»Sie haben Mutterpflichten Charles gegenüber. Er kann nicht allein hier bleiben.«

Camille seufzte und ließ den Kopf hängen.

»Ja, das stimmt. Sie haben Recht.«

»Beeilt euch mit dem Essen, das Omelette wird ja kalt. Schmeckt's dir, mein Kleiner? Warte, ich schneide dir noch ein Stück Baguette ab. Pater, wie finden Sie mein Omelette?«

»Ungenießbar!«, antwortete er lachend.

4.

Es war ein herrlicher, sternenübersäter Himmel. Bevor Léa die Garonne in Langon überquerte, hielt sie vor der Kirche an und stieg von dem Fahrrad, das die Sifflette ihr geliehen hatte und das schon den Krieg von 1914/18 mitgemacht zu haben schien. Sie hatte dem Koch des Nouvel-Hôtel die Botschaft ihres Onkels ohne Schwierigkeiten übermitteln können: »Die Lagune von Pouy-Blanc erhält kein Wasser mehr vom Ciron.«

»Sagen Sie Ihrem Onkel, ich hätte verstanden. Es ist gut, was Sie da machen, Mademoiselle Léa. Ihr Papa wäre stolz auf Sie.«

Ein Gefühl der Freude und der Trauer zugleich war in der Tochter von Pierre Delmas aufgestiegen. Wie still es war! Kaum vorstellbar, dass nicht weit von hier, vielleicht nur zwei Schritte entfernt, Männer im Hinterhalt lagen, die nur auf einen Befehl warteten, um zu töten. Als sie zur Kreuzung kam, nahm sie nicht den Weg rechter Hand nach Saint-Macaire, sondern wandte sich nach links und fuhr unter dem Viadukt hindurch. Es war stärker als sie: Sie musste Montillac wiedersehen.

An der Steigung knirschten sämtliche Einzelteile des alten Fahrrads. Léa musste absteigen. Noch immer überragte das Croix de Borde mit seinen dunklen Armen das Gut La Prioulette. Am Fuß dieses Kreuzes war sie erstmals von ihrem Onkel mit einer Mission betraut worden. Wie fern das bereits schien! Die finstere Masse der Bäume des Gutes ließ ihr Herz schneller schlagen. Dort, ganz nahe, lag ihr Haus. In der Allee, die zum Herrenhaus führte, hielt sie an und kämpfte gegen den heftigen Wunsch, sich in die alten Mauern zu flüchten, sich in Ruths Arme zu schmiegen, bevor sie sich wieder auf den Rückweg machte. Ein Hund bellte, dann ein zweiter. Ein Licht erschien auf der Türschwelle der Fayards. Die Stimme des Kellermeisters, der den Tieren befahl, ruhig zu sein, drang ganz klar zu ihr herüber. Sie durfte hier nicht stehen bleiben. Sie stieg auf ihr Fahrrad und fuhr zurück.

Es war ein Uhr morgens, als Léa die Schranke des Bahnübergangs bei Saint-Macaire öffnete. Sie unterdrückte einen Aufschrei, als der Hund des Schrankenwärters bellend und mit lautem Kettengerassel auf sie zusprang. Im Laufschritt überquerte sie die Schienen, bestieg wieder ihr Rad und bog in die Straße, die zur Porte de Benauge führte. Am Cours-de-la-République hielt sie vor der Werkstatt von Dupeyron. Der Gendarm Riri öffnete ihr und zog sie sofort, nachdem er sie erkannt hatte, ins Haus.

»Was führt Sie denn hierher, Mademoiselle Léa?«

»Ich habe eine wichtige Nachricht für euch: Die Lagune von Pouy-Blanc erhält kein Wasser mehr vom Ciron.«

»Mist! Da müssen wir gleich die anderen in der Umgegend warnen.«

»Ich habe die Leute in Langon benachrichtigt und inzwischen müssten auch die von Villandraut, Saint-Symphorien, Bazas und Auros Bescheid wissen.«

»Umso besser. Dupeyron, du übernimmst es, Cazenave anzurufen; ich muss zurück in die Gendarmerie.«

»Wieso? Kommst du nicht mit uns?«

»Ich darf meinen Posten nicht verlassen, das brächte die Kameraden in Schwierigkeiten. Wir haben schon genug Ärger gehabt.«

»Haben Sie etwas von Robert und Mireille gehört?«

»Nicht direkt, Mademoiselle. Von Mireille, die in der

Boudet-Kaserne eingesperrt ist, wissen wir, dass es ihr nicht allzu schlecht geht. Aber über Robert wissen wir gar nichts. Mathias Fayard und René haben ihn als Letzte gesehen. Danach keiner mehr. Niemand weiß, ob er aus dem Gefängnis von Bouscat wieder herausgekommen ist. Sie können es noch nicht erfahren haben, aber Mathias hat es letzte Nacht geschafft zu flüchten, was die Jungs von Mauriac, die ihn bewacht haben, gezwungen hat, sich in der Gegend zu zerstreuen.«

»Glauben Sie, er wird sie denunzieren?«

»Keine Ahnung. Ich verstehe die jungen Kerle überhaupt nicht mehr. Sie scheinen alle verrückt zu spielen. Den Mathias hab ich gut gekannt, wir haben zusammen Fußball gespielt und Rebhühner gejagt. Wir waren fast Kumpel, obwohl ich viel älter bin als er. Er ist kein schlechter Kerl. Sein Aufenthalt in Deutschland hat ihn vollkommen verändert. Er ist mit lauter politischen Ideen zurückgekommen. Und die Politik taugt nichts, schon gar nicht jetzt. Aber Mathias halte ich nicht für sehr gefährlich; es ist dieser Maurice Fiaux, der mir Angst macht. Das ist ein übler Bursche, der das Böse liebt. Und er kennt sich aus in der Gegend... Wiedersehen, Mademoiselle. Sagen Sie dem, der Sie geschickt hat, dass wir alles Nötige tun werden, und falls er mir was mitzuteilen hat, weiß er ja, wo ich anzutreffen bin. Warten Sie noch einen Moment, ich schaue lieber mal auf die Straße. Alles klar, Sie können losradeln. Gute Fahrt, Mademoiselle. Adieu.«

Ein sehr kalter, schneidender Wind hatte sich erhoben und verlangsamte Léas Fahrt. Dennoch war sie schweißgebadet, nachdem sie den Wald von Constantin durchquert hatte. Ihre kalten Hände umklammerten den rostigen Lenker. An der »Le Chapitre« genannten Stelle platzte einer der abgenutzten Reifen, das Rad rutschte weg, sie stürzte.

Mit aufgeschlagenen Knien und Händen blieb Léa für eine kurze Zeit auf dem lehmigen Weg liegen, zu kraftlos, um sich zu bewegen. Nur das Geräusch eines Rades, das sich quietschend drehte, durchbrach die nächtliche Stille.

Schließlich war es die Kälte, die sie zum Aufstehen bewog. Sie spürte, wie das Blut an ihren Beinen hinunterlief. Die Knie taten ihr weh, wenn auch nicht so sehr wie ihre Hände. Sie hob das Fahrrad auf, das jedoch nicht mehr zu gebrauchen war, denn beide Räder waren stark verbogen. Wütend schleuderte sie das alte Vehikel an den Straßenrand und machte sich humpelnd wieder auf den Weg.

Kurz bevor sie Brouqueyran erreichte, hörte sie Motorengebrumm und warf sich in den Graben. Drei Autos fuhren in schnellem Tempo vorbei, nur wenige Meter von ihr entfernt. Freunde oder Feinde? Wie sollte man das wissen?

Der Staub hatte sich noch nicht wieder gelegt, als das Zuschlagen von Wagentüren und Männerstimmen zu ihr drangen. Die Autos hatten in Brouqueyran angehalten. Hoffentlich ist Onkel Adrien noch nicht wieder zurück, dachte sie, während sie auf den kleinen Ort zurannte.

»Los, schlagt die Tür ein!«

Diese Stimme ließ Léa auf der Stelle verharren. Mit einem Schlag war sie von panischer Angst erfüllt. Fliehen! Sie musste fliehen! Sie stürzte auf die Knie und fühlte nicht einmal, wie der Schmerz sich verstärkte. Da vorn hatten die Männer jetzt die Tür eingeschlagen, andere durchsuchten die baufälligen Häuser neben dem armselige Café. Hoffentlich finden sie das Sendegerät nicht! Das Sendegerät! Aber was bedeutete schon das Sendegerät. Camille und Charles waren allein in dem Haus! Sie sprang auf und rannte ohne jede Deckung los ... Camilles Schrei stoppte ihren Lauf.

»Nein! Nein! Tun Sie ihm nichts!«

Ein Mann kam aus dem Haus und trug das Kind, das sich heftig wehrte. Camille lief hinter ihm her und klammerte sich an den Mann, der sie mit Fußtritten zurückstieß, ohne sie jedoch dazu zu bringen, loszulassen.

»Mama! Mama!«

Hinter der Mauer der kleinen Bürgermeisterei versteckt, versuchte Léa in der Dunkelheit irgendeine Art Waffe zu finden.

Eine Flamme schlug aus dem Haus und erleuchtete die Szene. Kein einziger Mann in Uniform. Zwei Armbinden mit dem Emblem der Miliz. Junge Gesichter, im Schein des sich ausbreitenden Feuers wie geschnitzt. Maschinenpistolen, mit denen herumgefuchtelt wird, als wären sie Spielzeug. Kisten voller Flaschen. Gelächter. Französische Stimmen, die rülpsen, die beleidigen, die verletzen.

»Du sagst uns jetzt, wo die anderen sind, du Schlampe!«

»Und die Sifflette? Die kennst du wohl gar nicht, was?«

»Robert, Mireille, Lucien, Aristide, dein Dreckschwein von Dominikaner – die sagen dir alle nichts?«

»Ich weiß nicht, wovon Sie reden. Geben Sie mir meinen Sohn zurück!«

»Den kriegst du, wenn du geredet hast.«

»Lass sie, Jérôme, gib ihr den Jungen. Wir werden sie an einem sicheren Ort schon zum Reden bringen. Eure Schnapsidee, ein Feuerchen zu machen, bringt nur den gesamten Widerstand der Umgegend auf die Beine.«

»Scheiße! Mach dir nichts draus, Maurice, wir werden sie gebührend empfangen.«

»Mama!«

»Gib ihn ihr, Herrgott! Steigt ein!«

Ihren Sohn fest an sich gepresst, stieg Camille in einen der Geländewagen. Maurice Fiaux setzte sich hinters Lenkrad.

»Wir fahren nach La Réole!«, schrie er den anderen zu.

Léa war an der Mauer der Bürgermeisterei niedergesunken und beobachtete, wie sich die Autos in Richtung Auros in die Nacht entfernten.

Es war dem Feuerschein zu verdanken, dass Adrien Delmas seine vor Kälte und Fieber zitternde Nichte fand.

»Wo sind Camille und Charles?«

»Fiaux ... Maurice Fiaux ...«

Sie schüttelte den Kopf. Ihre Zähne schlugen so heftig aufeinander, dass sie nichts mehr sagen konnte.

Der Dominikaner hob sie auf und ging mit ihr ratlos auf die Flammen zu. Wie eine Hexe schien die Sifflette plötzlich aus ihnen hervorzutauchen.

»Guter Gott! Wo sind der Kleine und seine Mutter?«

»Ich weiß es nicht. Es sieht so aus, als wären Maurice Fiaux und seine Bande hier gewesen.«

»Was haben sie bloß angerichtet, diese Teufelsbrut! Pater, sie ist verletzt.«

»Ich hab's gesehen. Hier ist also niemand mehr?«

»So wie ich die Leute kenne, dürften sie gelaufen sein wie die Hasen. Wir Armen! Und wenn man bedenkt, dass Menschen wie Sie für solche Hasenfüße ihr Leben riskieren!«

»Seien Sie still! Sie riskieren auch Ihr Leben und Sie haben jetzt alles verloren. Ist die Kirche offen?«

»Nein, aber ich weiß, wo der Pfarrer den Schlüssel versteckt. Aber sehen Sie mal, Pater, die Scheune brennt ja noch nicht! Vielleicht ist Ihr Sendegerät ...«

Behutsam lehnte er die ohnmächtige Léa gegen die Mauer des kleinen Friedhofs, rannte zur Scheune hinüber und rief dabei laut:

»Camille! Charles!«

Die Sifflette holte den Schlüssel aus einem Loch in der Mauer und öffnete das Portal der Kirche. Ohne große Mühe gelang es ihr, Léa ins Innere zu ziehen bis vor den Altar. Dort lag ein Teppich, einst flauschig, inzwischen fadenscheinig geworden – ein Geschenk der Schlossherren von Mirail –, doch angenehmer als die kalten buckligen Steine. Auf diesen bettete sie Léa. Tastend fand sie hinter dem großen Evangeliar die Schachtel mit Streichhölzern und nach mehreren Versuchen bequemte sich eines zu brennen. Die Sifflette zündete die zwei großen Kerzen zu beiden Seiten des Tabernakels an, nahm dann eine in die Hand und durchsuchte die winzige Sakristei. Alles, was sie fand, um die Verletzte vor der feuchten Kälte zu schützen, war das schwarze Tuch mit einem weißen Kreuz darauf, mit dem bei Beerdigungen der Sarg bedeckt wird.

Als sie die Kirche wieder verließ, bekreuzigte sie sich mechanisch.

Das Feuer schien schwächer zu werden. Von Bazas her hörte man eine Feuerwehrsirene. Dieses beruhigende Geräusch bewirkte bei der Betreiberin des Café-Tabak-Lebensmittel-Gemischtwarenladens von Brouqueyran nur ein Achselzucken.

»Sie hatten Recht, das Sendegerät war noch da«, sagte Adrien Delmas und wies auf seinen schweren Koffer. »Jetzt kommt die Feuerwehr, ich muss es verstecken.«

»Sie sich selber auch, die dürfen Sie nicht sehen. Hier, nehmen Sie den Kirchenschlüssel und schließen Sie sich da drin ein. Wenn sie den Schlüssel von mir verlangen, sage ich, er sei verloren gegangen.«

»Haben Sie inzwischen etwas erfahren?«

»Nein. Ich wollte Sie gerade danach fragen. Sie müssen sie nach Bordeaux gebracht haben.«

»Ich weiß nicht, ob man ihnen das wünschen sollte.«

»So etwas dürfen Sie nicht sagen, Pater! Selbst diese Leute würden doch einem kleinen Jungen nichts antun!«

»Ihr Wort in Gottes Ohr.«

Die Sifflette hörte diesen zweifelnden Seufzer des Priesters nicht mehr. Laut rufend rannte sie den Feuerwehrleuten entgegen.

Léa kam beim flackernden Schein der Altarkerzen wieder zu sich. Sie war so erstarrt vor Kälte, dass sie nicht einmal mehr zitterte. Sie stützte sich auf die Ellbogen. Der Ort, die Kerzen, das Bahrtuch – einen Augenblick lang glaubte sie gestorben zu sein. Entsetzt sprang sie auf und schüttelte die makabre Decke ab. Der Pfarrer dieser Kirche hätte gewiss an eine Erscheinung der Jungfrau Maria geglaubt. In diesem Augenblick betrat ihr Onkel die Kirche. Wie schön und wie schrecklich dieses Kind ist, wie aus einem Roman noir, dachte er, bevor er den Schlüssel im Schloss umdrehte.

»Wer sind Sie?«

»Hab keine Angst, ich bin's.«

»Oh, Onkel Adrien ...«

Adrien Delmas ging zu ihr, stellte seinen Koffer ab und zwang Léa, sich auf die Stufe vor dem Altar zu setzen. Er zog sie an sich und bedeckte sie mit dem Tuch.

»Erzähl mir, was passiert ist.«

Mit leiser, doch fester Stimme berichtete sie, was sie gesehen hatte. Niedergeschlagen senkte der Pater den Kopf. Er machte sich Vorwürfe, dass er nicht rechtzeitig hatte eingreifen können. Von draußen drangen gedämpft die Stimmen der Feuerwehrmänner zu ihnen, die den Brand bekämpften.

»Hat er tatsächlich gesagt: ›nach La Réole‹?«

»Ja.«

»Wieso nach La Réole? Das muss einen Grund haben, auf den ich nicht komme. Sie hätten sie nach Bordeaux bringen müssen.«

»Woher haben sie von uns gewusst?«

»Wie gewöhnlich: durch einen Denunzianten. Sie dachten, sie könnten uns alle verhaften. Bist du sicher, dass keine Deutschen dabei waren?«

»Ziemlich. Sie haben alle französisch gesprochen und es hat keiner eine Uniform getragen.«

»Das bestätigt in etwa die Informationen, die wir in London erhalten haben: Die Gestapo ist nicht im Bilde über das, was Fiaux und seine Bande treiben. Die verfolgen eigene Ziele, das macht sie noch gefährlicher und unberechenbarer.«

»Aber warum tut Fiaux so etwas? Ohne Befehl?«

»Wie immer gibt es darauf mehrere Antworten.«

»Du kennst ihn doch gut.«

»Ja. Deshalb macht er mir auch Angst. Er will sich an der Gesellschaft rächen, will ein gefürchteter und respektierter Anführer sein. Außerdem hat er bereits bewiesen, dass er gern tötet, foltert, demütigt.«

»Camille und Charles dürfen ihm nicht ausgeliefert bleiben.«

Ein Hieb gegen das Portal ließ sie verstummen.

»Machen Sie auf, ich bin's, die Sifflette.«

Mit der Pistole in der Hand drehte Adrien Delmas den Schlüssel.

Die Sifflette kam herein und schob einen jungen Burschen vor sich her, der einen viel zu großen Feuerwehrhelm trug.

»Ein Glück, dass der alte Déon sich den Arm gebrochen hat. Das hier ist sein Sohn Claude, der ist für ihn eingesprungen. Ich kenne ihn, er arbeitet für die Widerstandsgruppe von Léon des Landes und will versuchen, Kontakt mit ihm aufzunehmen. Ich hab ihm das von dem Kleinen und seiner Mutter erzählt.«

»Das ist gut. Wie es scheint, sind sie nach La Réole gebracht worden.«

»Nach La Réole! Hoffentlich irren Sie sich. Es gibt Gerüchte hier in der Umgegend, wonach die dortige Gestapo gewissen Franzosen einen Kellerraum in der Oberschule zur Verfügung gestellt hat, um dort kommunistische Widerständler zu verhören.«

»Gibt es dafür Beweise?«

»Nein, das wird erzählt, das ist alles.«

»Onkel Adrien, ich habe noch etwas vergessen: Mathias ist geflohen.«

»Na, dann gibt es vielleicht noch Hoffnung.«

»Ich muss gehen, Monsieur, meine Kameraden werden sich schon wundern, wo ich bleibe.«

»Du hast Recht. Melde mich beim Pfarrer von Auros an. Sie sollen sich nach Alphonse Duparc erkundigen. Hast du verstanden?«

«Ja, Monsieur. Morgen bekommen Sie Nachricht.«

Das Portal schloss sich hinter der Sifflette und dem Feuerwehrjungen.

»Onkel Adrien, wie hast du das gemeint mit Mathias?«

»Ruh dich aus und lass mich nachdenken.«

»Schau an, schau an, unsere Freunde, die Gendarmen, sind da!«

Léa öffnete mühsam die Augen.

»Hier, meine Kleine, trinken Sie das, es ist heiß.«

Die Sifflette reichte ihr einen Becher mit einer Flüssigkeit, die Ähnlichkeit mit Kaffee besaß. Léa nahm einen Schluck und hätte ihn fast wieder ausgespuckt.

»Was ist das denn? Da ist ja Alkohol drin.«

»Das ist Kaffee mit Schnaps; der verdeckt den Geschmack der Gerste. Kommen Sie, trinken Sie, sonst werden Sie sich in dieser kalten Kirche noch den Tod holen.«

Obwohl ihr fast übel wurde, schluckte Léa das Gebräu.

Und wirklich, es tat ihr wohl. Ohne größere Schmerzen streckte sie ihre verletzten Knie, deren verkrustete Wunden ihre Haut spannten.

Draußen stieg ein schöner Tag herauf. Die verkohlten Trümmer des Cafés rauchten noch. Die Gendarmen Laffont und Dumas lehnten an ihrem Wagen und betrachteten mit harten Gesichtern die Szenerie.

Adrien Delmas konsultierte eine Karte.

»Wohin wollen wir, Onkel Adrien?«

»Nach La Réole.«

Léa sah ihn verständnislos an.

»Wir werden die Garonne bei Castets überqueren, das ist sicherer. Dann gehen wir auf Schleichwegen zu dem Bauernhof oberhalb von La Réole.«

»Aber warum nach La Réole?«

»Dieser Teil der Region hier ist von einem Netz überzogen. Es gibt keinen Zufluchtsort mehr für uns. Von dort oben aus könnte ich aber leicht mit Hilaire Kontakt aufnehmen.«

»Seit dem Tod von Monsieur und Madame Debray bin ich nie wieder in La Réole gewesen.«

Die Sifflette stocherte mit einer Forke in den Trümmern herum auf der Suche nach etwas, das vielleicht noch brauchbar war. Keine Klage, kein Seufzer kam über ihre Lippen. Doch in der Art, wie sie in der heißen Asche wühlte, zeigte sich ihre Verzweiflung. Die Arbeit eines ganzen Lebens war in Rauch aufgegangen, nicht ein Fetzen war ihr geblieben!

»Komm, altes Mädchen, wir müssen los«, sagte Laffont und legte behutsam die Hand auf den Forkenstiel.

»Hast Recht; es bringt nichts, in Erinnerungen herumzustochern.« Mit einer resignierten Geste warf sie das Gerät beiseite und stieg ohne einen weiteren Blick zurück in den Wagen. Aus der Nachbarschaft hatte sich niemand gezeigt.

Von dem Gehöft aus konnte man jeden kommen sehen, wie Jean Callède sagte. Nach einem freundlichen Empfang half die Sifflette bereits Madame Callède in der Küche. Viele Widerständler hatten schon deren berühmte Rostbratwürste kennen gelernt, die mit einem Landwein heruntergespült wurden.

Es ergab sich, dass Léa und die Sifflette die liebenswürdige Gastfreundschaft des Ehepaares nicht lange genießen konnten: Am Vorabend ihrer Ankunft war eine Nachricht – *Ehre wird durch Kühnheit gesteigert* – aus London gekommen, die bedeutete, dass in der folgenden Nacht eine Fallschirmabsetzung stattfinden würde. Die beiden Frauen hatten darauf bestanden, an der Bergung teilzunehmen. Auf Bitten von Pater Delmas hatten sich die Widerständler damit einverstanden erklärt, wenn auch gegen ihren Willen. »Weiber taugen höchstens dazu, Waffen und Fallschirme in ihren Küchen zu verstecken.« Adrien selbst musste sofort wieder aufbrechen, um zu dem alten Dieuzayde der Gruppe Jade-Amicol, zu Aristide, Dédé le Basque, Lancelot und Georges zu gelangen, mit denen er einen Plan zur Rettung von Camille d'Argilat und ihrem Sohn und zur Eliminierung von Maurice Fiaux ausarbeiten wollte.

Sie waren etwa zehn, unter ihnen Léa und die Sifflette, die sich geduckt und von der Nacht verborgen, eine Taschenlampe in der Hand, in regelmäßigen Abständen postiert hatten und einen Kreis um das Gelände bildeten. Weitere Leute hatten sich verteilt und überwachten aufmerksam die Zufahrtswege. Die Wartezeit kam ihnen endlos lang vor. Plötzlich wurde ein fernes Brummen vernehmbar.

»Das ist es«, flüsterte Callède. »Achtung!«

Das Brummen wird stärker. Dann der Pfiff einer Trillerpfeife. Alle knipsen gleichzeitig ihre Taschenlampen an: Eins, zwei, drei, vier, fünf... sie knipsen sie aus. Eins, zwei, drei … sie knipsen sie wieder an. Das Brummen ist zu einem Dröhnen geworden. Eine schwarze Masse schwebt über dem markierten Feld, senkt sich, scheint zu verharren und seine Motoren zu drosseln. Ein Schatten löst sich von der Maschine … ein Knirschen … ein Fallschirm öffnet sich. Weitere folgen. Mit metallischem Klirren schlagen die Container auf dem Boden auf. Das Versorgungsflugzeug entfernt sich, doch die beiden letzten Fallschirme bleiben an seinem Rumpf hängen, weiße Fahnen, die sich über La Réole entfalten. Wenn das nicht die Gestapo und die Gendarmerie auf den Plan ruft … Die Männer beeilen sich mit der Bergung. Jede Spur des Fallschirmabwurfs muss verschwinden. Die Sifflette und Léa nehmen die Fallschirme ab, falten sie zusammen und packen sie auf einen mit zwei Ochsen bespannten Karren. Die Widerständler laden die Container auf drei Kleinlaster, die sie in das Sägewerk Bienvenue bringen. Die Waffen werden teils in der Grube mit Sägemehl versteckt, teils in Scheunen und Tabakdarren. In La Réole rührt sich nichts. Die Sifflette führt das Gespann. In einer Scheune verbirgt Léa die Fallschirme unter Strohhaufen. Auf dem Hof ist alles ruhig, doch keiner macht ein Auge zu. Alle sehen noch immer die weißen Fallschirmsegel über der Garonne und der alten Stadt flattern.

Früh am nächsten Morgen erschien Depeyre mit dem Fahrrad und betrat atemlos das Haus.

»Die Deutschen machen Razzien, Rigould hat uns gewarnt. Ihr müsst sicherstellen, dass die Waffen gut getarnt sind, und ihr müsst die beiden Frauen wegschaffen.«

»Aber wo sollen wir sie denn unterbringen? Bei den Rosiers?«

»Nein, das ist zu nahe. Bring sie zu den Tores in Morizès.«

Schon kurze Zeit später, nachdem sie fort waren, kamen die Deutschen, durchsuchten alles, stießen Callède und seine Frau herum, ohne Erfolg. Dennoch zitterte Jean Callède vor Angst. In seiner Aufregung hatte er zwei Fallschirme aus einem früheren Abwurf vergessen, die in alte Planen und Ballen eingerollt und in Zuckerkisten gepackt waren. Obwohl sie nichts gefunden hatten, nahmen die Deutschen Callède, dann auch Loue, Depeyre, Bienvenue, Charlot und Chianson mit zum Verhör in die Räume der Gestapo von La Réole.

Als der Konvoi vor der Oberschule hielt, wollte es der Zufall, dass sich der Bürgermeister von Gironde-sur-Dropt gerade dort befand. Er kannte alle Festgenommenen, wusste aber nichts von ihren verbotenen Aktivitäten. Er verlangte den Kommandanten zu sprechen und verbürgte sich für seine Landsleute. Alle wurden freigelassen außer Pierre Chianson. Der musste wegen des Fallschirmabwurfs von Saint-Félix-de-Foncaude denunziert worden sein.

Wie die Sifflette besaß auch Léa nur noch die Kleidungsstücke, die sie am Abend des Brandes getragen hatte. Ihr gesamtes Gepäck war vernichtet worden. Ohne mit jemandem darüber zu sprechen, beschloss sie, nach Montillac zu fahren, und als alle schliefen, nahm sie sich ein Fahrrad.

Die Nacht war schön und nicht sehr kalt. Ehe sie Sainte-Foyla-Longue erreichte, hielt sie an und betrachtete die weite Ebene, in der das gewundene Band der Garonne im Sternenlicht schimmerte. Wie stets beim Anblick dieser vertrauten Landschaft hatte sie vor Bewegtheit einen Kloß im Hals. Immer verspürte sie das gleiche beglückende Staunen, das gleiche Gefühl vollkommenen Friedens, die gleiche Gewissheit, dass ihr an diesem Ort nichts Böses widerfahren könne. Ein Vertrauen, das aus der ruhenden

Erde emporstieg. Alles würde gut werden. Onkel Adrien würde einen Weg finden, Camille und Charles freizubekommen. Der Gedanke an den kleinen Jungen, der sie heiraten wollte, durchfuhr sie wie ein Schmerz. Die Landschaft verschwamm … Mit schwerem Herzen machte sie sich wieder auf den Weg. Bei Saint-André-du-Bois hätte sie beinahe einen Mann umgefahren, der mitten auf der Straße pinkelte und unter ihren Beschimpfungen floh.

Léa verbarg ihr Fahrrad im Gras hinter dem Sockel des Kreuzes der Mission, überquerte die Straße und ging, um die Allee mit dem zu laut knirschenden Kies zu vermeiden, über die Wiese. Ein dünner Lichtschein sickerte durch die Läden vom Arbeitszimmer ihres Vaters. Ruth wird noch über der Buchführung sitzen, dachte sie beim Näherkommen. Stimmen drangen zu ihr, doch ihr Bemühen, sie zu identifizieren oder Worte zu verstehen, fruchtete nichts. Dieses Lachen! Noch einmal dieses Lachen! Ohne sich darum zu kümmern, ob man sie hörte, ging sie um das Haus herum. Die schweren Holzläden des Eingangs und die Tür selbst standen halb offen. Sie fand ihren Weg zwischen den Möbeln des dunklen Salons und stieß die Tür zum Arbeitszimmer auf.

»Léa!«

Der kleine Charles stürzte sich in ihre Arme.

»Mein Liebling! Mein kleiner Liebling! Ich bin ja so froh! Wann bist du denn gekommen?«

»Heute Abend. Mathias hat ihn zurückgebracht.«

»Mathias?«

»Wir haben Verstecken gespielt. Mama wollte nicht mitspielen. Aber jetzt, wo du da bist, werden wir sie holen. Kommst du mit?«

»Ja, ja.«

Tatsächlich, da war Mathias. Noch schmaler geworden, tadellos rasiert und gekleidet, doch mit wirren Haaren.

»Ruth!«

Ohne das Kind abzusetzen, umarmte Léa die alte, in Tränen aufgelöste Haushälterin.

»Meine Kleine, ich bin so glücklich! Ich habe geglaubt, ich würde dich nie wiedersehen. So viel Schreckliches ist über dieses Haus gekommen! Aber ist es nicht sehr unvorsichtig von dir, zurückzukommen?«

»Bestimmt, aber ich hatte nichts mehr anzuziehen. Mathias, wie hast du Charles gefunden? Weshalb hast du Camille nicht auch gerettet?«

»Ich konnte sie nicht beide retten. Camille ist erschöpft. Sie selbst hat mir ihren Sohn anvertraut.«

»Das ist kaum zu glauben.«

»Es ist aber so. Sie hat mir außerdem aufgetragen, dir zu sagen, dass du ihm, falls sie sterbe, eine gute Mutter sein sollst.«

»Ich will nicht, dass sie stirbt!«

»Ich werde tun, was ich kann, um sie freizubekommen. Ich habe lange mit Fiaux verhandeln müssen, um ihm den Kleinen abzunehmen, den er behalten wollte, um seine Mutter zum Sprechen zu bringen. Er hat sie verhört, ohne etwas anderes aus ihr herauszukriegen als ›Ich weiß nichts‹. Doch wenn er das Kind geschlagen hätte, wie er es vorhatte, hätte sie geredet.«

»Er war böse, der Monsieur«, stammelte der kleine Charles und fing an zu weinen. »Er hat mich an den Haaren gezogen und Mama einen Fußtritt in den Bauch gegeben. Danach hat sie sich gar nicht mehr bewegt. Ich musste ihr viele Küsschen geben, bis sie wieder aufgewacht ist. Da hatte ich keine Angst mehr, obwohl es ganz dunkel war. Sie hat gesungen ›Schlaf ein, Colas, mein Brüderchen‹.«

Wilder Hass stieg in Léa auf. Sie spürte, wie das Kind, das sie zur Welt zu bringen geholfen hatte, an ihrer Brust zitterte und schluchzte. Beschimpfungen für Mathias, ihren Kinder- und Jugendfreund, drängten sich ihr auf die Lippen, Mordgelüste vernebelten ihren Verstand. Ihn verschwinden lassen. Ihn vernichten, zusammen mit all den anderen. Ihr war, als sei sie von einer unbekannten Kraft erfüllt, einer Lust zu kämpfen, zu töten...

»Ich weiß, was du denkst, aber das ist nicht das Wichtigste. Vor allem muss Camille gerettet werden.«

»Wie denn? Hast du eine Idee?«

»Ja. Ich werde versuchen, ihre Verlegung zu erreichen. Aber die Zeit drängt, sie ist mit ihren Kräften am Ende. Wenn ich es schaffe, gebe ich dir Bescheid. Wo hältst du dich versteckt?«

»Das kann ich dir nicht sagen.«

»Ich muss es aber wissen.«

»Niemand weiß, wo ich bin.«

Er betrachtete sie mit verächtlicher Miene. »Bei deiner Selbstdisziplin ist es kein Wunder, dass deine Freunde so häufig gefasst werden.«

»Sie werden nur dann gefasst, wenn sie denunziert werden.«

»Mein armes Kind, glaub nur nicht, die Deutschen hätten so etwas nötig. Sie brauchen doch nur die Unterhaltungen in den Cafés mitzuhören...«

»Es sind Franzosen, die die Leute für sie belauschen!«

»Nicht immer. Ihr begeht so große Unvorsichtigkeiten, dass sie schon blind sein müssten, um nichts zu bemerken.«

Ruth mischte sich ein. »Streitet euch nicht, ich bitte euch! Léa, ich glaube, wir können Mathias vertrauen.«

»Mag sein, aber ich kann ihm nicht sagen, wo ich mich versteckt halte, und das weiß er nur zu gut.«

»Dann kannst du zumindest deinem Onkel und den Leuten von Aristide oder Hilaire folgenden Vorschlag von mir unterbreiten: Sobald ich die Verlegung von Camille d'Argilat nach Bordeaux erreicht habe, werde ich es dich irgendwie wissen lassen. Ich werde dir die Zusammensetzung des Konvois angeben, die Anzahl der Begleiter – meiner Meinung nach dürften es nicht sehr viele sein –, die Abfahrtszeit und die Fahrtroute. Deine Kumpel müssen dann den Konvoi stoppen und Camille befreien.«

Léa, die noch immer den inzwischen eingeschlafenen Charles an sich drückte, fragte leise:

»Du meinst, dass das wirklich möglich wäre?«

»Ja.«

»Darf ich dich etwas fragen? Warum bleibst du bei Fiaux und seiner Bande? Ist es wegen Geld?«

Mathias hob die Schultern. »Du würdest es mir nicht glauben, wenn ich es dir sagte.«

»Sag's mir trotzdem.«

»Wenn ich bei denen bleibe, kann ich dich besser beschützen.«

»Du hattest Recht, ich glaube dir nicht.«

»Na, siehst du«, sagte er mit resigniertem Lächeln und zuckte die Achseln.

»Was machen wir mit Charles? Ist es nicht gefährlich, ihn hier zu lassen?«

»Nein, solange Fiaux weiß, dass er hier ist. Außerdem habe ich meinen Vater gebeten, auf ihn Acht zu geben.«

»Und er hat sich dazu bereit erklärt?«

»Er hatte kaum eine andere Wahl.«

Sanft bettete Léa Charles auf das alte Sofa und ließ sich in einen der Sessel fallen, die den Kamin umgaben.

»Ruth, ich habe Hunger und ich friere. Hast du irgendwas zu essen?«

»Aber gewiss, mein Kind; und ich werde auch gleich ein Feuerchen machen.«

»Lassen Sie nur, Mademoiselle Ruth, ich zünde es schon an.«

»Danke, Mathias.«

Bald stieg eine helle Flamme auf und für einige Sekunden war nur das Knistern des Rebholzes zu vernehmen. Dieses fröhliche Geräusch, die lebendige Wärme, der vertraute Raum besiegten zeitweilig die Feindseligkeit zwischen den beiden jungen Menschen. Ihre in Betrachtung der Glut versunkenen Blicke trafen sich. In Mathias' Augen lagen Verehrung und leidenschaftliche Liebe, in denen Léas Ratlosigkeit und unendliche Erschöpfung.

Mathias bekämpfte sein Verlangen, Léa in die Arme zu nehmen, denn er wusste, sie würde ihn zurückstoßen. Léa wiederum hätte gern die beschmutzte Erinnerung an jene Nacht in dem finsteren Hotel in Bordeaux ausgelöscht und sich an ihn geschmiegt, um ihm ihre Sorgen zu erzählen, wie sie es getan hatte, als sie noch klein war und sie sich zusammen ins Kinderzimmer oder in den Heuschober verkrochen.

Ohne sich dessen bewusst zu sein, stießen beide gleichzeitig einen tiefen Seufzer aus, in dem all ihr Kummer mitschwang.

Ruth kam mit einem Tablett zurück, auf dem sich zwei Teller Suppe, eine hausgemachte Fleischterrine, Brot und eine Flasche roter Montillac befanden. Sie verschlangen dieses bescheidene Mahl mit einem Appetit, der ihrer Jugend alle Ehre machte. Wie stets, wenn sie mit Genuss aß, vergaß Léa darüber ihre gefährliche Lage.

»Deine Pastete schmeckt unwahrscheinlich gut«, sagte sie mit vollem Mund.

»Stimmt, sie ist wirklich fabelhaft«, lobte auch Mathias.

Schweigend beendeten sie das Essen, genossen diesen Augenblick des Friedens. Als das letzte Glas Wein geleert war, fragte Léa:

»Ruth, ich habe alles, was ich zum Anziehen mithatte, verloren. Kannst du mir eine Reisetasche herrichten?

Hast du nicht auch zwei oder drei Kleider für jemanden mit Tante Bernadettes Größe? Wie geht es ihr übrigens?«

»Nicht sehr gut. Sie beklagt sich, nicht oft genug von Lucien zu hören, und leidet sehr unter ihrem Rheuma.«

»Die Arme! Schaust du mal, ob du Kleider und ein paar Wollsachen für mich findest?«

»Ich werde nachsehen.«

Charles bewegte sich im Schlaf. Léa bedeckte ihn mit dem karierten Plaid, in das sich ihr Vater so gern gehüllt hatte, wenn er im Winter an seinem Schreibtisch arbeitete.

»Wir müssen einen Treffpunkt ausmachen.«

»An der Kirche von La Réole?«

»Nein, das ist zu gefährlich für dich. Fiaux und die anderen kennen dich, sie würden dich möglicherweise verhaften.«

»Also, wo sonst?«

»Kennst du den Friedhof von Saint-André-du-Bois?«

»Natürlich«, antwortete sie und hob die Schultern.

»Weißt du auch, wo die Gruft der Familie Le Roy aus Saint-Arnaud ist? Gleich rechts, wenn man reinkommt.«

»Ja.«

»Im Stamm der Zypresse hinten links ist eine Spalte, dort werde ich dir Nachrichten hinterlegen. Schau jeden Tag nach. Wenn du Mitteilungen für mich hast, leg sie mir auch dort hin. Hast du verstanden?«

»Ich bin ja nicht blöd. Was ist, wenn man mich nicht dort hingehen lässt?«

»Dann musst du ihnen irgendwas erzählen. Es geht doch um Camilles Leben.«

Ruth kam mit einer großen Tasche herein.

»Die ist ja viel zu sperrig!«

»Ich befestige sie dir auf dem Gepäckträger. Wo ist dein Fahrrad?«

»Hinter dem Kreuz.«

»Ich weiß schon. Ruth, haben Sie Bindfaden?«

»Ja, ich habe ihn gleich mitgebracht.«

Während Mathias ihr Gepäck festzurrte, beugte sich Léa über den schlafenden Charles und streichelte sein helles Haar.

»Du sorgst doch gut für ihn ...«

»Ich werde es versuchen. Wir haben fast kein Geld mehr. Deine Tante Bernadette hat ihren Pinienwald zum Verkauf angeboten, aber vorläufig ...«

»Ich weiß, Ruth. Was soll ich dir sagen? Verkauf die Möbel, wenn du einen Interessenten findest. Ich habe kein Geld.«

Eine Träne fiel auf die Wange des Kindes, das im Schlaf seufzte.

»Verzeih mir, mein Liebes. Ich bin eine dumme Alte, dir ausgerechnet jetzt damit zu kommen. Ich werde mich schon durchwursteln.«

»Ich werde dir nie genug danken können für all das, was du für uns tust.«

»Willst du wohl still sein! Das fehlte noch, dass du dich bedanken müsstest! Es sind zwischenzeitlich einige Briefe für dich angekommen, ich habe sie mit in die Tasche getan.«

»Wenn du willst, kannst du jetzt fahren. Dein Beutel ist so gut befestigt, dass du ganz Frankreich durchqueren könntest, ohne dass er rutscht«, erklärte Mathias im Eintreten.

»Adieu, Ruth. Umarme Tante Bernadette für mich.«

»Auf Wiedersehen, mein Liebes, Gott schütze dich. Mathias, ich vertraue sie Ihnen an.«

»Seien Sie unbesorgt, Mademoiselle Ruth. Es wird alles gut gehen.«

Als sie beim Fahrrad angekommen waren, half ihr Mathias hinauf und fragte:

»Willst du wirklich nicht, dass ich dich begleite?«

»Du weißt doch, dass das nicht möglich ist. Lass mich fahren.«

Widerwillig überließ er ihr den Lenker. Sie verharrten einen Augenblick schweigend, unglücklich. Léa fröstelte.

»Saus los, du hast sicher einige Kilometer zu fahren und ich hab es nicht gern, dass du nachts allein auf den Straßen bist.«

»Mathias ... Ich verstehe gar nichts mehr. Was geschieht bloß mit uns?«

»Was meinst du damit?«

»Du und ich, wir sind gezwungen, uns zu verbergen, sind zu Feinden geworden. Und gleichzeitig ...«

»Was gleichzeitig?«

So viel Hoffnung in seiner Stimme! Er sollte sich nur nicht einbilden, dass sie ihm verzieh!

»Nichts. Ich meine, wir leben in einer seltsamen Zeit, in der man nicht mehr weiß, wer wirklich ein Freund ist, denn selbst die besten verraten einen.«

Mathias wollte die Härte ihres Tons nicht bemerken, er hörte nur »... denn selbst die besten ...«. Ihr bester Freund war er, da gab es keinen Zweifel. Was machte es schon, wenn sie ihn für einen Verräter hielt; *sie* jedenfalls, *sie* würde er nie verraten. Alles andere war nur Politik und die hatte nichts mit seinen Gefühlen zu tun.

Er machte ihr ein kleines Zeichen mit der Hand, wandte sich um und ging, ohne sich noch einmal umzudrehen, zum Haus zurück. Verblüfft sah Léa, wie er sich entfernte.

5.

In Morizès schliefen alle. Léa war allein in der Küche, wo man ihr ein Bett hergerichtet hatte, sah zu, wie das Feuer im Kamin erlosch, und rauchte eine Zigarette, die sie aus dem Tabak gedreht hatte, den Callède illegal geerntet hatte. Der starke, beißende Rauch kratzte ihre Kehle und stach ihr in die Augen, dämpfte jedoch auch ein wenig ihre Besorgnis darüber, dass Camille sehr krank war. Die Gestapo hatte sich dazu entschließen müssen, sie ins Saint-Jean-Hospital in La Réole bringen zu lassen. Niemand hatte sich ihr nähern können.

Pater Delmas hatte sich mit Mathias getroffen und seine Hilfe angenommen. Aristide und seine Männer hatten ihr Einverständnis dazu gegeben. Maurice Fiaux und seine Bande waren nach Bordeaux zurückgekehrt.

Léa erhob sich von ihrem niedrigen Schemel und schaltete das Radio ein. Bereits seit Tagen machten Störungen den Empfang von Radio London fast unmöglich. Nach einigem Suchen drang kaum hörbar die vertraute Stimme von Jean Oberlé aus dem Apparat:

»Der Dichter Max Jacob ist im Lager Drancy gestorben. Er wurde in dieses Lager eingesperrt, weil er Jude war. Doch Max Jacob war bereits vor dreißig Jahren zum Katholizismus übergetreten. Von diesem Zeitpunkt an ist sein gesamtes Werk von tiefstem und aufrichtigstem katholischem Glauben durchdrungen. Doch interessiert das die Deutschen überhaupt?

Die Deutschen heften gelbe Sterne an die Brust der Menschen, die sie quälen. Für sie ist der gelbe Stern ein entehrendes Etikett, das einzig ehrenvolle hingegen das Hakenkreuz. Katholiken oder Juden, das ist ihnen, denen Hitler Gott ist, alles eins. Was kümmert es die Wachen des Lagers Drancy, dass Max Jacob ein Dichter war. Für sie bedeutet sein Tod nur einen Juden weniger...

Max Jacob war ein kleiner Mann mit kahlem Schädel und ironischem Blick hinter einem Monokel. Er war ein ungemein geistvoller Mann, ein wundervoller Erzähler erstaunlicher Geschichten, die er kannte oder erfunden hatte.

Die snobistische Gesellschaft entdeckte ihn, als er auf die fünfzig zuging. Er stieg vom Montmartre, wo er unter Malern und Poeten lebte, herab in die Salons, die er jedoch sehr bald wieder verließ, und begab sich in das Kloster Saint-Benoit-sur-Loire. Dort, in Stille und Zurückgezogenheit, schrieb und malte er. Besuchten ihn Freunde aus Paris oder anderswo, zeigte er ihnen die Basilika. Wenn die Glocke ertönte und zur Andacht rief, legte Max Feder oder Pinsel nieder und eilte zum Gebet.

Er wurde fast siebzig Jahre alt. Zwei andere Dichter, seine Freunde Jean Cocteau und André Salmon, fuhren nach Drancy in der Hoffnung, seine Freilassung zu erwirken. Es wurde ihnen mitgeteilt, er sei tot.

Offensichtlich verschont der grausame Feind, der unser Land seit vier Jahren peinigt, Dichter ebenso wenig wie junge Patrioten. Für die Deutschen ist der eine ganz einfach ein Jude, die anderen sind Kommunisten. Und wozu braucht man Dichter, wenn es die Machwerke eines Monsieur Henriot oder eines Monsieur Déat gibt?

Doch in aller Welt werden Max Jacobs Bewunderer, die seine Prosa oder seine Gedichte lesen oder Zeichnungen und Gouachen von ihm besitzen, seiner gedenken, und seine Freunde werden nie den Künstler, den wunderbaren

Menschen, der er war, vergessen. Sie werden sich daran erinnern, dass er, wie so viele andere auch, in einem Konzentrationslager gestorben ist, ein Opfer deutscher Barbarei.«

Selbst die Dichter ..., dachte Léa und schaltete das Radio aus.

Während sie sich im Halbdunkel entkleidete, fiel ihr ein, dass ihr Onkel ihr einmal von seinem Zusammentreffen mit Max Jacob während eines kurzen Aufenthalts im Kloster erzählt hatte, von seinem naiven Glauben eines Konvertiten. Er war tot; wie Raphael Malh und vielleicht auch Sarah, alle drei Juden. Einen Augenblick lang schämte sie sich, Menschen – und sei's im Tode – zu vereinen wie den verachtungswürdigen Denunzianten und Kollaborateur Malh, die heldenhafte Widerständlerin Sarah und den feinsinnigen Dichter. Doch selbst bei Raphael war eine Verzweiflung zu spüren gewesen, die sie stets berührt hatte. Trotz seiner Bemühungen, sich verhasst zu machen, war ihm das bei ihr nie gelungen und sein schreckliches Ende sprach ihn für immer frei. Sie vermisste ihn; gerade an diesem Abend fehlte ihr eine befreundete Seele.

Sie glitt zwischen die groben, ein wenig klammen Leintücher. Der schwache Schein der Glut verlieh dem Raum etwas Unwirkliches, Beruhigendes. Hinter ihren halb geschlossenen Lidern tauchte eine andere Glut, ein anderes Zimmer auf, und das Gewicht des roten Federbettes ließ sie sehnsüchtig an eine leichte Vikunja-Decke denken ... Das harte Gewebe des Bettzeugs rieb ihre Brustwarzen durch das Nachthemd hindurch. Sie drehte sich zur Wand, um sich dem letzten Feuerschein zu entziehen. Bloß nicht an ihn denken, sich nicht an das Streicheln seiner Hände, die Küsse über ihren ganzen Körper erinnern, diesen Körper, dessen Verlangen sie so schlecht zu unterdrücken vermochte. Es war schon so lange her, dass ein Mann ... Wütend setzte sie sich wieder auf; wütend, weil sie in sich diese unwiderstehliche Lust auf Liebe verspürte. Sie riss sich das Hemd herunter und befriedigte roh ihr Verlangen.

Am nächsten Tag traf Adrien Delmas in Morizès ein in Begleitung von Leutnant Pierre Vincent, genannt Grand-Pierre, Chef einer Untergrundgruppe in der Nähe von Monségur, und drei seiner Männer, die sich neuen Proviant besorgen wollten. Alle drei waren sehr aufgekratzt und redeten nur von der Zerstörung des Treibstoffdepots bei Saint-Martin-de-Sescas durch vierzehn ihrer Kameraden am 5. Mai. Der Leutnant und der Dominikaner hatten alle Mühe, ihren Überschwang im Zaum zu halten. Léa betrachtete sie neidvoll; sie konnten zumindest etwas tun ...

Als sie wieder fort waren, trat Adrien Delmas zu seiner Nichte.

»Dank Abbé Chaillou, dem Hospitalgeistlichen, habe ich Camille sehen können. Es geht ihr viel besser. Sie ist unglaublich tapfer, beklagt sich nicht, sorgt sich nur um dich und ihren Sohn.«

»Kann ich sie besuchen?«

»Das erscheint mir sehr schwierig und unnötig gefährlich für euch beide. Ein Mann von der Gestapo hält Tag und Nacht vor ihrer Tür Wache. Allerdings ist einer darunter mit einer Schwäche für Sauternes.«

»Dann machen wir ihn doch betrunken.«

Der Vorschlag ließ Adrien lächeln.

»Mal sehen. Das ist nicht das Wichtigste. Sie muss unbedingt dort raus.«

»Was meint denn Aristide?«

»Der ist momentan sehr damit beschäftigt, den Ertrag seines Marschlandhofs zu verbessern, Grand-Clément und dessen Männern, die ihn erledigen wollen, zu entwischen und die Disziplin in seinen verschiedenen Gruppen aufrechtzuerhalten. Aber wenn wir ihn brauchen sollten, würde er uns die notwendigen Leute schicken.«

»Hast du etwas von Mathias gehört?«

»Nein, nichts mehr, seit er uns Camilles Verlegung mitgeteilt hat.«

»Ich bin gerade an der Reihe, in Saint-André-du-Bois nachzusehen.«

»Vergiss nicht, dass du dich an Jules Coiffard wenden kannst, falls etwas schief gehen sollte. Er wohnt in dem großen Haus an der Hauptstraße. Er und einige Nachbarn dienen uns oft als Schleuser und Briefkästen. Ich werde heute Nachmittag in Chapelle-de-Lorette sein. Seit dem Absturz der amerikanischen »Fliegenden Festung« bei Cours-Monségur haben die Milizionäre und die Deutschen ihre Expeditionen in diese Gegend vervielfacht. Und die Zerstörung des Depots bei Saint-Martin-de-Sescas war auch nicht dazu angetan, sie zu beruhigen. Die Gestapo hat etwa zehn Agenten über die ganze Region verteilt. Einem von ihnen, einem gewissen Coubeau, ehemals Lebensmittelhändler in der Rue de la Croix-Blanche, der sich als kanadischer Offizier ausgegeben hat, ist es zu verdanken, dass die Gendarmen Hauptmann Lévy verhaften und an die Gestapo von Toulouse ausliefern konnten.«

»Ist er gefoltert worden, bevor sie ihn hingerichtet haben?«

»Ich weiß es nicht, aber es ist anzunehmen.«

»Wann wird das alles ein Ende haben?«

»Gott ...«

»Sprich mir nicht von Gott!«, rief Léa aus. »Du glaubst ebenso wenig an ihn wie ich!«

»Sei still!«, herrschte er sie an und packte sie hart an der Schulter.

Was war aus dem liebenswürdigen, ruhigen, zartfühlenden Mann geworden, den sie seit ewigen Zeiten kannte? Dieses abgezehrte Gesicht, diese fiebrigen Augen, diese gequälten Züge, diese wie über einem brennenden Geheimnis zusammengepreßten Lippen, diese schönen, jetzt zerschundenen Hände, die sich verkrampften, als müssten sie ein Verlangen zuzuschlagen zügeln, all dies konnte doch nicht jenem Prediger angehören, dessen Stimme einst Tausende von Christen in aller Welt bewegt hatte, dessen inbrünstiger Glaube lange das Bistum Bordeaux bestimmt hatte und dessen väterliche Zuneigung Léa und ihren Angehörigen so oft geholfen hatte?

»Du tust mir weh.«

Er ließ sie los und lehnte seine Stirn gegen den Kamin. Seine gebeugte Haltung ließ ihn plötzlich sehr alt erscheinen. Wie ratlos und einsam er wirkte! Ja, das war es, er war einsam, schrecklich einsam, auf sich allein gestellt inmitten ungeschliffener Kerle, deren Ansichten er oft nicht teilte. Er war der Mensch, dem sich Léa seit dem Tod ihrer Eltern am tiefsten verbunden fühlte. Bewusst oder unbewusst war das, was er sagte, für sie maßgebend. Er war ihr eine Art Vorbild, jemand, den man nicht enttäuschen durfte, ein schwer nachzuahmendes menschliches Ideal. Nun, da sich Zweifel, Furcht und Hass bei diesem Mann eingenistet hatten, zerbrach eine ganze Welt des Ausgleichs, der Intelligenz und der Güte. Und das konnte sie nicht ertragen. Ein dumpfer Zorn trieb Schweiß auf ihre Stirn und ließ ihr Herz heftiger klopfen.

Als sich Adrien Delmas nach einer Weile, die ihr sehr lang vorkam, umwandte, hatte sich bei ihnen beiden der innere Aufruhr ein wenig gelegt.

»Verzeih mir, mein Liebes. Das muss die Erschöpfung sein. Im Augenblick bringt mich jede Kleinigkeit in Rage. Vergibst du mir?«

»Ja, Onkel Adrien«, sagte sie noch immer zitternd und

schmiegte sich an ihn. Doch sie fühlte sehr wohl, dass sich eine unsichtbare Barriere zwischen ihnen errichtet hatte.

Endlich ein Grund zur Freude: die Ankunft von Jean und Raoul Lefèvre, Verehrer aus ihrer Jungmädchenzeit, die sie nicht mehr gesehen hatte seit ihrer und Doktor Blanchards dramatischer Verhaftung an jenem Tag auf dem Platz von Verdelais, als auch Marie getötet wurde. Die drei jungen Leute mochten gar nicht mehr voneinander lassen, so glücklich waren sie, sich lebend wiedergefunden zu haben.

Das Abendessen war für alle ein Fest. Léa, die eingezwängt zwischen ihren beiden Freunden auf der Bank saß und deren Augen vor Freude und vom Weißwein der Callèdes glänzten, legte ihren Kopf mal auf die eine, mal auf die andere Schulter, hielt mit beiden unter dem Tisch Händchen und streifte sie mit aufreizenden Berührungen. Sie lachte, schwatzte über alles und nichts, strahlte vor Jugend und Schönheit und genoss ein lang entbehrtes Glücksgefühl.

»Schön, Sie so fröhlich zu sehen. Meine Frau und ich, wir haben uns schon gefragt, ob Sie überhaupt noch lachen und sich amüsieren können«, sagte ihr Gastgeber.

»Du bist wie immer«, erklärte Jean und küsste sie auf den Hals.

»Du bist noch schöner geworden«, versicherte Raoul und küsste sie ebenfalls.

Die beiden Brüder waren von Léon des Landes zur Gruppe von Dédé le Basque geschickt worden, um einen Sabotageakt am Bahnhof von La Réole vorzubereiten. In Chapelle-la-Lorette hatten sie erfahren, dass sich ihre Freundin in Morizès befand. Sie berichteten über ihre Flucht und sangen dabei ein Loblied auf den Mut und die

Schläue von Robert und den anderen. Die Erwähnung von Robert hatte die Hochstimmung der Runde ein wenig gedämpft, doch die Erinnerung an das heitere Gemüt des Metzgers von Saint-Macaire, von dem man nie mehr etwas gehört hatte, zerstreute jeglichen Trübsinn. Und um ihn noch schneller zu vertreiben, holte Callède eine weitere Flasche herbei.

Es war spät, als die Gesellschaft auseinander ging. Raoul und Jean wollten erst am nächsten Morgen weiterfahren. Sie würden die Nacht in Decken eingerollt vor dem Kamin verbringen.

Aber noch lange nachdem die anderen zu Bett gegangen waren, schwatzten, tranken und rauchten Léa und ihre beiden Freunde weiter. Sie hockten zusammen auf dem Bett und konnten sich nicht entschließen, schlafen zu gehen.

Dicht gerahmt von den beiden jungen Männern auf dem schmalen Bett, ließ sich Léa von einem Gefühl des Wohlbehagens, das ihr ihre Gegenwart verursachte, und der Wärme, die von ihren Körpern ausging, einhüllen. Ihre Finger wühlten in den lockigen Haaren der beiden, während diese den Duft ihres Halses einatmeten und ihr Küsschen aufdrückten. Bei keinem von ihnen regte sich ein anderes Verlangen als das, zusammenzubleiben und sich spielerisch zu berühren, so wie es junge Tiere tun. In ihrer Wiedersehensfreude bedachten sie nicht, dass sie zwei Männer und eine Frau waren, dass sie jung waren und das Leben im Untergrund Liebesbeziehungen kaum förderlich war. Ungewollt wurden die Küsse der Jungen leidenschaftlicher und ihre Hände kühner bei der Erkundung des Körpers ihrer Freundin, die sich nicht etwa wehrte, sondern sich ihnen darbot mit jenem kehligen Lachen, das sie auch früher schon erregt hatte.

Für Léa eröffneten diese vier Hände, die sie berührten, strahlende Räume, vertrieben Trübsinn und Sorgen der vergangenen Tage. Keine Ängste mehr, kein Krieg, keine Toten ... Als Jean in sie eindrang, erstickte sie ihr Stöhnen auf Raouls Lippen.

Die Kühle des anbrechenden Tages belebte ihre unbekleideten Körper. Über ihre Freundin hinweg starrten sich die beiden Brüder entsetzt und mit Tränen in den Augen an.

»Mir ist kalt«, murmelte Léa.

Raoul stand auf und warf ein Bündel Rebholzreisig auf die noch glühende Asche. Bald darauf erhellte ein flackernder Schein den Raum.

»Verzeih uns«, stammelte Jean und vergrub sein Gesicht in Léas Haar.

Sie gab keine Antwort. Nachdenklich fuhr sie mit dem Finger die breite Narbe entlang, die Brust und Bauch des jungen Mannes verunzierte.

»Komm her!«, rief sie Raoul zu, der sich gerade fertig angezogen hatte.

Mit verlegener Miene setzte er sich aufs Bett.

»Es gibt keinen Grund, das Geschehene zu bedauern. Im Gegenteil: Wir drei mögen uns schon seit ewigen Zeiten, wir sind zusammen aufgewachsen und ihr beiden habt schon immer alles miteinander geteilt.«

»Aber dich doch nicht!«

Bei diesem Herzensschrei musste Léa lachen. Der Krieg hatte Jean nicht zu ändern vermocht. Er war noch immer der kleine, eigensüchtige Junge, hin- und hergerissen zwischen seiner Liebe zu ihr und seiner brüderlichen Zuneigung.

»Lach nicht«, sagte Raoul. »Das, was wir getan haben, ist abscheulich.«

Léas Gesicht wurde ernst und ihre Stimme hart.

»Das darfst du nicht sagen. Nicht wir sind abscheulich, sondern die Umstände. Vielleicht werdet ihr morgen umgebracht, vielleicht auch ich. Da ist es normal, wenn wir das Leben genießen in den seltenen Augenblicken, da das möglich ist. Ich schäme mich nicht, mit euch geschlafen zu haben, empfinde keine Reue, kein Bedauern. Das Einzige, was mir Leid tut, ist, dass ich es nicht öfter tun kann.«

»Sei still, du bist unmoralisch!«

»Und du bist ein Idiot! Es gibt keine Moral mehr.«

»Wenn es keine Moral mehr gibt, dann erklär mir bitte, wieso du den Widerstand gewählt hast statt der Kollaboration. Du könntest doch ganz lustig in Paris mit deiner Schwester Françoise durch die Teesalons ziehen.«

»Raoul!«, schrie Jean auf.

»Du könntest deinen Wein an die Deutschen verkaufen, statt dich auf den Landstraßen rumzutreiben, um Botschaften zu überbringen, Waffen zu verstecken und Verhaftung und Folter zu riskieren. Kannst du mir also erklären, warum du auf unserer Seite bist, wenn es keine Moral mehr gibt?«

»Lass sie in Frieden!«

»Schon gut, Jean. Ich werde versuchen, ihm eine Antwort zu geben. Es ist keine Frage der Moral, zumindest nicht für mich. Erinnerst du dich noch: Vor dem Krieg hat mich das ganze Gerede über die Deutschen, die Alliierten, die Maginotlinie, Polen gelangweilt. Ich wollte nichts davon hören. Und dann seid ihr, Laurent und viele andere fortgegangen. Kurz darauf kam der Zusammenbruch. Camille und ich wurden während der Flucht auf der Landstraße beschossen; viele Menschen um uns herum starben. Da war der von Kugeln durchsiebte Körper Josettes mit der offenen Kehle, aus der das Blut schoss. Dann dieser Mann, der uns bedroht hat; der Tod von Madame Le Ménestrel und ihrer beiden Kinder und Mamas Tod während der Bombardierungen – und zuletzt Papa ... Doch all diese schrecklichen Ereignisse hätten mich nicht dazu gebracht, eure Ideen und die meines

Onkels Adrien zu übernehmen, wenn sich nicht die Deutschen auf Montillac einquartiert hätten, in meinem eigenen Hause. Jedes Mal wenn ich sie auf der Terrasse gesehen habe, in den Weinbergen oder in den Kellern, fühlte ich mich wie enteignet, gedemütigt. Meiner Meinung nach hatten sie kein Recht, dort zu sein. Da habe ich begriffen, was es heißt, einen Krieg verloren zu haben, ein besetztes Land zu sein. Und das habe ich nicht akzeptieren können. Du siehst, meine Gründe waren nicht besonders rühmlich.«

»Mag sein, aber so haben nicht alle Franzosen reagiert.«

»Die sind sicher auch keinem Stück Erde verbunden, spüren nicht, dass sie aus ihr gemacht sind, dass sie ihr angehören.«

»Du bist wie dein Vater: verliebt in Montillac«, sagte Jean und küsste sie. »Du hast völlig Recht. Wir sollten von dieser Nacht nur die Erinnerung an einen wundervollen Augenblick zurückbehalten, in dem wir die Moral und den Krieg vergessen haben.«

»Komm schon, Raoul, mach nicht so ein Gesicht. Wir haben nichts Böses getan.«

Tieftraurig betrachtete Raoul die beiden Menschen, die er über alles liebte. Von nun an würde ihn seine Liebe zu Léa eifersüchtig machen auf seinen Bruder, was er bisher nie für möglich gehalten hatte. Mit großer Anstrengung gelang ihm ein Lächeln.

Am 11. Mai waren die beiden Brüder zur Widerstandsgruppe Grand-Pierre gestoßen. Bei Sauveterre-de-Guyenne gab es einen Schusswechsel zwischen Deutschen und Widerstandskämpfern. Jean wurde verwundet und von seinem Bruder erst zum Château de Madaillan gebracht, dann, da die Gegend nicht sicher war, zum Pfarrer von Blasimon, der sich bereit erklärte, ihn zu verstecken.

Raoul und seine Kameraden hielten sich einige Zeit in den Wäldern der Colonne in der Nähe des Château de Villepreux verborgen, bevor sie in ihr Lager im Pouy zurückkehrten.

Es war nicht Léa, die Mathias' Nachricht fand, dass Camille am Montag, dem 15. Mai, in die Boudet-Kaserne von Bordeaux verlegt werden würde, sondern ein von Callède geschickter Junge. Ihr Abtransport war auf dreizehn Uhr festgesetzt. Am Tag vor der geplanten Flucht besuchte Léa – als Krankenschwester verkleidet – Camille zusammen mit dem Abbé Chaillou, wobei ihr Besuch durch das wegen des Feiertages zu Ehren Jeanne d'Arcs verringerte Personal begünstigt wurde ... Der wachhabende Deutsche, jener Sauternes-Liebhaber, trank in Gesellschaft einer Krankenschwester, die so üppige Brüste hatte, wie er sie liebte. Diese Frau hatte sich erboten, ihn etwa zwanzig Minuten lang von seinem Posten fern zu halten, während eine Schwester des Ordens Saint-Vincent-de-Paul am Eingang des Hospitals aufpasste und eine weitere in der Nähe der Kapelle.

Léa war darauf gefasst, Camille entkräftet und abgemagert vorzufinden; trotzdem war sie erschrocken angesichts des Zustands ihrer Freundin. Sie war nur noch Haut und Knochen und ihre in die Höhlen gesunkenen Augen waren von großen dunklen Ringen umgeben. Léa zwang sich zu lächeln, umarmte sie und – brach in Tränen aus.

»Aber, aber, bin ich denn so hässlich geworden? Du siehst jedenfalls hinreißend aus in dieser Tracht. Wein doch nicht, es geht mir schon viel besser, nicht wahr, Herr Pfarrer?«

»Ja, Madame«, bestätigte der Priester und wandte die Augen ab.

Léa hätte sich ohrfeigen können. Mit Mühe gelang es ihr, ihr Lächeln wiederzufinden.

»Beeilen Sie sich, wir haben nicht viel Zeit. Ich werde nachsehen, ob sich unser Trunkenbold ruhig verhält.«

Die beiden Freundinnen blieben allein, hatten die Finger ineinander verschlungen und waren zu bewegt, um zu sprechen. Camille brach als Erste das Schweigen.

»Der Abbé hat Recht, wir haben nicht viel Zeit. Wie geht es Charles? Ist er auch nicht zu unglücklich? Hast du etwas von Laurent gehört?«

»Charles geht es sehr gut, er ist gar nicht unglücklich. Wir haben nichts weiter von Laurent gehört, aber solange er in England ist, gibt es keinen Grund zur Beunruhigung.«

»Hast du Nachricht von François Tavernier?«

»Nein, keine«, antwortete Léa mit schwerem Herzen.

»Du wirst bestimmt bald von ihm hören. Er ist kein Mann, der sich erwischen lässt. Hab Vertrauen. Und wie geht es dir selbst?«

»Du denkst nur an andere«, sagte Léa mit freudlosem Lächeln. »Wie fühlst du dich denn?«

»Mir geht es sehr gut.«

»Morgen werden wir versuchen, dich zu befreien. Fühlst du dich stark genug dafür?«

»Ja; ich will doch meinen Sohn wiedersehen.«

»Also, dann hör mir gut zu.«

Sie erklärte ihr kurz den Plan, den die Männer der Widerstandsgruppe ausgearbeitet hatten. Doch dieser Plan kam nicht zur Durchführung.

Als Léa nach Morizès zurückkam, informierte sie die fünf von Aristide geschickten Männer, dass sie es aufgeben müssten, die Ambulanz anzugreifen, da Camille zu schwach sei, um fliehen zu können, wenn der Wagen gestoppt würde. Sie und der Abbé Chaillou hatten sich etwas anderes ausgedacht.

6.

Endlich fiel der lang erwartete Regen.

Mit ausgeschalteten Scheinwerfern wartete der Geländewagen in der Rue Perdue gegenüber vom Hospital. Auf der Place Saint-Michel hielten Rigoulet und die Sifflette in einem Lieferwagen Wache. Im Laderaum umklammerte ein junger Widerständler mit angehaltenem Atem den Kolben seines Gewehrs. Zwei Männer lagen in der Rue des Ecoles auf der Lauer und ein weiterer gegenüber dem Haus des Schwarzen Prinzen.

»Achtung! Sie kommen!«

Ein Mann und eine Frau liefen die Rue Saint-Nicolas entlang. Der ziemlich große Mann trug jemanden auf den Armen, was ihn langsamer machte. Die rückwärtigen Türen des Geländewagens öffneten sich, gleichzeitig ließ der Fahrer die Scheinwerfer zweimal aufleuchten. Die Lampen des Lieferwagens antworteten. Die Motoren wurden angelassen.

»Sie ist ohnmächtig geworden.«

Mathias bettete Camille auf die Rückbank.

»Beeilt euch, sie werden schnell merken, dass sie verschwunden ist.«

»Danke, mein Junge. Das, was Sie eben vollbracht haben, wiegt alle Ihre Sünden auf. Kommen Sie auf unsere Seite, Sie wären sehr willkommen.«

»Da bin ich mir nicht so sicher, Pater. Für mich dürfte es längst zu spät sein.«

»Was haben Sie hier noch vor?«

»Die Örtlichkeit beobachten. Fahren Sie los jetzt. Adieu, Léa.«

»Adieu, Mathias. Danke!«

Das Auto fuhr los. Nicht weit dahinter folgte der Lieferwagen. Es war höchste Zeit. Hinter den Fenstern des Hospitals ging das Licht an, Trillerpfeifen und laute Rufe erschallten, während die Fahrzeuge die Richtung nach Bazas einschlugen. Knapp zwei Kilometer vor der alten Stadt bogen sie links ein und hielten auf einem befreundeten Hof in Saint-Aignan. Die noch immer bewusstlose Camille wurde ins Haus gebracht. Rigoulet versicherte sich, dass alles gut abgelaufen war, und fuhr allein nach La Réole zurück, während der Geländewagen seine Fahrt nach Bazas fortsetzte.

Pater Delmas hatte die Flucht organisiert und seine Kameraden überzeugt, dass die Deutschen nie vermuten würden, ihre Gefangene könne sich noch ganz in ihrer Nähe aufhalten. Außerdem brauchte es Zeit, um für Camille und ihren Sohn Unterschlupfmöglichkeiten zu finden und eine Fluchtroute in die Schweiz auszuarbeiten. So war beschlossen worden, dass Léa, die Sifflette und zwei Widerständler bei der Kranken bleiben sollten.

Diese Flucht, die Zerstörung des Treibstofflagers, das Feuergefecht bei Sauveterre und die zahlreichen Sabotageakte und Attentatsversuche versetzten die Deutschen und die Miliz der Region in Alarmzustand. Kleinstädte und Dörfer erlebten, wie graugrün und marineblau Uniformierte über sie hereinbrachen und Häuser, Scheunen und Kirchen durchsuchten. Saint-Pierre-d'Aurillac, Frontenac, Sauveterre, Rauzan, Blasimon, Mauriac, Pellegrue, Monségur, La Réole erhielten von ihnen Besuch. Viele Widerstandskämpfer wurden zwischen dem 17. und dem 20. Mai verhaftet: Jean Lafourcade, Albert Rigoulet, Jean Laulan, Georges Loubière, Arnault Benquet, Noël Ducos,

Jean Gallissaire, Pierre Espagnet, Gabriel Darcos – insgesamt siebzehn aus der Organisation Buckmaster. Einige wurden gefoltert, getötet oder deportiert. Vierzehn von ihnen kehrten nie zurück.

Zusammen mit der Sifflette brachte Léa, die sich ein Kopftuch umgebunden hatte, Camille in einem Heuwagen versteckt am 19. Mai nach Morizès. Ihr Zustand war unverändert.

Es war höchste Zeit gewesen. Am nächsten Tag kehrte die Familie Rosier, die sie beherbergt hatte, vom Markt in La Réole zurück. In Saint-Aignan angekommen, begannen Mutter und Tochter, das Mittagessen zu bereiten, während der Vater mit dem Briefträger und dessen Gehilfen Manuel ein Gläschen trank. Plötzlich drang Motorengeräusch von der Straße zu ihnen her. Bereits vor zehn Tagen hatten sie sich auf eine Warnung von Kameraden hin in die Nacht flüchten müssen. Jetzt war es ernster. Unten an der Einfahrt zum Gehöft war das Dach eines Geländewagens zu sehen. Ohne irgendetwas mitzunehmen, flohen die Rosiers mit ihrer Tochter durch Felder und Wälder nach Morizès, wo sie von Tore aufgenommen wurden. Auch der Briefträger flüchtete. Niemand wurde verhaftet, doch die Deutschen entdeckten die sieben Tonnen Waffen in der Tabakdarre.

Léa kam zu dem Schluss, dass sich Camilles Gesundheitszustand nicht bessern würde, solange sie von ihrem Sohn getrennt war. Nach Beratung mit Madame Rosier und der Sifflette beschloss sie, Charles zu holen. Die drei Frauen machten sich mit Rädern auf den Weg. In Saint-André-du-Bois ließ Léa ihre Begleiterinnen zurück. Die Sifflette sollte ihnen in zwei Stunden entgegenkommen.

Bei den Weinkellern herrschte hektische Aktivität: Fayard und drei Männer, die sie nicht kannte, luden Weinkisten auf einen Lieferwagen. Bei ihrem Anblick hätte der

Kellermeister vor lauter Verblüffung fast die Kiste, die er gerade trug, fallen lassen.

»Guten Tag, Fayard. Das Geschäft geht offenbar glänzend.«

Er entledigte sich der Kiste und nahm seine Baskenmütze ab, wobei sich sein kahler, weißer Schädel zeigte.

»Guten Tag, Mademoiselle«, stammelte er. »Sind Sie wieder da?«

»Keine Sorge, nicht für lange. Aber Freunde von mir werden bald mal ein Wörtchen mit Ihnen reden.«

Warum hatte sie das gesagt? Der Satz war ihr durch den Kopf geschossen, als sie die Angst auf seinem Gesicht gesehen hatte. Ihr fiel eine Strafexpedition ein, die von einer Untergrundgruppe des Lot-et-Garonne gegen einen Schwarzmarkthändler durchgeführt worden war, den man verdächtigte, Widerstandskämpfer verraten zu haben. Sie verspürte eine boshafte Freude, Fayards schwielige Hände zittern zu sehen, den die Liebe zum Land und der Köder des Geldes dazu gebracht hatten, mit den Besatzern Geschäfte zu machen und zum Denunzianten zu werden. Und wenn sie daran dachte, dass er ihr womöglich Montillac wegnehmen könnte ...!

Mit einer zornigen Geste wandte sie sich ab und ging auf das Haus zu.

Das Wetter war schwül und gewittrig, doch in dem alten Gemäuer herrschte noch immer ein wenig von der Kühle des Winters. Alles war ruhig, unverändert, in der Luft lag der Geruch von Bohnerwachs, vermischt mit dem Duft weißer Rosen. Es waren die ersten der Saison, sie wuchsen an der Mauer eines geschützt liegenden Weinkellers. Isabelle Delmas hatte die früh blühenden duftenden Rosensträucher noch selbst gepflanzt. Dieser Strauß auf dem runden Tisch der großen Diele ... Wenn ich die Augen schließe, sehe ich Mama hereinkommen, dachte Léa.

»Léa!«

Charles lief mit ausgebreiteten Armen auf sie zu.

»Da bist du ja wieder! Wo ist denn Mama? Ich will zu meiner Mama!«

»Das kannst du auch, mein Liebling. Ich bin ja extra gekommen, um dich zu holen.«

»Du willst das Kind mitnehmen?! Das ist doch nicht dein Ernst!«

»Es muss sein, Ruth. Sonst wird Camille nicht wieder gesund.«

»Aber das ist doch viel zu gefährlich!«

»Bitte, Ruth! Ich habe nicht viel Zeit. Pack ein paar Sachen für ihn zusammen.«

»Komm mit, ich habe dir einiges zu sagen. Charles, geh zu Tante Bernadette.«

»Nein, ich will bei Léa bleiben!«

»Du musst Ruth gehorchen. Wenn du hübsch artig bist, nehme ich dich mit zu deiner Mama.«

»Ganz bestimmt?«

»Ich versprech's dir.«

Der kleine Junge ging hinaus und rief nach Bernadette Bouchardeau.

Während sie Kleidungsstücke in eine Tasche packte, berichtete die Haushälterin Léa, was während ihrer Abwesenheit vorgefallen war.

»Dein Onkel Luc und dein Cousin sind letzte Woche hier gewesen. Sie wollten dir den Besuch von Fayards Notar ankündigen wegen des Verkaufs von Montillac.«

»Wieso geht das Onkel Luc etwas an?«

»Angeblich hat Fayard Françoises Einwilligung erhalten.«

»Was?!«

»Ich habe gesagt ›angeblich‹. Der Notar hat das behauptet. Da Laure noch nicht volljährig und Rechtsanwalt Delmas ihr Vormund ist und da du dich den Terroristen angeschlossen und dich damit außerhalb des Gesetzes begeben hast, würde die Entscheidung, ob verkauft werden soll oder nicht, deinem Onkel zufallen.«

»Aber das alles ist doch völlig absurd!«

»Möglich, aber dein Onkel und dein Cousin, die schließlich beide Juristen sind, behaupten, dass das rechtens ist, vor allem wegen deiner Abwesenheit.«

»Ich verstehe. Es käme allen nur zu gelegen, wenn ich verhaftet und auf Nimmerwiedersehen verschwinden würde.«

»Fayard bestimmt, aber nicht deinem Onkel. Du bist die Tochter seines Bruders, und ihm liegt daran, dass euch der Besitz erhalten bleibt. Er hat sich sehr verändert, seit Pierrot getürmt ist, weißt du.«

»Verändert? Das sollte mich wundern. Nach dem, was ich zuletzt gehört habe, ist er immer noch Kollaborateur.«

»Das glaube ich nicht. Er ist Pétain-Anhänger, mehr nicht.«

»Immerhin hat er seine Tochter einen Deutschen heiraten lassen!«

»Das ist wahr, aber der ist ein anständiger Mensch.«

»Von der Sorte anständiger Menschen gibt es viele. Soll ich dir mal was sagen? Ich kann Fayard verstehen. Fayard, der will das Land. Für ihn ist der Krieg nur eine Gelegenheit, an sein Ziel zu kommen und sich zu bereichern. Ob Franzosen oder Deutsche, ist ihm egal. Er arbeitet mit denen zusammen, die ihm am geeignetsten erscheinen, ihm zum Besitz des Gutes zu verhelfen. Er – immerhin ein Veteran des Krieges von 1914 – ist sich nicht einmal bewusst, sein Vaterland zu verraten. Bei Onkel Luc ist es schlimmer. Er ist ein Intellektueller, dem klar ist, was Worte bedeuten und die Taten, die aus ihnen erwachsen können. Seine Vorliebe für geordnete Verhältnisse, seine gutbürgerlichen Wertvorstellungen und sein Beruf führen ihn dazu, jede rechtmäßige Regierung zu respektieren. Für ihn ist allein Pétain legitim und Pétain hat die Franzosen zur Kollaboration aufgefordert. Ich glaube, es fehlt Onkel Luc auch völlig an Vorstellungskraft, sonst würde er sehen, dass Deutschland früher oder später den Krieg verlieren muss und dass die Terroristen von heute morgen die Macht übernehmen werden.«

»Aber das ist genau das, was er nicht will. Er ist überzeugt, dass Frankreich den Kommunisten in die Hände fallen wird und die Russen bei uns das Sagen haben werden, falls die Amerikaner landen und de Gaulle triumphiert. Für ihn kann allein Deutschland Europa vor der Geißel des Kommunismus bewahren. Davon ist er zutiefst überzeugt.«

»Und mein lieber Cousin denkt offenbar genau wie er.«

»Der ist noch schlimmer. Er redet davon, dass er sich als Freiwilliger melden will.«

»Das sollte mich wundern. Philippe hat noch nie durch Mut geglänzt.«

»Jedenfalls meint dein Onkel, wenn du den Verkauf verhindern willst, müsstest du einen Brief schreiben, in dem du deine Weigerung aussprichst. Es ist nicht sicher, dass das ausreicht, aber ihr würdet Zeit gewinnen.«

»Ich werde das mit Onkel Adrien und Camille besprechen.«

»Warte aber nicht zu lange damit. Schau mich mal an. Du siehst nicht gerade gut aus. Du wirkst erschöpft.«

»Ich fahre häufig dreißig, vierzig Kilometer mit dem Rad. Es geht hier viel bergauf. Wenn der Krieg noch lange dauert, werde ich Waden haben wie Le Guevel oder Van Vliet und könnte beim Grand Prix von Bordeaux mitfahren. Außerdem mache ich mir große Sorgen um Camille.«

»Die Arme! Sie ist wirklich schlimm dran. Haben sie sie …? Du weißt schon, was ich meine.«

»Gefoltert? Nicht so, wie es ein Verbrecher vom Schlage Denans tun würde. Weißt du, dass diese Schweine von der Miliz ein neues, eleganteres, charmanteres Wort für foltern eingeführt haben? Sie ›touyagieren‹, und ›touyagieren‹ ist zu ihrem liebsten Zeitvertreib geworden.«

»Touyagieren?«

»Ja; das kommt von Touyaga.«

»Touyaga?«

»Das ist der Name eines Buchprüfers, den die Milizen nach einer Denunziation festgenommen haben. Pierre Touyaga wurde gebrannt und mit einem Knüppel verprügelt, die Haut und die Nägel wurden ihm abgezogen, seine Füße und Geschlechtsteile wurden verbrüht. Marcel Fourquey von der 2. Abteilung der Miliz war so zufrieden mit seiner Arbeit und der seiner Gehilfen Guilbeau und Beyrand, dass er dieses neue Verb erfunden hat. Seither foltert die Miliz in Bordeaux nicht mehr, sie ›touyagiert‹.«

»Das ist ja widerlich!«

»Camille ist nur ganz leicht ›touyagiert‹ worden: Ohrfeigen, Fußtritte und Fausthiebe. Ihr geschwächter Zustand hat sie gerettet. Sie konnten sie nicht schlimmer ›touyagieren‹, ohne sie zu töten. Aber sie hat sich von der ganzen Tortur noch nicht wieder erholt. Da habe ich gedacht, Charles' Gegenwart könnte ihr helfen.«

»Aber bei dem unsicheren Leben, das ihr führt, könnte seine Anwesenheit auch gefährlich sein.«

»Das glaube ich nicht. Die Widerständler observieren die Umgegend sehr genau und die Deutschen haben sich nach der kürzlichen Verhaftungswelle in ihre Quartiere zurückgezogen. Die größte Gefahr droht uns von Männern wie Fiaux und Denan. Ich weiß, dass Aristide den Befehl erhalten hat, sie auszuschalten, und dass Onkel Adrien deswegen gekommen ist. Aber bis es so weit ist, werden Camille und Charles schon in der Schweiz Zuflucht gefunden haben. Gibt es heißes Wasser? Ich würde mir gern den Kopf waschen. An das kalte Wasser kann ich mich einfach nicht gewöhnen.«

Nach einem Bad und der Haarwäsche war Léa, als sei sie ein neuer Mensch. Trotz der Vorschriften für Hygiene von den Anführern der Widerstandsgruppen und von Radio London herrschte in den Lagern oder Bauernhöfen, die als Unterschlupf dienten, nicht gerade große Sauberkeit. Einige Anführer versuchten, militärische Disziplin einzuführen: Hissen der Fahne, Freiübungen, Umgang mit der Waffe, möglichst tadelloser Anzug, Respektierung der Ränge, Instandhaltung des Lagers, Körperpflege, doch das war nur bei großen Untergrundorganisationen mit straffer Führung möglich, wie bei denen des Limousin, des Vercors oder der Bretagne.

In Aquitanien hatten die Gruppen Anfang 1944 noch nicht viele aktive Mitglieder. Ab Mai jedoch änderten sich die Verhältnisse und Aristide konnte einen neuen detaillierten Mannschaftsstand nach London melden: Bordeaux und Bordeaux-Saint-Augustin: 500 Männer; Mérignac: 45 Männer; Unterwasserstützpunkt: 15 Männer; Gruppe Lermont: 40 Männer; Gruppe von Pessac: 20 Männer; Sabotage-Gruppe Bouscat: 5 Männer; Gruppe Begles: 25 Männer; Gruppe Léon des Landes: 500 Männer; Gruppe der Eisenbahner: 145 Männer; Gruppe von Arcachon: 300 Männer. Insgesamt also 1 595 Männer, die ihre Aufgaben genau kannten und zum Kampf entschlossen waren. Ihre zunächst geringe Anzahl wuchs ständig und erreichte am D-Day eine Stärke von 15 000 Männern. Doch Oberst Buckmaster zeigte sich auch jetzt schon zufrieden.

Léa war froh, das alte Rad, das ihr die Tores geliehen hatten, gegen ihr blaues Fahrrad tauschen zu können, und befestigte für Charles einen Sitz aus Korbgeflecht auf dem Gepäckträger. Sie musste sich jetzt beeilen. Fayard konnte leicht die Gestapo von Langon alarmiert haben.

Ruth und Bernadette waren zutiefst betrübt, die einzige Freude ihres Lebens, den kleinen Jungen, lachend und in seinem Korbsitz zappelnd davonfahren zu sehen.

»Hör auf zu hampeln, du bringst uns noch zu Fall!«

Nach dem Bernille-Hügel traf Léa auf die Sifflette.

Das Wiedersehensglück von Mutter und Kind besänftigte ein wenig den Ärger von Adrien Delmas über die von den drei Frauen begangene Unvorsichtigkeit. Die Sifflette nahm alles auf ihre Kappe und behauptete, sie als Älteste sei die einzig Verantwortliche. Der Dominikaner tat, als leuchte ihm diese Begründung ein.

7.

Maurice Fiaux und seine Bande hatten Camilles Flucht aus dem Hospital Saint-Jean nur schlecht verdaut. Pater Delmas wusste, dass es der Miliz und der Gestapo gelungen war, einige Widerstandsgruppen zu infiltrieren, was keine besonderen Schwierigkeiten gemacht hatte, da die jungen Widerstandskämpfer häufig ebenso leichtsinnig wie unüberlegt waren. Ein Glas Wein zu viel, ein hübsches Mädchen, vor dem sie den Helden spielen konnten, ein anerkennendes Wort über den Widerstand oder General de Gaulle, eine kameradschaftliche Art genügten schon, um im Verlauf eines allgemeinen Gesprächs an Informationen zu gelangen, die es Dohse und Robert Franc ermöglichten, Verhaftungen vorzunehmen. Es hieß sogar, dass ein Mann von Grand-Clément in einen der von Aristide rekrutierten Trupps eingeschleust worden sei. Die Anführer witterten überall Verräter. Von London kamen Exekutionsbefehle. Bisher hatte es Grand-Clément geschafft, alle Fallen zu umgehen, doch Aristide war entschlossen, ihn und alle, die für ihn arbeiteten, zur Strecke zu bringen. Einer seiner Adjutanten, André Basilio, war bereits am 22. Mai erschossen worden. Eile tat Not, denn Grand-Clément wusste, dass Aristide zurück war: Am Tag vor Basilios Exekution hatte sich Aristide in Bordeaux plötzlich Auge in Auge mit André Noël befunden, einem früheren Mitglied seiner eigenen Gruppe, der jetzt fasziniert war von Dohses Theorien über die bolschewistische Gefahr, die Frankreich drohte. Der Befehl, Grand-

Clément und Noël zu töten, wurde ausgegeben, doch sie waren unauffindbar. Die beiden Männer hatten sich nach Paris abgesetzt.

Pater Delmas und Aristide wussten, dass die Landung der Alliierten nicht mehr fern war. Aristide, der englische Offizier, hatte bereits im April die Anweisung erhalten, jeweils am 1., 2., 15. und 16. eines Monats um 19 Uhr das französische Programm der BBC abzuhören, da an diesen Tagen eventuell Nachrichten über die Landung durchgegeben würden. Für diese Operation musste alles Notwendige in Ruhe und unter strengster Geheimhaltung vorbereitet werden. Das war jedoch nicht möglich. Seit Beginn des Jahres hielten sich kleine, mehr oder weniger gut bewaffnete Gruppen immer weniger davor zurück, die Besatzer zu provozieren: Sabotageakte, Angriffe auf Wachtposten, Gefangenenbefreiungen hielten die Deutschen und die Miliz in ständiger Alarmbereitschaft und setzten die Sicherheit der Widerstandsorganisation Aquitaniens aufs Spiel.

In dieser gespannten Atmosphäre gelangte eine Botschaft von Mathias Fayard an den Dominikanerpater in Aristides Hauptquartier in Blaye-Saint-Luce. Dies sorgte für eine kurze Panik auf dem Marschlandhof im Mündungsgebiet der Garonne: Woher wusste Mathias von diesem Ort, den alle für sicher gehalten hatten? Aus dem Boten war nichts herauszuholen, er war der geistig behinderte Sohn eines ortsansässigen Fischers, der bereits vor Aristides Rückkehr im Fort du Hâ eingesperrt worden war, weil er verbotene Zeitungen verteilt hatte. Aus Sicherheitsgründen wurde der Behinderte dabehalten.

Der Inhalt des Briefes war höchst alarmierend. Mathias zufolge kannte Fiaux die genauen Standorte aller Widerstandsnester östlich von Bordeaux, die Anzahl der Männer, die vorhandenen Waffen und die Namen der Anführer. Aus Gründen, die nur Fiaux bekannt waren, hatte er diese Informationen weder an die Gestapo noch an die Miliz weitergegeben.

»Woher weiß dieser Fayard das alles?«, rief Aristide aus. »Hört mal, was er schreibt: ›Wie Sie wissen, Pater, überwache ich Fiaux, um Léa besser schützen zu können. Ich habe mir ein Versteck auf dem Dachboden des Hauses, das er in Bouscat bewohnt, eingerichtet. Sein Zimmer ist genau darunter. Da die Decke aus Bohlen besteht, brauchte ich nur die Ohren zu spitzen; ich konnte jedes Wort verstehen. Dort habe ich gestern ein Gespräch zwischen ihm und seinen beiden Leibwächtern belauscht, dem zu entnehmen war, dass er versuchen will, seine Informationen dem Chef der Gestapo zu verkaufen, da er seinen Milizkameraden, die sich sonst den Löwenanteil sichern würden, misstraut. Ich habe überlegt, ob ich ihn töten sollte, und von dem Platz aus, wo ich war, wäre es auch möglich gewesen. Dann fiel mir ein, dass er und die anderen mich bestimmt nicht verfehlen würden, falls ich ihn nicht treffen sollte, und dass dann keiner mehr Sie warnen und Léa beschützen könnte. Beeilen Sie sich, er darf einfach nicht reden. Ich würde die Arbeit gern übernehmen, aber er traut mir nicht und lässt mich nicht an sich ran. Dass dieser Brief mit meinem Namen unterschrieben ist, soll Ihnen als Beweis dienen, dass ich nicht lüge und dass ich nicht versuche, Sie in eine Falle zu locken. Falls Sie mich treffen wollen, schicken Sie mir eine Nachricht zu meinen Eltern nach Montillac oder in den *Chapon-Fin*. Der Küchengehilfe René dort weiß, wo er mich finden kann, und wird mir Ihre Nachricht noch am gleichen Tag überbringen. Ich möchte ausdrücklich betonen, dass ich dies nicht für die Widerstandsbewegung tue, sondern für Léa. Mit respektvollen Grüßen.‹ «

»Das ist doch eine aberwitzige Geschichte«, sagte Lancelot. »Ich traue diesem kleinen Arschloch nicht über den Weg.«

»Was meinen Sie, Pater?«, fragte Aristide.

»Er sagt die Wahrheit.«

»Wie können wir dessen sicher sein?«

»Wir haben gestern in Castillon-la-Bataille einen jungen Burschen gefasst, den wir verdächtigten, ein doppeltes Spiel zu treiben. Als ich ihn befragt habe, hat er mir grinsend erklärt, dass wir auf verlorenem Posten stünden, dass die Miliz die genauen Standorte der Widerstandsgruppen kenne und in Kürze angreifen werde. In dem Moment hat mich der Funker geholt, um eine dringende Botschaft aus London zu dechiffrieren. Als ich zurückkam, war der Bursche tot.«

»Tot?«

»Ja. Unsere Jungs haben angefangen, ihn zu verprügeln. Einer von ihnen wollte sie offenbar mit seiner Waffe zum Aufhören zwingen. Genau war das nicht festzustellen. Jedenfalls ist ein Schuss gefallen, der den Burschen auf der Stelle getötet hat.«

»Sie werden ihn doch wohl nicht bedauern?«

»Der Tod eines Menschen ist immer ein Unglück.«

»Zweifellos, aber wir haben Krieg. Im Krieg tötet man und stirbt man. Manchmal muss man einen Mann töten, damit Dutzende, Hunderte Männer verschont werden.«

»Das wird in allen Kriegen behauptet, um sie zu rechtfertigen. Ich habe in Spanien gesehen, wie viele Menschenleben unter diesem Vorwand geopfert wurden.«

»Das ist möglich, Pater, aber wir haben keine andere Wahl. Die Landung der Alliierten steht bevor, und wir können nicht riskieren, dass unsere Untergrundcamps angegriffen und zerstört werden. Wir müssen diesen Maurice Fiaux, seine Leibwächter und Mathias Fayard ausschalten.«

»Warum auch Fayard?«

»Ich teile Ihr Vertrauen in ihn nicht.«

»Ich kenne ihn seit seiner Kindheit. Seine Liebe zu meiner Nichte hat ihn zu großen Dummheiten verleitet...«

»Sie nennen das eine große Dummheit, dass er für die Gestapo und die Miliz arbeitet?«, fiel ihm Lancelot ins Wort.

»Ich schlage vor, dass wir abstimmen«, sagte Dédé le Basque, der bisher geschwiegen hatte.

»Einverstanden«, erklärte Aristide. »Wer ist für die Exekution dieser vier?«

Alle außer Adrien Delmas hoben die Hand.

»Die Entscheidung ist gefallen. Lancelot, setzen Sie ein paar Leute auf ihre Fährte. Sie sollen sie ausfindig machen und Bericht erstatten. Spätestens in achtundvierzig Stunden müssen wir ihre Aufenthaltsorte, ihre Gewohnheiten und die Schwachpunkte ihrer Verteidigung kennen. Haben Sie verstanden?«

»Ganz genau, Chef. Sie sollten lieber solange nach Jard-de-Bourdillon in den Landes de Bussac gehen, bis diese Schweinehunde erledigt sind.«

»Vielleicht. Ich werde es mir überlegen. Ich glaube nicht, dass ich hier viel riskiere. Wir haben Leute in Saint-Ciers, in Montendre, Saint-Savin, Saint-André-de-Cubzac und in Bourg. Das Hauptquartier ist gut geschützt. Pater, ich hätte Sie gern allein gesprochen.«

Neben dem Pater mit seinem gefurchten Antlitz und der großen, abgemagerten Statur wirkte Aristide noch jünger und kleiner, als er war.

»Wie geht es Madame d'Argilat?«

»Viel besser.«

»Das freut mich. Haben Sie ihre Flucht nach Lausanne schon organisieren können?«

»Noch nicht. Viele Schleuser sind verhaftet worden, und für eine kränkelnde Frau ist es keine Kleinigkeit, ganz Südfrankreich durchqueren zu müssen.«

»Ich habe mich mit London in Verbindung gesetzt, um ein Flugzeug zu bekommen, aber angeblich ist das momentan zu riskant. Aber wenn Fayards Behauptungen stimmen, können Madame d'Argilat und Ihre Nichte nicht in Morizès bleiben. Wir könnten sie zu einer Gruppe in Luze, in der Nähe von Arcachon, bringen.«

»Mir ist es lieber, sie bleiben im Abschnitt von Daniel Faux und Leutnant Vincent. Léa kennt sich in dieser Gegend gut aus. Sollte es Schwierigkeiten geben, wüsste sie, wo sie Zuflucht finden könnten. Außerdem erwarte ich in La Réole meine Kontaktperson für die Schweiz.«

»Wie Sie wollen. Aber dann sollten sie sich in der Nähe von Lorette einquartieren.«

»Einverstanden. Ich werde ihre Verlegung für morgen früh veranlassen. Es ist Pfingsten. Hoffen wir, dass sich die Erleuchtung des Herrn über uns ergießt.«

»Wir treffen uns Montag, achtzehn Uhr, wieder hier, um uns über die Art und Weise zu einigen, wie Fiaux und seine Kumpane exekutiert werden sollen. Pater, darf ich Ihnen noch etwas sagen?«

»Ja, gewiss.«

»Sie sollten einen Arzt aufsuchen. Sie sehen sehr erschöpft aus.«

»Später vielleicht«, antwortete er mit einem leichten Lächeln.

Am nächsten Morgen zelebrierte Pater Delmas eine Messe in der Kirche von Chapelle-de-Lorette in Anwesenheit fast aller Widerständler jeglicher Couleur. Außerdem nahm noch die Gruppe von Couthure teil wie auch Camille und Léa. Charles war in der Obhut von Mama Faux zurückgelassen worden, die mit Hilfe der Sifflette für alle ihren Hammel-Bohnen-Eintopf zubereitete, der unter den ewig hungrigen jungen Leuten berühmt war. Madame Carnelos, deren oberhalb von Lorette gelegener Hof als Beobachtungsposten und Waffenlager diente, säuberte einen Berg Fische aus der Garonne. Um die Gebäude mit ihren dicken Mauern waren Gräben mit Schießscharten ausgehoben worden. Hinter den Bodenluken waren Maschinengewehre postiert, weitere waren hinter der Mauer, die den Hausbrunnen der Familie umgab, versteckt.

Seit der Ermordung von Hauptmann Levy durch die Gestapo von Toulouse hatten sich viele junge Männer der Widerstandsbewegung angeschlossen. Sein Nachfolger, Oberst Becq-Guérin, setzte seine Arbeit fort und unterwies die Neuzugänge – Arbeitsdienstverweigerer, Bauern, Arbeiter, Studenten – in der Handhabung der Waffen.

Als sie von der Messe zurückkamen, sogen Léas Nasenflügel entzückt das Aroma des Hammel-Bohnen-Eintopfs ein, eines ihrer Lieblingsgerichte.

»Oh, bin ich hungrig!«, rief sie und rieb sich ungeniert den Magen.

»Ich auch«, sagte Camille, die inzwischen etwas besser aussah.

Léa betrachtete sie mit freudigem Staunen. »Das habe ich schon seit Jahren nicht mehr von dir gehört, dass du Hunger hast.«

»Ich habe das Gefühl, wiedergeboren zu sein. Das Beten hat mir gut getan und mir Mut gemacht. Ich fühle mich hier in Sicherheit.«

Wie damals auf der Lichtung in den Landes fröstelte Léa auch jetzt trotz des warmen Sonnenscheins dieses Pfingsttages.

»Schau mal, wer da kommt!«

»Raoul! Jean!«

Die beiden Brüder küssten ihre Freundin mit leichter Befangenheit, die sie mit einer kräftigen Umarmung und strahlendem Lächeln zerstreute. Jean konnte einen Schmerzensschrei nicht unterdrücken.

»Oh, entschuldige, ich habe ganz vergessen ... Hab ich dir wehgetan? Hast du große Schmerzen? Ist es schlimm?«

»Nein, aber die Wunde ist noch nicht ganz verheilt.«

»Jean hat großes Glück gehabt, ein Stückchen weiter und er hätte die Kugel genau ins Herz gekriegt. Camille, es freut uns mächtig, Sie bei besserer Gesundheit anzutreffen. Wie geht es Charles?«

»Er ist hier bei mir.«

Schwatzend kamen sie im Hof der Familie Faux an, in dem Tische und Bänke aufgestellt waren. Die Widerstandskämpfer hatten sich bereits gesetzt und warteten darauf, dass aufgetischt wurde. Sie wollten den beiden jungen Frauen Platz machen, doch Léa setzte sich mit den Brüdern Lefèvre lieber in den Schatten einer Linde. Camille ließ sich neben Charles nieder, dessen Teller bereits gefüllt war.

Das Essen verlief sehr fröhlich und wurde von allen Teilnehmern sehr genossen. Die Wachtposten bekamen nach ihrer Ablösung allerdings nur noch das, was ihnen ihre Kameraden übrig gelassen hatten. Als Ausgleich für die kleinen Portionen des Eintopfs spendierte ihnen Madame Faux gleich zwei Stücke ihres Pastiskuchens, der ihr ebenso gut gelang wie ihr berühmter Eintopf. Als es an das lästige Geschirrspülen ging, verdrückte sich Léa und zog sich mit Raoul in eine Scheune zurück.

»Küss mich!«

»Und Jean?«

»Lass ihn, der ist verwundet. Küss mich!«

Sie rollten sich im Heu und dachten für kurze Zeit nur an das Vergnügen, das sie an ihren Körpern fanden.

Im Verlauf des Abends kehrten die Widerständler in ihre

jeweiligen Lager zurück. Pater Delmas fuhr nach Bordeaux auf einem Motorrad, das von einem Werkstattbesitzer in Langon requiriert worden war.

Die ungewöhnlich warme Nacht dieses Maitages 1944 schien ganz dem Pater zu gehören, der auf seiner Maschine die mit Weinstöcken bedeckten Hügel überquerte. Es herrschte eine sommerliche Wärme. Ein für die Reben hervorragendes Wetter, doch katastrophal für die Feldfrüchte, die sehr unter Wassermangel litten. Ein paar Blitze hatten auf Regen hoffen lassen, doch das Gewitter war wieder abgezogen.

Während er eine Talsohle mit einem Wäldchen durchfuhr, fühlte sich Adrien Delmas von dem starken Moos- und Minzegeruch und von der feuchten Kühle des Unterholzes fast überwältigt. Noch immer überraschte es ihn, wenn ein unaufhörlich von Menschenhand bearbeitetes Terrain plötzlich in eine solche bewaldete Senke überging, die die Sonne und den Himmel ausschloss, mit undurchdringlichem Gestrüpp bewachsen, von unterirdischen Wurzeln durchzogen und mit Tümpeln fauligen Wassers durchsetzt war, bewohnt von einer kriechenden Tierwelt. Solche Orte, die durch den Gegensatz zu ihrer Umgebung noch unwirtlicher erschienen, verursachten ihm Unbehagen. Selbst in der größten Sommerhitze verspürte man keine Lust, sich in ihrem abweisenden Schatten auszuruhen. Er konnte sich nicht erinnern, sich dort jemals aufgehalten zu haben. Doch an diesem Abend befanden sich sein Geist und sein Herz im Einklang mit dieser feuchten und düsteren Umgebung.

Er nahm das Gas weg und zog die Bremse an. Die Wärme der Maschine hatte etwas Freundliches, das ihn für den kurzen Augenblick, während er sie an einen Baum lehnte, berührte. Er schob Zweige und Efeuranken beiseite und drang in das pflanzliche Dunkel ein. Wenn er seine Füße aus dem Morast zog, gab es ein schmatzendes

Geräusch. Eine umgestürzte, verkrüppelte Eiche versperrte ihm den Weg. Er ließ sich auf den vermoderten Stamm sinken, hatte nicht mehr die Kraft, gegen die Verzweiflung, die ihn überkam, anzukämpfen. Seit ihn sein Glaube an Gott verlassen hatte, eines frühen Morgens in Spanien, als er mit ansehen musste, wie ein paar ganz junge Burschen, fast noch Kinder, erschossen wurden, war keine Träne mehr aus seinen brennenden Augen geflossen. Wie viele schlaflose Nächte hatte er damit verbracht, diesen Gott, an den er nicht mehr glaubte und zu dem er dennoch jeden Tag betete, um Hilfe anzurufen und zu versuchen, mit den vertrauten Worten das Wunder des Glaubens wiederzuerwecken? Er hatte sich einem seiner spanischen Freunde, Dominikaner wie er, anvertraut. Dieser hatte ihn mitfühlend angesehen und den Arm um ihn gelegt.

»Ich bedaure dich von ganzer Seele, doch ich kann nichts für dich tun. Ich durchlebe das gleiche Drama, und das quält mich so sehr, dass ich schon vorhatte, mich umzubringen. Nur der Gedanke an meine Mutter hat mich davon abgehalten.«

Sie hatten sich mit einem Gefühl noch größerer Verlorenheit getrennt. Seither hatte Adrien Delmas nie wieder darüber gesprochen, sondern versucht, sein Elend durch pausenlose Aktivität zu vergessen. Es gelang ihm nicht. Er litt so sehr, dass er seinen Tod herbeiwünschte. Vielleicht war jetzt der Augenblick gekommen, ihm entgegenzugehen.

Der Tod anderer Menschen, selbst wenn sie Mörder oder Verräter waren, war ihm stets unerträglich erschienen. Dennoch fasste er in dieser morastigen Finsternis einen ungeheuren Entschluss: Er würde Maurice Fiaux töten und damit verhindern, dass dieser die von seinen Freunden geführten Widerstandsgruppen verriet. Nachdem er zu dieser schrecklichen Entscheidung gekommen war, verspürte dieser Mann, dieser Priester, der vor dem

Krieg gegen die Todesstrafe gekämpft hatte, einen lange entbehrten Frieden.

Er stellte einen Plan auf: Von der Mutter des jungen Mannes würde er dessen Anschrift erfahren. Fiaux würde ihm gegenüber keinen Argwohn hegen und wäre außerdem nur zu froh, in ihm einen Anführer der Widerstandsbewegung verhaften zu lassen, der der deutschen und der französischen Polizei bisher entwischt war. Nach dem Mord würde er keine Zeit haben zu fliehen und einer von Fiaux' Leibwächtern würde ihn erschießen.

Innerlich ruhig verließ er das Wäldchen.

Am nächsten Tag meldete er sich freiwillig für die Exekution von Maurice Fiaux. Alle, die wussten, dass er Priester war, schauten ihn erst verblüfft, dann entsetzt an. Vergebens versuchten sie, ihn davon abzubringen. Er beanspruchte dieses Verbrechen für sich, indem er behauptete, er sei der Einzige, der sich dem Opfer nähern und Fiaux mit einem Minimum an Risiko exekutieren könne. Da dies nicht ausreichte, um seine Kameraden zu überzeugen, brachte er seinen Rang in der Geheimarmee ins Spiel und die Befehle von London. Sie beugten sich voller Unbehagen und Trauer. Er erreichte, dass die Exekution von Mathias Fayard aufgeschoben wurde. Dieser sollte jedoch unter strenger Beobachtung bleiben.

Doch dann trat eine unerwartete Verzögerung ein: Am Abend des 30. Mai verließ Fiaux Bordeaux und fuhr nach Paris. Nach Angaben seiner Mutter wollte er spätestens am 6. Juni wieder zurück sein. Was wollte er in der Hauptstadt? An einer Zusammenkunft mit Darnand teilnehmen als Belohnung für seinen Eifer ...

8.

»Philémon verlangt sechs Flaschen Sauternes.«

Aristide sprang von seinem Stuhl auf und riss dabei fast den Knopf des Radioapparates ab, an dem er seit einigen Minuten herumdrehte, um weisungsgemäß an diesem festgelegten Abhörtermin BBC zu empfangen. Es war der 2. Juni 1944, sieben Uhr abends.

»Ich wiederhole: Philémon verlangt sechs Flaschen Sauternes.«

Kein Zweifel: Das war eindeutig die für seine Region bestimmte Botschaft »A«, die die unmittelbar bevorstehende Landung der Alliierten ankündigte und zugleich den Befehl enthielt, die Widerstandsgruppen in Alarmbereitschaft zu versetzen. Im Verlauf des Abends nahm Aristide mit seinem Generalstab Kontakt auf: Lancelot, François und Jacqueline, Dany und Marcel. Er rief die Anführer der Gruppen für drei Uhr morgens in Caudéran, Rue Guynemer 29, zusammen.

Alle erschienen am nächsten Tag zu der Zusammenkunft. Aristide gab ihnen genaue Anweisungen. Capdepont, der Anführer der Eisenbahner, erhielt die Order, Lokomotiven, Weichen, Signalanlagen und zweihundert Kilometer Gleise zu zerstören; Pierre Roland von der Gruppe Bordeaux-Hafen erhielt den Auftrag, die elektrischen Leitungen, die die von den Deutschen entlang der Kais gelegten Minen aktivierten, zu kappen. Henri Mesmet meldete, dass Léon des Landes über fünfhundert kampfbereite Männer verfügte, dass jedoch nur die Hälfte von ihnen Waffen besäßen. Aristide erklärte, dass er in zwei Tagen drei Fallschirmabsetzungen erwarte. Für Hauptmann Duchez von der Gruppe aus Arcachon gab es dieses Problem nicht: Seine Männer waren gut ausgerüstet und im Gebrauch schwerer Waffen wie Maschinengewehre, Mörser und Bazookas gut ausgebildet. Die vier Anführer der Gruppen aus Lège, Andernos, Facture und Arès brachten jeder zwischen siebzig und hundert ausreichend bewaffnete Männer ein. Die Gruppe aus Mérignac bestand nach der Verhaftungswelle nur noch aus etwa zwanzig Mann, die Pierre Chatanet zur Verfügung stellte. Ihre Mission bestand darin, die Telefonleitungen zu durchschneiden. Die Anführer der Gruppen aus La Réole, Bègles, Pessac, Lermont, Bordeaux-Saint-Augustin und Blaye waren ebenfalls erschienen. Das Freicorps von Dédé le Basque fieberte regelrecht dem Augenblick entgegen, in Aktion treten zu können. Diese Operationen sollten den Vormarsch der im Südwesten stationierten deutschen Truppen zum Ort der Landung – sobald dieser bekannt war – so weit wie möglich aufhalten.

Als sie Caudéran verließen, waren aller Herzen von großer Hoffnung erfüllt. Von großer Hoffnung und von großer Ungeduld. Nach vier Jahren Besatzung kamen dieser Hand voll Männer, die die Niederlage nicht hatten hinnehmen wollen, die wenigen Tage des Wartens sehr lang vor.

Léa hatte ihre Katzenwäsche beendet und leerte mit großem Schwung das Wasser aus der Waschschüssel in den Hof.

»He! Vorsicht!«

Wie gelähmt hielt sie in ihrer Bewegung inne.

»Was ist denn passiert, dass du so plötzlich zur Salzsäule erstarrst?«

Ein Lachen weckte sie aus ihrer Benommenheit. Die Waschschüssel fiel zu Boden und hinterließ verstreute blaue Emaillesplitter.

»François!«

Ihr erstickter Aufschrei traf Tavernier wie ein Schlag in den Magen. Mit einem Geheul, das nichts Zivilisiertes mehr hatte, fing er sie im Fluge auf.

Sie war da – höchst lebendig, warm, nach schlechter Seife riechend und nach jenem Kirschbaumgeruch, den nur sie hatte. Er schnupperte an ihr mit tierischen Geräuschen, biss sie, zerwühlte ihr Haar, schnappte nach ihrer Zunge, ihren Lippen. Und sie rieb sich an ihm und gab Laute von sich, die sein Verlangen anstachelten. Er hielt sie auf Armeslänge von sich, denn fast hätte er die Kontrolle über sich verloren, und verschlang sie mit hungrigen Blicken. Oh, dieses Luder! Wie sehr hatte sie ihm gefehlt! Die Erinnerung an ihren Körper hatte ihn ganze Nächte um den Schlaf gebracht, wenn ihn Erektionen qualvoll peinigten und ihm weder seine Hand noch willige weibliche Hilfskräfte der britischen Armee Erleichterung verschaffen konnten. Anfangs hatte es ihn amüsiert, dass solch eine ferne, unerträgliche Göre bei ihm solche Lust verursachen konnte, doch nach einigen Monaten hatte er sich in eine Rage gebracht, von der dann junge Britinnen und Londoner Nutten profitierten. Bei Léas erster Berührung verließ ihn jeglicher Anstand. Eine Lust, ihr Gewalt anzutun, überfiel ihn ... Keine Zärtlichkeiten, kein Vorspiel ... Sie nehmen ... Hier, in diesem Hof, unter den spöttischen und neidischen Blicken der Widerständler, die so taten, als beschäftigten sie sich mit ihren STEN-LMGs. Einer ließ seine Patronen fallen. Mit rotem Kopf sammelte er sie auf und machte sich davon. Die meisten seiner Kameraden folgten ihm.

Von der Schwelle des Hauses aus betrachtete die Sifflette, die Arme in die Seiten gestützt, das Paar mit beifälligem Lächeln. Kein Zweifel, die beiden dort waren wie für einander geschaffen. Es brauchte einen großen Kerl wie diesen, der sich aufführte wie ein Wilddieb, um dieses schöne, eigenwillige Mädchen zu bändigen, das die Männer so unschuldsvoll und verlangend zugleich anschaute. Höchste Zeit, dass sie mit der sanften Madame d'Argilat in die Schweiz ging, sonst würden sich die Jungen wegen ihr noch gegenseitig umbringen.

»He, ihr Verliebten, das ist nicht der richtige Ort zum Schnäbeln. An stillen Plätzen herrscht doch hier kein Mangel. He, ihr beiden! Hört ihr mich?«

»Entschuldigen Sie bitte, Madame«, sagte François Tavernier und riss sich aus seiner Versunkenheit.

»Sie brauchen sich nicht zu entschuldigen. Wenn ich ein gut aussehender Mann wäre und ein solches Weibchen vor mir hätte, würde ich dasselbe tun. Aber ich würde nicht in einem Hof Wurzeln schlagen, sondern doch lieber in der Tabakdarre turteln, wo es frisch gemähtes Gras gibt.«

»Vielen Dank für die freundliche Anregung, Madame. Léa, kennst du diese Tabakdarre?«

»Komm!«

Die Sifflette sah ihnen nach, wie sie den steinigen Weg entlangrannten.

Die fünfhundert Meter, die die Darre vom Gehöft trennten, kamen ihnen endlos vor. In ihrer Hast strauchelten sie in den Wagenfurchen, vertraten sich die Füße, fluchten und lachten. Er hatte einen Arm um ihre Taille gelegt, am anderen trug er eine Tasche und ein Gewehr. Ein rostiges Vorhängeschloss versperrte das Tor. Er benutzte den Lauf seiner Waffe als Hebel und brach es auf.

Der betäubende Geruch trocknenden Tabaks und frisch gemähten Grases überfiel sie und erregte ihre Sinne vollends. Er ließ Tasche und Gewehr fallen, riss sich die

Jacke herunter und warf Léa ins Heu. Sie fielen übereinander her, betasteten ungeduldig einer den Körper des anderen. Sie vereinigten sich ohne Zärtlichkeit in einer rasenden Wildheit, die ihnen Schreie entriss. Lust überflutete sie, erhob sie wie eine mächtige Woge, die sie weit hinaustrug, bevor sie sie wieder, mit verschlungenen Gliedern und unbefriedigt, auf ihr bäuerliches Lager zurückwarf.

»Zieh dich aus.«

Ohne sich eine einzige ihrer Bewegungen entgehen zu lassen, warf er seine Kleidung ab. Nackt, mit aufgerichtetem Glied, verbarrikadierte er das Tor mit seinem Gewehr. Er wollte jetzt nicht gestört werden. Er wollte sich Zeit lassen, diesen willigen Körper zu genießen.

Als sein großer Hunger nach ihr endlich gestillt war, war der Nachmittag bereits weit fortgeschritten. Außer den immer gleichen banalen Liebesworten hatten sie nichts miteinander gesprochen. Jemand hämmerte an das Tor. Hastig ergriff er sein Gewehr.

»Was gibt's?«

»Ich bin's, Finot, Herr Kommandant. Mir wurde gesagt, dass Sie hier seien.«

Tavernier stellte das Gewehr ab und begann sich anzuziehen.

»Was wollen Sie denn?«

»Wir müssen los, wenn Sie Ihr Flugzeug nicht verpassen wollen, Herr Kommandant.«

»Wie spät ist es?«

»Vier Uhr, Herr Kommandant.«

»Himmelherrgott, konnten Sie mich denn nicht schon früher holen?«

»Es wusste doch niemand, wo Sie waren, Herr Kommandant!«

Léa, die noch immer nackt war, lag lang ausgestreckt auf ihre Ellbogen gestützt und betrachtete ihn.

»Du musst weg?«

»Ich habe einen Auftrag hier in der Gegend dazu benutzt, nach dir zu schauen. Auf Montillac wusste keiner, wo du bist, oder wollte es mir nicht sagen. Glücklicherweise habe ich mich an Madame Lafourcade und ihre Söhne erinnert. Maxime war so freundlich, herumzutelefonieren, und so hab ich dich gefunden.«

»Aber du musst wieder fort.«

»Ja, aber ich komme wieder.«

»Herr Kommandant!«

»Ich bin gleich da!«

»François!«

»Still, mein kleines Mädchen. Kein Jammern, keine Tränen. Alles wird gut, der Krieg wird bald zu Ende sein.«

»Aber wir haben ja gar keine Zeit gehabt, miteinander zu reden!«

»Ich weiß, mein Herz, wir werden später reden.«

Er hob sie hoch und hielt sie, die in ihrer Nacktheit so schutzlos wirkte, fest an sich gedrückt.

»Küss mich!«

»Herr Kommandant!«

Als er sich von ihr löste, füllte ein salziger Geschmack seinen Mund. Er wusste nicht zu sagen, ob es seine Tränen waren oder ihre.

Während er seinen Chauffeur zur Eile antrieb, stürzte er den Hang hinunter zum Hof des Anwesens, wo ihn ein alter schwarzer Mercedes erwartete. Der Wagen fuhr los; er schaute zurück. Von der Schwelle des Hauses winkte ihm eine junge Frau eifrig nach, die Camille d'Argilat ähnelte und einen kleinen Jungen an der Hand hielt.

In der Nacht kletterte François Tavernier, der am Tag zuvor mit dem Fallschirm abgesprungen war, um eine

Mission im Zusammenhang mit der Landung der Alliierten zu erfüllen, an Bord einer Blenheim der britischen Luftwaffe mit Kurs auf London.

Als Léa abends mit geröteten und dunkel umrandeten Augen von der Tabakdarre zurückkam, küsste Camille, die ihr entgegengegangen war, sie zärtlich und sagte einfach:

»Hast du ein Glück!«

Hand in Hand betraten sie das Bauernhaus.

Léa hatte sich alles in allem mit diesem Leben im Verborgenen und ohne Komfort arrangiert, auch wenn sie sich von Zeit zu Zeit noch über die Primitivität der Örtlichkeiten und das enge Zusammengepferchtsein beklagte. Camille hingegen, die sich nie beklagte, begann unter diesem harten Leben zu leiden. Vor allem jedoch befürchtete sie einen Angriff auf das Lager. Ihr Gesundheitszustand hatte sich zwar gebessert, doch sie fühlte sich manchmal so schwach, dass sie kaum laufen konnte. Ihr Glaube an Gott und der Gedanke an ihren Mann und ihren Sohn gaben ihr Kraft.

Am Abend des 5. auf den 6. Juni wurde die von Aristide und seinen Männern so sehnlich erwartete Botschaft »B« übermittelt, eine von dreihundert, die in dieser Nacht von London an die Anführer der Widerstandsgruppen durchgegeben wurden: »*Hinterm Ohr eine Rose*« verkündete die alliierte Landung in der Normandie und die Mobilmachung des gesamten französischen Widerstands.

Sofort wurden die für diesen Fall vorgesehenen Maßnahmen eingeleitet. Mit Tagesanbruch wurden die in Scheunen, Tabakdarren, Weinkellern und Grotten gehorteten Waffen zügig verteilt. Die unterirdischen Kabel, die das Hauptquartier des Generals und Kommandanten der in Bordeaux stationierten 1. Armee mit dem Stützpunkt

Mérignac und den Truppenunterkünften verband, wurden ebenso zerstört wie die Drähte der Luftwaffe zu den Batterien von Chut. Im Depot des Bahnhofs von Pessac ließen Pierre Chatanet und seine Männer neun Lokomotiven in die Luft gehen und verzögerten damit die Abfahrt von dreitausend deutschen Soldaten an die Front in der Normandie um drei Tage. Sie unterbrachen auch die Linie Lacanau-Saint-Louis. Die Leute der Gruppe Georges sprengten die Schienen zwischen Le Puy und Lonzac, die Eisenbahnbrücke zwischen Montendre und Chartressac, durchschnitten die Telefonkabel der deutschen Armee nach Souge, zerstörten acht Hochspannungsleitungen von 150 000 Volt in der Nähe von Ychoux und drei von 120 000 Volt in Boir. Dies wurde von den Eisenbahnern um Fernand Schmaltz, die sich über die »Konkurrenz« der Gruppe Georges ärgerten, noch übertroffen, wie das Protokoll über ihre achtundvierzigstündige Operation, das sie Aristide schickten, zeigte: »Deutscher Truppentransport nahe Pons zum Entgleisen gebracht; Zerstörung der Eisenbahnbrücke bei Fléac; deutscher Truppentransport in der Nähe von Bordeaux durch Zusammenstoß mit einem Öltankzug zum Entgleisen gebracht. Letztere Aktion hat ein riesiges Feuer entlang der Bahnlinie verursacht und zu schweren Verlusten bei den Deutschen geführt, insbesondere zum Tod eines Hauptmanns und eines Unteroffiziers. Ein dreiunddreißig Tonnen schwerer Kran wurde gesprengt und fiel auf eine Dampflokomotive, wodurch die Bahnlinie unterbrochen wurde. Kran und Lokomotive sind nicht mehr einsetzbar. In Soulac wurden Schienen zerstört...«

Die Gruppe von Arcachon unter Führung von Kommandant de Luze und Hauptmann Duchez sprengte zwei Hochspannungsmasten und entzog damit dem gesamten südlichen Eisenbahnnetz den Strom. Die Telefon- und Telegrafenleitungen von Arcachon wurden ebenfalls zerstört, so dass dieser Badeort völlig von der Welt abgeschnitten war. Dédé le Basque und Léon des Landes beschossen ohne Unterlass die deutschen Konvois, die auf Nebenstraßen zu den Stränden der Normandie zu gelangen suchten.

Trotz der Störungen, die sie stellenweise unhörbar machten, lauschten am Abend des 6. Juni alle auf dem Hof der Carnelos der Stimme des Mannes, der während vier Jahren die Ehre Frankreichs hochgehalten hatte:

Die höchste Schlacht hat begonnen!

Nach all dem Kämpfen, dem Wüten, dem Schmerz ist nun der entscheidende Schlag erfolgt, ein sehnlichst erwarteter Schlag. Dies ist die Schlacht um Frankreich und es ist die Schlacht Frankreichs!

... Für die Söhne Frankreichs, wo sie auch seien, wer sie auch sind, ist es eine schlichte und heilige Pflicht, zu kämpfen mit allen ihnen zur Verfügung stehenden Mitteln. Es gilt, den Feind, der das Vaterland erdrückt und beschmutzt, zu zerstören, diesen verhassten Feind, diesen ehrlosen Feind.

Dieser Feind wird alles daransetzen, seinem Schicksal zu entrinnen. Er wird hartnäckig versuchen, unseren Boden so lange wie möglich zu halten. Doch bereits seit geraumer Zeit ist er nichts weiter mehr als eine zurückweichende Bestie ...

... Für die an Händen und Füßen gefesselte Nation, die gegen den bis an die Zähne bewaffneten Unterdrücker kämpft, heißt es, die Regeln der Schlachtordnung zu beachten ...

Die Regeln waren nicht zu verstehen, erst das Ende der Ansprache von General de Gaulle drang wieder bis zu den Zuhörern durch:

Die Schlacht um Frankreich hat begonnen. In der Nation, im gesamten Staatsgebiet, in den Armeen herrscht nur ein einziger Wille, eine einzige Hoffnung. Hinter der schweren Wolke aus unserem Blut und unseren Tränen tritt die Sonne unserer Herrlichkeit strahlend hervor.

Als die *Marseillaise* ertönte, erhoben sich alle spontan. Einige weinten, ohne auch nur zu versuchen, ihre Tränen zu verbergen. Später, nachdem ein Generalstabsmitglied des obersten Kommandos der interalliierten Expeditionsstreitkräfte der Bevölkerung in der Landungszone Verhaltensmaßregeln erteilt hatte, ergriff Jacques Duchesne in der Sendung »Franzosen sprechen zu Franzosen« das Wort:

Es ist kein Zufall, meine Freunde, dass Sie an diesem Abend den Satz »Heute, am 277. Tag nach dem Überfall...« nicht hören. Es ist nicht Vergesslichkeit, dass Sie auch den Satz »1 444. Tag des Kampfes des französischen Volkes für seine Befreiung« nicht hören. Es bedurfte 1 444 Tage, bis diese Befreiung beginnen konnte. Jene beiden Sätze werden Sie nun nie wieder vernehmen.

Alle beklatschten das »Nie wieder«. Noch ein klein wenig Geduld und sie würden nie wieder Angst haben, würden sich nie wieder verstecken müssen. Noch ein paar Tage, ein paar Wochen und sie könnten nach Hause zurückkehren, könnten ihren täglichen Gang in den Weinberg, in die Fabrik, ins Büro oder einfach den in ihr Heim wieder aufnehmen. In ein, zwei Monaten würden die Kriegsgefangenen zurückkehren, vielleicht noch rechtzeitig zur Weinlese... In dieser Nacht hatten alle auf dem Hof von Antoine Carnélos schöne Träume.

Nichts deutete auf einen deutschen Angriff hin.

Das Wetter war drückend und der Himmel bedeckt an diesem frühen Nachmittag des 9. Juni. Léa und Charles kamen vergnügt und hungrig von einem langen Spaziergang im Wald von Candale zurück, wo sie wilde Erdbeeren gesucht hatten. Sie hatten etwa ein Dutzend noch kaum reifer Beeren gefunden und sie geschwisterlich miteinander geteilt. Der kleine Junge war ganz vernarrt in Léa. Sie behandelte ihn wie einen halbwüchsigen Bruder und spielte mit ihm mit der Ernsthaftigkeit von Kindern. Sie hatten ein Picknick machen wollen, doch der von Mama Faux vorbereitete Imbiss war längst verzehrt. So kamen sie früher als vorgesehen zurück in der Hoffnung, im Bauernhaus noch Reste des Mittagessens vorzufinden.

Sie hatten bereits den Duft des alltäglichen Hammel-Bohnen-Eintopfs in der Nase, der Léa trotz ihres Heißhungers allmählich anwiderte. Plötzlich ertönte eine Salve aus einer Maschinenpistole und ließ sie erstarren.

»Die amüsieren sich«, sagte das Kind mit der altklugen Miene eines, der sich auskennt.

»Das glaube ich nicht. Warte, bleib hier stehen und rühr dich nicht. Ich werde mal nachsehen.«

»Nein, ich will mitkommen.«

Eine weitere Salve, dann noch eine.

»Das kommt vom Hof her. Versprich mir, dich nicht von der Stelle zu rühren; ich gehe deine Mutter holen.«

Sie rennt den Hang hinunter, bleibt hinter dem großen Kirschbaum, der den Carnélos-Hof überragt, stehen. Etwa hundert Meter entfernt tauchen aus einem Weizenfeld die graugrünen Helme deutscher Soldaten auf. Milizsoldaten, erkennbar an ihren marineblauen Uniformen und schwarzen Helmen, begleiten sie. Einer von ihnen fährt schreiend hoch, fällt nieder und zerdrückt die zarten Ähren mit seinem Gewicht. Vom Hof her kommt anhaltendes Gewehrfeuer. Die MGs von Daniel Faux und seinen Kameraden bestreichen von der oberen Etage aus das Feld. Männer fallen, neue kommen heran. Aus einem Fenster des Erdgeschosses feuert Camille aus einem Gewehr. »Charles! Charles! Wo bist du?« – »Ihm passiert nichts, er ist bei Léa.« Einige Widerständler rennen am Kirschbaum vorbei. Léa folgt ihnen. Aus der Deckung des Waldrandes schleudern sie Granaten in Richtung des Feindes.

»Léa! Léa!«

»Verdammt, der Kleine!«

Kopflos vom Krach und dem Geschrei, rennt Charles durch die Bäume. Léa hastet hinter ihm her, doch die Angst verleiht seinen kleinen Beinen Flügel. Das starke Gewehrfeuer hält an.

»Charles! Charles!«

Er hört nicht, hüpft wie ein Kobold. »Bleib stehen! Ich bitte dich, bleib stehen!« Er ist um die Mauerecke gebogen, ist nicht mehr zu sehen. Lieber Gott, beschütze ihn!

»Mama! Mama!«

»Charles!«

Es ist der Schrei eines Tieres, den Camille ausstößt. Sie lässt das Gewehr fallen, eilt hinaus. Die Sifflette versucht sie zurückzuhalten; sie wehrt sich, brüllt. Plötzlich tiefste Stille. Das Kind steht mitten im Hof. Léa ist um die Mauerecke gekommen; jemand hat sie zu Boden gerissen. Auf der Schwelle des Hauses erscheint Camille. Sie rennt mit ausgestreckten Armen auf das Kind zu, das ihr entgegenläuft. Wie schön diese beiden Menschen sind ... Es gelingt ihnen nicht, zusammenzukommen. Die Szene wirkt wie ein Ballett in Zeitlupe. Charles dreht sich um sich selbst. Eine rote Blume erblüht auf seinem weißen Hemdchen, langsam zerteilen seine Arme die Luft, er strauchelt. Eine seiner grünweißen Segeltuchsandalen verlässt seinen Fuß. Aus seinem geöffneten Mund kommt kein Laut. Doch Camille erkennt, dass er sie ruft. Hab keine Angst, ich bin ja da. Mama ist da, mein Kleiner. Pass auf, du fällst! Oh, mein Liebling, hast du dir wehgetan? Du blutest! Es ist nicht schlimm. Ach, jetzt sehe ich dich nicht mehr; etwas Warmes läuft mir von der Stirn herunter ... auf die Lippen ... es ist salzig. Wo bist du? Ah, da bist du ja! Was machst du da auf dem Boden? Richtig, du bist ja gefallen. Hast du dich verletzt? Mama wird dich verarzten. Du bist ja so tapfer, du weinst gar nicht. Warte, ich hebe dich auf. Du bist aber schwer. Ich werde Léa rufen, dass sie mir hilft ...

Léa sieht, wie sich ihr Vorname auf den Lippen des blutigen Gesichts formt. Sie kämpft, um diesem stummen Appell zu folgen, doch Jean Lefèvre drückt sie mit allen Kräften nieder.

»Lass mich gehen, Camille braucht mich!«

»Du kannst jetzt nichts tun.«

Geschosse schlagen ein um die Mutter und das Kind. Der Körper der jungen Frau fällt über ihren Sohn. Léa entkommt Jean. Sie erreicht die beiden gleichzeitig mit der Sifflette, die Camille zum Haus hinüberzerrt. Die Sifflette fällt. Léa hebt Charles auf und rennt mit ihm in Richtung Wald. Sie wagt nicht, ihn anzuschauen. Blut klebt an ihren Fingern. Sie rennt ...

Bis nach Deymier ist sie gerannt. Dort wurde sie von einer Frau, deren Sohn 1940 getötet wurde, aufgenommen. Léas Arme und Beine waren von Brombeerranken zerkratzt, ihre Kleider zerrissen. Behutsam hat ihr die Frau das Kind abgenommen.

»Er lebt.«

Gegen sechs Uhr abends erreichte die Widerständler der Befehl zum Rückzug. Die Deutschen hatten schwere

Artillerie eingesetzt. Nachdem sie den Hof vermint hatten, verteilte sich die Gruppe unter Mitnahme der Verwundeten in den Wäldern. Sie ließen die Leichname von Camille und der Sifflette, vor denen sie die Häupter entblößten und sich verneigten, ehe sie aufbrachen, in dem vereinsamten Gehöft zurück. Einige Minuten später umzingelte der Feind das Haus. Die Ladung Plastiksprengstoff explodierte und das Dach brach über den Angreifern zusammen.

Der Feind hatte schwere Verluste erlitten. Achtundvierzig Deutsche und achtundzwanzig Milizsoldaten waren getötet worden. Die Männer des Widerstands formierten sich in der Nähe von Lamothe-Landerron neu. Fünfzehn Verwundete wurden evakuiert. Nicht alle hatten dieses Glück.

Trotz des Mutes von René Faux, der ihn deckte, obwohl er selbst an der Ferse verletzt war, wurde Robert Liarcou, dessen Knie zertrümmert war, von den Deutschen entdeckt. Sie schleiften ihn über den Kies. Ein Sanitäter des Feindes umwickelte das verletzte Knie mit einer Hand voll Stroh und schiente es zwischen zwei Brettern. Bewusstlos wurde er auf einen Lastwagen geworfen, auf dem sich Stühle, Lebensmittel und Fahrräder türmten. Er wurde in die Oberschule von La Réole gebracht, dem Sitz der Gestapo. Dort fand er seinen Gefährten Paul Gérard vor, der in seinem Blute schwamm und dem Arme und Beine gebrochen worden waren. Auch er war im Hause der Faux' aufgestöbert worden. Die Deutschen hatten sich an ihm ausgetobt. Er starb in der Nacht nach mehreren Dolchstichen von einem Milizsoldaten. Seine Leiche wurde in einem Sack abtransportiert und in ein am Ufer der Garonne ausgehobenes Massengrab geworfen.

Als Robert Liarcou im Morgengrauen geholt wurde, dachte er, er werde erschossen. Nach kurzem Zwischenstopp bei der Gestapo in Langon wurde er ins Fort du Hâ gebracht, wo er keinerlei medizinische Versorgung erhielt, sondern lediglich von zwei gleichfalls Verwundeten notdürftig verarztet wurde. Einige Tage später schleppten ihn seine Wächter zur Krankenstation, wo Dr. Poinot die Erlaubnis erhielt, ihn zu untersuchen. Angesichts der schweren Verletzung bemühte er sich, den Kommandanten des Forts zu bewegen, den jungen Mann in ein Krankenhaus bringen zu lassen. Der Kommandant gab jedoch erst nach langem Zögern seine Genehmigung. Am 14. Juli, nach dreiunddreißig Tagen ohne jegliche medizinische Versorgung, wurde Robert Liarcou im Hospital von Béquet amputiert. Im August wurde er wieder ins Fort du Hâ zurückgebracht.

Er zumindest war mit dem Leben davongekommen. Drei seiner Kameraden, die ebenfalls in La Réole inhaftiert waren, wurden deportiert. Sie kamen nie zurück.

Charles hatte viel Blut verloren, doch da er trotz seines zarten Aussehens eine kräftige Konstitution hatte, erholte er sich recht schnell von seiner Schulterverletzung.

Maurice Fiaux war eher überrascht denn misstrauisch, als er Pater Delmas vor seiner Tür stehen sah. Nach einem kurzen Blick die Straße entlang befahl er seinen Leibwächtern, sie allein zu lassen.

»Bei einem Geistlichen riskiere ich ja wohl nichts, stimmt's, Pater?«, sagte er mit spöttischem Lächeln. »Was wollen Sie von mir?«

»Der Krieg ist für Deutschland verloren. Dich und deinesgleichen wird man erschießen. Doch vorläufig brauchen wir euch noch. Ich bin von den Männern in London beauftragt worden, dir einen Vorschlag zu unterbreiten. Wenn du ihn annimmst, kannst du deine Haut retten.«

Zweifelnd sah Fiaux den Dominikaner an.

»Was beweist mir, dass Sie mir keine Falle stellen?«

Adrien Delmas betrachtete ihn voller Verachtung.

»Du hast mein Wort. Mir geht es nur darum, Menschenleben zu retten. Lass uns einen kurzen Spaziergang machen. Ich möchte nicht riskieren, dass deine Kumpane hören, was ich dir zu sagen habe.«

Maurice Fiaux zögerte, entschloss sich aber dann doch.

»Wie Sie wollen, Pater, aber dann müsste ich Begleitschutz mitnehmen.«

»Das würde ich an deiner Stelle nicht tun.«

»Kann man bei Ihrem Vorschlag was verdienen?«

»Möglich«, antwortete Adrien Delmas und verbarg nur mühsam seinen Ekel.

»Also gut, gehen wir. Schließlich bin ich Manns genug, um mich allein zu verteidigen«, erklärte Maurice Fiaux und ließ demonstrativ eine Parabellum sehen.

Als sie die Treppe hinuntergingen, kamen sie an zwei jungen Männern vorbei, die auf dem Treppenabsatz rauchten.

»Wenn ich in einer Stunde nicht zurück bin, benachrichtigt ihr Kommissar Poinsot. Sagt ihm, dass ich mich mit einer hochrangigen Persönlichkeit der Widerstandsbewegung getroffen hätte, die uns aus dem Lager von Mérignac entwischt sei. Er wird wissen, wen ich meine.«

»Wär's dir nicht lieber, wir würden mitkommen?«

»Das ist nicht nötig.«

Es war sehr schwül am Abend dieses 9. Juni. In der Rue de la Porte-Dijeaux herrschte ein wenig Leben, denn um diese Zeit schlossen die Büros. Blassgesichtige Kinder wateten im schmutzigen Wasser des Rinnsteins.

»Wohin gehen wir?«

»An die Quais, da ist es ruhiger.«

Maurice Fiaux ließ ein Zögern erkennen.

»Ich habe dir mein Wort gegeben«, sagte der Pater erbittert.

»Das, was Sie mir zu sagen haben, muss schon sehr wichtig sein, da Sie die Gefahr, erkannt und verhaftet zu werden, auf sich genommen haben. Haben Sie Ihre reizende Nichte inzwischen wiedergesehen? Ich habe gehört, sie sei irgendwo oberhalb von La Réole mit Kriegsspielen beschäftigt gewesen. Warten Sie mal, wo war das noch? Ah, jetzt weiß ich's wieder: in Lorette. Das ist doch der Ort, nicht wahr? Ich hätte nie geglaubt, dass sich ein junges Mädchen aus guter Familie mit Kommunisten einlassen würde. Auch Madame d'Argilat scheint Kommunistin geworden zu sein. Ihr kleiner Sohn soll die *Internationale* gesungen haben, aber das mochte ich einfach nicht glauben. Der Sohn eines Helden des Widerstands! Allerdings haben Sie ihnen kein gutes Beispiel gegeben ... Schon damals, als Sie mit dem Arbeitgeber meiner Mutter befreundet waren, hatten Sie bolschewistische Ideen. Erstaunlich für einen katholischen Priester. Glücklicherweise sind nicht alle wie Sie!«

»Mehr, als du denkst.«

»Die sind bekannt. Erinnern Sie sich an Pater de Jabrun, einen Jesuiten? War das ein Freund von Ihnen?«

»Ja.«

»Es heißt, er sei vergangenes Jahr im Lager Buchenwald gestorben.«

So war er also tot, Louis de Jabrun, mit dem er vor dem Krieg oft stundenlang diskutiert hatte über die Schriften des Meisters Eckhart, die Bekenntnisse des Jakob Böhme und des Augustinus. Noch ein wenig vom Salz der Erde, das verschwunden war.

»Und wenn ich in der Haut von Pater Dieuzaide und Abbé Lasserre steckte, würde ich mich allmählich auf mein letztes Gebet vorbereiten.«

Du solltest dich lieber auf deins vorbereiten, dachte Pater Delmas mit makabrem Humor.

Schweigend marschierten sie den Quai de Richelieu und den Cours d'Alsace-et-Lorraine entlang. Dann bog Pater Delmas in die Rue de la Porte-des-Portanets ein.

Nach einigen Schritten blieb Fiaux plötzlich beunruhigt stehen. Seine Hand schloss sich um seine Pistole.

»Lass sie los. Es ist zwar nur ein bescheidenes französisches Modell, aber sie schießt gut.«

»Sie sind ja wahnsinnig! Was wollen Sie von mir?«

»Geh dort hinein.«

Er schob ihn grob in die verdreckte Eingangshalle eines ehemals prächtigen Gebäudes aus dem 18. Jahrhundert. Eine ekelerregend schmutzige Steintreppe führte in die oberen Etagen.

»Wohin gehen wir?«

»In den zweiten Stock, letzte Tür. Lass die Hand aus der Tasche.«

Nie war ihm eine Treppe so steil erschienen. Fiaux stieg mit zusammengebissenen Zähnen hinauf, darauf gefasst, doch ohne wirklich daran zu glauben, eine Kugel in den Rücken zu bekommen. Adrien Delmas hob seine Füße mit einer Anstrengung, die ihn in Schweiß ausbrechen ließ.

»Es ist nicht abgeschlossen; geh rein.«

Nach dem Schmutz draußen wirkte der große Raum übermäßig sauber. Ein Feldbett, ein Tisch, Kochgeschirr und zwei Stühle bildeten die gesamte Einrichtung.

»Setz dich«, sagte der Dominikaner und nahm Fiaux seine Waffe ab.

»Nein.«

»Setz dich«, wiederholte Delmas und ließ sich selbst auf einem der Stühle nieder.

Bleich, doch festen Blickes gehorchte Fiaux.

»Was haben Sie mit mir vor?«

»Dich zu töten.«

Stupide und mit offenem Mund starrte er ihn an. Ein

Speichelfaden lief über sein Kinn. Seine Hände umklammerten den Stuhlsitz, seine Knie wurden weich, er begann zu zittern.

»Dazu haben Sie kein Recht.«

»Hattest du das Recht zu töten, zu foltern, zu denunzieren, wie du es getan hast?«

»Ich führe Befehle aus.«

»Ich auch.«

»Nein, das ist nicht wahr! Sie wollen Ihre Familie schützen.«

»Schweig! Wenn du gläubig bist, dann befiehl Gott deine Seele.«

Maurice Fiaux rutschte von seinem Stuhl und fiel auf die Knie.

»Aber Sie können mich doch nicht töten! Sie doch nicht!«

»Doch, ich. Wenn das eine Sünde ist, nehme ich sie auf mich.«

»Ich flehe Sie an; Sie haben mich schon als Kind gekannt. Denken Sie an meine Mutter. Was wollen Sie meiner Mutter sagen?«

Wahrhaftig, auch er hatte eine Mutter ... Schnell ein Ende gemacht.

Der vor ihm war nur noch ein Häuflein Angst, das einen ekelhaften Gestank verbreitete. Armer Junge, dachte er, während er den Abzug betätigte. Die Kugel drang in die linke Schläfe ein und tötete ihn sofort.

Adrien Delmas betrachtete sein Werk ohne augenscheinliche Bewegung. Er drehte den Leichnam um und durchsuchte seine Taschen. In der Brieftasche aus Krokodilleder mit goldgefassten Ecken fand er eine Liste aller Widerstandsgruppen der Gironde mit fast allen Namen der Anführer und der Mitgliederzahl. Die Gruppe von Lorette war rot umrandet und mit der Ziffer 9 versehen, die Gruppen von Libourne, Targon, Villandraut und Podensac waren mit einem roten Punkt markiert. Wenn die Deutschen diese Liste besaßen, war die Widerstandsbewegung des Südwestens erledigt. Aristide musste schnellstens informiert werden.

Bevor er den Raum verließ, machte er automatisch das Kreuzeszeichen über dem Leichnam.

Spätnachts fand Pater Delmas das Hauptquartier des Engländers mit dem Decknamen Aristide, das seit der Landung jeden Tag verlegt wurde. Dort erfuhr er von dem Angriff auf Lorette und vom Tod Camilles und der Sifflette. Von Léa und Charles wusste man nur, dass Letzterer mit seiner Mutter zugleich getroffen worden war. Sie waren verschwunden, als die Deutschen den Hof stürmten.

Diese Nachrichten, wenngleich von Léon mit großer Schonung vorgetragen, waren ein weiterer Schock für den Dominikaner. Er schwankte, musste gestützt werden, doch er fasste sich schnell. Warum hatte er diesen Dämon nicht schon eher getötet? Warum hatte er noch zwei Tage gezögert, bevor er ihn erschoss? Wegen ihm, wegen seiner idiotischen Skrupel, mussten Frauen, musste ein Kind sterben, wurden Männer verwundet oder gefangen genommen. Wer weiß, ob nicht morgen, ob nicht diese Nacht schon, andere das gleiche Schicksal erleiden mussten, weil er gezögert hatte, das Leben eines Schweinehundes auszulöschen?

Niedergedrückt lieferte er seinen Bericht über die Exekution von Maurice Fiaux. Seinen nüchternen und präzisen Worten folgte ein quälendes Schweigen.

»Ich werde nach La Réole fahren und versuchen herauszufinden, was aus Léa und Charles geworden ist. Haben Sie Nachrichten zu überbringen?«

Alle wussten, dass es sinnlos war, ihn zurückhalten zu wollen. Dédé le Basque und ein junger Widerständler begleiteten ihn bis zum Dorfausgang, wo ein Wachtposten ein Fahrrad für den Pater auftrieb.

»Ruhen Sie sich doch erst ein wenig aus, Pater. Brechen Sie etwas später auf.«

»Nein, ich möchte mich gleich auf den Weg machen. Adieu, Freunde.«

Besorgt sah ihn Dédé le Basque in die Nacht verschwinden.

Es war bereits seit einigen Stunden Tag, als Adrien Delmas die Dächer von La Réole erblickte. Er ging zu Fuß, sein Rad führend, die steilen Straßen des kleinen Städtchens hinunter und betrat das Hotel Terminus an der Place Jean-Jaurès. Etwas weiter oben, an der Garonne, befand sich die Oberschule, der Sitz der Gestapo. Im Hotel Terminus sollte der Schleuser in die Schweiz eine Nachricht für ihn hinterlassen.

Er ließ sich schwerfällig an einem der Tische des Restaurants nieder. Ohne dass er etwas bestellt hätte, setzte eine Serviererin Brot und eine Scheibe Paté vor ihn hin.

»Soll ich Ihnen ein Glas Wein bringen?«

»Wenn Sie wollen.«

Die junge Frau kam mit einer offenen Flasche und einem Glas wieder. Während sie einschenkte, fragte er sie:

»Haben Sie Helene wiedergesehen?«

Sie warf ihm einen schnellen und erleichterten Blick zu, bevor sie ihm antwortete:

»Ja; sie kommt bald.«

Das hieß, dass alles für die Flucht von Camille und ihrem Sohn vorbereitet war.

»Fühlen Sie sich nicht wohl? Sie sind ganz blass!«

»Nein, nein, es geht schon; eine kleine Schwäche. Wann kommt sie denn?«

»Das weiß ich noch nicht. Ich glaube, sehr bald.«

Das Restaurant war um diese Zeit leer. Durch die halboffene Tür zur Küche drang Geschirrklappern.

»Ich muss die Tische fürs Mittagessen decken«, sagte die Kellnerin laut. »Sie dürfen sich nicht in der Stadt sehen lassen; wissen Sie schon, was gestern passiert ist?«, fragte sie sehr leise.

»Ja. Wie viele Tote?«

»Es heißt, zwei oder drei Frauen und ein kleiner Junge.«

»Verwundete?«

»Etwa fünfzehn.«

»Wo sind die anderen?«

Eine Stimme rief von der Küche her: »Germaine, du bist spät dran. Deck die Tische!«

»Ja, Chefin, ich komme ... Sie sind zwischen Montgauzy und Lamothe-Landerron.«

»Germaine!«

»Ich komme sofort. Ich kassiere nur noch bei einem Gast.«

»Hier; und vielen Dank. Behalten Sie das Wechselgeld.«

»Danke, Monsieur.«

Adrien Delmas ging hinaus und holte sein Fahrrad. Vor der Hängebrücke begegnete er einer deutschen Patrouille. Er bestieg das Rad und nahm die Straße nach Marmande. Die fünfzig Kilometer, die er in der Nacht zurückgelegt hatte, lagen ihm schwer in den Beinen. Er würde sich nicht mehr lange auf dem Rad halten können. Im Zickzackkurs gelangte er bis nach Mongauzy. Einen roten Schleier vor Augen, das Gesicht purpurn angelaufen, kam er vor der Kirche an. Alles drehte sich um ihn, seine Brust schien zu zerspringen. Im Fallen sah er noch einmal das angstverzerrte Gesicht des Mannes vor sich, den er umgebracht hatte.

Im Bett des Pfarrers kam er wieder zu sich.

»Sie haben mir einen schönen Schrecken eingejagt, Monsieur.«

»Bin ich schon lange hier?«

»Seit drei Tagen.«

»Dann muss ich schleunigst weiter.«

»Daran ist nicht zu denken. Der Arzt hat gesagt, es sei sehr ernst. Er kommt heute wieder vorbei. Aber, Monsieur! Legen Sie sich wieder hin! Na bitte! Jetzt sehen Sie selbst, dass Sie nicht aufstehen können.«

»Ich muss aber.«

»Ich weiß nicht, warum Sie unbedingt fortwollen und ich will es auch nicht wissen. Sie sind hier in Sicherheit. Der Arzt wie auch der Lehrer, der mir geholfen hat, Sie hierher zu tragen, sind vertrauenswürdige Personen.«

Adrien Delmas betrachtete den freundlichen Mann in der vom langen Gebrauch grünlich schimmernden Soutane, an der mehrere Knöpfe fehlten. Ein anständiger Mensch, dieser Landpfarrer. Wie hätte er sich wohl verhalten, wenn er es gewusst hätte?

»Ah, ich sehe schon, es geht Ihnen besser. Sprechen Sie nicht, ich werde Sie erst einmal abhorchen. Wann ist er wieder zu sich gekommen, Herr Pfarrer?«

»Ungefähr vor einer Viertelstunde.«

Eingehend untersuchte der Arzt den Kranken. Er war sehr alt und schon lange reif für den Ruhestand. Seine Hände mit den langen trockenen Fingern beklopften ausgiebig Adrien Delmas' mageren Körper. Als er fertig war, verstaute er sorgfältig sein Stethoskop und putzte seine Brille – ein Vorgang, der dem alten Pfarrer sehr lang erschien.

»Also, nun spannen Sie uns nicht auf die Folter, Herr Doktor.«

»Es sieht nicht gerade berühmt aus. Wie alt sind Sie?«

»Fünfundfünfzig.«

»Lieber Freund, Sie haben das Herz eines Mannes in meinem Alter. Es ist bereits sehr geschwächt. Sie brauchen dringend Erholung. Ich werde Ihnen ein paar Medikamente verschreiben und hoffe, dass der Apotheker sie vorrätig hat. Ich würde Ihnen gern welche geben, aber ich habe schon längst alles verteilt, und durch das, was kürzlich hier geschehen ist, sind auch meine Reserven aufgebraucht.«

»Sie sprechen von dem Angriff auf die Widerstandsgruppe?«

»Ja. Viele sind schrecklich zugerichtet worden.«

»Sind auch Frauen darunter?«

»Unter den Verwundeten? Nein. Zwei wurden leider getötet.«

»Und das Kind?«

»Ich habe kein Kind gesehen, weder tot noch lebendig.«

Adrien Delmas schloss die Augen und legte die Hände auf seine Brust.

»Sprechen Sie nicht mehr, das strengt Sie zu sehr an.«

»Noch eine Frage, Doktor. Haben Sie vielleicht gehört, dass in der Gegend hier von einem Mädchen und einem kleinen Jungen geredet wird, die sich irgendwohin geflüchtet haben sollen?«

»Nein; nur ein junger Widerständler mit einer Kopfverletzung hat unaufhörlich wiederholt: ›Léa, geh nicht dorthin; Léa, geh nicht dorthin.‹«

»Diese Léa suche ich. Ein sehr hübsches Mädchen, zwanzig Jahre alt...«

»Nein, ich habe kein hübsches junges Mädchen gesehen. Weshalb suchen Sie sie? Gehört sie zu Ihrer Familie?«

»Ja, sie ist meine Nichte.«

»Ich will Ihnen gern behilflich sein und werde mich erkundigen. Die Leute hier kennen mich. Wenn sie etwas wissen, sagen sie es mir. Aber ich stelle eine Bedingung: dass Sie sich ruhig verhalten.«

»Das verspreche ich Ihnen.«

»Gut. Wenn ich etwas höre, gebe ich dem Herrn Pfarrer Bescheid.«

»Danke, Doktor«, stammelte der Dominikaner, bevor er wieder das Bewusstsein verlor.

»Der arme Kerl. Ich gebe ihm nicht mehr lange. Beten Sie für ihn, Herr Pfarrer, er muss viel durchgemacht haben, um so verbraucht zu sein.«

»Haben Sie eine Ahnung, wo sich das junge Mädchen und das Kind befinden könnten?«

»Nein, aber ich werde nach Jaguenaux fahren, wo die Verwundeten gepflegt werden. Ich komme heute Abend wieder vorbei. Auf Wiedersehen, Herr Pfarrer.«

»Auf Wiedersehen, Herr Doktor.«

»Passen Sie gut auf Ihren Logiergast auf.«

Der Arzt konnte erst am folgenden Tag wieder vorbeikommen. Seine Miene war sehr ernst.

»Niemand weiß etwas. Das letzte Mal, dass sie lebend gesehen wurden, war während des Angriffs auf den Hof. Das Kind soll getötet oder verletzt worden sein. Einige meinen, die Deutschen könnten sie in die brennenden Gebäude gestoßen haben. Das Gehöft wird noch immer bewacht, man kommt gar nicht in die Nähe.«

Adrien Delmas hörte zu, ohne selbst ein Wort hervorbringen zu können.

»Warum hätten sie so etwas tun sollen? Es sind doch Soldaten, keine Bestien.«

»Lieber Herr Pfarrer, sie sind schlimmer als Bestien! Sie sind das unreine Gewürm, von dem in Ihren Schriften die Rede ist.«

»Was ist denn passiert, Herr Doktor? Sie scheinen ganz aufgeregt zu sein.«

»Sie haben alle Bewohner eines Dorfes im Limousin massakriert! Das ist passiert, Herr Pfarrer!«

»Das ist doch nicht möglich!«

Die Tränen, die über das alte Gesicht des Arztes liefen, besagten, dass es die Wahrheit war.

Der Pfarrer bekreuzigte sich und legte dem Doktor die Hand auf die Schulter.

»Gott möge ihnen vergeben!«

Zornig richtete sich der Arzt auf. »Er möge ihnen vergeben, sagen Sie? Falls Ihr beschissener lieber Gott existieren sollte, kann er so etwas nicht vergeben. Ich habe in meinem langen Leben viel Elend, viel Schreckliches gesehen. Ich habe junge Burschen gesehen mit abgerissenen Beinen, die im Schlamm der Schützengräben verreckt sind; ich habe die Verstümmelten gesehen und die, denen fast das ganze Gesicht weggeschossen worden war im letzten Krieg. Ich habe meine fähigsten Kollegen zu Brei zermalmt gesehen auf den Schlachtfeldern von Verdun! Ich weiß, was das ist: Krieg und Tod, und es kotzt mich an, doch ich nehme es hin als ein menschliches Verhängnis. Aber ein Massaker an Frauen und Kindern, vor allem an Kindern, das kann ich nicht hinnehmen.«

»Beruhigen Sie sich, Herr Doktor.«

»Ich soll mich beruhigen, Herr Pfarrer? Wissen Sie denn, was sie in Oradour-sur-Glane gemacht haben? Wissen Sie das? Es war letzten Samstag, am 10. Juni. Die Leute sind zur Tabakwarenverteilung gegangen, die Schulkinder waren alle zur ärztlichen Untersuchung versammelt worden. Am Tag zuvor waren etwa zweihundert Flüchtlinge eingetroffen. Kurz nach dem Mittagessen sind sie gekommen, auf Lastwagen in feldmarschmäßiger Ausrüstung, und haben ihre Waffen auf die Häuser gerichtet. Der Major, ein gewisser Otto Dickmann, hat erst den Bürgermeister kommen lassen, dann den Feldhüter. Der musste in Begleitung von zwei SS-Soldaten die Runde durchs Dorf machen, seine Trommel schlagen und ›Bekanntmachung, Bekanntmachung!‹ rufen, wie es zu den Aufgaben des Feldhüters in Frankreich gehört. Also, er sagt seinen Spruch auf: ›Bekanntmachung! Alle Männer, Frauen und Kinder haben sich sofort mit ihren Ausweispapieren auf dem Kirmesplatz einzufinden zwecks Überprüfung der Personalien.‹ Kranke und Gebrechliche werden von der SS aus ihren Betten gezerrt und mit Kolbenschlägen zum Kirmesplatz getrieben, ebenso wie die Bauern von den umliegenden Feldern, die Familien aus den abgelegenen Weilern, die Angler und die kleinen Kinder, die ihnen nicht schnell genug laufen. Bald sind alle Bewohner versammelt. Schüsse am anderen Ende des Dorfes schrecken die stillergebene Menge auf. MG-Schützen gehen rundum in Stellung. Frauen und Kinder weinen. Die Männer werden von den Frauen getrennt, die ihre Kleinen an die Brust drücken und die Griffe der Kinderwagen umklammern. Zehn SS-Soldaten bringen alle, auch die Schulkinder, in die Kirche. Noch nie hat der Pfarrer dort so viele Menschen gesehen. Die Männer müssen sich in drei Reihen aufstellen. In der Stille hört man die Klingel der Straßenbahn von Limoges, die die Brücke überquert. Dann ein Schuss. Ein Soldat brüllt in bestem Französisch, dass Terroristen einen großen Waffen- und Munitionsvorrat im Dorf versteckt hätten und dass die Bewohner, wenn sie Repressalien vermeiden wollen, angeben sollen, wo sich die Verstecke befinden. Ein alter Bauer meldet, dass er ein Jagdgewehr besitze. ›Das interessiert uns nicht‹, antwortet der Soldat. Die Männer werden dann in vier Gruppen von je vierzig bis fünfzig Mann aufgeteilt. Zwei Gruppen werden zum oberen Teil des Dorfes geführt, zwei zum unteren. Sie werden in sieben offene Scheunen gesperrt. Die Deutschen, die ihre MGs und Maschinenpistolen auf die Scheunen ausgerichtet haben, lachen und schwatzen. Plötzlich eröffnen sie mit lautem Gebrüll das Feuer. Körper fallen übereinander, Kugeln prallen von Mauern ab, Verwundete schreien. Das Schießen hört auf. Mit der Pistole werden die erledigt, die sich noch bewegen. Die Soldaten schleppen Stroh, Heu, Reisig, eine Schubkarre, eine Leiter herbei. Sie zünden Strohbündel an und werfen sie auf den Haufen der Sterbenden, die sich ein letztes Mal aufbäumen. Dann schließen sie die Scheunentore. In allen sieben Scheunen spielt sich die gleiche Szene ab. In der Kirche verfolgen etwa fünfhundert Frauen und Kinder entsetzt, wie Soldaten eine schwere Kiste hereintragen, aus der Schnüre hängen. Die zünden sie an und rennen hinaus. Eine Explosion ... Dicker schwarzer Rauch erfüllt das Kirchenschiff. In Todesangst schreiend und halb erstickt, rennen die Frauen und Kinder blind durcheinander. Vom offenen Portal her kommen Maschinengewehrsalven, explodieren Handgranaten. Haare fangen Feuer. Verflogen der Geruch nach Staub und Weihrauch, stattdessen Gestank von Blut, Kot und verbranntem Fleisch. Junge Kerle von kaum zwanzig Jahren werfen Reisig und Stroh in das Menschengewimmel. Ein Flammenwerfer spuckt sein Feuer aus. Eine Frau versucht, sich mit ihrer getöteten Tochter fortzuschleppen. Zwei Kinder, die sich in den Beichtstuhl geflüchtet hatten, werden erschossen. Mütter und Kinder verbrennen bei lebendigem Leibe. Hören Sie ihre Schreie? Hören Sie sie? Sehen Sie, wie die Mauern der heiligen Stätte vom Blut der Opfer besudelt sind? Von den Spuren hilfloser Hände, die an den Steinen entlanggleiten? Diese eingeschlagenen Gesichter, diese gebrochenen Glieder? Dieses Kleinkind, das in seiner Karre schreit, ehe es zur Fackel wird? Sagen Sie mir: *Sehen Sie das alles vor sich?«*

Sie sahen es beide so deutlich vor sich, dass der Pfarrer betend niederkniete und der alte Arzt vor Grauen die Augen schloss. Wortlos wandte er sich zur Tür und verschwand in der Dunkelheit, gebeugt unter dem Leiden der ganzen Welt.

Adrien Delmas hatte sich mit einem Übelkeit erregenden Geschmack im Mund erhoben. Mit großer Anstrengung hob er den alten Pfarrer auf und legte ihn auf das Bett, das er selbst gerade verlassen hatte. Er zog sich an und überprüfte die Funktionsfähigkeit seiner Pistole. Dann warf er noch einen Blick auf den entkräfteten Pfarrer und verschwand, ohne ein Wort zu sagen.

Lange ist er durch Weinberge und Felder gewandert, ohne den geringsten Versuch, sich zu verstecken. Die Leute, denen er begegnete, haben ihn gegrüßt, wie es dort üblich ist. Er hat nicht zurückgegrüßt. Erstaunt und ein wenig beunruhigt haben sie sich nach ihm umgedreht. Weiß man denn, wem man heutzutage auf den Straßen begegnet? Auf einem Bauernhof hat er um ein Glas Wasser gebeten und höflich dafür gedankt. Der Bauer und seine Frau haben ihm mit einem unguten Gefühl nachgeschaut. Die Frau hat sich schnell bekreuzigt und gesagt:

»Man könnte meinen, er hätte den Teufel gesehen.«

Die magere schwarze Gestalt war schon eine ganze Weile verschwunden, da erst betrat die Frau wieder ihr Haus.

Bei Tagesende hat er in einem feuchten, moosigen Wäldchen Halt gemacht. Er hat sich gegen einen Baumstamm gelehnt und mechanisch dessen Rinde gestreichelt, wie er es als Kind in den Landes so gern tat. Die Pinien ließen an seinen Fingern ihr bitteres Harz und ihren anhaltenden Duft zurück. Er erschauert bei dieser Erinnerung. Dann hat er diese freundlichen Bilder verscheucht und in seinem Geist eine völlige, endgültige Leere geschaffen, ohne einen einzigen Gedanken. Dann, das Gesicht zum freien Himmel erhoben, hat er seine Waffe gezogen.

10.

Das Verschwinden von Adrien Delmas bereitete Aristide zusätzliche Kopfschmerzen. Niemand hatte ihn seit der Zusammenkunft, bei der er über die Exekution von Maurice Fiaux berichtet hatte, gesehen. Es wurde befürchtet, dass ihn die Miliz oder die Gestapo in einen Hinterhalt gelockt haben könnte. Aber die Spione konnten nichts in Erfahrung bringen. Trotz gegenteiliger Ratschläge ihrer Kameraden waren weder Aristide noch Dédé le Basque bereit, die Termine ihrer Treffen und der geplanten Aktionen zu ändern, denn beide waren überzeugt, dass Pater Delmas selbst unter der Folter nichts verraten würde. Lancelot missbilligte diesen Vertrauensbeweis.

Seit der »Übereinkunft« zwischen Dohse und Grand-Clément, die die Widerstandsorganisation des Südwestens bereits so teuer zu stehen gekommen war, lebten die meisten Gruppenanführer in Angst vor Verrat. Einige witterten sogar überall Verräter. Ein Verräter war gewiss auch dieser Renaudin, Mitglied der Bewegung für Nationale Befreiung, der den Auftrag hatte, die Kräfte des Widerstands neu zu gruppieren, und den man viel zu oft mit Grand-Clément oder dessen Leuten zusammen sah. Es hieß, er sei der Chef eines Netzes von dreitausend Männern.

Eines Tages, als Dédé le Basque und Lancelot eine Verabredung im Parc Bordelais hatten, standen sie beim Aussteigen aus der Straßenbahn plötzlich dem von der Widerstandsbewegung bereits verurteilten André Noël und

Renaudin gegenüber. Noël trat mit breitem Lächeln auf sie zu.

»Grüß Sie, Inspektor. Es heißt, dass Sie seit Ihrem Abschied von der Polizei mit wichtigen Aktivitäten befasst sind.«

»Willst du gleich mal eine Kostprobe?«, fragte Dédé le Basque und steckte die Hand in die Tasche.

»He, stopp! Regen Sie sich doch nicht gleich auf. Mit der Landung hat sich alles verändert; ich könnte Ihnen wichtige Informationen geben. Seien Sie morgen um elf Uhr an der Place de la Victoire, da könnten wir über eine gemeinsame Aktion sprechen.«

Am nächsten Tag fand Dédé le Basque sich mit Marc, einem Widerständler aus Toulouse, und vier bewaffneten Männern an dem vorgeschlagenen Treffpunkt ein. Niemand erschien. Einen Moment glaubten sie Renaudin an der Ecke der Rue Elie-Gintrac gesehen zu haben. Nach einiger Zeit beschlossen sie zu gehen. Im gleichen Augenblick stürzten unter dem halb heruntergelassenen Eisengitter eines Kurzwarenladens sechs SS-Soldaten hervor, die die vier vorausgehenden Widerständler überwältigten, ehe diese ihre Waffen ziehen konnten. Dédé le Basque und Marc gelang es zu fliehen, während die Deutschen ihre Kameraden in den Laden zerrten. Drei Soldaten verfolgten die Flüchtenden. Sie passierten den Torweg, in dem sich Dédé le Basque verbarg, ohne ihn zu sehen. Sobald sie um die Ecke gebogen waren, rannte Dédé le Basque zu dem Laden und feuerte. Die Widerständler stürzten sich auf ihre Bewacher und entwaffneten sie. Da sie sie nicht gefangen nehmen konnten, befahl ihnen Dédé le Basque zu verschwinden. Die wenigen Fußgänger, die nicht in die Häuser geflüchtet oder beim ersten Schuss davongelaufen waren, hatten die Szene beobachtet ohne eine Reaktion.

Nach ihrer Rückkehr in Aristides Hauptquartier verfassten Dédé le Basque und Marc ihren Bericht. Als er ihn gelesen hatte, war Aristide endgültig von Renaudins Verrat überzeugt. Eine weitere Festnahme bestätigte – wenn das noch nötig gewesen wäre – diese Überzeugung: Pierre Roland, der den Auftrag hatte, das Stromnetz, über das die Sprengsätze gezündet werden sollten, die den Hafen und einen Teil der Stadt Bordeaux zerstört hätten, lahm zu legen, hatte nur einige geringfügige Sabotageakte durchführen können. Er hatte Aristide vorgeschlagen, Oberst Buckmaster per Funk zu ersuchen, den Abschnitt mit den Stromkabeln zu bombardieren. Am Tag nach dem Funkspruch hatten Bomber des 15. Air Force Battalions der USA die gesamte Zündstromanlage vernichtet. Zwei Tage nach der Bombardierung war Pierre Roland verhaftet und nach Bouscat, Route du Médoc 197, gebracht worden. Er wurde gefoltert und starb, ohne etwas verraten zu haben.

Angesichts der ständigen Gefahr, die auf allen lastete, stellte Aristide, der von Trauer und Wut erfüllt war, eine Mannschaft von vier entschlossenen Männern auf. Drei Tage lang beschatteten sie Renaudin. Am 29. Juni war es so weit: Sie erschossen ihn an der Ecke Rue du Héron und Rue Mouneyra. Ein Polizist, der an einen Überfall krimineller Übeltäter glaubte, verfolgte sie, schoss und verletzte zwei der Männer, Mouchet und Langlade. Der am Boden liegende Mouchet schoss auf den Polizisten und tötete ihn. Jules und Fabas schafften es, vor Eintreffen der deutschen Soldaten und der französischen Polizei zu flüchten. Die beiden Gefangenen wurden von der Gestapo gefoltert. Mouchet wurde erschossen und Langlade starb an den Folgen der erlittenen Misshandlungen.

Einige Zeit später, am 11. August, kam André Noël an die Reihe, der von Triangle in eine Falle gelockt wurde. Die Widerständler, die ihn exekutieren sollten, begnügten sich nicht damit, ihn zu erschießen: Vorher prügelten sie ihn noch windelweich, um ihre getöteten oder deportierten Kameraden zu rächen. Als sie schließlich so weit waren, ihn zu töten, war der Verräter nicht mehr wiederzuerkennen. Sie entledigten sich des Leichnams, indem sie ihn in die Garonne warfen.

Grand-Clément jedoch blieb unauffindbar.

Léa erholte sich in Deymier nur langsam von dem Schock, den sie durch Camilles Tod erlitten hatte. Jede Nacht erwachte sie in Tränen und rief nach ihrer Freundin. Madame Larivierre, die sie und Charles aufgenommen hatte, kam und sprach begütigend auf sie ein. Dann schlief sie für kurze Zeit wieder ein, wurde jedoch alsbald von jenem Alptraum gequält, der sie seit dem Mord an dem Plünderer in Orléans häufig heimgesucht hatte und der jetzt noch durch blutige Szenen, in denen Camille, Charles und die Sifflette um ihr Leben kämpften, erweitert wurde.

Von Madame Larivierre hatte Léa erfahren, dass sich die Widerständler zerstreut, einige sich jedoch in der Gegend von Blasimon und Mauriac neu formiert hatten. Die freundliche Frau konnte oder wollte ihr nicht mehr sagen, als dass Camille und die Sifflette provisorisch in La Réole beerdigt worden waren. Sie erklärte sich bereit, Ruth einen Brief überbringen zu lassen, in dem Léa bat, dem Boten Geld und Kleidung mitzugeben. Der Junge, der die Botschaft überbracht hatte, war kleinlaut und mit Ruth im Schlepptau zurückgekommen, die ihn so lange eingesperrt hatte, bis er ihr sagte, woher dieser Brief kam. Madame Larivierre wurde sehr böse und donnerte los, dass nun die Deutschen kommen und sie alle verhaften würden und dass sie binnen einer Stunde verschwinden müssten. Ruth kaufte für teures Geld ein altes Fahrrad für Léa und nahm Charles mit auf ihres.

»Ich hätte euch ja gern mit dem Zug abgeholt«, erklärte sie, »aber die Gleise sind durch eine Bombardierung wieder einmal unterbrochen.«

Léa bedankte sich vielmals bei ihrer Gastgeberin, die sie erleichtert abfahren sah.

Spät am Abend des nächsten Tages kamen sie auf Montillac an, denn Léa war noch sehr geschwächt und die schmalen, gewundenen Bergpfade waren schwer zu befahren. Es gelang Ruth, Léa und Charles ins Haus zu schaffen, ohne dass sie von den Fayards gesehen wurden. Ein starkes Fieber zwang Léa, zwei Tage das Bett zu hüten. Charles, dem Ruth verboten hatte, ins Freie zu gehen, schlich trübselig und schmollend umher und verlangte nach seiner Mutter. Als Léa wieder sprechen konnte, berichtete sie mit tonloser Stimme und ohne eine einzige Träne von Camilles Ende und dem Angriff, den sie miterlebt hatte.

»Was ist aus deinem Onkel und den Brüdern Lefèvre geworden?«

»Das weiß ich nicht. Onkel Adrien ist nach dem Besuch von François Tavernier nicht mehr wiedergekommen. Ich dachte, ihr hättet vielleicht von ihm gehört.«

»Nein. Deine Tante Bernadette hat eine Postkarte von Lucien bekommen, das ist alles. Wir wissen, dass sich dein Onkel Luc große Sorgen um Pierrot macht, der in Paris sein soll. Nach deinem Weggang ist ein Brief von Laure gekommen. Ich habe mir erlaubt, ihn zu öffnen.«

»Was schreibt sie?«

»Nichts von Bedeutung: dass die Versorgung der Pariser Bevölkerung gleich null ist, dass die Metro wegen Strommangels nicht mehr fährt, dass die Vororte fast täglich bombardiert werden und dass die Deutschen immer nervöser werden. Deinen Tanten geht es gut.«

»Das ist alles?«

»Ja; außer dass sie dich in Paris erwartet.«

»Schreibt sie nichts über Françoise?«

»Nein, aber ich habe einen Brief von ihr bekommen. Sie ist seit drei Monaten ohne Nachricht von Otto, der in Russland kämpft.«

»Er wird wohl nicht wiederkommen.«

»Weshalb sagst du so etwas?«

»Wir werden alle getötet werden, genauso wie Camille«, antwortete sie, drehte sich zur Wand und zog sich das Laken übers Gesicht.

Bekümmert betrachtete Ruth das geliebte Menschenkind. Was konnte sie tun? Sie fühlte sich alt und kraftlos. Sie war erschüttert von Camilles Tod und wusste nicht, welche Entscheidung sie für Léas Sicherheit treffen sollte. Hier konnte sie jedenfalls nicht bleiben. Fayard könnte jeden Augenblick von ihrer Anwesenheit erfahren und sie denunzieren. Ruth kannte keinen Ort in der Umgegend, der sicher genug gewesen wäre, um sie zu verstecken, denn die meisten befreundeten Häuser standen unter Beobachtung.

Als sie sah, dass Léa reglos unter ihren Decken lag, verließ sie das alte Kinderzimmer, in das Léa unbedingt hatte gebracht werden wollen.

Am Abend des 15. Juli lauschten Léa und Ruth trotz der drückenden Hitze bei geschlossenen Fenstern und Läden in Pierre Delmas' Arbeitszimmer am Radio Jean Oberlé, der von London aus über die Ermordung Georges Mandels durch die Miliz sprach.

»Nach Philippe Henriot ist das innerhalb von ein paar Tagen der zweite Abgeordnete der Gironde, der ermordet wurde«, sagte Ruth, die aus einem alten Kleid ein Hemd für Charles nähte.

»Tante Lisa wird über den Tod von Henriot sehr betrübt sein, sie mochte seine Stimme so sehr.«

Ein Kratzen an den Läden ließ sie erstarren.

»Hast du das gehört?«

»Ja. Mach das Radio aus.«

Mit gespitzten Ohren und klopfendem Herzen gehorchte Léa. Das Kratzen wiederholte sich.

»Versteck dich, ich werde das Fenster öffnen.« Dann flüsterte Ruth: »Wer ist da?«

»Jean Lefèvre«, antwortete eine undeutliche Stimme. »Wir sind verletzt.«

»Mach auf! Schnell!«

Die rot glühende Sonne war gerade hinter dem Hügel von Verdelais verschwunden und tauchte die Landschaft noch für einige Augenblicke in jenes Goldrosa, das ihr eine besondere Schönheit verlieh, bevor die Sommernacht hereinbrach. Jetzt jedoch umgab der Glanz dieses Lichtes die jungen staub- und blutbedeckten Männer wie einen Heiligenschein. Léa vergaß ihre Erschöpfung und sprang aus dem Fenster, durch das die beiden vor lauter Schwäche nicht allein klettern konnten. Mit Ruths Hilfe schob sie sie ins Zimmer hinein. Raoul glitt bewusstlos auf den Fußboden.

»Er hat viel Blut verloren, ihr müsst einen Arzt kommen lassen«, sagte Jean, bevor er ebenfalls ohnmächtig wurde.

Die starke Ruth brach in Tränen aus.

»Wir haben jetzt keine Zeit zu weinen. Schaff einen Arzt herbei.«

Ruth wischte sich mit heftigen Bewegungen über das Gesicht.

»Wenn überhaupt einer kommt. Sie haben alle zu viel Angst vor der Gestapo.«

»Du brauchst ja nicht zu sagen, dass es sich um zwei Verwundete handelt. Sag ... Ich weiß auch nicht ... Sag, dass sich jemand mit einer Hacke, einer Axt den Fuß verletzt hat.«

»Aber er sieht sie ja dann doch.«

»Er ist schließlich Arzt. Jedenfalls ist sicher, dass sie sterben, wenn wir nichts tun.«

»Du hast Recht. Ich werde telefonieren.«

»Geht denn das Telefon?«

»Ja.«

»Worauf wartest du dann noch? Ich hole Handtücher.«

Im Halbdunkel des Salons stieß Léa mit ihrer Tante Bernadette Bouchardeau zusammen.

»Was ist denn los? Ich habe Geräusche gehört.«

»Wenn du schon da bist, kannst du uns helfen. Es sind Jean und Raoul; sie sind verletzt.«

»O mein Gott, die armen Jungen!«

»Hol Handtücher und die Hausapotheke. Pass auf, dass du Charles nicht aufweckst.«

Im Arbeitszimmer kam Jean wieder zu sich.

»Ja, genau, Herr Doktor. Gut Montillac, den Hang hinauf, dann links. Beeilen Sie sich ... Er kommt. Es ist ein neuer Arzt aus Langon.«

»Danke, Ruth. Wie geht es meinem Bruder?«, fragte Jean.

Die beiden Frauen antworteten nicht. Ruth schob ihm ein Kissen unter den Kopf.

Bernadette kam herein und brachte Leinenzeug und die Hausapotheke. Der Anblick der blutverkrusteten jungen Männer ließ sie fast in Ohnmacht fallen und wie Ruth brach auch sie in Tränen aus.

»O nein!«, rief Léa und riss ihrer Tante die Laken vom Arm. »Hol mir lieber heißes Wasser.«

Als Doktor Jouvenel eintraf, fand er die beiden Verwundeten mit einwandfrei sauberen Gesichtern und Händen vor. Er war sehr jung und wirkte noch wie ein Student. Als er Jean und Raoul sah, wurde er blass.

»Wieso haben Sie mir gesagt, es handele sich um einen Unfall?«

»Wir waren nicht sicher, ob Sie kommen würden, wenn wir Ihnen die Wahrheit gesagt hätten«, antwortete Léa.

»Ich bin Arzt, Mademoiselle, ich muss alle behandeln, ob Widerständler oder Deutscher.«

»Hier handelt es sich um Widerständler, Herr Doktor«, erklärte Léa mit fester Stimme.

Unverzüglich untersuchte er den noch immer bewusstlosen Raoul.

»Geben Sie mir die Schere.«

Er schnitt die vom Blut steife Hose auf. Die drei Frauen konnten einen Aufschrei nicht unterdrücken. Der gesamte Unterleib war eine einzige Wunde.

»Der arme Kerl! Hier kann ich nichts für ihn tun. Er muss ins Krankenhaus. Er hat zu viel Blut verloren.«

»Das ist nicht möglich, Herr Doktor«, sagte Jean, der sich zu seinem Bruder hingeschleppt hatte. »Wenn ihn die Gestapo schnappt, wird er gefoltert.«

»Dem würde ich entgegentreten.«

»Dann werden Sie auch verhaftet.«

Doktor Jouvenel hob die Schultern.

»Jean!«

»Ich bin da, Raoul. Hab keine Angst, wir sind in Sicherheit. Du kommst ins Hospital.«

»Ich hab's gehört. Es ist zwecklos, ich werde schon vorher sterben.«

»Sei still, du redest dummes Zeug. Du wirst wieder gesund.«

»Léa, bist du das?«

»Ja, Raoul.«

»Dann bin ich glücklich ...«

»Sprechen Sie nicht!«, befahl der Arzt, während er einen Notverband auflegte.

»Das ist nicht mehr wichtig, Herr Doktor, das wissen Sie doch. Léa, bist du da?«

»Ja.«

»Gib mir deine Hand. Es geht schon, Doktor, kümmern Sie sich um meinen Bruder.«

»Ich bin fertig. Ich werde einen Krankenwagen rufen.«

»Warten Sie noch ein bißchen, Herr Doktor ... Kümmern Sie sich um meinen Bruder.«

»Tun Sie, was er verlangt«, sagte Ruth.

Jean hatte eine Kugel in der Schulter, eine weitere im Oberschenkel und starke Abschürfungen an einer Hand.

»Sie müssen ebenfalls mit ins Hospital. Ich habe nichts bei mir, um die Kugeln zu entfernen.«

»Pech. Dann verbinden Sie mich halt nur.«

»Sie können Wundbrand bekommen.«

Léa rief leise: »Raoul! Raoul!«

»Du brauchst mich nicht zu rufen, Léa. Ich bin glücklich; ich sterbe bei dir ...«

»Sprich doch nicht!«

»Jean, bist du da?«

»Ja.«

»Dann ist es gut. Léa, ich liebe dich. Jean liebt dich auch. Es ist besser so. Nach dem Krieg heiratet ihr ...«

»Dich wird sie nach dem Krieg heiraten, alter Junge. Sie hatte schon immer eine Vorliebe für dich. Stimmt's, Léa?«

»Ist das wahr?«

»Ja«, murmelte sie, gebannt von seinem abgezehrten Gesicht, seinen glühenden Augen, den eingekniffenen Nasenflügeln und der grauen Todesblässe, die sich über diesen jungen Mann legte, der eine tolle Nacht lang ihr Liebhaber gewesen war.

»Léa ...«

Oh, wie schwer dieser Kopf plötzlich war! Und wie schön er war, trotz der Bartstoppeln, die seine Züge verunzierten. Er lächelte. Behutsam drückte sie ihre Lippen auf den noch warmen Mund.

Als sie sich erhob, drehte sich alles in ihrem Kopf. Sie hielt sich am Arm des Arztes fest.

»Legen Sie sich hin.«

Von ihrem Lager aus betrachtete sie Jean, der weinte und seinen toten Bruder an sich gedrückt hielt. Ihre Tante und Ruth weinten ebenfalls. Sie selbst war erfüllt von tränenlosem Schmerz.

Mit Hilfe von Ruth und Léa hob der Arzt neben dem Weinkeller hinter dem Flieder- und Ligustergebüsch eine Grube in dem lockeren Boden aus. Der in ein Laken gehüllte Leichnam wurde hineingebettet und mit Erde bedeckt. Vom Glockenturm der Basilika von Verdelais schlug es drei Uhr.

Jean zuckte mit keiner Wimper, als ihm der Arzt eine Tetanusspritze verabreichte. Er hatte ihm ein Beruhigungsmittel gegeben, das ihn schnell in einen komaähnlichen Schlaf versetzte.

Léa begleitete Dr. Jouvenel zu seinem Fahrrad. Es hatte keinen Sinn mehr, sich zu verstecken, die Fayards hatten seine Ankunft sicher bemerkt.

»Sie sollten schleunigst von hier verschwinden«, sagte er.

»Und wo soll ich hin?«

»Sie haben doch gewiss irgendwo noch Verwandte?«

»Ja, in Paris.«

»Es ist zwar momentan nicht einfach, dorthin zu kommen, denn es gibt nur wenige Züge, doch an Ihrer Stelle würde ich es trotzdem versuchen.«

»Aber ich kann hier doch nicht alle im Stich lassen!«

»Ich werde mir etwas ausdenken. Wenn ich Ihnen behilflich sein kann, würde ich es gern tun. Ich könnte Sie mit dem Wagen nach Bordeaux bringen.«

»Danke, Herr Doktor. Ich werde es mir überlegen. Steht es sehr schlecht um Jean?«

»Nein, nicht sehr. Aber die Kugeln dürfen nicht zu lange in seinem Körper bleiben. Auf Wiedersehen, Mademoiselle.«

»Auf Wiedersehen, Herr Doktor.«

Jean Lefèvre schlief bis zur Essenszeit in Delmas' Arbeitszimmer. Dann trank er gierig die Schale bitteren Kaffees, die Ruth ihm brachte, und aß ein riesiges Stück Kirschkuchen.

»Ah, du bist wach!«, rief Léa beim Eintreten. »Hast du große Schmerzen?«

»Nein. Ich will wieder weg.«

»Wo willst du denn hin?«

»Weiß ich nicht. Ich werde versuchen, die anderen wiederzufinden, wenn sie nicht alle geschnappt oder getötet worden sind.«

»Was ist denn eigentlich geschehen?«

»Hast du zufällig eine Zigarette?«

Aus der Tasche ihres geblümten Kunstseidenkleides zog Léa einen alten Tabaksbeutel und ein Päckchen Zigarettenpapier und reichte ihm beides.

»Das ist alles, was ich habe.«

Jeans Finger zitterten so stark, dass es ihm nicht gelang, den Tabak auf dem winzigen Blättchen zu halten.

»Gib her.«

Mit geübter Hand rollte Léa die Zigarette, leckte den gummierten Rand des Papiers und zündete sie ihm an. Einige Augenblicke rauchte er schweigend.

»Es ging los am vergangenen Montag, das war der 10. Juli. Raoul und ich waren mit denen von der Gruppe Grand-Pierre zusammen. Wir hatten eine Nachricht von der BBC aufgefangen. Ich höre noch die Stimme des Sprechers: ›Der *Tapefort* macht Angst ... Ich wiederhole: Der *Tapefort* macht Angst ...‹ Maurice Blanchet hat sich zu Maxime Lafourcade umgedreht und gesagt: ›Du kannst den anderen von der Gruppe Bescheid sagen; heute Abend ist es so weit.‹

Ich habe Maxime gefragt, was das bedeutet. Er hat mir erklärt: ›In der Nähe des Hofes der Brys in Saint-Léger-de-Vignague soll eine Fallschirmabsetzung stattfinden.‹

Das war eine willkommene Nachricht, denn seit dem Gefecht bei Saint-Martin-du-Puy waren wir sehr knapp mit Munition. Gegen zehn Uhr abends hatten wir uns mit etwa zwanzig Mann um die Abwurfstelle verteilt. Fünf von uns beobachteten die Straße, die an dem Terrain vorbeiführt, zwei saßen in einem im Wald versteckten Kleinlaster, die anderen warteten einfach nur auf das Flugzeug. Nach einer halben Stunde haben wir endlich das Motorengeräusch einer »Fliegenden Festung« gehört und unsere Taschenlampen angeknipst. Nach dem Signal sind drei Kameraden und ich zum ersten der abgeworfenen Container gerannt, der STEN-MGs und Verbandszeug enthielt. Im zweiten waren Tabakwaren, Sabotagematerial und Granaten. Wir wollten gerade den dritten Container öffnen, als wir den Pfiff einer Trillerpfeife hörten. ›Das sind die Deutschen!‹ hat ein Wachtposten geschrien. ›Beeilt euch!‹, hat uns Maxime zugerufen.

Wir haben es noch geschafft, auch den Inhalt des vierten Containers auf dem Kleinlaster zu verstauen. Maxime hatte gerade den Befehl zum Rückzug gegeben, als die Deutschen anfingen, uns zu beschießen. Wir sind dann zu der Gruppe von Duras gestoßen und haben erst am nächsten Tag erfahren, was vier unserer Kameraden passiert ist.«

Nervös zog Jean an seiner erloschenen Zigarette. Léa zündete ihm eine neue an. Mit ausdrucksloser Stimme berichtete er weiter:

»Maxime war mit Roger Manieu, Jean Clavé und Elie Juzanx zurückgeblieben, um unseren Rückzug zu decken. Sie hatten ein Maschinengewehr zwischen zwei Containern in Stellung gebracht und bestrichen nun mit der abgeworfenen Munition das Terrain. Die Deutschen schossen zurück, zeigten sich aber nicht. Trotz der durch unser Maschinengewehr verursachten Verluste sind vier Milizsoldaten bis auf knapp vierzig Meter an unsere Kameraden herangekommen. Sie wurden alle vier verwundet, trotzdem haben sie versucht zu fliehen, aber es war zu spät. Sie konnten nur noch ihre letzte Munition verschießen. Die Deutschen haben sie mit Gewehrkolben niedergeschlagen und dann grinsend zugesehen, wie die Saukerle von Milizsoldaten sie gefoltert haben. Sie haben ihnen die Fingernägel ausgerissen, die Muskeln bloßgelegt und sie skalpiert. Schließlich mussten sie mit ihren letzten Kräften ihr eigenes Grab ausheben.«

Léa schaute Jean, der schluchzte, mit tränenlosen Augen an.

»Und dann? Was ist danach passiert?«

»Sie haben den Hof der Brys angezündet und sind singend in Richtung Mauriac abgefahren. Zusammen mit den Männern der Gruppe von Duras haben wir uns etwa fünfzig Meter entfernt an der Straße nach Blasimon aufgestellt. Wir haben sie unter Maschinengewehrfeuer genommen und Handgranaten geworfen. Deutsche und Milizsoldaten sind in Deckung gegangen und haben zurückgeschossen. Dabei wurde Raoul an der Schulter verletzt und ich am Bein. Zwei Kameraden sind ganz in unserer Nähe gefallen: Jean Koliosky und Guy Lozanos. Wir haben uns zurückgezogen und dabei noch ein paar von denen mit der Maschinenpistole niedergemäht. Als wir zum Friedhof von Mauriac gekommen sind, wurden wir noch einmal verwundet. Der Abbé Gréciet hat uns aufgenommen und uns erste Hilfe geleistet. Da Raouls Verletzung kritisch war, hat er Dr. Lecarer aus La Réole, der zu unserer Gruppe gehört, kommen lassen. Aber wegen der Straßensperren der Deutschen konnte er uns nicht in seine Praxis bringen, sondern musste uns in Pian zurücklassen. Von dort haben wir uns zu Fuß hierher auf den Weg gemacht. Alles Weitere weißt du.«

Lange hielten sich die beiden schweigend bei den Händen. Ihre düsteren Gedanken wurden durch Ruths stürmischen Eintritt unterbrochen.

»Ich bin sehr in Unruhe. Bei den Fayards ist niemand da, alles ist verschlossen. Ihr müsst weg, Kinder.«

»Aber wo sollen wir denn hin?«

»Nach Paris, zu deinen Tanten.«

»Ich kann jetzt nicht fort; ich muss nach Verderais und meiner Mutter sagen, was geschehen ist.«

»Das übernehme ich, Jean.«

»Danke, Ruth, aber ich muss Mama Raouls Tod selbst beibringen.«

»Das verstehe ich, mein Junge. Was haben Sie danach vor?«

»Weiterkämpfen. Sei mir nicht böse, Léa, dass ich dich allein lasse, aber ich kann nicht anders handeln.«

»Nehmen Sie mein Fahrrad, Jean, dann geht es schneller.«

»Danke. Danke, Ruth. Wenn es möglich ist, bringe ich es Ihnen zurück. Adieu, Léa. Du solltest auch verschwinden.«

Sie umarmte ihn, ohne ihm zu antworten. Auch Bernadette Bouchardeau und Ruth umarmten ihn und rieten ihm, sich zu schonen.

11.

Léa packte Kleidungsstücke für sich und Charles sowie eine kleine Schatulle mit den noch verbliebenen Schmuckstücken ihrer Mutter in einen Seesack, der bequem über der Schulter getragen werden konnte. Ruth brachte ihr in ein weißes Geschirrtuch gewickelte belegte Brote und eine mit Wasser gefüllte Thermosflasche.

»Ich habe Charles eine Tüte Kirschen und den Rest des Kuchens mitgegeben.«

»Komm mit uns, Ruth, ich bitte dich!«

»Nein, mein Liebes, es muss sich doch jemand um das Haus und um deine Tante kümmern.«

»Ich habe Angst, euch allein hier zurückzulassen.«

»Was soll denn uns zwei alten Frauen schon passieren? Du brauchst dich nicht zu beunruhigen, es wird alles gut gehen.«

»Hast du immer noch nichts von den Fayards gehört?«

»Nein.«

»Wann wollte Dr. Jouvenel kommen?«

»Um drei Uhr. Der Zug müsste planmäßig um vier Uhr fahren, falls die Gleise geräumt werden konnten.«

»Glaubst du, dass wir in Bordeaux noch Plätze kriegen in dem Zug nach Paris?«

»Dr. Jouvenel hat gesagt, er würde seinen Freund benachrichtigen, der auf dem Bahnhof Saint-Jean arbeitet.«

»Léa, wann fahren wir denn nun los?«, fragte Charles, der hereingerannt kam.

»Bald. Wir warten noch auf den Doktor.«

»Bringt er uns zu Mama?«

»Ich weiß nicht; vielleicht. Lauf vors Haus, ich komme gleich nach.«

Léa zog den Sack zu und schaute sich um. Ich werde diesen Raum nie wiedersehen, dachte sie. Mit schwerem Herzen schloss sie die Tür des Kinderzimmers, das so viele Male ihren Kummer beherbergt und ihren Zorn besänftigt hatte.

Draußen war der Himmel wolkenlos. Die Mittagssonne brannte ebenso heiß wie am Tag zuvor. In den Weinbergen hatte die Trockenheit bereits Schäden angerichtet. Weshalb hatte Fayard Montillac ausgerechnet jetzt verlassen, wo es so viel Arbeit gab?

»Ruth, ich bringe das Gepäck in die Straßenwärterbude gleich neben der Chaussee; dann braucht der Doktor nicht erst auf das Gutsgelände zu kommen.«

»Wie du meinst. Hier ist ein bisschen Geld für die Reise, es ist alles, was ich habe.«

»Danke, Ruth. Wie werdet ihr denn zurechtkommen?«

»Wir brauchen kein Geld. Wir können uns aus dem Garten ernähren und die Hühner legen momentan auch. Außerdem bekommt deine Tante nächsten Monat ihre Pension ausgezahlt. Beeil dich, das Mittagessen ist gleich fertig. Setz einen Hut auf, die Sonne sticht.«

Léa wollte die alte Frau nicht verstimmen und holte sich ihren Strohhut aus der Halle. Die Kühle und das Dämmerlicht der Diele waren angenehm nach der Hitze und Helligkeit draußen. Sie liebte diesen nach Norden und Süden ausgerichteten Raum sehr, in dem die Hausbewohner zusammenkamen und der stets ein wenig in Unordnung war, denn jeder ließ Kleidungsstücke, Spielzeug, Bücher, Zeitungen oder auch eine Handarbeit auf dem Tisch oder den Sitzmöbeln liegen. Wenn der Krieg vorbei ist, muss ich die Diele neu streichen lassen, dachte sie, während sie die weißen Wände betrachtete, die mit alten Radierungen geschmückt waren und mit Ziertellern des Directoire aus weißem und gelbem Porzellan, verziert mit mythologischen Figuren. Der hohe, trübe und fleckige Spiegel warf ihr Bild zurück. Wie mager sie geworden war! Das würde François gar nicht gefallen, er liebte die Frauen ein wenig gerundet. Doch am meisten überraschte sie ihr zugleich harter und erloschener Blick. Im Geiste sah sie die toten Augen von Raoul, von Camille, Sidonie und Dr. Blanchard vor sich, von seiner Haushälterin Marie, von ihrem Vater, ihrer Mutter, von dem Ehepaar Debray und Raphael Malh – von all den Toten, die sie geliebt hatte. Wer mochte wohl noch tot sein? Robert und Mareille? Onkel Adrien? Laurent? Lucien? Pierrot, ihr netter Cousin?

»Léa, wohin willst du denn mit deinem Hut?«

Charles' Stimme entriss sie ihren Gespenstern.

»Ich will das Gepäck hinausbringen und einen Spaziergang machen. Willst du mitkommen?«

»O ja, meine Léa!«, rief der kleine Junge und drückte sich an sie.

Sie stellten den Seesack und einen kleinen Koffer in der Bude ab und stiegen Hand in Hand zu den Weinbergen hinunter, die unterhalb der Terrasse lagen. Trotz des Mangels an Arbeitskräften waren die Stöcke in gutem Zustand.

»Sieh mal, meine Sandale ist aufgegangen.«

Léa bückte sich und schloss die Schnalle.

»Beweg dich nicht!«, flüsterte sie plötzlich und drückte das Kind auf den Boden.

Auf dem Weg, der an den Zypressen entlangführte, marschierten geduckt sieben oder acht Männer in marineblauen Uniformen, die ihre Maschinenpistolen schussbereit hielten. Unterhalb der Terrasse hielten sie an. Von oben beugte sich ein Mann zu ihnen herunter. Léa unterdrückte einen Schrei: Hinter ihm rannten lautlos deutsche Soldaten. Von ihrem Standort aus sah Léa nur die graugrünen Helme. Der Wehrmachtsoffizier gab den Milizsoldaten ein Zeichen und sie kletterten auf die Terrasse.

Charles versuchte, sich Léas Griff zu entwinden. »Lass mich los, du tust mir weh!«

»Bitte sei ganz still! Die Deutschen sind auf Montillac.«

Der kleine Körper begann zu zittern.

»Ich hab Angst. Ich will zu Mama!«

»Sei still, sonst werden sie uns alle beide schnappen.«

Er schwieg, weinte leise und bemerkte nicht, dass er sein Höschen nass machte.

Alles war ruhig unter der auf die Ebene knallenden Sonne. Léa fragte sich schon, ob sie nicht geträumt hatte, Deutsche und Milizsoldaten zu sehen. Sie mochte noch so sehr die Ohren spitzen, es war kein anderes Geräusch zu vernehmen als der Gesang der Zikaden.

Hoffentlich hatten Ruth und Tante Bernadette sie kommen sehen und fliehen können. Ein unmenschlicher Schrei zerstörte diese Hoffnung. Ohne zu überlegen richtete sich Léa auf, nahm Charles bei der Hand und rannte auf die Terrasse zu, wobei sie ihr weithin leuchtendes geblümtes Kleid verfluchte. Sie versteckten sich hinter einer Zypresse. Deutsche und Milizsoldaten bevölkerten den Hof und brachen mit Fußtritten und Kolbenhieben die Türen der Weinkeller auf. Maschinenpistolensalven ließen alle Scheiben zerspringen, aus einem Fenster im ersten Stock wurden Möbel geworfen. Warum tun sie das?, fragte sich Léa. Sie war zu weit entfernt, um deutlich sehen und hören zu können, was vorging. Ein Kleinlaster fuhr vor und schrammte dabei einen der Pfeiler des Hofes.

Die Plünderung begann. Schreie, Gelächter, Schüsse drangen zu ihnen, schienen unwirklich an diesem vertrauten, sonnenüberfluteten Ort. Im Gemüsegarten am Haus der Fayards rannten zwei Milizsoldaten hinter dem Geflügel her. Plötzlich das Entsetzliche: Eine in Flammen stehende Gestalt erschien schreiend oberhalb der Laubengänge, drehte sich um sich selbst und brach auf dem Kies der Allee zusammen.

Léa presste das Kind, das nicht mehr zappelte, an sich. Mit weit aufgerissenen Augen verfolgte sie, wie sich dort eine der beiden Frauen, die sie kurz zuvor im Haus zurückgelassen hatte, in Qualen wand. War es Ruth oder Bernadette? Die Flammen schlugen so hoch, dass das Gesicht nicht zu erkennen war. Aber es gab auch gar kein Gesicht mehr – es war geschmolzen. Es kamen auch keine Schreie mehr aus dem schwarzen Loch, das ein Mund gewesen war. Nur ein geschwärztes, noch schwelendes Skelett war übrig. Ein deutscher Soldat stieß ein Stahlrohr hinein, das mit zwei Gasflaschen auf seinem Rücken verbunden war. Offenbar war ihm das Skelett noch nicht genügend verbrannt, denn er entließ aus seinem Stahlrohr eine lange, von einem unheimlichen Zischen begleitete Flamme. Unter der Hitze des Feuers hob sich die verdrehte Hand des Leichnams und reckte die gespreizten Finger empor in einer Geste, als flehe sie um göttlichen Schutz. Darüber musste der Soldat lachen. Er drehte sich um und ging in den Hof zurück. Auf dem Kleinlaster stapelten sich die Weinkisten. Léa war wie gelähmt. Sie konnte ihren Blick nicht von diesen sterblichen Überresten wenden, die noch rauchten und deren entsetzlicher Geruch zu ihr drang. Mitten in diesem Alptraum schlug es zwei Uhr vom Glockenturm der Kirche Saint-Maixant. Ein Zug fuhr über den Viadukt. Die Gleise bei Saint-Pierre-d'Aurillac mussten repariert worden sein …

»Léa, du erdrückst mich! Ich möchte weg von hier, ich habe Angst!«

Charles. Sie hatte ihn fast vergessen, so sehr war er ein Teil von ihr geworden. Mit Mühe wandte sie sich ihm zu. Als er ihr Gesicht sah, fing er an zu weinen. Sie presste ihm die Hand auf den Mund und schüttelte ihn.

»Sei still, sonst schnappen sie uns!«

Ihre Stimme klang so drängend, dass er aufhörte zu schluchzen, doch seine Tränen flossen weiter und nässten seine Wangen und sein Hemd. Am Haus oben floss der Wein der Kanaille in Uniform übers Kinn. Ein Milizsoldat kam schwankend, eine Flasche in der Hand, aus dem Hof. Er knöpfte sich die Hose auf und pinkelte kichernd auf den rauchenden Haufen. Dann drehte er sich um und tat dabei, als trinke er auf das Wohl der Frau, die sie massakriert hatten. Léa erbrach sich. Charles zupfte sie am Kleid.

»Komm, lass uns verschwinden.«

Er hat Recht, wir müssen fliehen! Léa richtete sich auf. NEIN! Flammen schlugen aus dem Fenster des Schlafzimmers ihrer Eltern und aus dem Ruths. Unbeweglich stand Léa da, von überall sichtbar, und konnte die Augen nicht von ihrem brennenden Haus abwenden. Charles zog sie schließlich mit sich, doch sie hielt den Kopf noch immer diesem Gemäuer zugewandt, das ihr Ankerplatz war, wie es das auch für ihren Vater gewesen war. Léa war, als brenne auch sie.

»Schau nicht hin! Komm!«

Mit allen seinen Kräften zog sie der kleine Junge weiter. Wie waren sie bis zur Straße gelangt, ohne entdeckt worden zu sein? Das Kind zerrte den Seesack und den Koffer aus der Bude des Straßenwärters und hielt sie Léa hin, die sie mechanisch ergriff. Jetzt waren die rot leuchtenden Flammen schon von weitem zu sehen. Die Sirene von Saint-Macaire heulte über die sonnenbeschienene Landschaft. Abrupt wandte sie sich ab. Etwas in ihr erstarb zusammen mit dem Haus. Wozu an einem Ort bleiben, an dem es jetzt nichts mehr gab? Mit einer entschlossenen Bewegung rückte sie sich den Seesack auf der Schulter zurecht, warf den Strohhut beiseite, ergriff Charles fest bei der Hand und marschierte los, ohne sich noch einmal umzusehen.

Die Fayards kehrten erst am nächsten Abend zurück. Dank des Einsatzes der Feuerwehrleute waren ihr Haus, die Scheunen, die Weinkeller und die Wagenschuppen vom Feuer verschont geblieben. Vom Schloss standen nur noch die geschwärzten Mauern. Als sie ankamen, durchsuchten die Rettungsmannschaften noch immer die Trümmer. Sie unterbrachen ihre traurige Arbeit, als sie das Ehepaar erblickten, das starr und mit offenem Mund die Verwüstung betrachtete. Ein älterer Mann mit rußgeschwärztem Gesicht und Armen trat vor sie hin. Lange sah er sie an; dann spuckte er ihnen ruhig ins Gesicht.

»Bist du verrückt geworden, Baudoin?!«, rief Fayard. »Was ist denn in dich gefahren?«

»Du Saukerl! Als wenn du das nicht wüsstest!«, schrie der und wies auf die Ruine.

Fayard sah ihn an, als ob er nicht verstünde. Baudoin stürzte sich auf ihn und packte ihn am Jackenkragen.

»Du willst doch wohl nicht den Unschuldigen spielen, du Schweinehund! Hast du denn etwa nicht die Fritzen hierher gebracht, hast du etwa keine krummen Geschäfte mit ihnen gemacht, ihnen den Wein deines Arbeitgebers auf eigene Rechnung verkauft? Red schon, du Mistkerl! Hast du das etwa nicht getan?«

»Aber ich wollte doch nicht, dass sie das Schloss anzünden!«

»Das glaub ich dir gern. Da hast du nämlich schon seit

langem selbst ein Auge drauf geworfen. Junge, Junge, das wieder aufzubauen wird dich eine Kleinigkeit kosten.«

Ein anderer Mann wandte sich an Madame Fayard.

»Na, Melanie, willst du denn gar nicht wissen, was aus den Damen vom Schloss geworden ist? He, du brauchst doch nicht zu zittern! Wir haben ja schließlich keine Flammenwerfer, wir haben nur unsere Fäuste, die könnt ihr in die Fresse kriegen.«

»Reg dich ab, Florent, wir werden uns doch nicht die Hände schmutzig machen.«

Unter ihrem schwarzen Strohhut rollte Melanie Fayard angsterfüllt die Augen.

»Ich verstehe überhaupt nicht, wovon ihr redet. Wir waren bei meiner Schwester in Bazas.«

»Das kannst du anderen erzählen, du alte Lügnerin. Ihr seid abgehauen, weil ihr Mademoiselle Léa und Madame d'Argilat bei der Gestapo denunziert habt ...«

»Das ist nicht wahr!«

»... und weil ihr nicht Augenzeugen sein wolltet von dem, was sich hier abgespielt hat. Tja, es hätte euch womöglich doch das Blut in den Adern erstarren lassen, die Schwester von Monsieur Delmas rösten zu sehen wie ein Stück Toast und Mademoiselle Ruth bluten wie ein abgestochenes Schwein. Mademoiselle Léa und den Kleinen haben wir noch nicht gefunden. Vielleicht sind sie noch unter den Trümmern. Das wäre besser für sie, als wenn sie von den Deutschen oder von denen, die mit ihnen zusammenarbeiten, mitgenommen worden wären.«

»Wir wussten gar nicht, dass Mademoiselle Léa und Charles wieder zurück waren.«

»Dann wärt ihr die Einzigen, die das nicht wussten. In Saint-Macaire wussten alle, dass die beiden ohne Madame d'Argilat, die in Lorette getötet worden ist, zurückgekommen waren. Und ihr wohnt schließlich nebenan.

Wenn es eine Gerechtigkeit gäbe, müsste man euch auch anzünden.«

»Reg dich nicht auf, alter Junge. Der Krieg ist bald zu Ende, dann werden Leute wie die da bezahlen, das kannst du mir glauben. Sie werden von einem Volkstribunal gerichtet und verurteilt werden.«

»Solche Leute verdienen keinen Prozess.«

»Ich schwöre euch, dass wir das nicht gewesen sind! Es stimmt, dass ich seit Jahren auf das Gut scharf bin und dass ich den Deutschen Wein verkauft habe, aber nicht mehr als andere auch. Wie hätte ich denn die Weinberge pflegen können, wenn ich keinen Wein verkauft hätte? Womit hätte ich denn die Arbeiter und das Material bezahlen sollen? Könnt ihr mir das vielleicht sagen?«

»Mach uns nichts vor. Glaubst du, wir wüssten nicht, was du dir alles in die eigene Tasche gesteckt hast?«

»Das ist alles nur Gerede, der pure Neid.«

»Und dein Sohn Mathias? Willst du uns etwa erzählen, er sei nicht hinter dem Mädchen und dem Gut hergewesen? Dass er keine Schwarzmarktgeschäfte mit den Boches in Bordeaux macht?«

»Mit so etwas hat mein Sohn nichts zu tun.«

»Dem werden wir das Fell auch noch versohlen. Heute kriegst *du* erst mal dein Fett. Da...«

»Aufhören!«

Zwei Gendarmen waren von ihren Fahrrädern gestiegen. Einer wandte sich an den Kellermeister.

»Fayard, Sie müssen zur Gendarmerie kommen, Ihre Zeugenaussage machen und den Leichnam identifizieren.«

»Welchen Leichnam?«

»Es wird angenommen, dass es sich um Madame Bouchardeau handelt.«

»O mein Gott!«, stöhnte Madame Fayard und verbarg das Gesicht in ihrem Taschentuch.

»Kommen Sie bitte beide gleich morgen früh zu Beginn der Bürozeit.«

Dann wandte sich der Gendarm an Baudoin.

»Haben Sie noch weitere Opfer gefunden?«

»Nein. Wir haben alles gründlich durchsucht. Es sollte mich wundern, wenn da noch jemand wäre.«

»Umso besser. Es war uns allerdings mitgeteilt worden, dass sich auch ein junges Mädchen und ein Kind in dem Haus befanden. Was ist mit ihnen?«

Baudoin machte eine Geste der Hilflosigkeit.

»Gut. Ich verstehe.«

»Haben Sie die Familie in Bordeaux unterrichtet?«

»Das hat der Bürgermeister übernommen. Rechtsanwalt Delmas wird morgen hier eintreffen.«

»Vielleicht hat er dann schon etwas von seiner Nichte gehört. Wie steht's mit dem anderen Delmas, dem Priester? Ist der verständigt worden?«

»Machen Sie Witze? Sie wissen doch, dass er von der französischen Polizei und der Gestapo gesucht wird. Wenn Sie wissen, wo er ist, sollten Sie ihn schleunigst denunzieren, dafür gibt es eine anständige Belohnung.«

»Wofür halten Sie mich? Zu der Sorte gehöre ich nicht!«

»Nicht alle unsere Mitbürger sind so anständig. Es vergeht kein Tag, an dem wir nicht anonyme Briefe bekommen, in denen Juden, Widerstandskämpfer, Menschen, die die so genannten englischen Piloten beherbergen oder Radio London hören, denunziert werden. Demnächst werden diese Leute auch die lebenshungrigen Mädchen melden, die sonntags mit deutschen Soldaten zur Tanzdiele in den Grotten von Saint-Macaire gehen.«

»Und das wäre auch ganz richtig«, sagte ein pickliger junger Kerl, der höchst eindrucksvoll schielte.

»Aus dir spricht nur der pure Neid, Schönauge.«

»Nenn mich nicht Schönauge! Das sind alles Nutten,

diese Mädchen, die mit den Deutschen tanzen. Wenn es ja nur beim Tanzen bliebe, aber sie vögeln auch mit ihnen rum, während ihre Verlobten in Gefangenschaft sind oder im Untergrund oder beim Arbeitsdienst. Aber die sollen nur warten! Wenn der Krieg vorbei ist, kriegen diese Schlampen die Fresse und den Arsch poliert. Das wird sie lehren, sich mit Deutschen rumzutreiben.«

»Ich möchte nicht in ihrer Haut stecken, wenn du und deinesgleichen bei ihnen Hand anlegen. Und jetzt geht nach Hause, Leute, hier gibt es nichts mehr zu tun.«

Der Leichnam von Bernadette Bouchardeau wurde am Vormittag des 22. Juli in der Familiengruft der Delmasens beigesetzt in Anwesenheit von Rechtsanwalt Delmas, seinem Sohn und zahlreichen Personen, von denen viele nur gekommen waren, um ihrem Zorn und ihrem Abscheu Ausdruck zu verleihen. Ein Mannschaftswagen der Polizei stand unter den Linden auf dem Platz. In der Nähe der Grabstätte von Toulouse-Lautrec lungerten zwei Polizisten in Zivil herum, die aus Bordeaux gekommen waren und jede Person, die dem Rechtsanwalt kondolierte, aufmerksam unter die Lupe nahmen. Die Fayards hielten sich abseits; sie trauten sich nicht näher heran, denn sie waren sich der Feindseligkeit der meisten der Versammelten ihnen gegenüber bewusst. Luc Delmas ging jedoch zu ihnen hinüber und schüttelte ihnen die Hand mit einer Herzlichkeit, die allen unangemessen erschien. Die Trauerfeier verlief ohne Zwischenfall.

Im Hospital von Langon schwebte Ruth zwischen Leben und Tod.

12.

Rivalitäten, die die wichtigsten Gruppierungen der Widerstandsbewegung des Südwestens seit Anfang des Jahres 1944 entzweiten, spielten den deutschen Chefs der Region in die Hände. Ihnen konnte es gleichgültig sein, dass General Koenig Oberkommandierender der Streitkräfte im Inneren des Landes war oder General Delmas Nachfolger von Bourgès-Maunoury wurde; dass Triangle eigentlich General Gaillard, der Militärdelegierte für die Region B, war oder Aristide im Namen General Koenigs das Kommando in der Gironde führte; dass Gaston Cusin Kommissar der Republik war; dass die Gaullisten den Kommunisten misstrauten und dass es General Moraglia, der vom Komitee für militärische Intervention, der wichtigsten Kommission des Nationalrats der Widerstandsbewegung, geschickt worden war, nicht gelang, seine Autorität geltend zu machen. Denn anonyme Briefe, spontane Denunziationen, Enthüllungen unter Folter oder durch Nötigung und Kollaborationen aller Art ermöglichten ihnen, blutige Vergeltungsmaßnahmen an der Bevölkerung vorzunehmen, Widerstandsgruppen zu vernichten und wichtige Mitglieder der Resistance zu verhaften.

So griffen nach einem Verrat etwa dreißig Deutsche unter dem Kommando von Leutnant Kunesch sowie dreißig Milizsoldaten, kommandiert von Oberstleutnant Franc, ihrem Regionalchef, den Richemont-Hof in der Nähe von Saucats an, auf dem achtzehn junge Leute, zumeist Studenten oder Gymnasiasten, ihr Lager aufgeschlagen hatten und auf eine Fallschirmabsetzung von Waffen und Munition warteten. Am Morgen des 14. Juli befanden sich vierzehn von ihnen auf dem Hof. Obwohl nur ungenügend bewaffnet, hielten sie drei Stunden lang stand. Alle fielen: Lucien Anère, Jean Bruneau, Guy Célèrier, Daniel Dieltin, Jacques Goltz, Christian Huault, Pogre Hurteau, François Mosse, Michel Picon, Jacques Rouin, Roger Sabate und André Taillefer. Der Älteste war zweiundzwanzig, der Jüngste siebzehn Jahre alt.

Auf Verrat ging auch die Entdeckung der Widerstandsgruppe des Médoc am 25. Juni zurück, deren Anführer Jean Dufour war. Deutsche und Milizsoldaten, unterstützt von einer Hindu-Abteilung, die auf das Durchkämmen von Waldgebieten spezialisiert war, gingen bei Tagesanbruch im Wald von Vignes-Oudines zur Attacke über. Jean Dufour versuchte sie mit einigen seiner Männer aufzuhalten. Als seine Munition aufgebraucht war, wurde er erschossen. Die Jagd auf die Widerständler dauerte bis zum folgenden Tag. Die Camps von Vignes-Oudines, Baleys und Haut-Garnaut wurden zerstört. Etwa hundert Deutsche und siebzehn Widerstandskämpfer wurden getötet. Ein Verwundeter wurde auf dem Marktplatz von Hourtin abgelegt und starb, ohne ärztliche Hilfe erhalten zu haben. Wie nach dem Angriff auf Saucats wurden auch hier die Gefangenen auf der Stelle erschossen; auch die Verletzten erhielten den Todesschuss. Soldaten und Milizionäre fielen über die Bevölkerung von Liard und die Bewohner des Château de Nodris her und töteten und verhafteten mehrere Personen. Die Festgenommenen trafen im Fort du Hâ auf sechs Gefangene aus dem gescheiterten Angriff auf die Pulverfabrik von Sainte-Hélène am 23. Juni. Alle wurden gefoltert, dann entweder erschossen oder deportiert.

Ein weiterer Verrat führte zur Verhaftung von Lucien Nouaux, genannt Marc, und seinem Kameraden Jean

Barraud: Erneut hatte Dohse durch seine Drohungen und Versprechungen einen jungen Untergrundkämpfer, der selbst von zwei von den Deutschen in Pauillac verhafteten Widerständlern denunziert worden war, dazu gebracht, bei einem Hinterhalt mitzuwirken. Bewacht von Roger, einem Gestapo-Agenten, sollte er sich mit den beiden in der Nähe des Stadtbades verabreden. Ohne Arg sah Marc sie auf sich zukommen. In dem Moment stürzten die Deutschen aus ihrem Versteck und überwältigten die beiden Widerständler. Sie wurden entwaffnet und zum Verhör in das Quartier der Gestapo gebracht. Ehe sie Dohse vorgeführt wurden, wurden sie brutal zusammengeschlagen. Als Marc das Büro betrat, zog er eine kleine Pistole, die bei der Durchsuchung nicht gefunden worden war, feuerte und verletzte zwei deutsche Soldaten, bevor er selbst von Roger niedergestreckt wurde. Da er für ein Verhör zu schwer verwundet war, warf man ihn in eine Zelle des Fort du Hâ, wo ihm seine Peiniger am nächsten Tag, dem 28. Juli, den Todesschuss gaben.

Der 28. Juli 1944 war für die Region Bordeaux ein besonders schwarzer Tag.

Das Wetter war schwül, der Himmel bedeckt, hin und wieder gab es einen kurzen Regenguss. Bei Tagesanbruch kletterten achtundvierzig Männer im Lager von Souges von Wehrmachtslastwagen. Sie sollten erschossen werden. Unter ihnen ein hochrangiges Opfer: Honoré (Robert Ducasse), der unter dem Namen Vergaville Chef der Geheimarmee und einer der Hauptanführer der Vereinten Widerstandsbewegungen der Region Lyon gewesen war.

Honoré war im Oktober 1943 festgenommen worden. Doch im Januar 1944 gelang es ihm zu fliehen. Kriegel-Valrimont hatte ihn dann nach Bordeaux geschickt, wo er zum Regionalchef der F. F. I., der Streitkräfte im Inneren des Landes, ernannt wurde. Während er sich bei Freunden im Bordelais versteckt hielt, war er mit dem Distriktskomitee für die Befreiung in Verbindung getreten, wo er Gabriel Delauney kennen gelernt hatte. Am 22. Juni fuhr Honoré in Begleitung seiner Stellvertreter, zwei Männer und zwei Frauen, mit dem Rad in Richtung Sauveterre-de-Guyenne. Sie wollten einen Sabotageakt vorbereiten und Munition, die in den Steinbrüchen von Daignac versteckt war, holen. Als sie Créon durchquerten, waren sie auch an der Gendarmerie vorbeigekommen. Ihr Verhalten und ihr Tempo musste den Gendarmen verdächtig vorgekommen sein, denn sie hatten ihre Kollegen in Targon alarmiert, die sich auf die Suche nach ihnen gemacht und sie festgenommen hatten. Die Papiere, die sie bei sich trugen, waren so kompromittierend, dass sich die aufgeregten Gendarmen von Targon beeilten, die Polizei von Bordeaux zu informieren. Nach einem brutalen Verhör hatte eine der beiden Frauen den Zweck ihres Aufenthalts in dieser Gegend enthüllt. Sie wurden im Fort du Hâ interniert und von Kommissar Penot der Gestapo übergeben. Es war Leutnant Kunesch, der die Verhöre geführt hatte.

Honoré wurde an jenem 28. Juli ebenso erschossen wie auch seine Gefährten René Pezat und Jacques Froment sowie weitere fünfundvierzig Männer. Eine der beiden Frauen konnte fliehen, die andere wurde deportiert.

Ebenfalls an diesem Tag wurden Grand-Clément, seine Frau und einer seiner Freunde exekutiert.

Seit dem Tod von Noël und Renaudin wusste Grand-Clément, dass seine Tage gezählt waren. Er hatte sich unter Dohses Schutz begeben, der ihm eine Villa in Pyla zur Verfügung gestellt hatte, wo er sich mit seiner Frau Lucette unter dem Namen Lefrançais seit einiger Zeit aufhielt. In diesem kleinen Badeort wurde er von Meirilhac entdeckt, den Oberst Passy, der die Umstände von Hypothenuses Tod aufklären wollte, geschickt hatte.

Nachdem Meirilhac Oberst Triangle über seine Mission informiert hatte, nahm er mit Jean Charlin Kontakt auf, der Grand-Clément noch immer für den Chef der Widerstandsgruppe Südwest hielt. Charlin erklärte sich bereit, »seinem« Chef eine Nachricht zu überbringen. Er und Grand-Clément trafen sich in Bordeaux im Restaurant Volant-Doré in der Rue du Hautoir. Dort erklärte er ihm, dass London eine Anhörung wünsche, um ihn, Grand-Clément, von dem ihm zur Last gelegten Verratsvorwurf freisprechen zu können, und dass ein gewisser »Lysander« ihn nach England bringen werde. In die Enge getrieben, wusste Grand-Clément schließlich nicht mehr weiter und willigte ein, Meirilhac zu treffen.

Um Dohse irrezuführen, wurde vereinbart, eine Entführung aus dem Haus von Grand-Cléments Freund und Leibwächter Marc Duluguet zu inszenieren. Am 24. Juli drangen Meirilhac und drei Widerständler aus Georges' Gruppe in Duluguets Haus ein, warfen Möbel um und feuerten Schüsse ab, um eine Entführung glaubhaft zu machen. Grand-Clément bestand darauf, dass ihn seine Frau und Duluguet begleiten müssten. Madame Duluguet versprach, die deutsche Polizei erst eine Stunde nach ihrem Verschwinden zu informieren.

Die drei wurden nach Léognan gebracht und dort am nächsten Morgen von Meirilhac an Georges übergeben, der sie befragte. Grand-Clément verweigerte zunächst jede Antwort und verlangte, wie abgesprochen nach London gebracht zu werden. Dann jedoch, zweifellos aus Furcht vor sofortigen Vergeltungsmaßnahmen dieser von seinem Verrat überzeugten Männer, willigte er ein, Georges' Fragen zu beantworten. Er gab zu, den Deutschen Waffenvorräte ausgeliefert zu haben und indirekt für dreitausend Verhaftungen und dreihundert Exekutionen verantwortlich zu sein. Über seine Aussagen wurde ein Protokoll erstellt, das er unterzeichnete.

Am 28. Juli wurden die drei Gefangenen unter bewaffneter Eskorte nach Belin zu einem Widerständler namens Cazenave gebracht. Die zahlreich erschienenen Untergrundkämpfer postierten sich um das Haus. Gegen dreizehn Uhr trafen Aristide, Dédé le Basque und Lancelot ein. Als Grand-Clément Aristide, den englischen Agenten, hereinkommen sah, wusste er, dass er verloren war. Aristide und die Mitglieder des Tribunals, das über ihn urteilen sollte, nahmen um einen runden Tisch Platz. Grand-Clément beantwortete noch einmal alle Fragen und fügte hinzu, dass er sich auf Dohses Angebote nur eingelassen habe, um das Leben seiner Frau und seiner Familie zu schützen. Dann wurden die Gefangenen hinausgeführt, das Tribunal beriet sich.

Das Todesurteil wurde einstimmig gefällt. Nach langen Debatten wurden auch Grand-Cléments Frau und sein Freund zum Tode verurteilt.

Am späten Nachmittag bestieg Grand-Clément mit Lancelot und zwei Widerständlern einen Geländewagen; seine Frau und sein Freund und Leibwächter nahmen in einem zweiten Wagen zusammen mit Aristide und zwei Bewachern Platz. Unterwegs wurden sie von einer Straßensperre der Miliz angehalten. Lancelot stieg aus dem Auto und gab den Hitlergruß. Die Milizsoldaten glaubten, sie hätten es mit der Gestapo zu tun, und ließen die beiden Wagen passieren. Grand-Clément hatte sich nicht gerührt. In einem Wald nahe Muret hielten die Wagen an. Dort verkündete Aristide den Gefangenen das Urteil.

Dann ging alles sehr schnell: Dédé le Basque schleppte Grand-Clément in einen Schafstall und erschoss ihn. Lancelot exekutierte Duluguet und Aristide übernahm die Aufgabe, die kein anderer erledigen wollte.

Die Männer von Georges' Gruppe vergruben die Leichen im Wald.

Aristide übersandte Oberst Buckmaster einen Bericht und ließ ihn wissen, dass der Gerechtigkeit Genüge getan worden war.

13.

Mit geschlossenen Augenlidern schwelgte Léa, die ausgestreckt auf einem Strandtuch auf den harten Steinen des Seineufers lag, in Erinnerungen an den Strand von Biscarrosse, das Geräusch der Wellen auf dem Sand, das Geschrei der Möwen und der Kinder. Die Sonnenwärme machte sie angenehm schläfrig und ihr Körper tankte Lebenskraft. Sie räkelte sich wohlig, wie umfangen von feinem Dunst, einem Schleier der Unwirklichkeit, und fühlte sich fast schuldig wegen des Wohlbehagens, das sie empfand trotz der Schrecken der hinter ihr liegenden Tage. Etwas in ihr riet ihr, bloß nicht daran zu denken, sondern so zu tun, als ob es nie geschehen wäre, nichts weiter gewesen wäre als ein Alptraum, aus dem sie ohne eine Erinnerung daran erwachen würde.

Sie öffnete die Lider einen Spalt. Eine Möwe flog durch ihr Gesichtsfeld und hinauf in den wolkenlos blauen Himmel. Ein Kind juchzte und patschte in die Händchen. Unbeweglich starrten die Angler mit ihren Schirmmützen oder Strohhüten auf ihre roten, gelben oder weißen Korken. Das Wasser plätscherte leise. Ein Sonntagsmaler mischte seine Farben. Ein Boot mit jungen Mädchen in hellen Kleidern glitt vorüber. Ein Akkordeonspieler versuchte sich an einem Modeschlager. Alles war ruhig und friedlich. Léa drehte sich auf den Bauch und nahm das Buch wieder auf, das Laure ihr so wärmstens empfohlen hatte: *Vom Winde verweht*. Na, diese Scarlett war doch einfach unerträglich. Aber Rhett Butler, das war ein toller Mann!

»Gefällt's dir?«, fragte Françoise.

»Hm...«

»Stör sie nicht, du siehst doch, dass sie gerade mit dem unwiderstehlichen Rhett Walzer tanzt«, sagte Laure ganz ernsthaft. »Gibst du mir bitte die *Silhouettes*?«

»Gleich; ich möchte mir nur noch die Kindersachen anschauen. Ich hätte ja zu gern ein kleines Mädchen, dem ich solche hübschen Kleidchen anziehen könnte!«

»Du bist ziemlich oberflächlich geworden, seit du in Paris bist und die großen Modehäuser frequentierst. Die Françoise von damals auf Montillac hat sich sehr verändert. Du hast überhaupt keine Ähnlichkeit mehr mit der ach so braven kleinen Krankenschwester von Langon.«

»Es ist nicht nett von dir, mir Oberflächlichkeit vorzuwerfen. Was soll ich denn machen? Mich in meiner Wohnung verkriechen, alle Vorhänge zuziehen und auf das Ende des Krieges warten? Oder nach Deutschland gehen, wie es einige Frauen in meiner Situation getan haben? Und zu wem sollte ich dort gehen? Zu Ottos Vater? Der würde mich jagen! Falls er überhaupt noch lebt. Und Otto? Wo ist er? Vielleicht ist er schon tot oder schwer verwundet.«

»Verzeih, ich wollte dich nicht verletzen. Sieh mal, wie schön Charles mit dem kleinen Pierre spielt. Sie könnten Brüder sein.«

»Ja, sie sind süß. Hier hast du die *Silhouettes*.«

Françoise erhob sich, zog ihren Badeanzug aus blauer Wolle zurecht und ging zu der Kinderkarre, in der ihr kleiner Junge saß.

»Hast du den Artikel von Lucien François gelesen?«, fragte Laure. »›Gegen den Slip und für richtige Dessous.‹ Ich könnte mich totlachen. Hör dir das an:

›Kritiker runzeln die Brauen bei der Vorstellung, man könnte sich bei den gegenwärtigen Verhältnissen Gedan-

ken machen über die nichtigsten aller Dinge, denen obendrein noch ein gewisser Geruch von Sündhaftigkeit anhaftet: über die Dessous. Das Hirn umnebelt von Mayols Froufrous, *wäre man fast geneigt, ihnen Recht zu geben. Doch gerät man ins Grübeln, wenn man bedenkt, wie Slip und Büstenhalter, beide ausländischen Ursprungs, Tausende von Arbeiterinnen der Fabrikation von Spitzen und feiner Wäsche arbeitslos gemacht haben, beides Industriezweige, die tellurisch bei uns angesiedelt sind.‹*

›Tellurisch‹! Verstehst du das? Ich bin mir sicher, der glaubt, die französischen Soldaten haben nur deshalb den Krieg verloren, weil ihre Frauen englische oder amerikanische Slips getragen haben. Hör dir den Rest an:

›Bei allen starken Völkern findet man weibliche Frauen an der Seite wahrhaft viriler Männer. Sobald die Geschlechter beginnen, sich gegenseitig zu beeinflussen, kündigt sich der Niedergang einer Rasse an. Die Androgynen im Slip waren Kameraden der jungen Leute in bonbonfarbenen Hemden. Hingegen besteht keine Gefahr, dass eine Frau im Spitzenhöschen in der Ehe je die Hosen anhat!‹

Findest du es nicht unglaublich, dass sich einer hier über Unterhöschen verbreitet, wenn wir weder Strom noch Gas haben, die Metro von Samstag bis Montag nicht fährt, wenn Estelle seit heute Morgen um sieben vor den Magasins Réunis Schlange steht in der Hoffnung, Trockenerbsen zu bekommen, wenn wir seit drei Tagen gesalzene Makrelen essen und wenn die Bombardierungen Tausende von Toten verursachen? Unglaublich! Was sind das nur für Zeiten! Wie findest du das denn, Léa?«

Léa, die aufgehört hatte zu lesen, um ihrer Schwester zuzuhören, hob die Schultern.

»Nicht unglaublicher, als hier am Seineufer im Badeanzug zu liegen und später ins *Moulin Rouge* zu gehen, um Edith Piaf singen zu hören, während in der Normandie, in der Bretagne, in Russland oder im Pazifik gekämpft wird. Wirklich unglaublich ist, dass wir alle drei noch am Leben sind. Ich habe Hunger. Gibst du mir ein Sandwich rüber, Françoise?«

»Es wird einen Aufstand geben, wenn man uns hier Sandwiches aus richtigem Brot und richtiger Wurst essen sieht, meinst du nicht, Laure?«

»Die müssen es eben genauso schlau anstellen wie ich. Soll nur keiner denken, es sei einfach, am 5. August 1944 in Paris Brot und Wurst aufzutreiben.«

»Das glaube ich dir gern«, antwortete Léa und biss kräftig in ihr Sandwich. »Bei deiner Begabung für Geschäfte hättest du dich eigentlich auch um die von Monti ...«

Sie war ganz blass geworden, als sie bei dem Namen stockte, den sie nie mehr aussprechen wollte. Laure begriff und legte ihrer Schwester den Arm um die Schultern.

»Wir werden Montillac wieder aufbauen, pass nur auf.«

»Niemals! Nie! Du hast es ja nicht so gesehen wie ich! Du hast nicht gesehen, wie Tante Bernadette in Flammen aufgegangen ist. Sie hatte nie jemandem etwas zu Leide getan. Und Ruth?«

»Sprich nicht mehr davon. Du tust dir nur selber weh. Es hilft doch nichts, sich diese entsetzlichen Geschehnisse immer wieder vor Augen zu führen. Vergiss sie.«

»Vergessen! Du hast leicht reden! Was hast du schon vom Krieg kennen gelernt? Doch nur die kleinen Tricks des Schwarzmarkts.«

»Hört auf, euch zu streiten, alles starrt schon zu euch her. Lasst uns gehen«, sagte Françoise und suchte ihre Sachen zusammen.

»Ihr könnt ja gehen, wenn ihr wollt. Ich bleibe noch ein bisschen. Nehmt Charles mit.«

»Ich will aber lieber bei dir bleiben, Léa!«

»Nein, mein Liebling. Sei brav und geh mit nach Hause. Ich möchte noch ein wenig allein sein.«

Der kleine Junge blickte sie mit seltsamer Eindringlichkeit an. Er nahm Léas Hand und drückte sie fest.

»Kommst du bald nach?«

»Sehr bald, das verspreche ich dir.«

»Du musst um halb drei zu Hause sein; die Vorstellung fängt um halb vier an. Mit dem Fahrrad brauchen wir gut und gern eine halbe Stunde bis zur Place Blanche. Es geht dort bergauf, weißt du.«

»Keine Sorge, ich werde rechtzeitig da sein.«

Léa achtete nicht weiter auf ihre Schwestern und die Kinder. Sie streckte sich wieder aus und schloss die Augen. Doch die Bilder, die sich alsbald hinter ihren geschlossenen Lidern einfanden, waren so grauenhaft, dass sie die Augen schnell wieder öffnete.

Ein Badeanstaltsbesucher legte seine Zeitung beiseite, stand auf und tauchte mit einem Kopfsprung in die Seine, wobei er Léa ein wenig nass spritzte. Sie nahm die Zeitung auf. Es war *L'Œuvre,* herausgegeben von Marcel Déat, dessen Artikel »Die Fauna der Widerstandsbewegung« sie mechanisch las, in dem er über Kommunisten, Gaullisten, Sozialisten und anderes »Geschmeiß« sein Gift ausschüttete. Sie erfuhr, dass achtundneunzig *Bars américains* geschlossen worden waren, und zwar auf Ersuchen der französischen Miliz, die sich über das unmoralische Treiben in diesen Vergnügungsstätten erregt hatte. Sie erfuhr, dass im Grand Palais eine Ausstellung über »Die Seele der Lager« eröffnet worden war; dass Dr. Goebbels erklärt hatte: »Das deutsche Volk muss sich in Massen erheben, um das Schicksal zu zwingen«; dass die deutsche

Kriegsmarine mit lenkbaren Torpedos dreizehn englische und amerikanische Schiffe versenkt hatte; dass eine französische Sturmbrigade der Waffen-SS an der Ostfront eingesetzt wurde; dass heute in Vincennes und morgen, Sonntag, in Auteuil Pferderennen stattfinden würden; dass der Handel an der Pariser Börse lebhafter gewesen sei; dass der Führer und Dr. Goebbels Knut Hamsun ein Glückwunschtelegramm zu seinem fünfundachtzigsten Geburtstag geschickt hatten; dass die nächste Musterung für französische Freiwillige für die Waffen-SS am Montag, dem 7. August, um neun Uhr stattfinden werde und die Musterung für die Legion Französischer Freiwilliger gegen den Bolschewismus in der Kaserne de la Reine in Versailles; dass ein Kinderheim den Namen Philippe Henriots erhalten solle; dass am nächsten Tag ab fünfzehn Uhr ein Wettschwimmen vom Pont d'Austerlitz zum Pont Alexandre III stattfinden werde; dass Elvire Popesco im Apollo in *Meine Cousine aus Warschau* spielte und Jane Sourza und Raymond Souplex in *Auf der Bank* im Casino de Paris zu sehen seien; dass man im Luna-Park Georgius, Georgette Plana und vielen anderen applaudieren konnte und dass Edith Piaf...

Léa schleuderte die Zeitung fort, zog über ihren zweiteiligen rotweißen Badeanzug ein mit großen Blumen bedrucktes Kleid aus Kunstseide – ein Geschenk von Françoise – und verknotete die Schnürsenkel ihrer weißen Segeltuchsandalen mit Plateausohlen aus Holz. Dann rannte sie die Stufen hinauf, die zum Quai führten.

Am 11. August gab das Radio den Tod von Saint-Exupéry bekannt, der auf einem Nachtflug über Südfrankreich abgeschossen worden war. Der Sprecher bedauerte, dass der Schriftsteller ins Lager der Feinde Frankreichs übergelaufen war.

Am selben Tag hatte Léa einen Brief von Laurent an

Camille vorgefunden, der bei den Damen de Montpleynet unter der Tür durchgeschoben worden war. Bewegt und mit zitternden Händen hatte sie ihn geöffnet.

Meine geliebte Frau,

endlich befinde ich mich wieder auf französischem Boden! Mir fehlen die Worte, um dir die Freude, die Bewegung zu beschreiben, die meine Kameraden und ich empfinden. Ich habe hartgesottene Männer nach der Landung auf die Knie fallen und weinend den Boden ihres Heimatlandes küssen sehen und andere, die ein wenig Sand von jenem normannischen Strand in ihre Tasche rieseln ließen, den vor uns die alliierten Soldaten betreten durften. Wie lange haben wir auf diesen Tag gewartet! Es schien uns, als würde er niemals kommen.

Meine erste Nacht habe ich auf dem Sitz eines Jeeps verbracht. Ich habe nur vier Stunden geschlafen, doch ich habe mich noch nie so frisch und ausgeruht gefühlt. Ich sagte mir, dass ich mich auf demselben Boden, unter demselben Himmel befinde wie ihr und dass ich dich und Charles bald an mich drücken würde. Fast zuviel des Glücks!

Es war ein grauer Morgen, als wir in Sainte-Mère-Eglise gelandet sind, im Gefolge von General Leclerc, der seinen Stock mehrmals mit ungläubiger Miene in den Sand stieß. Dabei hörte ich ihn murmeln: »Merkwürdiges Gefühl...«, dann lauter, während er mit einem Lächeln, das ihn die Augen zusammenkneifen ließ, um sich schaute: »Das macht verdammt Freude!« Wir wurden von den Kameramännern der Filmdienststellen der Armeen umdrängt, die den Händedruck zwischen unserem und dem amerikanischen General Walker filmen wollten. Leclerc war nur ungern dazu bereit und weigerte sich, dafür noch einmal auf die Mole zurückzugehen.

Ich habe ihn bis zum Hauptquartier der III. Armee der Amerikaner, dem unser 2. Verteidigungsbataillon zugeordnet ist, begleitet. Dort haben wir General Patton kennen gelernt. Welch ein Kontrast zwischen diesen beiden Männern! Der eine großmäulig wie ein Cowboy, Whiskytrinker, zwei Colts im Gürtel wie im Kino. Der andere ein Aristokrat, zwei Sterne am Käppi – ein dritter wartet seit über einem Jahr darauf, angenäht zu werden –, Trenchcoat mit festgezurrtem Gürtel, englische Gamaschen. Er war nur mühsam zu bewegen, sich von einer Art Brotbeutel zu trennen, der ihm gegen den Rücken schlug. Patton war in bester Laune; die deutsche Front war endlich bei Avranches durchbrochen worden. Auf dem Weg nach Le Mans sind wir durch Avranches gekommen. Ein Anblick, als hätte das Ende der Welt stattgefunden: Menschen, die durch die zerstörten Straßen irrten und die Trümmer durchwühlten; Felder, auf denen sich Hunderte von düster blickenden Gefangenen drängten; Leichen amerikanischer, kanadischer, englischer und deutscher Soldaten, alle durcheinander. In den Dörfern, durch die wir kamen, reichten uns junge Mädchen Blumen, Brot, Flaschen mit Wein oder Cidre. Wir haben die Freude der Befreiten erlebt und die Verzweiflung derer, die alles verloren hatten.

Ohne eine Ruhepause gehabt zu haben, mussten wir am 10. angreifen. Es war ein schwerer Kampf. Wir hatten dreiundzwanzig Gefallene, fast dreißig Verwundete und vierzehn zerstörte oder verlorene Panzer zu beklagen. Am nächsten Tag in Champfleur kommandierte der General von seinem Panzerturm aus das Annäherungsmanöver. Den ganzen Tag über hat er dann von seinem Jeep oder seinem Scout-car aus seine Männer angefeuert, ohne sich um Kugeln und Geschosse zu kümmern.

Am Ende dieses zweiten Kampftages war er mit uns zufrieden; wir hatten etwa dreißig Dörfer befreit und waren vierzig Kilometer vorangekommen. Erschöpft schliefen wir auf dem nackten Erdboden ein. Doch nur kurz: Gegen zwei Uhr morgens gingen deutsche Geschosse auf die Wiese nieder, wo Leclerc schlief, zerstörten einen Half-track und töteten die beiden Kanoniere. Für uns war die Nacht zu Ende. Vom 10. bis zum 12. August tötete das 2. Verteidigungsbataillon achthundert Deutsche, machte über tausend Gefangene und zerstörte fünfzehn Panzer. Im Forst von Ecouves haben sich Tausende feindlicher Soldaten ergeben.

Freitag, den 13., haben wir das Dorf Cercueil angegriffen. Doch das unvorstellbarste Gemetzel habe ich während des Vormarschs auf Ecouché gesehen. Wir waren an der Einmündung auf die Nationalstraße 24. Ich war hinter dem Panzer meines Freundes Georges Buis, der die Vorhut kommandierte. Hinter den von Hecken umgebenen Wiesen sahen wir die Straße, die, so weit das Auge reichte, von feindlichen Fahrzeugen verstopft war, die über den Hecken zu schweben schienen. Einige Augenblicke lang herrschte angespannte Stille. Dann kam die Apokalypse. Die Geschütze unserer Panzer spieen Feuer und die Luft füllte sich mit Rauch und mit Schreien. Später gelang es einer Abteilung, über Nebenwege den riesigen Stau aus zusammengekrümmten Skeletten, verstümmelten Leichen und brennenden Panzern zu umgehen und das Zielobjekt einzunehmen: die Brücke über die Orne.

Mit Liebesworten für seine Frau und Grüßen an seinen kleinen Jungen schloss der Brief. Léa faltete ihn sorgfältig zusammen. Im Radio wurde der Selbstmordversuch von Drieu la Rochelle verkündet. Das Telefon klingelte.

»Hallo? Ruth! Bist du das? Bist du es wirklich?«

»Ja, mein Kleines, ich bin's.«

Léa, die seit Camilles Tod keine Träne mehr vergossen hatte, spürte, wie beim Klang der schwachen, aber erkennbaren Stimme Ruths, die sie für tot gehalten hatte, warme, salzige Rinnsale ihre Wangen hinunterliefen. Sie konnte nur stammeln:

»Oh, Ruth! Ruth!«

Nacheinander wollten auch Françoise und Laure, die ebenfalls Freudentränen vergossen, mit der alten Haushälterin sprechen. Bald schien es, als hätten sich alle Bewohner der Wohnung in der Rue de l'Université in Brünnchen verwandelt. Laure trocknete sich als Erste die Augen und rief:

»Das ist die erste gute Nachricht, die wir seit langem erhalten haben. Das muss begossen werden!«

Sie holte eine Flasche Champagner aus ihrer »Reserve«.

»Er wird ein wenig warm sein, aber das macht nichts. Estelle, bringen Sie uns Gläser und stoßen Sie mit uns an.«

Sogar Charles bekam einen »Fingerbreit«, wie Tante Lisa sagte.

»Wir haben Ruth nicht einmal gefragt, was aus Montillac geworden ist«, sagte Laure und trank ihr Glas aus.

Das ist wahr, dachte Léa. Vor lauter Freude darüber, dass sie am Leben ist, habe ich Montillac vergessen. Aber das ist auch besser so. Für mich ist Montillac tot. Was kümmert es mich, ob noch etwas davon übrig sein könnte. In diese Erde ist zu viel Blut geflossen. Mag Fayard das Gut nehmen, es interessiert mich nicht mehr.

»Stellen Sie sich vor, Madame Françoise, vierzig Franc das Kilo Kartoffeln! Drei Stunden Schlange stehen auf dem Markt von Saint-Germain, bloß um zwei Kilo nach Hause bringen zu können. Butter? Die gibt es gar nicht mehr. Und bei tausend Franc das Kilo müsste man schon Millionär sein, um sie sich leisten zu können«, ereiferte sich Estelle.

»Machen Sie sich keine Gedanken, ich werde morgen

Butter besorgen. Ich habe Tabakwaren und Seife bekommen, die werde ich schon gegen ein paar Lebensmittel tauschen können.«

Die alte Hausangestellte betrachtete Laure voller Bewunderung. »Ich weiß nicht, wie Sie das machen, Mademoiselle Laure, aber ohne Sie wären wir alle hier schon hungers gestorben. Ein Glück, dass Sie nicht auf Mademoiselle Albertine hören.«

»Schweigen Sie, Estelle! Es ist gar nicht gut, dass ich Laure gegenüber nicht strenger bin und es hinnehme, dass sie diese Geschäfte macht auf dem ... dem ...«

»Sprich es nur aus, Tante Albertine: auf dem Schwarzmarkt. Ja, zugegeben, ich betreibe Schwarzhandel. Aber ich habe keine Lust zu verhungern, während wir auf die Ankunft der Alliierten warten. Ich stehle nicht, ich vermittle und nehme dafür eine kleine Provision. Ich treibe Handel. Alle meine Freunde tun das auch.«

»Das ist keine Begründung, mein liebes Kind. Viele Menschen haben gar nichts und müssen darben. Ich schäme mich für unser Wohlleben.«

Lisa, die bisher nichts gesagt hatte, fiel mit purpurrotem Gesicht über ihre Schwester her:

»Unser Wohlleben! Ich hoffe, du scherzt! Reden wir doch mal von unserem Wohlleben: Weder Tee noch Kaffee, Schokolade, Fleisch oder genießbares Brot. Kein Brennmaterial im vergangenen Winter. Und das alles, weil die gnädige Frau sich lieber nicht satt essen und es nicht warm haben möchte unter dem Vorwand, dass es Arbeitslose, Gefangene und Arme gibt, die überhaupt nichts haben! Aber wenn wir Verzicht üben, hungern und frieren sie deshalb auch nicht weniger!«

»Das weiß ich wohl, aber wir müssen uns doch solidarisch verhalten.«

»Es gibt heutzutage keine Solidarität mehr!«, rief Lisa aus.

»Wie kannst du so etwas sagen?«, murmelte Albertine und blickte ihre Schwester strafend an, während eine Träne über ihre runzlige Wange lief und eine Spur in dem weißen Puder hinterließ.

Diese Träne besänftigte Lisas Zorn. Sie eilte zu Albertine und bat sie um Verzeihung. Arm in Arm zogen sie sich dann in deren Zimmer zurück.

»Es ist jedes Mal das Gleiche: Wenn die eine weint, wird sie von der anderen getröstet. Was machst du heute Nachmittag?«

»Meinst du mich?«, fragte Léa.

»Ja.«

»Ich habe Charles versprochen, mit ihm in den Jardin du Luxembourg zu gehen und ihn auf den hölzernen Karussellpferden reiten zu lassen.«

»Und du, Françoise?«

»Ich gehe zu mir nach Hause. Ein Freund von Otto wird mich im Laufe des Abends anrufen und mir von ihm berichten.«

»Bis dahin ist noch viel Zeit.«

»Keineswegs. Da die Metro nicht mehr fährt, muss ich laufen. Das sind gut zwei Stunden. Und du, was hast du vor?«

»Ich weiß nicht recht. Seit alle *Bars américains* geschlossen sind, weiß man nicht mehr, wo man sich mit seinen Freunden treffen soll. Ich werde mal sehen, ob meine Truppe am Trocadéro ist.«

»Dann können wir ja zusammen gehen.«

»Nein, du bist zu Fuß; ich nehme lieber das Rad.«

»Wie du willst. Ich werde dich heute Abend anrufen, falls es etwas Neues von Otto gibt.«

Charles marschierte artig neben Léa her, seine kleine Hand in ihrer. Von Zeit zu Zeit drückte er ihre Finger stärker, bis sie ihm ebenfalls durch Fingerdruck antwortete:

Ich bin da, hab keine Angst. Dann war er beruhigt, denn der Gedanke, sie könne ebenso verschwinden wie seine Mutter, ängstigte ihn.

Seit sie damals Hand in Hand und ohne sich umzublicken weggerannt waren von dem großen brennenden Haus, hatte er begriffen, dass man von gewissen Dingen nicht mehr sprechen durfte, und Mama gehörte zu diesen Dingen. Arme Mama! Warum hatte sie so laut geschrien, als er zu ihr gelaufen war an dem Tag, als die Deutschen überall geschossen haben? Er erinnerte sich, dass es ihm irgendwo wehgetan hatte, dass er gefühlt hatte, wie ihn seine Mutter an sich drückte, wie sie ihn losließ. Dann nichts mehr.

Auf seine Fragen wurde ihm geantwortet, dass Mama bald wiederkommen würde. Aber er wusste sehr wohl, dass das nicht wahr war, dass sie fortgegangen war, weit fort. Vielleicht war sie sogar im Himmel? Mama hatte gesagt, wenn man stirbt, kommt man in den Himmel. Also auch Mama?

Der kleine Junge blieb stehen. Sein Mund war plötzlich ganz trocken, sein Körper schweißbedeckt. Wieso blieb er gerade vor diesem Haus am Boulevard Raspail stehen, in dem Camille gewohnt hatte? Léa sah die junge Frau wieder vor sich, wie sie ihr mit ihrem lieben Lächeln, das sie so anrührend machte, die Wohnungstür öffnete. Charles' und Léas Hände drückten einander so fest, dass sie wie eine einzige waren. Er hob die Augen, sie senkte die ihren. Langsam und ohne ihn loszulassen beugte sie sich hinunter, bis sie auf gleicher Höhe mit ihm war, und hielt ihn lange umschlungen.

Ein deutscher Offizier, gefolgt von seiner Ordonnanz, blieb stehen und betrachtete sie gerührt.

»Ich habe auch einen kleinen Jungen in seinem Alter. Er hat nicht so viel Glück wie Ihrer: Seine Mutter ist mit unserer ältesten Tochter bei einem Bombenangriff umgekommen«, sagte er in korrektem, doch stockendem Französisch und strich Charles über das Haar.

Das Kind zuckte zurück, als hätte es einen Schlag erhalten.

»Fass mich nicht an, du dreckiger Boche!«

Der Deutsche war blass geworden und hatte seine Hand zurückgezogen. Die Ordonnanz stürzte vor:

»Du hast den Herrn Hauptmann beleidigt!«

»Lass nur, Karl. Es ist verständlich, dass uns die Franzosen nicht mögen. Entschuldigen Sie bitte, Madame, ich habe mich gehen lassen und mir eine Gefühlsduselei erlaubt. Einen kurzen Augenblick lang habe ich diesen Krieg vergessen, der unseren beiden Völkern so viel Schreckliches antut. Bald wird das alles ein Ende haben. Adieu, Madame.«

Der Mann schlug die Hacken zusammen und ging mit großen Schritten auf das Hotel Lutétia zu, auf dem noch immer die Hakenkreuzfahne wehte.

14.

Eine große Menschenmenge drängte sich an diesem Nachmittag des 15. August unter den Bäumen des Jardin du Luxembourg und um das Wasserbecken, auf dem sich die Segelschiffchen der Bootsverleiherin wiegten. Spaziergänger gingen am Senatspalais vorbei ohne einen Blick für die Wachtposten hinter ihren Sandsäcken und Stacheldrahtverhauen. Kinder und ihre Mütter warteten auf die nächste Vorstellung des Marionettentheaters. Das Karussell war voll besetzt wie auch die Esel- und Ponywagen. Man hätte sich an einem Sonntag im Juni, also mitten im Schuljahr, glauben können, so sehr wimmelte es von Kindern. Die meisten hatten wegen des Eisenbahnerstreiks auf eine Ferienreise verzichten müssen, vor allem aber auch wegen des Kriegsgeschehens, das sich der Hauptstadt näherte. Das beliebteste Spiel der Zehn- bis Zwölfjährigen war »Krieg«, wobei jedoch alle Franzosen sein wollten, keiner Deutscher. Die kleinen Bandenanführer mussten das Los entscheiden lassen und die »Deutschen« kämpften stets ausgesprochen lustlos gegen die Franzosen.

Nach drei Karussellrunden wollte Charles ein Eis. Am Garteneingang vom Boulevard Saint-Michel aus gab es einen Eisverkäufer mit einem wundervollen Stand in Form einer bunt bemalten Kutsche, der »Eis mit Erdbeergeschmack« anbot. Léa kaufte zwei Tüten. Im Musikpavillon spielte ein grün uniformiertes Orchester Strauß-Walzer. An einigen Bäumen waren gelbschwarze Bekanntmachungen angeschlagen, unterzeichnet vom neuen Militärgouverneur von Paris, General von Choltitz, der die Pariser Bevölkerung aufrief, Ruhe zu bewahren, und ankündigte, dass im Falle von Unruhen, Sabotageakten oder Attentaten mit den »härtesten und rücksichtslosesten« Vergeltungsmaßnahmen zu rechnen sei.

Doch die meisten Leser konnten darüber nur lächeln. Am Mittag hatte das Radio die Landung der Alliierten in der Provence gemeldet. Einige Leute behaupteten, die Amerikaner stünden bereits vor den Toren von Paris, denn sie hätten Kanonendonner gehört. Viele Menschen kamen von Notre-Dame zurück, wo sie ungeachtet eines ebenfalls von General von Choltitz ausgesprochenen Verbots an der Gedenkfeier anlässlich des Schwurs von Ludwig XIII. teilgenommen hatten.

Dem Verbot trotzend, waren die Pariser dem Appell der Bischöfe sehr zahlreich gefolgt. So zahlreich, dass das Kirchenschiff überfüllt war und die Menschenmenge bis zur Mitte des Platzes vor der Kathedrale reichte. Dicht gedrängt schauten sie zum Hauptportal, wo auf einem Podest die gleiche Zeremonie ablief wie im Kircheninneren. Inbrünstig hatte die Menge auf die Bittgebete eines Predigers auf dem Podium geantwortet: »Heilige Johanna von Orléans, Befreierin unseres Vaterlandes, bete für uns. Heilige Genoveva, Beschützerin von Paris, bete für uns. Heilige Maria, Mutter Gottes und Schutzpatronin Frankreichs, bete für uns.« Dann aber hatte der Prediger seine Bittgebete unterbrochen, denn ein Priester war an ihn herangetreten und teilte ihm etwas mit. Die Menschen nahe dem Podium hatten sein Gesicht aufleuchten sehen. Und viele der Anwesenden fielen auf die Knie, als er mit bebender Stimme ausrief: »Soeben wird gemeldet, dass die alliierten Truppen in der Provence gelandet sind. Beten wir, meine geliebten Brüder, dass Marseille und Toulon vor Zerstörung bewahrt werden mögen: Unser

Vater, der du bist im Himmel, geheiligt werde dein Name, dein Reich komme…« Die Erregung erreichte ihren Höhepunkt, als der Kardinal eine improvisierte Ansprache hielt, in der er von »der letzten Prüfung, die es zu bestehen gilt« sprach. Einige deutsche Soldaten, die vor dem Krankenhaus Hôtel-Dieu und der Präfektur Wache standen, hatten der Zeremonie regungslos beigewohnt. Merkwürdigerweise war kein einziger Polizist zu sehen: Seit dem Morgen befand sich die Pariser Polizei im Ausstand als Antwort auf die Entwaffnung ihrer Kollegen von Asnières und Saint-Denis.

Am Tag nach Mariä Himmelfahrt erschien *Je suis partout* wieder, die längere Zeit eingestellt gewesen war, und kündigte die nächste Ausgabe für Freitag, den 25. August an. Lastwagen voller Milizsoldaten begannen die Hauptstadt in östlicher Richtung zu verlassen. Auf der Avenue de l'Opéra, den Champs-Élysées und dem Boulevard Saint-Michel marschierten singend und mit Musikzügen an der Spitze deutsche Soldaten an spöttelnden Gaffern vorbei. »Das ist der Anfang vom Ende«, meinten sie grinsend.

Am 17. August war ein Ausbruch allgemeiner Volksfreude fast nicht mehr zu verhindern gewesen angesichts der überladenen Busse, Lastwagen, Ambulanzen und Autos voller Deutscher mit finsteren Blicken und angespannten Zügen. Dahinter folgten die verschiedenartigsten Fahrzeuge: Karren, Pferdewagen, Lieferdreiräder bis hin zu Schubkarren, alle überquellend von Kriegsbeute: Radioapparate, Schreibmaschinen, Gemälde, Sessel, Betten, Truhen, Koffer und als Krönung des Ganzen die unvermeidlichen Matratzen, die den Parisern ihre eigene Flucht über die Straßen Frankreichs ins Gedächtnis riefen.

Ah! Welche Freude, die Reste der unbesiegbaren deutschen Armee sich dahinschleppen zu sehen! Wo waren die herrlichen, sonnengebräunten Eroberer vom Juni 1940? Was war aus ihren tadellosen Uniformen geworden? Abgewetzt in vier Kriegsjahren in den Steppen Russlands? In den Wüsten Afrikas? Auf den Sesseln des Hotels Meurice? Des Crillon? Oder des Intercontinental? Die Pariser ließen sich auf den Stühlen der Anlagen entlang der Champs-Élysées nieder, um sie vorbeirollen zu sehen, unermüdlich, und machten sich einen Spaß daraus, Autos und Lastwagen zu zählen. Und das Lächeln verging ihnen auch dann nicht, wenn zu junge oder zu alte Soldaten in zu weiten oder zu engen Uniformjacken zu Fuß vorbeizogen, schlecht rasiert, verwahrlost, ihre Waffe nachschleppend oder die Arme voll beladen mit Lebensmitteln oder Stoffen, die einige sogar an die Bevölkerung verkauften.

Laure und Léa radelten an den Quais entlang. Es lag eine Art Euphorie in der Luft, trotz der Spannung, die in einigen Stadtvierteln herrschte, der Motorengeräusche, der Kommandos, des Rauchs jener Akten der Gestapo und der Militärverwaltung, die auf dem Straßenpflaster verbrannten, der Nervosität der Flüchtenden, der Sperrstunde um einundzwanzig Uhr. Ein lang gestreckter Wagen fuhr an den beiden Schwestern vorbei, in dem sich mehrere junge Frauen – zu blond und zu elegant – an einen General mit Monokel schmiegten.

Angler und Badende hatten sich an den Seineufern eingefunden. Leise wiegten sich Segelboote im grellen Licht des Sommers. Die ganze Stadt wartete. Léa und Laure mussten von ihren Rädern absteigen, um den Pont Royal, der mit einem Zickzackdurchlass aus Stacheldraht versperrt war, zu überqueren.

In der Rue de l'Université wartete Charles schon ungeduldig auf Léa, um ihr die Zeichnung, an der er den ganzen Morgen gearbeitet hatte, zu überreichen. Estelle jammerte über ihre »wegen des Schlangestehens« von Krampfadern geplagten Beine. Lisa war sehr aufgeregt: Sie hatte mittags im englischen Rundfunk gehört, dass die Amerikaner in Rambouillet seien. Albertine wirkte sorgenvoll.

Dank Laures »Reserven« gab es zum Abendessen Ölsardinen und echten Honigkuchen. Es erschien ihnen wie ein Festmahl. Von 22 Uhr 30 bis Mitternacht gab es wieder Strom, was Lisa eine Enttäuschung brachte: Die Amerikaner waren nicht in Rambouillet, sondern in Chartres und in Dreux.

Kurz vor der Sperrstunde hatten SS-Soldaten Maschinenpistolenschüsse auf Schaulustige abgegeben, die zusahen, wie deutsche Funktionäre Dokumente aus dem Hotel Trianon in der Rue de Vaugirard schafften. Auch an der Place de la Sorbonne am Boulevard Saint-Michel waren mehrere Personen auf ähnliche Weise getötet oder verletzt worden.

Der Schlaf der Pariser wurde durch die Explosion von Munitionsdepots gestört, die die Besatzer hochgehen ließen.

»Keine Zeitungen heute Morgen«, sagte der Händler vom Kiosk gegenüber dem Café Deux-Magots am Boulevard Saint-Germain zu Léa. »Dicke Luft für Kollaborateure. Sehen Sie sich das Gesicht von dem Typen dort mit der Brille an. Das ist Robert Brasillach. Der geht jetzt auf einen Kaffee ins Flore. Er hat noch nie besonders wohl ausgesehen, aber seit zwei Tagen sieht er richtig krank aus. Ich an seiner Stelle würde zusammen mit meinen Freunden unter den Fritzen verschwinden.«

Das also war jener Brasillach, von dem Raphael Malh so bewundernd gesprochen hatte? Er wirkte wie ein kränklicher Knabe.

Léa ließ sich nicht weit von ihm auf der Terrasse des

Flore nieder und bestellte einen Kaffee. Der alte Kellner in der langen weißen Schürze erklärte ihr, er könne ihr nichts Heißes bringen, das Gas sei abgestellt worden. Sie begnügte sich mit einem widerlichen Kaltgetränk mit Minzgeschmack.

Am Nebentisch saß ein Mann von etwa dreißig Jahren, groß, dunkelhaarig, eine Brille mit den dicken Gläsern der Kurzsichtigen auf der Nase, und schrieb mit einer kleinen runden und festen Schrift etwas in ein Heft. Ein schmächtiger blonder junger Mann setzte sich zu ihm.

»Grüß dich, Claude. Schon bei der Arbeit?«

»Guten Morgen, Claude. Ja, gewissermaßen. Was gibt es Neues?«

»Gestern hat es einige Vorfälle hier im Viertel gegeben. Die Deutschen haben an der Ecke Rue de Buci und Boulevard Saint-Germain herumgeballert.«

»Hat es Tote gegeben?«

»Ja, mehrere. Wie geht es Ihrem Vater?«

»Gut. Er ist in Vémars. Ich werde ihn morgen besuchen.«

Dumpfe Detonationsgeräusche hinderten Léa vorübergehend daran, ihrem Gespräch weiter zu folgen.

»Das sind Munitionsdepots«, sagte dann einer der beiden.

»Sie haben die Lager hinter dem Eiffelturm und mehrere Cafés in Brand gesteckt. Jetzt ist es bald zu Ende. Die Kollaborateure fliehen wie die Ratten. Nie wieder werden wir die Stimme von Jean Hérold-Paquis vernehmen, Radio-Journal ist tot. Luchaire, Rebatet, Bucard, Cousteau, Bonnard und ihresgleichen, diese so genannten Gestapetten, haben den Weg nach Deutschland eingeschlagen. Der Einzige, der geblieben ist, ist er, und ich möchte gern wissen, wieso«, sagte der blonde Mann und deutete auf Brasillach.

»Vielleicht aus einem gewissen Ehrgefühl heraus. Es ist

mir nicht mehr möglich, ihn zu hassen, ich bedaure ihn nur noch.«

»Weshalb haben Sie ihn gehasst?«

»Ach, das ist eine alte Geschichte. Wegen eines schändlichen Artikels, den er 1937 über meinen Vater veröffentlicht hat.«

»Ich erinnere mich daran. Er hatte ihm den Titel gegeben: ›Das kritische Alter des Monsieur Mauriac‹.«

»Ja. Brasillachs gemeine Verleumdungen hatten mich sehr getroffen. Ich wollte hingehen und ihm eins aufs Maul geben.«

Léa legte Geld auf das Tischchen und erhob sich.

Die beiden Männer folgten ihr mit den Augen.

»Hübsches Mädchen!«

»Ja, ein sehr hübsches Mädchen.«

Ohne die fernen Detonationen der Munitionsdepots hätte das Ende dieses ein wenig schwülen Vormittags des 18. August 1944 jedem beliebigen Sommervormittag geähnelt. Alles war ruhig. Die wenigen Fußgänger schlenderten so gemächlich wie Touristen einher. Junge Mädchen in hellen Kleidern fuhren lächelnd auf ihren Rädern vorbei. Eine Gruppe junger Leute diskutierte lebhaft vor der Kirche Saint-Germain-des-Prés. Im Schaufenster der Buchhandlung du Divan vergilbten einige alte Exemplare einer von Martineau herausgegebenen Zeitschrift und auf dem kleinen Platz neben der Kirche brachte eine alte Frau den Katzen in einem Stück Zeitungspapier Essen – vielleicht ihr eigenes –, deponierte es am Fuß eines Baumes und rief »Miez, Miez ... Kommt, meine Schätzchen!«

Auf der Place Furstenberg zankten sich Clochards um die letzten Tropfen schlechten Weins. In der Rue de Seine standen zwei Concierges auf ihren Türschwellen und bekakelten endlos die Ereignisse des Vortags. In der Rue de Buci waren die Stände der Obst- und Gemüsehändler trostlos leer, was jedoch nicht verhinderte, dass sich davor lange Schlangen resignierter Hausfrauen bildeten. Die Rue Dauphine lag verlassen, in der Rue Saint-André-des-Arts beschossen sich ein paar kleine Bengel mit Holzstücken als Ersatz für Pistolen und versteckten sich in den Ecken der Cour de Rohan.

»Peng! Peng! Ergib dich oder du bist tot!«

Ziellos wanderte Léa durch die Straßen und fand sich irgendwann auf der Place Saint-Michel. Dort drängten sich viele Leute um eine Platane. Sie setzte ihre Ellbogen ein und kämpfte sich nach vorn. Ein kleiner weißer Zettel mit zwei gekreuzten Trikoloren war an den Baumstamm geheftet. Sie las:

Provisorische Regierung der Republik Frankreich

Die Alliierten stehen vor den Toren von Paris. Seid bereit zum letzten Kampf gegen den Eindringling. Die Kämpfe in Paris haben bereits begonnen.

Weitere Anweisungen werden entweder durch Anschläge oder über das Radio bekannt gegeben. Jedes Stadtviertel wird dem Feind einzeln abgerungen werden müssen.

Kein Pariser, der nicht wusste, dass die kommenden Tage und Stunden die Befreiung seiner Stadt oder ihre Zerstörung bringen würden. Einige trafen Vorsichtsmaßnahmen, doch die meisten waren einfach entschlossen, sich nicht von zu Hause wegzurühren und auf das Verschwinden der Deutschen zu warten, um dann ihrer Freude Ausdruck zu verleihen.

Léa fühlte sich hin- und hergerissen zwischen Hass und Angst, zwischen Vergeltung und Vergebung. Sie fiel dauernd von einem Extrem ins andere, so dass sie bald mit ihren Nerven am Ende war. Die vielen unruhigen oder schlaflosen Nächte hatten Spuren um ihre Augen hinterlassen, denen die Erschöpfung eine malvenfarbige Durchsichtigkeit verlieh. Ihre hochfrisierten Locken unterstrichen die neue Zartheit ihres Gesichts.

Dabei müsste sie eigentlich aktiv werden und Kontakt aufnehmen mit den Mitgliedern der Organisation, über die der junge Arzt aus Langon mit ihr gesprochen hatte, der sie an jenem Tag auf der Straße aufgelesen, nach Bordeaux gefahren und in einen der letzten Züge, die nach Paris fuhren, gesetzt hatte. Eine sehr dramatische Reise, die zwei Tage gedauert hatte wegen zerstörter Schienen und Bombardierungen, die die Reisenden zwangen, die Waggons zu verlassen und im Freien Deckung zu suchen. Léa war mechanisch den anderen gefolgt, ebenso gleichgültig der Gefahr gegenüber wie dem Wimmern von Charles, der ihre Hand nicht losließ. Die liebevolle Aufnahme durch ihre Tanten und ihre Schwestern hatte ihr Desinteresse an allem, was um sie vorging, nicht verringert. Erst Ruths Stimme hatte sie aus ihrer Apathie gerissen. Die Tränen, die sie vergossen hatte, hatten ihr ein wenig von ihrem Lebenswillen wiedergegeben, ohne dass sie jedoch jenes Selbstvertrauen zurückgewonnen hätte, das früher ihre Stärke gewesen war.

Bis zum Abend vagabundierte sie durch Paris, das spürbar voller gespannter Erwartung war. Schließlich trieb sie der Hunger kurz vor der Sperrstunde nach Hause in die Rue de l'Université, wo ihr Estelle lediglich etwas kaltes Kartoffelpüree und ein Stück gipsartigen Camembert auftischen konnte. Albertine de Montpleynet war erleichtert, sie zu sehen, und machte ihr keine Vorwürfe über ihr langes Ausbleiben. Charles, der nicht hatte zu Bett gehen wollen, solange sie nicht zurück war, schlief sofort ein, als sie seine Hand hielt.

Alpträume hielten Léa einen Teil der Nacht wach. Erst kurz vor Tagesanbruch gönnten sie ihr etwas Ruhe.

15.

»Wach auf! Wach auf!«

Während Laure sie noch schüttelte, richtete sich Léa auf und sah ihre Schwester benommen an.

»Wach auf! Die F. F. I.s haben die Präfektur eingenommen. Überall in Paris wird gekämpft. Die Amerikaner kommen. Zieh dich an.«

Hastig fuhrwerkte Laure im Zimmer herum.

»Was erzählst du da?«

»Die Gaullisten haben die Präfektur besetzt. Die Polizisten dort kämpfen auf ihrer Seite.«

»Wer hat dir das gesagt?«

»Franck, ein Kumpel, den du nicht kennst. Er wohnt am Boulevard Saint-Michel, in einer riesigen Wohnung, die sowohl auf den Boulevard als auf den Quai und auf die Rue de la Huchette geht. Er hat mich angerufen. Er und seine Freunde haben die ganze Nacht getanzt und getrunken. Wegen der Sperrstunde mussten alle bei ihm schlafen. Gegen sieben, als er die Fensterläden schließen wollte, ist ihm aufgefallen, dass lauter Männer einzeln oder zu zweit über die Brücke oder zur Notre-Dame gegangen sind. Es waren so viele, dass er neugierig wurde, sich angezogen hat und auf die Straße gegangen ist. Er ist ihnen zum Platz vor der Kathedrale gefolgt, wo tausend, zweitausend Menschen warteten und leise miteinander sprachen. Aus dem, was sie sagte, hat er entnommen, dass es Polizisten in Zivil waren. Dann ist ein Kleinlaster gekommen und ein paar Gewehre sowie fünf oder sechs Maschinenpistolen wurden an die Polizisten verteilt. Sie mussten einen Befehl erhalten haben, denn sie sind auf das große Portal der Präfektur vorgerückt. Franck hat alles verfolgt. Das Portal hat sich geöffnet und die Menge ist in den großen Innenhof eingedrungen. Ein langer Kerl in einem Hahnentrittanzug mit einer Armbinde in den Farben der Trikolore ist auf das Dach eines Autos geklettert und hat geschrien: ›Im Namen der Republik, im Namen von General de Gaulle nehme ich die Präfektur in Besitz!‹ Die Dienst habenden Beamten haben sich widerstandslos entwaffnen lassen. Sie haben die Fahne gehisst und die Marseillaise gesungen. Franck, der eigentlich gar nicht sentimental ist, hat mir gestanden, dass er fast geheult hätte. Es heißt, es sei bereits ein neuer Präfekt ernannt worden, Charles Lizét, glaube ich. Komm, lass uns hingehen, das könnte amüsant werden.«

»Amüsant? Wohl kaum. Interessant vielleicht«, erwiderte Léa, während sie aus dem Bett stieg.

»Du schläfst ganz nackt?«

»Ich habe vergessen, ein Nachthemd einzupacken, als wir weggehen mussten. Lass mich allein, ich möchte mich waschen.«

»Beeil dich, ich warte in der Küche auf dich.«

»Gut. Sag auf keinen Fall den Tanten etwas.«

»Natürlich nicht, ich bin doch nicht blöd.«

Behelmte deutsche Soldaten, die den Boulevard Saint-Germain auf einem offenen Lastwagen entlangfuhren und ihre Gewehre oder Maschinenpistolen umklammerten, grüßten die beiden hübschen Mädchen auf ihren Fahrrädern mit Zurufen, als sie an ihnen vorüberkamen. »Sie machen nicht gerade einen sehr beunruhigten Eindruck«, sagte Léa und schaute ihnen nach.

Der Boulevard erstreckte sich jetzt verlassen vor ihnen. An der Ecke der Rue du Dragon zielte ein Deutscher mit seiner Maschinenpistole in ihre Richtung.

»Abhauen oder ich schieße!«

Auf den Tischchen des Deux-Magots und des Flore warteten halb volle Tassen und Gläser auf die Rückkehr der ins Innere geflohenen Gäste. In der Rue de Rennes rannten die Leute in alle Richtungen davon. Eine kurze Salve, und zwei Menschen fielen zu Boden. Von der Kreuzung der Rue Mabillon her eilten junge Männer in weißen Kitteln und mit Armbinden des Roten Kreuzes in Richtung der Schüsse. Am Odéon versperrte ein Panzer die Straße. Die beiden Frauen bogen in die Rue de Buci ein. Die meisten Geschäfte hatten ihre Eisengitter heruntergelassen, die Cafébesitzer trugen eilig ihre Stühle hinein, Männer mit Armbinden in den Farben der Trikolore rannten geschäftig vorbei. Einer rief ihnen zu:

»Geht nach Hause, es wird gefährlich!«

Die Rue Saint-André-des-Arts war erstaunlich friedlich: Eine Concierge fegte wie jeden Morgen vor ihrer Tür; der Buchhändler trank mit dem Drucker aus der Rue Seguier sein Gläschen Weißwein an der Theke des Café-Tabac und die Süßwarenhändlerin putzte wie gewöhnlich die großen, mit »Ersatzbonbons« gefüllten Deckelgläser. Vom Boulevard Saint-Michel aus schauten freudig erregte Menschen zur Präfektur und zur Notre-Dame hinüber, über denen die Trikolore wehte.

Freudenschreie begrüßten Laure und Léa, als sie Francks Wohnung betraten.

»Ich habe meine Schwester Léa mitgebracht, von der ich dir schon erzählt habe.«

»Das hast du gut gemacht. Guten Tag, Léa. Stimmt es, dass Sie eine Heldin des Widerstands sind?«

»Sie dürfen nicht alles glauben, was Laure sagt. Sie übertreibt immer.«

»Ich habe nichts übertrieben ...«

»Sei still; darüber spricht man nicht.«

»Wie Sie wollen. Jedenfalls sind Sie uns willkommen, Widerstandskämpferin oder nicht. Kommen Sie und schauen Sie sich das an.«

Franck zog sie mit sich an ein hohes Fenster in einem riesigen Wohnzimmer.

»Sehen Sie, wir haben hier Logenplätze. Meine Mutter wird sich schön ärgern, dass sie in die Touraine gefahren ist. Normalerweise hätte sie sich für nichts in der Welt ein solches Schauspiel entgehen lassen, sondern hätte sicher noch alle ihre schönen Freundinnen eingeladen. Momentan ist es gerade ziemlich ruhig. Was sagen Sie dazu? Eine schöne Aussicht, nicht wahr?«

»Ja, sehr schön.«

»Hast du was zu futtern, Franck? Wir sind so schnell losgefahren, dass wir keine Zeit mehr zum Essen hatten.«

»Du kennst doch das Haus: Bei Franck fehlt es an nichts! Außer Brot, das allerdings schon etwas trocken ist, gibt es Schinken, Wurst, Pasteten, kaltes Huhn, ein paar Leckereien und dazu Wein, Champagner und Whisky, so viel du willst.«

»Betreiben Sie ein Feinkostgeschäft?«, fragte Léa trocken.

»Ich könnte, meine Gnädigste, aber ich handle lieber mit Seidenstrümpfen, Parfums und Zigaretten. Rauchen Sie? Ich habe englische und amerikanische Zigaretten da. Welche mögen Sie lieber?«

»Amerikanische. Aber vor allem habe ich Hunger.«

»Wie Sie belieben. He, ihr da! Bringt der Prinzessin was zu essen und zu trinken. Würden Eure Hoheit geruhen, auf unsere künftigen Befreier anzustoßen?«

Zum ersten Mal, seit sie die Wohnung betreten hatte, besah sich Léa den jungen Mann genauer. Er besaß das sympathische Gesicht eines Spielkameraden, eines Freundes, dem man sich anvertrauen kann, der Geheimnisse mit einem teilt, den man jedoch nie als Liebhaber betrachten würde. Er war nicht sehr groß, trug einen Anzug mit übertrieben breiten Schultern und einer zu kurzen Hose, die weiße Socken sehen ließ, sowie die für einen Modenarren unvermeidlichen Schuhe mit Dreifachsohle. Eine dicke Tolle seiner blonden, nach dem letzten Schrei frisierten Haare fiel in sein Gesicht mit den noch kindlichen Zügen. Laure zufolge war dieser Junge ein König der Geschäftemacher und hatte, ohne dass seine Eltern etwas davon ahnten, durch Schwarzhandel ein Vermögen angehäuft. Er war großzügig und bewirtete gern Freunde und die Freunde seiner Freunde. Offenbar zufrieden gestellt von ihrer Prüfung, geruhte Léa, ihn anzulächeln.

»Gute Idee! Trinken wir auf die Befreiung von Paris.«

Seltsam, hier auf dem Fensterbrett zu sitzen und Champagner zu trinken in dieser im Aufruhr begriffenen Stadt, die sich zum Kampf rüstete.

Mitglieder des Zivilschutzes überquerten die Place Saint-Michel und riefen, die Sperrstunde beginne um vierzehn Uhr.

»Das stimmt nicht«, erklärte ein Junge, der gerade hereinkam. »Ich bin auf meinem Polizeirevier gewesen, dort haben sie mir gesagt, sie wüssten von nichts. Die F. F. I.-Leute, die das Revier besetzt haben, wissen auch nichts davon. Ach, eine Neue. Guten Tag, ich heiße Jacques.«

»Guten Tag. Ich bin Léa. Woher kommen Sie?«

»Ein bisschen von überall her. Viele Rathäuser sind in den Händen von Kommunisten.«

»Woher wissen Sie das?«

»Es ist ein Gerücht, das gerade umgeht. Sie sind die Einzigen, die ausreichend organisiert und bewaffnet sind. In der Rue de Rivoli, Rue du Louvre, am Châtelet, an der Place de la République und in der Avenue de la Grande Armée sind vom Roten Kreuz Erste-Hilfe-Stationen eingerichtet worden. Die Jagd auf Waffen hat begonnen. Wer ein Messer hat, erleichtert einen deutschen Soldaten um seinen Revolver oder sein Gewehr. Mit dem Gewehr bemächtigt er sich eines MGs und mit dem Maschinengewehr eines Lasters voller Munition, die er dann an seine Kameraden verteilt. ›Ein Boche für jeden‹, das ist die Parole der frisch Rekrutierten.«

»Wollt ihr auch kämpfen?«, fragte Léa.

»Warum nicht! Wir wären die Helden der Zukunft. Ich werde darüber nachdenken, wenn ich gegessen habe.«

Die ganze Bande, fünf Jungen und drei Mädchen, ließ sich in der Küche nieder, wo Laure und Muriel, eine hübsche Blondine, den Tisch gedeckt hatten.

»Wenn wir ein paar Platten auflegen könnten, wär's netter.«

»O ja! Leg die Andrew Sisters auf«, bat Muriel.

»Na gut. Welchen Song willst du hören?«

»*Pennsylvania Polka* oder *Sonny Boy*.«

»Wie seid ihr an diese Platten gekommen?«, wollte Léa wissen. »Ich dachte, amerikanische Musik sei verboten.«

»Man hat halt so seine Quellen. Du erfährst sie, wenn der Krieg zu Ende ist.«

Laut schallten die Stimmen der Andrew Sisters durch die Wohnung. Das Essen verlief sehr fröhlich, jeder steuerte einen Witz, einen kessen Spruch bei. Sie waren alle so jung, so unbekümmert, dass selbst Léa über einen ihrer Scherze lachen musste unter den beifälligen Blicken von Franck, der ihr noch ein Glas Wein einschenkte. Als er aufstand, um das Grammophon wieder aufzuziehen, krachten Schüsse in die Stille.

»Kommt schnell, die Deutschen greifen an!«

Alle stürzten an die Fenster.

Vom Boulevard du Palais aus beschossen Soldaten von drei Lastwagen herunter das Portal der Präfektur. Drei

Panzer rollten auf Notre-Dame zu. Vom Justizpalast und der Präfektur kamen Schüsse und trafen einige der Angreifer. Die Lastwagen verschwanden in Richtung Châtelet. Granaten explodierten. Weitere Lastwagen wurden etwas später auf dem Boulevard du Palais gestoppt. Von ihren Fenstern aus beobachteten die jungen Leute, wie sich Männer in Hemdsärmeln, mit Gewehren und Revolvern bewaffnet, im Eingang der Metro und im Café du Départ versteckten, vor dessen Tür sie ein Maschinengewehr in Stellung brachten.

Als Erstes nahmen sie einen Lastwagen, der vom Pont Saint-Michel her kam, aufs Korn. Ein Soldat, der auf der Motorhaube ausgestreckt lag, wurde getroffen und fiel auf die Straße. Der Laster stoppte, während ein zweiter unter dem Freudengeschrei der Zuschauer an der Ecke des Quai des Grands-Augustins gegen die Rôtisserie périgourdine prallte. Männer der F. F. I. rannten herbei, um die Leichen zu bergen, die sie auf die Stufen, die zur Seine hinunterführen, legten, was von den Badenden, die sich auf der anderen Seite des Flusses sonnten, interessiert verfolgt wurde. Der schwarze Rauch des brennenden Lastwagens trieb zum Châtelet hinüber. Ein mit dem Siegeszeichen »V« und dem lothringischen Kreuz markierter Geländewagen bog mit quietschenden Reifen in den Boulevard Saint-Michel, gefolgt von einem Krankenwagen und einem Feuerwehrfahrzeug. Auf dem Platz vor Notre-Dame machten sich drei Panzer zum Angriff auf die Präfektur bereit.

»Denen werden die da drin nie standhalten können«, sagte Franck. »Sie haben so gut wie keine Munition und die paar Sandsäcke sind kein Schutz vor Granaten.«

Eine Gruppe Halbwüchsiger rannte mit einem alten Maschinengewehr den Quai entlang, das Franck als ein Hotchkiss identifizierte. Einer von ihnen hatte einen

Patronengurt um den Hals. Er hieß Jeannot, war fünfzehn Jahre alt und ahnte nicht, dass er etwas später sterben würde, am Quai de Montebello, den Hals von einer Sprengkugel zerfetzt.

Eine Zündflasche, die aus einem Fenster der Präfektur geworfen wurde, landete im offenen Turm eines Panzers, der sofort in Flammen aufging. Das Freudengeheul der Belagerten drang über die Seine und vermischte sich mit dem Jubel der Anwohner des Quai Saint-Michel, die sich ungeachtet der Gefahr aus ihren Fenstern lehnten und sich keine Minute des Schauspiels entgehen ließen. Eine Gruppe deutscher Gefangener, eskortiert von F. F. I.-Männern, marschierte mit erhobenen Händen vorbei. Auf dem Platz wurde ein Passant von einer verirrten Kugel getroffen. Ein blutüberströmter deutscher Soldat drehte sich um sich selbst und schoss dabei in die Luft. Eine Kugel zerschmetterte ihm den Kopf. Einige grauenvoll lange Sekunden ging er noch vorwärts, bevor er mitten auf der Straße zusammenbrach. Léa war die Einzige, die ihre Augen nicht abgewandt hatte.

Dann erschütterte eine Explosion das Viertel. Ein Benzintanklaster war gegen die Mauer des Notre-Dame-Hotels geprallt. Die Flammen setzten die Markise in Brand und attackierten die Fassade. Die Männer der F. F. I. verließen ihre Stellung und versuchten, den Tanklaster zurückzuschieben, um das alte Gebäude zu retten. Glücklicherweise war schon sehr bald die Sirene der Feuerwehr zu hören.

Während einer Gefechtspause beschloss einer der Jungen, eine Erkundungstour zu unternehmen. Nach einer Stunde kam er zurück und berichtete, dass gerade eine Waffenruhe vereinbart worden sei, um die Toten und Verwundeten zu bergen. Diese gute Nachricht wurde gebührend mit einer Flasche Champagner gefeiert.

Schwül und gewittrig brach der Abend herein. Die Pariser hatten das Pflaster der Hauptstadt wieder in Besitz genommen. Sie flanierten in den Straßen und blieben nur hin und wieder vor einer eingetrockneten Blutlache stehen, wurden plötzlich nachdenklich und still.

»Mist! Wir haben den Tanten nicht Bescheid gesagt!«, rief Laure und stürzte zum Telefon.

Der Himmel über dem Pont-Neuf wurde immer bedrohlicher.

»Tante Albertine möchte, dass wir sofort nach Hause kommen. Charles hat anscheinend hohes Fieber.«

»Hat sie denn den Arzt nicht angerufen?«

»Der alte Dr. Leroy antwortet nicht und die anderen weigern sich zu kommen.«

»Also, dann fahre ich heim. Kommst du mit?«

»Nein, ich möchte lieber hier bleiben. Ruf an, wenn du mich brauchst. Franck, gibst du Léa deine Telefonnummer?«

»Ja. Ich begleite sie nach Hause. In einer knappen Stunde bin ich wieder zurück. Ich leihe mir dein Fahrrad.«

16.

Léa verbrachte die ganze Nacht am Bett des Kindes, das im Fieber phantasierte. Am Morgen wickelte sie Charles in eine Decke, lieh sich von der Concierge einen klapprigen Kinderwagen, bettete ihn hinein und machte sich auf den Weg zum nächstgelegenen Krankenhaus.

Das Gewitter der vergangenen Nacht hatte den Himmel noch nicht von allen dunklen Wolken gereinigt. Ein Geruch nach Staub stieg von dem nassen Asphalt auf. Kein Mensch war an diesem feuchten Sonntagmorgen auf den Straßen, deren drückende Stille wie unheimlich schien.

Im Hospital Laennec in der Rue de Sèvres wurde das Kind vom Dienst tuenden Arzt untersucht. Da er offenbar nicht feststellen konnte, was Charles fehlte, riet er Léa, den Jungen dazulassen, bis ihn der Chefarzt untersuchen könnte, und später wiederzukommen. Da sie sich jedoch weigerte, Charles zu verlassen, verabreichte er dem kleinen Patienten ein Medikament und brachte sie beide in einem Zweibettzimmer unter.

Am späten Nachmittag wurde Léa von einer Stimme geweckt.

»Ich muss schon sagen, Mademoiselle, Sie haben einen gesunden Schlaf. Ist das Ihr Kind?«

»Nein.«

»Wo sind seine Eltern?«

»Was hat er denn, Herr Doktor?«

»Eine schwere Halsentzündung, die durch einen beginnenden Lungenspitzenkatarrh verschlimmert wird.«

»Ist das etwas Ernstes?«

»Das kann es werden. Wir müssten ihn hier behalten können.«

»Und das ist nicht möglich?«

»Uns fehlt ein großer Teil unseres Personals. Sie haben meine Frage noch nicht beantwortet: Wo sind die Eltern des Jungen?«

»Seine Mutter ist von den Deutschen getötet worden, sein Vater hat sich General de Gaulle angeschlossen.«

»Der arme Kleine!«

»Léa! Léa!«

»Ich bin ja da, mein Liebling.«

Keuchend klammerte sich Charles an sie. Der Arzt betrachtete beide mit sorgenvoller Miene.

»Nehmen Sie ihn wieder mit nach Hause und befolgen Sie genau die Anweisungen, die ich Ihnen aufschreiben werde. Wissen Sie, wie man eine Spritze verabreicht?«

»Nein.«

»Dann werden Sie es lernen.«

»Aber ...«

»Es ist nicht sehr kompliziert.«

Die Tür des Krankenzimmers wurde aufgerissen.

»Herr Doktor, sie bringen uns Kinder, die verletzt worden sind.«

»Schwer?«

»Am Bauch und an den Beinen.«

»Ich komme. Bringen Sie sie in den Operationssaal. Sehen Sie, Mademoiselle, das ist es, was ich befürchtet habe: dass man uns Verwundete bringt, während wir noch nicht einmal genug Leute haben, um unsere eigenen Kranken zu versorgen.«

Der Arzt hatte ihr ein Rezept ausgestellt. »Lassen Sie sich von der Schwester an der Aufnahme die nächste

Dienst habende Apotheke nennen und hinterlassen Sie bei ihr Ihre Adresse. Ich werde versuchen, morgen Vormittag vorbeizukommen oder einen Kollegen zu schicken.«

»Herr Doktor ... Er wird doch nicht ...?«

»Nein. Er ist ein kräftiger kleiner Kerl, er wird das alles sehr gut überstehen. Geben Sie ihm pünktlich seine Medikamente und messen Sie seine Temperatur.«

Während der folgenden drei Tage schlief Léa nur wenige Stunden. Sie hatte sich völlig von der Außenwelt abgeschlossen und konzentrierte sich ganz auf den Atemrhythmus des Jungen. Kindliche Gebete kamen ihr dabei auf die Lippen. Ihre Hände zitterten nicht mehr, wenn sie ihm eine Spritze gab. Am Morgen des 23. August sank das Fieber. Mit schwacher Stimme sagte der mager gewordene Charles:

»Ich habe Hunger.«

Er lächelte erschöpft und glücklich, während Léa ihn mit Küssen bedeckte.

»Was ist denn hier los?«, fragte Albertine, als sie die Tür öffnete.

»Es ist wundervoll! Charles ist wieder gesund, er möchte etwas zu essen.«

»Das ist ja wirklich eine gute Neuigkeit. Ein Glück, dass Laure ein wenig Milch und ein paar Zwiebäcke aufgetrieben hat. Ich werde Estelle bitten, ihm ein kleines Frühstück zu bringen.«

Er knabberte einen Zwieback und trank die Hälfte seiner Milch, dann fiel er plötzlich wieder in Schlaf unter den gerührten Blicken der Frauen, die das Zimmer auf Zehenspitzen verließen.

»Gibt es Wasser? Ich möchte gern ein Bad nehmen«, sagte Léa.

»Ja, aber nur kaltes, wie üblich.«

Kalt? Es war wirklich *sehr* kalt, ihr Badewasser. Aber

selbst wenn es noch kälter gewesen wäre, wäre Léa mit Vergnügen hineingetaucht, um sich die Angst abzuspülen, die wie Schmutz an ihrer Haut haftete, seit sie gespürt hatte, wie der Tod Charles umklammert hielt. In ihrer Entschlossenheit, ihn zu retten, hatte sie die kritischen Momente vorausgeahnt, jene, in denen die Abwehr des Körpers nachlässt, und hatte ihm mit ihren Händen Kraft eingeflößt. Die Anspannung hatte sie sehr mitgenommen. Doch jetzt wusste sie, dass er gerettet war.

Angst und Erschöpfung lösten sich in dem Wasser auf, das ihr eine Gänsehaut verursachte. Sie rieb sich kräftig mit einem Hanfhandschuh ab und schäumte sich mit einer nach Maiglöckchen duftenden Seife, einem Geschenk von Laure, ein. Da sie kein Shampoo hatte, wusch sie sich auch den Kopf mit der Seife und spülte anschließend ihr Haar mit Essigwasser, um ihm wieder Glanz zu verleihen.

Kritisch prüfte sie sich vor dem großen Drehspiegel mit dem vergoldeten Holzrahmen, der dem schlichten, weiß gekachelten Badezimmer einen Hauch von Luxus verlieh.

»Ich bin nur noch Haut und Knochen«, sagte sie laut.

In der Tat war sie sehr mager geworden, doch das Bild, das ihr der Spiegel zurückwarf, war weit davon entfernt, ihr zu missfallen. Wohlgefällig strich sie über ihre Brüste mit den vom kalten Wasser hart gewordenen Spitzen, beugte sich nach vorn und vermeinte François Tavernier bewundernd murmeln zu hören:

»Welch ein Arsch!«

Bei diesem Gedanken wurde sie rot und erschauerte vor Lust. Aufgewühlt wickelte sie sich in einen Frotteemantel und rieb ihr Haar mit einem Handtuch trocken. In der Eingangsdiele klingelte das Telefon.

»Léa, Laure möchte dich sprechen!«, schrie Albertine durch die Tür.

»Ich komme.«

Das Haar noch ganz zerzaust, ergriff sie den Hörer.

»Hallo, Léa? Tante Albertine hat mir gesagt, dass es Charles besser geht. Ist das wahr?«

»Ja. Er hat kein Fieber mehr und hat heute Morgen sogar schon etwas gegessen. Kannst du noch mal Milch besorgen?«

»Seit der Generalstreik ausgerufen wurde, wird es immer schwieriger. Die Lastwagenfahrer weigern sich, in die Landgebiete zu fahren. Die Versorgung ist sehr prekär, Fleisch ausgenommen, denn die F. F. I.s haben dreitausendfünfhundert Tonnen übernommen, die die Deutschen in den Gefrierräumen von Bercy und Vaugirard eingelagert hatten. Fleisch kann ich dir also beschaffen, aber nur gegen Lebensmittelmarken, der Schwarzmarkt wird momentan sehr streng überwacht.«

»Ich komme bei dir vorbei und bringe sie dir.«

»Sei aber vorsichtig. Die Lage hat sich seit Sonntag verschärft. Gestern und vorgestern hat es im Quartier Latin heftige Gefechte gegeben. Überall sind Barrikaden und auf den Dächern liegen Milizsoldaten und Deutsche auf der Lauer und schießen auf die Passanten. Jeden Tag gibt es Hunderte von Toten. Das Leichenschauhaus ist schon voll. Du kannst dir den Gestank vorstellen, der bei dieser Hitze in Notre-Dame-des-Victoires herrscht. Dort werden nämlich die Totenmessen zelebriert und die Särge zwischengelagert, bevor sie zum Friedhof von Pantin gebracht und im Karree der Aufständischen beigesetzt werden. Die Leute vom Roten Kreuz sind wirklich fabelhaft. Nicht nur, dass sie Verletzten helfen, jetzt springen sie auch noch für die streikenden Mitarbeiter der Beerdigungsinstitute ein. Habt ihr etwas von Françoise gehört?«

»Nein, nicht dass ich wüsste.«

»Ich mache mir Sorgen um sie. Gestern ist ein Kollaborateur von einer großen Menschenmenge auf der Place Saint-Michel gelyncht worden. Es war einfach grässlich. Am schlimmsten waren die Frauen. Sie haben mit allem, was greifbar war, draufgeschlagen und dabei hysterisch geschrien. Ich habe gehört, sie hätten dem Mann mit dem Querstab von einem zerbrochenen Stuhl die Augen ausgestochen. Es war entsetzlich! Wenn du diese Schreie gehört hättest...! Aber am unerträglichsten waren die Gaffer, die grinsend zugeschaut haben und die Männer der F. F. I., die einschreiten wollten, zurückgehalten haben. Als endlich alle genug hatten vom Prügeln, sind sie mit ihren blutigen Händen und Kleidern verschwunden und haben nur eine unkenntliche Masse auf dem Bürgersteig zurückgelassen. Hallo, bist du noch da?«

»Ja. Warum erzählst du mir das alles? Was hat das denn mit Françoise zu tun?«

Jetzt war es Laure, die schwieg, während Léa rief: »Hallo! Hallo! Kannst du mich hören?«

»Ja, ich höre dich.«

»Also?«

»Sie verhaften auch Frauen, die mit Deutschen geschlafen haben.«

»Und was machen sie mit ihnen?«

»Angeblich werden sie kahl geschoren.«

»Sie werden kahl geschoren?«

»Ja. In mehreren Rathäusern ist das schon praktiziert worden. Sie hängen die abgeschnittenen Haare an die Gittertore und malen den Frauen, zumeist Prostituierte oder Mätressen, die von Nachbarn denunziert worden sind, ein Hakenkreuz auf den Schädel.«

»Aber Françoise gehört doch nicht zu diesen Frauen.«

»Das weiß ich wohl, aber danach fragt jetzt keiner mehr. Ich hoffe nur, dass sie meinen Rat befolgt hat und mit dem kleinen Pierre nach Deutschland gegangen ist.«

»Hast du bei ihr angerufen?«

»Ja, sicher, aber es nimmt niemand ab. Das letzte Mal habe ich Montagmorgen mit ihr gesprochen. Da war gerade ein deutscher Offizier bei ihr gewesen und wollte sie in ein beschlagnahmtes Hotel bringen. Dort versammeln sie alle Frauen, die in der gleichen Lage sind wie sie. Doch sie hat sich geweigert.«

»Welches Hotel war das?«

»Weiß ich nicht mehr; ich habe den Namen nicht behalten.«

»Wir müssen alle Hotels anrufen.«

»Hast du eine Vorstellung, wie viele es in Paris gibt?«

»Nein, aber das ist egal. Wir werden erst alle die anrufen, die im Guide Michelin stehen. Gibt es bei Franck einen?«

»Ja, ich glaube.«

»Dann fang schon mal mit den letzten an. Ich werde die Tanten bitten, es bei den zuerst aufgeführten Hotels zu versuchen und uns anzurufen, wenn sie fündig werden. Bis gleich.«

»Sei vorsichtig!«

Léa hatte bereits aufgelegt.

Die Damen de Montpleynet gerieten in große Aufregung, als Léa ihnen die Situation erklärte, doch Albertine fasste sich und begann gleich mit den Anrufen:

»Hallo? Ist dort das Crillon?«

»Aber, Tante Albertine, sie wird wohl kaum im Crillon, im Majestic, im Meurice, im Intercontinental oder im Lutétia sein, denn die sind doch alle von deutschen Dienststellen besetzt.«

Die Rue de l'Université war wie ausgestorben. Vor der medizinischen Fakultät in der Rue des Saints-Pères lag das schwarze Gerippe eines mit Lothringer Kreuzen bemalten Lastwagens. Auch in der Rue Jacob war alles ruhig. Als Léa in die Rue de Seine einbog, um durch die Rue Guénégaud zu den Quais zu gelangen, musste sie an Sarah Mulsteins Verhaftung denken. Seit jener unseligen Nacht war sie nicht mehr hier vorbeigekommen. Sie strebte auf die Rue de Buci zu, wo Hausfrauen seit Tagesanbruch vor einer Bäckerei Schlange standen. Léa fiel auf, dass trotz aller Erschöpfung, trotz der schwierigen Versorgungslage eine fröhliche Stimmung unter den Menschen herrschte, wie man sie seit vier Jahren nicht mehr erlebt hatte, so als wäre die Luft von Paris plötzlich leichter geworden. In der Rue Dauphine radelte ein junger Mann im Unterhemd, das Gewehr über die Schulter geschlungen und mit einem Packen Zeitungen unter dem Arm, vorbei und schrie:

»*L'Humanité! L'Humanité!* Wollen Sie eine Zeitung, Mademoiselle?«, fragte er Léa und hielt auf gleicher Höhe mit ihr an.

»Es gibt wieder Zeitungen?«

»Seit Montag. Hier, bitte. Macht zwei Franc. Danke. Gehen Sie nicht in Richtung Pont-Michel. Die Deutschen beschießen die Barrikade dort. Vorhin haben ein paar deutsche Schweinehunde aus einem Wagen der F. F. I. heraus auf brave Patrioten geschossen. Zwei wurden getötet. Die Deutschen sind durch die Rue Christine abgehauen. Wiedersehen!«

Léa lehnte sich gegen ein Haustor und las:

Ganz Paris auf die Barrikaden! Der für Groß-Paris zuständige Kommandant der F. F. I., der Französischen Streitkräfte des Inneren, ruft alle Pariser zum Generalaufstand auf. Alle – Männer, Frauen und Kinder – müssen mithelfen, Straßen, Häuser und öffentliche Gebäude zu befestigen. Die gesamte Bevölkerung muss unsere ruhmreichen Französischen Streitkräfte des Inneren mutig und ohne Rücksicht auf Verluste unterstützen. Schließt euch zu Gruppen PATRIOTISCHER MILIZIONÄRE *zusammen!*

Angriff ist die beste Verteidigung. Setzt den Feind unter Druck! KEIN EINZIGER BOCHE DARF DAS AUFSTÄNDISCHE PARIS LEBEND VERLASSEN! Es wird an allen Fronten gekämpft. Bereits den ganzen Tag finden im 1., 4., 5. und 6. Arrondissement besonders heftige Kämpfe statt, bei denen die Patrioten die Oberhand behalten haben. Krieg unseres gesamten Volkes gegen den verabscheuten Boche!... Kommunistinnen kämpfen für die Befreiung von Paris. Ein junges Mädchen wurde von der Miliz gefoltert... Schließt euch der Partei der Erschossenen an!

Auf der Place Saint-André-des-Arts hat sich eine große Menschenmenge versammelt, Leute, die gestikulieren, schreien: ältere Männer, Frauen – viele Frauen, junge und alte –, auf deren Gesichtern Hass zu lesen ist, deren Münder wutverzerrt sind und Flüche ausspucken. Nackte Arme mit Händen, deren Finger zu Krallen gekrümmt sind, erheben sich: Schweinehund! Kollaborateur! Saukerl! Bestochenes Schwein! Verräter! Mörder! Mitten im Getümmel ein großer blonder Mann, der versucht, sich gegen diese Furien zu wehren. Lackierte Fingernägel zerkratzen ihm die Wange. Er schreit:

»Ich bin Elsässer!«

»Elsässer! Dass ich nicht lache!«, antwortet eine Stimme im Pariser Argot. Die Menge johlt.

Aus einem mit F. F. I.s besetzten Fenster versucht ein Mann in einem militärisch wirkenden Anzug sich Gehör zu verschaffen. Ein junges Mädchen macht ihm eine lange Nase. Eine schlecht gebleichte Blondine, über deren Schädel sich ein breiter schwarzer Scheitel zieht, kreischt:

»Das ist ein Boche! Ich kenne ihn! Ich bin mir ganz sicher. Bringt ihn um!«

Sie zerrt den Mann an den Haaren, während ihm eine

andere ins Gesicht spuckt und eine Dritte kichernd versucht, seine Hose aufzuknöpfen.

»Mal gucken, ob er auch Eier hat, der Dreckskerl!«

Die Menge bricht in brüllendes Gelächter aus und skandiert:

»Macht den Boche nieder, macht den Boche nieder!«

Der Mann versucht die Klauen, die sich an ihm festkrallen, abzustreifen und wiederholt benommen:

»Ich bin Elsässer!«

Inzwischen fließt Blut aus seiner Nase und über seine Wangen. Ein Auge ist geschlossen. Er fällt zu Boden. Es hagelt Fußtritte. Einer trifft seine Nase. Er kommt wieder hoch. Ein Junge mit einer Armbinde der F. F. I. versucht einzugreifen. Drei Männer packen ihn bei den Armen, heben ihn hoch und setzen ihn sachte in Léas Nähe nieder, die ihre Augen nicht von dem Massaker abwenden kann. Ohne sich dessen bewusst zu sein, hat sie begonnen, sich vor und zurück zu wiegen, wie es Blinde oft tun. In ihrem Kopf prallen die Gedanken aufeinander und zerspringen in lauter Stücke. Aus dem blutenden Loch, das ein Mund war, dringen gurgelnde Laute:

»Ich ... Ich bin ... Elsässer.«

Angeekelt wendet sich Léa von dem Schauspiel ab. Der Junge mit der F. F. I.-Armbinde ist noch immer da. Er ist sehr jung. Tränen rollen über sein blasses Gesicht und hinterlassen eine glänzende Spur. Ihre Blicke treffen sich.

»Léa!«

»Pierrot!«

Sie fallen sich in die Arme; beide zittern vor Abscheu und Entsetzen. Léa löst sich als Erste.

»Sie werden ihn umbringen!«

»Da kann man gar nichts tun; es sind zu viele.«

»Du bist doch einer von den F. F. I., geh und hol deine Kameraden!«

»Die würden nicht kommen. Gestern ist einer fast gelyncht worden, zusammen mit dem Kollaborateur, den er verteidigt hat.«

»Das ist ja schrecklich!«

»Komm, schau nicht mehr hin. Los, komm schon, wir gehen zum Kommandoposten von Oberst Lizé in der Rue Guénégaud.«

»Ich will nicht in die Rue Guénégaud!«, schreit Léa.

So viel Heftigkeit verwundert Pierrot Delmas.

»Ich muss aber hin; ich bin der Verbindungsmann zwischen Lizé und Rol.«

»Wer ist Rol?«

Er schaut sie an mit vorwurfsvollem Erstaunen.

»Du hast noch nie von Oberst Rol gehört? Er ist der Anführer des Aufstands, der Chef der F. F. I., der Streitkräfte des Inneren.«

»Und Lizé?«

»Oberst Lizé ist auch ein Chef. Wieso, habe ich nicht ganz verstanden, das sind politische Geschichten. Rol ist jedenfalls Kommunist.«

»Da würde sich dein Vater aber freuen, wenn er dich mit denen zusammen sehen könnte«, sagte sie mit gezwungenem Lachen.

»Sprich mir bloß nicht von meinem Vater; das ist ein Kollaborateur. Für mich ist er gestorben.«

Während sie sprachen, hatte er Léa zur Rue Gît-le-Cœur dirigiert. Dort blieb er vor dem schmutzigen Schaufenster eines kleinen Lebensmittelladens stehen, stieg drei Stufen hinauf und klopfte.

»Es ist geschlossen«, brummte drinnen eine Stimme.

»Macht auf; hier ist Pierre aus Bordeaux!«

»Du bist's? Komm rein, Kleiner. Und wer ist sie?«

»Das ist meine Cousine Léa.«

Der Laden war auch gleichzeitig ein Restaurant, dessen Wände mit Farbdrucken, Ansichten von Epinal, Stichen und mehr oder weniger gelungenen Porträts von Napoleon bedeckt waren, alle von einer braunen Patina überzogen. Der Raum wurde von einer kurzen Theke unterteilt, die sowohl als Bar wie auch als Auslage für Waren diente, die zurzeit jedoch von Konservenattrappen repräsentiert wurden. Dahinter befand sich der Speiseraum mit rotweiß kariert gedeckten Tischen und einem riesigen alten schwarzen Herd an der Stirnseite, dessen Messingteile glänzten und auf dem ein Spirituskocher stand. Dort köchelte etwas, dessen Aroma vage an Kaninchenragout erinnerte. Dieser Geruch wäre Léa beinahe schlecht bekommen.

»Pass auf, deine Cousine kippt gleich um!«, rief die Frau, die ihnen geöffnet hatte.

Pierrot half Léa, sich zu setzen und ein von der Wirtin gestiftetes Gläschen Schnaps zu trinken. Bald bekamen ihre Wangen wieder etwas Farbe und die Dinge um sie herum nahmen wieder Gestalt an.

»Geht's dir besser? Hier, trink noch mal.«

»Nein, danke.«

Sie blickte sich um. Dieses Lokal dürfte sich seit der Jahrhundertwende nicht verändert haben. Vor dem Krieg hatte man hier sicher gut gegessen, das sah man an dem liebevoll gepflegten Herd. Sie fühlte sich beruhigt. Wer gut kochte, konnte nicht ganz schlecht sein.

»Ihr müsst Hunger haben«, brummelte die Frau und ging zu ihrer Bratröhre.

»O ja!«, platzte Pierrot heraus, dessen letzte richtige Mahlzeit mehrere Tage zurücklag.

»Nein, danke, Madame. Ich hätte nur gern ein Glas Wasser.«

»Du bist schön dumm. Das Essen von Madame Laetitia ist trotz der Rationierung sehr gut.«

Er ließ sich an einem Tisch nieder, vor sich einen tiefen Teller, der alsbald mit einem schwärzlichen Ragout gefüllt war, von dem ein schwerer Dampf aufstieg.

»Es ist mir unbegreiflich, wie es dir möglich ist, jetzt etwas zu essen«, sagte Léa in gereiztem Ton.

Pierrot errötete heftig unter dem Schmutz, der sein Gesicht bedeckte. Er ließ den Bissen, den er gerade zum Munde führte, zurückfallen und sah sie so unglücklich an, dass sie sich über ihre Bemerkung ärgerte.

»Entschuldige bitte. Iss nur. Erzähl mir, wie du hierher gekommen bist.«

Kauend berichtete er.

»Als ich mitgekriegt habe, dass mich mein Vater zu den Jesuiten stecken wollte mit der Order, mir jeden Ausgang zu verbieten, habe ich beschlossen, in den Untergrund zu gehen. Ich erspare dir die Einzelheiten meiner Flucht: in Güterwagen versteckt, die Nächte in Straßengräben, um den Gendarmen zu entgehen, auf den Feldern Essbares geklaut. Auf dem Bahnhof von Limoges sind Milizsoldaten hinter mir hergewesen. Mit Hilfe von ein paar Eisenbahnern konnte ich ihnen entwischen. Die haben mich mehrere Tage lang in einem alten Waggon auf einem Abstellgleis im Depot versteckt. Es hat so sehr von Deutschen und von Milizsoldaten gewimmelt, die jeden Reisenden und jeden Bahnbeamten kontrolliert haben, dass sie mich nicht rausbringen konnten. Schließlich haben sie mich irgendwann im Viehwagen eines Güterzuges nach Eymoutiers geschafft…«

»Eymoutiers? Das ist doch im Limousin.«

»Ja, warum? Kennst du es?«

»Nein, aber ich hatte eine jüdische Freundin, die sich für einige Zeit dorthin geflüchtet hatte. Aber erzähl weiter.«

»In Eymoutiers haben mich andere Eisenbahner in Empfang genommen und mich zu ihrem Chef gebracht, zu Oberst Guingouin, genannt Der Große, genannt Raoul. Das ist ein Mann! Er ist der Schrecken der Deutschen in der ganzen Umgegend. Er leitet alles von seinem

Kommandoposten im Forst von Châteauneuf aus. Leider mussten wir das Lager in Trois-Chevaux zu Beginn des Winters aufgeben. Es war höchste Zeit, denn drei Tage später sind dreitausend Deutsche und Milizionäre im Forst gelandet. Die deutschen Soldaten haben die Ecke Klein-Russland genannt, weil sie sich vor den Hinterhalten fürchteten. Sie haben hohe Verluste gehabt. Während der letzten sechs Monate war ich Verbindungsmann zwischen den verschiedenen Abschnitten. Inzwischen kenne ich jedes Dorf, jeden Wald. Dank der guten Organisation von Guingouin wurden wir anständig eingekleidet und ernährt. Die gesamte Bevölkerung hat uns unterstützt. Ich wollte gern bei den Sabotageunternehmungen und den Angriffen auf Konvois mitmachen, aber Guingouin hat gemeint, ich wäre noch zu jung. Anfang des Monats hat er mich mit einer Nachricht für Oberst Rol hierher geschickt. Der Streik und dann der Aufstand haben mir die Rückkehr vermasselt. Das war's.«

Bewundernd betrachtete Léa ihren Cousin. Wie groß er geworden war, dieser Junge, der sie mit leuchtenden Augen anschaute!

»Und du, Léa, seit wann bist du in Paris?«

»Auch seit Anfang des Monats.«

»Wie geht's auf Montillac? Hat Camille etwas von Laurent gehört? Und Tante Bernadette? Ruth? Mathias? ... Was hast du denn?«

Léa hatte den Kopf gesenkt und rieb sich mechanisch die Stirn.

»Was hast du denn?«, wiederholte Pierrot besorgt.

»Camille und Tante Bernadette sind tot. Und Montillac gibt es nicht mehr.«

»Was sagst du da?«

»Deutsche und Milizsoldaten haben die beiden getötet und haben das Haus niedergebrannt.«

Sie schwiegen bedrückt. Eine geräuschvolle Gruppe,

die in das Ladenrestaurant kam, riss sie aus ihren düsteren Gedanken.

»Ah, hier bist du, Pierrot. Wir haben dich überall gesucht. Wir hatten Angst, sie würden dich vielleicht genauso zurichten wie den Kollaborateur, der sich als Elsässer ausgegeben hat.«

»Womöglich war er's ja!«

Verblüfft über die Schärfe ihres Tons, drehte sich ein Junge, der kaum älter war als Pierrot, zu Léa um.

»Kann sein, aber die Bevölkerung hat so sehr gelitten, dass es nur normal ist, wenn sie sich rächt.«

»Normal! Sie finden solch ein Gemetzel normal?«

»Und was ist mit den Deutschen? Sind die etwa nicht wie Metzger? Wissen Sie, wie viele unserer Kameraden sie letzte Woche am Wasserfall im Bois de Boulogne ermordet haben? Nein? Fünfunddreißig. Alle in Ihrem Alter. Magisson: neunzehn Jahre; Verdeaux: neunzehn Jahre; Smet: zwanzig Jahre; Schlosser: zweiundzwanzig Jahre; Dudraisil, genannt Philo: einundzwanzig Jahre; die Brüder Bernard: zwanzig und vierundzwanzig Jahre. Soll ich weitermachen?«

»Ich weiß so gut wie Sie, wozu die Deutschen fähig sind. Ich habe selbst erlebt, wie sie zu Werke gehen. Aber das ist kein Grund, es noch schlimmer zu treiben als sie!«

Beide waren blass geworden und durchbohrten sich gegenseitig mit Blicken. Pierrot trat dazwischen.

»Lass sie in Ruhe. Sie hat Recht.«

»Mag sein, aber es ist jetzt nicht der richtige Zeitpunkt, so etwas zu sagen.«

»Sie werden sehen, dass dafür nie der richtige Zeitpunkt kommen wird.«

»Sei still, Léa. Kommst du mit zu Lizés Kommandoposten?«

»Nein, ich bin mit Laure verabredet. Wir wohnen bei

unseren Tanten de Montpleynet. Ruf uns an. Ich würde dich gern wiedersehen und mich mit dir unterhalten.«

»Sobald ich ein bisschen Zeit habe, rufe ich dich an oder komme vorbei. Grüß Laure von mir.«

Sie trennten sich vor dem Laden.

Léa brauchte fast eine Stunde, um die Place Saint-Michel zu überqueren; Heckenschützen schossen von den Dächern herab auf alle, die es versuchten. Zwei Menschen waren bereits getötet worden.

Ein Wirbelsturm schien die weitläufige Wohnung verwüstet zu haben, die inzwischen von etwa fünfzehn F. F. I.-Mitgliedern besetzt worden war. Von der kleinen Gruppe junger Leute waren nur noch Laure, die hübsche Muriel und Franck da, die Léa freudig begrüßten.

»Hast du Françoise auftreiben können?«

»Noch nicht. Wir haben ungefähr zwanzig Hotels angerufen, aber ohne Erfolg.«

»Wir müssen es weiter versuchen. Ich habe übrigens Pierrot auf der Straße getroffen.«

»Pierrot?«

»Ja, unseren kleinen Cousin.«

»Den Sohn von Onkel Luc?«

»Ja.«

»Na, wunderbar! Was macht er hier?«

»Er trägt eine Armbinde und hat einen dicken Revolver.«

In der Küche stellten zwei junge Männer Brandflaschen her nach der Formel von Frédéric Joliot-Curie, die von Oberst Rol verteilt worden war: Man füllt eine gewöhnliche Flasche mit drei Vierteln Benzin und einem Viertel Schwefelsäure. Die Flasche wird verschlossen und mit einem Etikett versehen, das mit chlorsaurem Kali getränkt ist. Wenn die Flasche zerbricht, kommt das chlorsaure Kali mit dem Flascheninhalt in Kontakt, der sich sofort entzündet. Brandflaschen sind eine gefürchtete Waffe gegen Panzer.

Eine gewaltige Explosion ließ alle an die Fenster stürzen. Die Verteidiger der Rue de la Huchette kletterten auf ihre Barrikade, um zu sehen, was passiert war. Eine Bäckersfrau schrie:

»Die Deutschen sprengen Paris in die Luft!«

Dieses Gerücht verbreitete sich wie Pulverdampf im ganzen Viertel und verursachte eine kleine Panik. Über den Champs-Élysées bildete sich eine dicke Rauchwolke. Alle suchten Deckung in Erwartung weiterer Explosionen, doch abgesehen von ein paar vereinzelten Schüssen vom Jardin du Luxembourg her blieb alles ruhig.

Nach und nach nahmen die Kämpfer und die Neugierigen ihre in den vergangenen Tagen zur Gewohnheit gewordenen Tätigkeiten wieder auf. Sie bejubelten einen Trupp von etwa fünfzehn deutschen Gefangenen in zerrissenen Uniformen, die die Hände über dem Kopf hielten und von drei mit Gewehren bewaffneten F. F. I.-Angehörigen zu ihren Kameraden in den Innenhof der Präfektur gebracht wurden. Plötzlich schoss ein Motorrad mit Beiwagen in Höchstgeschwindigkeit vom Quai des Grands-Augustins auf den Trupp zu. Mit einer Gewehrsalve streckte der Beifahrer einen der F. F. I.-Männer nieder. Hinter der Barrikade erhob sich Gebrüll. Ein Halbwüchsiger kletterte hinauf und warf eine Brandflasche auf das Motorrad mit den beiden Deutschen. Den Erfolg seiner heroischen Tat sah er nicht mehr. Er wurde von einer Kugel getroffen und sank tot auf den zusammengewürfelten Barrikadenhaufen nieder. Vor dem Motorrad sprang eine große Flamme auf, der der Fahrer nicht mehr ausweichen konnte. In Sekundenschnelle waren die beiden Männer in Glut getaucht. Wie eine Halluzination wirkte die dann folgende aberwitzige Höllenfahrt der zwei wie auf vielfarbigen Flammen reitenden Feuerwesen, bevor sie neben dem Kasten eines Bouquinisten an der Ufermauer zerschellten. Einige Sekunden lang regte sich nichts; dann reckte sich aus dem brennenden Gluthaufen ein Arm gen Himmel…

Léa, die den Fenstergriff umklammert hielt, durchlebte noch einmal das Martyrium ihrer Tante – wieder mit dem gleichen schrecklichen Gefühl der Ohnmacht. Im Sterben hatten der Deutsche wie ihre alte Tante die gleiche flehende Geste vollführt. Hob der Feuertod den Körper Gott entgegen?

Dann überstürzten sich die Ereignisse: Hinter der Barrikade der Place Saint-André-des Arts und aus den kleinen angrenzenden Straßen quoll eine brüllende Menge hervor und stürzte sich auf die Gefangenen. Diese hatten wie versteinert den Tod ihrer Landsleute verfolgt. Die beiden überlebenden F. F. I.-Männer versuchten sich dazwischen zu stellen, doch sie wurden von der Menschenwoge hinweggespült. Einer von ihnen rannte los, um Verstärkung von der Präfektur herbeizuholen. Als er mit zehn Polizisten zurückkam, waren bereits drei Deutsche tot. Einem waren die Augen herausgerissen worden, der zweite hatte keine Nase, der dritte kein Gesicht mehr. Ihre mehr oder weniger verletzten Kameraden hockten zusammengekauert auf dem Boden. Diese tapferen Männer, von denen viele an der Ostfront gegen die Russen gekämpft hatten, weinten wie Kinder. Das Eintreffen der Polizisten ließ den Volkszorn versiegen. Die Leute, zweifellos alles anständige Bürger, ließen von dem Blutbad ab, das die meisten alsbald aus ihrer Erinnerung verbannten. Die Zuschauer hingegen, die das Massaker machtlos mit angesehen hatten, würden es nie vergessen.

In der großen Wohnung herrschte bedrücktes Schweigen. Die jungen Leute wagten nicht, sich anzusehen. Die Widerständler, die mit dem Gewehr zwischen den Beinen auf dem Boden saßen, hielten die Augen gesenkt. Franck und seine Freunde blickten starr auf die Wand. Erst die Ankunft eines »Leutnants« vertrieb ein wenig ihre Beklommenheit.

»Die Boches haben das Grand Palais in Brand gesteckt!«

»Dann war das also die Explosion und der Rauch!«

»Aber da gastiert doch gerade ein Zirkus drin!«

»Ja, der Zirkus Houcke. Ich weiß nicht, ob die Rettungstrupps die Raubtiere rausholen konnten. Die Pferde sind jedenfalls geflüchtet. Eins ist am Rond-Point des Champs-Élysées erschossen worden, und dann haben sich – also, das werdet ihr mir nicht glauben, aber ich habe es selbst gesehen – Männer und Frauen mit Messern draufgestürzt und haben es zerstückelt, ohne sich um die Geschosse zu kümmern, die überall eingeschlagen sind. Einige hatten sogar Schüsseln in der Hand! Als ich gegangen bin, war nicht mehr viel von dem Pferd übrig.«

»Du hättest uns auch ein Stück mitbringen können.«

»Du spinnst wohl! Die hätten mir doch glatt einen Stich in die Rippen verpasst, diese armen Irren!«

Alle mussten lachen.

»Stellt euch bloß mal die feinen Pinkel dort vor, wie sie mit einer weißen Serviette um den Hals um den Rond Point herum sitzen und mit abgespreiztem kleinem Finger rohes Pferdefleisch mampfen, während sie von hungrigen Löwen, die von Fritzen an der Leine geführt werden, mit begehrlichen Blicken angeschaut werden!«

Nach all der Anspannung tat ihnen das Lachen gut. Sie fingen wieder an, herumzublödeln, wie es ihrer Jugend entsprach.

Unten auf dem Platz und auf dem Quai wurden die Leichen der getöteten Deutschen und Franzosen weggeschafft und die Verletzten ins Hôtel-Dieu-Hospital gebracht.

Den Rest des Nachmittags verbrachten Léa und Laure mit Telefonanrufen bei Pariser Hotels. Ohne Erfolg: »Nein, bei uns gibt es keine Madame Delmas mit Kind und auch keine Damen, die von ihren Herren hier eingemietet worden sind.« Die beiden Schwestern waren fast bereit, aufzugeben.

»Versuch's noch bei diesem hier: Hotel Regina, Opéra 74-02«, sagte Léa.

Laure wählte die Nummer. »Hallo? Ist dort das Hotel Regina?«

»Danach rufen wir Tante Albertine an, um zu hören, ob sie etwas herausgefunden hat.«

»Hallo? Ja, genau. Verbinden Sie mich bitte ... Wieso ist das nicht möglich? Sie haben Anweisung ...«

Léa riss Laure den Hörer aus der Hand.

»Verbinden Sie mich mit Madame Delmas. Ihre Anweisungen sind mir wurst, verbinden Sie mich gefälligst. Hallo! Hallo! Wer ist am Apparat? Leutnant... Wie war noch Ihr Name? Geben Sie mir Madame Delmas, Herr Leutnant, ich bin ihre Schwester. Sie ruft zurück? Ganz bestimmt? Wir sind sehr in Sorge ... Danke!«

»Gott sei Dank, wir haben sie gefunden!«

»Ja, aber wir haben nicht mit ihr sprechen können. Ich hoffe, dass mich dieser Deutsche nicht belogen hat und ihr unsere Nachricht weitergibt. Ich gehe nach Hause. Kommst du mit?«

»Nein, ich bleibe lieber hier. Halt mich auf dem Laufenden.«

Eskortiert von einem der jungen F.F.I.-Mitglieder, gelangte Léa auf die andere Seite der Place Saint-Michel. Der junge Mann verließ sie vor der Buchhandlung Clavreuil.

Nach den Schreien und den Schüssen im Quartier Latin wirkten die Rue Jacob und die Rue de l'Université wie eine Insel der Stille. Charles, der einen großen Teil des Tages schlafend verbracht hatte, empfing Léa mit großen Zuneigungsbekundungen, die sie mit erschöpften Zärtlichkeiten erwiderte.

Sie hatte von Franck einen halben Liter Milch, ein paar Zuckerstückchen, Brot und Fleisch mitgebracht, deren sich Estelle bemächtigte wie eines Schatzes. Das Warten neben dem Telefon begann.

Ehe es endlich gegen zehn Uhr abends klingelte, erfuhren Léa und ihre Tanten über Radio London die freudige Nachricht der Befreiung von Paris. Im gleichen Augenblick zerstörte eine Maschinengewehrsalve die Ruhe des stillen Viertels. Albertine de Montpleynet war sich mit ihrer schmalen Hand über die Stirn gefahren und hatte in unnachahmlichem Ton erklärt:

»Sie scheinen nicht richtig informiert zu sein, diese Herren in London.«

»Aber wenn sie es sagen, muss es doch wahr sein«, hatte die naive Lisa erwidert, die den Stimmen, die aus dem Radio kamen, unerschütterlich glaubte, den Stimmen von Jean Hérold-Paquis und Philippe Henriot ebenso wie denen von Maurice Schumann oder Jean Oberlé.

Das Klingeln des Telefons hatte Léa daran gehindert, dieser herzensguten Person gegenüber unhöflich zu werden.

»Hallo! Bist du das, Françoise? Ist alles in Ordnung? Warum bist du nicht zu uns gekommen? Hallo, hallo, unterbrechen Sie uns nicht... Hörst du mich? Du rufst morgen wieder an? ... Ich drücke dich auch ... Bis morgen. Gute Nacht.«

Mit einem unguten Gefühl legte Léa den Hörer auf. Françoise durfte dort nicht bleiben. Das Hotel Regina konnte jeden Augenblick unter Beschuss geraten. Morgen früh würde sie ihre Schwester dort rausholen.

Trotz ihrer Besorgnis schlief sie tief und fest.

17.

Der Himmel über Paris war grau, als Léa erwachte.

In dem kleinem Bett neben ihrem schlief Charles. Sein hübsches Gesicht war schmal und zart geworden. Wie ähnlich er Camille sieht, dachte Léa, während sie ihm über das feine blonde Haar strich. Sie streifte einen Morgenrock aus blauem Baumwollstoff über und ging in die Küche. Zufällig gab es Gas. Sie trank eine halbe Schale von Estelles »Kaffee« und wärmte ein wenig Milch. Von Lisas Zimmer her war das Knistern des Radioapparates zu hören. Im Türrahmen erschien Charles' verschlafenes Gesichtchen.

»Willst du dich wohl schnell wieder hinlegen! Du bist noch krank, du wirst hier frieren.«

»Nein, ich bin gesund. Ich habe Hunger.«

»Dann setz dich, ich hole dir Milch und Kekse.«

»Gehen wir dann spazieren?«

»Nein, mein Liebling. Es ist noch zu früh und draußen ist Krieg.«

»Ich will aber rausgehen und die bösen Boches töten, die Mama wehgetan haben.«

Léa seufzte, als sie den entschlossenen kleinen Jungen betrachtete, der vom Töten sprach, während er friedlich seine Milch trank.

»Nur die großen Leute machen Krieg.«

»Und warum schießen sie dann auch auf Kinder?«

Auf diese Frage des vierjährigen Knirpses wusste Léa keine Antwort.

»Sag mal: Mein Papa, ist der auch im Krieg?«

»Ja, bei General de Gaulle.«

»Wann kommt er denn wieder?«

»Sehr bald.«

»Er ist schon so lange weg.«

Charles hatte Recht, es war lang. Vier Jahre dauerte das nun schon. Vier Jahre, in denen man getan hatte, als lebe man, um nicht vollends zu verzweifeln. So viele Tote! So viel Leid im Verlauf dieser vier Jahre!

»Papa wird traurig sein, wenn er erfährt, dass Mama tot ist.«

Er wusste es also. Zwei Monate lang hatte er so getan, als glaube er ihren vagen Erklärungen!

»Ja, er wird sehr traurig sein, aber wir sind ja da und werden ihn trösten. Du musst ihn sehr lieb haben.«

»Aber du musst ihn auch lieb haben. Hast du meinen Papa auch lieb?«

Léa war, als hörte sie wieder Camilles Stimme: »Versprich mir, dich um Charles zu kümmern, falls mir etwas zustoßen sollte. Und um Laurent...« Laurent, den sie liebte wie einen Bruder, wie einen sehr vertrauten Freund, nicht mehr jedoch wie einen Geliebten. Wieder wunderte sie sich über das Verschwinden einer Liebe, die sie für unsterblich gehalten hatte. Starb wohl die Liebe immer schon vor dem geliebten Wesen? Raphael Malh hatte das behauptet, wobei er sich auf Chateaubriand bezog, doch auch das kleine Fünkchen Hoffnung, das der Liebhaber der Juliette Récamier noch besaß, bestritt: »Es kommt vor, dass in einer starken Seele eine Liebe von solcher Dauerhaftigkeit besteht, dass sie sich in eine leidenschaftliche Freundschaft verwandelt, zu einer Verpflichtung wird und die Eigenschaften einer Tugend annimmt; dann verliert sie ihre natürliche Schwäche und lebt aus ihren unsterblichen Urgesetzen heraus.«

Wenn er nun Recht hätte?

»Sag, hast du meinen Papa auch lieb?«

Es regnete. Léa knotete ein altes Hermès-Tuch um ihr Haar und fuhr los in Richtung Pont-Neuf.

Sie hatte vergeblich versucht, im Hotel Regina anzurufen; niemand hatte geantwortet. Daraufhin hatte sie beschlossen, zum Hotel zu fahren, ohne jedoch ihren Tanten etwas davon zu sagen. Die Straßen lagen still und verlassen, hin und wieder war das Knattern von Gewehrfeuer zu hören. Die jungen deutschen Wachtposten an der Brücke ließen sie passieren. Der Jardin des Tuileries war nur noch ein riesiges schlammiges Gelände mit tiefen Furchen, in denen große Bäume lagen. Weiter westlich bildeten der Obelisk und der Arc de Triomphe ein Kreuz, das sich gegen den düsteren Himmel abhob. Léa kam nicht durch die Sperre in der Rue de Rivoli, doch ein Unteroffizier fand sich bereit, sich für sie im Hotel Regina zu erkundigen, dessen Fassade hinter dem Standbild der Jeanne d'Arc aufragte. Der Mann kam zurück und berichtete: Alle Frauen hatten das Hotel am frühen Morgen verlassen, man wusste nicht, wo sie sich jetzt befanden. Léa bedankte sich und fuhr weiter. Sie war ratlos.

Am Quai Voltaire und am Quai de Conti kam sie an Rote-Kreuz-Fahrzeugen vorbei und an zwei Wagen voller F. F. I.-Männer, die das Lied der Partisanen sangen. Nahe der Rue Guénégaud griffen ihr zwei junge Leute, die Armbinden in den Farben der Trikolore trugen, in den Lenker ihres Fahrrads und stoppten sie.

»Wohin willst du?«

Léa ärgerte sich über das Duzen. »Das geht euch nichts an!«

Eine Ohrfeige warf ihr den Kopf nach hinten.

»Antworte gefälligst höflich, wenn man mit dir spricht. Es haben schon ganz andere als du aufgehört, sich aufzuspielen, nachdem sie bei unserem Friseur gewesen waren, das kannst du mir glauben.«

»Lasst mich los!«

»Nimm dich in Acht, Süße, wir können sehr unangenehm werden. Ohne Ausweis kommt hier keiner durch«, erklärte der Zweite, der bisher noch nichts gesagt hatte. »Es sind hohe Offiziere in der Nähe, da müssen wir vor Spionen auf der Hut sein. Also sag uns hübsch, wo du hinwillst.«

Léa begriff, dass ihr Bockigkeit nichts nützen würde.

»Ich will zu Freunden an der Place Saint-Michel.«

»An der Barrikade der Rue de la Huchette?«

»Ja, in einer Wohnung darüber.«

»Léa, was machst du hier?«

»Pierrot, kannst du den beiden mal sagen, sie sollen mich durchlassen?«

»Lasst sie fahren, ich kenne sie. Sie ist meine Cousine.«

»In Ordnung. Wir haben nur unsere Anweisungen befolgt.«

»Komm, ich möchte dich einem Kumpel vorstellen, der die Barrikade überwacht.«

Was Barrikaden anging, war es eine schöne Barrikade. Sämtliche Metallbettgestelle des Viertels mussten beschlagnahmt worden und die Keller von altem Gerümpel geräumt worden sein: Heizkörper, verbogene Fahrräder, Kinderwagen, Fässer, Geflügelkörbe, Vogelkäfige, sogar eine antike Kupferbadewanne. Das Ganze war mit Sandsäcken verstärkt. Das Herzstück der Barrikade bildete ein Lastwagen ohne Türen und Räder. Dieser zusammengewürfelte Haufen wurde gekrönt von Handwagen und Schubkarren, die den Schützen als Stützen dienten. Sie folgten einem schmalen Pfad an der Uferbrüstung entlang, der frei gelassen worden war. Schüsse wurden von einem Gebäude auf der Ile de la Cité abgefeuert.

»Achtung! Hinlegen!«

Léa und Pierrot fanden Schutz in einer der halbrunden Ausbuchtungen der Brücke, in die sich bereits zwei Männer gekauert hatten. Léa erkannte in einem den jungen kurzsichtigen Mann aus dem Café Flore und lächelte ihm zu. Auch er hatte sie wiedererkannt und lächelte zurück.

»Sie schießen von den Dächern des City Hotel aus«, sagte er und deutete mit dem Finger hinüber.

»So geht das schon seit heute Morgen«, erklärte Pierrot. »Wir glauben, dass der Kerl dort ganz allein ist. Zweifellos ein Milizsoldat. Ach, schau mal, unsere Kameraden sind jetzt auf den Dächern.«

Tatsächlich hoben sich die Gestalten bewaffneter F. F. I.-Männer vom noch immer düsteren Himmel ab.

»Wohnen Sie auf der Place Dauphine?«, fragte der Barrikadenchef den Begleiter des jungen Mannes mit der Brille.

»Ja.«

»Wie heißen Sie?«

»Henri Berri.«

»Und Sie?«

»Claude Mauriac.«

Er könnte der Sohn unseres Nachbarn auf Montillac sein, dachte Léa. Sie hatte jedoch keine Zeit, ihn danach zu fragen, der Chef bedeutete ihnen, dass sie passieren könnten, und schrie den F. F. I.-Männern zu:

»Nicht schießen!«

Die beiden jungen Leute rannten zur Place Dauphine, während Cousin und Cousine wieder hinter der Barrikade verschwanden.

»Du solltest nicht einfach so durch die Gegend fahren; im Nu hast du dir eine verirrte Kugel eingefangen ... Na bitte, was habe ich dir gesagt!«

Auf dem Quai des Grands-Augustins war eine Frau hingefallen. Sie war verletzt, konnte sich aber hinter einen schützenden Baum schleppen. Von der Rue des Grands-Augustins her erschienen zwei junge Leute in weißen

Kitteln mit einer Tragbahre und ein junges Mädchen in Weiß, das die Rote-Kreuz-Fahne schwenkte. Ohne auf fliegende Kugeln zu achten, bargen sie die Verletzte und brachten sie im Laufschritt zu der behelfsmäßigen Krankenstation, die Dr. Debré eingerichtet hatte.

»Wir nehmen besser die kleinen Straßen, da ist es nicht so gefährlich.«

In der Rue de Savoie war alles ruhig. Vor einem alten Stadtpalais aus dem 18. Jahrhundert hielten F. F. I.-Männer Wache. »Hier ist der Kommandoposten von einem der Anführer der Widerstandsbewegung«, verkündete Pierrot mit der wichtigen Miene des Eingeweihten.

»Du musst mir helfen, Françoise zu finden.«

»Diese Nutte!«

Die Beleidigung verschlug Léa die Sprache.

»Ist dir klar, was du da von mir verlangst?«, fuhr Pierrot fort. »Ich soll eine Kollaborateurin, eine Verräterin ihres eigenen Landes retten...«

»Jetzt reicht's aber! Françoise ist weder eine Kollaborateurin noch eine Nutte. Sie ist ein armes Mädchen, das das Pech hatte, sich in einen Deutschen zu verlieben zu einer Zeit, als sich die beiden Völker gegenseitig bekriegten. Dafür verdient man es nicht, erschossen zu werden.«

»Vielleicht nicht erschossen, aber kahl geschoren und eingesperrt.«

»Kahl geschoren! Bist du krank? Ich wäre lieber tot als kahl geschoren.«

»Die Haare wachsen doch wieder«, grinste Pierrot.

Geschickt wich er Léas Ohrfeige aus.

Von der Rue Saint-André-des-Arts drang Gelächter, Händeklatschen und Geschrei herüber. Die Menge trieb einen etwa fünfzigjährigen Mann mit gelichtetem Haar vor sich her, dem man die Hose ausgezogen hatte. Er sah jammervoll und grotesk aus mit seinen Socken, deren eine ein Loch hatte, und den Sockenhaltern. Die Hose und seine Schuhe trug er in der Hand. Hinter ihm lief weinend ein dickes junges Mädchen in einem geblümten Kleid und mit rasiertem Schädel, auf den ein weißes Hakenkreuz gemalt war.

Léa war von brennender Scham erfüllt. Pierrot senkte den Kopf. Einen langen Augenblick verharrten sie reglos. Pierrot legte den Arm um Léas Schulter.

»Komm, lass uns Françoise suchen. Wir gehen zum Kommandoposten von Oberst Rol.«

Sie sollten nie zu dem unterirdischen Kommandoposten in der Metrostation Denfert-Rochereau gelangen.

Nahe den Barrikaden der Kreuzung Boulevard Saint-Michel und Boulevard Saint-Germain, »Todeskreuzung« genannt, explodierte vor ihnen eine Granate, die von einem Dach heruntergeschleudert wurde. Léa, die ein paar Schritte hinter ihrem Cousin ging, verspürte eine Art Prankenhieb gegen ihren Kopf. Dann sah sie Pierrot, der sich wie in Zeitlupe in die Luft erhob und elegant wieder herunterkam. Weiß gekleidete Wesen umringten sie, der graue Himmel schwankte und die Bäume des Boulevards stürzten auf sie herab.

»So, das hätten wir. Sie können nach Hause gehen.«

Benommen richtete sich Léa auf. Der junge Arzt half ihr vom Behandlungstisch herunter. Er hatte angespannte Züge und wirkte erschöpft.

»Der Nächste, bitte.«

Ein Mann mit einer Bauchverletzung wurde auf den Tisch gehoben. »Wo ist mein Cousin?«

»Das weiß ich nicht«, antwortete der Arzt. »Fragen Sie bei der Aufnahme nach.«

Bis zum Abend irrte Léa in ihrem blutbefleckten Kleid und mit dem dicken Kopfverband auf der Suche nach Pierrot durch die Gänge des Hôtel-Dieu-Hospitals. Niemand konnte ihr sagen, wo er abgeblieben war. Die Sanitäter, die ihn gebracht hatten, waren unauffindbar.

»Kommen Sie morgen wieder«, hieß es überall.

Das Herz von dunklen Vorahnungen erfüllt, schickte sie sich schließlich drein, das Krankenhaus zu verlassen. Ein Polizist mit der Armbinde der F. F. I., dem sie in ihrer Hilflosigkeit Leid tat, geleitete sie durch die Verhaue auf dem Platz vor Notre-Dame bis zur Einmündung der Rue de la Huchette in die Rue Saint-Jacques, wo sich ein anderer F. F. I.-Mann ihrer annahm und sie bis zu der Wohnung am Boulevard Saint-Michel brachte.

Nur Franck war noch dort. Kommentarlos führte er sie in sein Schlafzimmer, ließ ihr ein Bad einlaufen und half ihr beim Ausziehen. Während sich die Wanne füllte, brühte er ihr einen Tee auf, den sie zähneklappernd trank, denn das Wasser war kalt. Eingehüllt in einen zu großen Bademantel, brachte er sie zu Bett und hielt ihre Hand, bis sie eingeschlafen war. Sie hatten kein einziges Wort miteinander gewechselt.

Blutet! Blutet! Ein Aderlass tut im August ebenso gut wie im Mai!

Der Ausruf, den Tavannes in der Bartholomäusnacht am 24. August 1572 während des Massakers an den Protestanten ausgestoßen hatte, hämmerte in Léas Kopf.

Sie hatte an diesem Morgen, als sie das Frühstück für Charles bereitete, nach dem Datum geschaut und festgestellt, dass es der Bartholomäustag war. Sie hatte sich an *Das Leben Karls des IX.* von Brantôme erinnert, das sie las, nachdem sie *Die Dame von Monsoreau, Die Fünfundvierzig* und *Die Königin Margot* von Alexandre Dumas verschlungen hatte, und aus dem dieser unheilvolle Satz stammte. Jetzt vermischten sich in ihrem Traum deutsche Soldaten und Söldner der Guises, geschorene

Frauen und Admiral de Coligny, F. F. I.-Männer und der künftige Henri IV., in die Seine geworfene Leichen und von Flammenwerfern verbrannte Körper und Karl IX., der mit der Armbrust aus dem Fenster seines Schlafzimmers im Louvre schoss.

»Wach auf! Wach auf!«

Das Gesicht fast ebenso weiß wie ihr Kopfverband, öffnete Léa die Augen.

»Was willst du denn?«

Franck war ganz aufgeregt und hatte sein gewohntes Phlegma verloren. Er drehte an den Knöpfen des Radioapparates in seinem Schlafzimmer.

»Hör nur!«

Freut euch, Bürger von Paris! Wir sind hier, um euch eure Befreiung zu verkünden. Die Division Leclerc zieht in Paris ein! In wenigen Minuten wird sie am Hotel de Ville eintreffen. Bleiben Sie an den Radiogeräten, Sie werden die große Stimme vernehmen, auf die Sie gewartet haben. Wir sind alle verrückt vor Freude! Unsere Sendung ist improvisiert, denn wir arbeiten unter schwierigsten Bedingungen und haben auch seit drei Tagen nichts mehr gegessen. Wir haben Kameraden mit Schusswunden, die seit drei Tagen nichts mehr zu essen bekommen haben und die trotzdem ans Mikrophon wollen. Vielleicht sind wir alle betrunken, auf jeden Fall betrunken von der Freude, dem Glück, wieder in dieser geliebten Stadt zu sein.

Léa ist aufgestanden und hat sich neben Franck gestellt. Stürmisch umarmt er sie.

Ich habe eine Nachricht, die gerade hereingekommen ist. Sie ist sehr kurz: Um 9 Uhr 15 wurde am Tor der Pappeln eine Kolonne von Franzosen, Spaniern und Marokkanern gesichtet. Wo ist das Tor der Pappeln? In Gentilly? Das Tor der Pappeln ist in Issy! Da sind sie! Sie sind da! Noch vor den Truppen von General Leclerc sind zwei Panzer vor dem Hotel de Ville aufgefahren. In einem soll sich General de Gaulle befinden. Sicher ist jedenfalls, dass sich die Polizeipräfektur im Hotel befindet, dass die Alliierten da sind, wahrscheinlich auch General de Gaulle da ist. Öffnet die Fenster, beflaggt die Häuser! Ich erhalte soeben einen Anruf des Leiters des Nachrichtendienstes. Der Leiter des Nachrichtendienstes bittet mich, allen Pfarrern, die diese Sendung hören, mitzuteilen, dass sie gebeten werden, sofort die Glocken läuten zu lassen. Also, ich wiederhole: Hier spricht Schaeffer, Beauftragter der Direktion des Rundfunks der französischen Nation, ein Rundfunk, der vor vier Tagen noch unter deutscher Besetzung war, jetzt aber die Sendemasten wieder in Besitz genommen hat. Ich bin ordnungsgemäß vom Leiter des Nachrichtendienstes der provisorischen Regierung der Republik beauftragt worden, mich an alle die Herren Pfarrer zu wenden, die mich hören und somit unmittelbar informiert werden können. Ich rufe sie auf, sofort die Glocken in voller Lautstärke läuten zu lassen, um den Einzug der Alliierten in Paris zu verkünden.

Lachend und weinend fallen sich Léa und Franck in die Arme. Sie eilen ans Fenster. Auf der ganzen Place Saint-Michel werden die Fensterläden zurückgeklappt, gehen nacheinander die Lichter an. Vorbei die Verdunkelung, die Zeit für Helligkeit und Freude ist gekommen! Aus allen Richtungen laufen die Leute auf dem Platz zusammen, umarmen sich. Aus den auf höchste Lautstärke geschalteten Radios klingt die *Marseillaise*. Die Menschen auf dem Platz bleiben stehen und singen mit:

Aux armes, citoyens!

Im Westen rötet eine riesige Feuersbrunst die dunklen Wolken, die über den Himmel rollen.

Auch Léa und Franck, mitgerissen von den begeisterten Stimmen, singen mit, ohne sich dessen bewusst zu sein. Ihre Hände sind so fest ineinander verschlungen, dass sie fast blau anlaufen.

Plötzlich wagt sich, zunächst noch zögernd, eine erste Glocke in den Himmel, an dem der letzte Tag der Besetzung von Paris untergeht. Die Glocken von Saint-Séverin antworten, dann die von Saint-Julien-le-Pauvre, von Saint-Germain-des-Prés, von Sacré-Cœur, von Saint-Etienne-du-Mont, von Saint-Germain-l'Auxerrois, von Saint-Sulpice, von Sainte-Geneviève, von Saint-Eustache, und endlich gesellt sich auch das volle Geläut von Notre-Dame zu ihnen und führt die Stadt in überschäumenden Jubel.

Es ist 21 Uhr 22 und Hauptmann Raymond Dronne hat gerade seinen Jeep mit der Aufschrift »Tod den Schweinehunden«, seine fünfzehn Halftracks und seine drei Sherman-Tanks – Montmirail, Champaubert und Romilly – vor dem Hotel de Ville halten lassen. Hundertdreißig Männer betreten zum ersten Mal seit vier Jahren wieder den Boden der Hauptstadt ihres Vaterlandes.

Bewegt deklamiert der Radiosprecher Verse von Victor Hugo:

Wach auf! Genug der Schande;
Werde wieder zu einem großen Frankreich!
Werde wieder zu einem großen Paris!

Unten auf dem Platz haben die Menschen ein Freudenfeuer entzündet und tanzen drum herum. Plötzlich fallen Schüsse. Alle stehen wie versteinert, ergreifen dann schreiend die Flucht.

Die Hände von Léa und Franck haben sich gelöst. Im Radio stammelt die eben noch so enthusiastische Stimme:

Wir waren vielleicht etwas zu voreilig. Es ist noch nicht alles vorbei. Es ist besser, ihr schließt die Fensterläden wieder. Die Fensterläden müssen geschlossen werden. Lasst euch nicht unnötig umbringen ...

Nach und nach erlöschen die Lichter um den Platz herum wieder, werden die Läden geschlossen, kehrt die Angst zurück.

Wir erinnern daran, dass die von Oberst Rol erlassenen Sicherheitsvorschriften eingehalten werden müssen. Bringt eure Freude auf andere Weise zum Ausdruck.

Eine um die andere verstummen die Glocken; nur eine bietet hell dem Kanonendonner von Longchamps her Paroli. Dann verstummt auch sie, und auch die Kanonen schweigen und schließlich das Gewehrfeuer vom Hôtel de Ville her.

Inzwischen ist es Nacht in Paris. Am Palais du Luxembourg und im Odeon-Viertel, das vermint sein soll, schleichen sich schwer beladene Schattengestalten in die Keller hinunter. Noch ist die Befreiung von Paris nicht vollzogen.

In der Nacht entlud sich ein schreckliches Gewitter. Léa stand lange am Fenster und betrachtete den aufgewühlten Himmel, der Blitze und Donnerschläge aufeinander folgen ließ. Fahles Licht erhellte sekundenlang den Pont-Neuf, der wie eine Spielzeugbrücke über dem reglosen Band der Seine lag, das alsbald von dicken Regentropfen durchsiebt wurde.

18.

Gegen acht Uhr morgens kam Laure wie ein Wirbelwind in das Zimmer gefegt, in dem Léa schlief.

»Sie kommen! Sie Kommen!«

»Wer?«

»Die Truppen von General Leclerc! Sie kommen! Sie sind an der Porte d'Orléans! Steh auf, wir gehen hin! Was hast du denn da am Kopf? Bist du verletzt?«

»Nicht der Rede wert. Hast du etwas von Pierrot und von Françoise gehört?«

»Nein, ich dachte, du wüsstest etwas.«

Léa begann lautlos zu weinen.

»Wein doch nicht, wir werden sie schon finden. Komm, steh auf, lass uns sehen, wie sie einmarschieren.«

Ein »Fifi«, wie die F. F. I.-Männer inzwischen genannt wurden, kam hereingestürzt und schrie:

»Sie sind in der Rue Saint-Jacques!«

Schon war er wieder weg.

»Hast du gehört? Sie sind in der Rue Saint-Jacques. Beeil dich!«

»Er ist bestimmt tot.«

»Von wem sprichst du?«

»Er ist tot; ich sage dir, er ist tot!«

»Also, wer ist denn nun tot?«

»Pierrot.«

»Pierrot?«

Franck klopfte an die angelehnte Tür.

»Bleib nicht am Fenster stehen, man hat zu schnell eine

verirrte Kugel weg«, sagte er und schob Laure in die Mitte des Raumes.

»Hast du etwas über Pierrot erfahren?«, fragte Léa und stand auf.

»Nein. Ich habe mehrere Krankenhäuser abgeklappert, aber auf keinen der eingelieferten Verletzten passt die Personenbeschreibung deines Cousins.«

»Aber irgendwo muss er doch sein, tot oder lebendig.«

»Was ist denn eigentlich passiert?«, wollte Laure wissen.

»Léa und euer Cousin sind gestern auf der ›Todeskreuzung‹ verletzt worden. Léa wurde ins Hôtel-Dieu-Hospital gebracht. Von Pierrot fehlt jede Spur.«

Die drei jungen Leute schwiegen.

Franck hatte sich während der letzten Tage sehr verändert. Er schien reifer geworden zu sein. Die letzten Reste an Kindlichkeit und Unbekümmertheit hatte er verloren angesichts des Sterbens zu vieler Altersgenossen, Freunde oder Feinde.

»Mach dir keine Sorgen, wir werden ihn wiederfinden.«

Keiner der drei glaubte auch nur eine Minute daran. Laure regte sich als Erste.

»Die Truppen von General Leclerc sind schon in der Rue Saint-Jacques. Wir müssen hin!«

Léa machte Katzenwäsche, nahm ihren Kopfverband ab und klebte ein Pflaster auf die Wunde. Ihr zerrissenes und blutbeflecktes Kleid war nicht mehr zu gebrauchen. Franck stöberte im Schrank seiner Mutter und kam mit einem Arm voll verschiedenfarbiger Kleider zurück.

»Sie werden dir sicher alle ein bisschen zu groß sein, aber mit einem Gürtel wird es gehen.«

Léa wählte ein blau geblümtes Kleid mit kurzen

Ärmeln. Sie knotete einen blauen Schal um ihren Kopf, um das Pflaster zu verbergen, und schlüpfte in ihre weißen Sandaletten mit den Plateausohlen.

Draußen war herrliches Wetter. Von allen Seiten rannten die Leute zur Rue Saint-Jacques: Frauen, die nur einen Morgenrock über ihr Nachthemd geworfen hatten, Männer, die noch unrasiert waren, junge Mütter, die ihre Babys auf dem Arm trugen, kleine Buben, die allen durch die Beine schlüpften, alte Veteranen des Krieges von 1914, die sämtliche Orden und Ehrenzeichen angelegt hatten, Studenten, Arbeiter, Verkäuferinnen, alle eilten der Division Leclerc entgegen.

Die Rue Saint-Jacques war ein einziger Strom des Jubels, auf dem Oberst Billottes mit Blumen und Fahnen bedeckte Sherman-Tanks majestätisch schwammen. Junge Mädchen kletterten auf die Tanks und küssten die Soldaten, ungeachtet ihrer staubbedeckten Gesichter. Die begeisterte Menge warf den Siegern Kusshände zu, hielt ihnen Kinder hin, weinte, lachte und schrie:

»Bravo! Es lebe Frankreich! Dank! Dank! Es lebe de Gaulle! Bravo! Bravo!«

Laure sprang auf einen Panzerwagen und küsste den Fahrer, der sie lachend abwehrte. Franck klatschte den Soldaten aus Leibeskräften Beifall.

Léa fühlte sich in all dem freudig erregten Tumult fremd, fast unberührt. Panzer mit klingenden Namen rollten vorbei: Austerlitz, Verdun, Saint-Cyr, El Alamein, Mort-Homme, Exupérance. Exupérance? Vom Turm seines Panzers grüßte ein strahlender Offizier mit verschmutztem Gesicht die Menge. Sein Blick streifte Léa.

»Laurent!«

Ihr Ruf ging im Lärm der Motoren und im Jubelgeschrei der Menge unter. Sie versuchte, zu ihm zu gelangen, doch sie erhielt einen so heftigen Stoß gegen ihren verletzten Kopf, dass ihr schwindlig wurde. Einem jungen

F. F. I.-Mann, der ihr Unwohlsein bemerkte, gelang es, sie aus der Menschenmenge zu befreien.

In einem kleinen Café in der Rue de la Huchette erholte sich Léa schnell wieder.

»Hier, mein hübsches Kind, trinken Sie mal 'nen Schluck, das bringt Sie wieder auf die Beine. Ist 'n guter Tropfen, hab ich extra aufgehoben für die Siegesfeier.«

Léa nahm das kleine Glas, das ihr gereicht wurde, und kippte die bernsteinfarbene Flüssigkeit mit einem Zug hinunter. Sie verursachte eine Explosion in ihrem Mund und gab ihr fast im gleichen Augenblick ein Gefühl des Wohlbefindens.

»Es geht nichts über einen guten Armagnac, um Farbe in Mädchenwangen zu bringen. Noch ein Gläschen?«

Laurent war also hier! Bei seinem Anblick hatte ihr Herz angefangen zu klopfen wie zu der Zeit, als sie glaubte ihn zu lieben. Vielleicht liebte er sie noch immer? Der Alkohol half ihr, sich in einem rosigen Nebel zu verlieren. Es war zu Ende. Schüsse fielen. »Alles in die Häuser! Vorsicht vor den Schützen auf den Dächern!«

Wie durch Zauberei leerte sich die Straße und Léa kehrte in die Wirklichkeit zurück: Laurent war nun da, aber Camille war tot. Als sie daran dachte, es ihm sagen zu müssen, wurde ihr fast wieder schwindlig. Seinen Schmerz miterleben zu müssen, schien ihr über ihre Kräfte zu gehen. Jemand anders sollte es ihm sagen. Sie schämte sich für ihre Feigheit und errötete. Niemand anders als sie durfte es ihm sagen. So hätte es auch Camille gewollt.

Auf dem Platz vor Notre-Dame waren die Panzer aufgefahren, aber den mit dem Namen Exupérance sah sie nicht. Eine Kolonne Panzerwagen rollte den Quai entlang. Alles wurde von den Parisern kommentiert:

»Hast du diese Kriegsmaschinerie gesehen? So was hätten wir 1940 haben müssen, dann hätten wir den Krieg nicht verloren.«

»Bist du sicher, dass das Franzosen sind? In solchen Uniformen?«

»Das sind amerikanische Uniformen. Aber egal ob Engländer, Amerikaner oder Russen, die Hauptsache ist, dass sie bis hierher gekommen sind. Es lebe de Gaulle! Es lebe Frankreich!«

Léa ging den Quai entlang und bemerkte kaum das Gedränge um sie herum. Sie war von einer so großen Müdigkeit erfüllt, dass sie kaum einen klaren Gedanken fassen konnte. In ihrem umnebelten Kopf drehte sich ein phantastisches Karussell: Laurent lebt. Was ist aus Pierrot geworden? Ich habe Laure und Franck verloren. Ich muss den Tanten Bescheid sagen. Ob sie wohl von Françoise gehört haben? Hat Charles heute Milch bekommen? Laurent ist wieder da. Wie soll ich ihm das mit Camille sagen? Warum klatschen alle diese Leute? Ach ja, Leclercs Soldaten sind da. Laurent gehört auch zu ihnen. Und François? Wo mochte der sein?

»Entschuldigung, Mademoiselle«, sagte ein Mann von der Wochenschau mit der Kamera auf der Schulter, der sie heftig angerempelt hatte.

Léa war an der Place Saint-Michel angekommen und stieg zu Francks Wohnung hinauf. Keine Spur von ihm oder Laure. Dafür hatte sich eine Gruppe »Fifis« in den Räumen breit gemacht. Sie versuchte, sich bei ihnen Gehör zu verschaffen, doch sie waren so aufgeregt, dass sie überhaupt nicht zuhörten. Sie musste aber irgendwie eine Nachricht hinterlassen, denn das Telefon, das während all der verrückten Tage funktioniert hatte, schien zu streiken. Im Schlafzimmer von Francks Mutter fand sie einen Lippenstift und schrieb damit auf alle vorhandenen Spiegel: Ich bin bei den Tanten. Laurent, Françoise und Pierrot sind vielleicht auch dort.

Das hatte sie gehofft, als sie die Treppe zu Francks Wohnung hinaufgegangen und zum Telefon geeilt war. Als der Apparat tot blieb, hatte sie beschlossen in die Rue de l'Université zurückzukehren.

Die Panzer! Die Panzer hatten sich auf der Place Saint-Michel versammelt, umgeben von einer begeisterten Menge, die ihnen bewundernd applaudierte. Léa drängelte sich zu einem der Ungetüme durch, kletterte auf eines der Räder und zog sich hoch bis zum Turm.

»Wissen Sie, wo Leutnant d'Argilat ist?«

»Nein, ich habe den Herrn Hauptmann seit der Porte d'Orleans nicht mehr gesehen.«

Befehle erschallten inmitten des Tumults.

»Steigen Sie ab, wir greifen den Senat an.«

»Falls Sie ihn sehen, sagen Sie ihm bitte, dass Exupérance ...«

»So heißt sein Panzer!«

»Ja, ich weiß. Sagen Sie ihm, dass Exupérance in Paris ist, bei ihren Tanten.«

»Mach ich; aber dafür kriege ich einen Kuss.«

Léa küßte ihn bereitwillig.

»Vergessen Sie's auch nicht?«

»Ist er Ihr Liebster? Hat der ein Glück, eine so hübsche Freundin gekriegt zu haben. Mein Männerehrenwort: Ich werde es nicht vergessen. Es sei denn, ich werde getötet, natürlich.«

Die Bemerkung ärgerte sie. Natürlich, falls er getötet würde ...

Sie sprang von dem Panzer herunter und schaute zu, wie die Ungetüme manövrierten. Sie fuhren in die enge Rue Saint-André-des-Arts ein unter den Bravorufen der Menge, die sich auf den Bürgersteigen drängte, vor den Läden mit heruntergelassenen Eisenjalousien, von denen einige eine mit Kreide geschriebene Warnung trugen:

»Achtung! Der F. F. I.-Wagen Nr. ... ist mit vier Milizsoldaten besetzt. Nehmt ihn unter Beschuss!«

Die Kolonne bog nach links ab in Richtung Odéon. Léa schlug die Rue de Buci ein. Es ist erst Mittag, dachte sie nach einem Blick auf die Uhr, deren Zeiger auf der Ziffer Zwölf standen. Die Cafés hatten ihre Türen wieder geöffnet. Im Bistro der Rue Bourbon-le-Château trank sie eine Schorle, umgeben von Bewohnern des Viertels, die die Ereignisse diskutierten. Einer behauptete, er hätte amerikanische Tanks und Lastwagen auf dem Pont-Neuf gesehen.

Hier und da flatterte die Trikolore von den Fenstern der Häuser. Die Leute standen in den Türen und tauschten ihre Eindrücke aus, wobei sie immer wieder misstrauisch zu den Dächern hinaufblickten.

In der Rue de l'Université stand die Tür zur Wohnung ihrer Tanten weit offen. Ein ungewohntes Durcheinander herrschte in der Diele. Mein Gott! Charles!, dachte sie und eilte in ihr Zimmer. Der kleine Junge saß in seinem Bett und blätterte artig in einem Bilderbuch von Bécassine, das Léas Mutter gehört hatte. Ein Lächeln erhellte das zarte Gesichtchen.

»Du bist wieder da! Ich hatte solche Angst, dass du nicht wiederkommen würdest!«

»Wie kannst du so etwas sagen, mein Liebling! Ich würde dich doch nie im Stich lassen. Hast du schon zu Mittag gegessen?«

»Ja, aber es hat mir nicht geschmeckt. Es ist schön draußen, gehen wir spazieren?«

»Heute nicht. Auf den Straßen ist immer noch Krieg.«

»Ich weiß. Ich habe vorhin Schüsse gehört und Leute, die geschrien haben. Und Tante Albertine ist sogar weinend rausgelaufen.«

Sie wird erfahren haben, dass Pierrot tot ist, dachte Léa.

»Ich geh mal eben zu Tante Lisa, bin gleich wieder da.«

Sie fand Lisa und Estelle in der Küche, in Tränen aufgelöst.

»Da bist du ja endlich!«, rief ihre Tante aus.

»Was habt ihr denn? Was ist denn los?«

Das Schluchzen der beiden Frauen wurde stärker. Sie versuchten zu sprechen, brachten aber kein Wort heraus.

»Wollt ihr mir nicht gefälligst sagen, was passiert ist?«

Schließlich stammelte Estelle: »Mademoiselle Françoise...«

Léa wurde plötzlich ganz kalt.

»Wieso Françoise? Was ist denn mit ihr?«

»Sie ist verhaftet worden...«

»Wann?«

Estelle machte eine Geste des Nichtwissens.

»Die Milchfrau aus der Rue du Bac ist gekommen und hat es uns mitgeteilt«, sagte Lisa in einem Atemzug. »Albertine ist sofort losgegangen, ohne auch nur einen Hut aufzusetzen.«

Unter anderen Umständen hätte diese Bemerkung Léa ein Lächeln entlockt. Doch der vergessene Hut war ein Zeichen, dass es sich um eine sehr ernste Angelegenheit handeln musste.

»Wohin ist sie denn gegangen?«

»Zum Platz vor der Kirche.«

»Ist sie schon lange fort?«

»Eine halbe Stunde vielleicht.«

»Ich gehe ihr nach. Kümmert euch um Charles.«

»Geh nicht hin! Geh nicht hin!«, schrie Lisa und klammerte sich an Léas Arm.

Wortlos befreite sie sich und eilte hinaus.

19.

Das Wetter war herrlich; etwas wie Feststimmung lag in der Luft. Auf der Straße sah man strahlende junge Mädchen in kurzen hellen Kleidern, das Haar geschmückt mit Kokarden oder Trikolorefähnchen. Elegante Frauen, die man sonst höchstens in der Sonntagsmesse sah, wirkten heute weniger arrogant. Alte Damen schritten am Arm alter Herren mit neu gewonnener Behändigkeit aus. Alle strebten eilends dem Platz zu.

Obwohl sie darauf gefasst war, hielt Léa verblüfft inne: Der Platz war schwarz von Menschen.

Auf den Stufen der Kirche, die schon ganz andere Spektakel gesehen hatten, spielte sich vor einem übermütig johlenden, höhnenden Publikum, das die Akteure mit Worten und Gesten anfeuerte, ein Melodram ab. Das auf ein Minimum reduzierte Bühnendekor beeindruckte gerade durch seine Schlichtheit: mehrere Bänke, ein Stuhl mit Strohgeflechtsitz und ein mit einem Dolch am Kirchenportal befestigtes großes weißes Blatt Papier, auf dem mit schwarzer Tinte geschrieben stand: HIER WIRD GRATIS FRISIERT. Das Stück hatte bereits begonnen. Die Schauspieler beherrschten ihre Rollen perfekt. Der Ausrufer, ein dicker Mann in Hemdsärmeln und mit einer Armbinde der F. F. I., schrie die Missetaten der weiblichen Mitspieler heraus:

»Hier können Sie die Dame Michaud bewundern; sie hat ihren Mann an die Gestapo verraten. Verdient sie die Nachsicht des Volkstribunals?«

»Nein! Nein!«, schrien die Zuschauer.
»Alsooo...«
»Schert sie! Hahaha!«
Tosendes Gelächter schüttelte das Publikum. Auf der improvisierten Bühne nötigten Helfer der Volksjustiz die Dame Michaud, auf dem Stuhl Platz zu nehmen. Mit einer großen Schneiderschere bewaffnet, die er drohend über seinem Kopf schwang, trat der »Friseur« auf und sang, dabei Maurice Chevalier imitierend, ein Couplet:

Habt ihr Zozos neuen Hut gesehn?
Das ist ein Hut, der ist mal scheen:
Vorn hat er ein Federchen vom Pfau,
An der Seite das Schwänzchen einer Sau.

Neben Léa hielt sich ein dickes junges Mädchen im weißen Kittel einer Milch- oder Fleischverkäuferin laut lachend am Arm eines Feuerwehrmannes fest.
»Ich könnte mir glatt in die Hosen machen... Hahaha... Ich schwör dir, ich mach mich nass... Hahaha... Es geht los!«
Die Menge schaukelte auf einer Woge des Gelächters, so dass Léa fast seekrank wurde. Sie sah, wie da vorn dicke Haarsträhnen geschwungen wurden, wie Schwanz und Ohren eines Stiers in der Arena, und von Jubelschreien begrüßt wurden, die an eine Corrida erinnerten. Hände streckten sich aus, um diese traurigen Trophäen zu ergattern.
Nach dem Grobschnitt... die Schur!
Zusammengesunken auf dem Stuhl, das Gesicht von Speichel und Tränen verschmiert, beugte sich die Dame Michaud einem gerechten und verdienten Los, da sie – vielleicht – ihren Mann an die Gestapo verraten hatte. Es nützte ihr nichts, dass sie beteuerte, er habe sich zu einer Untergrundorganisation in Corrèze geflüchtet, um dem

Zwangsarbeitsdienst zu entgehen. Hatte denn nicht eine Nachbarin gesehen, wie sie einem deutschen Soldaten Auskunft gab, der sie nach dem Weg gefragt hatte...?

Léa fühlte geradezu das kalte Metall der Haarschneidemaschine auf ihrer Kopfhaut...

Einige Frauen in ihrer Nähe waren still geworden. Eine wischte sich sogar eine Träne ab, vielleicht aus einer gewissen Solidarität mit diesem gedemütigten Geschöpf heraus, dessen jetzt lächerlich kleiner Kopf aus dem geblümten Kleid ragte und dem man ein Schild um den Hals gehängt hatte, auf dem mit ungelenker Schrift geschrieben stand: HURE. HAT IHREN MANN VERRATEN UND VERKAUFT.

Zwei Männer zerrten die Frau hoch und stießen sie zu den anderen, die bereits geschoren waren und die ihr auf ihrer Bank Platz machten. Sie setzte sich neben eine Mutter, die ihr Kind wiegte.

Bang hielt Léa unter den noch Ungeschorenen Ausschau nach Françoise.

Inzwischen nahm eine große, elegante und dunkelhaarige junge Frau auf dem Stuhl Platz.

»Schauen Sie sich die hier gut an, meine Damen und Herren. Sieht doch aus, als könnte sie kein Wässerchen trüben mit ihrem ach so braven und anständigen Gehabe. Und doch, meine Damen und Herren, ist sie eine Schlampe, die ihren Arsch lieber den Boches hingehalten hat als einem von unseren tapferen Jungs. Was hat sie verdient?«

»Die Schuuur...«

Es war ein Spektakel, eine Farce, eine Komödie, ein Mysterienspiel, wie sie einst auf den Plätzen vor den Kathedralen zur Erbauung der Gläubigen aufgeführt wurden. Doch heute gab man weder *Das Mysterium der dummen und der klugen Jungfrauen* noch das *Hochzeitsspiel*, sondern *Das Mysterium der Passion.* Nur war es nicht jenes Spiel, das 1547 in Valenciennes aufgeführt wurde und für das die Zuschauer zwei Heller oder sechs Batzen bezahlten, sondern ein Spiel dieser Zeit, einer absurden und großen, einer feigen und edelmütigen, einer tapferen und dummen, einer heroischen und verbrecherischen Zeit, die Frankreich während der ersten Tage seiner Befreiung durchlebte.

Die elegante Brünette weinte nicht. Sie hielt sich sehr gerade, ihr Gesicht war stolz und blass. Eine Locke fiel auf ihre weißen Hände, die sie auf den Knien gekreuzt hielt. Ihre Finger schlossen sich um die warme Strähne. Stille hatte sich ausgebreitet. Die Menge wartete auf Schreie und Tränen, doch diese junge Frau hatte nur ein verächtliches Lächeln um den Mund, während ihre Finger die Hand voll Haare fallen ließen. Ein enttäuschtes Murmeln ging durch das Publikum.

Zweifellos verärgert über ihre würdevolle Haltung, handhabte der »Friseur« die Schere mit großer Rücksichtslosigkeit und verletzte seine »Kundin«. Blut lief ihr die Wange hinunter.

»Oh!«, machten die Zuschauer.

Léa ballte die Fäuste und wandte sich ab. Offenbar gab es niemanden, der diesem abscheulichen Treiben Einhalt gebot! Ein Glück, dass Françoise nicht dabei war. Aber …

Die Frau, die das Kind wiegte, hatte den Kopf gehoben. Sie sah entfernt aus wie Françoise, wenn sie nach einem Sprung in die Garonne aus dem Wasser emportauchte. Léas Herz klopfte schmerzhaft. Nein, nein, das war doch nicht ihre Schwester dort oben! Ich bin nur froh, dass Papa und Mama tot sind. Sie würden zu sehr leiden, wenn sie das sehen müssten, dachte sie. Eine Hand legte sich auf ihren Arm. Es war Albertine. Das Gesicht der alten Dame spiegelte den Schrecken der ganzen Welt wider. Léa legte ihr den Arm um die Schultern und wunderte sich dabei über diese erwachsene Geste und darüber, dass ihre Tante plötzlich so klein geworden zu sein schien.

Die Haarschneidemaschine hatte ihr Werk vollbracht und das Opfer erhob sich ohne Hilfe und mit einem solchen Ausdruck von Verachtung, dass die Menge murrte und Beschimpfungen ausstieß, während sich die junge Frau erhobenen Hauptes und ohne auf das Blut zu achten, das ihr Kleid beschmutzte, auf die Bank der Geschorenen setzte.

Eine andere Frau, die wiederum schrie und weinte, wurde zum Stuhl geschleppt, wo sie auf die Knie sank und stammelte:

»Verzeihung! Verzeihung! Ich werde es nie wieder tun! Verzeihung!«

Über ihr klapperte drohend die Schere.

Ein junger Mann in Golfhose und mit einem Gewehr über der Schulter rannte die Stufen hinauf. Der »Friseur« musste ihn kennen, denn während er den Haarschopf der unglückseligen Frau packte, sagte er:

»Lass uns hier unsere Arbeit machen.«

Mit einem einzigen Zuschnappen der Schere schnitt er den dicken Strang ab.

Der junge Mann schlug mit dem Gewehrlauf auf die Hand des brutalen Kerls, so dass er die Schere fallen ließ.

»Du hast kein Recht, so etwas zu veranstalten. Falls sich diese Frauen schuldig gemacht haben sollten, werden sie rechtmäßig abgeurteilt. Du hast sie der Polizei zu übergeben.«

Jetzt endlich kamen uniformierte Polizeibeamte aus dem zwischen der Kirche und einem Wohnhaus eingezwängten Reviergebäude.

»Weitergehen, weitergehen. Hier gibt es nichts mehr zu sehen. Gehen Sie nach Hause, es gibt nichts mehr zu sehen. Keine Bange, diese Frauen werden ihre gerechte Strafe bekommen.«

Langsam leerte sich der Platz, und die Polizisten brachten die Frauen in das Revier, während die »Richter« ihre Armbinden, ihre Patronengurte oder Revolver zurechtrückten und sich lachend davonmachten. Bald waren alle fort außer Léa und ihrer Tante, die sich nicht von der Stelle gerührt hatten. Sie gaben sich einen Ruck und strebten auf das Polizeirevier zu.

In den engen Räumen herrschte ein riesiges Durcheinander. Die Beamten wussten nicht, was sie mit den weinenden oder erschöpften Frauen machen sollten. Der junge Mann mit der Golfhose telefonierte und legte dann auf.

»Die Präfektur schickt einen Wagen. Der bringt sie ...«

»Wohin? Zur kleinen Roquette?«, fragte ein Polizist.

»Nein, sie werden zum Vel' d'Hiv gebracht. Dort werden sie von F. F. I.-Leuten bewacht.«

»Ist ja lustig«, grinste einer der Beamten, »ausgerechnet dahin, wo die Juden eingesperrt waren.«

Léa erinnerte sich an das, was ihr Sarah Mulstein über die Masseninternierung im Vel' d'Hiv geschrieben hatte, und starrte den Polizisten, der den Wechsel »lustig« fand, entgeistert an.

»Gehen Sie, meine Damen, Sie haben hier nichts verloren.«

»Ich möchte meine Nichte abholen.«

Erstaunt betrachteten die Männer die alte weißhaarige Dame, die ihnen ruhig und würdevoll erklärte: Ich möchte meine Nichte abholen. Die hatte vielleicht Nerven, die Alte!

»Das ist nicht möglich, Madame. Diese Frauen werden der Kollaboration mit dem Feind bezichtigt. Sie müssen erst den zuständigen Justizbehörden vorgeführt werden.«

»Françoise!«

Sie hob den Kopf, schaute mit leerem Blick und schien ihre Schwester nicht zu erkennen.

»Françoise, ich bin's, Léa. Es ist überstanden; wir sind gekommen, um dich abzuholen.«

»Das kommt gar nicht in Frage, Mademoiselle. Diese Person wurde zusammen mit den Mätressen deutscher Offiziere festgenommen.«

»Ich habe nie mit einem Deutschen geschlafen!«, schrie die Dame Michaud. »Ich bin zufällig auf der Straße mit diesen Frauen zusammengestoßen, da hat man mich einfach auch mitgenommen.«

»Schweigen Sie, das Tribunal wird über Ihren Fall befinden. Gehen Sie bitte, meine Damen.«

»Ich flehe Sie an, Monsieur, ich verbürge mich für meine Nichte, ich kenne sie seit ihrer Kindheit.«

»Bemühen Sie sich nicht weiter, Madame.«

»Sie werden sie doch mit dem kleinen Kind nicht ins Gefängnis stecken?!«

Mit allen Anzeichen der Verunsicherung betrachtete der junge Mann erst Françoise und ihren Sohn, dann Mademoiselle de Montpleynet.

»Was das Kind angeht, weiß ich nicht ... Meinetwegen können Sie es mitnehmen, wenn die Mutter bereit ist, es Ihnen anzuvertrauen.«

Der kleine Pierre, der Léa wiedererkannt hatte, streckte die Ärmchen nach ihr aus.

»Ist es dir recht, dass wir ihn mitnehmen?«

Ohne ein Wort übergab Françoise ihren Sohn an ihre Schwester.

»Geben Sie uns Ihre Namen und Ihre Adresse an«, sagte der Älteste der Beamten.

»Wann können wir sie besuchen?«

»Das weiß ich nicht, Madame. Sie müssen abwarten, Sie werden benachrichtigt.«

Françoise streckte Léa die Hand hin. »Möchtest du etwas von mir?«

Ja, natürlich, das hätte ich mir eigentlich denken können, sagte sich Léa, während sie das blaue Tuch, das sie um den Kopf trug, abnahm. Behutsam knotete sie es unter dem Kinn ihrer Schwester.

20.

Nachdem Léa ihre Tante und Françoises kleinen Sohn in die Rue de l'Université zurückgebracht hatte, verließ sie fluchtartig die Wohnung. Sie wollte allein sein, wollte versuchen, über alles, was geschehen war, nachzudenken. Vor allem jedoch wollte sie Laurent finden.

Bis zur Kirche Saint-Germain-des-Prés war der Boulevard Saint-Germain zur Promenade für die Bewohner des Viertels geworden. Doch nach der Rue Bonaparte änderte sich die Atmosphäre. Statt fröhlicher Spaziergänger sah man Gruppen von Männern mit Armbinden und Gewehren, junge Leute in weißen Kitteln mit dem roten Kreuz darauf und Hausfrauen auf dem Weg in die Rue de Buci auf der Suche nach einem offenen Geschäft. Eine von ihnen hielt Léa am Lenker ihres Fahrrads zurück.

»Fahren Sie nicht die Rue de Seine entlang. Die Straße wird seit drei Tagen von den Boches vom Senatspalais aus beschossen. Es sind schon mehrere Menschen getötet oder verwundet worden.«

»Danke, Madame. Ich möchte zur Place Saint-Michel. Wie fahre ich denn da am besten?«

»An Ihrer Stelle würde ich gar nicht dorthin fahren. Das ist eine gefährliche Ecke. Die Männer von General Leclerc wollen das Palais du Luxembourg angreifen.«

Wie um die Angaben der Frau zu bestätigen, explodierte ein Geschoss vor dem Fischgeschäft in der Rue de Seine, das die letzten Schaufenster zersplittern ließ und drei Passanten an den Beinen und im Gesicht verletzte.

Léa machte kehrt und schob ihr Fahrrad den Weg, den sie gekommen war, wieder zurück bis zu dem kleinen Platz vor dem ehemaligen erzbischöflichen Palais, wo sie sich niederließ. Alle Bänke waren von Schläfern belegt. Ein paar Burschen und Mädchen hatten sich im Sandkasten eingerichtet und ließen eine Flasche herumgehen. Léa setzte sich ein wenig abseits und lehnte ihren Rücken gegen einen Baum. Sie schloss die Augen und versuchte, Ordnung in ihren Kopf zu bringen, in dem sich unerträglich gewalttätige Bilder drängten. Sie musste sie verjagen. Zuerst schüttelte sie wild den Kopf, dann schlug sie ihn immer heftiger gegen den Stamm, ohne sich bewusst zu sein, dass ihr Tränen über das Gesicht liefen.

»Hör auf, du tust dir doch weh!«

Eine kleine schmutzige und klebrige Hand hielt ihren Kopf fest. »Hier, trink einen Schluck, dann wird dir besser.«

Léa ergriff die Flasche und trank so gierig, dass ihr der Wein am Hals hinunterfloss.

»Für ein Mädchen hast du einen verdammt guten Zug«, meinte der Junge, der kaum fünfzehn Jahre alt sein mochte, und nahm seine fast leere Flasche wieder an sich. »Es gibt nichts Besseres als einen guten Tropfen, um einem wieder Mut zu machen. Das ist ein Burgunder, den haben wir in der Weinhandlung Nicolas mitgehen lassen. Willst du eine Zigarette?«

Léa nickte.

Dankbar machte sie einen Zug, noch einen, schluckte den Rauch und spürte, wie eine leichte Trunkenheit in ihr aufstieg.

»Geht's dir besser? Na, prima. Hier, ich hab dir ein bisschen Wasser vom Brunnen geholt. Wasch dir das Gesicht.«

Während sie sich säuberte, fragte er sie aus.

»Warum weinst du? Hast du deinen Liebsten verloren?

Oder deinen Vater? Du willst nichts sagen? Auch recht. Komm, trink noch einen Schluck. Du bist verdammt hübsch.«

Die Bewunderung des Jungen ließ sie lächeln.

»Ah! Wenn du lächelst, bist du noch viel hübscher. Findet ihr nicht auch, Jungs?«

Die anderen stimmten lautstark zu, schubsten sich und grinsten dümmlich. Das einzige Mädchen der Gruppe wandte sich demonstrativ ab.

»Deine Freundin ist eifersüchtig.«

»Rita? Lass sie, das macht nichts. Wie heißt du?«

»Léa. Und du?«

»Marcel, genannt Cécel. Die da sind meine Kumpel: Alphonse, Polo, Vonvon, Fanfan und der dicke ...«

»Du spinnst wohl! Ich bin doch nicht dick!«

Wie die anderen brach auch Léa in Lachen aus.

»Er mag nicht, dass man ihn dick nennt, aber er ist doch wirklich nicht mager, trotz der Lebensmittelknappheit. Eigentlich heißt er aber Minou, und die dort, das ist die Rita.«

Jeder Junge gab ihr die Hand, während Rita sich auf ein Kopfnicken beschränkte.

»Wir sind alle aus demselben Stadtviertel. Seit dem 19. August sind wir nicht mehr zu Hause gewesen.«

»Eure Eltern dürften sich Sorgen machen.«

»Mach du dir wegen denen bloß keine Sorgen, die machen sich wegen uns auch keine. Das Letzte, was wir von ihnen gehört haben, war, dass sie auf der Seite der Republik Krieg spielen. Wir hingegen sind Melder für Oberst Rol und Oberst Fabien.«

»Dann kennt ihr sicher meinen Cousin Pierre Delmas aus Bordeaux«, sagte sie schnell.

»Das ist möglich; wir sind so viele.«

»Er ist gestern auf dem Boulevard Saint-Michel verletzt worden. Seither hat ihn niemand mehr gesehen.«

»O nein! Willst du etwa wieder anfangen zu heulen? Ich verspreche dir, dass wir deinen Cousin suchen werden. Wie sieht er denn aus?«

»Er ist ungefähr so groß wie ich, hat dunkelbraunes Haar und blaue Augen.«

»Wie war er angezogen?«

»Er hatte eine khakifarbene Hose an, ein grünblau kariertes Hemd und eine graue Jacke. Er trug eine Armbinde und hatte einen Revolver.«

»Vonvon, begib dich in die Kanalisation und erkundige dich nach diesem Typen. Wir treffen uns, du weißt ja, wo, im Laufe des Abends. Rita, du machst die Runde bei den Krankenhäusern auf dem linken Ufer, und du, Minou, bei denen auf dem rechten Ufer. Derselbe Treffpunkt, dieselbe Zeit. Kapiert?«

»Ja, Chef.«

»Du bist der Chef?«

»Du sagst es, Heulsuse. Fanfan, du gehst mit Polo in die Rue de l'Abbé-de-l'Epée nachschauen, ob Fabien uns braucht. Dabei könnt ihr auch gleich meinem Bruder guten Tag sagen.«

»Es sollte mich wundern, wenn wir den zu sehen kriegen. Der wird wohl am Palais du Luxembourg kämpfen.«

»Dein Bruder ist bei der Polizei?«

»Nein, er ist Metaller. Als er 1943 zur Zwangsarbeit nach Deutschland geschickt werden sollte, hat er sich der Widerstandsbewegung des Départements Haute-Saône angeschlossen. Dort hat er Fabien, genannt Albert, genannt Hauptmann Henri, kennen gelernt, der nach seiner Flucht auch noch Kommandant Patrie genannt wurde. Eine Zeit lang hat mein Bruder Flugblätter verteilt, war Wachtposten und Verbindungsmann. Seit September letzten Jahres hat er an allen Sabotageakten, die in der Gegend durchgeführt wurden, teilgenommen. Zusammen mit der Gruppe Liberté hat er die Schleuse von Conflandey gesprengt, einen Anschlag auf einen deutschen Postenstand in der Nähe von Semondans verübt, bei dem drei Boches getötet wurden. Er hat Bahngleise, Brücken und Lokomotiven zerstört, immer unter dem Oberbefehl von Fabien. Fabien hat angekündigt, dass er heute das Palais du Luxembourg einnehmen werde, und du wirst sehen, er wird es schaffen, noch dazu jetzt auch die Männer von Leclerc da sind und ihm Hilfestellung geben.«

Léa amüsierte sich über so viel Großtuerei.

»Mir hängt der Magen schief«, sagte Alphonse. »Wollen wir was futtern gehen?«

»Gute Idee. Kommst du mit?«

»Ich weiß nicht.«

»Überleg bloß nicht zu lange, das taugt nichts. Essen muss man nun mal, das bringt einen auch auf andere Gedanken.«

»Du hast Recht. Wohin gehen wir?«

»In die Rue du Dragon. Da ist ein Bistro, in dem eine Bekannte von meinem Vater Kellnerin ist. Die Wirtin hat 'ne Schwäche für mich und der Fraß ist einigermaßen genießbar. Nimm dein Fahrrad mit, sonst klauen sie es dir.«

Die Bekannte von Cécels Vater brachte sie an einem kleinen Tisch unter einer Wendeltreppe unter und stellte ihnen Würstchen mit Erbsenpüree und eine Karaffe Wein hin. Nach zwei Bissen schob Léa ihren Teller zurück; sie konnte nichts essen.

»Hast du keinen Hunger?«

»Nein«, antwortete sie und leerte ihr Glas.

Unter den aufmerksamen Blicken von Alphonse und Cécel stürzte sie noch drei, vier Gläser Wein hinunter.

Den ganzen Nachmittag über tranken Léa und ihre neuen Freunde eine fürchterliche Mischung aus Wein,

Likör und Aperitifs. Gegen fünf Uhr fuhr Fanfan wie ein Windstoß in das Bistro; er war völlig außer Atem und konnte kaum sprechen.

»Sie haben unterschrieben ...! Es ist aus ...! Der Choltitz hat die Kapitulation unterschrieben!«

»Hurra!«

»Was?! Der Krieg ist zu Ende?«

»Komm, erzähl schon. Wer hat noch unterschrieben?«

»Halt dich fest: Wir haben auch unterschrieben.«

»Du redest Stuss«, sagte Cécel mit schwerer Zunge.

»Nein, wirklich, ich rede keinen Stuss. Oberst Rol, der Kommandant der F. F. I. der Ile-de-France, hat zusammen mit General Leclerc und General von Choltitz die Übergabevereinbarung unterschrieben.«

»Bravo! Das muss begossen werden!«

»Meinst du nicht, du hast schon genug getrunken?«

»Man kann gar nicht genug trinken, wenn es einen Sieg zu feiern gibt.«

»Sieg, das ist leicht gesagt. Es wird immer noch gekämpft: am Luxembourg, um die Kaserne an der Place de la République, am Palais-Bourbon, in mehreren Metrostationen und auch noch in den Vororten.«

»Darüber mach ich mir gar keine Gedanken. Fabien wird sie alle scheuchen. Wie läuft's denn?«

»Gut. Die Sherman-Tanks von Leclerc halten die Rue de Vaugirard; die F. F. I.s und die marokkanischen Spahis sind über die Rue Auguste-Comte in den Jardin du Luxembourg eingedrungen und jetzt fahren die Lautsprecherwagen der Präfektur durch das Viertel und verkünden, dass gegen neunzehn Uhr ein Luftangriff erfolgen wird, falls sich die Deutschen nicht ergeben. Die Waffenruhe ist auf 18 Uhr 35 festgelegt worden. Aber ich glaube nicht, dass die Flugzeuge zum Einsatz kommen. Gehst du mit?«

»Wir können sie doch nicht einfach hier sitzen lassen.«

»Ich will auch mit«, stammelte Léa und versuchte aufzustehen.

»Du bist wohl verrückt! Ist dir nicht klar, in was für einem Zustand du bist?«

»Ich will mit den Panzern zusammen kämpfen.«

»Los, komm schon, wir können uns doch jetzt nicht von einer besoffenen Mieze anöden lassen.«

»Ich bin nicht besoffen! Ich habe nur ein bisschen getrunken, um die Ankunft unserer tapferen Helden zu feiern.«

»Geht schon, ich kümmere mich um sie«, sagte die Kellnerin. »Steh auf, Mädel, du kannst dich oben ein bisschen hinlegen.«

»Meinetwegen, aber vorher will ich noch 'n Schluck trinken.«

»Geh nur erst mal hinauf, ich bringe dir dann noch was.«

»Du gibst auf sie Acht, nicht wahr? Versprichst du's mir?«

»Du weißt, dass du dich auf mich verlassen kannst, Cécel. Also wirklich, man könnte meinen, du hättest dich in sie verknallt. Da kenne ich aber eine, der das gar nicht passen wird.«

Der Junge zuckte die Achseln und ging hinaus.

Unter großen Schwierigkeiten gelang es, Léa hinauf in den Raum über dem Café zu bugsieren, der als Abstellkammer, Wohn- und Schlafzimmer zugleich diente. Kaum hatte sie sich hingelegt, war sie auch schon eingeschlafen. Ihr Mund war leicht geöffnet und bald begann sie leise zu schnarchen.

21.

Sie schlief bis zum Abend. Durch die spaltbreit geöffnete Tür drangen die Geräusche des Bistros, in dem es sehr lebhaft zuging. Léa richtete sich auf. Hinter ihrer Stirn hämmerte die Migräne.

»Was tue ich hier?«, fragte sie sich laut.

Schritte erschütterten die Wendeltreppe. Die Tür flog auf und gab Rita und Alphonse frei. Rita starrte sie an wie eine Irre:

»Warum hast du ihn gehen lassen? Warum?«, schrie sie und stürzte sich auf Léa, die ihr auswich.

Nicht schnell genug allerdings: Ein Hieb traf sie ins Gesicht, verschlimmerte ihre Migräne und die Schmerzen in ihrer Wunde.

Die Hände an den Kopf gelegt, glitt Léa stöhnend vom Bett. Rita fiel über sie her, packte sie bei den Haaren und ohrfeigte sie mit voller Kraft.

»Hör auf!«, bellte Alphonse.

»Verzieh dich! Ich werde dieser Schlampe den Hals umdrehen.«

»Hör auf, sag ich dir! Cécel hätte es nicht gepasst, was du da machst!«, rief Alphonse und versuchte sie zurückzuhalten.

Ritas Hand, die schon zuschlagen wollte, blieb in der Schwebe. Langsam ließen ihre Finger Léas Haar los, das weich zurückfiel. Ihre Augen gingen von Léas ausgestrecktem Körper zu Alphonses Gesicht, als bemühe sie sich zu begreifen, was ihr geschah.

Mit einer unbeholfenen Geste zog Alphonse sie an sich und versuchte sie zu beruhigen.

»Es ist doch nicht ihre Schuld. Als Cécel gesehen hat, wie sein Bruder verwundet wurde, war er wie ein Wahnsinniger.«

»Es wäre mir lieber gewesen, er hätte mit ihr geschlafen, als ...«, stammelte Rita.

Léa hatte sich aufgerichtet und schaute sie verständnislos an.

»Was ist denn passiert?«

Alphonse schneuzte sich geräuschvoll, bevor er antwortete.

»Cécel ist in der Rue de Tournon erschossen worden.«

»O nein!«

Rita sah ihr starr in die Augen und schleuderte ihr entgegen: »Doch! Und dein Cousin ist auch tot!«

»Halt den Mund, Rita!«

»Wieso denn? Ich sehe nicht ein, dass ich hier die Einzige sein soll, die leiden muss.«

»Wie habt ihr das erfahren?«

»Durch einen Leutnant von Oberst Rol. Dein Cousin war zum Val-de-Grâce gebracht worden. Dort haben sie ihn ausfindig gemacht. Du solltest lieber nach Hause gehen.«

»Wie ist das mit Cécel passiert?«

»Wir waren gerade in die Kampfzone gelangt. In der Rue Garancière sind wir auf seinen Bruder Clément gestoßen, der uns zugeschrien hat, wir sollten uns in Sicherheit bringen. Cécel wollte nicht, und so sind wir ihnen gefolgt, immer an den Hauswänden der Rue Vaugirard entlang. Es wurde mächtig geballert. Ein Boche ist hinter einem brennenden Panzer hervorgekommen und hat mit dem Maschinengewehr um sich geschossen. Clément hat's an den Beinen erwischt. Er wollte sich weiterschleppen, da hat der Fritz seelenruhig das Magazin seiner Waffe in ihn geleert und ist dann Richtung Senatspalais getürmt. Cécel hat gebrüllt wie ein Wahnsinniger. Ich hab versucht, ihn zurückzuhalten, aber er ist losgestürzt, hat sich das Gewehr von seinem Bruder geschnappt und ist hinter dem Kerl mit dem MG hergerannt. Der ist stehen geblieben und hat sich umgedreht; ich glaube, er hat gegrinst. Beide haben gleichzeitig ihre Waffen erhoben. Cécels Kugel hat den Deutschen ins Gesicht getroffen; dessen Kugeln haben meinen Kumpel Cécel zu Brei geschossen. Das war's.«

Die drei jungen Leute standen mit hängenden Armen und weinten wie verlorene Kinder um den fünfzehnjährigen Jungen, der an diesem schönen Augustnachmittag des Jahres 1944 sterben musste, an diesem Tag, an dem Paris sich befreite.

Dann trockneten sie sich die Augen und Rita und Alphonse gingen, ohne ein Wort zu sagen. Als sie wieder allein war, warf sich Léa schluchzend auf das Bett. Sie sah das Gesicht ihres Cousins vor sich, dann das von Cécel und hörte ihr Lachen.

»Sie sind tot! Sie sind tot!«, stöhnte sie in das Kopfkissen.

Jubelnd und in ausgelassener Freude, mit viel Wein und viel Gelächter, riss Paris seine Barrikaden nieder. Es war schönes Wetter. Auf dem Pont-Neuf tanzten die Leute um einen Akkordeonspieler; junge Mädchen mit verschlungenen Hochfrisuren oder lose auf die Schultern fallendem Haar drehten sich in den Armen von F. F. I.-Männern oder Leclerc-Soldaten, die bis Mitternacht Ausgang hatten. In der Rue Mazarine, der Rue Dauphine und in der Rue de l'Ancienne-Comédie ging man auf Glasscherben. Entlang der Quais und auf der Place Saint-Michel zeugten die schwarzen Gerippe von Autos, Lastwagen und Panzern von der Brutalität der Kämpfe. An einigen Orten deuteten einfache Blumensträuße, die auf die Straße gelegt worden waren, darauf hin, dass an dieser Stelle ein Mann, eine Frau, ein Kind getötet worden war. Manchmal sank auch jemand vor einem braunen Flecken in die Knie.

Léa ging langsam den Quai des Grands-Augustins entlang und ließ ihre Hand über die noch von der Nachmittagssonne erwärmten Steinmauern und die hölzernen Bouquinistenkästen gleiten. Auf der Place Saint-Michel wendeten Panzer unter dem Beifall der Zuschauer. An die Ufermauer gelehnt, sah Léa unglücklich und ratlos zu, wie sie vorüberfuhren. Im Schein der untergehenden Sonne leuchtete ihr Haar wie Feuer. Die Soldaten riefen ihr von ihren Panzern herunter zu und forderten sie durch Zeichen auf, es anderen Mädchen gleichzutun, die zu ihnen hinaufgeklettert waren.

»Léa!«

Trotz des Lärms hörte sie ihren Namen, schaute sich um und versuchte festzustellen, woher der Ruf gekommen war.

»Léa!«

Ein Mann auf einem Panzer gestikulierte heftig.

»Laurent!«

Sie musste sich durch die Menschenmenge kämpfen, um zu ihm vorzudringen. Er ließ den Panzer anhalten und hielt ihr die Hand hin, um ihr hinaufzuhelfen. Ohne sich um die amüsierten Blicke seiner Männer zu kümmern, drückte er sie fest an sich und murmelte immer wieder ihren Namen. Léa war von einem Gefühl der Unwirklichkeit ergriffen: Wie kam sie auf diesen Panzer, der in einem herrlichen Sonnenuntergang auf das Hôtel-de-Ville zurollte, umschlungen von den Armen eines Soldaten, dessen Geruch nach Schießpulver, Schmieröl, Dreck und Schweiß ihr den Atem benahm? Laurent war da! Laurent, der ihr sagte, wie sehr er sich freute, sie hier in all ihrer

Schönheit zu treffen an diesem gesegneten Tage; wie glücklich er sei, seine Frau und seinen Sohn bald wiederzusehen. Wovon redete er? Sie verstand nicht ... Jetzt war nicht der richtige Augenblick, von traurigen Dingen zu sprechen. Sie waren zusammen, waren am Leben, lagen sich lachend und weinend in den Armen. Doch etwas in ihr brüllte wie ein wildes Tier, das aus seinem Käfig will. Wie konnte sie es ihm sagen? Das musste noch warten. Morgen werde ich es ihm sagen ...

Am Châtelet gesellten sich unter dem Jubel und den Hochrufen der Pariser amerikanische Panzer zu denen der Division Leclerc.

»Es lebe Amerika!«

»Es lebe Frankreich!«

»Es lebe de Gaulle!«

Die mitreißende Begeisterung der Menge begann auf Léa überzuspringen. Sie schmiegte sich enger an Laurent.

Der Panzer Exupérance hielt nahe dem Tour Saint-Jacques, wo auch Hauptmann Buis mit seinem Panzer stand.

»Na, d'Argilat, Sie scheinen sich nicht gerade zu langweilen.«

»Es ist nicht das, was Sie denken, Buis.«

»Ich denke nicht, ich konstatiere.«

Laurent sprang vom Panzer herunter und streckte Léa die geöffneten Arme entgegen. Sie ließ sich hineingleiten.

Um sie herum bildeten sich Paare, das Lachen wurde schriller, die Zungen schwerer, die Gesten deutlicher, die Blicke unzweideutiger. Alle beeilten sich, die Befreiung von Paris auf die einfachste und natürlichste Art zu feiern: im Liebesakt.

Langsam hob Léa ihre Augen zu Laurent empor.

»Camille ist tot.«

Es ist wie eine Detonation. Alles um Laurent herum explodiert und erstirbt. Einzig die Lichter in den kalten verschwommenen Farben bleiben und hüllen die Dinge und die sich mit unwirklicher Langsamkeit bewegenden Gestalten ein. Es ist, als hätte sich eine Nacht voll eisigen Nebels herabgesenkt, mitten im August, aus der die Toten von Paris hervortreten. Was würden sie von einem französischen Soldaten in amerikanischer Uniform halten, der nahe der Tour Saint-Jacques an seinem Panzer lehnt, der den Namen einer vergessenen Heiligen trägt, und weint? Nichts. Sie gingen vorbei, aufgeschreckt vielleicht von der Musik, den Liebesseufzern, die von Boulogne bis Vincennes, von den Seineufern bis in die Toreingänge Paris in dieser Nacht zur Kapitale der Glückseligkeit machen.

Léa sah, wie der Mann, den sie geliebt hatte, litt. Sie verspürte tiefes Mitleid, fühlte sich jedoch außerstande, ihn zu trösten, denn sie hatte selbst keine Kraft und keine Zuversicht mehr.

»Charles geht es gut.«

Das war alles, was ihr einfiel.

»Was haben Sie denn, alter Junge? Schlimme Nachrichten?«, fragte Hauptmann Buis und legte seinem Kameraden die Hand auf die Schulter.

Laurent richtete sich auf, ohne zu versuchen, die Tränen, die ihm über das schmutzige Gesicht liefen, zu verbergen.

»Ich habe gerade erfahren, dass meine Frau tot ist.«

»Das tut mir sehr Leid. Wie ist sie denn gestorben?«

»Das weiß ich nicht«, antwortete er und wandte sich mit fragendem Blick an Léa.

»Sie ist von Deutschen und von Milizsoldaten beim Angriff auf einen Bauernhof, auf dem sich eine Widerstandsgruppe verschanzt hatte, getötet worden.«

Sie verharrten alle drei in Schweigen, unberührt von

dem Freudentaumel um sie herum. Buis reagierte als Erster.

»Kommen Sie, der Chef will Sie sprechen.«

»Sofort. Léa, wo ist mein Sohn?«

»Er ist bei mir, in der Wohnung meiner Tanten in der Rue de l'Université.«

»Ich werde versuchen, für morgen Urlaub zu bekommen. Gib Charles einen Kuss von mir.«

»Auf Wiedersehen, Mademoiselle. Ich kümmere mich schon um ihn.«

Wie benommen vor Erschöpfung und Kummer und von wütenden Kopfschmerzen geplagt, schleppte sich Léa die Rue Jacob entlang, angerempelt von freude- und alkoholtrunkenen Passanten. In der Rue de l'Université blieb sie lange im Dunkeln auf den Treppenstufen sitzen, fühlte sich zu schwach, um hinaufzusteigen. Das Licht ging an. Ah, es gab wieder Strom! Sie zog sich bis zur Wohnung ihrer Tanten am Treppengeländer hoch und drückte auf die Klingel.

»Ja, ja, was ist denn? Das ist doch keine Art! Mademoiselle Léa! Haben Sie denn Ihren Schlüssel nicht bei sich? Was ist denn mit Ihnen? Oh, mein Gott! Meine Damen! Meine Damen!«

»Was gibt's denn, Estelle?«

»Léa! Schnell! Lisa, Laure!«

Mit Unterstützung ihrer Schwester und ihrer Nichte bugsierte Albertine Léa auf das Sofa im Salon. Ihre Blässe, ihre eingesunkenen Nasenflügel und ihre eiskalten Hände ängstigten Lisa.

Albertine benetzte ihr die Schläfen mit kaltem Wasser. Ein fast unmerkliches Zucken ging über Léas Gesicht, ihre Augen öffneten sich und wanderten dann langsam um den Raum. War das ein schlimmer Traum gewesen, den sie gehabt hatte! Aber was war das für ein Kind, das

Laure in den Armen wiegte? Warum weinte sie, während sie ihre Lippen auf sein feines blondes Haar drückte? Wo war die Mutter des Babys?

»NEIN!«

Ihr Verzweiflungsschrei erschreckte die vier Frauen und weckte den Säugling und Charles, der ganz verschlafen hereinkam. Er kletterte auf das Sofa und schmiegte sich an Léa.

»Hab keine Angst, ich bin ja da.«

»Den ganzen Tag hat er geweint und nach ihr gerufen«, flüsterte Estelle Lisa zu, »und jetzt tröstet er sie. Ein eigenartiges Kerlchen!«

Léa führte stöhnend ihre Hände an die Stirn.

»Estelle, machen Sie Mademoiselle Léa bitte einen Lindenblütentee und bringen Sie das Aspirin.«

»Ja, Mademoiselle.«

»Beruhige dich, mein Liebes. Wir haben uns solche Sorgen gemacht.«

»Habt ihr etwas von Françoise gehört?«

»Nein«, antwortete Laure. »Als mich Tante Albertine angerufen hat und mir erzählt hat, was passiert ist, bin ich, so schnell ich konnte, hergekommen. Franck und einer seiner Freunde sind überall gewesen, wo sie dachten, etwas über Françoise ausfindig machen zu können, aber sie haben nicht *eine* Auskunft erhalten. Niemand weiß, wo sie ist. Und du? Wo warst du?«

Léa gab darauf keine Antwort.

»Ich habe Laurent getroffen.«

»Oh! Endlich eine gute Nachricht.«

»Pierrot ist tot.«

Laure sagte nichts; sie wusste es bereits.

»Der arme Junge!«, seufzte Lisa. »Ich werde für ihn beten.«

Die alte Dame bemerkte den verächtlichen Blick nicht, den Léa ihr zuwarf.

»Hast du eine Zigarette?«, fragte sie ihre Schwester.

»Fang!«, rief Laure und warf ihr ein grünes Päckchen mit einem roten Kreis zu.

»Lucky Strike. Die hab ich noch nie geraucht.«

Estelle brachte den Lindenblütentee, der mit Honig gesüßt war, den sie bei einer Kurzwarenhändlerin in der Rue de Seine aufgetrieben hatte, und die Aspirintabletten.

Albertine hob Charles empor, der wieder eingeschlafen war, und Lisa nahm den kleinen Sohn von Françoise mit hinaus. Die beiden Schwestern blieben allein zurück, tranken ihren Tee und rauchten schweigend.

22.

Durch die weit geöffneten Fenster drang Geschrei und Gesang herein, etwas ganz Ungewöhnliches in diesem ruhigen Viertel. Laure stand auf und schaltete das Radio ein.

»Achtung! Achtung! Vom Hôtel de Ville übertragen wir jetzt die Ansprache von General de Gaulle.«

Warum sollten wir die Rührung verbergen, die uns alle, Männer und Frauen, ergriffen hat, die wir uns hier befinden, hier in unserer Heimat, in Paris, in der Stadt Paris, die sich erhoben hat, um sich zu befreien, und die dies mit eigenen Händen vollbracht hat. Nein, wir werden diese tiefe und heilige Bewegung nicht verbergen. Es gibt Augenblicke, die sich über das Leben jedes Einzelnen erheben ...

Paris! Paris gedemütigt! Paris gebrochen! Paris gemartert! Doch dann: Paris befreit! Befreit durch sich selbst, befreit durch seine Menschen mit der Unterstützung der Armeen Frankreichs, mit der Unterstützung und der Hilfe von ganz Frankreich, dem kämpferischen Frankreich, dem einzigen Frankreich, dem wahren Frankreich, dem ewigen Frankreich.

Und da der Feind, der Paris besetzt hielt, unter unseren Händen kapituliert hat, kehrt Frankreich nach Paris, kehrt es zu sich selbst zurück. Es kehrt blutend zurück, doch fest entschlossen. Es kehrt klarsichtig zurück nach dieser immensen Lektion, doch mehr denn je seiner Pflichten und Rechte gewiss.

Der elektrische Strom wurde unterbrochen, und so erlosch die Stimme des Mannes, der über vier Jahre hinweg Frankreichs Hoffnung gewesen war und der an diesem Abend vom Kriegsministerium aus, das die Deutschen einige Stunden zuvor geräumt hatten, »Frankreich regierte«.

Laure zündete die Petroleumlampe an, die auf einem runden Tischchen neben dem Sofa stand, auf dem ihre Schwester ruhte.

»Ich geh schlafen und das solltest du auch tun. Wir werden morgen versuchen, klarer zu sehen.«

»Ja, wir werden es versuchen. Gute Nacht.«

»Gute Nacht.«

Das gelbliche Licht der Petroleumlampe vertiefte die Stille des Salons, dessen antiquierter Charme ein wenig an Montillac erinnerte. Léa seufzte und steckte sich eine neue Zigarette an. Sie legte das Päckchen Lucky Strike auf das Tischchen zurück und nahm eine Zeitung zur Hand: *Gestern um 22 Uhr erreichten französische Truppen das Hôtel de Ville*, titelte *Le Figaro* über sechs Spalten hinweg. Der Name François Mauriacs stand groß auf der ersten Seite, und sie begann seinen Artikel zu lesen, der den Titel trug: *Der Erste der Unseren.*

In unserer schwärzesten Schicksalsstunde hat sich die Hoffnung Frankreichs auf einen Mann konzentriert. Sie ist in der Stimme dieses Mannes aufgegangen – dieses einen Mannes. Wie viele Franzosen waren es wohl, die sich entschlossen hatten, seine Einsamkeit zu teilen, die verstanden hatten, was es bedeutet: sich selbst Frankreich als Gabe darzubringen?

Die Zeilen tanzten vor Léas Augen.

Die Vierte Republik ist die Tochter von Märtyrern. Sie wurde im Blute geboren, im Blut von Märtyrern. Dieses

Blut von Kommunisten, von Nationalen, von Christen, von Juden hat uns alle in der gleichen Taufe getauft, für die General de Gaulle das lebende Symbol in unserer Mitte bleibt ... Wir hegen keine Illusionen über die Menschen ... Ich denke wieder an die Verse des alten Victor Hugo, mit denen ich während dieser vier Jahre oftmals meinen Kummer besänftigt habe:

O freies Frankreich endlich auferstanden!
O weiße Robe nach dem Gelage!

Die Zeitung entglitt Léas Händen; sie schlief. Im Traum wurde sie wieder vom Phantom des Mannes von Orléans verfolgt, der diesmal mit einer riesigen Schere bewaffnet war. Gerade als er sie eingeholt hatte, erwachte Léa schweißgebadet. Erst in den frühen Morgenstunden schlief sie wieder ein.

Der Duft von Kaffee – von echtem Kaffee? Woher kam diese Rarität, die sie aus ihrem Schlaf holte? Seltsamerweise fühlte sie sich trotz einer leichten Migräne wohl. Laure kam mit einem Tablett herein und auf dem Tablett dampfte eine Tasse.

»Kaffee?«

»So was Ähnliches. Laurent hat es mitgebracht.«

»Laurent ist da?«

»Ja. Er ist in deinem Zimmer bei Charles.«

Léa erhob sich rasch.

»Nein, geh nicht zu ihnen. Charles erzählt ihm, wie seine Mutter gestorben ist. Komm, trink, solange es heiß ist.«

»Das könnte wirklich Kaffee sein. Was ist es denn nun?«

»Ein Pulver, das aus Kaffee hergestellt wird. Man gießt es mit heißem Wasser auf und bekommt Kaffee. Was Amerikanisches, wie es scheint.«

»Noch immer keine Nachricht von Françoise?«

»Nein, aber Franck hat angerufen. Er hat einen alten Freund seines Vaters getroffen, der für die Festnahmen verantwortlich ist.«

»Ich dachte, sein Vater wäre mehr oder weniger Kollaborateur gewesen?«

»War er; und der Freund auch.«

»Das verstehe ich nicht.«

»Alles ganz einfach. In den Wirren des Aufstands haben sich viele Kollaborateure unter die F. F. I.s geschmuggelt. Einige haben sich offenbar sogar sehr hervorgetan. Franck hat mächtig gestaunt, als er diesen Mann zufällig getroffen hat und dieser mit einer Maschinenpistole bewaffnet war und eine Armbinde mit dem Lothringer Kreuz trug. Als der Kollaborateur ihn erkannte, hatte er Angst, dass Franck ihn verraten würde. Nur deshalb hat er sich dann bereit erklärt, sich zu erkundigen, wo Françoise inhaftiert ist. Wenn wir Glück haben, müssten wir bis zum Spätnachmittag etwas wissen.«

»Und Pierrot?«

»Sein Leichnam ist in der Morgue. Ich war gestern dort und habe ihn identifiziert.«

»Gestern? Davon hast du mir ja gar nichts gesagt.«

»Wozu? Onkel Luc muss noch benachrichtigt werden. Tante Albertine hat mir versprochen, das zu übernehmen, sobald die Telefonverbindung zwischen Paris und Bordeaux wieder funktioniert.«

Jemand klopfte an die Tür.

»Herein!«

Es war Laurent, der Charles auf dem Arm trug. Beider Augen waren gerötet.

»Léa, Papa ist wieder da!«

»Guten Tag, Léa. General Leclerc erwartet mich, ich darf mich nicht verspäten. Ich komme nach dem Aufmarsch auf den Champs-Élysées wieder hierher. Dank für alles«, fügte er hinzu und gab ihr einen Kuss auf die Stirn. »Bis heute Abend, Charles.«

»Ich will mit auf deinen Panzer.«

»Das geht nicht, mein Liebling. Ein andermal.«

Der kleine Junge begann zu heulen. Léa zog ihn an sich.

»Nun wein doch nicht; wir werden uns deinen Papa nachher ansehen.«

»Bestimmt?«

»Ja.«

Nachdem er seinen Sohn noch einmal geküsst hatte, ging Laurent. Wie unglücklich er aussieht, dachte Léa.

Unter dem Arc de Triomphe wehte eine riesige Trikolore.

Es war herrliches Wetter, kein Wölkchen am Himmel. Eine Menschenmenge von über einer Million Parisern säumte die Strecke, die General de Gaulle, die Generäle Leclerc, Juin und Koenig sowie die Anführer des Widerstands und der F. F. I. entlangkommen sollten. Vom Etoile über die Place de la Concorde bis zur Notre-Dame waren die Straßen und Bürgersteige schwarz von Menschen. Am Himmel kreiste das kleine Flugzeug der amerikanischen Wochenschau. Léa und Laure, die Charles bei den Händen hielten, ließen sich nach und nach von der Hochstimmung der Menge anstecken.

»Da sind sie! Da sind sie!«

Von der Balustrade der Tuilerien oberhalb der Place de la Concorde aus sahen sie den breiten Strom, über dem Fahnen und Wimpel flatterten, auf sich zukommen, angeführt von einem einzelnen hochgewachsenen Mann: General de Gaulle. Ihm voraus fuhren vier französische Panzer: Lauraguais, Limagne, Limousin und Vercelon. Der Zug hielt vor einem Musikcorps der Garde an, das die *Marseillaise* und die *Marche lorraine* spielte. Aus Tausenden von Kehlen stieg der Ruf auf:

»Es lebe de Gaulle! Es lebe Frankreich!«

Jahre später schrieb Charles de Gaulle in seinen *Mémoires*:

Ah! Es ist wie ein Meer! Eine riesige Menge hat sich auf der einen wie auf der anderen Seite der Straße zusammengeballt. An die zwei Millionen Menschen mögen es sein. Auch die Dächer sind schwarz von Menschen. An allen Fenstern drängen sich in einem bunten Durcheinander dichte Gruppen zusammen mit den Fahnen. Menschentrauben hängen von Leitern, Masten und Laternenpfählen. So weit mein Blick reicht, sehe ich nur eine lebende Woge, in der Sonne, unter der Trikolore.

Ich bin zu Fuß. Dies ist kein Tag für eine Parade, bei der die Waffen blitzen und die Fanfaren schmettern. Heute soll ein Volk durch das Schauspiel seiner Freude und den Augenschein seiner Freiheit sich selbst wiedergegeben werden, ein Volk, das gestern noch von der Niederlage gebrochen und von der Knechtschaft zersprengt war. Da ein jeder von all denen, die hier sind, Charles de Gaulle in seinem Herzen als Zuflucht für seinen Kummer und zum Symbol seiner Hoffnung erwählt hat, muss er ihn sehen können, vertraut, brüderlich, und bei diesem Anblick den Glanz nationaler Einheit verspüren. (...)

In diesem Augenblick vollzieht sich eines jener Wunder des nationalen Bewusstseins, erleben wir eines jener Heldenlieder Frankreichs, die immer wieder im Laufe der Jahrhunderte unsere Geschichte erleuchten. In dieser Gemeinschaft, die nur ein einziger Gedanke beseelt, ein einziger Aufschwung, ein einziger Aufschrei, verblassen die Unterschiede, verschwinden die Individuen. (...)

Doch es gibt keine ungetrübte Freude, auch nicht für die, die auf dem Pfad des Triumphes schreiten. Unter die glücklichen Gedanken, die sich in meinem Kopf drängen, sind viele Sorgen gemischt. Ich weiß sehr wohl, dass das gesamte Frankreich nichts anderes will als seine Befreiung. Die gleiche Begeisterung, die gestern in Rennes und Marseille ausgebrochen ist, die heute Paris mitreißt, wird sich morgen in Lyon, Rouen, Lille, Dijon, Straßburg und Bordeaux zeigen. Man braucht nur Augen und Ohren aufzusperren, um sich zu überzeugen, dass sich das Land wieder aufrichten will. Doch der Krieg dauert an. Er muss noch gewonnen werden. Welcher Preis wird für das Endresultat zu zahlen sein?

Der General grüßte mit beiden Händen winkend die Menge und stieg dann in den großen schwarzen offenen Renault, dessen sich auch Marschall Pétain bei seinem letzten Besuch bedient hatte. Im gleichen Augenblick knallten Schüsse.

»Die Dreckskerle schießen von den Dächern runter!«

»Geht in Deckung!«

Die Menschen warfen sich zu Boden. Ordnungskräfte drängten Frauen und Kinder hinter die Panzer und Halftracks, wo sie geschützt waren.

Was für ein Tohuwabohu, dachte Léa, als sie auf die Place de la Concorde blickte: eine einzige Masse angsterfüllter, ineinander verkeilter Körper, hochgerutschter Röcke, umgestoßener Fahrräder, Stacheldrahtsperren, Jeeps, Panzer. Dann duckte auch sie sich hinter die Balustrade, in deren Schutz sie von Laure und Charles, der ganz aus dem Häuschen war, gezogen worden war. F. F. I.-Männer erwiderten das Feuer in Richtung des Pavillons de Marsan. Heftigere Schusswechsel schienen an der Gare d'Orsay und in der Rue de Rivoli stattzufinden. Ebenso plötzlich, wie es begonnen hatte, hörte das Schießen wieder auf. Betreten erhoben sich die Pariser wieder aus dem Staub und blickten um sich.

Im Laufschritt durchquerten die beiden Schwestern

den Jardin des Tuileries, der in ein Manöverfeld umgewandelt worden war, und hielten Charles, der alles sehr lustig fand, bei den Händen.

»Bist du müde?«, fragte Léa besorgt.

»Nein, nein«, sagte er lachend. »Ich will Papa auf seinem Panzer sehen.«

Sie wollten gerade die Avenue Paul-Déroulède gegenüber dem Arc du Carrousel überqueren, als das Schießen wieder anfing. Bäuchlings warfen sie sich auf den Rasen. Um sie herum flüchtete die in Panik geratene Menge in wilder Unordnung. Die Verwirrung war so groß, dass die F. F. I.-Männer vom anderen Seineufer aus den Pavillon de Flore beschossen, während die, die in den Tuilerien verteilt waren, glaubten, von Milizsoldaten angegriffen zu werden, und auf ihre Kameraden feuerten.

»Zu blöd, wenn wir hier sterben würden«, sagte Léa und erhob sich, nachdem eine Salve nicht weit von ihr eingeschlagen war.

Nahe den Kassenschaltern des Louvre stießen sie auf Franck, der sein Fahrrad schob. Laure setzte Charles auf den Gepäckträger, dann zogen sie los in Richtung Notre-Dame.

Auf dem Platz vor der Kathedrale verließ de Gaulle das Auto. Er küsste zwei kleine in Elsässertracht gekleidete Mädchen, die ihm einen Blumenstrauß in den Farben der Trikolore überreichten. Die auf dem Platz aufgefahrenen Panzer verschwanden unter Menschentrauben. Die Schüsse hatten den ganzen Weg von der Place de la Concorde bis zur Notre-Dame angehalten und immer wieder für heilloses Durcheinander gesorgt.

Überall machten die von vier Jahren der Entbehrungen erschöpften und von den Kämpfen, die der Befreiung vorausgegangen waren, zermürbten Menschen ihrer Freude Luft.

»Es lebe de Gaulle!«

»Es lebe Frankreich!«

»Es lebe Leclerc!«

Als der General auf das Portal des Jüngsten Gerichts zuschritt, brach eine besonders schwere Gewehrsalve los.

»Sie schießen von den Türmen von Notre-Dame!«, schrie jemand. Die meisten Anwesenden warfen sich auf den Bauch. De Gaulle stand hoch aufgerichtet, rauchte ruhig seine Craven und betrachtete die Szene mit amüsierter Miene. Inzwischen beschossen Leclerc-Soldaten und Fifis die Kathedrale und zerstörten die Wasserspeier, deren Splitter auf alle, die sich vor dem Portal befanden, herabregneten. Die Offiziere der 2. Division rannten aufgeregt umher und versuchten, das Gewehrfeuer zum Schweigen zu bringen.

»Man sieht, dass eure Männer keine Erfahrung im Straßenkampf haben«, sagte Oberst Rol spöttisch zu Oberstleutnant Jacques de Guillebon von der 2. Division.

»Die werden sie jetzt kriegen, das können Sie mir glauben«, antwortete der und musterte ihn kühl.

Während General Leclerc einem in Panik geratenen Soldaten, der wild um sich schoss, Stockhiebe verpasste, staubte sich General de Gaulle gereizt die Jacke ab und betrat die heilige Stätte. Oberst Peretti bahnte ihm mit Fußtritten und Fausthieben den Weg. Sie waren etwa dreißig Minuten vor der vereinbarten Zeit und der hohe Klerus war noch nicht zum Empfang erschienen. Die Orgel schwieg und der Chor stand im Halbdunkel, denn es gab keinen Strom. De Gaulle hatte kaum ein paar Schritte getan, als Schüsse im Inneren der Kathedrale fielen. Von den vom Widerhall verstärkten Detonationen in Angst versetzt, warfen sich die Anwesenden zu Boden und rissen dabei Stühle und Betschemel um.

»Milizsoldaten schießen von der Galerie des Rois herunter.«

»Nein, das sind Männer von der Präfektur, die da oben sind!«

Unbewegt durchschritt General de Gaulle das sechzig Meter lange Kirchenschiff, die Reihen der umgeworfenen Stühle entlang, zwischen die sich die Getreuen gekauert hatten, die Arme schützend über ihre Köpfe gelegt. Hier und da tauchte für Sekunden ein Gesicht empor und rief schnell: »Es lebe de Gaulle!«

Hinter dem General knurrte Le Troquer:

»Man sieht mehr Hintern als Gesichter.«

De Gaulle ging zu einem Sessel, der links im Kreuz des Querschiffes für ihn aufgestellt worden war. Parodi, Peretti und Le Troquer folgten ihm, während es weiterhin Kugeln regnete. Monsignore Brot, Erzpriester von Notre-Dame, trat zu General de Gaulle.

»Herr General, eigentlich sollte sie ein anderer hier empfangen. Er wurde gewaltsam daran gehindert. Er hat mich beauftragt, Ihnen seinen respektvollen, doch nachdrücklichen Protest auszudrücken.«

Tatsächlich hatte General de Gaulle von Kardinal Suhard begrüßt werden sollen, doch die provisorische Regierung hatte den Kardinal am selben Morgen wissen lassen, dass seine Anwesenheit unerwünscht sei. Warum? Einige warfen ihm vor, Marschall Pétain in seiner Kathedrale empfangen und den Trauerfeierlichkeiten für Philippe Henriot beigewohnt zu haben. Immerhin hatte er sich aber trotz einer Aufforderung der deutschen Machthaber geweigert, bei diesen Trauerfeierlichkeiten das Wort zu ergreifen. Das hatte die Milizoffiziere veranlasst, zu behaupten:

»Das ist ein Gaullist.«

Weder Gaullist noch Kollaborateur, sondern ganz einfach ein Mann der Kirche, musste Monsignore Brot denken.

»Lassen Sie die Orgel spielen!«, befahl Le Troquer.

»Es gibt keinen Strom.«

»Dann lassen Sie singen.«

Etwas zögerlich erklang das Magnifikat durch den Kirchenraum. Auch General de Gaulle sang mit voller Stimme und riss die Anwesenden mit. Die Schüsse verstummten für einige Augenblicke, begannen dann wieder inmitten des Gesangs und verletzten drei Personen. Junge Priester erteilten Absolution. Nach kurzer Unterbrechung erklang wieder der Choral durch die jahrhundertealte Kathedrale, begleitet vom Pfeifen der Kugeln.

Junge Leute in weißen Kitteln bemühten sich um die Verletzten und die, die im Gedränge Prellungen erlitten hatten. Das Magnifikat verhallte. Der Ort wurde zu gefährlich. An diesem Tag würde es kein Tedeum geben.

Ein prächtiger Kirchendiener schritt vor General de Gaulle her und bahnte ihm den Weg. Draußen begrüßte ihn die Menge mit lauten Hochrufen:

»Es lebe de Gaulle!«

»Gott schütze de Gaulle!«

»Die Heilige Jungfrau schütze de Gaulle!«

»Gott schütze Frankreich!«

Der Held des Tages grüßte mit erhobenen Armen und ließ sich ohne Hast in seinem Wagen nieder, der unter Ovationen abfuhr.

Charles war der glücklichste und stolzeste aller kleinen Jungen.

Vom Panzerturm seines Vaters aus beherrschte er die Welt.

Sie hatten Laurent d'Argilat am Hôtel de Ville wiedergetroffen, wohin er von der Place de la Concorde gefahren war. Er verkündete ihnen, dass er in knapp einer Stunde wieder aufbrechen müsse.

»Trotz der Schützen auf den Dächern denkt hier keiner

daran, dass die Kämpfe in den nördlichen Vororten von Paris weitergehen.«

»Aber die Deutschen haben doch die Übergabevereinbarung unterzeichnet.«

»Die gilt nur für diejenigen, die unter dem Befehl von General von Choltitz standen, für alle anderen nicht. Zumindest behaupten das ihre Chefs. Die haben sich in Le Bourget und im Wald von Montmorency verschanzt. Sie verfügen über frische Truppen, die auf Fahrrädern vom Pas-de-Calais gekommen sind, vor allem aber über die Panzer der 47. Infanteriedivision unter Generalmajor Wahle ...«

»Papa, zeig mir mal, wie das geht.«

Léa, die auf den Panzer geklettert war, gab Charles einen Klaps auf die Hand.

»Rühr das nicht an! Du lässt das Ding noch in die Luft fliegen!«

Laurent zeigte ein freudloses Lächeln. Er küsste seinen Sohn, hob ihn auf und reichte ihn trotz seines Protests Franck hinunter.

»Kümmere dich gut um ihn, Léa. Sobald es möglich ist, komme ich euch besuchen. Dann sprechen wir über Camille. Ich will alles über ihren Tod wissen.«

Charles und die drei jungen Leute schauten zu, wie der Panzer wendete, und folgten ihm dann bis zum Boulevard Sébastopol.

Franck begleitete die beiden Schwestern und das Kind bis zur Rue de l'Université und versprach, am Abend mit Auskünften über Françoise und mit Lebensmitteln wiederzukommen.

Der Spaziergang hatte Charles ermüdet und er klagte über Kopfschmerzen. Estelle maß seine Temperatur, er hatte 39 Grad Fieber. Die alte Haushälterin brummelte, sie habe es ja gesagt, er hätte noch nicht rausgehen dürfen, er sei noch nicht wieder ganz gesund. Léa legte ihn in ihrem Bett schlafen und hielt seine Hand, bis er eingeschlummert war. Doch auch sie war offenbar erschöpft, denn sie schlief ebenfalls ein.

Anhaltendes Brummen riss sie aus dem Schlaf. Léa sah auf die Uhr: halb zwölf! Das Zimmer lag im Dunkel; das Brummen wurde stärker. Flugzeuge! Das waren Flugzeuge, die Paris überflogen. Zweifellos alliierte Flugzeuge, die die Front bombardieren sollten. Die Sirenen begannen zu heulen. Die Flugzeuge kamen näher, schienen sehr tief zu fliegen. Léa eilte zum Fenster.

Seit Orléans hatte sie nicht mehr so viele Flugzeuge auf einmal gesehen. Der Schein der Leuchtkugeln, vereinzeltes Flakfeuer ließen sie offenbar unberührt. Plötzlich erschütterten gewaltige Explosionen vom Hôtel de Ville und den Hallen her das Viertel und erhellten die Nacht.

»Wir müssen in den Luftschutzkeller!«, schrie Albertine, die mit Françoises Baby auf dem Arm die Tür aufriss. Lisa und Estelle rannten mit aufgelösten Haaren den Korridor entlang.

»Geht ohne mich runter, aber nehmt Charles mit.«

Der kleine Junge war ganz verschlafen und klammerte sich an sie.

»Will nicht. Will bei dir bleiben.«

»Gut; dann bleib bei mir.«

Eng aneinander geschmiegt, saßen sie in einem der großen Lehnsessel des Salons. Charles schlief wieder ein. Léa rauchte eine Zigarette, während deutsche Bomben auf das Marais, die Rue Monge und das Hospital Bichat fielen, wo sieben Krankenschwestern getötet wurden. Die Bomben zerstörten auch einen Teil der Halle aux Vins und verursachten einen Brand, der Paris beleuchtete wie ein bengalisches Feuer.

Gegen Mitternacht wurde Entwarnung gegeben. Das

Tatütata der Feuerwehr und die Sirenen der Ambulanzen lösten den Bombenlärm ab. Alle gingen wieder zu Bett. Doch nicht für lange. Gegen drei Uhr morgens riss ein zweiter Alarm die Pariser Bürger wieder aus dem Schlaf.

Am nächsten Tag zählte man hundert Tote und etwa fünfhundert Verletzte. Für alle, die geglaubt hatten, der Krieg sei zu Ende, war es ein böses Erwachen.

Am Morgen des 27. August 1944 leckte Paris seine Wunden. In Notre-Dame fand hinter fest verschlossenen Türen eine seltsame Zeremonie statt, die Zeremonie der »Versöhnung«. Wenn das »Blut des Verbrechens«, wie der liturgische Ausdruck lautet, in einer Kirche geflossen ist, muss die Kirche »versöhnt« werden, bevor die Gläubigen sie wieder betreten und in ihr beten können. So umschritten der Erzpriester Brot und der Domherr Lenoble den inneren und den äußeren Raum der Kathedrale und besprengten Wände und Mauern mit »gregorianischem Wasser«, einer Mischung aus Wasser, Asche, Salz und Wein. Nach dieser Zeremonie, an der ausschließlich Mitglieder des zu Notre-Dame gehörenden Klerus teilnahmen, wurden Gottesdienst und Messe gefeiert wie gewöhnlich.

Auch auf einer Barrikade am Boulevard Saint-Michel wurde an diesem Sonntagmorgen von einem Militärgeistlichen der F. F. I. eine Messe gelesen, unter wehenden Fahnen und umgeben von einer großen und andächtigen Menge.

Léa lehnte es ab, ihre Tanten zum Hochamt in Saint-Germain-des-Prés zu begleiten.

Nach mehreren Versuchen gelang es Albertine de Montpleynet, Rechtsanwalt Luc Delmas zu erreichen. Die Verbindung war sehr schlecht, sie musste schreien, um sich verständlich zu machen.

»Hallo? Hallo! Können Sie mich hören? Hier ist Mademoiselle de Montpleynet... Ich bin die Tante der Delmas-Töchter... Ja, sie sind bei mir... Es geht ihnen gut... Ich rufe wegen Ihres Sohnes an... Ja, wegen Pierrot... Nein, nein... Er ist erschossen worden... Es tut mir sehr Leid... Von den Deutschen... Das ist leider möglich... Ich habe den Leichnam gestern identifiziert... Das weiß ich nicht... Er war mit Léa auf dem Boulevard Saint-Michel... Ich werde nachsehen; sie ist verletzt worden... Bleiben Sie am Apparat... Léa, es ist dein Onkel, er möchte dich sprechen.«

»Ich habe ihm nichts zu sagen. Es ist seine Schuld, dass Pierrot getötet wurde.«

»Du bist ungerecht. Er ist ein gebrochener Mann.«

»Geschieht ihm recht.«

»Léa, so darfst du nicht reden. Er ist der Bruder deines Vaters, vergiss das nicht. Wenn du es nicht aus christlicher Barmherzigkeit tun willst, dann tu's aus Menschenliebe heraus und im Gedenken an deine Eltern.«

Warum kam ihr Albertine mit ihren Eltern? Sie waren tot, wie Camille, wie Pierrot!

»Hallo?«, rief sie und riss ihrer Tante den Hörer aus der Hand.

»Hallo? Ja, ich bin's, Léa... Ich habe ihn zufällig vor ein paar Tagen getroffen. Er war seit einem Jahr bei den Kommunisten im Widerstand. Sie hatten ihn nach Paris geschickt als Verbindungsmann zwischen den Anführern des Aufstands. Er ist durch eine Granate getötet worden... Nein, ich weiß nicht, ob er gelitten hat, ich bin auch verletzt worden, aber ich wurde in ein anderes Krankenhaus gebracht... Hallo? Hallo? Unterbrechen Sie uns nicht... Hallo, wer ist am Apparat? Philippe? ... Ja, es ist entsetzlich... Wir sind hier befreit worden; wie sieht es denn in Bordeaux aus? ... Was? Ihr hofft, dass die Deutschen die Amerikaner zurückdrängen! Ich fürchte, dir ist nicht klar, dass der Krieg für die Deutschen verloren ist und dass Leute wie du und dein Vater heute oder morgen vielleicht erschossen werden ... Nein, das würde mir kein Vergnügen bereiten, es wäre mir einfach egal. Pierrot jedenfalls ist tot ... Und *ob* ich mich verändert habe! ... Was sollen wir wegen der Beerdigung unternehmen? ... Ruf mich bei meinen Tanten zurück unter Littré 35-25 ... Habt ihr was von Onkel Adrien gehört?«

Léa legte auf. Sie war plötzlich sehr nachdenklich geworden.

»Tante Albertine, es war schrecklich, ihn weinen zu hören«, sagte sie mit gepresster Stimme.

23.

Für Léa sollte der Monat September eine Zeit der Entscheidungen werden.

Eigentlich begann alles bereits am Abend des 30. August. Gegen acht Uhr abends klingelte das Telefon. Albertine nahm ab.

»Hallo? Ja, meine Nichte ist hier; wer möchte sie sprechen? ... Wie bitte? Ich habe Sie nicht richtig verstanden... Monsieur Tavernier... François Tavernier? Guten Abend, Monsieur... Wo sind Sie denn? In Paris! Wann sind Sie angekommen? ... Mit General de Gaulle! Ich freue mich sehr, Sie zu hören, Monsieur... Ja, Léa geht es gut... Madame d'Argilat? Ach, Monsieur, sie ist tot... Ja, es ist furchtbar. Ihr kleiner Sohn ist hier. Sein Vater war vor ein paar Tagen bei uns. Momentan kämpft er im Norden von Paris... Legen Sie nicht auf, ich gebe Ihnen Léa. Léa! Telefon.«

Sie kam im Bademantel und mit feuchten Haaren.

»Wer ist es denn?«

»Monsieur Tavernier.«

»Franç...«

»Ja. Aber was hast du denn, mein Liebes? Du wirst doch nicht krank?«

Ihr Blut klopfte so heftig, dass es sie schmerzte.

»Nein... Es geht schon«, sagte sie mit zitternder Stimme und setzte sich, ehe sie den Hörer aufnahm.

Albertine betrachtete sie mit einem Gemisch aus Rührung und Besorgnis. Sie hätte alles, was sie besaß, dafür gegeben, die Tochter ihrer geliebten Isabelle endlich glücklich zu sehen.

»Tante Albertine, ich möchte gern allein mit ihm sprechen.«

»Selbstverständlich, mein Liebes, entschuldige bitte.«

Trotz der immer ungeduldiger klingenden Hallos wagte Léa kaum, den Hörer ans Ohr zu nehmen.

»Hallo... François?... Ja... Ja... Nein, ich weine nicht... Nein, bestimmt nicht... Wo? ... Im Kriegsministerium? Wo ist das? ... Rue Saint-Dominique 14? ... Ich komme, sobald meine Haare trocken sind. François... Ist ja gut, ist ja gut, ich komme sofort...«

Léa legte auf. Sie war vor Freude wie betrunken, lachte und weinte und hätte sich am liebsten auf die Knie geworfen und Gott gedankt. Er lebte...

Seit Camilles Tod hatte sie versucht, ihn zu vergessen. Sie wollte nie mehr durch den Verlust eines geliebten Menschen leiden müssen. Als sie Laurent wiedergesehen und dabei ein großes Glücksgefühl empfunden hatte, hatte sie geglaubt, dass es ihr gelungen sei. Doch allein beim Klang seiner Stimme eben war ihr Körper erschauert wie unter einer Liebkosung. Ach, nur schnell wieder in seinen Armen liegen, alle Schrecken vergessen, nicht mehr an den Krieg, an den Tod denken, nur noch an die Liebe... Mist, ihre Haare waren noch immer nicht trocken. Sie würde scheußlich aussehen.

Sie eilte in ihr Zimmer und frottierte sich energisch den Kopf. Dann suchte sie in ihrem Schrank nach einem Kleid. Wo war nur das blaue hingekommen, das ihr so gut stand? Unauffindbar. Es musste im Wäschekorb sein.

»Laure! Laure!«

»Ja; schrei doch nicht so. Was willst du denn?«

»Kannst du mir dein rotgrünes Kleid leihen?«

»Das ist doch noch ganz neu!«

»Eben. Komm, sei lieb, leih es mir. Ich verspreche dir, dass ich gut darauf Acht geben werde.«

»Na schön. Was tu ich nicht alles für dich. Wo willst du denn hin?«

»Ich treffe mich mit François Tavernier.«

»Was?! Ist er wieder da?«

»Ja.«

»Hast du ein Glück! Dann beeil dich und lass ihn nicht warten. Ich hole dir das Kleid.«

Als Laure zurückkam, war Léa nackt und bestäubte ihren Körper mit Talkumpuder.

»Wie schön du bist!«

»Nicht schöner als du.«

»O doch! Meine Freunde finden das auch. Hier, zieh das Kleid über. Pass auf, der Stoff ist empfindlich.«

Laure half ihr beim Überstreifen des dünnen Kleides aus Musselinekrepp mit tiefem Ausschnitt und kurzen weiten Ärmeln.

Die schmale Taille mit Gürtel ließ den kurzen gekrausten Rock noch bauschiger erscheinen.

»Na, sag mal, du lässt dir ja nichts abgehen! Ein Kleid von Jacques Fath!«

»Hab ich eingetauscht gegen fünf Kilo Butter und fünf Liter Öl.«

»Das war aber nicht teuer.«

»Meinst du? Butter ist kostbarer als Kleider aus großen Modehäusern, und jetzt, nach der Befreiung, wird man sie umsonst kriegen können: von den verflossenen Schönen der ehemaligen deutschen Pariser Hautevolee.«

»Du bist mir ja eine! Wer hätte je gedacht, dass die Kleine aus dem Bordelais, eine Verehrerin von Marschall Pétain, Geschäfte auf dem Schwarzmarkt machen würde!«

»Na, wenn schon. Jeder kann sich mal täuschen und ich habe mich eben bei Pétain getäuscht. Du könntest dich auch bei de Gaulle täuschen. Und der schwarze Markt! Ohne ihn hättest du wohl kaum jeden Tag etwas zu essen gehabt.«

»Stimmt, das gebe ich gerne zu. Ich bewundere einfach dein Geschäftstalent. Was de Gaulle betrifft, da kann ich nur sagen: Ein Glück, dass es ihn gibt ...«

»Das wird sich zeigen. Er ist ein ebensolcher Militarist wie Pétain.«

Léa zuckte statt einer Antwort die Achseln.

»Noch immer nichts von Françoise?«

»Nein. Franck ist noch auf der Suche. Sprich mit François Tavernier darüber, der hat bestimmt eine Idee. Und was machen wir mit Pierrot?«

»Ich weiß nicht. Frag Tante Albertine.«

»Wann kommst du nach Hause?«

»Keine Ahnung. Sag den Tanten, dass ich ausgehe, und kümmere dich um Charles.«

»Das hab ich gern, ich darf wieder die Arbeit machen«, sagte Laure gespielt ärgerlich. »Amüsier dich trotzdem gut. Sieh dich mit meinem Kleid vor.«

»Ich werde so vorsichtig damit umgehen, als wäre es mein Augapfel, denn ich wüsste nicht, wo ich fünf Kilo Butter und fünf Liter Öl hernehmen sollte, um es dir zu ersetzen.«

»Die würden gar nicht mehr reichen; inzwischen müssten es zehn Kilo und zehn Liter sein.«

»Wenn du so weitermachst, wirst du bestimmt reich.«

»Ich rechne fest damit. Jetzt verzieh dich, ich höre Lisa. Wenn sie sieht, dass du ausgehen willst, musst du 'ne Stunde lang Erklärungen abgeben: wohin du gehst, mit wem, ob er vorzeigbar ist und so weiter.«

»Ich bin schon weg. Danke ...«

Léa rannte so schnell die Treppe hinunter, dass sie die vorletzte Stufe verpasste und der Länge nach auf den

Marmorboden der Halle fiel. Dabei verstauchte sie sich schmerzhaft das Handgelenk.

»Scheiße!«

»Welch hässliches Wort aus einem so schönen Mund!«

»So ein abgedroschener Spruch! Sind Sie das, Franck? Man sieht ja nichts bei diesen verdammten Stromsperren.«

»Ja, ich bin's.«

»Helfen Sie mir hoch.«

Sie schrie auf, als sie wieder auf die Füße kam.

»Haben Sie sich wehgetan?«

»Ist nicht schlimm. Sie sind ja mächtig beladen. Was ist das denn?«

»Lebensmittelnachschub für Laure. Ich weiß auch, wo Ihre Schwester ist.«

»Warum haben Sie das nicht gleich gesagt?«

»Sie haben mir ja keine Zeit dazu gelassen.«

»Also?«

»Sie ist im Vel' d'Hiv. Dort haben die F. F. I.s alle Kollaborateure zusammengefasst.«

»Kommt man dort leicht rein?«

»Wenn Sie kahl geschoren sind, ja.«

»Sie sind nicht gerade komisch.«

»Entschuldigen Sie bitte. Nein, es ist nicht leicht, dort reinzukommen. Eine Horde Wahnsinniger belagert ständig die Tore, brüllt Beschimpfungen, haut und bespuckt die Neuankömmlinge. Auch Anwälte in Begleitung eines F. F. I.-Verantwortlichen müssen sich ebenso ausbuhen lassen wie alle anderen.«

»Erkundigen Sie sich bitte trotzdem. Ich bin mit einem Freund verabredet, der zum Stab von General de Gaulle gehört. Ich werde mit ihm über die Sache reden.«

»Dann bitten Sie ihn, seinen ganzen Einfluss geltend zu machen, um Ihre Schwester dort rauszukriegen. Die

Haftbedingungen sind angeblich sehr hart. Es ist sehr unvorsichtig, abends allein auszugehen. Soll ich Sie nicht lieber begleiten?«

»Nein, danke. Ich muss zur Rue Saint-Dominique, die ist nicht weit. Vielen Dank für Ihre Bemühungen wegen Françoise. Ich rufe Sie morgen an und halte Sie auf dem Laufenden.«

»Bis morgen. Schönen Abend.«

Léa hörte ihn nicht mehr; sie war bereits auf der Straße.

Im Kriegsministerium hatte sie kaum ihren Namen genannt, als der Wachtposten sie in den ersten Stock geleiten ließ. Sie wurde in einen großen Salon geführt, in dem sich noch die Spuren seiner früheren Benutzer fanden: ein Bild des Führers, abgehängt und in eine Ecke geworfen, Hakenkreuzfahnen aus Papier auf dem Boden, halb gefüllte Kisten mit Akten, verstreute Dokumente – alles zeugte von einem übereilten Aufbruch.

»Der Kommandant ist unterrichtet. Er lässt Sie bitten, sich ein paar Minuten zu gedulden, er ist beim General. Hier sind Zeitungen.«

Dutzende von Zeitungen aus allen Teilen Frankreichs waren auf einem Tisch ausgebreitet: *La Nation*, *Les Allobroges*, *Le Franc-Tireur*, *Libération*, *Combat*, *Défense de la France*, *La Marseillaise*, *L'Aisne nouvelle*, *Lyon libéré*, *L'Humanité*, *Le Patriote niçois*, *Le Libre Poitou*, *La Petite Gironde* ... Bordeaux war frei! F.F.I.-Truppen waren gegen 6 Uhr 30 morgens in die Stadt eingedrungen. *La Petite Gironde* veröffentlichte auf der ersten Seite den Tagesbefehl Nr. 1 des Regionalrats der Befreiung des Südwestens, des regionalen Militärbeauftragten Triangle (Oberst Gaillard) und des Militärbeauftragten des War-Office-Majors Roger Landes (Aristide) bei den F.F.I. Aristide! Er lebte! Dann müsste Adrien bei ihm sein ...

»Bordeaux konnte seine Befreiung feiern«, titelte eine Zeitung, die sie nicht kannte. Merkwürdig, sie hatte dieselbe Redaktionsadresse, denselben krähenden Hahn als Markenzeichen wie *La Petite Gironde* vom 28. August, während diese hier, vom 29. August, sich *Sud-Ouest* nannte ...

Ganz ihren Überlegungen hingegeben, überhörte sie die sich nähernden Schritte und befand sich in François' Armen, ehe sie ihn noch gesehen hatte.

»Loslassen ... François!«

»Du ... Du ...«

Es war wie eine Welle, die sie mitriss, sie freigab, sie rollte, schubste, zermalmte, erschütterte. Sie taumelten umschlungen, Mund auf Mund, durch den Raum, stießen gegen die Möbel, waren trunken voneinander, so sehr, dass sie nicht einmal bemerkten, dass sie nicht mehr allein waren.

»Na, Tavernier, ist das Ihr wichtiger Termin?«

»Entschuldigen Sie bitte, Herr General. Wie Sie sehen, ist er von allergrößter Wichtigkeit.«

»Ja, das sehe ich. Mademoiselle ist reizend. Wenn Sie Ihren Termin beendet haben – sagen wir in einer Stunde –, kommen Sie wieder zu mir.«

»Jawohl, Herr General. Vielen Dank, Herr General.«

Verblüfft sah Léa der hochgewachsenen Gestalt des Generals nach, der wieder zu seinem Büro ging.

»War er das wirklich?«, stotterte sie.

»Ja.«

»Ich schäme mich!«

»Du brauchst dich nicht zu schämen, er ist ein Mann ...«

»Eben.«

»Jedenfalls haben wir eine Stunde für uns und seinen Segen dazu.«

»Du meinst ...?«

»Ja.«

Sie wurde glühend rot. Er brach in Lachen aus.

»Lach nicht, das ist nicht komisch. Was soll er von mir denken?«

»Sei unbesorgt, er hat dich schon vergessen. Komm, ich habe Lust auf dich.«

Léa vergaß ihre Scham und folgte ihm in den zweiten Stock.

»Ist dies das Büro des Generals?«, flüsterte sie, als sie an einer Tür vorüberkamen, die von einem jungen Soldaten bewacht wurde.

Nachdem sie in mehrere Türen geschaut hatten, fand François am Ende eines Ganges, was er suchte.

Es war ein schmales Kämmerchen, das sein Licht von einer Dachluke bekam und in dem aufgerollte Teppiche und sorgfältig zusammengelegte Wandbehänge aufgestapelt waren. Drinnen herrschte eine erstickende Hitze und ein starker Geruch nach Staub und Mottenpulver. Tavernier drückte sie auf einen Stapel Aubussonteppiche und ließ sich auf sie fallen.

»Warte, küss mich erst.«

»Später; ich hab so intensiv an dich und deinen hübschen kleinen Arsch gedacht, dass ich jetzt nicht mehr warten kann ...«

Fieberhaft versuchte er, ihr das Höschen auszuziehen.

»Verdammt, das ist noch Vorkriegsware«, stöhnte er, während er heftig an ihr herumzerrte.

»Hör auf, du zerreißt mir noch das Kleid!«

»Ich kaufe dir zehn neue. Ah ...!«

Er drang mit solcher Brutalität in sie ein, dass sie einen Schmerzens- und Wutschrei ausstieß.

»Du tust mir weh! Lass mich ...«

»Lieber will ich sterben!«

Sie kämpfte, versuchte sich dieses Gliedes, das ihr wehtat, zu entledigen.

»Schweinehund!«

»Sag das noch mal! Das war das erste Wort, das ich von dir gehört habe.«

»Schweinehund! Schweinehund! Schwei...«

Doch François' Verlangen hatte nun auch sie gepackt, und wie zwei keuchende, beißende Tiere vollzogen sie den Akt, hastig und ohne jedes Raffinement.

Dieses rohe Vergnügen hatte ihr Verlangen nicht stillen können. Ohne sich voneinander zu lösen, liebten sie sich noch einmal und empfanden dabei ein so intensives Lustgefühl, wie sie es nie zuvor gekannt hatten. Erschöpft und liebessatt fielen sie auf purpurrote Wandbehänge, die sie einhüllen zu wollen schienen.

Lange lagen sie so, ohne zu reden, und verspürten in ihren Körpern den Nachhall der Lust. François richtete sich auf und betrachtete sie. Selten hatte er in der Liebe eine solche Hingabe erlebt. Wenn das Verlangen sie ergriffen hatte, unterwarf sie sich seinen Wünschen ohne die geringste Scham. Er streifte ihre geschwollenen Lippen. Ein schmaler feuchter Schimmer stahl sich unter ihren Lidern hervor und traf ihn im Innersten.

»Sieh mich an.«

Die schönen Augen öffneten sich langsam über einem tränenumflorten Blick von herzzerreißender Traurigkeit. Er missdeutete ihre Gefühle.

»Bist du mir böse?«

Léas Kopf mit dem zerzausten Haar bedeutete ihm »nein«, während dicke Tränen auf den amarantroten Samt rollten.

»Ich liebe dich, Kleines, nun wein doch nicht!«

»Ich habe solche Angst ausgestanden«, gelang es ihr hervorzubringen.

»Das ist jetzt vorbei; ich bin ja da.«

Wütend richtete sie sich auf und stieß ihn zurück.

»Nein, nichts ist vorbei. Überall sind Menschen, die andere töten, sie demütigen ...«

»Ich weiß. Beruhige dich. Später erzählst du mir alles. Ich habe von Camilles Tod gehört ...«

»Du hast von Camilles Tod gehört? Hast du auch von Pierrots und Raouls Tod gehört? Und von Françoise?«

»Von Françoise?«

»Sie ist von F. F. I.-Männern verhaftet und kahl geschoren worden.«

»Woher weißt du, dass es F. F. I.-Männer waren?«

»Sie trugen Armbinden.«

»Viele nicht gerade sehr charaktervolle Leute haben sich in die F. F. I. eingeschleust; der General weiß das. Es wird alles getan, um die öffentliche Ordnung wiederherzustellen und die Schuldigen zu bestrafen.«

»Ich weiß nicht, ob es ›nicht gerade sehr charaktervolle Leute‹ sind, wie du sie nennst, die sich bei den Befreiern von Paris eingeschmuggelt haben, aber ich kann dir versichern, dass sämtliche Zuschauer, die beim Scheren meiner Schwester und der anderen jungen Frauen dabei waren, großen Spaß daran hatten und es ganz richtig fanden, dass sie auf diese Weise bestraft wurden.«

»Der Zorn steht dir noch immer sehr gut, mein Liebes ...«

»Oh!«

»Entschuldige. Was ist danach mit ihr passiert?«

»Sie ist zum Vel' d'Hiv gebracht worden.«

»Da ist sie in guter Gesellschaft. Dort ist alles interniert, was Rang und Namen hat: Sacha Guitry, Mary Marquet ... Mach dir keine Gedanken mehr, wir werden sie dort rausholen. Verdammt! Ich muss dich verlassen, der General wird schon auf mich warten. Ich rufe dich morgen früh an. Sei hübsch brav bis dahin.«

Er knöpfte sich die Hose zu und eilte hinaus.

»François!«

»Ja?«, fragte er und kam noch einmal zurück.

»Ich bin so glücklich, dich wiederzusehen!«

Er hob sie auf, drückte sie fest an sich und küsste sie mit einer Zärtlichkeit, die sie immer wieder in Erstaunen versetzte.

Versonnen lauschte sie, wie sich die Schritte des Mannes entfernten, bei dem sie sich abwechselnd in vollkommener Sicherheit und in großer Gefahr fühlte. Analytisches Denken war nicht ihre Stärke, dennoch versuchte sie, hier auf dem Boden eines Kämmerchens im Kriegsministerium die Gründe für ihre widersprüchlichen Gefühle zu entwirren: Er macht mir Angst. Ich bin ein Idiot, warum sollte ich Angst haben, er hat mir nie etwas getan, was dieses Gefühl rechtfertigen würde. Und wenn ich nun Angst hätte, dass er mich eines Tages nicht mehr liebt, dass er mich verlässt? Ja, sicher, ich habe diese Angst, aber ich fühle, dass es das nicht ist. Es ist fast physisch. Ich zittere vor Angst, wenn er mich »mein Engel« nennt, und dennoch fühle ich mich so stark zu ihm hingezogen, dass ich ihm überallhin folgen würde. Und er? Er behauptet, dass er mich liebt, aber jedes Mal wenn wir uns wiedersehen, stürzt er sich auf mich, ohne sich die Mühe zu machen, mir etwas anderes zu sagen als »Komm, ich habe Lust auf dich«. Ich gebe zu, dass mich das erregt, aber ich hätte auch nichts gegen »Liebkosungen der Seele«, wie Raphael Malh und Balzac Liebesworte nannten. Merkwürdig, dass es ihm immer gelingt, mich in Wut zu versetzen. Vorhin, als ich von Pierrot und von Françoise gesprochen habe... Es ist, als ob ich ihn unbewusst für das verantwortlich mache, was ihnen geschehen ist... Ich verstehe das nicht. Vielleicht kommt es auch daher, dass er ein Mann ist mit gewissen Einstellungen, Meinungen, mit undurchsichtigen Beziehungen, und dass ich diese Art

Männer im Verdacht habe, für den Krieg verantwortlich zu sein. Ich weiß sehr wohl, dass das absurd ist. Camille wüsste sicher, was von alldem zu halten ist. Sie fehlt mir. Ich habe jetzt fast das gleiche Gefühl von Verlassenheit, von Abwesenheit wie nach dem Tod von Mama. Wenn ich daran denke, dass ich sie betrogen habe, dass ich ihr den Mann wegnehmen wollte! Vergib mir, Camille! Es gibt so viele Dinge, die ich dir nicht anvertraut habe, die auch du mir nicht anvertraut hast. Und jetzt ist es zu spät... Zu spät... Oh! Genug Tränen! Die taugen doch zu nichts... Zu nichts!

Wütend versuchte Léa ihr Kleid zu glätten, doch ohne Erfolg. Diese Kriegsstoffe! Sie würde ja schön aussehen, wenn sie in diesem Aufzug an den Wachtposten vorbeimusste. Sie öffnete die Tür der Teppichkammer einen Spalt, riskierte einen Blick nach rechts und links und schlich sich bis zur Treppe, die sie dann höchst würdevoll hinabschritt. Die Eingangshalle war voller junger Männer, Militärs und Angehörige der F. F. I., die dem hübschen Mädchen mit dem zerknitterten Kleid und den zerzausten Haaren nachsahen und den Glücklichen beneideten, der an ihrem aufgelösten Zustand schuld war. Sie ging mit hoch erhobenem Haupt an ihnen vorbei, scheinbar ohne die bewundernden Pfiffe, die sie zum Ausgang begleiteten, zu bemerken. Doch sobald sie auf der Straße war, ergriff sie schamrot und wütend die Flucht.

In der Rue de l'Université wurde sie von Charles mit lautem Jubel empfangen.

»Wieso bist du noch nicht im Bett?«

»Papa ist da! Papa ist da!«

Das Kind wollte sie in den Salon ziehen.

»Warte, ich will mich nur schnell umkleiden.«

»Nein, komm doch!«

»Gleich, mein Liebling!«

»Papa! Papa! Léa ist da, sie will nicht reinkommen!«

Im Türrahmen erschien Laurents hohe, magere Gestalt. Sie küsste ihn. Wie müde er aussah!

»Warte auf mich, ich will mir nur ein anderes Kleid anziehen.«

Zu spät: Laure kam herein.

»Da bist du ja endlich! Mein Kleid! Was hast du bloß damit angestellt?«

»Es tut mir sehr Leid; ich bin gefallen.«

»Gefallen?«

Verlegen flüchtete sich Léa in ihr Zimmer. Es würde schwierig werden, ihre Schwester zu besänftigen.

Als sie den Salon betrat, warf ihr Tante Albertine einen strafenden Blick zu.

»Du weißt, dass ich es nicht mag, wenn du abends weggehst, ohne uns Bescheid zu sagen.«

»Entschuldige bitte. Ich habe mich mit François Tavernier wegen Françoise getroffen. Er will sich um ihre Freilassung bemühen. Ich habe General de Gaulle gesehen«, fügte sie hinzu, um von sich abzulenken.

»Wie ist er denn?«

Léa berichtete über ihr kurzes Zusammentreffen, vermied es jedoch, genaue Angaben über die näheren Umstände zu machen.

Dann zogen sich die Damen de Montpleynet, erschöpft von all den Ereignissen des Tages, zurück.

»Monsieur d'Argilat, Ihr Zimmer ist bereit.«

»Vielen Dank, Mademoiselle. Vielen Dank für alles.«

»Nichts zu danken. Gute Nacht alle miteinander.«

Laure trat zu ihrer Schwester und zischelte ihr zu:

»Ich hoffe, es hat sich gelohnt, sonst verzeih ich dir nie, dass du mein Kleid ruiniert hast.«

Léas Erröten gab ihr Antwort.

»Gute Nacht, ich geh schlafen. Kindermädchen spielen

hat mich geschlaucht. Gute Nacht, Laurent, schlafen Sie gut. Komm, Charles, höchste Zeit fürs Bett.«

»Nein, ich will bei Papa bleiben.«

Laurent hob den kleinen Jungen auf, der sich fest an ihn schmiegte.

»Oh, Papa, du musst mich beschützen.«

»Ich werde dich immer beschützen. Aber es ist spät, du musst jetzt ins Bett. Ich komme dir noch gute Nacht sagen.«

»Léa auch.«

»Ja, gewiss, Léa auch.«

»Na, dann ab ins Bett mit dir.«

»Danke, Laure. Gute Nacht.«

Allein geblieben, saßen sie eine Weile schweigend und rauchten amerikanische Zigaretten. Laurent erhob sich, trat an das offene Fenster und sah zum Sternenhimmel hinauf. Ohne sich umzuwenden bat er:

»Erzähl mir, wie Camille gestorben ist.«

24.

»Mademoiselle Albertine, Sie werden am Telefon verlangt.«

»Danke, Estelle.«

»Hallo? ... Ja, die bin ich ... Guten Tag, Monsieur ... Selbstverständlich bin ich bereit, meine Nichte bei mir aufzunehmen und für sie zu bürgen ... Wann? ... Im Laufe des Tages! ... Wie kann ich Ihnen danken, Monsieur Tavernier? ... Indem ich Léa mit Ihnen essen gehen lasse? Das erscheint mir etwas unpassend am Tag der Rückkehr ihrer Schwester ... Soll ich sie rufen? Sie schläft noch, sie hat die halbe Nacht mit Monsieur d'Argilat geredet ... Gut ... Ich sage ihr, dass Sie heute Abend wieder anrufen.«

Albertine de Montpleynet legte auf, ging nachdenklich in ihr Zimmer zurück und schloss leise die Tür. Sie setzte sich in den alten Sessel á la Voltaire, für den sie eine besondere Vorliebe hatte. Ihr Herz klopfte heftig. Ihre Hände, die feucht geworden waren, umklammerten die Armlehnen. Die Freude über Françoises bevorstehende Heimkehr verflüchtigte sich und machte einer überwältigenden Beklemmung Platz. Wie würden die Hausbewohner, die Ladenbesitzer des Viertels reagieren, wenn sie die junge Frau wiedersahen, von der alle wussten, dass man sie kahl geschoren hatte, weil sie die Mätresse eines Deutschen gewesen war? Ihr ganzes Leben lang hatte Albertine im Einvernehmen mit der Gesellschaft gelebt; jetzt fühlte sie sich an den Rand gedrängt. Bereits während der letzten

Monate der Besetzung hatten Bemerkungen über den »Verlobten« von Françoise und über Laures Betragen nichts an Deutlichkeit zu wünschen übrig gelassen. Lisa, der viel an gesellschaftlicher Akzeptanz lag, litt so sehr darunter, dass sie ihre wöchentliche Bridgepartie aufgegeben hatte.

Albertine warf sich mangelnde Entschiedenheit gegenüber Isabelles drei Töchtern vor, für die sie sich seit dem Tod der Eltern verantwortlich fühlte. Sie erkannte, dass die Ereignisse und die ebenso verschiedenen wie eigenwilligen Charaktere ihrer Nichten sie überfordert hatten. Ich war der Aufgabe nicht gewachsen, dachte sie. Ich habe diese Kinder nicht behüten können. Was würde ihre Mutter sagen? Was soll aus der armen Françoise werden nach dieser Prüfung? Otto ist sicher tot. Ledige Mutter, das ist die Bezeichnung, die man ihr ins Gesicht schleudern wird, wenn nicht Schlimmeres. Und der süße kleine Engel? O mein Gott, erbarme dich unser! Gib Françoise die Kraft, ihren Kummer und ihre Schande zu überwinden. Und vergib mir; du hattest mir eine Aufgabe zugewiesen, die ich nicht erfüllt habe. Vergib mir, lieber Gott!

Albertine weinte, das Gesicht in den Händen vergraben. In ihrem Kummer hörte sie nicht, dass die Tür geöffnet wurde.

»Aber Tantchen, was hast du denn?«

Léa hockte sich der alten Dame zu Füßen und versuchte, ihre braun gefleckten Hände vom Gesicht zu lösen.

»Tante Albertine, bitte beruhige dich doch.«

Endlich ließ sie die Hände sinken. Angesichts der vom Leid gezeichneten Züge dieser nach außen hin so kühlen Frau, die ihre Gefühle kaum zeigte, wurde Léa von Mitgefühl und Zweifeln erfasst. Wie? Selbst Albertine, die so stark, so beherrscht, so würdevoll war? Wieder eine ganze Welt kindlicher Gewissheiten, die ihr entschwand und sie mit leeren Händen zurückließ. Als sie Montillac brennen sah, war in diesem roten Leuchten auch etwas in ihr zerstört worden, hatte sie in ihrer Verzweiflung isoliert und ihr lediglich die Kraft gelassen, weiterzuleben und Camilles Sohn in ihre Obhut zu nehmen. In der vergangenen Nacht hatte sie bis zur Erschöpfung versucht, Laurent zu trösten. Doch wie soll man jemanden trösten, wenn man selbst untröstlich ist? Und nun das hier! Wo konnte sie Worte finden, die diesem geliebten Menschen wieder Mut machen würden? Camille hätte es gewusst.

Es war schließlich Albertine, die als Erste sprach.

»Steh auf, mein Liebes. Ich bin eine alte Gans. Das war nur ein Augenblick der Schwäche. Ich habe kein Recht, mich zu beklagen; viele haben mehr zu leiden gehabt als ich.«

Sie trocknete sich sorgfältig die Augen und sagte dann:

»Monsieur Tavernier hat angerufen. Françoise wird wahrscheinlich heute Nachmittag wieder bei uns sein.«

»Hast du deswegen geweint?«

»Ja und nein. Dass du nichts Falsches denkst: Ich bin sehr froh über ihre Rückkehr, zugleich aber auch ein wenig besorgt.«

»Hat Tavernier nichts für mich hinterlassen?«

»Er wollte dich zum Essen einladen, doch ich habe ihm erklärt, das sei heute nicht möglich.«

»Aber wie kommst du denn darauf, ihm so etwas zu sagen?«

Albertine erhob sich mit strenger Miene.

»Deine Schwester wird unser aller Zuwendung brauchen. Ich halte es für besser, dass du bei ihrer Rückkehr auch da bist.«

Léa senkte den Kopf. Sie war müde, so müde.

»Er ruft dich auf jeden Fall heute Abend wieder an. Sag Lisa nichts von meinen Befürchtungen, das würde ihr nur Kummer machen. Du weißt, sie ist eine aufrechte, schlichte

Natur und noch mehr als ich zutiefst verunsichert von allem, was derzeit geschieht. Das wirkt sich auch nachteilig auf ihre Gesundheit aus. Versprichst du's mir?«

Léa umarmte ihre Tante.

»Ich verspreche es. Darf ich dich um einen Rat bitten?«

»Aber gewiss, mein Kind. Um was geht es denn?«

Léa hielt inne. Wozu davon sprechen, wenn alles noch so ungeordnet in ihrem Kopf herumwirbelte?

»Warum sagst du nichts mehr? Fällt es dir so schwer, darüber zu reden?«

»Ich habe beschlossen, mich beim Roten Kreuz zu melden.«

»Beim Roten ...«

Hätte Léa gesagt: »Ich möchte mich melden« anstelle von »Ich habe beschlossen, mich zu melden«, hätte sie sich vielleicht doch nicht kopfüber in dieses Abenteuer gestürzt. Aber nun, da sie eine bereits feststehende Entscheidung verkündet hatte, würde sie keinen Rückzieher machen, daran hinderte sie ein trotziger Stolz.

»Du hast richtig gehört: Ich habe beschlossen, mich beim Roten Kreuz zu melden.«

»Aber du bist doch keine Krankenschwester!«, rief Mademoiselle de Montpleynet aus.

»Ich werde mich nicht als Krankenschwester bewerben, sondern als Fahrerin.«

»Wie bist du bloß zu einem solchen Entschluss gekommen, wenn wir dich hier so dringend brauchen? Und Montillac? Denkst du auch an Montillac?«

»Montillac ist zerstört.«

»Es kann wieder aufgebaut werden.«

»Womit denn? Wir haben doch kein Geld.«

»Die Anwälte ...«

»Das Gut ist mit Hypotheken belastet bis an die Gurgel ...«

»Léa!«

»Oh, ich bitte dich! Die Zeit der gewählten Ausdrücke ist vorbei, zu Ende, wie Montillac.«

»Denk an deine Schwestern, an Charles, der dich liebt wie seine Mutter.«

»Meine Schwestern kommen sehr gut ohne mich zurecht. Sieh dir Laure an, diese hervorragende Geschäftsfrau. Und Charles hat ja jetzt seinen Vater.«

»Wann hast du diesen Entschluss gefasst? Und warum?«

»Wann? Das kann ich nicht sagen. Vielleicht heute Nacht, als ich Laurents Leid gesehen habe, als ich Camilles Tod wieder vor Augen hatte und den Tod von Tante Bernadette, von Sidonie, von Raoul Lefèvre, von Pierrot und so vielen anderen. Ich möchte mich den Truppen von General Leclerc anschließen, möchte mit ihnen nach Deutschland vordringen; ich möchte ein Mann sein, eine Maschinenpistole haben und kämpfen... Ich wünschte, ich könnte sie gleich zu Hunderten töten...«

»Schweig still, mein kleines Mädchen, du bist ja wahnsinnig!«

Léa war außer sich; das Gesicht rot und verzerrt, die Augen hassglühend, der Mund verzogen.

»Möglich, aber ich will sie leiden sehen, ich will bei ihrer Niederlage dabei sein, ich will sehen, wie sie sich unter Beschuss die Landstraßen entlangschleppen, will ihre zerfetzten Bäuche sehen, die heraushängenden Augen, die verbrannten Kinder... Ich will ihre zerstörten Städte sehen, ihre verwüsteten Lager, ihre dem Erdboden gleichgemachten Häuser... Aber vor allem will ich sie gedemütigt sehen, ich will sie unterwürfig sehen, wie wir es gewesen sind, ich will sie auf den Knien rutschen sehen... Ich will, dass sie verschwinden...«

Léas Toben hatte Laurent herbeigerufen. Die schrecklichen Worte dieses schönen Mädchens machten ihn sprachlos. Sie war offenbar einem Nervenzusammenbruch nahe.

»Ah!«

Eine Ohrfeige stoppte ihre verbale Raserei. Verblüfft starrte sie Laurent an. Nie hätte sie es für möglich gehalten, dass er eine Frau schlagen könnte.

»Achtung, sie wird gleich ohnmächtig!«, rief Albertine.

Laurent sprang herzu, doch Léa hatte sich schon wieder gefangen.

»Es ist nichts, es geht mir schon besser.«

»Verzeih mir bitte...«

»Macht nichts. Ich hätte das an deiner Stelle auch getan«, sagte sie und schaute aus dem Fenster.

»Wissen Sie, was mir Léa gerade verkündet hat, Monsieur d'Argilat?«

»Nein.«

»Dass sie sich zum Roten Kreuz melden will!«

Laurent ging zu Léa und zwang sie, sich zu ihm umzudrehen.

»Ist das wahr?«

Welche Bangigkeit in seiner Stimme!

»Ja.«

Er zog sie an sich und drückte sie ganz fest. »Vielleicht hast du Recht, nach alldem...«

Albertine de Montpleynet ging achselzuckend hinaus.

Allein geblieben, schwiegen Léa und Laurent einen langen Augenblick. Dann hob er sanft ihren Kopf. Störrisch versuchte sie, sich zu widersetzen.

»Warum?«

Oh, dieser Blick eines verlorenen Kindes! Wie gern hätte er all die schrecklichen Erlebnisse, die auf ihr lasteten, aus ihrer Erinnerung getilgt und ihr jene Unbekümmertheit wiedergegeben, die so viel von ihrem Reiz ausmachte.

Doch er war selbst viel zu sehr gefangen in seinem Schmerz, um ihr eine große Hilfe zu sein. Er erriet, dass ihr Entschluss, sich zum Roten Kreuz zu melden, ihrer Ratlosigkeit entsprang gegenüber einer Zukunft, die sich ihr nur als düster und schwierig darstellte.

»Warum?«, wiederholte er.

»Weil ich sterben möchte.«

Unter anderen Umständen wäre er in Lachen ausgebrochen über so viel jugendlichen Weltschmerz, doch heute ...

»Red nicht so dummes Zeug; du hast das ganze Leben noch vor dir.«

»Du sprichst wie meine Tanten.«

»Ich wollte an deinen gesunden Menschenverstand appellieren ...«

»Gut; reden wir vom gesunden Menschenverstand! Weißt du vielleicht, was das ist, der gesunde Menschenverstand? Ich nicht. Seit Beginn dieses Krieges habe ich nichts gesehen, was auf gesunden Menschenverstand zurückzuführen gewesen wäre, sondern vielmehr das Absurde in Reinkultur. Oder ist es etwa der gesunde Menschenverstand, der die Massen dazu bringt, zu lynchen und zu scheren?«

»Ich gestehe dir zu, dass wir uns derzeit unter der Herrschaft des Absurden befinden, aber du brauchst zu dieser Absurdität nicht noch durch eine Entscheidung beizutragen, die dir so gar nicht ähnlich sieht. Denk doch mal nach: In ein paar Monaten ist der Krieg zu Ende, dann wird alles wiederaufgebaut werden, dann wird man leben können wie zuvor ...«

»Könntest du denn leben wie zuvor? Nach dem, was Camille angetan worden ist?«

Laurents Züge verzogen sich schmerzlich.

»Ich muss wohl. Ich muss an Charles denken.«

»Du hast Charles, ja; aber ich habe gar nichts.«

»Du hast Montillac.«

»Ich will nichts mehr von Montillac hören, es hat zu viele Tote gegeben auf Montillac. Ich hasse den Ort ... Ich werde nie wieder dorthin zurückkehren.«

»Du hast dich sehr verändert seit gestern ... Ich hatte geglaubt, du seist glücklich, François Tavernier wiederzusehen. Er ist der richtige Mann für dich.«

»François Tavernier denkt nur ans ...«

»Welcher Mann würde bei deinem Aussehen nicht daran denken?«

»Du nicht!«

Die Bilder ihrer einzigen Liebesnacht in den Toulouser Kellergewölben standen ihnen wieder mit einer Deutlichkeit vor Augen, die sie erröten ließ.

»Er liebt dich; Camille hat es mir gesagt. Sie dachte, du liebtest ihn auch.«

»Da hat sie sich getäuscht.«

»Camille hat sich selten getäuscht.«

»Sprich nicht mehr von ihr. Sie ist tot ... Tot ... Wie Montillac ... Lass mich allein, Laurent. Bitte lass mich allein.«

Er ging hinaus und schloss leise die Tür.

Léa nahm ihren Kopf in beide Hände. Ihr Mund öffnete sich zu einem stummen Schrei, der in ihr widerhallte und sie erzittern ließ. Sie sank neben dem Sessel à la Voltaire in die Knie, biss in den alten, gestickten Bezug des Sitzes und flüsterte mit stockender Stimme:

»Mir tut alles weh ... Ich kann nicht mehr ... Sie stürzen sich von allen Seiten auf mich ... Sie wollen mich mitnehmen ... Nein! Nein! ... Es ist nicht wahr, was ich zu Laurent gesagt habe. Ich will nicht sterben! ... Aber sie – jede Nacht rufen sie mich, versuchen, mich zu fangen ... Ich fühle ihre eisigen, bluttriefenden Hände ... Oh, diese Finger! ... Ich habe Angst! ... Und dieser Geruch von verbranntem Fleisch, dieser verkohlte Körper, der sich immer noch bewegte, diese Schreie! ... Oh, Sarah, dein armes Gesicht mit den Brandwunden ... Mir ist, als sprächst du mir von der Hölle ... Sidonie ... In deiner Stimme war etwas von dem Honig deiner Bonbons. Immer wieder sehe ich deinen alten gemarterten Körper vor mir ... Hab Erbarmen ... Schweig still ... Raoul? ... O du, du bist gut ... Ich spüre, du willst, dass ich lebe. Du hast unsere armseligen Gesten der Liebe mit dir genommen ... Tante Bernadette, ich bitte dich, schrei nicht so ... Ah! Die Flammen, die dich einhüllen ... Das rote Leuchten ... Raphael ... Verschwinden Sie ... Erbarmen! Sie verbrennen auch mich ... Pardon, Tante Bernadette, Pardon ... Mama! Beschütz mich doch ... Verjag sie ... Ich soll ihnen folgen ... Mama, sag Pierrot, er soll mich in Ruhe lassen ... Es ist nicht meine Schuld, dass ich nicht mit ihm zusammen getötet worden bin ... Jetzt ist es die Sifflette ... Monsieur und Madame Debray ... Der alte Terrible ... Und die kleinen Kinder von Orléans mit ihrer Mutter ... Und ... Oh, nein! Dieser Mann! Dieser Mann, den ich erschossen habe ... Hilfe! ... Mama ... Er packt mich ... Papa ... Lass es nicht zu ... Dieses Blut, all das Blut ... Es sind so viele ...

»Léa! Léa! Beruhige dich doch ... Es ist vorbei ... Rufen Sie einen Arzt, schnell!«

François Tavernier hob die bewusstlose und schweißbedeckte Léa auf und trug sie in ihr Zimmer, während Laurent d'Argilat versuchte, einen Arzt zu erreichen.

»Rufen Sie Dr. Prost im Kriegsministerium an, das ist ein Freund von mir. Sagen Sie ihm, er müsse sofort kommen.«

Rücksichtslos scheuchte François die Damen de Montpleynet und Laure hinaus. Halb wahnsinnig vor Angst, blickte er auf die Frau, die er liebte, die ohne Bewusstsein war, deren Körper jedoch immer wieder von heftigen Zuckungen erschüttert wurde. Er legte sich auf sie und sprach begütigend auf sie ein.

»Mein geliebtes Herz ... Hab keine Angst mehr, meine Süße ... Meine Schöne ... Ich bin da ... Ich werde dich beschützen ... So, meine Kleine ...«

Seine Stimme schien sie zu beruhigen. Er begann sie zu entkleiden und war bewegt von der Schönheit dieses kräftigen, doch zartgliedrigen Körpers, der ihn immer wieder in Entzücken versetzte. Selbst in diesem verwirrten Krankheitszustand war sie anrührend und begehrenswert. Sie musste unbedingt aus Paris heraus, damit sie ihr seelisches Gleichgewicht wiederfand. Doch wo blieb Prost?

»D'Argilat?«

»Ja.«

»Haben Sie Dr. Prost erreicht?«

»Er kommt. Wie geht es ihr?«

»Sie hat sich ein wenig beruhigt. Ist seit gestern irgendetwas vorgefallen?«

»Nicht dass ich wüsste. Sie hat mir berichtet, wie meine Frau zu Tode gekommen ist ...«

»Verzeihen Sie mir, alter Junge, ich wollte Ihnen längst sagen, wie sehr ... Ich mochte Ihre Frau sehr gern, ich hatte große Hochachtung vor ihr ...«

»Ich danke Ihnen. Wir werden später einmal über sie sprechen.«

»Ich glaube, der Arzt ist da.«

»Ich habe es nicht klingeln gehört.«

»Sie vergessen, dass wir noch immer ohne Strom sind. Jemand hat an die Wohnungstür geklopft.«

Geräusche und Stimmen drangen zu ihnen.

»Hier ist es, Herr Doktor, bitte treten Sie ein.«

Ein Mann, nicht sehr groß, doch mit Ringerschultern und Stiernacken, in einer Uniform mit Hauptmannstressen, trat ein und ging auf Tavernier zu.

»Was gibt es denn?«

»Deine Pariser Kollegen sind nicht zu erreichen, da habe ich dich bemüht.«

»Du bist krank?«

»Nein, nicht ich, dieses junge Mädchen hier.«

»Entzückend!«

»Lass deine Witzeleien; dafür ist jetzt nicht der richtige Moment.«

»Gut. Wo kann ich mir die Hände waschen?«

»Hier, Herr Doktor«, sagte Albertine und zeigte ihm die Tür des Badezimmers.

»Hören Sie auf, hin und her zu laufen, Sie machen mich ganz nervös, Monsieur Tavernier.«

»Entschuldigen Sie bitte, Mademoiselle, aber ich bin sehr in Sorge; er untersucht sie jetzt schon gut und gerne eine Stunde.«

»Keine Stunde, Monsieur. Zehn Minuten.«

»Zehn Minuten, eine Stunde, das ist doch gleich. Es ist auf jeden Fall zu lange.«

Der Salon ähnelte dem Wartezimmer eines Zahnarztes: Laure hielt das Baby von Françoise auf dem Schoß, Laurent hatte Charles auf dem Arm. Der Junge wiederholte unablässig mit leiser, angstvoller Stimme:

»Sie wird doch nicht sterben? Sag, sie wird doch nicht sterben?«

Lisa fächelte sich mit ihrem tränenfeuchten Taschentuch und murmelte: »Jungfrau Maria, erbarme dich unser.«

Albertine hatte die Augen geschlossen und hielt sich sehr gerade. An ihren Lippen war abzulesen, dass sie betete. Endlich öffnete sich die Tür und der Hauptmann winkte ihr, zu kommen. Doch François Tavernier schubste sie beiseite und trat in das Zimmer.

»Monsieur Tavernier!«

Er hörte sie nicht, sondern eilte an Léas Bett. Sie schien

zu schlafen. Beruhigt richtete er sich auf und wandte sich Prost zu.

»Also, was hat sie?«

Der Arzt beachtete ihn nicht, sondern fragte Albertine:

»Neigt sie zu Ohnmachtsanfällen?«

»Nein, nicht dass ich wüsste. Sie ist meine Nichte, Herr Doktor, sie lebt erst seit zwei Monaten bei mir.«

»Wissen Sie, ob sie als Kind unter Anfällen litt?«

»Nein, Monsieur. Aber als ihr Verlobter starb, war sie mehrere Tage bewusstlos.«

»Wie viele Tage?«

»Das weiß ich nicht mehr. Zwei oder drei.«

»Ich habe gesehen, dass sie zweimal am Kopf verletzt wurde. Hat das keine Nachwirkungen gehabt?«

»Ich glaube nicht.«

»Hatte sie häufig Migräne?«

»Selten, aber dann sehr stark.«

»Das ist doch alles Vergangenheit«, brummelte François Tavernier. »Was ist es denn jetzt?«

»Ein Wachkoma.«

»Ein was?«

»Sie ist in einem Wachkoma.«

»Was bedeutet das?«

»Dass sie sich zwar in einem Koma befindet, aber zugleich in einer Art Wachzustand. Das heißt, sie reagiert auf gewisse Dinge, auf gewisse Schmerzen. Wundern Sie sich nicht, wenn sie stöhnt und um sich schlägt, Mademoiselle. Ihr Gehirn ist nicht völlig komatös.«

»Was kann man dagegen tun?«

»Nichts.«

»Was heißt ›nichts‹?«

»Nichts. Man kann nur warten.«

»Wie lange?«

»Das kann ich nicht sagen. Zwei Tage, vier Tage, eine Woche oder auch länger, das kommt darauf an.«

»Worauf kommt es an?«, fragte François.

»Auf ihre Natur oder den lieben Gott, wenn dir der lieber ist.«

»Ich scheiße auf Gott und dich dazu! Du bist ein erbärmlicher Arzt, wenn du nicht einmal fähig bist, sie zu behandeln!«

»Brüll nicht so rum, sie braucht Ruhe. Im Moment kann ich ihr nur eines verschreiben: dass du verschwinden sollst.«

»Meine Herren, ich muss doch sehr bitten!«

»Verzeihen Sie uns, Mademoiselle. Sie haben mich verstanden? Man kann nichts anderes tun als abzuwarten. Geben Sie ihr regelmäßig zu trinken, versuchen Sie ihr ein wenig Bouillon einzuflößen und überwachen Sie ihre Temperatur. Haben Sie einen Hausarzt?«

»Ja, aber wir wissen nicht, wo er abgeblieben ist.«

»Ich komme morgen wieder, wenn ich bis dahin keinen Kollegen für Sie aufgetrieben habe. Ich möchte, dass ständig jemand bei ihr ist. Sie brauchen eine Krankenschwester.«

»Das ist nicht nötig, Herr Doktor, wir sind genug Frauen hier, wir können uns abwechseln.«

»Ausgezeichnet. Kommst du mit, Tavernier?«

»Nein, ich bleibe noch ein wenig. Ich komme später bei dir vorbei.«

»Vergiss nicht, dass wir in einer Stunde eine Pressekonferenz haben.«

»Das schert mich einen Dreck.«

»Das kannst du dem General sagen ... Auf Wiedersehen, Mademoiselle, machen Sie sich keine Sorgen, sie ist robust, sie wird es überwinden.«

»Ihr Wort in Gottes Ohr, Herr Doktor.«

25.

Als Léa im Halbdunkel ihres Zimmers die Augen aufschlug, waren zwölf Tage vergangen. Die erste Person, die sie erblickte, war ihre Schwester Françoise, die an ihrem Bett saß und sie unter einem dichten Pony hervor beobachtete. Ihr Haar war von einem eleganten herbstfarbenen Turban verdeckt. Das erstaunte Léa gar nicht: Haare wachsen so schnell.

»Léa? Hörst du mich?«

»Ja. Mir ist, als hätte ich sehr lange geschlafen.«

Françoise brach in Lachen aus, in das sich Tränen mischten.

»Du schläfst seit über einer Woche.«

»Was?!«

»Du hast zwölf Tage im Koma gelegen.«

»Zwölf Tage? Bist du sicher? Da muss doch viel passiert sein! Erzähl mal.«

»Nein, das würde dich anstrengen. Ich sage den anderen, dass du wieder zu dir gekommen bist.«

»Nein, warte! Ich fühle mich ganz wohl. Ich erinnere mich nicht mehr genau... Das Letzte, was ich im Gedächtnis habe, ist, dass Tante Albertine von deiner Rückkehr gesprochen hat. Und seither sind zwölf Tage vergangen! Wann bist du nach Hause gekommen?«

»Am Nachmittag des Tages, an dem du krank geworden bist. François Tavernier hat mich vom Vel' d'Hiv abgeholt. Ich habe meinen Ohren nicht getraut, als mir ein F. F. I.-Mann erklärt hat: ›Du bist frei, Schlampe!‹. Du hättest sehen müssen, wie sehr sich die anderen Gefangenen für mich gefreut haben. Eine Schauspielerin, die nicht geschoren worden war, hat sich eine dicke Haarsträhne abgeschnitten und sie mir unter mein Kopftuch geschoben ...«

»Ah! Ich verstehe!«

» ... und hat mich umarmt. Ich war so gerührt über diese Geste, dass ich in Tränen ausgebrochen bin. Für ein paar Gefangene habe ich Botschaften und Briefchen für ihre Familien mitgenommen. Zum Glück hatten sie keine Zeit, meine Tasche zu durchsuchen: François Tavernier hat sie einem schmutzigen, pickligen ›Oberst‹ aus der Hand gerissen, der sich immer ein Vergnügen daraus machte, die Gefangenen zu demütigen. Aber da war er ganz klein mit Hut und hat das Papier mit dem Briefkopf des Kriegsministeriums, drei oder vier Unterschriften und ebenso vielen Stempeln, das meine sofortige Freilassung anordnete, um und um gedreht. François hat mich in einen Wagen mit einer Trikolore-Fahne und einem Lothringerkreuz geschoben, der von einem uniformierten Chauffeur gefahren wurde, und gesagt: ›Beeilen Sie sich, ich fürchte, er wird bald merken, dass dieses Papier nicht ganz in Ordnung ist.‹ Mich hat seine Kaltblütigkeit fast umgehauen. Glücklicherweise ist alles gut gelaufen, ich bin inzwischen definitiv von den Säuberungslisten gestrichen.«

»Was ist das denn?«

»Stimmt, du bist ja nicht auf dem Laufenden. Es wird gesäubert, das heißt, es werden alle Männer und Frauen verhaftet, verhört, gerichtet und abgeurteilt, die mehr oder weniger enge Beziehungen zu Deutschen hatten. Ob Geschäftsmann, Abgeordneter, Schriftsteller, Schauspielerin, Zeitungsherausgeber, Hotelbesitzer, Prostituierte oder Stenotypistin, alle sind betroffen.«

»Und was geschieht mit ihnen?«

»Sie werden freigesprochen oder eingesperrt; manche werden auch erschossen.«

»Wer ist denn alles verhaftet worden?«

»Unter den Prominenten sind Leute wie Pierre Fresnay, Mary Marquet, Arletty, Ginette Leclerc, Sacha Guitry, Jérôme Carcopino, Brasillach. Andere wie Céline, Rebatet, Drieu la Rochelle werden noch gesucht. Listen mit den Namen der ›Gesäuberten‹ erscheinen jeden Tag im *Figaro*.«

»Die meisten haben die Strafe auch verdient.«

»Bestimmt, aber viele wurden auch verhaftet aufgrund von Denunziationen eines neidischen Kollegen, einer gehässigen Concierge oder eines, dem es Spaß macht, anderen Schaden zuzufügen.«

Léa schloss die Augen; sie mochte sich nicht auf eine Diskussion mit ihrer Schwester über diese Dinge einlassen.

»Du bist erschöpft; sprich nicht mehr. Ich werde ...«

»Nein! Wie geht es Charles?«

»Gut; er fragt dauernd nach dir, besonders seit sein Vater wieder fort ist.«

»Laurent ist fort?«, rief sie und setzte sich mit einem Ruck auf.

»Beruhige dich, du wirst dir nur schaden!«

»Und wo ist er?«

»Bei der 2. Division. Er ist am 8. September in Richtung Osten aufgebrochen.«

»Wie ging es ihm?«

»Nicht sehr gut. Er war sehr unglücklich, seinen Sohn und dich in diesem Zustand verlassen zu müssen.«

»Hat er nichts für mich hinterlassen?«

»Doch; einen Brief.«

»Hol ihn mir.«

»Hier ist er, in deinem Sekretär.«

Françoise öffnete eine Schublade und reichte ihrer

Schwester den Brief. Léa war jedoch so nervös, dass es ihr nicht gelang, den Umschlag aufzureißen.

»Mach ihn auf und lies ihn mir vor.«

Meine liebe Léa,

wenn du diese Zeilen liest, heißt das, dass du wieder gesund bist. Ich habe sehr darunter gelitten, dich wie leblos liegen zu sehen, zu wissen, dass dein Unterbewusstsein noch immer kämpft, und gleichzeitig machtlos zu sein, dir Linderung zu verschaffen und dich zu uns zurückzuholen. Ich habe Charles deinen Tanten und deinen Schwestern ans Herz gelegt, doch da du nun wiederhergestellt bist, bist du es, der ich ihn anvertraue. Verweigere dich nicht, er liebt dich wie seine Mutter und braucht dich. Ich weiß, dass das eine große Verantwortung ist, doch du bist stark genug, um sie auf dich zu nehmen, das hast du bereits bewiesen. Ich hoffe, du hast das aberwitzige Vorhaben, dich zum Roten Kreuz zu melden, aufgegeben. Dein Platz ist bei deinen Angehörigen, bei meinem Sohn und bei deinen Schwestern. Geh nach Montillac zurück. Ich habe dem Notar, der den Besitz meines Vaters verwaltet, geschrieben, er solle versuchen, Ländereien zu verkaufen, damit ich euch beim Wiederaufbau unterstützen kann.

Ich bin froh und traurig zugleich, an die Front zurückzukehren. Froh, weil ich im kämpferischen Einsatz den Verlust Camilles eine Zeit lang vergessen kann, und traurig, weil ich dich und Charles verlassen muss. Ich umarme dich. In Liebe

Laurent

PS: Ich werde dich sobald wie möglich wissen lassen, wie du mich über die Feldpost erreichen kannst.

»Er hat Recht; es ist Wahnsinn, dass du dich zum Roten Kreuz melden willst.«

»Das geht euch nichts an. Ich tue, was ich will.«

»Aber warum willst du so etwas machen?«

»Ich mag hier nicht mehr bleiben. Ich fühle mich hier nicht wohl. Ich brauche mehr Klarsicht.«

»Léa! Du bist wieder zu dir gekommen! Herr Doktor, meine Nichte ist wieder gesund!«

»Es sieht ganz so aus, Mademoiselle. Na, mein Kind, wollten Sie Dornröschen spielen? Schade, dass ich nicht der Prinz bin. Wie fühlen Sie sich?«

»Gut, Herr Doktor.«

Der alte Hausarzt, der sich doch wieder eingefunden hatte, untersuchte die junge Patientin.

»Ausgezeichnet, ausgezeichnet! Der Blutdruck ist normal, das Herz ebenfalls. In ein paar Tagen können Sie sich mit Ihrem Märchenprinzen im Wald tummeln. Was hat der Mann sich für Sorgen um Sie gemacht!«

Léa befragte ihre Schwester mit den Augen.

Françoises stumme Antwort besagte: Als ob du das nicht wüsstest!

»Ich möchte aufstehen.«

»Erst müssen Sie wieder zu Kräften kommen. Sie können sich noch gar nicht auf den Beinen halten. Was Sie jetzt brauchen, ist gesundes und reichliches Essen.«

»Reichlich? Das ist nicht so einfach«, sagte Françoise bitter.

»Ich weiß, Madame, aber Sie müssen das irgendwie bewerkstelligen. Vertrauen Sie auf den Märchenprinzen, das ist ein Mann, der sich zu helfen weiß. Und was täte er nicht für die Familie seiner Heißgeliebten? Na, genug gescherzt. Dass wir uns recht verstehen, Mademoiselle: Die Kleine braucht täglich Fleisch, Milchprodukte, Fisch, Eier ...«

»Kurz, Herr Doktor: alles, was es nicht gibt.«

»Monsieur Tavernier wird es beschaffen. Auf Wiedersehen, mein Kind, lassen Sie sich ein bisschen verwöhnen.«

Nachdem ihre Tante Albertine und der Arzt gegangen waren, brach Léa in ein noch recht schwach klingendes Lachen aus. Immer optimistisch und immer noch verdammt scharfäugig, dieser alte Verehrer von Tante Lisa.

»Ist François oft gekommen?«

»Oft? Mehrmals täglich, und zwischendurch hat er wenigstens einmal angerufen, um zu hören, wie es dir geht.«

»Heute hat er seit mindestens einer Stunde noch kein Lebenszeichen von sich gegeben«, sagte sie schmollend.

»Du bist ungerecht. Wann immer er es ermöglichen konnte, hat er die Nacht an deinem Bett verbracht, hat mit dir gesprochen, hat dich gewiegt und sich keinen Augenblick Schlaf gegönnt. Morgens, wenn er ging, sah er erbarmungswürdig aus: niedergeschlagen, unrasiert, die Augen gerötet. Den Kaffee, den ich ihm gebracht habe, hat er meist geistesabwesend heruntergeschluckt. Manchmal hat Charles vor deiner Tür auf ihn gewartet. Er nahm ihn mit zu dir hinein und dann führten sie an deinem Bett lange Gespräche. Wenn sie wieder herauskamen, schien es beiden besser zu gehen. Charles hat François ins Herz geschlossen und nennt ihn ›mein großer Freund‹. Hast du ein Glück, so geliebt zu werden!«

Die Traurigkeit in ihrer Stimme ließ Léa aufhorchen, und sie machte sich Vorwürfe, dass sie das Unglück ihrer Schwester so gleichgültig ließ. Zum ersten Mal, seit sie wieder in Paris war, sah sie sie richtig an. Wie sehr hatte sich die junge Krankenschwester, die sie einmal gewesen war, verändert! Kaum wiederzuerkennen die junge Frau, die so herausfordernd ihre Liebe zu einem deutschen Offizier vorgeführt hatte. Wo war die Aureole der Schönheit geblieben, die ihr ein wenig alltägliches Gesicht einer gutbürgerlichen Provinzlerin erleuchtet hatte? Wo ihre Koketterie einer Liebenden, die die Vergnügen der Hauptstadt entdeckt? Wo das Strahlen der jungen Mutter, die stolz ihr Kind auf den Quais an der Seine spazieren fährt?

Aufmerksam betrachtete Léa diese Unbekannte, die ihre Schwester war, und bemerkte die bitteren Falten um den Mund, der zusammengepresst war wie über einem Geheimnis, dic hohlen Wangen, deren Blässe das ungeschickt aufgetragene Rouge noch hervorhob, die Augen, deren Blick unruhig war, und den Turban mit diesen lächerlichen Ponyfransen, die aussahen wie das Haarteil einer alten Stummfilmschauspielerin. Und diese Hände! Diese armen, ständig zusammengekrampften Hände! Vielleicht waren sie es, die ihr am eindringlichsten die physischen und psychischen Leiden ihrer Schwester vor Augen führten. Sie hätte sie in die Arme nehmen mögen und sie um Verzeihung bitten für ihr egoistisches Verhalten, doch eine plötzliche Scheu hielt sie zurück. Das Herz zusammengepresst vor Mitgefühl, stammelte sie:

»Hast du etwas von Otto gehört?«

Léa musste einen Aufschrei unterdrücken, so dramatisch war die Verwandlung, die mit Françoise vorging: Ihr Gesicht wurde grau, der Körper sank in sich zusammen, sie wirkte wie eine alte Frau. Langsam nahm sie ihren Turban ab, und derart entblößt und lächerlich mit ihrem wie von Motten zerfressenen Skalp, die Augen weit geöffnet und blind zugleich, weinte sie stumm.

Léa wurde ganz übel und ließ sich in ihre Kissen sinken.

Lange verharrten die beiden Schwestern in ihrer Niedergeschlagenheit. Als Léas Übelkeit verflogen war, kroch sie auf dem Bett zu ihrer Schwester hin, zu der sie als Kind wenig liebevoll gewesen war, und streichelte das tränennasse Gesicht, eine Geste, in die sich Mitleid und Abscheu mischten. Kein einziges Wort des Trostes kam von ihren Lippen. Schweigend wischte sie ihr mit einem Zipfel des Bettlakens das verlaufene Make-up vom Gesicht, bis die Tränen aufhörten.

»Danke«, sagte Françoise einfach und setzte ihren Turban wieder auf. »Ich gehe und hole die Tanten. Nein, ich habe nichts von Otto gehört.«

Eine große Müdigkeit überfiel Léa. Sie streckte sich aus und schloss die Augen.

Als Albertine und Lisa de Montpleynet hereinkamen, war sie fest eingeschlafen.

26.

Am Abend war es ein anderes Gesicht, das sich über sie beugte.

»François!«

In ihren Kuss legten sie alles, was sie sich nicht zu sagen vermochten. Als sich ihre Lippen lösten, hatten sie beide jenen Geschmack am Leben wiedergefunden, der sie befähigte, die schwersten Prüfungen zu bestehen.

»Höre, schöne Freundin, das musst du mir aber alles wieder hübsch auffüllen; du weißt, dass ich mir nichts aus Haut und Knochen mache.«

»Das wird bei der herrschenden Knappheit nicht leicht sein.«

»Mach dir keine Gedanken über Versorgungsprobleme; darum kümmere ich mich.«

»Wie willst du das anstellen? Sollten etwa deine Schwarzmarktfreunde ihre lukrativen Aktivitäten fortführen?«

»Ich merke, die Krankheit hat deiner scharfen Zunge nichts anhaben können. Das gefällt mir. Meine so genannten Freunde haben sich in Rauch aufgelöst und dürften sich gegenwärtig in den Palästen von Baden-Baden oder in spanischen Gasthöfen befinden. Aber andere, ebenso gewiefte Typen haben sie schon ersetzt. Estelle bereitet dir gerade eine Hühnerbrühe, ein weiches Ei und einen Weißkäse zu. Dazu gibt es einen alten Lafite-Rothschild.«

»Damit werde ich mich aber kaum wieder auffüllen können, wie du es nennst.«

»Denk an Kipling: ›Zu große Eile war das Verderben der gelben Schlange, die die Sonne verschlingen wollte‹.«

»Wie reizend von dir, mich mit einer Schlange zu vergleichen.«

»Du bist die entzückendste kleine Natter, die ich kenne«, sagte er und streichelte ihr Haar. »Morgen schicke ich dir einen Friseur, das ist ja wie Stroh. Und jetzt nimmst du erst einmal ein Bad.«

Nach dem Bad, bei dem er ihr assistiert hatte und daher in einen Zustand geraten war, dem sie abhalfen, nachdem sie den Schlüssel umgedreht hatten, brachte er sie wieder ins Bett.

Sie verschlangen das Essen, das Estelle für sie zubereitet hatte, und leerten die Flasche Lafite. Der Wein brachte Farbe in Léas Wangen und ließ ihre Augen glänzen. François' Blicke verrieten deutlich seine Absicht, die Liebesspiele fortzusetzen, die ein übergroßes Verlangen verkürzt hatte. Das wurde jedoch durch Françoise vereitelt, die heftig an die Tür trommelte und schrie:

»Macht auf! Macht auf!«

François öffnete, und die junge Frau, die ganz aufgelöst war, stolperte ihm in die Arme und rief:

»Die Fayards sind in einem Brunnen gefunden worden!«

Laure kam ebenfalls ganz verstört herein.

»Sie sind umgebracht und in den Brunnen am unteren Weinberg geworfen worden.«

»Wer hat euch das gesagt?«

»Ruth hat angerufen.«

»Wer hat das getan?«, fragte Léa, obwohl sie die Antwort wusste.

»Die Männer aus dem Widerstand.«

Einige Sekunden lang war nur Françoises Keuchen zu hören. »In Langon, Saint-Macaire und La Réole müssen schreckliche Dinge vor sich gehen: Frauen werden kahl geschoren, unter Hohn und Spott durch die Straßen geführt und angespuckt. Menschen werden gefoltert, getötet, an den Bäumen aufgehängt.«

»Wie entsetzlich!«, stöhnte Lisa, die sie nicht hatten hereinkommen hören.

»Wieso wird das nicht verhindert?«, rief Léa.

»General de Gaulle bemüht sich darum. Aber habt ihr schon die Greueltaten vergessen, die die Deutschen an Frauen und Kindern verübt haben? Ich weiß nicht, ob ihr euch darüber im Klaren seid, dass wir uns am Rande einer Revolution befinden und dass es der ganzen Autorität des Generals bedarf, um zu verhindern, dass sie ausbricht, wie es die Kommunisten wünschen. Deshalb hat er sich auch für die Bildung einer Regierung der Nationalen Einheit eingesetzt.«

»Etwa mit den Kommunisten zusammen?«, fragte Françoise empört.

»Sie haben mit uns gearbeitet, da ist es nur normal...«

»Ich weiß; die Partei der Erschossenen, wie sie sich nennen.«

»Spotten Sie nicht! Sie sind diejenigen, die die Deutschen am erfolgreichsten bekämpft haben und die am teuersten bezahlen mussten.«

»Aber sie deshalb in die Regierung aufnehmen...«, sagte Lisa schüchtern.

»Das musste sein. Es ist doch wohl selbstverständlich, dass dort alle politischen Tendenzen des Widerstands repräsentiert sind. Man würde sich zu Recht wundern, wenn so politisch verschiedene Männer wie Jeanneny, Frenay, Bidault, Tillon, Capitan, Teitgen, Mendès-France oder Pleven dort nicht vertreten wären.«

»Vielleicht haben Sie Recht. Wir sind so unwissend, was die Politik angeht«, meinte Laure.

»Habt ihr etwas von unserem Onkel Luc und seinem Sohn Philippe erfahren?«

»Nein, nichts Definitives«, antwortete Laure zögernd.

»Sag schon; was hat dir Ruth erzählt?«

»Es kursieren offenbar widersprüchliche Gerüchte. Einige Leute behaupten, Onkel Luc sei verhaftet und ins Fort du Hâ gebracht worden, andere sagen, man habe ihn und Philippe getötet.«

»Getötet? Wie?«

»Auch das weiß niemand zu sagen, ob sie gehängt, gelyncht oder erschossen worden sind. Die Verbindungen zwischen Langon und Bordeaux sind noch nicht ganz wiederhergestellt.«

»Hat man etwas von Onkel Adrien gehört?«

»Nein, gar nichts. Aber Robert ist gefunden worden.«

»Lebend?«, rief Léa.

»Nein, tot. Von der Gestapo zu Tode gefoltert.«

»Arme Mireille ... Wird Robert nun durch den Tod der Fayards gerächt? Leben nehmen hat noch nie Leben wiedergegeben ... Trotzdem: Am liebsten möchte man doch alle umbringen, die Menschen, die man liebte, getötet haben.«

»Erinnerst du dich an Maurice Fiaux?«, wandte sich Laure an Léa.

»Wie könnte ich ein solches Stück Mist vergessen!«

»Er wurde auf Befehl des Widerstands hingerichtet.«

Wie ungerührt sie das erzählte, die kleine Schwester, die einmal geglaubt hatte, in den jungen Mörder verliebt zu sein. Noch mehr Tote! Wann würde das aufhören?

»Wie geht es Ruth?«

»Nicht allzu schlecht. Sie erholt sich allmählich von ihren Verletzungen, aber die Art und Weise, wie Robert und jetzt die Fayards zu Tode gekommen sind, das bedrückt sie sehr. Am Telefon hat sie ständig wiederholt: ›Die Männer sind wie verrückt. Die Männer sind wie verrückt.‹ Mit den Fayards müssen sie besonders schlimm umgesprungen sein. Sie haben sie mit Mistgabeln gestochen, mit Knüppeln verprügelt und sie so durch den Weinberg bis zu dem Brunnen getrieben. Dort haben sie sie gefesselt und über den Brunnenrand geworfen. Die Fayards haben einen einzigen gemeinsamen Schrei ausgestoßen …«

»Ich höre diesen Schrei«, hauchte Léa, »höre ihn bis zum endgültigen Aufklatschen … Ach, Mathias, das hätte ich nie gewollt.«

Schweißbedeckt und mit aufeinander schlagenden Zähnen fiel sie auf das Bett zurück.

»Ein Wahnsinn, ihr mit solchen Dingen zu kommen! Gehen Sie, sie braucht jetzt Ruhe.«

Sie verließen das Zimmer wie unter einem Schock.

François trocknete Léa die Stirn und murmelte zärtliche und beschwichtigende Worte. Langsam beruhigte sie sich und schlief erschöpft ein.

Trotz der ständigen Aufregungen erholte sich Léa sehr schnell. Am 24. September, einem Sonntag, nutzte François Tavernier einen Besuch von General de Gaulle im Quartier von General de Lattre de Tassigny an der Front dazu, mit Léa einen Ausflug in den Forst von Marly-le-Roi zu machen. Trotz eines abscheulichen Essens in einem renommierten Restaurant in Saint-Germain-en-Laye genossen sie die Waldluft und das Moos, das so einladend auf ihre ungestümen Körper wirkte.

Am Abend verkündete er ihr bei einem ausgezeichneten Diner in einem Luxusrestaurant auf den Champs-Élysées seine bevorstehende Abreise.

»Und wohin fährst du?«

»Der General hat mich mit einer Mission betraut.«

»Welcher Art?«

»Darüber darf ich dir nichts sagen. Aber sie dürfte nicht länger als ein, zwei Monate dauern.«

»Ein, zwei Monate! Das kann doch nicht wahr sein!«

»Der Krieg ist noch nicht zu Ende.«

»Verlass mich nicht, François!«

»Es muss sein.«

»Dann möchte ich mitkommen.«

Er lachte so laut, dass sich andere Gäste zu ihnen umwandten und ein Kellner herbeieilte.

»Wünschen Sie etwas, Monsieur?«

»Ja, eine Flasche Ihres besten Champagners.«

»Worauf trinken wir?«, fragte Léa kühl.

»Auf dich, mein Herz. Auf deine schönen Augen, auf deine Genesung, auf das Leben...«

Doch angesichts der Niedergeschlagenheit seiner Freundin wurde er wieder ernst.

»Mach dir keine Gedanken. Es wird schon gut gehen.«

»Ich weiß nicht, warum, aber ich habe jetzt mehr Angst als während der vier Jahre deutscher Besetzung.«

»Das ist verständlich. Eine neue Welt ist im Entstehen, die ihre Vorzüge, aber auch Nachteile haben wird. Und das Unbekannte macht dir Angst. Aber ich weiß, dass du stark genug bist, dich zu behaupten. Geh zurück nach Montillac, bau es wieder auf. Das ist die Aufgabe, die du in Angriff nehmen solltest, während du auf mich wartest.«

»Ich werde nicht nach Montillac zurückgehen oder höchstens erst sehr viel später. Und wie kommst du darauf, dass ich meine Zeit damit vergeuden werde, auf dich zu warten? Siehst du mich etwa schon stricken für die Kriegsgefangenen, Päckchen für Waisenkinder packen, Kranke besuchen...«

»Na, und wie! Ich sehe ganz deutlich, wie du dich über Verwundete beugst, trauernde Witwen tröstest, dich einschränkst, um noch ein paar Kekse oder ein Spielzeug in die Päckchen... Au!«

Léa hatte einen kräftigen Fußtritt gelandet.

»Das wird dich lehren!«

»Bist du aber brutal. Bei dir fehlt einfach irgendetwas, du wirst nie eine richtige Frau sein...«

»Wie kannst du es wagen zu behaupten, ich sei keine richtige Frau«, fauchte sie und funkelte ihn an. Ihre Nasenflügel bebten vor Wut.

Er konnte nicht anders, er musste sie ein wenig necken. Nie war sie begehrenswerter, als wenn sie wütend war. Kein Zweifel, sie war eine richtige Frau, so, wie er sie liebte, zugleich frei und gefügig, kokett und natürlich, mutig und schwach, fröhlich und melancholisch, sinnlich und keusch. Keusch? Wohl kaum; eher aufreizend. Sie war nicht wie eine wohlerzogene junge Französin, vielmehr ähnelte sie den Heldinnen amerikanischer Filme: herausfordernd, aber mit einem Ausdruck, der warnte BERÜHREN VERBOTEN, die dennoch den Rock so hoch zogen, dass der Strumpfrand zu sehen war, und die sich weit vorbeugten, um den Brustansatz zu zeigen. Zu ihnen gehörte Léa. Er wusste nur zu gut, wie viel Spaß es ihr machte, das Verlangen der Männer anzuheizen. Unter ihren bewundernden Blicken blühte sie auf. Er verspürte dabei keine Eifersucht, es amüsierte ihn.

»Ich habe nur gescherzt, das weißt du doch.«

Die Ankunft des Kellners mit dem Champagner lenkte sie ab. Sie tranken stumm und hingen ihren Gedanken nach.

Léa brach als Erste das Schweigen.

»Wann fährst du?«

»Übermorgen.«

Sie war blass geworden. Ein schmerzliches Zucken lief über ihr schönes Gesicht.

»Schon!«

Für dieses kleine, spontan geäußerte Wort hätte er aufstehen und sie ganz fest drücken mögen.

»Komm!«

Er beglich die Rechnung und erhob sich. Draußen überquerten sie im Laufschritt die Champs-Élysées. In der Rue Balzac fragte sie:

»Wohin gehen wir?«

»In ein Hotel.«

Ein plötzliches Verlangen durchfuhr ihren Körper. Dabei sollte sie sich ihm doch eigentlich widersetzen, sollte sich schockiert zeigen über sein lebemännisches Benehmen, sollte ihm sagen, dass sie nicht wie eine Nutte behandelt werden wollte. Doch das wäre alles gelogen gewesen. Er benahm sich genau so, wie sie es sich wünschte.

In dem Luxusbordell, in das er sie brachte, gab es ein Übermaß an rosa Wandbespannungen, Kristalllüstern, schweren Teppichen, gedämpfter Atmosphäre, Spiegeln, Türen mit Blumennamen und Hausangestellten mit gleichgültigen und doch anzüglichen Mienen. Im Zimmer mit dem riesigen Baldachinbett schwebte noch das Parfum der vorherigen Benutzerin. Ein zuvorkommendes Zimmermädchen kam mit einem Stapel dicker rosa Handtücher herein. An der Wand hing ein hübscher Stich nach Fragonards *Le Verrou*, der Léa lächeln ließ. Im Arbeitszimmer ihres Vaters auf Montillac hatte der gleiche Stich gehangen.

»Komm schnell!«

Ihre Ungeduld war ebenso groß wie seine. Sie schleuderte ihre Kleider durch das Zimmer und war vor ihm ausgezogen. Ohne die Tagesdecke aus altrosa Satin abzunehmen, streckte sie sich auf dem Bett aus und bot sich ihm dar.

Das milde Licht der rosaseidenen Lampenschirme beleuchtete sanft die ausgestreckten Körper der beiden Liebenden, die schweigend rauchten. Léas Körper schien wie aus einem weichen, zarten Stoff geformt, der von François aus einem groben, terrakottafarbenen Material. Die junge Frau richtete sich auf und fuhr mit dem Finger eine lange Narbe entlang, die von François' Herzgegend bis zur Leiste verlief.

»Seit Spanien hast du keine Verwundung mehr abgekriegt?«

»Jedenfalls nichts Ernstes. Eine Kugel in die Schulter. Würdest du mich noch lieben, wenn ich ganz zerschnitten wäre?«

»Das würde gut zu deiner Art passen.«

»Welcher Art bin ich denn?«

»Von übler Art, wie mein Onkel Luc sagen würde. Du hättest ihn hören sollen, wenn er über mich herzog: ›Die Kleine ist von übler Art‹.«

»Ich bin durchaus seiner Meinung; du bist von ganz übler Art.«

»Oh!«

Sie bearbeitete seine Brust mit Fausthieben, doch ihre Hände waren bald gefangen, ihre Beine lagen unbeweglich zwischen François' Schenkeln.

»Na, was willst du jetzt machen? Du bist mir ausgeliefert. Liebst du mich?«

»Lass mich los! Ich werde dir erst antworten, wenn...«

»Wenn was?«

»Nein, François! Ich muss nach Hause.«

»Wir haben noch Zeit.«

»Nein, lass mich; ich habe Angst, ein Baby zu bekommen.«

François Tavernier hielt inne.

»Damit kommst du mir erst jetzt?«

»Ich habe eben erst daran gedacht.«

Er lachte so laut heraus, dass sie zusammenzuckte.

»Daran hättest du wirklich früher denken müssen. Aber ich wäre entzückt, ein Kind von dir zu haben.«

»Du bist ja verrückt!«

»Nicht mehr als du, meine Schöne.«

»Hör auf... Ich will kein Kind!«

»Zu spät!«

Léa wehrte sich, dann tat sie nur noch so und schließlich gab sie sich ganz diesem immer wieder neuen Lustgefühl hin, das ihr dieser Mann zu geben vermochte, den sie liebte, ohne es sich eingestehen zu wollen.

Als sie sich geliebt hatten, musste François doch über diese Sache mit dem Baby nachdenken. Gewiss, er hatte es aufrichtig gemeint, als er sagte, er hätte gern ein Kind von ihr, doch ihm war klar, dass ein solcher Wunsch gegenwärtig der reine Wahnsinn war. Er hatte einige Male versucht, sie zu warnen, hatte sie gefragt, ob er Vorsichtsmaßnahmen ergreifen solle, doch sie war immer ausgewichen. Egoistisch hatte er die Angelegenheit als erledigt betrachtet, und nun behauptete sie plötzlich, sie habe Angst, schwanger zu werden. So ein inkonsequentes Weibsbild. Was sollte er tun, wenn sie nun ein Kind erwartete? Er kannte zwar eine Adresse in der Nähe der Metrostation Cambronne, doch nie hätte er zugelassen, dass sich die dortigen schmutzigen Hände auf diesen süßen Leib legten. Es gab nur eine Lösung: sie heiraten.

Lange hatte sich alles in ihm gegen eine Heirat gewehrt; dafür liebte er die Frauen und seine Freiheit viel zu sehr. Doch bei Léa war ihm der Gedanke schon gekommen. Aber sie, würde sie einwilligen? Das war nicht sicher. In dieser Beziehung unterschied sie sich von anderen Frauen. Sie war nicht auf einen Ehemann aus. Ihre Jungmädchenschwärmerei für Laurent d'Argilat hatte sich gelegt, als dieser sich mit Camille verlobte. Inzwischen war eine hinreißende Frau aus ihr geworden, eigenwillig und unberechenbar, eine Frau, bei der sich Fröhlichkeit und Melancholie ebenso abwechselten wie wahnwitzigste Kühnheit und größte Furcht. Dafür machte er das, was sie in den letzten Jahren gesehen und erlebt hatte, verantwortlich, ohne jedoch ganz davon überzeugt zu sein.

»Du musst mir helfen, beim Roten Kreuz anzukommen.«

Jetzt fing sie *damit* wieder an! Was zum Teufel wollte sie da eigentlich machen, im Schlamm, im Blut, inmitten all der Kriegsgreuel?

»Das Rote Kreuz braucht dich nicht. Ich weiß, dass viele junge Mädchen aus guter Familie dabei sind, aber nicht, weil es chic ist, sondern um zu arbeiten.«

»Das weiß ich. Es ist mir Ernst. Hilf mir.«

Es schien ihr wirklich Ernst zu sein. Sein Herz zog sich zusammen. Wenn sie es nun tat, um von ihm Abstand zu gewinnen? Um sich Laurent wieder zu nähern?

»Weshalb, mein liebes Herz?«

»Lass mir ein Bad einlaufen.«

Er gehorchte und blieb einige Minuten im Bad, betrachtete sich im Spiegel und sagte sich: Vorsicht, alter Junge, das Risiko, sie zu verlieren, ist ebenso groß wie das, dich mit einer Kette um den Hals wiederzufinden.

»Weshalb?«, fragte er nochmals, als er in das Zimmer zurückkam.

»Das weiß ich nicht so genau. Irgendetwas treibt mich dazu.«

»Dann denk noch ein wenig darüber nach; das ist keine Entscheidung, die man leicht nehmen darf.«

»Ich nehme sie nicht leicht, selbst wenn ich nicht weiß, warum ich sie getroffen habe. Ich könnte dir mühelos zig gute Gründe nennen ... Aber ... Ich mag meine Schwestern einfach nicht mehr sehen, meine Tanten ...«

»Charles ist dir von seinem Vater anvertraut worden.«

»Das ist der einzige Grund, der mich hätte zurückhalten können. Doch Françoise wird sich besser um ihn kümmern als ich.«

»Aber er liebt dich.«

»Ich weiß. Sprich nicht davon. Ich möchte weg. Ich fühle mich hier so eingeengt. Ich habe mit niemandem etwas gemein.«

»Nicht einmal mit mir?«

»Mit dir, das ist... Wie soll ich das beschreiben? Das ist etwas Wunderbares, solange du mich in deinen Armen hältst. Danach... ist es, als würde alles, was ich fürchte, über mich hereinbrechen und mich begraben.«

»Aber Léa, du weißt doch, dass das Phantasiegebilde sind.«

»Mag sein, aber das ändert nichts. Ich bitte dich: Wenn du mich liebst, dann hilf mir.«

Es lag so viel Verzweiflung und so viel Entschlossenheit in ihrer Bitte, dass er sie an sich zog und ihren Kopf streichelte, in dem so viele schmerzliche und konfuse Gedanken wirbelten.

»Ich werde tun, was du verlangst. Wenn du ein wenig mehr Geduld hättest, ein wenig mehr Vertrauen zu mir, würde ich alle deine Phantome vertreiben. Es zerreißt mir das Herz, wenn ich dich so unglücklich sehe und nichts tun kann. Wenn du meinst, dass das Rote Kreuz die beste Möglichkeit ist, dein seelisches Gleichgewicht wiederzufinden, werde ich dir helfen.«

»Oh, ich danke dir! Verdammt, das Bad!«

27.

Am nächsten Tag sagte ihr François per Telefon, dass er einen Termin für sie verabredet habe mit einer Direktorin des französischen Roten Kreuzes, die für Bewerbungen zuständig sei. Außerdem habe er Monsieur de Bourbon-Busset gebeten, für sie zu bürgen.

»Wer ist denn dieser Herr?«

»Er ist der Mann, der die Organisation zur Rückführung von Kriegsgefangenen, Deportierten und Flüchtlingen auf die Beine gestellt hat. Außerdem ist er Präsident des französischen Roten Kreuzes. Du könntest gar keine bessere Empfehlung haben.«

»Sag ihm, dass ich ihm keine Schande machen werde und dass ich ihm vielmals danke.«

»Dein Termin ist morgen früh um neun Uhr in der Rue Octave-Feuillet 21. Das ist im 16. Arrondissement. Vergiss nicht, deine Papiere mitzubringen. Madame de Peyerimhoff wird mit dir sprechen. Sei pünktlich, angeblich legt sie auf die Einhaltung von Terminen größten Wert.«

»Danke; du bist einfach wundervoll!«

»Bedank dich nicht. Ich tue das gar nicht gerne. Aber ich habe eingesehen, dass du nicht aufgeben wirst. Du bist wirklich so eigensinnig wie ein Maultier. Ich muss morgen in aller Herrgottsfrühe losfahren und möchte dich sehr bitten, den heutigen Abend mit mir zu verbringen.«

»Es wird schwierig sein, meine Tanten zu überreden, mich gehen zu lassen.«

»Das überlass nur mir. Ich hole dich um sieben Uhr ab. Mach dich hübsch.«

Léas Herz klopfte unruhig, als sie auflegte. Diese Mission gefiel ihr gar nicht. Eine dumpfe Besorgnis schlich sich in ihr Gemüt, stärker als jene, die sie verspürte, wenn sie an Laurent im Schlachtgetümmel dachte. Sie fühlte sich ganz schwach bei dem Gedanken, dass François etwas passieren könnte. Von Laurent hatte sie seit seinem Aufbruch nichts mehr gehört, fand sich jedoch damit ab, denn sie wusste, falls er verwundet würde – sie weigerte sich, Schlimmeres in Erwägung zu ziehen –, wären sie die Ersten, die es erführen.

Die Blumen und Pralinen wirkten Wunder bei den Damen de Montpleynet. Albertine begnügte sich mit der Mahnung, dass Léa, die kaum wiederhergestellt sei, nicht zu spät heimkommen dürfe. François Tavernier versprach es und entführte sie in einem Luxusgefährt, das bei einem großen Schwarzhändler beschlagnahmt worden war. Er führte sie zum Essen in ein kleines, neu eröffnetes Restaurant am Montparnasse. Das Lokal ähnelte ein wenig dem geheimen Restaurant in der Rue Saint-Jacques.

»Was ist aus deinen Freunden Marthe und Marcel Andrieu geworden? Und aus ihrem Sohn René?«

»Nach der Verhaftung von René ...«

»René ist verhaftet worden?«

»Ja. Und gefoltert und deportiert. Marthe und Jeannette sind vergangenen Sommer mit dem Kleinen ins Departement Lot zurückgegangen. Marcel ist hier geblieben. Als er von seiner Concierge als Kollaborateur denunziert wurde, hat ihm der Kommissar des Viertels, einer seiner besten Kunden, aus der Patsche geholfen, indem er angegeben hat, Marcel habe zur Widerstandsbewegung gehört.«

»Stimmte das denn nicht?«

»Ja und nein. Er hat viele Widerständler aufgenommen und ihnen geholfen, aber er wollte sich nie einer Gruppe anschließen. René hingegen war bei einer Widerstandsgruppe.«

»Die arme Marthe.«

»Trinken wir auf ihr Wohl, das würde sie freuen.«

Das Essen war köstlich und versetzte Léa in eine fast vergessene Fröhlichkeit. Wieder einmal bewunderte Tavernier ihre Lebensfreude.

Er erklärte ihr, dass er bei der Bank Société Générale am Boulevard Saint-Michel ein Konto auf ihren Namen eingerichtet habe. Sie dankte ihm einfach und ohne irgendeinen Kommentar, dachte nur: Ich werde mir ein neues Paar Schuhe kaufen können.

An diesem Abend liebten sie sich mit einer Behutsamkeit, die ihnen sonst nicht eigen war. Es war, als wollten sie jeden einzelnen Zentimeter ihrer Körper genießen. Die Begierde stieg in ihnen auf, unbekümmert und unwiderstehlich, und überflutete sie mit einer fast schmerzhaften Zärtlichkeit, die ihnen die Tränen in die Augen trieb. Um ihn besser in sich zu halten, schlang sie ihre Beine fest um seine und öffnete sie erst, als sie beglückt spürte, wie das Glied ihres Liebsten anschwoll. Wieder wurden sie von der Lust der Gegenwart entrissen.

Sie schlummerten einige Augenblicke, einer in den Armen des anderen. Léa erwachte als Erste und betrachtete lange den Mann, der sie verlassen würde. Etwas sagte ihr, dass sie ihn wohl für längere Zeit nicht wiedersehen werde. Sie füllte ihre Augen mit diesem Gesicht, das im Schlaf etwas Jungenhaftes hatte. Wie alt war er? Sie hatte ihn nie gefragt. Wie war es möglich, dass sie so wenig von ihm wusste, obwohl sie sich schon mehrere Jahre kannten? Wieso hatte sie nie wissen wollen, wer er wirklich war? Jetzt hätte sie gern alles über ihn gewusst: über seine Kindheit, seine Jugend. Hatte er Brüder und Schwestern?

Wie waren seine Eltern? Lebten sie noch? Wieso hatte er in Spanien gekämpft? Welche Rolle hatte er gespielt? Wie gut kannte er ihren Onkel Adrien? Wer waren die Frauen, die er geliebt hatte? Welchen Beruf hatte er vor dem Krieg? Und was hatte er vor, wenn der Krieg vorbei war? So viele Fragen, auf die sie keine Antwort bekommen würde, denn morgen früh musste er fort.

Wie schön er war! Schön? Ja: die ausgeprägten Züge, die kräftige Kinnpartie, die von einem schönen Mund mit vollen, gut geschnittenen Lippen gemildert wurde, die dichten Augenbrauen, die seinem Blick Ausdruck verliehen, seinem Blick, der hart und schon Augenblicke später zärtlich oder ironisch sein konnte. Oft hatte seine Ironie sie verletzt, selbst wenn sie dahinter sein leidenschaftliches Interesse für alles, was sie berührte, erriet.

Ihre Finger streichelten seine breiten Schultern, verloren sich im Vlies seiner Brust, glitten den Bauch hinunter, wo sie von einer starken Hand festgehalten wurden.

»Jetzt habe ich dich erwischt, mein Herzchen! Den Schlaf eines braven Mannes ausnutzen zu wollen!«

Unter seinen halb geöffneten Lidern hervor beobachtete er sie mit einer Intensität, die mit dem scherzhaften Ton seiner Worte in Widerspruch stand. Unangenehm berührt, versuchte sie ihre Hand zurückzuziehen.

»Nein, mach weiter. Ich mag es, wenn du dich so mit mir beschäftigst.«

Folgsam glitten ihre Finger weiter hinunter bis zu seinem schlafenden Glied. Ihre Hände umschlossen und liebkosten es, bis es sich zwischen ihren Fingern aufrichtete. Léa schwang sich rittlings auf ihren Liebsten und ließ seinen Penis langsam in sich eindringen.

Sie vögelte ihn, steigerte seine Lust und verlangsamte dann ihre Bewegungen, als sie spürte, dass er kurz vor dem Höhepunkt war. Dabei beobachtete sie ihre Wirkung auf dem Gesicht von François.

»Ich bin deine Mätresse«, sagte sie mit einer gewissen Herausforderung in der Stimme.

Körper an bebendem Körper ließen sie sich nicht aus den Augen, nahmen es hin, sich dem anderen in jenem unkontrollierbaren, im höchsten Maße indiskreten Augenblick zu zeigen, in dem die Lust die Züge entstellt und zugleich sublimiert. Als sie den Höhepunkt erreichte, bäumte Léa sich auf. François hielt sie und nahm dieses Bild in sich auf, bevor er sich in ihr ergoss, den Blick in den Tiefen ihrer Augen verloren.

Einen Augenblick verharrten sie; dann ließ sie sich mit einem Schrei auf ihn fallen und umklammerte ihn. Er umschlang sie fest und wiegte sie, bis das Zittern, das sie erfasst hatte, aufhörte.

Schließlich wurde sie ruhig und schien einen Augenblick wie bewusstlos. Er rieb ihr mit einem angefeuchteten Handtuch Stirn und Schläfen und säuberte dann ihren Bauch und ihre Schenkel.

»Das ist kalt«, murmelte sie und schob ihn weg.

Er zog sie an wie ein kleines Kind, verzichtete jedoch darauf, ihr das zerzauste Haar zu kämmen. Als er sie aufrichtete, war sie so schlaff wie eine Stoffpuppe.

Bewegt trug er sie zum Auto, dann bis in ihr Zimmer hinauf. Als er sie nackt in ihr Bett legte, schlief sie bereits und zeigte ein Lächeln, wie es manchmal um die Mundwinkel eines träumenden Babys spielt.

Er riss sich von diesem ihm schmerzlichen Bild los und verließ fluchtartig die Wohnung in der Rue de l'Université.

28.

Bordeaux, Dienstag, den 22. August 1944

Meine liebe Léa,

ich schreibe dir diesen Brief, ohne zu wissen, ob du ihn je erhältst – sei es, dass ich ihn vorher zerreiße, sei es, dass die Post nicht mehr funktioniert.

Wir Kollaborateure, Milizsoldaten, Gestapisten und Freiwillige für den Kampf in Deutschland treffen in Hast und Eile Abmarschvorbereitungen. Du müsstest die Kerle mal sehen, die noch vor gar nicht langer Zeit auf den Quinconces, in der Rue Sainte-Catherine oder im Régent umherstolziert sind, wie sie sich jetzt ganz klein machen und an den Häusern entlangschleichen. Viele versuchen, sich in den Untergrund abzusetzen, aber die Widerständler hüten sich vor Neuzugängen in letzter Minute. Seit der Landung der Engländer und der Amerikaner melden sie sich zu Tausenden. Du wirst sehen, sobald der Krieg zu Ende ist, wird es bei den F. F. I.s keine größeren Helden geben als diese Kollaborateure, die jetzt eine Kehrtwendung machen. Sie kotzen mich an! Wenn sich die Situation ändern sollte, kannst du sie dann wieder in den Schoß des Marschalls Pétain zurückkehren sehen. Ich selbst habe mich für den entgegengesetzten Weg entschieden: Ich werde für die verlorene Sache kämpfen. Ich werde wie einer jener düsteren Romanhelden aus unserer Kindheit handeln. Weißt du noch, wie sehr wir sie geliebt haben, diese fahrenden Ritter, die einen Pakt mit dem Teufel geschlossen hatten? Natürlich haben sie immer verloren, aber sie haben sich ihre Niederlage stets verdammt teuer bezahlen lassen.

Ich schreibe dir das alles, damit du weißt, dass ich nicht einem politischen Ideal zuliebe in die Waffen-SS eingetreten bin. Für mich gibt es hier nichts mehr zu tun, alle Zukunftschancen sind mir genommen. Nach Kriegsende werden die neuen Sieger nur ein einziges Verlangen haben: sich zu rächen. Ich bin kein Lamm, das auf das Messer des Metzgers wartet. Ich fürchte nur eines: dass sie an meinen Eltern Rache üben könnten. Mein Vater hat mehrfach Drohungen erhalten. Man legt ihm auch zu Unrecht den Tod deiner Tante und den Brand von Montillac zur Last. Der Leichnam von Maurice Fiaux ist aufgefunden worden. Er wurde vom Widerstand hingerichtet. Aristide hat auch Grand-Clément und seine Frau exekutieren lassen. Die Widerständler sind jetzt die Herren der Region. Letzte Woche habe ich deinen Cousin Philippe getroffen. Ich habe ihm geraten, sich an einem sicheren Ort zu verstecken. Er sagt, sein Vater wolle davon nichts wissen, denn er habe sich nichts vorzuwerfen. Da sind gewisse Bordelaiser Bürger ganz anderer Meinung. Hier verfolgt man sehr genau, was in Paris passiert. Ich nehme an, dass du schussbereit auf irgendeiner Barrikade stehst. Es hat nicht viel gefehlt, dann hätte ich an deiner Seite gestanden.

Da dies vielleicht der letzte Brief ist, den ich dir schreibe, möchte ich dir sagen, dass ich die Art und Weise, wie ich mich dir gegenüber benommen habe, bedaure, aber ich habe dich wahnsinnig geliebt. Ich weiß, dass das keine Entschuldigung ist, aber ich musste es dir wenigstens sagen. Außerdem möchte ich dich bitten, mich so in Erinnerung zu behalten wie in den glücklichen Tagen unserer Kindheit. Ich trage von dir die Erinnerung an unsere Ausflüge in die Weinberge im Herzen, an unsere Verfolgungs-

jagden um die Kapellen des Kalvarienberges von Verdelais, an unser Wettschwimmen in der Garonne und unser Gerangel im Heu.

Denk manchmal an mich und lass dir sagen, dass du die einzige Frau bist, die ich geliebt habe und die ich immer lieben werde. Ich werde dich bis an mein Ende in meinem Herzen bewahren.

Dein treuer Freund
Mathias

PS: Um 17 Uhr 10 fährt ein mit deutschen Eisenbahnern besetzter Zug vom Bahnhof Saint-Jean nach Deutschland. Ein Waggon ist für uns Franzosen reserviert.

Mathias! Wo mochte er jetzt sein? War er tot oder lebendig? Sein Brief hatte fast drei Monate gebraucht, um sie zu erreichen. Die Post funktionierte noch nicht wieder richtig. Sie hatte noch keinen einzigen Brief von Laurent oder François erhalten. Doch Léa machte sich darüber keine allzu großen Sorgen, sie war von ihrer Ausbildung zur Rote-Kreuz-Fahrerin völlig in Anspruch genommen.

Am Tag von Taverniers Abreise war sie zu dem Termin in der Rue Octave-Feuillet gegangen. Sie war zu spät aufgewacht und hatte gerade noch Zeit, ein Kleid überzustreifen. Die überfüllte Metro schien durch die Tunnel mit der DUBO . . . DUBON . . . DUBONNET-Reklame zu schleichen.

Madame de Peyerimhoff in ihrer gut geschnittenen untadeligen Uniform hatte sie kühl empfangen.

»Sie kommen zu spät.«

»Ja, Madame, bitte entschuldigen Sie.«

»Sie wurden uns von unserem Präsidenten empfohlen. Kennen Sie ihn?«

»Nein.«

»Ich verstehe«, hatte sie gesagt und ihr Gegenüber eingehend gemustert.

Léa hatte den Kopf gesenkt.

»Sind Sie immer so frisiert?«

Wie ein ertapptes Gör hatte sie gefühlt, dass sie rot wurde.

»Ist das die neueste Mode? Daran muss man sich wohl erst gewöhnen. Fall Sie akzeptiert werden, sollten Sie sich eine Frisur zulegen, die besser zu unserer Uniform passt. Können Sie Auto fahren?«

»Ja, Madame.«

»Einen Reifen wechseln? Den Motor reparieren?«

»Nein.«

»Ich sehe schon, wir werden Ihnen alles beibringen müssen. Selbstverständlich wissen Sie auch nicht, welche Art erste Hilfe Verwundeten zu leisten ist.«

Léa merkte, wie ihr die Galle hochkam. Die Frau ging ihr mächtig auf die Nerven mit ihrem überheblichen Getue.

»Nein, Madame.«

»Warum wollen Sie bei uns mitarbeiten?«

»Um meinem Land zu dienen.«

Uff! Sie hatte ihren Text, den ihr François aufgesetzt hatte, gut behalten. Ihre Antwort schien Madame de Peyerimhoff gefallen zu haben, denn sie sagte in freundlicherem Ton:

»Gut. Wenn wir Ihre Kandidatur annehmen, müssen Sie einen sechswöchigen Lehrgang absolvieren, in dem Sie das Wichtigste über Automechanik und Erste-Hilfe-Maßnahmen für die Verwundeten, die Sie zu transportieren haben, lernen. Danach werden Sie dahin geschickt, wo Sie am dringendsten gebraucht werden.«

»Wann bekomme ich Nachricht, ob ich angenommen worden bin?«

»Im Laufe der Woche. Wir haben viele Anwärterinnen

und wollen nur die aufnehmen, die uns für die Arbeit am geeignetsten erscheinen. Wenn Sie akzeptiert werden, erhalten Sie eine Einberufung.«

Ein kräftiger Händedruck hatte die Unterredung beendet.

Fünf Tage später nahm Léa zusammen mit anderen Neulingen ihre erste Mahlzeit in der Rue François I. ein. Gleich in den ersten Unterrichtsstunden hatte sie sich als besonders geschickt beim Reifenwechsel, Kerzenreinigen und bei kleinen Reparaturen am Motor erwiesen. Alix Auboineau, die in der Ambulanzen-Werkstatt in der Rue de Passy das Kommando führte, hatte sie vor ihren Kameradinnen gelobt, was eine von ihnen veranlasste, ihr mit komplizenhafter Miene zu sagen:

»Der Häuptling der Rothäute mag dich.«

»Warum nennst du sie so?«

»Den Namen hat ihr Claire Mauriac gegeben.«

»Die Tochter von ...?«

»Ja. Sie ist jetzt in Béziers und leistet dort hervorragende Arbeit. Ich hoffe, dass sie bald zurückkommt.«

Dieser kameradschaftlichen Atmosphäre und dem Lehrgang, der ihr Spaß machte, war es zu verdanken, dass Léa die Angst und das Entsetzen überwand, in die sie Ruths Brief stürzte, der am 7. Oktober ankam. Sie begann ihn ihren Schwestern und ihren Tanten vorzulesen:

Verdelais, den 2. Oktober 1944

Meine Lieben,

zwei Wochen lang habe ich es immer wieder verschoben, euch zu schreiben. Das, was ich euch mitzuteilen habe, ist so furchtbar, dass ich kaum die Feder halten kann, was euch dieses beckleckste Papier erklärt.

Meine hübschen kleinen Mädchen, ihr werdet sehr tapfer sein müssen, wenn ihr lest, was jetzt folgt. Robert ist tot. Seine Leiche wurde im Garten der Villa ausgegraben, die die Gestapo in Le Bouscat besetzt hatte. Die Autopsie hat ergeben, dass er wahrscheinlich Selbstmord durch Erhängen verübt hat, nachdem er gefoltert wurde. Mireille ist bewundernswert gefasst: keine einzige Träne, und dabei hat sie noch immer keine Nachricht von ihrem Sohn. Die Beerdigung hat in Saint-Macaire stattgefunden in Anwesenheit des Bürgermeisters von Bordeaux und vieler Widerstandskämpfer. Dabei ist es leider zu beschämenden Zwischenfällen gekommen: Schläge und Beschimpfungen für Kollaborateure oder die, die dafür gehalten werden. Seit dem grässlichen Tod von Madame Bouchardeau und der Ermordung der Fayards befällt mich bei jedem lauten Geschrei ein nervöses Zittern, das stundenlang anhält. Der Arzt meint, es werde sich mit der Zeit geben.

Euer Onkel, der Rechtsanwalt Delmas, und sein Sohn sind von einer Menschenmenge in Bordeaux gelyncht …

»Oh, mein Gott!«

Lisa de Montpleynet wurde schlecht und sie eilte zum Badezimmer, während die anderen stumm und wie versteinert waren. Als Lisa blass, mitgenommen und mit feuchtem Haar zurückkam, hatten sie sich nicht gerührt. Die alte Dame legte ihrer Schwester die Hand auf den Arm. Diese liebevolle Geste weckte Albertine aus ihrer Starre.

»Lies weiter, Léa«, sagte sie mit zitternder Stimme.

Léa musste mehrmals ansetzen, um die sie alle peinigenden Worte hervorzubringen:

… und ihre Leichen durch die Straßen der Stadt geschleift und am Quai de la Monnaie liegen gelassen wor-

den. Die Wohnung und die Kanzlei wurden geplündert. Es ist furchtbar. Ihre alte Haushälterin, Madame Dupuis, hat mich im Krankenhaus besucht. Sie hat mir erzählt, dass euer Onkel seit Pierrots Tod nicht mehr er selbst war. Innerhalb von ein paar Tagen sei er um Jahre gealtert. Philippe und Monsieur Giraud, der älteste Mitarbeiter in seiner Kanzlei, hätten ihn vergeblich gedrängt, sich an einem Ort, wo ihn niemand kennt, in Sicherheit zu bringen. Er habe sich geweigert, aber seinem Sohn zugeredet, zu verschwinden. Doch nach seiner Weigerung ist auch euer Cousin nicht gegangen. Madame Dupuis ist überzeugt, dass euer Onkel geblieben ist, um sich töten zu lassen. Meine kleinen Mädchen, ich weiß, dass euch all dies sehr schmerzlich sein wird. Ihr dürft es mir nicht übel nehmen. Das Schwerste bleibt noch zu berichten ...«

»Nein, nicht auch er noch!«, stöhnte Léa, die ihre Lektüre mehrmals hatte unterbrechen müssen.

»Wer ist denn noch tot?«, fragte Françoise.

»Hier, lies du, ich mag seinen Namen nicht geschrieben sehen.«

... Die Gendarmen haben mich kommen lassen, um einen Leichnam zu identifizieren. Ein mittelgroßer Mann in Uniform und zwei F. F. I.-Leute waren auch da. Diese drei Männer haben den Leichnam sehr genau betrachtet und ihn identifiziert. Als ich an der Reihe war, wurde mir unwohl. Es muss sein, hat der Gendarmeriekommandant zu mir gesagt, Sie sind die Einzige von der Familie Delmas in der Gegend. Da habe ich hingeschaut. Eine Gesichtshälfte hatten Tiere zerfressen, die andere war noch sehr gut zu erkennen. Es war euer Onkel Adrien ...«

Léa stieß einen Schrei aus, sank zu Boden und stammelte: »Ich habe es gewusst, ich habe es gewusst!«

Albertine und Laure hoben sie auf und legten sie auf das Sofa.

»Lisa, ruf den Arzt an!«

»Wie ist er zu Tode gekommen?«, brachte Léa hervor und schob die Hände fort, die sie stützten.

»Françoise kann den Brief später fertig lesen. Das Schrecklichste wisst ihr jetzt. Warum wollt ihr euch noch weiter quälen?«, sagte Albertine.

»Nein, lies zu Ende!«

... Der Rechtsmediziner hat Selbstmord festgestellt.

»Selbstmord!«, riefen alle.

»Ein Priester! Das ist unmöglich!«, erklärte Albertine und bekreuzigte sich.

Léa saß völlig erschüttert und in sich zusammengesunken da; ihre Zähne schlugen aufeinander. Ich wusste es, dachte sie. Ich hätte begreifen müssen, wie es um ihn stand, als er mich erkennen ließ, dass er den Glauben verloren hatte. Aber weshalb hat er das getan? Er war so tapfer. Die Aufgabe, die er in der Widerstandsbewegung hatte, war wichtig. Und nun dieser Tod, der ihm so gar nicht ähnlich sieht... Alles in ihr wollte sich dem Gedanken des Selbstmords verweigern, doch etwas in ihr sagte ihr, dass es wahr war.

Albertine und Lisa waren niedergekniet, hatten die Hände gefaltet und beteten. Für diese tief gläubigen Katholikinnen gab es kein größeres Verbrechen als den Selbstmord. Diesen Mann der Verdammnis preisgegeben zu wissen, dessen Worte der Liebe und des Friedens, die er einst in Notre-Dame verkündet hatte und die ihren Seelen eine größere Erbauung gewesen waren als die ihres Beichtvaters, verursachte ihnen nicht nur großen Kummer, sondern erschütterte auch die Fundamente selbst, auf denen diese Worte bauten. Durch diese monströse Tat widerlegte Pater Delmas die Existenz des christlichen Gottes. Das erkannten sie ganz klar.

Laure hob den Brief, der Françoise aus den Händen geglitten war, auf und fuhr mit der Lektüre fort:

... Keiner wollte es glauben, doch nach den Erklärungen des Gendarmeriehauptmanns und vor allem des Arztes mussten wir uns den Beweisen beugen. Euer unglücklicher Onkel ist in der Familiengruft auf dem Friedhof von Verdelais beigesetzt worden, neben den sterblichen Überresten eurer Tante und eurer Eltern. Es gab keine Messe und keine Aussegnung. Das Begräbnis eines Paria, wenn nicht die vielen Blumen gewesen wären.

Ich wohne in Verdelais bei meiner Freundin Simone. Ich werde so lange bei ihr bleiben, bis meine Gesundheit wiederhergestellt ist. Danach würde ich gern zu euch kommen, wenn ihr das möchtet. Vor zwei Tagen hat die Weinlese begonnen. Es wird eine gute Ernte geben, aber einen mittelmäßigen Wein. Ich habe deutsche Kriegsgefangene als Aushilfskräfte einstellen müssen. Sie haben eine solche Angst vor den »Widerständlern«, dass sie sehr tüchtig arbeiten. Es müssen Entscheidungen getroffen werden über die Zukunft des Gutes und den Wiederaufbau des Hauses. Ich habe angefangen, mich mit Fayards Akten zu befassen, aber für mich ist das ein einziger Wirrwarr. Der Notar ist gestorben; es muss also ein neuer gefunden werden. Denkt bitte darüber nach.

Meine Lieben, ich entschuldige mich noch einmal für all diese schlimmen Nachrichten und verbleibe stets eure getreue, ergebene und euch liebende

Ruth

Richtig! Es ist ja die Zeit der Weinlese, ich hatte es vergessen, dachte Léa.

Diesen Tag verbrachte jede allein auf ihrem Zimmer. Charles und der kleine Pierre flüchteten sich zu Estelle in die Küche.

Léa ging nicht zu ihrem Topographiekurs. Albertine rief Madame de Peyerimhoff an und erklärte ihr, zumindest teilweise, die Gründe für das Fernbleiben ihrer Nichte.

In den folgenden Tagen lernte Léa eine Solidarität kennen, die sie nie vermutet hatte.

Bei Übungsfahrten auf den mit Schlaglöchern versehenen Straßen durch den Wald von Marly-le-Roi erwies sich Léa als hervorragende Fahrerin und ausgezeichnete Mechanikerin. Die Chefin der Werkstatt in der Rue de Passy meinte, nach dem Krieg könnte sie ohne Schwierigkeiten eine Stelle in einer Reparaturwerkstatt bekommen. Hingegen zeigte sie sich bei der Versorgung von Verwundeten zaghaft und ungeschickt.

»Passen Sie doch auf!«, rief der Arzt, der den Kurs abhielt. »Wenn Sie einen Mann mit einer Bauchverletzung so anheben, verlieren Sie seine Gedärme. Vorsicht! Sie gehen mit dem Verletzten, der offenbar an der Wirbelsäule getroffen ist, um wie mit einem Sack Kartoffeln. Na, ich möchte ja nicht in Ihre Hände fallen ...«

Abends traf Léa sich mit Laure und deren Freunden, die mit amerikanischen Soldaten Geschäfte mit Zigaretten, Whisky, Benzin und Nylonstrümpfen machten. Manchmal gingen sie bis ein Uhr morgens tanzen, erfüllt von einem Verlangen zu leben, schnell zu leben, das sie mit den meisten jungen Männern und Mädchen ihres Alters teilten. Obwohl sie sehr umschwärmt wurde, ließ sich Léa mit keinem der jungen Soldaten, die von sehr weither gekommen waren, um Paris befreien zu helfen, näher ein. Flirtend, lachend, trinkend, blieb sie doch seltsam distanziert, schien zugleich anwesend und anderswo zu sein, fern und unerreichbar. In den Armen dieser unternehmungslustigen jungen Männer gab sie sich für die Dauer eines Tanzes lasziv und wurde eines Tages prompt von einem großen schwarzen Sergeant, der diese Art Koketterie nicht schätzte, geohrfeigt.

In dieser Atmosphäre erreichte sie am 7. November der erste Brief von Laurent, datiert vom 28. Oktober:

Meine liebe Léa,

durch François Tavernier, der in besonderer Mission bei General Leclerc war, habe ich erfahren, dass du wieder gesund bist. Meine Freude darüber war so groß, dass ich kaum etwas sagen konnte. Er hat mir außerdem erzählt, dass du dein Vorhaben, beim Roten Kreuz mitzuarbeiten, weiterverfolgst. Du weißt, dass ich da nicht ganz mit dir übereinstimme, aber jeder ist seines Glückes Schmied. Sag deinen Tanten meinen Dank für alles, was sie für Charles tun, und bitte sie, ihm von mir zu erzählen. Und wenn du mit ihm zusammen bist, erzähl ihm von seiner Mutter.

Seit dem 22. September leben wir im Schlamm. Die Stadtautobusse, die die Bataillone der Pariser F. F. I.-Männer, die in die 2. Division eingegliedert worden sind, transportiert haben, sind bis zu den Achsen eingesunken. Wir haben es bei zweien aufgeben müssen, sie über die Meurthe zu bringen, die anderen wurden von Shermans abgeschleppt. Unsere Pariser Jungs sagen bei ihrem Anblick, dass sie die Luft von Paname wittern. Man muss die armen Kerle sehen, wie sie im Schlamm waten, an den Füßen nur Sandalen oder leichte Halbschuhe, in zusammengewürfelten Uniformstücken, ohne Helme und mit einem Gewehr für zwei. Sie patrouillieren in den Wäldern. Zwar haben sie an allem etwas auszusetzen, aber sie schrecken vor keiner Aufgabe zurück. Wir müssen laufend die Mörsergeschosse trockenwischen. Der Feind lei-

det nicht mehr unter Munitionsknappheit wie noch im August. Wir treten hier auf der Stelle, während wir auf eine richtige Offensive warten. Wir von den Panzern mögen das gar nicht. Wir haben auf völlig unsinnige Weise zwei ausgezeichnete Offiziere verloren, die wir in Afrika kennen gelernt hatten und die Freunde geworden waren: die Hauptleute Dubut und Geoffroy. Am ungehaltensten ist mein Kamerad Georges Buis, der schon spürt, wie er Wurzeln schlägt, und brummt, dass es eines Kavalleristen nicht würdig sei, sich in eine Lehmstatue zu verwandeln.

In den Offizierskasinos ist die Stimmung auf dem Nullpunkt; die Männer sehen sich schon den Winter in diesem »verrotteten Land« verbringen. Als Abwechslung haben Buis und ich einen Flug über die Linien in einer der Piper Cubs der Artillerie unternommen. Ein einziger deprimierender Anblick durch einen Regenvorhang hindurch. Wenn wir an einem Tag ein paar Kilometer vorangekommen sind, sind wir stolzer, als wenn wir Gefangene machen. Selbst Hauptmann Derb, ein fröhlicher Fünfziger, der in Tunesien gekämpft hat, spricht davon, sich dem Expeditionscorps nach Indochina anschließen zu wollen, »um wenigstens mal Landschaft zu sehen«. Die Begeisterung der Befreiung ist verflogen, stattdessen herrscht totale Niedergeschlagenheit. Es ist höchste Zeit, dass uns der Führungsstab aktiv werden lässt, sonst wird sich die 2. Division noch verflüssigen.

Ich habe das Vorstehende noch einmal gelesen und finde, dass ich dir ein wenig glorreiches Bild von der 2. Division gezeichnet habe. Alles falsch. Seit wir Paris verlassen haben, haben wir sehr wohl gekämpft. Zweifellos sind das scheußliche Wetter und die Untätigkeit schuld an meiner Ernüchterung.

Von der Ecke des Tisches im Kasino, wo ich dir beim Licht einer Sturmlaterne schreibe, sehe ich durch das

»Fenster« des Zeltes diesen endlosen Regen fallen, der die Stimmung auch der Abgehärtetsten untergräbt.

Jetzt höre ich aber auf mit diesem faden Geschwätz. Ich hatte gehofft, beim Schreiben an dich einen Sonnenstrahl deiner Schönheit zu verspüren, aber es ist das Dunkel der Melancholie, das sich auf mich und diese Zeilen herabgesenkt hat. Vergib mir. Küss meinen geliebten Sohn für mich. Sehr innig

Laurent

Es ging ihm gut, trotz der düsteren Stimmung, die aus seinen Zeilen sprach. Und François? Warum gab er kein Lebenszeichen von sich? Sie hatte beim Kriegsministerium vorgesprochen, doch man hatte ihr keinerlei Auskünfte über Kommandant Tavernier geben können.

Am 20. November bestand Léa ihr Examen, obwohl sie katastrophal abschnitt beim Umgang mit der Trage: Der Sanitäter, der den Verletzten spielte, war ihr heruntergefallen. Nach den Ansprachen von Madame de Peyerimhoff, Alix Auboineau und des Mediziners, der den Erste-Hilfe-Kurs abgehalten hatte, verwahrte sie sorgfältig ihr Diplom als Ambulanzfahrerin/-helferin des französischen Roten Kreuzes.

Drei Tage später wurde sie auf das Schloss von Mademoiselle de Guillencourt beordert, das als Sitz des Roten Kreuzes diente. Dort schuftete sie, um Zivilisten Hilfe zu leisten: von Minen zerfetzten Kindern, Sterbenden, die von der Front zurückgebracht wurden, belgischen und französischen Familien auf der Flucht, Kranken, die an den Folgen von Kälte und Hunger litten. Anfangs dachte Léa, sie würde nicht durchhalten können, doch Jeanine Ivoy, ein junges Mädchen, so zierlich, dass ihre Uniform für sie maßgeschneidert werden musste, nahm sie unter ihre Fittiche und gab ihr etwas von ihrer eigenen Courage.

Gegen Ende Dezember erhielt Léa endlich Post aus Paris: einen Brief von Françoise, einen von Albertine, einen von Laurent und einen von François. Sie eilte in ihr Zimmer, das sie mit Jeanine Ivoy teilte, und riss François' Brief auf, der vom 17. Dezember datiert war:

Mein kleines Herz,

ich weiß nicht, wo dich diese Zeilen erreichen werden. Laure, mit der ich eben am Telefon gesprochen habe, hat mir gesagt, dass du mach Amiens geschickt worden seist, wusste jedoch nicht, ob du noch immer dort bist. Nach meiner ersten Mission hat mich der General mit einer weiteren betraut und jetzt schickt er mich ... Ich darf dir nicht sagen, wohin. Aber aufgeschoben ist nicht aufgehoben: Ich werde schon eine Möglichkeit finden, dich zu überraschen – in Amiens oder anderswo. Du fehlst mir sehr, ich habe die größte Lust, dich auf die Arme zu nehmen und mit dir fortzugehen, weit fort, weg von Europa. Wenn alles vorbei ist, fahre ich mit dir zu Freunden in Brasilien. Dort werden wir unsere Tage am Strand verbringen, uns lieben und die letzten vier Jahre vergessen. Pass gut auf dich auf und sei nicht böse, dass ich mich so kurz fasse, aber ein Flugzeug wartet auf mich, um mich dahin zu bringen, wo ich hinmuss. Habe ich dir gesagt, dass ich dich liebe? Das sei hiermit geschehen. Ich küsse dich überall.

François

Während sie las, erinnerte sich ihr Körper an die Liebkosungen ihres Liebsten. Eine Welle des Verlangens überflutete sie.

Und ich, ich liebe ihn auch!

Mit einem glücklichen Seufzer schob Léa den Brief zwischen Hemd und Haut; sie wollte das Stückchen Papier, das seine Hand berührt hatte, auf ihrer Brust spüren.

Dann öffnete sie den Brief von Françoise:

Meine liebe kleine Schwester,

wir überleben hier nur dank Laures Geschäften, die uns dadurch ein paar Kohlen und Nahrungsmittel verschafft. Sie hat mir aufgetragen, dich zu drücken und dir zu sagen, dass alles gut geht. Ruth ist zu uns gekommen. Du würdest sie nicht wiedererkennen, sie ist jetzt eine alte Frau, die beim geringsten Geräusch zusammenschreckt. Wir haben einen neuen Notar beauftragt, sich um unsere Angelegenheiten zu kümmern. Er hat einen vertrauenswürdigen Mann für die Weinberge von Montillac gefunden. Aber im Frühling muss eine Entscheidung getroffen werden: Sollen wir verkaufen oder nicht. Laure und ich neigen zum Verkauf, es sind zu viele traurige Erinnerungen mit diesem Besitz verknüpft. Wir haben kein Geld, um das Haus wieder aufbauen zu lassen, und es bedrückt uns, dass es in Trümmern liegt. Was sollen wir tun?

Pierre geht es gut, er saust überall herum. Er hat noch immer nur sechs Zähne und ich frage mich, ob das normal ist. Charles ist ein zu braver und zu stiller Junge für sein Alter. Er fragt viel nach dir, ruft besonders nachts nach dir. Sonst geht es ihm gut. Die Tanten werden auch immer älter, sind uns gegenüber jedoch stets freundlich und liebevoll. Meine Haare wachsen allmählich nach, bald kann ich wieder ohne Turban ausgehen. Ich habe keine Nachricht von Otto, doch ich fühle, dass er lebt. Es ist schrecklich, gar nichts von dem Menschen zu wissen, den man liebt, und mit keinem über ihn reden zu können, außer gelegentlich mit Laure.

Ruth hat die Befreiung von Straßburg mit großer Bewegung begrüßt, wie du dir denken kannst. Die Säuberungen gehen weiter, aber es sind nie die Hauptschuldigen, die abgeurteilt werden. Alle Welt hört den französischen Sender von Baden-Baden, über den jetzt die bekannten Stimmen kommen: Brinon, Déat, Luchaire, etc. Kürzlich gab es eine Galaveranstaltung der Résistance in der Comédie-Française, während der auch ein Gedicht von Paul Claudel als Huldigung für General de Gaulle vorgetragen wurde. Es war das erste Mal, dass ich abends wieder ausgegangen bin. Im Publikum habe ich noch einige weitere elegant beturbante Häupter gesehen... Neben mir erzählte ein Journalist seinem Nachbarn, dass das bewusste Gedicht bereits 1942 zu Ehren von Marschall Pétain geschrieben worden war und jetzt nur leicht abgewandelt worden sei. Amüsant, nicht wahr?

Laure hat mich in die Bar des Crillon mitgeschleppt, wo sich eine Menge Damen in Uniform und englische und amerikanische Offiziere der verschiedenen Waffengattungen drängten und an Eleganz miteinander konkurrierten. Ich habe die ehemalige Mätresse eines deutschen Generals erkannt, die am Arm eines englischen Obersts hing. Sie hat mich auch wiedererkannt und mir zugezwinkert, als wollte sie sagen: Und jetzt die Arbeit!

Pétiot ist endlich verhaftet worden, er war Leutnant oder Hauptmann bei den F. F. I.!

Wir sind mit Weihnachtsvorbereitungen für die Kinder beschäftigt. Du wirst uns fehlen. Ich drücke dich zärtlich. Deine dich liebende Schwester

Françoise

Françoise schien mit der Situation fertig zu werden. Für ihre Sicherheit wäre es besser, wenn Otto tot wäre. Sie war durchaus fähig, ihren Sohn allein aufzuziehen. Was lag schon daran, was aus Montillac wurde. Allein die Vorstellung, sich darüber Gedanken zu machen, war Léa lästig. Sie wollte einen Schlussstrich ziehen unter alles, was für sie einmal der Sinn des Lebens gewesen war.

Albertines Brief enthielt nur Ermahnungen und die Ankündigung eines Weihnachtspäckchens mit Wollstrümpfen und warmer Unterwäsche. Das wäre kein Luxus, denn der leichte Gabardine der Rote-Kreuz-Uniform reichte bei dem Wind, der über dieses flache Land blies, nicht aus.

Léa drehte den Brief von Laurent zwischen ihren Fingern. Schließlich entschloss sie sich, ihn zu öffnen.

Meine liebe Léa,

ich hoffe, du hast weniger unter der Kälte zu leiden als die 12. Division. Angesichts der verfrorenen Mienen seiner Männer hat ihnen General Leclerc Kaninchenfellwesten machen lassen, was ihm unser aller Dankbarkeit eingetragen hat. Nach dem Regen und dem Schlamm jetzt Schnee und Eis. Die Fahrzeuge leiden genauso wie die Männer. Du wirst unser Vorrücken in der Presse verfolgt haben. Nach der Einnahme von Baccarat haben wir Champagner aus Gläsern getrunken, in die eine behandschuhte Faust eingraviert war und die für Hermann Göring bestimmt waren. Ich habe die Bekanntschaft von Oberst Fabien gemacht, Kommunist, ehemaliges Mitglied der Internationalen Brigaden und Adjutant von Oberst Rol-Tanguy, dem Chef der F. F. I. der Region Ile-de-France während der Befreiung von Paris. Fabien ist ein merkwürdiger Mann, trägt stets eine Reithose und einen bis zum Hals zugeknöpften Waffenrock. Mit dreitausend Männern, fast alle aus den Vororten von Paris, ist er der 2. Division gefolgt, zusammen mit anderen F. F. I.-Truppen von überall her, vor allem jedoch von der Gruppe Janson de Sailly. Als diese Brigade von Paris dem 3. Corps der amerikanischen Armee (Patton) zugeordnet wurde, hat sie sich den Namen Taktische Gruppierung Lothringen gegeben. Auf ihren Wunsch wurde sie der 1. Armee, die von General de Lattre kommandiert wird, eingegliedert. Am 10. Dezember hat der General diese neuen Rekruten in Vesoul Revue passieren lassen. Ihre Eingliederung ist nicht immer leicht. Es fällt ihnen schwer, sich den Befehlen gewisser Offiziere oder Unteroffiziere unterzuordnen, am meisten denjenigen, die brandneue Uniformen tragen. Sie nennen sie die »Mottenkugeligen«, ein Spitzname, der keines Kommentars bedarf.

Fabien ist ein interessanter Mann. Mit siebzehn Jahren hat er sich zu den Internationalen Brigaden gemeldet und ist verwundet worden. Übrigens war er es, der am 21. August 1941 den deutschen Offizier in der Metrostation Barbès-Rochechouart getötet hat. Er wurde damals festgenommen, gefoltert, konnte fliehen und hat aus dem Untergrund weitergekämpft. Sein Vater ist von den Deutschen erschossen worden, seine Frau wurde deportiert.

Die letzten Tage vor dem Marsch auf Straßburg waren für alle sehr anstrengend. Buis meint, das schlechte Wetter sei schuld gewesen, dass sich die Männer wegen jeder Kleinigkeit gestritten haben. General Leclerc lief schlecht gelaunt in den feuchten Zimmern des Schlosses von Birkenwald auf und ab, im selben Schloss, in dem der zukünftige Vater von Foucauld seine Ferien verbrachte. Am Morgen des 23. November goss es in Strömen. Der General klopfte mechanisch mit seinem Stock auf die Dielen. Er hatte die Augenbrauen zusammengezogen und in seiner rechten Wange zuckte ein Muskel, stets ein Zeichen höchster Anspannung bei ihm. Um halb elf trat endlich ein Motorrad-Melder in den Raum, in dem alle Offiziere des Kommandopostens versammelt waren. Mit tauben Fingern überreichte er Leclerc ein gelbes Blatt Papier, das von Rouvillois kam und eine verschlüsselte Nachricht enthielt: Stoff ist in Jod. Das hieß, dass er in Straßburg einmarschiert war. General Leclerc ist in lautes Lachen ausgebrochen: »Auf! Es geht los!«, hat er geschrien.

Glücklicherweise haben wir sehr wenig Verluste, doch der Tod von Pater Houchet, dem Divisionsgeistlichen, der seit dem Tschad mit General Leclerc zusammen gewesen ist, hat viele von uns erschüttert. Als der General die Todesnachricht erhielt, ist er mitten in der Nacht zum Hospital geeilt. Ich habe gesehen, wie er sich vor der sterblichen Hülle des Paters eine Träne abwischte, dieses Priesters, dessen Glaube, dessen Fröhlichkeit, dessen Güte und dessen unermüdliche Einsatzbereitschaft ihn zum beliebtesten und meistrespektierten Mann der Division gemacht hatten. Als zwei Tage später die Soldaten, die seinen Sarg tragen sollten, nicht rechtzeitig zur Kapelle gelangen konnten, haben wir, die Offiziere, ihn getragen. Sonntag, den 26. November, wehte die Standarte der 12. Kürassiere über der Place Kléber und über einer kleinen, schweigenden Ansammlung von Menschen. Eine große Spannung lag in der Luft. Dann öffneten sich nach und nach die Fenster, Fahnen flatterten, verhalten klang die Marseillaise durch die Straßen und verstummte wieder. Erst bei der Ankunft von General Leclerc haben sich die Straßburger ihrer Freude hingegeben.

Nach fünf Tagen sind wir wieder aufgebrochen, um uns mit der 1. französischen Armee zu vereinen, die Belfort und Mulhouse erobert hatte. Die Deutschen waren inzwischen isoliert und bis zum Rhein zurückgedrängt worden. Wenn ich schreibe, wir seien aufgebrochen ...! Wie ein bockender Esel, hätte mein Vater gesagt, denn »die Leclercs« haben nicht die geringste Lust, mit der 1. Armee vereint zu werden. Das Wetter ist furchtbar: Regen, Schnee, Sturm. Glücklicherweise hält der Mannschaftsgeist der 2. Division allem stand. Selbst der Humor kommt zu seinem Recht. Ein Beispiel: Neulich haben wir in einem kleinen Bahnhof Deckung genommen. Es war ein Bahnhof von der Sorte, bei dem auf einer Seite »Abfahrt« und auf der anderen Seite »Ankunft« steht.

Über die Gleise hinweg wird uns eine Salve 88er verpasst, was ziemlich selten vorkommt, denn die Deutschen haben nicht viel Artillerie. Als wir wieder aufgestanden sind, hat sich Georges Buis mit der einen Hand seine Drillichhose abgeklopft, mit der anderen auf das Loch gedeutet, das die Granaten verursacht hatten, und zu mir und La Horie gesagt: »Immer korrekt, diese Deutschen.« Und wir mussten alle lachen, denn die Geschosse waren auf der »Ankunft«-Seite eingeschlagen. Diese Kasinowitze, diese Kameradschaft, die ich früher als kasernenmäßig abgetan hätte, bewahren mich davor, wahnsinnig zu werden, wenn ich an das Leiden und an den Tod von Camille denke. In manchen Nächten, wenn die große Kälte mich nicht schlafen lässt, sehe ich ihr sanftes Gesicht über mich geneigt. Dann ist mir, als rufe sie mich, als fordere sie mich auf: »Komm, komm zu mir. Lass mich nicht allein.« Und ich fühle mich angezogen wie von einer Kraft von jenseits des Grabes.

Aber wie bin ich doch dumm! Vergib mir, liebe kleine Léa, ich mache dich traurig, denn auch du hast sie ja geliebt. Wie geht es Charles? Vielleicht bist du gar nicht bei ihm? Vielleicht bist auch du an einem dieser Orte, wo Männer sterben ... Sollte das jedoch nicht der Fall sein, dann erzähl ihm von seiner Mutter und von mir, bastle ihm Erinnerungen an seine frühe Kindheit. Bald ist Weihnachten. Kannst du dir das vorstellen: Seit seiner Geburt habe ich noch nie Weihnachten mit meinem Kind verbracht! Verwöhn ihn, knausere nicht mit Süßigkeiten, mit Spielzeug, mit Kerzen am Tannenbaum. Sag ihm, dass sein Papa noch mehr an ihn denken wird an diesem Abend. Für dich meine zärtliche Freundschaft

Laurent

Bei der Vorstellung, an diesem ersten Weihnachten, da zumindest ein Teil Frankreichs wieder frei war, weit entfernt zu sein von den Menschen, die sie liebte, begann Léa zu weinen wie ein Kind. Tausend Erinnerungen an ihre Kindheit eines verwöhnten kleinen Mädchens kamen zu ihr zurück: Die Andächtigkeit während der Mitternachtsmesse in der kalten Basilika von Verdelais oder in den mittelalterlichen Gewölben der Kirche von Saint-Macaire; die Rührung beim Betrachten der Krippe mit ihrem Kollektenengel, der den Kopf bewegte und die ersten Takte von »Es ist geboren das göttliche Kind« spielte, wenn man eine Münze in die Gipsschale legte, die er hielt; diese Mischung aus Freude und Bangigkeit beim Anblick des strahlenden Christbaums, der wie ein Wunder auf dem Hof vor dem Haus aufragte; Herzklopfen, Aufschreie und aufgeregtes Kichern beim Öffnen der Tür des Salons... Und dort, neben dem Kamin, in dem ein Rebholzfeuer brannte, die Geschenke vom Weihnachtsmann, ein ganzer Haufen vielfarbiger Päckchen. Nach einem kurzen Moment gespielter Überraschung stürzten sich dann die drei Schwestern, sich schubsend und wie Verrückte kreischend, auf ihre blank geputzten Schuhe voller Gaben. Energisch zerfetzten sie das Papier, zerrissen sie das Band. Sie hüpften vor Freude, eilten dann zu ihren Eltern und zu Ruth und küssten sie, denn sie hatten sie im Verdacht, mit dem Weihnachtsmann gemeinsame Sache zu machen. Auch später, als sie schon älter waren, hatte es die gleichen fröhlichen Weihnachtsfeste gegeben, und um nichts auf der Welt hätten sie an diesem Tag anderswo sein mögen. Der Krieg hatte all das zerstört... Dank Léas Bemühungen, diese Tradition, die ihr lieb war, aufrechtzuerhalten, waren auch die Weihnachten während der Besatzung gefeiert worden, wenn auch gedämpfter und ohne Glanz und mit nur wenigen Geschenken. Dies war das erste Weihnachten, das Léa nicht zu Hause verbrachte. Nichts erschien ihr in diesem Augenblick schrecklicher als das. Sie vergaß das Leiden, das sie umgab, den Krieg, der weiterging, und alle die Toten, die Teil ihres Lebens gewesen waren.

»Was hast du denn? Schlechte Nachrichten?«, fragte Jeanine Ivoy, die hereinkam.

Vor lauter Schluchzen konnte Léa nicht antworten, sie schüttelte nur den Kopf.

»Wieso bist du dann in einem solch aufgelösten Zustand?«

»Weil... Weil Weihnachten ist...«, gelang es ihr zu artikulieren.

Mit offenem Mund betrachtete Jeanine verblüfft ihre bezaubernde Kameradin und begann dann unvermittelt ebenfalls zu weinen. Wie lange doch die Kindheit zum Sterben braucht! Sie weinten ein Weilchen, wagten nicht, sich anzusehen; dann trafen sich ihre Augen und ohne Übergang brachen sie in Lachen aus und fielen sich in die Arme.

Am 24. Dezember kamen sie spät zurück, erschöpft vom Transport Verwundeter in die umliegenden Krankenhäuser. Mit schleppenden Schritten erklommen sie die Stufen der Freitreppe. Die Halle lag im Halbdunkel, doch heller Lichtschein fiel aus dem Salon, lebhafte, fröhliche Stimmen übertönten Jazzmusik. Was war denn da los? So etwas war in diesem Hause gänzlich ungewohnt. Neugierig öffneten sie die Tür und standen staunend vor einer großen Tanne, die von Lichterketten erstrahlte und auf der Watteflöckchen den Schnee ersetzten. Ein großes Feuer brannte im Kamin, an den ein Mann gelehnt stand, ein Glas in der Hand. Lächelnd trat er auf sie zu.

»Ihr seid die Letzten. Kommt schnell herein und macht die Tür zu.«

Léa schloss sie langsam und wandte sich dann um, doch ihre Hände hielten hinter sich noch immer die Messingtürklinke umklammert, deren Ziselierungen ihr in die Handfläche schnitten. Sie lehnte sich gegen die Türfüllung, um nicht zu fallen, und sah wie durch einen Nebel, ungläubig und beglückt, den einzigen Mann auf sie zukommen, der sie in solche Verwirrung zu versetzen vermochte.

François Tavernier hatte die größte Mühe, sie zu bewegen, die Finger zu öffnen. Die Schlossbesitzerin trat zu ihnen.

»Mademoiselle Delmas, Sie müssen sich einen Augenblick ausruhen, Sie sind ja ganz blass. Sicher die Aufregung über das Wiedersehen mit Ihrem Verlobten.«

Ihrem Verlobten? Von wem redete sie? Die Schlossbesitzerin fuhr fort:

»Dank Kommandant Tavernier werden wir ein richtiges Weihnachten haben. Er hat in seinem Wagen alles mitgebracht, was man braucht, um den Heiligen Abend zu feiern. Gehen Sie sich umziehen, Sie sind ja völlig verschmutzt.«

François verbeugte sich vor der alten Dame und sagte mit seinem charmantesten Lächeln:

»Wenn Sie gestatten, werde ich Mademoiselle Delmas begleiten.«

»Tun Sie das, Herr Kommandant. In der Zwischenzeit werden wir mit den Vorbereitungen für das Festessen fortfahren.«

Léa ließ sich wie eine Schlafwandlerin hinausführen.

»Wo ist dein Zimmer?«

»Oben.«

In ihrem Zimmer fiel er über sie her und bedeckte sie mit Küssen. Sie ließ ihn gewähren, war unfähig zu reagieren. Er bemerkte es, trat einen Schritt zurück, hielt sie auf Armeslänge von sich und betrachtete sie forschend.

»Ich hatte etwas mehr Begeisterung erwartet.«

Mit einem Schlag war sie wild wütend.

»Du schneist hier einfach unangemeldet herein, und ich hatte schon gedacht, du seist zum Teufel gegangen! Du präsentierst dich als mein Verlobter, du fällst über mich her und ... Warum lachst du?«

»Jetzt erkenne ich dich wieder. Diese Passivität sah dir gar nicht ähnlich.«

Sie errötete und wehrte sich gegen die Arme, die sie wieder umfingen.

»Sei lieb, wir haben nur wenig Zeit. Ich riskiere, vors Kriegsgericht gestellt zu werden, weil ich zu dir gekommen bin. Ich müsste eigentlich in Kolmar sein.«

»Warum hast du gesagt, ich sei deine Verlobte?«

»Damit man sich nicht über meinen Besuch wundert und ich mit dir allein sein darf. Küss mich.«

Sie war verrückt, so zu maulen. Dabei war ihre Freude, ihn wiederzusehen, so überwältigend, dass sie dachte, sie müsste sterben. Sie erwiderte seine Küsse und zog ihn zu einem der Betten.

»Komm!«, sagte sie.

Sie liebten sich, eilig, drängend, als wären die Minuten gezählt, doch bald ließ sie die Lust die Zeit vergessen. Diskretes Klopfen an der Tür holte sie in die Wirklichkeit zurück. Prustend vor Lachen, brachten sie ihre Kleidung wieder in Ordnung.

»Herein!« rief Léa.

Das Köpfchen ihrer Zimmergenossin erschien.

»Entschuldigt bitte, aber ich muss mich umziehen«, erklärte sie, traute sich aber nicht, die beiden anzusehen.

»Aber ich bitte Sie! Ich bin es, der sich entschuldigen muss, Léa aufgehalten zu haben. Ich lasse Sie allein.«

Die beiden jungen Mädchen kleideten sich um, ohne ein Wort miteinander zu wechseln.

Der Champagner, die Austern, die Gänseleberpastete von François Tavernier sorgten für einen fröhlichen Heiligen

Abend. Am Ende des Mahls waren die meisten Teilnehmer leicht beschwipst. Kurz nach Mitternacht erhob sich François, um sich zu verabschieden.

»Schon!«, riefen alle im Chor, außer Léa, die den Kopf sinken ließ.

»Leider! Ich muss morgen Vormittag zurück sein. Feiern Sie noch schön. Bringst du mich zum Wagen, mein Liebling?«

»Auf Wiedersehen, Herr Kommandant, und vielen Dank für alles.«

Draußen warf sie ein Schneesturm fast um. Der Geländewagen war von einem dicken weißen Mantel bedeckt. François öffnete die hintere Tür und schob Léa hinein. Seine kalten Hände verirrten sich unter ihren Rock, fanden die Wärme ihres Körpers.

»Knöpf mir die Hose auf!«

»Nein«, sagte sie und tat es.

Trotz ihrer hinderlichen Kleidung liebten sie sich mit einem Ungestüm, einer leidenschaftlichen Raserei, die von den zärtlichen Worten, die sie sich zuflüsterten, Lügen gestraft wurde.

Atemlos betrachteten sie sich dann beim ungewissen Schein der Deckenbeleuchtung. Stumm nahm jeder das Bild des anderen in sein Gedächtnis auf. War es die Kälte, die aus Léas Auge eine Träne rinnen ließ, die sich in den Haaren ihres Liebsten verlor?

Von einem nahen Kirchturm schlug es zwei Uhr. François schreckte auf und stieg aus dem Wagen.

»Ich muss los.«

Er ließ den Motor an. Léa stand zitternd neben der Tür und wickelte sich in eine nach Benzin riechende Wolldecke. Er ließ den Motor laufen und nahm sie in die Arme.

»Wohin fährst du?«, fragte sie.

»Ins Elsass.«

»Allein?«

»Nein; meine Ordonnanz wartet in einem Bistro auf mich. Mein Herz, wir werden uns lange nicht wiedersehen. Nach dem Elsass gehe ich als Beobachter und Abgesandter von General de Gaulle nach Russland.«

»Wieso ausgerechnet du?«

»Oh, wahrscheinlich aus einem ganz einfachen Grund: Ich spreche Russisch.«

François sprach Russisch! Das hatte er ihr nie gesagt. Aber es gab ja so vieles bei ihm, das sie nicht wusste. Ein ganzes Leben würde nicht ausreichen, um ihn kennen zu lernen.

»François!«

»Sei still. Wenn du sprichst, bringe ich nicht mehr die Kraft auf zu gehen. Sag dir, dass es mir immer gelingen wird, dich wiederzufinden. Und sag mir etwas, das mir helfen wird, mich in Geduld zu fassen, wenn ich an dich denke.«

»Ich liebe dich.«

»Das wollte ich hören. Du bist sehr geizig mit deinen ›Ich-liebe-dichs‹. Jetzt geh schnell hinein, du bist eiskalt.«

»Nein! Küss mich!«

Er küsste sie.

»Geh!« Er stieß sie so heftig zurück, dass sie fiel. Er machte eine Bewegung, um ihr zu Hilfe zu eilen, hielt jedoch inne. Beim Starten warf der Wagen Schneeklumpen auf Léa, die sich nicht gerührt hatte.

Erst einige Minuten später entdeckte sie eine ihrer Kameradinnen, die unruhig geworden war, als sie nicht zurückkam. Sie lag zusammengekauert und fast ganz im Schnee versunken. Mit Hilfe des Hausmeisters brachte sie Léa in ihr Zimmer, wo sie einen heißen Grog zu trinken bekam und mit einer Wärmflasche und einem Stapel Decken ins Bett gesteckt wurde.

Sie schlief bis zum Mittag des nächsten Tages.

29.

Am 6. Februar, einen Tag nach dem Abkommen von Jalta, erhielt Léa zwei zerknitterte Briefe, die beide vom Roten Kreuz befördert worden waren. Einer war von Laurent, datiert vom 3. Januar.

Meine liebe Léa,

ich möchte dir, wie es Brauch ist, ein gutes neues Jahr wünschen. Möge dir 1945 Glück bringen. Mehr als jeder andere bist du wie geschaffen dafür. Du hast eine Lebenskraft in dir, die dich befähigt, auch die quälendsten Sorgen zu meistern. Ganz im Gegensatz zu mir. Ich fühle, wie mich jeglicher Lebenswille verlässt. Ich bekämpfe diesen morbiden Trieb, so gut ich kann, vor allem, indem ich an Charles denke. Doch sehr bald führen mich meine trüben Gedanken zu den glücklichen Tagen der Vergangenheit zurück, die nie wiederkehren werden.

Hier in diesem Universum aus Schlamm und Regen ist der Übertritt vom Leben in den Tod fast eine Alltäglichkeit. Die Haltung der Männer, die bereit sind, für eine gerechte Sache zu sterben, ist eines der Dinge, die mich am stärksten berühren, seit wir kämpfen. Am Vorabend eines Angriffs, wenn man weiß, dass viele fallen werden, dass man selbst unter den Toten sein könnte, verspürt man im Lager so etwas wie verhaltene Andacht. Die Männer tauschen Briefe aus, rasieren sich sorgfältig, sprechen leiser. Sie wissen noch vor dem Stab, dass ein Angriff stattfinden wird. Sie brauchen das Signal nicht. Wenn du sehen könntest, wie schön, wie geklärt von allem Unreinen das Auge eines Mannes ist, der weiß, dass morgen vielleicht... Es ist, als blicke er über das Sichtbare, über sein eigenes Selbst hinaus. Auch das ist der Krieg: diese unausgesprochene Solidarität, diese Würde, die Recken auszeichnet, Männer der Legenden, Helden – Individuen, die als solche wohl nicht von großem Interesse wären, die jedoch durch ihr Opfer zu den Größten und in der Geschichte zu denen des Jahres 2, denen von Austerlitz oder von der Marne gehören.

Solche Worte aus meinem Munde werden dich erstaunen, sie erstaunen mich selbst. Zweifellos hätte ich als überzeugter Pazifist ganz andere Ansichten vertreten, wenn ich mich nicht Leclerc angeschlossen hätte, wenn ich nicht der 2. Division angehören würde. Doch man lebt nicht ungestraft unter Menschen, die zu Tausenden sterben – nicht nur für Frankreichs Freiheit, sondern für die der ganzen Welt –, ohne gewisse Werturteile zu revidieren, die von einer verzärtelten Lebensweise und von einem Abscheu vor der Gewalt genährt wurden.

In meinem letzten Brief habe ich dir von Oberst Fabien erzählt. Er ist gefallen, wurde am 27. Dezember durch eine Mine getötet, zusammen mit drei seiner Kameraden. Ich habe viel an die kleine Tochter gedacht, die er hinterlässt.

Wenn mir das Gleiche zustoßen sollte, dann denke daran, dass Camille und ich dir unser Kind anvertraut haben. Ich habe vor meiner Abreise testamentarisch festgelegt, dass du sein Vormund sein sollst. Sprich mit ihm über den Krieg, aber so, dass er ihn stets verabscheuen wird. Doch sag ihm auch, dass er keinen Groll gegen das deutsche Volk hegen soll: Es ist getäuscht worden. Ich habe es vor dem Krieg gut gekannt, ich sprach seine Sprache, ich hörte seine Musik, ich las seine Dichter, ich bewunderte seine Tapferkeit. Mit Berliner Freunden habe ich oft auf die Vereinigten Staaten von Europa angestoßen. Nach den Schreckensjahren des Krieges werden Männer und Frauen gebraucht werden, die diese Idee wieder aufgreifen und verwirklichen.

Meine liebe Léa, ich bitte Gott an diesem Jahresbeginn, er möge dich behüten und dich mit seinen Segnungen überschütten. Ich umarme dich mit aller mir verbliebenen Liebe. Dein Freund

Laurent

»Er wird sterben«, flüsterte Léa betroffen und resigniert zugleich.

Sie drehte den zweiten Brief, der wie der erste ebenfalls mit Stempeln bedeckt war, unschlüssig in der Hand. Die Schrift sagte ihr nichts. Dann entschloss sie sich und riss den Umschlag auf. Als sie den Namen las, der links oben auf dem Blatt stand, begriff Léa. Ohne eine Träne begann sie zu lesen.

Mademoiselle,

niemand ist gern der Unglücksbote. Doch aus Freundschaft und um ein gegebenes Versprechen zu erfüllen, komme ich zu Ihnen als Überbringer einer traurigen Nachricht: Hauptmann Laurent d'Argilat ist am 28. Januar gefallen. Mit ihm wurden sechzehn Offiziere der Kampfgruppe sowie der Kommandant Puig und der Oberstleutnant Putz bei der Eroberung von Grussenheim getötet, die der 2. Division größere Verluste zugefügt hat als der Durchbruch durch die Linie der Vogesen, die Einnahme von Salernes und die Eroberung von Straßburg.

Die Order lautete, die Ill zu überschreiten, bis zum Rhein vorzustoßen und von Schlettstadt aus den deutschen Kessel zu spalten. Wir hatten fünfzig Zentimeter

Schnee. Es fror. Die große weiße Ebene, die von Hecken unterbrochen, von Kanälen und Flüssen durchzogen ist, bot den Hornissen, den Jagdpanzern, den 88ern, ein ausgezeichnetes Schussfeld. Die 3. Kompanie eröffnete das Gefecht und eroberte die berühmte Kreuzung 177. Die 2. überholte sie und erhielt den Befehl, Grussenheim um jeden Preis zu erobern. Hinten verfolgte der Rest des Regiments gespannt den Kampf, bangte um die Kameraden und beneidete sie zugleich. Die nicht am Gefecht beteiligten Einheiten gaben ihre eigene Munition her, damit die Männer in den vorderen Linien schneller Nachschub bekamen. Während dieses Angriffs ist unser Freund gefallen. Sein Panzer ist einige Meter von meinem entfernt explodiert, sein Körper wurde durch den Druck herausgeschleudert.

Später sind wir zurückgekommen und haben ihn geholt. Er schien zu schlafen, sein Gesicht war friedlich und sein Körper zeigte keine äußeren Verletzungen. Er liegt vorläufig auf dem Dorffriedhof begraben, bis er in die Familiengruft überführt werden kann. Alle Kameraden trauern um ihn. Er ist dem Tod entgegengegangen. Vielleicht suchte er ihn? Wenn ich Ihnen berichten würde, was er in Herbsheim vollbracht hat, würden Sie mir glauben, weil ich es Ihnen berichte, aber Sie würden staunen. Die Art und Weise, wie jemand mit dem Tod flirtet, ist etwas sehr Persönliches. Es ist ein Geheimnis. Wenn ein sensibler Mensch sich das Leben nehmen will und sich somit auf die Grenzzone zum Geheiligten zubewegt, hinterlässt er zumeist ein Stück Papier, auf dem nichts anderes steht als: »Versucht nicht, es zu begreifen, ich weiß selbst nicht, warum …« Ich glaube nicht, dass man je weiß, warum man im Krieg sein Leben einsetzt. Man tut es, weil »es sich so gehört«. Laurent hat kein Papier hinterlassen und das ist gut so. »Guter Offizier«, hat mir ein Oberst gesagt. Aus diesem Munde eines Skeptikers war das ein großes Kompliment. Doch für mich war er mehr als ein guter Offizier: Er war ein Mann, der so tapfer war, dass man keine Schwächen an ihm kannte.

Mademoiselle, ich teile Ihr Leid und fühle aufrichtig mit Ihnen in Ihrem Schmerz. Bitte nehmen Sie mein Beileid entgegen und glauben Sie mir, dass auch ich trauere.

Ihr Georges Buis

So war er also zu Camille gegangen. Trotz ihres Kummers befand Léa, dass es so gut war. Gewiss, da war Charles, und es war feige, ihn ohne eine Familie außer der der Delmas' zurückzulassen, aber Laurent hatte sterben wollen...

»Mademoiselle Delmas, wir haben Sie kommen lassen, um Sie über Ihren nächsten Auftrag zu informieren. Sie werden einen schwer verletzten britischen Offizier von Brüssel nach Cannes transportieren, wo er einige Wochen Erholungsurlaub am Mittelmeer verbringen soll.«

Léa konnte kaum ihre Freude verbergen. Ihre Arbeit hier wurde ihr von Tag zu Tag saurer. Es war kein Vergnügen, über die mit Schlaglöchern übersäten Landstraßen zu fahren, oder Verwundete zu bergen, ohne deren herumliegende Arme oder Beine zu vergessen, ihnen erste Hilfe zu leisten, ihr Stöhnen zu hören, ihre Tränen zu sehen angesichts ihrer abgetrennten Gliedmaßen, sie nach ihrer Mutter rufen zu hören, bevor sie starben, Neugeborene aus Trümmern herauszuzerren, im Schlamm, im Blut, im Eiter zu leben, das war ein sich unaufhörlich wiederholender Horror.

Seit Laurents Tod waren ihre Alpträume verstärkt wiedergekommen. Kaum eine Nacht, ohne dass sie Camille sah, wie sie auf ihr Kind zukroch; den Mann von Orléans mit seinem Messer, den Todeskampf von Bernadette Bouchardeau. Blut am Tage, Blut in der Nacht. Sie lebte in der Furcht vor dem Einschlafen und der Angst vor dem Erwachen. Vielleicht hätte sie ihre Arbeit besser ertragen, wenn ihre Kolleginnen – Jeanine Ivoy ausgenommen – und vor allem ihre Chefin nicht ihren Neid an ihr ausgelassen hätten. Sie schikanierten sie, indem sie ihr alle unangenehmen Verrichtungen aufhalsten: Schuhe putzen, die Ambulanzen waschen, die Büros ausfegen. Anfangs hatte sie alles hingenommen, weil sie glaubte, das gehöre zu ihrem Dienst, doch sehr schnell war ihr klar geworden, dass dies nicht zutraf. Als sie Einspruch erhob, hatte man ihr zu verstehen gegeben, dass man durchaus auf ihre Dienste verzichten könne. Umso größer war ihr Erstaunen, als ihr nun diese ebenso wichtige wie angenehme Aufgabe zugewiesen wurde.

»Ich sehe, dass Sie sich wundern«, war ihre Vorgesetzte fortgefahren. »Sie haben diese Mission nur Ihren Englischkenntnissen zu verdanken. Sie sprechen doch gut Englisch, nicht wahr? Das steht jedenfalls in Ihrer Akte.«

Léa hatte bejaht und dabei befürchtet, dass man sie bitten würde, ein paar Sätze in der Sprache Churchills zu sagen. Sie hatte nur ihr Schulenglisch und das lag schon einige Jahre zurück.

»Sie fahren morgen mit einem Konvoi zusammen los, der nach Belgien geht. In Brüssel nehmen Sie mit dem belgischen Roten Kreuz Kontakt auf. Sie finden alle notwendigen Informationen in dieser Mappe, wie auch die Dokumente, die Sie berechtigen, sich in Belgien und Frankreich zu bewegen. Bis zur Abfahrt haben Sie Ausgang. Gute Reise.«

»Danke, Madame. Auf Wiedersehen.«

Léa nutzte den halben freien Tag, um sich das Haar in einem Frisiersalon waschen zu lassen, der sich in einer Baracke unweit des Schlosses eingerichtet hatte. Als sie mit sauberen und kürzeren Haaren wieder herauskam, fühlte sie sich wie neugeboren und ertappte sich dabei, der Zukunft mit einer leisen Hoffnung entgegenzusehen. In dieser Nacht hatte sie keine Alpträume.

Am nächsten Tag verabschiedete sie sich von den Kameradinnen und verließ ohne Bedauern diese nordfranzösische Region.

30.

Ohne die Verwundeten, die in kleinen Wägelchen geschoben wurden, ohne das Gewühl, in dem alliierte Uniformen dominierten, hätte Léa geglaubt, in den Ferien zu sein. Seit fast einem Monat führte sie in Gesellschaft »ihres« Verwundeten ein Leben des Dolcefarniente und des Amüsements.

Sir George McClintock, Oberst in der Armee Seiner Majestät, war ein irisches Original, liebte Bourbon mehr als Tee, die Karten des Pokerspiels mehr als die des Generalstabs und rauchte dicke Zigarren. Er besaß einen nie versiegenden Humor, war kühn bis zur Torheit, ein Schürzenjäger wie ein Gardeleutnant, wie seine Kameraden behaupteten, und war obendrein sehr reich. Das war der Mann, den Léa betreuen sollte. Er war in der Nähe von Dinant während der Ardennen-Offensive verwundet worden und hatte dem Tod zu oft ins Auge gesehen, um mit dem Rest seines Lebens sparsam umzugehen. Sobald er mit Hilfe von Krücken wieder gehen konnte, wurde Léas Leben zu einem einzigen Wirbel: Cocktailpartys, Gartenfeste, Bälle, Picknicks, Bootsfahrten auf dem Meer, Ausflüge ins Hinterland. Er wollte sie ständig um sich haben und erklärte, gleich als er sie gesehen habe, habe er gewusst, dass sich sein Leben völlig verändern würde durch diese kleine Französin mit den wilden Locken, dem aufreizenden Mund, den stolzen, beunruhigenden Augen, dem hinreißenden Körper, den er unter der schlecht geschnittenen Uniform erriet. Mit Hilfe einer Hand voll

Pfundnoten hatte er erreicht, dass sie ihr Zimmer neben dem seinen im Hotel Majestic erhielt.

Die ersten Tage war er noch sehr erschöpft gewesen und hatte viel geschlafen. Am fünften Tag wollte er zum Essen in den Speisesaal des Hotels gebracht werden. Als sich Léa in ihrer Uniform mit tadelloser Hemdbluse, sorgfältig geknoteter Krawatte und flachen, blank geputzten Schuhen ihm gegenüber niedergelassen hatte, war er zusammengezuckt.

»Haben Sie denn nichts anderes anzuziehen?«, hatte er sie wie angewidert gefragt mit seinem Akzent, der Léa anfangs sehr belustigt hatte.

Sie war rot geworden und war sich sehr hässlich vorgekommen.

»Ich habe nichts anderes. Wenn Sie sich mit mir schämen, kann ich ja auf meinem Zimmer essen.«

»My dear, bitte verzeihen Sie mir, ich wollte Sie nicht verletzen. Sie sehen reizend aus in dieser Uniform, aber sie ist doch ein wenig eintönig.«

Am nächsten Tag erschienen Mode- und Schuhboutiquenbesitzer bei Léa im Hotel. Zunächst wies sie alles zurück, gab jedoch bei den Abendkleidern ihren Widerstand auf: eines war aus schwarzem Musseline, das andere aus grünem Taft. Und dann die entzückenden Pumps aus »echtem« Leder! Ein unerhörter Luxus! Da die Abende noch kühl waren, bestand McClintock darauf, dass sie auch ein kurzes Silberfuchscape annahm.

Am übernächsten Tag begleitete sie ihn zu einer Gardenparty, die vom American Club gegeben wurde. Er war ganz stolz auf ihren Erfolg. Die Männer wetteiferten, um ihr ein Glas Champagner, einen Orangensaft, eine Limonade, ein Stück Kuchen, ein Schälchen Süßspeise oder etwas Obst zu holen. Léa strahlte und flirtete wie ein unbekümmertes, verwöhntes junges Mädchen.

Anfang März erhielt George McClintock einen Befehl aus London und verkündete Léa, dass er nach England zurückbeordert sei. Sie bat ihn inständig, sie mitzunehmen, denn sie wollte um alles in der Welt nicht nach Amiens zurück.

»Sie brauchen mich doch noch«, sagte sie.

»Ich werde Sie immer brauchen«, hatte er mit einem Ernst geantwortet, der für ihn ungewöhnlich war.

»Na also«, hatte sie leichthin geantwortet.

Er hatte gelächelt und von bürokratischen Schwierigkeiten gesprochen. Es sei keine Kleinigkeit gewesen, die Genehmigung des französischen Roten Kreuzes sowohl von Cannes als auch von Paris zu bekommen. Léas neuer offizieller Auftrag wies denn auch eine beeindruckende Anzahl Stempel auf.

Trotz der Bombardierungen, des häufigen Fliegeralarms und der Angst vor den V1- und V2-Raketen war die Woche in London ebenso turbulent gewesen wie die Wochen, die sie in Cannes verbracht hatte. Es war, als ob alle diese jungen Männer und Frauen, von denen die Ältesten kaum dreißig waren, sich mit verzweifelter Gier aufs Tanzen, Flirten und Trinken stürzten, um die verlorene Zeit aufzuholen und in Alkohol und Zigarettenrauch zu vergessen, dass der Krieg noch nicht zu Ende war.

Eines Morgens lag auf Léas Frühstückstablett zwischen dem Breakfast-tea und den Eiern mit Schinken ein Brief von Mathias, den Laure ihr aus Paris nachgeschickt hatte und der über die Schweiz nach Frankreich gelangt war. Vom Poststempel auf dem Umschlag war kein Datum auszumachen, und Mathias hatte vergessen, seinen Brief zu datieren.

Meine Liebste,

»Meine Ehre heißt Treue«. So lautet der Satz, der auf dem Torbogen zum Eingang des Lagers Wildflecken eingemeißelt ist. Ich bin hier bei der französischen Waffen-SS und habe im Gedenken an dich diese Devise auch zu meiner eigenen gemacht. Das Lager liegt auf einem bewaldeten Hügel inmitten eines riesigen, sorgfältig gepflegten Parks. Viele kleine Gebäude befinden sich im Grünen verstreut an sauber gehaltenen Wegen, die zum Adolf-Hitler-Platz führen. Die Disziplin ist eisern und das Training hart. Zu Anfang haben viele während der Übungen schlappgemacht, aber inzwischen haben wir alle Athletenkörper. Die, die es nicht schaffen, werden anderen Einheiten überstellt. Disziplin ist notwendig, um vier- oder fünftausend junge Männer in Schach zu halten, die ganz wild darauf sind zu kämpfen. Ich bin froh darüber, denn das hilft mir, nicht zuviel an dich zu denken. Im November sind zweitausend Milizangehörige zu uns gekommen. Am 12. November haben sie – einige nur widerwillig – in Anwesenheit von Darnand und Degrelle ihren Eid auf Hitler abgelegt. Es herrschte eine schreckliche Kälte. Im Schneetreiben defilierten die Männer der Legion Französischer Freiwilliger in geordnetem Zug vorbei. Brigadeführer Krukenberg und Oberführer Puaud ließen die Truppen Revue passieren. Was jedoch die Freiwilligen am meisten beeindruckt hat, war die Ansprache von Monsignore Mayol de Lupé, unserem Lagergeistlichen. Er hat sie hoch zu Ross gehalten und in der Paradeuniform der Waffen-SS, auf der das Brustkreuz glänzte. Ohne sich vom Schnee, der ihm in sein altes Gesicht schlug, beeinträchtigen zu lassen, sprach er vom Führer wie von Gott und sein Segen ähnelte dem Hitlergruß. In dieser ungewöhnlichen Szenerie, über der die Trikolore, die Reichskriegsfahne und die schwarze Standarte der SS wehten,

standen die Milizionäre mit ausgestrecktem Arm und sprachen drei Kameraden, die vor einen Offizier mit blankem Säbel getreten waren, nach: »Ich gelobe Adolf Hitler, dem Führer der Waffen-SS, treuen Gehorsam als loyaler Soldat in seinem Kampf gegen den Bolschewismus.« Mir ist aufgefallen, dass nicht alle den Arm erhoben hatten.

Nie werde ich den Tag meines eigenen Gelöbnisses vergessen. Das ist sehr schlicht vor sich gegangen: zwischen zwei Eichen, einem germanischen Brauch entsprechend. Wir haben die Dolche, auf denen unsere Devise eingraviert ist, gekreuzt und ein deutscher Offizier hat in unser aller Namen auf Deutsch den Eid abgelegt. Wir haben ihm auf Französisch nachgesprochen: »Ich gelobe dir, Adolf Hitler, Führer Deutschlands und Erneuerer Europas, treu und tapfer zu dienen. Ich gelobe, dir und meinen von dir eingesetzten Vorgesetzten gehorsam zu sein bis zum Tod. So wahr mir Gott helfe!« Ich werde auch nie vergessen, wie ich zum ersten Mal den Hitlergruß ausgeführt und »Heil Hitler!« gerufen habe. An dem Tag habe ich gespürt, dass ich endgültig mit meiner Vergangenheit gebrochen hatte.

Hier gibt es keine Unterschiede in der Behandlung zwischen Offizier und einfachem Soldat. Keine Privilegien. Es gibt keine getrennten Messen für Gemeine, Unteroffiziere oder Offiziere, alle essen gemeinsam die gleichen Gerichte. Wenn es eine Schnapszuteilung gibt, bekommen erst die Soldaten ihre Ration, der Rest wird an die Offiziere verteilt. Je höher der Rang, desto zahlreicher die Pflichten. Bei den wöchentlichen Zusammenkünften, die Kameradschaftsabend heißen, hat auch der geringste Soldat das Recht, seine Vorgesetzten zu kritisieren, ohne dass er dafür bestraft werden darf. Das ist das Erstaunlichste für uns Franzosen, die wir daran gewöhnt sind, die Befehle unserer Vorgesetzten in strammer Haltung entgegenzunehmen und in Baracken einquartiert zu werden, wäh-

rend die es sich in goldverzierten Salons bequem machen. Hier werden neue Männer aus uns gemacht. Das Leben in Wildflecken ist sehr hart: um sechs Uhr aufstehen, um zwanzig Uhr Zapfenstreich.

Wir haben einen höllischen Tagesablauf: eiskalte Dusche, Morgenappell, Hitlergruß und danach eine erbarmungslose Folge von Übungen, Manövern, Märschen. Unsere einzige Erholung sind die theoretischen Kurse in Waffenkunde und Strategie. Abends falle ich in mein Bett, aus dem ich unweigerlich durch die Trillerpfeife zu Nachtübungen gerissen werde. Man muss sich im Dunkeln fertig machen und sich dann in die Nachtkälte stürzen, die einem bis ins Mark dringt. In den beiden letzten Wochen habe ich nicht mehr als vier Stunden an einem Stück schlafen können. Ich habe den Eindruck, als würde ich nie etwas Richtiges zu essen bekommen ... Ach, wenn ich an unsere dicken Vesperbrote von Montillac denke! Mittags gibt es Kohlsuppe mit Kartoffeln, um fünf Uhr nachmittags pappiges Schwarzbrot mit ein bisschen Margarine. Ich staune, dass das genügt, um Körper und Geist bei Kräften zu halten. Doch selbst die französischsten unter uns Franzosen scheinen sich an diese Kost zu gewöhnen.

Dennoch ist nicht alles rosig hier und seit einiger Zeit verschlechtert sich die Stimmung, vor allem durch die Milizionäre, von denen viele sich nicht anpassen können. Seit der Aufstellung der Brigade Charlemagne desertieren fast täglich französische SS-Soldaten und schließen sich den Einheiten an, die an die Front gehen. Inzwischen sind viele bei der Division Wiking oder der Division Totenkopf gelandet.

Oberführer Puaud, der die Legion Französischer Freiwilliger in Russland befehligt hat, ist unser Kommandant.

Seit ein paar Tagen bin ich ein richtiger SS-Mann: Ich

habe den Buchstaben meiner Blutgruppe in die linke Achselhöhle eintätowiert bekommen. Dadurch haben wir eine bessere Chance, bei Verwundung gerettet und bei Gefangennahme getötet zu werden. Wir warten alle ungeduldig auf unseren Abmarsch an die Front. Wir glauben, dass es nur noch eine Frage von Tagen ist.

Gestern ist es einigen Kameraden gelungen, sich ein paar Flaschen deutschen Wein zu beschaffen und ins Lager zu schmuggeln. Das ist streng verboten. Beim Öffnen der Flaschen wären wir fast von Brigadeführer Krukenberg erwischt worden. Ich glaube, er hat sich nicht täuschen lassen, denn beim Hinausgehen hat er gesagt: »Ah, diese Franzosen!« Als er weg war, haben wir auf sein Wohl angestoßen. Der Weißwein, ein wenig trocken, aber volles Bouquet, war nicht schlecht, konnte es aber natürlich nicht mit dem von Montillac aufnehmen. Ich wüsste zu gern, ob die Weinlese gut war und ob sie unter guten Bedingungen abgelaufen ist.

Wo bist du? Ich kann mir dich nirgendwo anders vorstellen als auf Montillac. Diese Landschaft passt zu dir. Wenn du diesen langen Brief erhältst und die Geduld aufbringst, ihn zu Ende zu lesen, dann ist das, als hätten wir zusammen geplaudert. Vergiss mich nicht und sei versichert, dass ich bis zum Ende an dich denken werde.

Mathias

Der Tee war kalt und die Orangenmarmelade hatte einen merkwürdigen Geschmack. Léa versuchte sich Mathias in SS-Uniform vorzustellen, doch es gelang ihr nicht. Ihr schien, dass es irgendwann ein ungeheures Missverständnis gegeben haben musste, woraufhin aus einem netten fröhlichen Jungen ein kleiner, zu allem fähiger Rohling geworden war. Aber war ihre Anwesenheit in einem alten, gemütlichen Londoner Hotel, dessen Fensterscheiben durch Ölpapier ersetzt worden waren, nicht genauso absurd? Es wurde an die Tür geklopft.

»Na, haben Sie Nachricht von zu Hause bekommen?«, fragte George McClintock, während er ins Zimmer trat.

Das freundliche Gesicht des Briten brachte ein trauriges Lächeln auf Léas Gesicht.

»Was haben Sie denn? Ist etwas geschehen?«

»Nein, nein, es ist nichts.«

»Also, dann los, wir reisen ab.«

»Wohin denn?«

»Nach Deutschland.«

»Nach Deutschland?«

»Yes, ich muss wieder zur 2. Armee zurück.«

»Aber Sie sind doch kaum wiederhergestellt!«

»Einer meiner Freunde, ein Arzt, hat mich für diensttauglich erklärt. Da kann ich doch nicht länger hier bleiben, während meine Kameraden Kopf und Kragen riskieren.«

»Und ich? Was mache ich? Soll ich hier seelenruhig das Ende des Krieges abwarten, nach Amiens zurückgehen oder in die Rote-Kreuz-Büros in Paris?«

»Nichts von alledem. Sie kommen mit mir.«

»Ich soll mit Ihnen ...«

»Ja. Ein anderer meiner Freunde ist – wie sagen Sie noch? – Präsident des britischen Roten Kreuzes ...«

»Sie haben aber wirklich viele Freunde!«

»Yes, das ist manchmal sehr nützlich. Ich habe ihm jedenfalls Ihre umfassenden Kenntnisse über motorisierte Fahrzeuge und Ihre beachtliche Kompetenz in der Verwundetenpflege geschildert.«

»Na, hoffentlich stellt er mich nicht auf die Probe.«

»Die Dame, die hier für die Ambulanzfahrerinnen zuständig ist, ist eine Freundin von Madame de Peyerimhoff. In ein paar Tagen dürften Sie Ihre einstweilige Überstellung zu unserem Rote-Kreuz-Dienst erhalten.«

Léa warf ihre Decken beiseite, sprang aus dem Bett und küsste den Briten auf beide Wangen.

»Sie sind großartig, George. Wie haben Sie erraten, dass ich gern nach Deutschland wollte?«

»Sie reden ja von nichts anderen mehr, seit wir hier angekommen sind.«

Eine Woche später erhielt Léa ihre Dienstorder und wurde dem Generalstabsarzt Hughes Glyn Hughes, Chef des Sanitätscorps der 2. britischen Armee, zugeteilt. Sie landete in der Nacht des 5. April in der Nähe von Duisburg, etwa fünfzig Kilometer von der Front entfernt.

Damit begann für Léa ein Abstieg in die Hölle.

31.

Einige hundert Kilometer entfernt erlebte auch Mathias die Hölle.

Am 12. Januar 1945 setzten sich drei Millionen hervorragend ausgerüsteter russischer Soldaten, die von Panzern und Luftstreitkräften unterstützt wurden, von der Ostsee in Richtung auf die Tschechoslowakei in Marsch, um das, was noch von der stolzen Wehrmacht des Dritten Reiches verblieben war, endgültig zu vernichten.

Am 17. Februar fuhr die Waffen-SS-Brigade Charlemagne, aus der eine Division geworden war, an die Front. Die Soldaten erreichten am 22. Februar Hammerstein, einen großen Marktflecken in Pommern. Es war sehr kalt. Ein eisiger Wind fegte über dieses Land der Seen und Wälder. Sie bezogen ein ehemaliges Wehrmachtslager, das in ein Stalag umgewandelt worden war, und warteten auf die Ankunft der schweren Geschütze. In der Ferne rollte Kanonendonner.

Das 57. Regiment, zu dem Mathias gehörte, hatte im Südosten der Stadt Stellung bezogen. Gleich nach der Ankunft hatte Obersturmführer Feunay, zusammen mit Oberjunker Labourdette und Mathias, die Stellungen inspiziert.

Dann hatte nach dem Frost plötzlich Tauwetter eingesetzt und die ungeteerten Landstraßen in Morast verwandelt, in dem die Pferde und die Karren mit dem schweren Kriegsmaterial und den Munitionskisten versanken. Zu zehnt stemmten die Männer die Gefährte hoch und versuchten sie dem Schlamm zu entreißen. Bei Anbruch der Nacht begann es wieder zu frieren. Die ganze Straße entlang erstreckten sich endlose Flüchtlingskonvois, die vor den Russen flohen. Greise, Frauen und Kinder wateten verängstigt und in gedrücktem Schweigen durch den Schlamm. Unter ihnen waren auch einige lettische SS-Leute; schmutzig, nachlässig gekleidet, hatten sie die Hände in den Taschen und blickten mit leblosen Augen.

Das erste Gefecht fand in der Nähe von Heinrichswalde statt und wurde sehr schnell zum Massaker. Sie kämpften im Verhältnis eins zu zehn gegen die russischen Panzer. Deren Geschosse und Granaten zerstörten die Stellungen der französischen SS. Dicht neben Mathias verblutete einer seiner Kameraden, dem ein Bein zerfetzt worden war. Feunay gab den Befehl, die Stellung zu halten.

Die ganze Nacht über kamen neue Militärtransporte auf dem Bahnhof von Hammerstein an und wurden sofort an die Front geschickt. Bald lagen die Kompanien des 58. Regiments unter Dauerbeschuss. Bei Tagesanbruch brandeten Tausende von Russen mit Geschrei gegen sie an. Zweimal schlugen sie sie zurück, wurden jedoch bald von ihrer zahlenmäßigen Übermacht erdrückt. Der Befehl zum Rückzug wurde gegeben. Die Davongekommenen sammelten sich neu und warteten. Während der Schlacht ist es schwierig, Verbindungen aufrechtzuerhalten. Die Division Charlemagne war ohne ein einziges Funkgerät an die Front vorgerückt. Stafetten eilten von einer Kompanie zur anderen und überbrachten die Befehle des Führungsstabs. Gegen Mittag wurde der Panzerlärm ohrenbetäubend. Die Franzosen verkrochen sich in Erdlöcher am Waldrand. In der Deckung des Waldes versuchten Feunays Männer, zum 58. Regiment durchzukommen, von dem sie jedoch nur einige Reste antrafen, die zwischen den Bäumen umherirrten und ihre Verwundeten mitschleppten. Am Abend erreichten sie das Lager bei Hammerstein, von dem sie am Morgen aufgebrochen waren. Nachdem sie eine Erbsensuppe heruntergeschlungen hatten, schliefen sie erschöpft auf den von Ungeziefer verseuchten Strohsäcken der Baracken ein.

Von den viertausendfünfhundert Männern, die von Wildflecken aufgebrochen waren, waren eintausendfünfhundert tot oder vermisst. Für ein Gefecht, das nur zwei Tage gedauert hatte, war dies eine traurige Bilanz. Den Überlebenden der Division Charlemagne gelang es, sich in Neustettin, einer kleinen, von Flüchtlingen und Soldaten überfüllten Stadt von sechstausend Einwohnern, neu zu gruppieren. Die Nachricht vom Tod Jacques Doriots demoralisierte alle diejenigen, die sich seinem Beispiel folgend zur SS gemeldet hatten. Am 5. März kämpften sie an der Seite einer Kompanie der Wehrmacht bei Körlin. Nicht weit von Mathias ging ein deutscher Panzer in die Luft. Ein Soldat kletterte mit brennender Uniform aus dem Wrack hervor und rannte blindlings drauflos. Der Sanitätsleutnant warf sich auf ihn und erstickte die Flammen. Mathias sprang hinzu und half dem Sanitäter, den leise stöhnenden Mann aus der Schusslinie zu tragen. Er hatte seinen Helm verloren; sein Rücken war völlig verbrannt. Der arme Kerl, dachte Mathias, während er wieder zurück in die vordere Linie ging. Plötzlich blieb er stehen, kehrte um und lief zurück. Er beugte sich über den Sterbenden, säuberte ihm das Gesicht mit einer Hand voll Schnee und trocknete es mit einem fettigen Lappen. Kein Zweifel.

»Hauptmann Kramer... Hören Sie mich?«

Das Gesicht des Verwundeten zuckte, als er sich auf Französisch angesprochen hörte. Mühsam öffnete er die Augen und sah diesen deutschen Soldaten an, der durch den Dreck und den Schlamm, die ihn bedeckten, unkenntlich war.

»Hauptmann Kramer, ich bin der Mathias von Montillac.«

»Montillac ...«

»Ja; erinnern Sie sich? Léa ...«

»Françoise ...«

»Ja.«

»Françoise ... Mein Sohn ...«

Otto versuchte sich aufzurichten, konnte es nicht und sagte mit immer schwächer werdender Stimme:

»Nehmen Sie ... meine Papiere ... aus meiner Tasche ... und einen Brief ... für Françoise. Falls ... Sie davonkommen ... geben Sie ihn ihr ... die Papiere auch ... Versprechen Sie es mir ...«

»Ich verspreche es.«

Mathias suchte in Ottos Waffenrock. Er zog eine Brieftasche heraus, die sorgfältig in Wachstuch eingeschlagen war, das ihn an die Tischdecke in der Küche von Montillac erinnerte, und schob sie unter sein Hemd. Der Sterbende ließ die Augen nicht von ihm und gab ihm mit einer Kopfbewegung seinen Dank zu erkennen. Die Russen kamen näher, Mathias musste weg. Otto versuchte zu sprechen, und Mathias erriet mehr, als er es verstand:

»Was macht ... ein Franzose ... hier?«

Er hob die Schultern. Was konnte er ihm darauf antworten?

Der Brigadeführer hatte den Befehl zum Rückzug gegeben. Das Bataillon von Mathias versuchte in Richtung Oder, dann in Richtung Belgard zu entkommen. Das Bataillon von Bassompierre blieb, um den Feind aufzuhalten.

In der stillen, kalten Nacht, im Schein der Brände, die Körlin erhellten, rückten die Männer des 57. Regiments Meter für Meter vorwärts. Sie verbargen sich während des Tages, marschierten nachts, oft nur wenige Schritte entfernt von den »Popofs«, wie sie die Russen nannten.

Die Munition ging ihnen aus, die Pferde waren tot oder entlaufen. Schon lange waren sie darauf angewiesen, sich ihre Verpflegung aus den Häusern der Deutschen zu stehlen, in denen vergewaltigte Frauen und Mädchen weinten. Als auch in den Häusern nichts mehr zu finden war, aßen sie rohe Kohlrüben, von denen sie Durchfall bekamen. Sie schliefen zusammengekauert und dicht aneinander gedrängt, um nicht zu erfrieren, und erwachten, weil sie von Läusen geplagt wurden. Schmutz sammelte sich in ihren Körperfalten. Witzbolde meinten, der Dreck halte sie warm und schütze vor den Läusen. Wie Automaten marschierten sie weiter. Müdigkeit hatte sich wie eine Maske über ihre Gesichter gelegt, aus der ihre blutunterlaufenen Augen hervorglänzten. Der Feind war überall und verfolgte sie unablässig.

Ganz plötzlich hörte die Kälte auf, die Felder bedeckten sich mit einem feinen grünen Schleier. In einem Wald, in dem sie erschöpft Halt gemacht hatten, gingen sie über einen Teppich aus Veilchen. Mathias streckte sich darauf aus und sog ihren Duft ein. Für Léa und ihn war es immer ein großer Augenblick gewesen, wenn sie die ersten Veilchen an den geschützten Stellen des Kalvarienberges entdeckten. Damals hatte er Sträußchen daraus gebunden, die das Zimmer der kleinen Léa mit ihrem Duft erfüllt hatten. Mit seinen schwieligen Händen pflückte er jetzt die kleinen Blumen unter den zunächst spöttischen Blicken seiner Kameraden. Doch wie von einem Urinstinkt getrieben, begannen bald auch sie ein paar Veilchen zu pflücken, die sie vorsichtig in die Hülle schoben, die ihre Papiere enthielt. Das Blumenpflücken hob ihre Stimmung. Sie begannen zu hoffen, dass auch für sie wieder ein Frühling erblühen würde.

»Wir sind ja völlig verdreckt«, sagte einer.

Sie betrachteten sich gegenseitig. Kein Zweifel, sie waren wirklich unglaublich schmutzig. Am Rande des

Waldes gurgelte ein Bach. Sie rissen sich die schmutzstarrenden Uniformen herunter, schüttelten ihre Unterwäsche aus, aus der riesige Läuse flohen, und stürzten sich ins Wasser. War das kalt! Da sie keine Seife hatten, rieben sie sich kräftig mit ein paar Hand voll Sand ab. Sie scheuerten sich mit Hingabe und lachten dabei wie halbwüchsige Knaben. Sie trockneten sich, indem sie nackt um die Bäume rannten. Feunay sah ihnen nachdenklich zu. Sie besaßen schon lange keine Socken mehr. Alle trugen jetzt »russische Socken«, die jeweils aus einem Stoffquadrat bestanden. Darauf wurde der Fuß gestellt und zunächst die Zehen damit bedeckt, dann die linke Seite über den Spann geschlagen, danach die rechte darüber geklappt, und dann zog man kräftig an dem hinteren Teil. Hatte man die Stoffteile sauber übereinander geschlagen, ließen sich die Stiefel leicht darüber ziehen. Diese »Socken« gaben den Füßen hervorragenden Schutz und Halt.

Um zwei Uhr morgens gelangten sie in die Nähe des brennenden Belgard, überquerten den Friedhof und verschwanden in der Nacht. Gegen vier Uhr traf Oberführer Puaud mit etwa dreitausend Mann, dem Gros der Division, vor Belgard ein. Einzelne russische Stellungen empfingen sie mit Maschinengewehr- und Granatwerferfeuer. Die Waffen-SS-Soldaten schossen zurück, während sie in die Stadt eindrangen. Als sie im Schein der Brände den Marktplatz von Belgard überquerten, mussten sie über Hunderte von Leichen von Alten, Kindern und Frauen hinwegsteigen.

Puaud, der an der Wade verwundet war, drang vor wie ein Schlafwandler. Sein Gesicht war noch stärker gerötet als gewöhnlich. Draußen im Gelände hatte das Geschützfeuer aufgehört. Statt dessen war Motorengebrumm und das Rasseln von Panzerketten zu hören, das Unheil verkündend über die Ebene klang. Der Feind war überall. Die Division Charlemagne mühte sich im Nebel vorwärts.

Als sich die Schwaden am Morgen auflösten, befanden sie sich auf einer riesigen baumlosen Fläche, umzingelt von den Panzern der Roten Armee. Auf beiden Seiten gab es einen Überraschungsmoment. Die Zeit stand still, es herrschte absolute Ruhe. Dann begann das Töten. In knapp zwei Stunden war das Gros der Division Charlemagne vernichtet... Die Verwundeten erhielten den Gnadenschuss, die Unversehrten wurden zusammengetrieben und in Gefangenenlager gebracht. Einigen gelang die Flucht in die Wälder.

Die fünfhundert Männer des Bataillons, zu dem auch Mathias gehörte, erreichten in erbarmungswürdigem Zustand Schloss Meseritz. Doch selbst die Verwundeten und die an Ruhr Erkrankten waren froh und stolz auf ihre Vorgesetzten, die sie zumindest vorübergehend aus dem »Hexenkessel« herausgeführt hatten. Am übernächsten Tag brachen sie bei sonnigem Wetter wieder auf, entlaust, rasiert, die Waffe über die Schulter geschlungen und verstärkt durch zweihundertfünfzig Überlebende des 58. Regiments, der Waffen-SS Holstein, eines ungarischen Regiments und der SS-Division Nordland. Unter Krukenbergs Kommando wollten sie die Odermündung erreichen. Südlich von Treptow überquerten sie die Rega und gelangten am Spätnachmittag bei Horst an die Küste. Überall mischten sich Flüchtlinge, die auf Boote warteten, die sie nach Schweden bringen sollten, unter die erschöpften Soldaten.

In der Nacht kam Mathias mit seinen Kameraden in Rewahl, einem kleinen Badeort, an. Wie Horst war auch diese Stadt überfüllt mit Flüchtlingen und versprengten Soldaten. Alle befanden sich in einer Art Ausnahmezustand: Neben niedergedrückten, dumpf brütenden Menschen gab es junge Mädchen, die sich dem Erstbesten hingaben, sich von schmutzigen, verlausten Männern knutschen ließen und Schnaps in großen Zügen aus der

Flasche tranken. Kinder schauten ihnen gleichgültig zu, während ihre Eltern verzweifelt nach einem rettenden Ausweg suchten. In die jodhaltige Luft der Ostsee mischten sich Benzingestank, der Geruch von Eiter und Blut der Verwundeten, das süßliche Aroma von Sperma, der Gestank von Scheiße, von Tausenden schmutziger Leiber und der anhaltende Geruch der Kohlsuppe, die an die verängstigte Menge verteilt wurde.

»Die Russen kommen! Beeilt euch!«

Männer, Frauen, Lastwagen, Pferde, Panzer drangen aufeinander ein, kämpften, schoben, überfuhren, walzten nieder, töteten alles, was sie in ihrer Flucht behinderte. Eine lange Prozession der Verdammten zog sich am Meer entlang und versuchte den Flammen des Infernos zu entkommen: wahnsinnig gewordene Mütter, die ihr totes Kind an die magere Brust pressten; Mädchen, die sich von Felsen stürzten, um der Vergewaltigung zu entgehen; Männer, die ihre Frauen unter die Ketten der Panzer stießen; Soldaten, die ihre Waffen auf Lastwagenfahrer entluden, um deren Platz einzunehmen. Dazu Kindergeschrei, Pferdegewieher, Hundegeheul, Meeresrauschen, Kanonendonner, das Pfeifen von Geschossen, das Explodieren von Minen ... Tod, Tod, Tod.

Die Männer der Division Charlemagne marschierten, kämpften und betranken sich, wenn sie Wein fanden. Den Flüchtlingstrecks folgend, zogen sie die Küste entlang gen Westen und wurden dabei immer wieder von Geschossen erwischt, die in einer Garbe von Sand zerfetzte Leiber in den gepeinigten Himmel katapultierten. Unberührt von den Schreien der Verwundeten und dem Stöhnen der Sterbenden, trottete die Menschenmenge weiter.

Spät in der Nacht des 9. März erreichten sie bei Dievenow die deutschen Linien. Früh am nächsten Morgen griffen die Russen an und wurden zurückgeschlagen. Am Nachmittag wurde ihnen das Versorgungslager der deutschen Heeresverwaltung geöffnet. Sie bestaunten die zweiunddreißigschüssigen automatischen Gewehre und probierten vergnügt die neuen Uniformen an.

Dann endlich hallten unter ihren Stiefeln Holz und Eisen der Pontonbrücke, die über die Oder geschlagen worden war. In tadelloser Marschordnung, angeführt vom frisch behandschuhten Brigadeführer Krukenberg und Obersturmführer Feunay, verließen sie den »Hexenkessel«, in dem neunzig Prozent ihrer Kameraden zurückgeblieben waren.

Am nächsten Tag kündete eine Verlautbarung aus dem Führerhauptquartier von dem Anteil, den die Überlebenden der Division Charlemagne an der Rettung der pommerschen Flüchtlinge hatten. Das vergrößerte ihren Stolz und sie verließen Swinemünde mit Gesang:

Wo wir marschieren, soll alles zittern,
Und der Teufel, der lacht mit uns
Ha, ha, ha, ha, ha, ha, ha!
Die Flamme bleibt rein
Und unsere Ehre heißt Treue!

Dreihundertfünfzig Kilometer von Berlin entfernt, in der Kleinstadt Neustrelitz und den umliegenden Dörfern Zinow, Karpin, Goldenbaum und Rödlin, wurden schließlich etwa achthundert von den insgesamt siebentausend Freiwilligen, die aus Wildflecken aufgebrochen waren, neu eingeteilt.

Am 27. März ließ Krukenberg folgenden Tagesbefehl anschlagen:

Meine Waffenbrüder!

Wir haben in den vergangenen Tagen anstrengende Märsche und schwere Gefechte durchgestanden. Wir haben nicht als eine in die deutsche Armee eingegliederte Einheit gekämpft, sondern als autonome französische Division. Mit dem Namen Charlemagne ist der Ruhm französischer Tapferkeit und Ausdauer erneuert worden. Die Härte des Kampfes hat uns zusammengeschweißt. Mit Stolz erinnern wir uns, wie wir südlich von Bürenwald den Feind, der die Linien der Wehrmacht durchbrochen hatte, aufgehalten haben. In kaum einer Stunde haben wir in der Umgebung der Stadt, in der Nähe von Elsenau und Bärenhütte, vierzig T-34-Panzer zerstört. In Neustettin hat die Flakbatterie eine feindliche Vorhut zerschmettert.

Wir SS-Soldaten haben uns stets tapfer gezeigt, doch vor allem bei Körlin haben wir bewiesen, dass wir bis zum Letzten auf dem Schlachtfeld zu kämpfen bereit sind, wenn das der deutschen Armee dient. Dass wir den Ort dreimal wiedererobert und zuletzt bis in die frühen Morgenstunden des 5. März gehalten haben, hat es einem Teil der deutschen Armeen und uns selbst ermöglicht, uns aus der russischen Umzingelung zu befreien.

Diesen Erfolg verdanken wir nicht nur unserem Kampfgeist, sondern auch unserer großen Disziplin.

Wir dürfen aber auch unsere Kameraden von der SS und von der Legion Französischer Freiwilliger nicht vergessen, die auf Befehl des Führers mehrfach vom kommandierenden General der Festung Kolberg als besonders tapfere Franzosen ausgezeichnet wurden.

In diesem Augenblick verteidigen Angehörige unserer Division an der Seite ihrer deutschen Waffenbrüder die Stadt Danzig. Wir von der SS und der Legion Französischer Freiwilliger haben überall dazu beigetragen, die anbrandende Woge der Bolschewiken aufzuhalten. Dieser harte Kampf konnte nicht ohne schwere Verluste geführt werden und viele unserer Brüder sind nicht wieder in unsere Reihen zurückgekehrt, sind dem Feind in die Hände gefallen. Hoffen wir, dass sich Oberführer Puaud nicht unter ihnen befindet und dass es ihm gelingt, zusammen mit anderen heldenhaften Kämpfern bald wieder seinen Platz unter uns einzunehmen.

Der Kampf hat uns geeint. Unsere Division, die in ruhmreichen Gefechten reduziert worden ist, muss nun umso mehr wie ein einziger Block, eine einzige Mannschaft zusammenhalten. Dann werden wir alles vernichten, was sich Adolf Hitler entgegenstellt. Wir haben unsere Fahne mit neuem Ruhm bedecken können. Wir wissen, dass alle Franzosen, die mit uns für die Freiheit unseres gewählten Vaterlandes kämpfen und die eine neue europäische Ordnung wollen, stolz auf uns sind.

Wir waren stets überzeugt, dass allein diejenigen an einem Wiedererstarken Frankreichs mitarbeiten können, die sich in den schwierigsten Situationen als Deutsche bewiesen haben. Selbst unsere Feinde sind von der Tapferkeit der SS-Soldaten beeindruckt.

Franzosen! Nach langen Monaten der Ausbildung haben wir nun den Geist zeigen können, der uns beseelt, einen Geist, der uns in den kommenden Tagen zu neuen Erfolgen führen wird, bis zu dem sehnlichst erwarteten Tag, da wir an der Befreiung unseres Landes teilnehmen werden. Dann werden wir den Verrätern gegenüber kein Erbarmen zeigen.

Die Geschichte hat uns gelehrt, dass man der Erschöpfung nach einer Schlacht nicht nachgeben darf, sondern alle Kräfte für neue Kämpfe mobilisieren muss.

Wir leben in einem entscheidenden Augenblick. Von neuem Elan erfüllt, zeigen wir unseren Willen, unsere Kameraden, die aus unseren Reihen verschwunden sind, zu rächen.

Der Ruhm der Legion Französischer Freiwilliger im Osten, der Erfolg der Sturmbrigade Frankreich in den Karpaten, die Kämpfe, die an anderen Kriegsschauplätzen von der Miliz bestanden wurden, versiegeln den

Block, der getränkt ist mit französischem Blut, das für den Nationalsozialismus vergossen wurde und aus dem eine Tradition erwachsen wird, die des revolutionären Ideals, für das wir kämpfen, würdig sein wird.

Unser Glaube an den Sieg ist unerschütterlich, selbst wenn wir dafür blindlings im Dunkeln kämpfen müssen, um an der Seite unserer deutschen Waffenbrüder alle Unternehmungen unserer Feinde zunichte zu machen.

Entschlossen, zu siegen oder zu sterben, folgen wir dem Führer.

Heil Hitler!

SS marschiert in Feindes Land
Und singt ein Teufelslied.
Ein Schütze steht am Wolgastrand
Und leise summt er mit:
Wir pfeifen auf unten und oben
Und uns kann die ganze Welt ...
Verloren oder verschworen,
Gerade wie's jedem gefällt.

Wo wir sind, da ist immer vorn,
Und der Teufel, der lacht nur dazu.
Ha, ha, ha, ha, ha, ha, ha!
Wir kämpfen für Freiheit,
Wir kämpfen für Hitler,
Der Rote kommt nicht mehr zur Ruh!

Krukenberg rief die Offiziere zusammen und befahl ihnen, bei den bevorstehenden Kämpfen nur Freiwillige einzusetzen. Die anderen sollten ein Arbeitsbataillon bilden, das Karpin sofort verlassen müsse. Dreihundert Männer rückten mit einem einzigen Offizier ab. Diejenigen, die sich entschieden hatten zu bleiben, unterschrieben ein Gelöbnis, in dem sie dem Führer unverbrüchliche Treue bis zum Tode schwuren.

Auch die Division Charlemagne entging nicht jener Langeweile, jener angespannten Stimmung, die in einer Armee herrscht, die auf den Beginn der Schlacht wartet. Diese Männer, die sich während der schweren Strapazen, die sie durchgemacht hatten, solidarisch verhalten hatten und dem Feind mutig bis zur Kühnheit entgegengetreten waren, benutzten jetzt den geringsten Vorwand, um Streit zu suchen. Der Hauptgrund für ihre Unzufriedenheit war das Essen: täglich zweihundert Gramm Brot, zwanzig Gramm Margarine, eine Suppe, die mal zu kräftig gewürzt war, mal zu zuckrig schmeckte, ein Becher Ersatzkaffee und zwei Zigaretten. Die strenge deutsche Militärdisziplin genügte nicht, um die Franzosen im Zaum zu halten, die über die Geheimwaffen, die Deutschland retten sollten, witzelten. Kein Mensch glaubte mehr an einen Sieg des Dritten Reiches.

Mitte April erreichte die Stimmung der Division einen Tiefpunkt, als drei Freiwillige erschossen wurden, weil sie Lebensmittel aus einem Depot gestohlen hatten. Sie starben ohne einen Laut, nachdem ihnen der kleine Priester der Legion Französischer Freiwilliger die Absolution erteilt hatte. Dieser hatte Monsignore Mayol de Lupé ersetzt, der sich in ein deutsches Kloster zurückgezogen hatte.

Zur Feier von Hitlers Geburtstag am 20. April erhielten die Männer Kekse, etwas Schwärzliches, das sich Schokolade nannte, und drei Zigaretten. Sie feierten das sechsundfünfzigste Lebensjahr des Führers mit Gesang und Wein, den Krukenberg von der Heeresversorgung hatte besorgen können.

Dann bekamen sie einen Film mit Zarah Leander vorgeführt, deren dunkle Stimme ihnen unter die Haut ging. Nach der Vorstellung sahen sie eine Wochenschau, die zeigte, wie eine Menschenmenge, die sich zur Ankunft von de Gaulle auf dem Platz vor Notre-Dame versammelt hatte, auseinander stob, um den Dachschützen zu entgehen. Der Kommentator bezichtigte die Kommunisten, diese Schüsse abgegeben zu haben. Die französischen SS-Soldaten verließen die Vorführung überzeugter denn je, dass sie das letzte Bollwerk gegen die bolschewistische Invasion waren. Einige sahen sich schon, von ihren Landsleuten als Helden gefeiert, die Champs-Élysées hinuntermarschieren, bejubelt von allen, die in ihnen die Verteidiger des Abendlandes sahen ... Die Hellsichtigen machten sich keine Illusionen: So oder so gab es für sie nur das Erschießungskommando, bestenfalls eine langjährige Haftstrafe.

In der Nacht vom 23. auf den 24. April erhielt Brigadeführer Krukenberg den Befehl, sich mit den französischen SS-Soldaten der Division Charlemagne nach Berlin in Marsch zu setzen.

Die Offiziere begaben sich in die Quartiere und ließen ihre Männer antreten.

»Freiwillige für Berlin einen Schritt vortreten!«

Alle traten vor.

Am Morgen wurden Waffen verteilt: Granaten, Sturmgewehre und Panzerfäuste. Die Männer wurden beladen mit Patronengurten, die sich ihnen um die Brust wanden, Eierhandgranaten, die an ihren Knöpfen hingen, und Stielgranaten, die in ihren Gürteln steckten. Noch nie waren sie so gut bewaffnet gewesen. Die vierhundert Freiwilligen kletterten auf vier von der Luftwaffe geliehene Lastwagen, glücklich, dass sie den Führer verteidigen durften. Die Deutschen, die aus ihrer Hauptstadt flohen, betrachteten entgeistert diese Soldaten, die singend hereingefahren kamen.

32.

Nach Abschluss des französisch-sowjetischen Paktes hatte die sowjetische Regierung ihr Einverständnis gegeben, dass beim Vormarsch der sowjetischen Truppen in Deutschland eine bestimmte Anzahl französischer Beobachter anwesend sein dürfe, um festzustellen, was die Deutschen an Kriegsmaterial aus französischen Arsenalen mitgenommen hatten. Eine Mission, von der beide Seiten vorgaben, sie ernst zu nehmen. François Tavernier, der den sowjetischen Dienststellen bereits bekannt war, war einer der Offiziere, die von der französischen Regierung mit dieser Aufgabe betraut wurden. Vor seiner Abreise aus Paris hatte ihm Professor Joliot-Curie den eigentlichen Zweck seiner Mission präzise definiert, der sich als entschieden bedeutsamer herausstellte, als hinter verrostetem Kriegsmaterial herzulaufen ...

Bis zum 15. März spielte der Kommandant Tavernier viel Schach, bereicherte sein russisches Vokabular um unflätige Ausdrücke und betrank sich mit Wodka mit einer Hingabe, die ihm die Hochachtung von Georgi Malenkow eintrug, dem Chef der Spezialeinheit, die damit beauftragt war, industrielle und wissenschaftliche Einrichtungen in Deutschland zu beschlagnahmen, vor allem die Geheimwaffenproduktion.

Die Wochen, die François Tavernier damit verbrachte, in Moskau von einem Generalkommando der verschiedenen sowjetischen Armeen zum anderen zu laufen, stellten seine Ausdauer auf eine harte Probe.

Er war dem Stab der 1. Weißrussischen Armee beigeordnet worden und hatte mit ihr in den letzten Märztagen die Front erreicht. Seither versuchte er seine Ungeduld zu zügeln und sich zu zerstreuen mit Schachpartien und Gesprächen mit General Wassiljew, den er in Algier kennen gelernt hatte, wo dieser Militärattaché gewesen war.

Endlich aber schlug die Stunde der großen Offensive auf Berlin.

Am 16. April, um vier Uhr morgens, gab Schukow den Befehl, und drei rote Leuchtraketen erhellten für eine Zeitspanne, die allen lang erschien, die Ufer der Oder, warfen ihren purpurnen Schein auf Himmel und Erde. Plötzlich gingen starke Scheinwerfer an, die Lampen der Panzer und Lastwagen und Lichtgarben der Flakscheinwerfer strichen über die feindlichen Linien. In dieser Helligkeit herrschte eine große Stille, die das Ende der Welt anzukünden schien.

Drei grüne Leuchtraketen stiegen in den Himmel hinauf und die Erde begann zu zittern. Zwanzigtausend Kanonen spuckten ihr Feuer. Ein heißer Wind fegte alles vor sich her, setzte die Wälder, die Dörfer, die Flüchtlingskolonnen in Flammen. Inmitten eines schrecklichen Getöses zerriss das Heulen der Katjuschas die Luft.

Die 1. Weißrussische Front unter Schukow, die 2. Weißrussische Front unter Rokossowski und die 1. Ukrainische Front unter Konjew gingen zum Angriff über. Eine Million und sechshunderttausend Männer, die meisten grimmig entschlossen, den Vater, den Bruder, den Freund, die unter den Schüssen der Nazis gefallen waren, zu rächen, drangen über die Ebene vor. Die deutschen Städte leerten sich von ihren Bewohnern, die nur Trümmer zurückließen. Tavernier verstand den Hass der russischen Kämpfer von Stalingrad, Smolensk, Leningrad und Moskau, die ganz Russland durchquert hatten, um die Oder zu erreichen. Der Tribut, den sie dem Krieg gezollt hatten, war der schwerste in ganz Europa. Um das, was ihre Mütter, Frauen und Töchter erleiden mussten, zu rächen, wurde in der gesamten Roten Armee die Parole der Wiedervergeltung ausgegeben. Die Rache war vollkommen.

François Tavernier hatte freundschaftliche Gefühle für diese rauen, tapferen Männer entwickelt, die unter völliger Missachtung der Gefahr kämpften und ihre mageren Rationen mit den Gefangenen teilten. Die Russen ihrerseits betrachteten diesen Mann mit Neugier, der ihre Sprache sprach, Hochprozentiges in Unmengen vertragen konnte und der, wenngleich er nicht kämpfte, sich stets im größten Schlachtgetümmel befand. Das brachte ihm prompt einen Oberschenkeldurchschuss ein.

»Bleiben Sie lieber im Hintergrund«, empfahl ihm General Wassiljew, der ihn im Feldlazarett besuchte, wo sein Bein verarztet wurde.

»Das könnte Ihnen so passen«, brummte Tavernier. »Nun entdecke ich schon kein Material, das uns gehört, und dann wollen Sie mich auch noch von allem fern halten. Ich frage mich, was ich hier soll, wenn ich nicht unmittelbar an eurer Seite mitmachen darf.«

»Sie wissen doch, dass das Befehl ist. Alle Offiziere alliierter Waffengattungen, die als Beobachter zu unseren Armeen abkommandiert sind, befinden sich in der gleichen Lage wie Sie.«

François wandte sich verärgert ab. Wenn er schon bereit war, sich töten zu lassen, dann schon lieber mit einer Waffe in der Hand. Diese Beamtentätigkeit war nichts für ihn.

33.

Wenn Léa noch Zweifel gehabt hätte an der Notwendigkeit, Nazideutschland zu schlagen, dann wären sie durch das, was sie am 15. April 1945 erlebte und sie in ihrem Hass und ihrem Abscheu bestätigte, beseitigt worden.

George McClintock hatte vergeblich versucht, sie daran zu hindern, mit dem Ärzte- und Schwesternteam von Dr. Hughes, dem Chef des Sanitätscorps der 2. Britischen Armee, zum Lager Bergen-Belsen zu fahren, das gerade befreit worden war. Er beugte sich ihrem Argument:

»Es sind nicht viele Helfer vorhanden, da muss ich mitfahren.«

Wiesen und Tannenwälder erstreckten sich bis zum Horizont. Die Straße führte auf den spitzen Kirchturm zu, der die von Blumenbeeten umgebenen Häuser des Dorfes Bergen überragte. Ohne die Panzer, die Lastwagen, die Soldaten, die entlang der Straße hielten, hätte man glauben können, der Krieg sei weit fort.

Nach einer Kurve erhob sich plötzlich mitten in einer kahlen Ebene eine Alptraumszenerie aus Stacheldraht, Wachtürmen und Reihen grünlicher Baracken. Skelettartige Wesen in gestreiften Säcken irrten über den grauen Sand. Einige dieser Gestalten kamen ihnen bis zur Umzäunung entgegen, streckten ihre knochigen Arme aus und versuchten zu lächeln, während ihnen die Tränen über die gezeichneten Gesichter liefen. Dieses Lächeln erschreckte die Soldaten, die einen Moment unbeweglich stehen blieben, als fürchteten sie sich vor dem, was sie jetzt entdecken würden. Dr. Hughes ließ heißen Kaffee ausgeben. Dann gingen sie hinein.

Halb nackte Leichen krallten sich noch in den Stacheldraht, weitere nackte oder nur von Lumpen bedeckte Leichen von Männern, Frauen und Kindern lagen auf dem Boden: traurige menschliche Überreste. Die Engländer drangen zögernd in diese unvorstellbare Welt ein, die von Wesen bevölkert war, die einen Arm schützend vor das Gesicht hielten und vor ihnen zurückwichen oder steif auf sie zukamen, kaum fähig, das Gewicht ihrer Körper zutragen. Sie bewegten sich mit einem leisen Geräusch, das dem Krabbeln von Millionen Insektenbeinchen ähnelte.

Léa ging vorwärts, ohne ihre Augen von diesen seltsam gefärbten Gesichtern abwenden zu können: dunkelbraun, grün, grau, violett.

Die Menge der mehr tot als lebendigen Menschen öffnete sich vor ihnen. Sie machten die Runde. Der ganze Horror des Lagers erschloss sich ihnen, trostlos, erdrückend. Zwischen den Baracken hockten alterslose Geschöpfe, andere lagen ausgestreckt, ohne sich zu bewegen. Dr. Hughes ging allein in eine der Baracken hinein. Als er nach einiger Zeit wieder herauskam, waren seine Züge zu einer kreideweißen Maske erstarrt. Er rollte entsetzt die Augen und seine Hände zitterten.

»Schafft sie dort heraus«, stammelte er.

McClintock hielt Léa zurück.

»Holen Sie Ihre Ambulanz und sagen Sie den anderen, sie sollen Ihnen mit dem Lastwagen, der die Decken geladen hat, folgen.«

Als Léa zurückkehrte, lagen Dutzende von Frauen draußen auf dem Erdboden. Ein scheußlicher Gestank stieg von ihren Körpern auf. Die schmutzigen Fetzen, die sie bedeckten, wurden ihnen abgenommen; Ungeziefer kroch daraus hervor. Dann wurden diese armen, von Schmutz und Ungeziefer bedeckten Gerippe in Decken gehüllt.

Der Tag verging damit, diese unglückseligen Frauen wegzubringen, sie zu säubern und zu verpflegen. Fast alle litten an Ruhr, und da sie zu schwach waren, um aufzustehen, schwammen sie in ihrem Kot. Etwa hundert starben schon bald. Die ganze Nacht hindurch halfen Ärzte, Schwestern, Soldaten die Lagerinsassen aus ihren Drecklöchern zu schaffen. Im Licht der Scheinwerfer wirkten die fünfundvierzig Baracken wie die Kulissen eines Horrorfilms: taumelnde Skelette, Irre, die um die Lampen tanzten, verrenkt, sabbernd, schwärzliche Spuren hinter sich lassend. Gesichter, die nur noch aus scharfen Wangenknochen und großen, geweiteten Augen bestanden und die langsam das Tun der Befreier verfolgten.

Chefarzt Dr. Hughes bestürmte den Führungsstab, ihm ein Feldlazarett mit vierzehntausend Betten zu errichten und ihm schnellstens Ärzte, Schwestern und tonnenweise Material und Medikamente zu schicken, um möglichst viele der sechsundfünfzigtausend im Lager Bergen-Belsen Internierten zu retten, die an Hunger, an Magen-Darm-Entzündung, Typhus, Fieber und Tuberkulose litten.

Am nächsten Morgen waren unter den Lagerinsassen, die wenigstens notdürftig versorgt worden waren, tausend Tote zu verzeichnen. Alles war grau, der Himmel und die Menschen, der schlammige Boden, die aschfarbenen Baracken. Alle bewegten sich schleppend. Fetzen lagen herum, unbeschreibliche Abfälle trieben im Schlamm. Männer und Frauen starben ohne ein letztes Zucken. Es regnete.

Léa und George gingen auf den Lagerausgang zu, um sich draußen ein wenig zu erholen. Auf dem Weg kamen sie zu einer breiten, offenen Grube, die bis oben mit nackten, skelettartigen Leichen gefüllt war. Léa blieb am Rand der Grube stehen und blickte ohne eine Miene zu verziehen hinein. Diese Arme, diese Beine, diese Gesichter hatten Männern und Frauen gehört, die gelacht, geliebt und gelitten hatten. Das erschien ihr unvorstellbar. Dieses Gewirr hatte nichts Menschliches, diese Glieder konnten nicht lebenden Wesen, wie sie eines war, gehört haben. Irgendetwas entzog sich ihr ... Warum? Warum dieses hier? Warum sie?

»Kommen Sie, Léa, gehen wir ein Stück in den Wald.«

Widerspruchslos folgte sie ihm.

»Da!«, rief sie und deutete mit dem Finger.

Zwischen jungen Tännchen lagen Hunderte von Leichen aufgereiht. Eine Gruppe deutscher Zivilisten, die von englischen Soldaten angetrieben wurden, schleppten die Leichen herbei und legten sie nebeneinander. Léa und ihr Begleiter gingen näher heran. Mit bleichen Gesichtern legten die Deutschen dicht neben ihnen den Leichnam einer Frau nieder, deren zerrissene Kleidung ihre mit Blutergüssen bedeckten, knochendünnen Beine sehen ließ. Der Regen, der auf ihr Gesicht fiel, gab ihr das Aussehen einer Ertrunkenen.

»Léa!«

Sie wandte sich nach George um, doch der stand abseits und sprach mit einem Soldaten.

»Léa!«

Wer rief nach ihr mit einer so schwachen Stimme, dass sie aus der Erde hervorzukommen schien? Sie schaute nach unten. Die Augen der Frau mit dem Gesicht einer Ertrunkenen waren offen und sahen sie an. Eine schreckliche Furcht ließ sie erstarren.

»Léa!«

Sie träumte nicht, es war wirklich diese Frau, die sie rief. Léa biss die Zähne zusammen und beugte sich hinunter. Riesige, tief in ihre Höhlen gesunkene Augen hefteten sich in ihre. Wer war diese Halbtote, die ihren Namen murmelte? Kein Zug in diesem armen Gesicht war ihr vertraut. Der eingesunkene Mund, die hohlen Wangen, die von tiefen runden Narben ... Nein!

»Sarah!«

Ihr Aufschrei ließ George und den Soldaten herumfahren. McClintock eilte zu ihr.

»Was haben Sie denn?«

»Sarah! Es ist Sarah!«

»Aber die Frau lebt ja noch!«, rief der Soldat, der zu ihnen getreten war.

McClintock hob Sarah auf und trug sie im Laufschritt zu einem der eilig errichteten Zelte, das als Feldlazarett eingerichtet war. Dort wurde sie auf eine Pritsche gelegt, von ihren Lumpen befreit und in eine Decke gehüllt. Léa kniete neben ihr nieder und nahm ihre Hand.

»Du lebst, Sarah, du lebst! Wir werden dich weit fortbringen von hier und dich wieder gesund pflegen.«

»Keiner der Insassen darf das Lager verlassen, Mademoiselle.«

»Weshalb nicht?«

»Um zu verhindern, dass sich Epidemien ausbreiten. Wir haben schon viele Typhusfälle registriert. Außerdem ist sie nicht transportfähig.«

»Aber ...«

»Lassen Sie es gut sein, Léa, Sie müssen sich dem Arzt beugen. Kommen Sie, machen Sie eine Pause, wir kommen später noch einmal her.«

»Ich möchte Sarah nicht allein lassen.«

»Seien Sie vernünftig!«

Léa neigte sich über Sarah und drückte einen Kuss auf jede ihrer gebrandmarkten Wangen.

»Ruh dich aus; es ist vorbei. Ich komme nachher wieder.«

Schweigend gingen sie zur Kantine. Dort bekamen sie Tee und ein Stück Kuchen, doch sie konnten nichts essen. George hielt ihr sein Päckchen Players hin.

»Helfen Sie mir, sie hier rauszubringen.«

»Sie haben ebenso gut gehört wie ich, dass das nicht erlaubt ...«

»Ich pfeife drauf, ob das erlaubt ist oder nicht. Sarah muss hier raus.«

»Wohin wollen Sie sie denn bringen?«

»Nach England.«

»Nach Eng ...«

»Ja. Es muss einfach eine Möglichkeit geben.«

»Aber ...«

»Verschaffen Sie mir diese Möglichkeit, ich bitte Sie inständig!«

»Ach, Léa, wir leben in einem Alptraum. Ich habe allmählich das Gefühl, verrückt zu werden.«

»Zum Jammern ist jetzt keine Zeit. Treiben Sie lieber ein Flugzeug nach England auf.«

»Wie soll ich denn ... Es gibt allerdings ...«

»Was? Sagen Sie schon!«

»Es gibt allerdings die Flugzeuge, die Verwundete nach England zurückbringen.«

»Das ist es! Eine ausgezeichnete Idee! Und Sie müssen es so deichseln, dass ich zur Transportbegleiterin bestimmt werde.«

»Das könnte gehen ... Am schwierigsten dürfte es sein, Sarah aus dem Lager herauszuschaffen. Das Sanitätscorps wird mit Sicherheit die Wachen an den Lagereingängen verstärken.«

»Wir werden schon einen Weg finden. Erkundigen Sie sich, wann das nächste Flugzeug geht.«

»Ich werde mich darum kümmern. Doch versprechen Sie mir, sich jetzt ein wenig auszuruhen.«

»Ich verspreche es.«

»Wir treffen uns am Spätnachmittag wieder bei Ihrer Freundin.«

Léa hatte keine Zeit, sich auszuruhen. Als sie aus der Kantine zurückkam, wurde sie von ihrer Chefin dazu beordert, beim Transport der Kranken mitzuhelfen. Erst spät am Abend konnte sie wieder zu Sarah gehen. George war bereits bei ihr. Die Arme schlief.

»Da sind Sie ja endlich! Übermorgen geht ein Flug«, flüsterte er. »Der Flugkapitän ist ein Freund von mir, dem ich mal das Leben gerettet habe. Er ist bereit, uns zu helfen. Ich habe eine Uniform besorgt, die einem toten Kameraden gehört hat. Die ziehen wir Sarah morgen Abend, wenn es dunkel ist, an und transportieren sie in Ihrer Ambulanz, die Sie tagsüber herbringen müssen, hinaus. Sie sind für den Verwundetentransport eingeteilt worden und begleiten den Flug nach England. Dort werden Ihre Schützlinge auf mehrere Krankenhäuser im Land verteilt.«

»Da werden sie dann schnell feststellen, dass es sich bei einem der Verwundeten um eine Frau handelt.«

»Ein Freund von mir, er ist zufällig Leibarzt der Königin, wird bei Ankunft des Flugzeugs bereitstehen und auf Befehl Ihrer Majestät eine bestimmte Anzahl Verwundete in seine Obhut nehmen.«

»Sie sind großartig!«

»Freuen Sie sich nicht zu früh; das Schwerste steht uns noch bevor: sie hier lebend herauszubringen.«

»Was heißt ›lebend‹?«

»Dr. Murray befürchtet, dass sie die Nacht nicht überstehen wird.«

»Das glaube ich nicht«, sagte Léa und trat näher an das Bett. Sarah atmete schwer und ihre abgezehrten Hände waren fieberheiß. Léa beugte sich über sie und sah sie prüfend an. Langsam öffnete die Kranke die Augen. Sie machte eine angstvolle, zurückweichende Bewegung, als sie ein Gesicht so dicht über ihrem eigenen erblickte.

»Hab keine Angst; ich bin's.«

Etwas wie der Schatten eines Lächelns glitt über Sarahs Lippen.

»Wir werden dich fortbringen, aber du musst uns helfen. Du musst unbedingt ein wenig zu Kräften kommen. Du musst, hörst du? Du musst!«

»Strengen Sie sie nicht an, Mademoiselle. Lassen Sie sie ruhen.«

»Auf Wiedersehen, Sarah. Ich komme morgen wieder. Jetzt lass mich gehen.«

Nur mit Mühe konnte Léa die Finger lösen«, die sich um ihre Hand klammerten. Sie ging zu dem Arzt hinüber, der ein etwa zehnjähriges Kind untersuchte, das aus dem Krankenrevier des Lagers, in dem der berüchtigte Karl seines Amtes gewaltet hatte, entkommen war.

»Woran leidet meine Freundin, Dr. Murray?«

Er deckte behutsam das Kind zu, bevor er sich zu ihr umwandte. Léa zuckte vor seiner wütenden Miene zurück.

»Woran Ihre Freundin leidet? Wahrhaftig, eine hochinteressante Frage! Sie leidet an allem! Sie leidet zwar noch nicht an Typhus wie der da, der damit geimpft wurde, aber vielleicht hat man ihr die Syphilis injiziert oder die Pocken oder die Cholera. Vielleicht hat man sie sterilisiert oder ihr gar ein Schimpansenembryo eingepflanzt...«

»Hören Sie auf, Herr Doktor!«

»Dann fragen Sie mich nicht, woran sie leidet. Sie leidet. Punktum. Aus.«

Er kehrte ihr den Rücken zu und beugte sich über ein anderes Bett.

George wartete auf sie und kaute auf dem Stiel seiner kurzen Pfeife herum, die ausgegangen war.

»Ihr Dr. Murray ist vollkommen wahnsinnig.«

»Nein, aber er könnte es noch werden. Denn was er hier zu sehen bekommt, hätte er nie für möglich gehalten. Schon gar nicht, dass sich Ärzte für gewisse Experimente hergeben konnten. Für ihn bricht eine ganze Welt zusammen.«

»Er wird uns Sarah nie hinausbringen lassen.«

»Sie haben es doch gehört: Sie hat keinen Typhus. Ich werde Dr. Hughes um ihre Verlegung in ein Lazarett für nicht ansteckende Kranke bitten.«

»Und wenn er es nicht tun will?«

»Dann müssen wir uns etwas anderes einfallen lassen.«

Sie ließen sich etwas anderes einfallen. Gegen fünf Uhr nachmittags erschien Oberst McClintock in Begleitung von etwa zehn Personen im Lazarett von Dr. Murray.

»Das ist das Team, das Sie ablösen soll, damit Sie sich etwas ausruhen können. Darf ich Ihnen Dr. Colins vorstellen, Dr. Murray?«

»Aber Herr Oberst ...«

»Befehl des Chefs des Sanitätscorps.«

»Gut; dann kommen Sie, Colins, ich werde Sie mit den schwersten Fällen vertraut machen.«

Zum Glück gehörte Sarah nicht zu diesen.

Nachdem Dr. Murray gegangen war, lenkte McClintock die Aufmerksamkeit des neuen Teams ab. Mit Hilfe des Adjutanten des Obersts kleidete Léa Sarah in die entwendete Uniform. Ihre Leidensgenossen verfolgten die Vorgänge ohne jede Äußerung.

Obwohl sie sich bemühte, war Sarah nicht imstande, sich aufrecht zu halten. Der Adjutant und Léa stützten sie auf beiden Seiten.

»Noch einer unserer Männer, den diese Greuel geschafft haben«, sagte George und schob sich zwischen Dr. Colins und Sarah.

Léa wurde erst wieder ruhig, als sie am Umladeort ankamen. Zusammen mit einer Krankenschwester bettete sie Sarah auf eine Bahre und schaffte sie ins Innere des Flugzeugs.

Trotz des Ächzens und Stöhnens herrschte in dem Flieger beinahe Urlaubsstimmung. Für die meisten dieser jungen Männer war der Krieg zu Ende.

Während des gesamten Flugs hielt Léa Sarahs Hand fest in der ihren.

34.

Schweigend blickten die Berliner auf die Lastwagen mit SS-Soldaten, deren Uniformen die Trikolore als Abzeichen trugen und die aus vollem Halse teils auf Französisch, teils auf Deutsch sangen und ihre Worte mit Faustschlägen gegen die Seitenwände der Lastwagen unterstrichen:

Wo wir marschieren, da brennen die Panzer,
Und der Teufel, der lacht mit uns.
Ha, ha, ha, ha, ha, ha, ha!
Die Flamme bleibt rein
Und unsere Ehre heißt Treue.

Schwarz gekleidete Frauen eilten herbei, hoben ihnen ein Kind entgegen oder reichten ihnen ein Stück graues Brot; junge Mädchen warfen ihnen Kusshände zu. Die jungen Männer winkten und verschwanden dann in den Ruinen, während in der Ferne Kanonen donnerten.

Am Abend des 25. April aß Mathias eine Dose Spargel, bevor er auf einer der gepolsterten Bänke einer Kneipe am Hermannplatz einschlief.

Am selben Tag trafen die Soldaten der 5. Armee der 1. Ukrainischen Front des Marschalls Konjew mit den Amerikanern der 1. Armee südlich von Berlin an der Elbe bei Torgau zusammen.

In mächtigen Wellen bombardierte die russische Luftwaffe nachts die deutsche Hauptstadt. Die Explosionen weckten die Verteidiger von Berlin, die zu ihren Geschützen eilten, um den sowjetischen Angriff abzuwehren. Doch die Flugzeuge zogen ab und hinterließen eine drückende Stille.

Tags darauf, noch vor Morgengrauen, marschierten Mathias und seine Kameraden zum Rathaus von Neukölln. Der anbrechende Tag versprach schön zu werden. Endlich wurde der Befehl zum Angriff gegeben.

Die Russen schossen von allen Seiten. Die französischen SS-Soldaten schlichen Deckung suchend an den Häusern entlang und hechteten von Tür zu Tür. Mit einer Panzerfaust zerstörte Mathias seinen ersten Panzer.

Den ganzen Morgen über tobte die Schlacht, in der etwa zwanzig Freiwillige getötet wurden. Um sie herum brach alles zusammen. Überall röteten Brände den Himmel. Die Staubwolke war bald so dicht, dass man keine fünfzig Meter weit sehen konnte. Das Dröhnen der Panzermotoren und das Rasseln der Ketten ließen die Erde erzittern und überdeckten die Schreie der Sterbenden und die Hilferufe der Verwundeten.

Obwohl er am Fuß getroffen war, fuhr Obersturmführer Feunay fort, die Kämpfe zu befehligen. Vom Neuköllner Rathaus, das zur Festung geworden war, feuerten die Männer der Division Charlemagne, unterstützt von ein paar Hitlerjungen und alten, weißhaarigen Soldaten, aus sämtlichen Öffnungen. Doch bald mussten sie sich eingestehen, dass sie umzingelt waren. Auch die Panzer der Division Nordland konnten nichts mehr für sie tun, denn Treibstoff und Munition gingen ihnen aus. Mit sinkenden Herzen sahen sie sie im Staub verschwinden.

Feunay gab den Befehl, das Rathaus zu räumen und sich zum Hermannplatz zurückzuziehen. Die Nacht verbrachten sie in den Kellern der Oper.

In der Stadt herrschte ein heilloses Durcheinander, denn es gab keinen wirksamen Verteidigungsplan für Berlin. Reste der ausländischen Divisionen der Waffen-SS, Jugendliche und alte Männer standen Hunderttausenden sowjetischer Soldaten gegenüber.

Am Nachmittag des 27. April ließ Mathias drei T-34-Panzer in die Luft gehen. Dabei erlitt er eine Kopfverletzung und wurde auf der Krankenstation des Führerbunkers verbunden. Er gelangte zur U-Bahn-Station Stadtmitte, wohin Krukenberg seinen Befehlsstand verlegt hatte. Dort hatten sich die meisten Überlebenden der Division Charlemagne versammelt. U-Bahn-Waggons mit zerbrochenen Fenstern dienten als Sanitätsstation, als Büro oder Verpflegungsdepot. Mathias rauchte seine erste Zigarette nach zwei Tagen.

Auf dem Bahnsteig verlieh der Brigadeführer allen, die sich in den Kämpfen in Neukölln besonders ausgezeichnet hatten, das Eiserne Kreuz. Mathias betrachtete seines mit Ergriffenheit.

Ab Samstag, dem 28. April, wurde der Druck der Russen stärker. Die französischen SS-Soldaten lauerten im Schutz von Torbögen und Fenstern. Im Morgengrauen rückten die Panzer vor. Der erste wurde von einer Panzerfaust getroffen. Flammen schlugen hoch, eine Serie von Explosionen war zu hören, gefolgt von einer furchtbaren Detonation, die Stahlteile in die Luft schleuderte. Alles, was von dem T 34 übrig blieb, war ein Haufen verbogener Eisenschrott, aus dem verbrannte Leiber hervorkrochen. Doch unaufhaltsam rückten die Panzer vor. Von überall her regnete es Granaten. Mathias schoss mit seinem Sturmgewehr auf eine Gruppe Infanteristen. Fünf Männer sanken zu Boden.

»Gute Arbeit«, lobte ihn Obersturmführer Feunay und klopfte ihm auf den Rücken.

Als Mathias an der Schulter verletzt wurde, brachte man ihn ins Hotel Adlon, das in ein Lazarett umgewandelt worden war. Er verließ es wieder in der Nacht – das nahm er jedenfalls an, denn das Tageslicht war seit langem verschwunden. Sie hatten jedes Zeitgefühl verloren.

Das Gebäude, in dem sich die Franzosen verschanzt hatten, war wie durch ein Wunder stehen geblieben. Dann antworteten russische Granatwerfer auf die Panzerabwehrgeschütze. Die oberen Stockwerke stürzten ein und töteten etwa zehn Freiwillige. Halb erstickt, die Lungen angefüllt mit einem gelblichen Staub, befreite sich Mathias aus den Trümmern. Seine verletzte Schulter schmerzte. Überall wüteten Brände.

Den Überlebenden gelang es, brennenden Balken, einstürzenden Mauern und fliegenden Geschossen auszuweichen und sich neue Stellungen zu suchen. Bei Tagesanbruch waren sie bis zur Puttkamerstraße zurückgewichen.

Am Abend kamen sie in der U-Bahn-Station Kochstraße, einem vorgeschobenen Verteidigungsposten der Reichskanzlei, wieder zusammen. Nach kurzer Ruhepause im Bataillonskommando, das sich in einer großen, verwüsteten Buchhandlung eingerichtet hatte, machten sie sich in einem blutfarbenen Nebel erneut auf zum Angriff.

Der 30. April verlief wie die vorangegangenen Tage in diesem dantesken Universum, in das sie ihre Träume oder ihre Illusionen geführt hatten. Sie kämpften im Glauben, den Führer zu schützen, dem sie Treue bis in den Tod geschworen hatten. Sie schützten jedoch nur noch einen Bunker, in dem Leichen lagen. Um 15 Uhr 30 hatte Hitler, gemeinsam mit Eva Braun, die er zuvor noch geheiratet hatte, Selbstmord begangen. Am Abend eroberten die Russen nach heftigen Kämpfen den Reichstag. Leutnant Berest und zwei Unteroffiziere pflanzten die rote Fahne auf dem Gebäude auf. In der Nacht schlug General Krebs,

Generalstabschef der Wehrmacht, General Schukow Verhandlungen über die Kapitulation von Berlin vor.

Am Abend des 1. Mai mussten die französischen SS-Soldaten die Buchhandlung räumen und sich in die Keller des Sicherheitsministeriums flüchten. Beim Schein von Kerzen, die in Terrakottahaltern steckten, wie sie bei der Wintersonnenwende verwendet wurden, verlieh Feunay Eiserne Kreuze, die er an ihre zerrissenen, vielfach blutbefleckten Uniformen heftete.

Mathias wurde noch einmal verwundet und diesmal schwer an Brust und Beinen getroffen. Zusammen mit einigen Kameraden gelang es ihm, sich bis zur U-Bahn-Station Kaiserhof zu schleppen. Mit Hilfe der anderen konnte er sich dann in der Station Potsdamer Platz hinter einem Schutthaufen verstecken, von wo aus er die Gefangennahme von Feunay und einem halben Dutzend seiner Kameraden beobachtete. Fieberglühend wurde er von einem Mädchen aufgefunden, das ihn mit Hilfe seines Vaters im Keller ihres Wohnhauses versteckte.

35.

Seine Freundschaft mit Kommandant Klimenko ermöglichte es François Tavernier, das Vordringen der Russen, deren Tapferkeit er während der Kämpfe um Berlin bewundert hatte, aus nächster Nähe zu verfolgen. Mit ihnen zusammen brach er in Freudengeheul aus, als er die rote Fahne über dem Reichstag wehen sah: Die Bestie war tot.

Am Abend des 4. Mai ging Tavernier durch die verwüsteten Straßen Berlins. Die Luft war mild, erfüllt vom Geruch der unter den Trümmern verschütteten Leichen. Die geschwärzten Ruinen der Gebäude ragten hässlich in den klaren Himmel. Ein ganz junges Mädchen kroch mit zusammengekniffenen Augen und verrußtem Gesicht aus den Trümmern und prallte gegen ihn.

»Achtung, Kleine!«, sagte er auf Französisch.

Das Mädchen betrachtete ihn ungläubig. »Sind Sie Franzose?«

»Ja.«

»Kommen Sie mit!«

Sie nahm seine Hand und zog ihn in die Ruinen hinein. Sie kletterten über Schuttberge, zwängten sich durch einen engen Durchlass und stiegen einige von Abfall bedeckte Stufen hinab. Das Mädchen führte ihn in einen von einer Kerze beleuchteten Kellerraum. Dort lagerte eine größere Gruppe Menschen. Eine junge Mutter wiegte ihr weinendes Kind, eine andere richtete den Kopfverband eines kleinen Mädchens.

Sie gerieten in angstvolle Unruhe, als sie seine sowjetische Uniform sahen, die François trug, seit er der Roten Armee folgte. Doch das Mädchen sagte ein paar Worte, die die Menschen beruhigten. Es zog François in eine Ecke, wo ein Verwundeter stöhnte.

»Franzose«, sagte sie und wies mit dem Finger auf einen ausgestreckten Körper, dessen Kopf auf einer Lattenkiste ruhte.

Tavernier trat näher und beugte sich über den Mann. Sein Gesicht war vom Bart überwuchert, seine Augen glänzten im Fieber und seine Brust war von einem schmutzigen, blutgetränkten Verband bedeckt. Von einem seiner Beine, das mit Stofffetzen umwickelt war, stieg ein ekelerregender Geruch auf. Der Mann phantasierte.

»Er muss ins Krankenhaus«, sagte das Mädchen.

»Dazu ist es zu spät; er liegt im Sterben.«

»Nein, Sie müssen ihm helfen!«

»Hören Sie mich, mein Junge?«, fragte er auf Französisch.

Der Verwundete hörte auf zu stöhnen und drehte langsam den Kopf.

»Ich habe Durst.«

François Tavernier wandte sich zu dem Mädchen, das eine hilflose Geste machte.

»Wir haben kein Wasser mehr. Mein Vater ist unterwegs, um welches zu holen.«

In dem Zustand, in dem der arme Kerl ist, kann ihm ein bisschen Wodka auch nicht mehr schaden, dachte er und zog einen silbernen Taschenflakon heraus, den er einem russischen Offizier beim Poker abgenommen hatte. Vorsichtig träufelte er ein paar Tropfen auf die Lippen des Verletzten.

»Danke ... Treue ... Ich habe Schmerzen.«

»Bewegen Sie sich nicht, ich hole Hilfe. Der Krieg ist zu Ende, Sie haben nichts mehr zu befürchten.«

»Doch«, stöhnte der Verwundete und klammerte sich an seinen Ärmel. »Die Russen werden mich töten.«

François Tavernier betrachtete ihn genauer. Ja, natürlich, das hier war einer der Schweinehunde, die in deutscher Uniform gekämpft hatten.

»Waffen-SS?«

»Ja. Charlemagne. Division Charlemagne. Ich habe meine Kameraden verloren. Sie sind alle tot. Saublöd, hier zu sterben ... Zu trinken bitte ...«

Er verschluckte sich und musste husten. Der Schmerz, der ihm die Brust zerriss, ließ ihn aufschreien. Blut floss aus seinem Mund. Das Mädchen wischte ihm mit sehr zarten Bewegungen das Gesicht ab.

»Léa«, stammelte er.

»Ich bin nicht Léa, ich heiße Erika.«

»Léa ... Verzeih ...«

»Wie heißt du?«, fragte ihn Tavernier.

»Léa ...«

»Er heißt Mathias, seinen Nachnamen kenne ich nicht.«

François suchte in den Taschen des zerfetzten Waffenrocks. Er zog ein Päckchen hervor, das sorgfältig mit wasserdichtem Stoff umwickelt war und von einem Gummiband zusammengehalten wurde. Das Päckchen enthielt zwei Soldbücher. Kramer, Otto, las er. Der Name sagte ihm etwas.

»Otto Kramer«, sagte er laut.

»Er ist tot ... Ich hab gesehen, wie er gestorben ist ... Er hat mir einen Brief gegeben ... Für Françoise ... Sie muss ihn bekommen.« Ein Foto fiel aus dem zweiten Soldbuch. Erika hob es auf.

»Die ist aber hübsch!«

François riss ihr das Foto aus den Händen. Eine lächelnde Léa blickte ihn an. Sie hatte den Kopf an die Schulter eines jungen Mannes gelehnt, der in Haltung und

Ausdruck deutlich zu erkennen gab, wie stolz er war, sie so dicht an seiner Seite zu haben. Auf die Rückseite hatte Léa geschrieben: Mathias und ich auf Montillac, August '39.

Tavernier hatte nie genau herausbekommen, was sich zwischen ihnen abgespielt hatte. Er wusste nur, dass Mathias der liebste ihrer Kindheitsgefährten war.

Lärmende Stimmen waren vom Kellereingang her zu hören. Fünf oder sechs russische Soldaten kamen hereingestürmt. Die Frauen sprangen schreiend auf und pressten ihre Kinder an sich. Ein Unteroffizier trat zu Tavernier. Er erkannte die russische Uniform und salutierte.

»Wer ist das, Kamerad?«

»Keine Ahnung. Er muss in ein Lazarett gebracht werden, er ist schwer verwundet.«

Der Russe grinste höhnisch. »Das lohnt sich nicht, der wird krepieren.«

Sie befahlen den Berlinern, den Keller zu verlassen. Im Hinausgehen warf Erika François einen bittenden Blick zu. Als er mit Mathias allein war, betrachtete er ihn nachdenklich.

»Léa ...«

Er bemerkte, dass er noch immer das Foto in der Hand hielt. Zusammen mit den beiden Soldbüchern schob er es in seine Tasche und setzte sich neben den Sterbenden. Er zündete eine Zigarette an und steckte sie ihm zwischen die Lippen.

»Danke«, flüsterte Mathias.

Sie rauchten schweigend und waren in Gedanken bei derselben Frau. Hin und wieder stöhnte der Verwundete auf. Ein Hustenanfall zwang ihn, die Zigarette auszuspucken. François trocknete ihm die Stirn.

»Sie müssen Léa schreiben, ihre Adresse ist in meinem Soldbuch ... Schreiben Sie ihr, dass ich noch im Sterben an sie gedacht habe ...« Er richtete sich auf und packte

François mit unvermuteter Kraft. »Schreiben Sie ihr, dass ich sie geliebt habe... dass ich immer nur sie geliebt habe... Léa, vergib mir...«

Mathias' Hände sanken herab. Er würde die sonnenbeschienenen Hügel nie wiedersehen, über die er mit jenem Mädchen gelaufen war, das seine Qual und seine Freude gewesen war. Der Tod hatte ihm den Ausdruck eines erstaunten Kindes verliehen. Behutsam schloss ihm François die Augen, bedeckte ihn mit einer alten Wolldecke und ging hinaus.

36.

In der Nacht vom 7. auf den 8. Mai kündigte ein Telegramm François Tavernier die Ankunft von General de Lattre de Tassigny in Berlin an, der von General de Gaulle ausersehen worden war, an der Unterzeichnung der Kapitulation Deutschlands teilzunehmen. François wurde gebeten, sich zum Flughafen Tempelhof zu begeben und ihn dort in Empfang zu nehmen.

Er kam gegen zehn im Jeep dort an und wartete in Gesellschaft von General Sokolowski, dem Vertreter von Marschall Schukow, und mit einer Gruppe Russen, die den Auftrag hatten, die alliierten Delegationen, die an der Unterzeichnung teilnahmen, zu begrüßen. In Zwölferreihen, das Gewehr nach vorn auf die Schulter des vorausmarschierenden Kameraden gerichtet, zog das Bataillon der Ehrengarde in tadelloser Formation auf.

Pünktlich um zwölf erschien, von sowjetischen Jägern eskortiert, die DC 3 mit der britischen Delegation. Ihr entstiegen Admiral Burrough und Luftmarschall Tedder, gefolgt von drei Personen in Uniform, darunter eine Frau. General Sokolowski trat vor, um sie zu begrüßen. Galant küsste er der Frau die Hand.

Nach den gegenseitigen Vorstellungen salutierte das Ehrenbataillon.

Um zwölf Uhr zehn rollte die DC 3 der Amerikaner auf der Landebahn aus. Sokolowski verließ die Engländer und begrüßte den amerikanischen Luftwaffengeneral Spaatz. Auch hier erwies das russische Bataillon die militärischen Ehren, während sich die britische Delegation bereits zu den Wagen begab, die sie nach Karlshorst in der Umgebung von Berlin bringen sollten. Mechanisch folgte François der hübschen Engländerin mit den Augen und fand, dass sie eines der wenigen Exemplare des schönen Geschlechts sei, die selbst in Uniform eine weibliche Ausstrahlung haben. Irgendetwas an ihrem Gang kam ihm bekannt vor.

»Herr Kommandant, das Flugzeug der Franzosen setzt gleich auf. Kommandant Tavernier, hören Sie mich?«

François schob den Sowjetsoldaten beiseite und eilte hinter den Engländern her. Er wurde vom Gedränge aufgehalten und sah am Ausgang nur noch, wie sich die Wagentür hinter zwei hübschen Beinen schloss. Das Auto fuhr los, bevor er es erreichen konnte.

»Herr Kommandant!«

»Ja, ich komme.«

Es war höchste Zeit. General de Lattre, von Oberst Demetz und Hauptmann Bondoux begleitet, ging bereits auf General Sokolowski zu.

In schnellem Tempo fuhren die Wagen durch die noch rauchenden Ruinen der Hauptstadt des Dritten Reiches. Junge Russinnen in tadellosen Uniformen, die Knie nackt über ihren hohen Stiefeln, regelten auf den Kreuzungen den Verkehr mit Hilfe roter und gelber Fähnchen. Überall sah man Schlangen elender, stumpfer Menschen, die an Brunnen und Hydranten nach Wasser anstanden.

Zerstreut hörte François nur mit halbem Ohr zu, was ihm Bondoux erzählte. In Karlshorst wurden die Franzosen zu einer noch halbwegs intakten Kadettenschule dirigiert, in der sich das Hauptquartier von Marschall Schukow befand. Von dort wurden sie in das Haus eines ehemaligen Offiziers der Schule gebracht. Die Einrichtung war spartanisch, doch die Matratzen auf dem Fußboden waren mit Laken von strahlendem Weiß bedeckt.

General Wassiljew erschien, um General de Lattre zu begrüßen, den er von Algier her kannte. Die beiden Männer freuten sich über das Zusammentreffen. Das nutzte Tavernier aus, um sich nach der britischen Delegation umzusehen. Er fand Marschall Tedder und Admiral Burrough, doch keine Spur von der hübschen jungen Frau, die mit ihnen gekommen war. Unmöglich, diese hohen Militärs nach ihrem Verbleib zu fragen.

Den Rest des Tages mussten sie sich mit der Herstellung einer Trikolore befassen, die neben den Fahnen der Alliierten in dem Raum hängen sollte, in dem die Zeremonie der Unterzeichnung stattfinden würde. Bereitwillig fabrizierten die Russen eine Fahne aus dem roten Stoff einer Hakenkreuzfahne, aus weißem Leinen und einem Stück blauem Drillich, das aus einem Mechanikeroverall herausgeschnitten worden war. Leider kam eine holländische Fahne dabei heraus. Die ganze Arbeit musste noch einmal gemacht werden. Um zwanzig Uhr konnte die französische Trikolore endlich ihren Platz zwischen den Fahnen von Großbritannien und den Vereinigten Staaten einnehmen, während die Fahne der Sowjetunion darüber angebracht wurde.

Genau um Mitternacht eröffnete Marschall Schukow – die Brust mit all seinen Orden und Ehrenzeichen bedeckt – die Zeremonie. Er richtete einige Begrüßungsworte an die Repräsentanten der Alliierten und gab dann den Befehl, die deutsche Delegation hereinzuführen. Feldmarschall Keitel, in Paradeuniform, trat ein. Mit seinem Marschallstab grüßte er die in eisigem Schweigen verharrenden Anwesenden. Keiner erhob sich. Seine Augen gingen in die Runde, blieben an den Fahnen hängen, dann an General de Lattre.

»Ach«, brummelte er, »Franzosen sind auch hier! Das hat mir gerade noch gefehlt!«

Irritiert warf er seinen Stab und seine Mütze auf den Tisch und setzte sich. General Stumpf und Admiral von Freudenburg nahmen rechts und links von ihm Platz. Hinter ihnen nahmen sechs deutsche Offiziere in strammer Haltung Aufstellung. Alle trugen das Eiserne Kreuz mit Schwertern und Brillanten. Die Apparate der akkreditierten Fotografen blitzten.

Um null Uhr fünfundvierzig verließ Feldmarschall Keitel den Raum. Er hatte die bedingungslose Kapitulation Nazi-Deutschlands unterschrieben. Die sechs deutschen Offiziere, die Gesichter verzerrt, hatten nur schwer die Tränen zurückhalten können.

Die Nacht endete mit einem Bankett, das Marschall Schukow für die alliierten Delegationen gab. Erst nach sieben Uhr morgens gingen die Teilnehmer auseinander. François hatte die junge Frau vom Flughafen Tempelhof noch immer nicht wiedergesehen.

Um neun Uhr begleiteten die Russen ihre französischen Gäste zu einem Flugfeld, das mit sowjetischen Fahnen beflaggt war. Dort wiederholte sich das gleiche Zeremoniell wie bei ihrer Ankunft, und dort erfuhr Tavernier auch, dass die englischen und amerikanischen Delegationen sofort nach dem Ende des Banketts wieder abgeflogen waren. Er verabschiedete sich von den Franzosen und kehrte auf seinen Posten zurück.

Wieder in Berlin, kümmerte er sich um die Beerdigung von Mathias. Einen Monat später wurde er nach Paris zurückbeordert.

Nach seiner Ankunft dort eilte er in die Rue de l'Université, wo ihm jedoch niemand etwas über Léas gegenwärtigen Aufenthalt sagen konnte. Ihr letzter Brief war vom 30. April und kam aus London. Beim Roten Kreuz erklärte ihm Madame de Peyerimhoff, Léa sei in Deutschland, in Lüneburg, und angeblich mit einem englischen Offizier verlobt. Er übergab Françoise Otto Kramers Soldbuch, das er bei Mathias gefunden hatte, und den für sie bestimmten Brief. Françoise weinte nicht. Sie dankte ihm und zog sich auf ihr Zimmer zurück.

Meine Liebste,

heute Abend habe ich Lust, mit dir zu plaudern, um all das Schreckliche, das mich umgibt, zu vergessen: meine toten Kameraden, mein zerstörtes Land. Ich möchte nur an die glücklichen Stunden denken, die wir miteinander verbracht haben. Zu kurze Stunden, dem Krieg abgetrotzt. Du hast mir alles gegeben, was sich ein Mann wünschen kann: deine Liebe und einen Sohn. Erziehe diesen Sohn, dem ich meinen Namen nicht geben konnte, würdig und ehrenvoll. Lehre ihn, mein unglückliches Land zu lieben und beim Wiederaufbau unserer beider Nationen mitzuhelfen. Wir kämpfen hier mit Ausländern zusammen, die sich zur Waffen-SS gemeldet haben. Es fällt mir schwer, zu begreifen, was sich diese armen Kerle von diesem Kampf versprochen haben mögen, der nicht der ihre ist. Ich träume davon, dich, wenn alles vorbei ist, in jener Gegend um Bordeaux herum wiederzufinden, die ich lieben gelernt habe. Ich stelle mir euch, unser Kind und dich, so gern in dem alten Herrenhaus vor oder auf der Terrasse, die die Weinberge überblickt. Geh wieder dorthin zurück, dort findest du Frieden. An den langen Winterabenden wirst du dich ans Klavier setzen und unsere Lieblingsstücke spielen. Die Musik ist eine große Erholung für die Seele.

Meine geliebte Frau, ich muss dich verlassen. Die Russen nähern sich diesem zerstörten Haus, in dem wir Schutz gefunden haben. Ich muss wieder zu meinem Panzer. Diese wenigen Minuten, die ich soeben mit dir verbracht habe, haben mir einen tiefen Frieden gegeben und die Ängste der letzten Tage vertrieben. Gestärkt von unserer Liebe, gehe ich in den Kampf. Adieu.

Otto

37.

Nach ihrem kurzen Abstecher nach Berlin hatte sich Léa wieder beim französischen Roten Kreuz zurückgemeldet. Sie war in der Tat die junge Frau gewesen, die François am Flughafen gesehen hatte. Da in der DC 3 der britischen Delegation noch ein Platz frei gewesen war, hatte man sie mitgenommen, weil man dachte, dass in Berlin Kontakte zwischen den Rote-Kreuz-Organisationen aller alliierten Nationen hergestellt werden könnten. Das hatte sich jedoch als unmöglich erwiesen.

Nach Sarahs »Entführung« war Léa bei den Militärs im Umkreis von Feldmarschall Montgomery zu einer Art Heldin avanciert. Sie hatten sich beim Feldmarschall und bei ihren Vorgesetzten für sie verwandt, um ihren Ausschluss aus dem Roten Kreuz zu verhindern.

Sarah, die aus Furcht vor Typhus zunächst in Quarantäne gekommen war, erholte sich in England allmählich. Nichts war von der hübschen jungen Frau, die Léa so bewundert hatte, geblieben. Sie war jetzt eine gebrochene, vorzeitig gealterte Frau, die zu zittern begann, sobald jemand die Stimme erhob. Über das, was sie erlitten hatte, wollte sie nicht sprechen, doch immer wieder durchlebte sie den Augenblick ihrer wunderbaren Entdeckung durch Léa und sprach davon mit herzzerreißender Dankbarkeit. George McClintock hatte sie nach der Quarantäne bei seiner Familie untergebracht. Der britische Offizier hatte ihr seine Absicht anvertraut, Léa heiraten zu wollen. Mit sanfter, müder Stimme hatte Sarah darauf erwidert:

»Léa ist nicht für Sie geschaffen.«

Enttäuscht und verletzt hatte George sie verlassen und war bald darauf wieder nach Deutschland zurückgekehrt.

Seither beobachtete er Léa mit verstärkter Aufmerksamkeit. Sie hatte sich verändert, war zugleich koketter und weicher geworden und betäubte sich oft nächtelang durch Trinken und Tanzen mit jungen Offizieren. Sie hatte einen ganzen Hofstaat von Bewunderern und Verehrern, die sie mit aufreizender Lässigkeit behandelte. Er sagte ihr, dass es nicht sehr nett von ihr sei, sich so zu benehmen, doch sie küsste ihn und erklärte ihm, er sei altmodisch. Dabei dachte sie, dass er einen idealen Ehemann abgeben würde. Manchmal, wenn sie ein Bedürfnis nach Geborgenheit verspürte, glaubte sie, sie könnte diesen Briten heiraten.

Sie war zunächst nach Brüssel, dann nach Lüneburg geschickt worden, wo sie Jeanine Ivoy wiedergetroffen und Claire Mauriac und Mistou Nou de la Houplière kennen gelernt hatte. Gemeinsam besorgten sie den Transport von Lagerinsassen, denen ihre Jugend und Schönheit Hoffnung auf ein neues Leben gaben. Sie hatten ihre Käppis gegen Tellermützen eintauschen müssen, nachdem sie erfahren hatten, dass diese schlichte Kopfbedeckung die Deportierten an ihre Schergen erinnerte. Trotz oder wegen des Horrors der Konzentrationslager herrschte in der Abteilung der Franzosen stets große Fröhlichkeit.

Anfang April kamen sie nach Berlin und richteten sich in der britischen Zone, am Kurfürstendamm 96, in einem der wenigen Gebäude ein, die nicht allzu sehr von den Bomben in Mitleidenschaft gezogen worden waren. Sie und ihre belgischen Kollegen waren die Einzigen, die die Erlaubnis erhielten, sich auch auf dem von den Russen besetzten Gebiet frei zu bewegen, um in den Lagern nach ihren jeweiligen Landsleuten zu suchen. Mehrfach hatten sie auch Engländer in ihren Ambulanzen mitgenommen, wofür sie von den Briten Treibstoff und Lebensmittel bekommen hatten. Ihre schmerzlichste Aufgabe war, Deutschen Kinder wegzunehmen, die einen französischen oder belgischen Vater hatten. Ihre Abende verbrachten die jungen Frauen, wann immer nur möglich, im englischen Club beim Tanz mit den Offizieren. An den Wochenenden sonnten sie sich gern am Swimmingpool des *Blue and White*.

Mistou, Claire und Léa teilten sich ein Zimmer am Kurfürstendamm. Ihre Kameradinnen nannten es das »Zimmer der Kokotten«, wegen ihrer Bemühungen, es wohnlich zu machen, doch vor allem wegen ihrer Schönheit, die ihnen einige neideten. Sie brauchten nur einen der Militärclubs der Alliierten zu betreten, und alle Männer ließen ihre Tischdamen sitzen, eilten ihnen entgegen und baten um einen Tanz. Mistous lachende Augen und strahlendes Lächeln hatten eine verheerende Wirkung. Claire, die eher melancholische Schönheit, hatte nur Augen für Hauptmann Wiazemsky, der von den Russen befreit worden war und an deren Seite er den Krieg beendet hatte. Die Russen hatten ihm angeboten, in sein Heimatland zurückzukehren, doch er hatte abgelehnt und seinen Posten in der französischen Armee wieder eingenommen. Was Léa anging, so waren die Männer, die sie zur Verzweiflung brachte, gar nicht mehr zu zählen.

Als Léa eines Abends mit Claire und Hauptmann Wiazemsky von einer besonders anstrengenden Mission nach Hause kam, prallte sie gegen einen französischen Offizier.

»Oh, Verzeihung!«

Zu müde, um ihm zu antworten, ging sie weiter.

»Léa!«

Sie blieb stehen, versteinert wie an jenem Weihnachtsabend ... Nur nicht bewegen ... Nur nicht umdrehen und diese zerbrechliche Illusion zerstören ...

»Léa!«

Da stand er, stand vor ihr; größer, als sie ihn in Erinnerung hatte. Sie hatte vergessen, wie hell sein Blick war, Und erst sein Mund ...

Es gab keine Ruinen mehr, keine abgezehrten und unterwürfigen Deutschen, keine wandelnden Skelette, keine verlassenen Kinder, kein Blut, keine Toten, keine Angst. Er war da, lebendig, so lebendig in ihren Armen. Warum weinte er? Er musste verrückt sein, an einem solchen Tag zu weinen. Weinte sie denn etwa? Sie weinte und lachte zugleich und alle um sie herum taten es auch.

Mistou, die hinzugekommen war, schnäuzte sich ohne jede Diskretion und murmelte:

»Muss Liebe schön sein!«

»Der arme McClintock«, sagte Jeanine.

Claire drückte ganz fest die Hand ihres schönen Hauptmanns.

»Seit Mai habe ich dich überall gesucht«, flüsterte François in ihr Haar.

»Ich hatte nie mehr etwas von dir gehört. Ich dachte, du seist tot.«

»Deine Schwestern haben dir nicht geschrieben, dass ich dich in Paris besuchen wollte?«

»Nein.« Léa schüttelte schniefend den Kopf.

Mistou reichte ihr ein Taschentuch.

»Bleibt nicht dort stehen. Wenn euch der Chef sieht, könnt ihr was erleben. Er nimmt es mit dem Ruf seiner Mädchen sehr genau. Kommt nachher auch zum englischen Club. Jetzt werden wir ein Bad nehmen, wir stinken nach Aas, dass es ein wahres Vergnügen ist.«

»Mistou!«, schrie Claire auf.

»Stimmt das etwa nicht? Du hast doch selbst gesagt, du

würdest gleich eine deiner berüchtigten Migränen kriegen.«

»Ich möchte dich mal erleben, wenn du eine hättest«, gab Claire verärgert zurück.

»Vielen Dank, die kannst du behalten. Ich brauche nur daran zu denken, dann habe ich schon Kopfschmerzen.«

»Hört auf, euch zu kabbeln«, sagte Léa. »Ach, da ist ja Jeanine. Erinnerst du dich noch an François Tavernier?«

»Und ob ich mich an ihn erinnere! Ich habe ihm den schönsten Weihnachtsabend meines Lebens zu verdanken! Guten Tag, Herr Kommandant. Ich freue mich, Sie wiederzusehen.«

»Guten Tag, Mademoiselle.«

»Also, Mädels, auf zum Rapport. So einfach kommt ihr nicht davon. Bis später, Herr Kommandant.«

Die beiden allein gebliebenen Männer musterten einander und vereinbarten dann, sich um acht Uhr im englischen Club wiederzutreffen.

Alle, die Léa an diesem Abend lachen und tanzen sahen, begriffen, dass sie keine Chance mehr bei ihr hatten. McClintock beobachtete sie mit schwerem Herzen. Mistou bemerkte es und trat zu ihm.

»Machen Sie nicht so ein Gesicht, Herr Oberst. Tanzen Sie lieber mit mir.«

Als sie sich auf der Tanzfläche trafen, warf ihr Léa ein dankbares Lächeln zu.

François drückte sie so fest an sich, dass sie kaum atmen konnte, aber sie hätte sich um nichts auf der Welt darüber beklagt. Sie tanzten ohne zu reden, waren jenseits aller Worte und glitten dahin, ohne an ihre Schritte zu denken, folgten automatisch der Musik, passten sich dem Rhythmus an und waren wie ein einziger Körper.

Wie damals in Paris in der deutschen Botschaft tanzten sie noch, als der letzte Akkord verklungen war. Gelächter und Applaus riefen sie in die Wirklichkeit zurück. Sie tranken noch etwas und verließen dann den Club.

Es war ein milder Abend. Sie stiegen in einen Jeep, der in der Nähe des Eingangs geparkt war. Langsam und schweigend fuhren sie durch die Trümmerfelder und durchquerten einen verwüsteten Park, dessen zersplitterte und verkohlte Baumstämme im bleichen Mondlicht an eine marschierende Armee gemahnten. An einer Straßenkreuzung hielt François an. Das ganze Gelände um die Siegessäule herum schien wie von Lepra befallen. Einzig die vergoldete Symbolgestalt mit den ausgebreiteten Flügeln erhob sich unversehrt gen Himmel – ein Hohn angesichts dieser zerstörten Stadt, dieses besiegten Landes.

Zärtlich zog François Léa an sich. Still und umschlungen saßen sie da und ließen sich durchdringen von der Wärme des anderen, hielten die Augen geschlossen, um dieses ungewohnte Glücksgefühl besser auskosten zu können: vor Liebe zu vergehen, das Herz in einem Körper gefangen zu spüren, der einem nicht mehr gehört. Vielleicht war es das erste Mal, dass, ausgerechnet an diesem bedrückenden Ort, die Zärtlichkeit der Liebe in ihnen erblühte und sie hinwegtrug in einem langsamen Taumel stärkerer Gefühle. In diesem Augenblick verspürten sie kein Verlangen, miteinander zu schlafen, waren zu überwältigt von einem Glück, das ihnen das Herz überflutete.

Als ganz in ihrer Nähe der Schrei eines Nachtvogels erklang, mussten sie lachen.

»Ein gutes Zeichen: Die Vögel kommen wieder«, sagte Léa.

»Fahren wir zurück.«

Sie fuhren an der Kirche vorbei, die zum Ruhme Kaiser

Wilhelms am Anfang des Kurfürstendamms errichtet worden war. Vier halb zerstörte Glockentürme wurden noch von einem Hauptturm überragt, der aussah, als wäre er enthauptet worden.

»Du bringst mich schon nach Hause?«

»Nein, mein Herz; nur wenn du das möchtest. Als wir vorhin auseinander gegangen sind, habe ich die Zeit genutzt und hier in der Nähe bei einer alten Dame ein Zimmer gemietet.«

»Wie hast du denn das geschafft? Es gibt doch hier keine Zimmer zu mieten.«

»Ich weiß mir eben zu helfen.«

In einer kleinen Straße in der Nähe des Hohenzollerndamms hielt er an. Die niedrigen Häuser waren unversehrt geblieben. Mit einem großen Schlüssel öffnete François die Glastür. Eine Petroleumlampe brannte als Nachtlicht im Hausflur. Eine dicke Katze kam und rieb sich an ihren Beinen. Sie nahmen sich jeder eine Kerze, die in Haltern auf einer Kommode standen, und stiegen lachend und kichernd hinauf. Im Zimmer duftete es nach verblühten Rosen.

Beim Schein der Kerzen zog ihr François die Uniform aus. Langsam ließ er die Träger ihres rosa Hemdchens herabgleiten. Das Knistern der Seide erregte ihre Sinne; Léa erzitterte unter dem Streicheln des Stoffs. Sie trat aus dem körperwarmen Dessous, in das er sein Gesicht tauchte und daraus gierig den Geruch dieser geliebten Frau einatmete. Er musste sich zurückhalten, um ihr nicht das spitzenbesetzte Höschen herunterzureißen. Als sie nackt war, kniete er einen langen Augenblick zu ihren Füßen und betrachtete sie. Sie ließ seine Blicke über sich wandern, Blicke, die sie verschlangen, die ihren Körper erschauern und ihre Knie schwach werden ließen. Sie erbebte, als sich seine Lippen auf die Innenseite ihrer Schenkel drückten und hinaufwanderten zu ihrem Geschlecht.

Sie spürte, wie sie sich öffnete, wie sich ihr Leib den Küssen ihres Geliebten entgegendrängte. Sie kam, vor ihm stehend und die Hände in sein Haar gekrallt. Er trug sie auf das Bett und zog sich aus, ohne die Augen von ihr zu wenden. Behutsam nahm er sie. Sie ließ sich voll Vertrauen von ihm führen. Als sie spürte, wie sich das Lustgefühl in ihr steigerte, stöhnte sie:

»Stärker, stärker!«

Vor Tagesanbruch brachte er sie zurück zum Kurfürstendamm. Sie schlich sich in das Zimmer der Kokotten, ohne ihre Kameradinnen zu wecken.

Am nächsten Tag erzählten sie einander, was sie seit jenem Weihnachtsabend in Amiens erlebt hatten. François freute sich so sehr über Sarahs Rettung und ihre allmähliche Genesung, dass Léa fast eifersüchtig wurde. Er fürchtete sich davor, ihr sagen zu müssen, dass Mathias tot war. So begann er mit Ottos Tod und berichtete ihr von seinem Besuch bei Françoise.

»Du warst bei Otto, als er gestorben ist?«

»Nein, ich habe in der Tasche eines französischen SS-Soldaten, der ihn kannte, sein Soldbuch gefunden.«

Léa schloss die Augen.

»Was ist aus diesem Franzosen geworden?«

»Er ist gestorben.«

Eine Träne rollte über ihr hübsches Gesicht. »Wie hieß er?«

François nahm sie in die Arme und erzählte mit leiser Stimme:

»Er hat im Sterben nach dir gerufen und dich um Verzeihung gebeten. Wein nur, mein Herz, weine.«

Schluchzer wie die eines kleinen Mädchens schüttelten Léa. Wie schwer war es doch, die Kindheit hinter sich zu lassen.

Am Abend suchten sie Mathias' Grab auf. Léa legte Blumen darauf nieder, die sie von der kleinen Verkäuferin Ecke Konstanzer Straße gekauft hatte.

»Wir können ihn nach Frankreich überführen lassen, wenn du das möchtest.«

»Nein. Hier ist er gestorben, hier soll er auch bleiben.«

»Was tust du da?«

»Ich sammle ein wenig von dieser Erde auf. Später werde ich sie mit der Erde von Montillac vermischen.«

Ein schmerzhaftes Glücksgefühl durchfuhr sie.

»Was hast du?«

Sie hatte nichts. Sie hatte nur zum ersten Mal seit langer Zeit an eine Rückkehr auf ihr geliebtes Weingut gedacht. Es war Mathias, der sie dazu veranlasst hatte. Eifrig füllte Léa ihre Mütze mit Erde. Als sie sich aufrichtete, strahlte ein neuer Glanz in ihren Augen.

Eine Woche lang sahen sie sich jeden Tag. Claire und Mistou bemühten sich, die Abwesenheiten und Zerstreutheit ihrer Kameradin zu decken. Nach wie vor fand die Arbeit, die von den jungen Frauen des französischen Roten Kreuzes in Berlin geleistet wurde, allgemeine Anerkennung. Jeanine Ivoy, die Chefin der Abteilung, schrieb an Madame de Peyerimhoff:

Aus den Tagesberichten werden Sie ersehen, dass wir gut gearbeitet haben und auch für die Briten bestimmte Aufgaben übernehmen, wofür diese uns eine Verlängerung unseres Aufenthalts in ihrem Sektor gewährt haben. Da ihnen die Erlaubnis verweigert wurde, in der russischen Zone nach vermissten britischen Staatsangehörigen (etwa dreißigtausend) zu forschen, haben wir diese Aufgabe mit übernommen. Manchmal bringen wir Hunderte von Totenscheinen oder Listen von Gräbern, die in winzigen

Dörfern gefunden wurden, mit zurück, die dann nach Nationalitäten sortiert werden müssen. Welch ein Papierkrieg!

Jede Mannschaft besteht noch aus fünf Fahrerinnen und einer Krankenschwester. Die Engländer haben darauf bestanden, das Personal zu verringern, da die Versorgung sehr schwierig ist.

Laufend kommen hier Elsässer und Lothringer an, deren Rückführung wir mit besonderer Freude übernommen haben. Diese armen Menschen haben sehr leiden müssen. Zehn Tage lang waren unsere Mädels unermüdlich im Einsatz, um siebentausend Elsass-Lothringer mit Kleidung, Nahrung und medizinischer Hilfe zu versorgen. Ihre stete Hilfsbereitschaft ist von den französischen und britischen Dienststellen sehr gelobt worden.

Weitere Züge mit insgesamt etwa dreitausend Elsass-Lothringern werden erwartet, nach deren Ankunft unser Hilfsdienst sofort telefonisch von den britischen Dienststellen angefordert werden wird. Die Menschen sind in sehr schlechter körperlicher Verfassung, und wir vom französischen Roten Kreuz freuen uns besonders, ihnen nicht nur materiellen, sondern auch den seelischen Beistand angedeihen lassen zu können, den sie so dringend brauchen. Nach jedem Moskaubesuch von General Keller kommen wir mit ihm zusammen, um zu erfahren, wann die nächsten Züge zu erwarten sind. Es befinden sich noch so viele Menschen in den Lagern im hintersten Russland.

Wir haben wirklich außergewöhnliches Glück, dass wir uns in der russischen Zone frei bewegen dürfen. Die Russen vertrauen uns und wir werden überall sehr freundlich empfangen. Als neulich ein Sanitätszug ankam, sind wir bei einem hohen General vorstellig geworden und haben gebeten, die Schwerkranken herausholen zu dürfen. Er hat in unserem Beisein mit Moskau telefo-

niert. Die Antwort war zwar negativ, aber wir hatten es zumindest versucht. Unsere Demarche war auch keineswegs vergeblich, denn die diese Woche eintreffenden Schwerkranken werden uns übergeben und mit einem unserer Sanitätszüge weiterbefördert.

Die Stimmung hier ist ausgezeichnet. Ich kann mich nur lobend über meine Mannschaft äußern, ganz besonders über die Damen Mauriac, Nou de la Houplière, Delmas, Farret d'Astier, d'Alvery, die hervorragend zusammenarbeiten und sich untereinander helfen …

François Tavernier wurde nach Paris zurückbeordert und sollte von dort aus in die Vereinigten Staaten fliegen. Léa begleitete ihn zum Flughafen Tempelhof, nachdem sie die Nacht in dem kleinen Zimmer bei der alten Dame verbracht hatten. Als sie sah, wie er in die Dakota kletterte, begann sie zu zittern. Die Angst, ihn nie wiederzusehen, ließ sie fast zu Boden sinken.

Ihre Kameradinnen taten alles, um sie aufzumuntern. Mistou und Claire gelang das so gut, dass Léa ein wenig von ihrer Fröhlichkeit zurückgewann. Mit Hauptmann Wiazemsky zusammen besuchten sie die zerstörte Reichskanzlei und den Führerbunker. Alle fanden den Ort, an dem noch Telegramme, halb verkohlte Zeitungen, zerrissene Führerbilder, aufgebrochene Kisten und beschmutzte Ehrenabzeichen umherlagen, bedrückend.

38.

Mitte September erhielt Léa die Order, eine Gruppe Kleinkinder nach Paris zu begleiten. Sie verließ Berlin und ihre Kameradinnen, traurig und erleichtert zugleich. Zu viele Ruinen, zu viel Leiden, zu viele Tote.

In Paris wurde ihr von Madame de Peyerimhoff Urlaub gewährt. Léa eilte zur Rue de l'Université und fand die Tür verschlossen. Als ihr die Concierge die Schlüssel aushändigte, sagte sie ihr, dass ihre Verwandten alle nach Bordeaux abgereist seien. Léa verstand gar nichts mehr.

Sie hatte sich so darauf gefreut, ein paar Tage in der Hauptstadt zu verbringen, doch noch am selben Abend fuhr sie zum Austerlitz-Bahnhof.

Der Zug war überfüllt und unbequem. Sie verbrachte die Nacht eingezwängt zwischen einem zudringlichen Militär und einer dicken, unwirschen Frau. Immer wenn sie einnickte, hörte sie wieder die Schmerzensschreie ihrer Tante oder das Stöhnen von Raoul. Wie lange noch würde sie von diesen Gespenstern verfolgt werden? Sie musste verrückt sein, nach Montillac zurückzukehren. Was hoffte sie dort vorzufinden? Warum wollte sie, nachdem sie so viele Ruinen gesehen hatte, dem Katalog des Elends, der von Jahr zu Jahr umfangreicher geworden war, noch eine weitere Seite hinzufügen? Warum eine Kehrtwendung in die Vergangenheit machen, da doch nichts die Toten und das alte Herrenhaus wieder zum Leben erwecken konnte?

Als sie erschöpft in Bordeaux ankam, beschloss sie, den

nächsten Zug zurück nach Paris zu nehmen. Auf dem Bahnsteig gegenüber setzte sich gerade der alte Zug nach Langon in Bewegung. Ohne zu überlegen, rannte sie los. Aus einer offenen Tür streckte sich ihr eine Hand entgegen. Sie sprang auf.

Der Bahnhof von Langon hatte sich nicht verändert. Mit ihrem Koffer in der Hand machte Léa sich auf ins Zentrum der kleinen Stadt. Es war Markttag. Zwei Gendarmen unterhielten sich vor dem Hotel Oliver.

»Das ist doch die kleine Delmas! Mademoiselle!«

Léa wandte sich um.

»Kennen Sie uns nicht mehr? Wir haben Sie doch damals mit Ihrem Onkel und der armen jungen Frau zur Sifflette gefahren.«

Ja, natürlich, sie erinnerte sich daran.

»Dann sind Sie also wieder im Lande? Na, es ist hier so einiges passiert und nicht gerade Gutes. Haben Sie Ihr berühmtes Fahrrad nicht mehr? Dann fahren wir Sie, wir können Sie doch mit Ihrem Gepäck nicht zu Fuß losziehen lassen. Was, Laffont?«

»Keine Frage, Renault. Soll niemand der französischen Gendarmerie nachsagen können, es mangele ihr an Galanterie.«

Léa wusste nicht, wie sie ihr Angebot ablehnen sollte. Sie stieg in den Wagen.

Die beiden Männer redeten und redeten, ohne dass sie verstand, wovon sie sprachen. Sie füllte ihre Augen mit dieser Landschaft, die sie so liebte, die sie nie wiederzusehen geglaubt hatte und die sie zutiefst bewegte. Sie bat die beiden Gendarmen, sie unterhalb des Hügels von La Prioulette aussteigen zu lassen, und sie erhoben keinen Widerspruch. Sie wartete, bis das Auto verschwunden war, bevor sie sich auf den Weg machte.

Es war einer jener schönen, spätsommerlichen Nachmittage, die die Trauben vergolden und die Weinberge mit einem Licht umgeben, das den Herbst ankündigt.

Der Aufstieg erschien ihr steil, ihre Schritte wurden immer langsamer. Hinter den dichten Bäumen lag Montillac. Mit klopfendem Herzen erreichte sie das weiße Gatter.

Ein neuer, ungewohnter Geruch lag in der Luft, ein Geruch nach frischem Holz. Vertraute Geräusche drangen zu ihr: Hühnergackern, Hundegebell, Taubengurren, das Wiehern eines Pferdes. Hinter den Hofgebäuden müsste das Skelett des Herrenhauses stehen. Ein leichter Wind spielte in ihrem Haar. Sie ging weiter, jeder Schritt schmerzte. Dann das durchdringende Geräusch einer Säge, Hammerschläge und eine junge Männerstimme, die sang:

> Es blüht eine Blume in Paris,
> Im alten Paris, die lächelt so süß.
> Das ist die Blume der Wiederkehr,
> Der schönen Tage Wiederkehr.

Arbeiter deckten den neuen Dachstuhl mit Schiefer ein. Eine Seite des Daches war bereits fertig. Die Tür zur Küche, die unverändert war, stand offen. Auf Zehenspitzen wich sie in den Gang zurück, den sie und ihre Schwestern »die Straße« genannt hatten. Von der Terrasse kam Kindergeschrei und Lachen. Léa wollte fliehen, wollte dieser Fata Morgana entkommen, doch eine riesige Hand schob sie dem Geschrei und dem Lachen entgegen. Eine Schaukel schwang zwischen den von Glyzinien umrankten Pfosten. Die Zeit stand still und machte dann einen Satz nach rückwärts. Da saß ein kleines Mädchen mit zerzaustem Haar auf der Schaukel und rief:

»Höher, Mathias, höher!«

Dann verschwamm alles und nahm erst langsam wieder Gestalt an: die reglosen Buchengänge, die Rosenbüsche der Allee, die Weinberge zwischen den Zypressen. In der Ferne fuhr ein Zug, eine Glocke läutete... Sie erkannte die Stimmen ihrer Schwestern.

Nichts schien sich verändert zu haben. Léa trat näher. Ein Mann, der Charles an der Hand hielt, kam ihr entgegen.

Seit achtzehn Jahren rackert Hedi sich nun schon ab. Beruflich als Krankenschwester, privat für die Familie: den Polizisten-Ehemann Klaus und die zwei Kinder. Doch eines Tages meldet sich eine alte Schulfreundin bei ihr, die ein ganz anderes Leben führt. Hedi beschließt, es der smarten Vivienne nachzumachen. Als sie überraschend die wunderschöne, alte Wassermühle ihrer Lieblingstante erbt, verläßt Hedi kurz entschlossen ihre Familie und zieht mit Vivienne dort ein ...

Der neue Roman der Erfolgsautorin der »Detektivin«

Nikola Hahn

Die Wassermühle

Roman

Econ | Ullstein | List

B74